Georg Loesche

Johannes Mathesius - Ein Lebens- und Sitten-Bild aus der

Reformationszeit

2. Band

Georg Loesche

Johannes Mathesius - Ein Lebens- und Sitten-Bild aus der Reformationszeit
2. Band

ISBN/EAN: 9783743621107

Hergestellt in Europa, USA, Kanada, Australien, Japan

Cover: Foto ©Raphael Reischuk / pixelio.de

Manufactured and distributed by brebook publishing software (www.brebook.com)

Georg Loesche

Johannes Mathesius - Ein Lebens- und Sitten-Bild aus der

Reformationszeit

Johannes Mathesius.

—

Ein Lebens- und Sitten-Bild

aus der

Reformationszeit.

Von

Georg Loesche,

Doktor der Philosophie und Theologie,
k. k. o. ö. Professor der Kirchengeschichte in Wien.

Zweiter Band.

Gotha.
Friedrich Andreas Perthes.
1895.

Inhalts-Übersicht.

NB. Verzeichnis der Sigla: S. 3, 1. 195. 224. 378.

Die Werke.

B. Die Predigten.

II. Systematische Charakteristik [1]).

Erstes Kapitel.
Homiletische Richtlinien.

Da Mathesius erst mit 38 Jahren seine Kanzel einnahm, mit 47 die erste Predigt drucken ließ, ist es natürlich, daß man keine wesentliche theologische und homiletische Entwickelung in seinen Reden wahrnimmt, wenngleich Gradunterschiede deutlich hervortraten; darum ist es erlaubt, den Bestand einheitlich zu behandeln.

Seine homiletischen Grundsätze hat er hier und da eingestreut und im „Christophorus" [2]) in Reime gefaßt.

Erst in der Reformationszeit begann, dank der neuen Wertung auch der Predigt, die wissenschaftlich-systematische Ausgestaltung der Anleitung zu ihr, zunächst auf dem Boden der alten Rhetorik [3]).

Noch mehr als Reuchlins kleiner „liber congestorum de arte praedicandi" aus dem Anfang des Jahrhunderts [4]) bildet Eras-

---

1) Vgl. das Verzeichnis der Sigla ob. I, xiii. Dazu: Frage-Post. = Mathesius, Kurtze Auslegung, Vblgr. Nr. 10. Hauptartikel = Mathesius, Hauptartikel, Vblgr. Nr. 33. Woltau, Litteraturgesch. = Woltau, Geschichte der deutschen Litteratur in Böhmen bis zum Ausgange des 16. Jahrhunderts. 1894.

2) S. u. „Werte" C. II, 1.

3) HRE. VI, 284.

4) 1504.

mus' „Ecclesiastes", in der Zeit von Mathesius' erster pasto=
raler Thätigkeit vollendet [1]), den Übergang zur evangelischen
Homiletik [2]).

Auf evangelischer Seite war dem Erasmus Melanchthon mit
mehreren Kundgebungen vorangeschritten [3]), der Rhetorik [4]), dem
Visitatorenunterricht [5]), der Abhandlung „de officiis conciona-
toris" [6]). Luther hat auch in diesem Bezirk keinen planmäßigen
Anbau beliebt, aber viele Goldkörner ausgestreut. David Chy=
träus' „praecepta rhetoricae inventionis" [7]), Hieronymus Wellers
Anweisung „de modo et ratione concionandi" [8]) kommen wegen
ihres zu späten Erscheinens nicht in Betracht, die „Stiftungs=
urkunde der wissenschaftlichen Homiletik" von Hyperius [9]) muß
außerdem wegen des reformierten Verfassers außer Ansatz bleiben.

Allenthalben praktisch gerichtet hat auch hier Mathesius keine
theoretische Darstellung versucht. Jene treuherzige, kernige Chri=
stophorus=Spruchweisheit, die er selbst nicht unter den Scheffel
stellte, fand Anerkennung und Verbreitung. Sie heischt, in ein=
fachster Mischung homiletischer, pastoraler und allgemein sittlicher
Regeln, Vokation und Ordination, Gesetz und Gnade, Glauben
und Werke zu treiben; Altes und Neues auf die Bahn zu bringen,
gut anzuordnen; dem gemeinen Mann und den Kindern es nicht
zu schwer zu machen; höfische, Gassen=, bäurische Worte zu mei=
den; das Selbstlob zu fliehen: kein Thersites gegen Regenten zu
sein; nicht auf Abwesende zu stechen; nicht den Possenreißer zu
spielen, nicht den Grämlichen, nicht den Großmäuligen; kein So=
phist, kein dreisprachiger Disputierer! Rede mit der Propheten
und der Apostel Wort, nach der Auslegung der Symbole und
reiner Kirchenlehrer: suche nicht des Herrn Omnes Gunst; bleib

---

1) 1535—1543.
2) Krauß, Lehrb. der prakt. Theolog. 1890, I, 220.
3) HRE. VI, 284.
4) 1519 u. ö.
5) 1528.
6) 1535.
7) 1558.
8) 1562.
9) 1553.

Auf die Schrifterklärung muß die Vermahnung und Appli=
kation folgen. Keins thut's allein. Scharf und subtil sein, dient
wenig: aber lehren, berichten, trösten, vermahnen, anhalten zur
Zeit und Unzeit, mit deutlichen und gebräuchlichen Worten, schönen
und bekannten Bildern, guten und gereimten Gleichnissen, das
geht zu Herzen, haftet und bringt viel gute Früchte ¹).

Man sieht, schon für Mathesius war die Predigt nicht nur
„darstellendes", sondern auch „darreichendes Handeln".

Doch das genügt noch nicht. Paulus ist ein gelehrter Mann,
besonderer dialecticus und Kunstredner gewesen, hat sich auch
fleißig in den Schriften der Poeten und Rhetoren umgesehn.
Denn der heilige Geist braucht diese Gaben, die wie Blätter an
der blühenden Rute Aarons sind und wie Gold, darin die Gemma
gefaßt ist. Daraus sollen wir lernen, die guten studia der Rede=
kunst lieb und wert halten und uns darin üben, daß wir setzen,
erfinden und reden, was geschickt und dem Glauben ähnlich ist,
daß wir kluge Lehrer, nicht Löhrer (Plärrer) sind, die fein ordent=
lich, weislich und zierlich von einem Argument und Handel reden
können und werfen nicht das Hundert ins Tausend. Denn
scientis est posse docere et artificis posse ordine dicere ²).

Freilich, zum Ersten soll eines Predigers Sorge sein, schlichte,
geringe Worte zu haben. Ich habe auf der Kanzel sagen ge=
hört: „Ehrbare, namhaftige, günstige Herren und Freunde in
Christo"; solches gehört auf die Hochzeiten ³). Man hüte sich
auch vor leichtfertigen, schlammigen und spöttischen Worten: wie
jener Prediger sagte: Lasset unsern Herrgott machen, der hat
viel Butter! Ein anderer schrieb: Wo es Gott nicht gnädiglich
wäre fürkommen ⁴), hätte den Kaiser keine Fliege mehr besch... en.
Solcher unhübschen Worte soll man sich enthalten. Aber interdum bonus dormitat Homerus ⁵), wie ich selbst solche ungeschlachte

---

1) De prof. T 4 a.
2) Kor. 263 a.
3) Ebd. 22 a.
4) verhindert hätte.
5) Horaz, Epist. II, 3, 359.

Worte gebraucht habe. Ich, als der alte [1]) Eſel, der geſtolpert, warne Euch Eſelchen, Euch Schülerlein, die Ihr mit der Zeit werdet Prediger geben: Gebraucht ſchöne Worte, enthaltet Euch der viereckigen und Quadrat=Stücke [2])!

Man ſoll auch nicht müde werden, ein Ding oft zu wieder= holen und den Albernen (Einfältigen) einzubläuen [3]). Es iſt wohl wahr, es macht verdroſſen, immer einerlei zu predigen: aber, da kannſt Du wohl eine neue Figur zu jeder Zeit aus dem alten Teſtament nehmen, des Herrn Chriſti Wort darin zu erklären [4]).

Man bleibe demütig, laſſe ſich nicht dünken, man könne etwas, wie mancher junge Baccalaureus [5]), der erſt aus der Eſſe kommt, ſo freudig und kühn iſt, daß er Einem zehn oder dreißig Pre= digten am Tag thun dürfte! Paulus hat immer nur mit Furcht und Zittern gepredigt. Ich weiß mich ſo teck nicht, daß ich aller= wege eine Predigt im Vorrat hätte, weiß nicht, was das müſſen für Prediger ſein, die allezeit eine Predigt im Bauch haben, wie die Henne ein Ei. Ich will lieber zehnmal zuhören, als einmal predigen [6]).

Die Predigt muß zwei Ziele haben, Gottes und Chriſti Ehre, ſowie, daß die Leute in ihrem Herzen gewiß gemacht werden. Mancher trachtet mit ſeiner Predigt nur nach Gewinn, wie Dr. Eck ſich hat vernehmen laſſen, er könnte ebenſo die lutheriſche Lehre verteidigen, wie die papiſtiſche, wenn man ihm wollte ſoviel dafür geben. Etliche predigen nur Ruhmes halber, wie jener, der in vier Sprachen anfing: Kyrie, Adonai, Domine, Herr [7]).

Mit Nachhaltigkeit wird das Disputieren widerraten [8]), gegen das ſchon ein Chryſoſtomos, die „Brüder vom gemeinſamen Leben“, ein Tauler geeifert [9]). In die Kirche gehört das nicht,

---

1) Geſprochen 1551.
2) Kor. 42 a.
3) De prof. T. 4 a.
4) Kor. 22 a.
5) S. ob. I, 55.
6) Kor. 42 a. Sir. 2, 144 b.
7) Kor. 248 b.
8) Poſt. A. 47 a. Proph. 2, 129 b. Vgl. ob. I, 402. 495. 638
9) Rebe I, 134. 359.

sondern mit hellen, klaren Sprüchen der Schrift beweisen, mit reinen, guten Exempeln illustrieren und ausstreichen, die Sprüche vergleichen, sich unterreden, fragen, berichten lassen und sich mit einer einfältigen, derben Antwort und ziemlichen, schlichten So= lution des Eintrags und Gegenwurfs begnügen [1]). Asserendo et non confutando fugatur et vincitur diabolus et ipsius asseclae [2]).

Wäre ich so in meiner Jugend belehrt, weiß ich wohl, was es mich hätte helfen sollen [3]).

Zweites Kapitel.
Die Exegese.

—

Wie gesagt, legt Mathesius meist einen biblischen Text zu Grunde. Wiederholt verzichtet er ausdrücklich, wie Luther [4]), auf die Erschöpfung desselben, sei es, weil er zu reich ist [5]), oder, weil Teile desselben ohnehin an anderm Ort zur Darstellung kommen [6]), weil einiges leicht ist, von anderen behandelt wurde [7]), weil eine besondere Veranlassung zur Heraushebung eines Punktes drängt [8]). Viel übler steht es mit der Erfüllung der zweiten idealen Forderung, der Texttreue. Denn die Exegese liegt, wie bei den meisten Zeitgenossen, zum Teil sehr im Argen.

Der althergebrachte Inspirationsbegriff, der Mangel an Ver= ständnis für das Verhältnis der Ökonomieen der beiden Testa= mente, allegorische Willkür, eine bewegliche Phantasie, die alles

---

1) Kor. 248 b.
2) Symb. 100 a; vgl. Vet. 4 a. Hist. Chr. 96 b.
3) Kor. 42 a.
4) Rebe II, 411.
5) Post. A, 66 a. 121 b. B, 3, 48 a.
6) Post. A, 2, 101. Kor. 370 a. Vdlgr. Nr. 7, C 1 b.
7) Passion. 23 a.
8) Post. A, 2, 112 b.

mögliche zuſammenwebt, reichen ſich die Hände zum gefährlichen Bunde.

Freilich, lieſt man die vielen entſchiedenen Sätze über die Not= wendigkeit grammatiſcher Auslegung, die feierliche Verwahrung, die Schrift nicht zu zwingen, als hätte ſie eine wächſerne Naſe [1], glaubt man, außer Sorge ſein zu können und iſt geneigt, den Sprecher für eine Säule der mit der Reformationszeit neu an= hebenden Hermeneutik zu halten. Er legt ſtarkes Gewicht auf den Wortſinn [2], auf die Erklärung der einzelnen Wörter [3], ſchlicht nach dem Buchſtaben [4]: Wir heißen auch darum Diener des Wortes, daß wir die Leute zum Wort weiſen [5]. Nicht ex scrinio pectoris des Papſtes [6] und aus ſeinen Konzilien iſt die Schrift auszulegen, mit der Macht, dazu und davon zu thun: nicht auf des Geiſtes Einrede, wie die Ketzer pflegen, ſondern nach der Gram= matik und der Analogie des Glaubens [7]. Dieſen Forderungen wird ſehr häufig durchaus entſprochen, ſogar in der Übertreibung, daß, nach dem Vortritt von Melanthons philologiſcher Wort= erklärung [8], das ganze gelehrte Rüſtzeug auf die Kanzel geſchleppt wird. So werden, allerdings oft auch nur zum Nachdruck [9], Worte des Grundtextes angeführt: bei der Drucklegung wechſeln die ſemitiſchen [10] Schriftzeichen mit lateiniſchen [11]. Sogar eine

1) Kor. 2, 70 a.

2) Ebb. 257.

3) Poſt. A, 2, 121 b. Paſſion. 20 b.

4) Kor. 2, 132 b.

5) De prof. Z 2 b.

6) Bonifaz' VIII.; Döllinger, Das Papſttum. 1892, S. 70. 408.

7) Joh., Pred. 17.

8) HRE. XVIII, 519.

9) De prof. K 2 a. 3 a.

10) Neujahr 12 b. Dil. 79 b. 187 b. Proph. 314 a. 324 b. Cheſp. 189 c.

11) De prof. Aa 4 a. Faſtenpr. 216 b. Dil. 42 b. 140 b. 204 a. Symb. 36 b. 62 a. 297 b. Proph. 103 a. 115 b. 177 a. 199 a. Joh. 16. 108 b. 112 a. Buß. 35 a. 45. 54 b. 85 a. Kor. 16 a. 142 a. 169 b. 219 b. 224 b. 241 b; II, 3 b. 14 a. 27 a. Cheſp. 73 a. 207 b.

Konjektur wird vorgelegt [1]). Im neuen Testament ist das Zurück=
greifen auf die Urgestalt noch näherliegend [2]).

Nächstdem werden die alten Übersetzungen und Kommen=
tare zurate gezogen [3]). Andrerseits wird gerügt, daß man von
den Kanzeln vor den armen und einfältigen Laien von den
Versionen und Dolmetschungen disputiert [4]); wird gemahnt, die
mancherlei Glossen, mit denen ein schwerer Text zerrissen ist,
fahren zu lassen, um sich schlicht an das Wort zu halten [5]), nicht
zu vergessen, daß die allerbesten Kommentare nur Gerüste zur
Bibel sind [6]). Die „siebzig Dolmetscher" [7]), deren Text wunder=
licherweise auch wohl lateinisch herausgehoben wird [8]), erfahren das
Gericht, daß sie in vielen Sprüchen der heiligen Schrift nicht
kleine Gewalt gethan [9]). In der Streitfrage über die alttesta=
mentlichen Citate im neuen Testament entscheidet sich Mathe=
sius: Die griechische Bibel war jene Zeit gemein im jüdischen
Lande, darum brauchen sie bisweilen die Evangelisten, da sie nicht
gar der Meinung der Propheten zuwider ist [10]): es ist aber keine
Abrede (unwidersprechlich), daß Paulus für Moses' Worte nicht
allweg der „Siebzig" Version behalte [11]). Das Targum [12]) ist
zu benutzen, denn das Zeugnis von Christo ist immer rein ge=
blieben in der Juden Schule bis auf Simeon [13]): ferner die

1) „Jes. 40, 6 vermuten wir, man solle כָּבֵד lesen für חָסֶד, wie es
Vulgata und Septuaginta und 1. Petr. 1, 24 lesen"; Proph. 147 b.

2) Neujahr 8. 53. 95. Symb. 77 b. Proph. 44 b. 89 b. 133 b. 324 b.
Joh. 7 a. 14 b. Buß. 4 b, 137 a. Ehesp. 219 a. Mehr zum Nachdruck:
Symb. 104 b. 152 a. 232 a. 236 a. 271 b.

3) Symb. 262 b.

4) Kor. 318 b. 361 a; II, 85 b.

5) Kor. 85 a (zu 1. Kor. 3, 12—15). 361 a.

6) Ebd. 226 b, vgl. 5 a.

7) De prof. Pred. 5. Dil. 82 a. Proph. 139 b. Buß. 71 a.

8) Proph. 15 b: Die Sept. liest hier ubi.

9) Kor. 274 a.

10) Post. A, 125 b.

11) Kor. 247 a zu 1. Kor. 15, 45.

12) De prof. Cc 3 b. Hist. Chr. 10 b. 16 a. 47 a; II, 31 a. Neujahr 9 a.
Til. 144 b. Kor. 233 a. Proph. 19 b. Joh. 7 a. Christlinblein 41 a. 59.

13) HRS. VII, 378. Hist. Chr. 47 b. 58 b.

Vulgata [1]), weil ſie in der Kirche bekannt iſt [2]); freilich habe der gute Mann an vielen Orten die heilige Sprache nicht verſtan= den [3]), — und doch iſt ſie in einer beſonders mißlungenen Stelle beibehalten [4]). Die heiligen Worte werden auch in den verſchiedenen Sprachen hintereinander aufgeführt [5]) und verglichen [6]). Damit ſoll die, aller Ehren und des bugenhagenſchen Überſetzungsfeſtes werte, Dolmetſchung Luthers ſo wenig getadelt werden wie durch die Ab= weichungen von ihr; ein Tag lehrt den andern und wird deſſen Schulmeiſter [7]): eine ſo köſtliche Verſion iſt auf Erden nicht zu fin= den [8]); an ſchwierigen Punkten wird ſie auch wohl zum Ruhekiſſen [9]).

Die grammatiſchen Erörterungen finden eine Entſchuldigung in der reformatoriſchen Betonung des Worts, „ſie ſollen laſſen ſtahn“: in dem Reiz der Neuheit, hatte doch eben Reuchlin aus ſonderer Gnade Gottes mit großer Mühe und Gefahr die he= bräiſche Sprache wieder aufgerichtet [10]), und in der joachimsthaler Zuhörerſchaft. Die Rückſicht auf die Schüler der Lateinſchule wird häufig geltend gemacht [11]). Alle, auch die Matronen und Jung= frauen, werden aufgefordert, zum beſſeren Verſtändnis die Bibel mit in die Kirche zu bringen, ja ſchon vorher zuhaus mit dem betreffenden Abſchnitt ſich vertraut zu machen: Wer den Text nicht vor ſich hat oder weiß, dem wird unſere Auslegung wenig dienen: „auch ich, der ich doch nun alter Prediger bin, könnte keinem zuhören, ich hätte denn den Text zuvor überſehen“ [12]).

---

1) De prof. Lb. Neujahr 44a. Proph. 15b. Joh. 18b. 19b, mit Abweichungen Symb. 49a. 233a. Proph. 19b. Buß. 69b.

2) Proph. 18b.

3) De prof. P. 2b. Symb. 262b. Vgl. Grundt, Luthers Verhältnis zur Vulgata: „Zeitſchr. für kirchl. Wiſſenſch. u. kirchl. Leben“. 1889, S. 31—59.

4) Lut. 21, 19. Kor. 293a.

5) De prof. M 3b. Proph. 51b.

6) Proph. 2, 71.

7) Sar. XV, 190b. Dil. 143a. Schonheim, Proverb. illustrata 1728, S. 49. Publ. Syr. 168.

8) De prof. P 2b.

9) Kor. 289a.

10) De prof. P. 2b.

11) Kor. 168a. 235b. 313b. 370b; 2, 89a.

12) Kor. 39a. 51a. 376b; 2, 3a. 37a.

Die Hebräer haben keine Neutra [1]). Daß in „ipse conteret caput serpentis" [2]) das Pronomen ipse auf Samen zu ziehen ist, ist kein Zweifel: das hebräische Wörtlein ist nicht gen. fem., und, weil die Hebräer kein Neutrum haben, gebrauchen sie das mascul. [3]).

Das Wörtlein תּוֹלָע [4]) ist Name eines Würmleins [5]); coccinum, vermiculus, ein Färber=Körnlein, so auf arabisch kermes genannt wird, daher Keſarmeſin=Atlas, κοκος βαφικος [6]). —

Bindemann [7]) findet nicht ganz verständlich: „Was nu Gott hic Abrahams Samen nennt, heißt er Gen. 8, 21 hominem cum hagediah, d. i. einen sonderlichen Menschen [8])": dieser Ausdruck begegnet noch mehrmals [9]); hagediah ist schlechte Transskription, vielleicht nur Druckfehler, für הַגְּדִיָּה, die rabbinische Bezeich= nung des Artikels [10]). —

Gen 17, 1 steht אֵל שַׁדַּי, Gott der Allmächtige oder Frucht= bare [11]), mammosus, wie die Heiden die Göttin des Getreides Cererem mammosam genannt: denn, wo Getreide, da kann man sich nähren und mehren [12]). —

צִיִּים heißt Einwohner der Wüste: weil aber der Satan in der Wüste und öden Orten wohnt, werden die Teufel צִיִּים ge= nannt [13]). —

שַׂרַרְתִּי heißt δεσποτειν sein im Hause des Herrn, auch, seine

---

1) Passion. 12 a.
2) Gen. 3, 15.
3) Neujahr 29 a.
4) Bei der oft willkürlichen Transskription des Mathesius ziehe ich die hebräische Schreibung vor.
5) Jesaj. 1, 18.
6) Passion. 14 b.
7) Die Bedeutung des Alten Testamentes für die Predigt. 1886 (über Mathesius S. 95—104) S. 102.
8) Proph. 2, 49 a.
9) Diſ. 149 b. Proph. 56 b.
10) Buxtorf, Lexic. chaldaicum, talmudicum et rabbinicum, 1640, S. 936. Gesenius, Lehrgeb. der hebr. Sprache. 1817, S. 197.
11) Vgl. שַׁד.
12) Passion. 18 a.
13) Christlindlein Pred. 3.

Feinde weislich angreifen, graviter, acute, diligenter, considerate perficere ¹). —

Gen. 8, 21 läßt ſich auch geben: Der Herr machte einen lieblichen Geruch, alſo active; רוח im Hiphil wird active geſetzt ²). —

גלל heißt volvere, devolvere, von ſich ſchieben, ſein Anliegen Gott offenbaren. Dieſe Metapher iſt von der Gewohnheit der Juden genommen; die haben ihre Bücher übereinander gewickelt, daher volumen und גל, cumulus, ein Hauſe oder Schober, und גלגל, rota seu sphaera, ein Rad oder Scheibe ³). —

Sach. 9, 9 ſteht נושע: salvatus, der zuerſt nicht salvus war, ſondern gelitten hat, bis in den Tod hineingeſtürzt und dann auferweckt iſt ⁴). —

Das ו iſt bisweilen bei den Hebräern causale und bedeutet Urſach, wie bei den Lateinern ⁵). —

Die Gelehrten meinen, weil das כ verificativum dabei ſteht, ſei Gen. 2, 18. 20 כנגדו von den ehrbaren Frauen die Rede ⁶): dieſer Brocken begegnet ſogar in einer Traurede, zu Ehren des Bräutigams, der Prediger war. —

Im neuen Teſtament ſchwankt die philologiſche Auslegung ähnlich zwiſchen Brauchbarem und Verkehrtem.

Lobenswert iſt es zuweilen, für die griechiſchen Ausdrücke auf die entſprechenden hebräiſchen zurückzugehn ⁷), der Hinweis auf die Parallelen bei den Klaſſikern ⁸), und das Streben, einen Vers durch andere zu beleuchten ⁹).

Das „als, ὡς, quasi" im johanneiſchen Prolog ¹⁰) iſt nicht

---

1) Paſſion., Jeſ. 52, 13 a.
2) Dil. 26.
3) Paſſion. 16 a.
4) Proph. 103 a.
5) Buß. 70 b.
6) Hochz. 17 a.
7) Joh. Pred. 32.
8) Ebr. u. zu 2. Kor. 7, 3. Kor. 2, 93 b.
9) Kor. 322 b.
10) V. 14.

mit dem Samosatener zu verstehn, als sei Christus nur ein imaginativum, phantasticum, cogitatum und idolon, ein erdichteter und abgebildeter Gottessohn, der nur von Gott dem Vater konzipiert wäre und erst in der Menschwerdung sein Wesen und selbständige Person bekommen habe. Arius ließ ihn auch einen großen Gott sein, aber gemacht ex nihilo vel ex non extantibus, er sei nur ein nuncupativus und genannter Gott. Das ὡς bei Johannes und den Hebräern oder quasi heißt etwas anderes. Sie brauchen ⸗ für ein Adverbium, in der Komposition vieldeutig, ein πολυσημον. Einmal heißt es ein Gleichnis, ⸗ similitudinis, als wie eine Rose unter Dornen; dann ⸗ veritatis, weil es an vielen Orten des völligen Handels Wahrheit bedeutet, wie auch Herodot das ὡς so braucht[1]). —

Kennzeichnend sind die Auslegungen: Matth. 11, 5, nach Matth. 5, 3, auch geistlich Arme[2]): Matth. 19, 24 Kamel oder Schiffstrick[3]); 1. Kor. 7, 21, wie Erasmus und Luther, „werde lieber frei"[4]); 1. Kor. 11, 10, gute Engel, wie Chrysostomos und Erasmus[5]): 1. Kor. 15, 29, nicht mit Erasmus, sondern mit Luther[6]); 1. Kor. 15, 32, nicht wie Tertullian und der Goldmund, sondern wie Theodoret, Ambrosiaster, Erasmus, Luther, Calvin, vom wirklichen Tierkampf[7]). Sehr auffallend, freilich gedeckt durch die Griechen, ist die Auffassung der Glossolalie als Reden in fremden Sprachen[8]). So wird die Glossolalie mit Hilfe des Pfingstberichtes erklärt, wie man jetzt umgekehrt von dem festeren Grund der Glossolalie aus die Pfingsterzählung zu begreifen sucht.

Die philologischen Erörterungen gleichen wiederholt einem

1) Joh. Preb. 32.
2) Symb. 27.
3) Post. B, 3, 11 b.
4) Kor. 184 b.
5) Ebd. 244 b.
6) Ebd. 339 a. S. ob. I, 578.
7) Kor. 339 b.
8) Leich. B 3 a. Vgl. G.

regelrechten Kolleg [1]); andrerseits werden nahe liegende Schwierig=
keiten gar nicht empfunden [2]).

Die bei der Auslegung mit unterlaufenden Eintragungen
sind häufig harmloser, wenn auch willkürlicher Art; so daß
Maria in Cana ihren Sohn auf den Weinmangel aufmerk=
sam gemacht, nachdem sie ohne Zweifel erfahren, daß er in
seiner Jugend ihr oft Wein statt Wasser gebracht hatte; „was
habe ich mit dir zu thun" heißt: Wie komme ich und du dazu,
da wir doch gebetene Gäste sind? [3]) Der von Christus ge=
heilte Aussätzige habe sich mit Essen und Trinken übel ge=
halten [4]). Im Garten Gethsemane büßend, was der erste Adam
in seinem Garten verschuldet, setzt sich der ewige Sohn Gottes
in den Staub und bestreut sich mit Asche [5]). Zu Maria Mag=
dalena sagt er: Ich bin in deinem Herzen noch nicht aufgefahren
zum Vater [6]). Das Brotbrechen in Emmaus war gewiß eine
Abendmahlsfeier [7]). Paulus hat in den drei Jahren in Arabien
vielen heidnischen Städten gepredigt [8]).

*　　*　　*

Einen bedenklichen Schritt vom Wege, freilich ganz in Luthers
Stil [9]), bezeichnet die tendenziöse dogmatische und apo=
logetische Exegese: Da es gegen Gottes Wesen ist, Gen.
3, 22 als Ironie aufzufassen, verstehen die Lehrer die Worte so,
daß Adam seiner selbst spottet. Es ist gebräuchlich, daß Adams
Wort Gottes Wort genannt wird [10]). Wie der Geist Gottes in
und durch Adam vor dem Fall geredet, ist ihm gleich nach seiner

1) Passion, Proph. 25b. 27a. 43f. 51b. 254b; 2, 64f.
2) S. ob. I, 340.
3) Post. A, 1, 54.
4) Ebb. A, 1, 59a, vielleicht Verwechselung mit Joh. 5, 14.
5) Hist. Chr. 2, 7b.
6) Ebb. 2, 67a.
7) Ebb. 2, 93b.
8) Kor. 3a.
9) Zöckler, Luther als Ausleger des alten Testaments. 1884, S. 20.
25f. Bindemann a. a. O., S. 95f.
10) Vgl. Gen. 2, 24. Matth. 19, 5.

Bekehrung derselbe wieder gegeben; dieser Geist spottet nun dem Adam. Das ist der einfältige Verstand der Worte[1]).

Gen. 4, 5 a steht nichts von der ewigen Erwählung, sondern Abel hat aus dem Wort den Sohn Gottes erkannt und durch den Glauben ein besser Opfer geleistet als Kain[2]), durch den Glauben Zeugnis bekommen von innen und außen[3]).

Gen. 6, 3 ist von dem Ratschlag Gottes mit dem Sohn zu verstehen, oder von dem Sohn, der durch den Mund der Propheten redet[4]).

Daß es Gott vor der Sündflut reute[5]), ist nicht von dem bloßen Gott zu verstehen, der in einem Licht wohnt, da niemand zukommen kann, sondern von dem offenbaren, der durch seinen Geist und Wort in der Gläubigen Herzen wohnt; es reut die Heiligen, die den Zorn Gottes vorausgesehen, wie viele biblische Zeugnisse zeigen[6]).

Noah ward unsträflich erfunden, heißt, er war durch fremde Gerechtigkeit vor Gott unschuldig, wird nur um Christi willen im Kasten erhalten[7]). Gott sagt: Ich will hinfort um des Menschen, d. h. um Christi, willen, der Mensch werden sollte, des Erdkreises verschonen[8]).

Ein wahrer Rattenkönig erzwungener christisierender Auslegungen steckt in der Exegese vom Segen Jakobs[9]). Die Gelehrten deuten ־־־ als Leibesfrucht[10]), so wird auch sonst der Messias bezeichnet[11]). Nach der guten Cabbala, ־ quiescere in Cholem, werden zwei Buchstaben[12]) des Tetragrammaton mit

---

1) Chelp. 61 f.
2) Hebr. 11, 4.
3) Chelp. 87 a.
4) Dil. 17 b.
5) Gen. 6, 6.
6) Dil. 32.
7) Sir. 3, 71 a.
8) Gen. 8, 21. Sir. 3, 71 a.
9) Proph. Pred. zwischen 3. u. 4. Advent. Gen. 49, 10—12.
10) Vgl. Deut. 28, 57.
11) Gen. 3, 15; 8, 21; 22, 18. 2. Sam. 7, 12. Luk. 1, 42.
12) ־ u. ־.

dem ‏שִׁיל‏ verbunden, d. h. dieſe Leibesfrucht ſei wahrer Menſch,
und Gott werde eine Zeit lang erniedrigt werden, quiescere,
die Kraft ſeiner Gottheit nicht rege machen. Daß die Mutter
eine reine Jungfrau, liegt in dem ‏ה‏ von ‏שִׁילֹה‏, da der Artikel
gen. fem. ¹) iſt.

Wann wird er kommen? Wenn das Scepter von Juda's
Linien wird entwendet werden, d. h. als Herodes das Sanhedrin=
Konſiſtorium abſchaffte, denn ‏מְחֹקֵק‏ heißt ein Schreiber, Schrift=
gelehrter. Auch des Geburtsortes gedenkt Jakob, weil er Judam
nennt, dem Bethlehem zugefallen war. Dieſer neue König und
Doktor wird eine allgemeine chriſtliche Kirche haben aus Juden
— der Eſel bedeutet die das Joch des Geſetzes tragende Syna=
goge — und Heiden, auf dieſe weiſt das unbändige Füllen: auch
die Pompa am Palmſonntag kommentiert dieſe Stelle. Er wäſcht
ſein Kleid in Wein, d. h. er leidet im Fleiſch, das er wie ein
Kleid angezogen; rote Tropfen bringen aus ſeinem Leib. Seine
Augen, d. h. Lehrer ²), predigen immerdar von ſeinem Blut; da
die Lehrer einen Mund haben, müſſen ſie auch Zähne haben,
werden geradezu Zähne genannt, wie Simſon mit einem Kinn=
backen die Feinde erſchlägt, als ein Typus Chriſti, der durch
den Mund der Unmündigen den Rachgierigen tilgt. Die Zähne
ſeien weiß, nicht ſchwarz, gelb oder angelaufen, die Lehrer ſollen
Unglauben und Bosheit nicht loben. —

In den Pſalmen ſind mancherlei Unterredungen; im 22. redet
der Sohn Gottes von Anfang bis auf die letzten ſechs Verſe,
dann erklärt der heilige Geiſt Chriſtum. Dieſer ſchreit in höchſten
Ängſten „mein Gott, mein Gott", zu Gott dem Vater und dem
heiligen Geiſt ³). Selbſt bei den Apokryphen, deren Sprödigkeit
gegenüber der lutheriſchen Dogmatik zu verſchmerzen geweſen
wäre, wird ſolche Alchimie geübt: Wenn Sirach von der ſünden=
tilgenden Macht der Almoſen redet, meint er nicht Gott, ſondern
den Menſchen gegenüber ⁴).

1) Luk. 2, 7u, ſie gebar.
2) Vgl. Num. 10, 31. Jeſaj. 55, 1. 1. Petr. 2, 2.
3) Paſſion. 29b. 11b.
4) Sir. 3, 7b.

Das Ende der Welt ist angebrochen am Ende des römischen Kaisertums, daher die Apostel die Zeit nach Christi Geburt die letzte Stunde nennen [1]).

*   *   *

Besonders mannigfaltigen Anlaß zum Straucheln gaben die sareptanischen Bestrebungen, das Verlangen, aus der Bibel eine Bergwerkspostille zu schürfen, wobei der Wunsch nur zu oft der Vater der Exegese wurde. Die Sarepta [2]) war ein fortlaufender Beleg dafür. Deut. 33, 25 soll heißen: Die Berge werden Eisen und Kupfer haben, statt: Eisen und Erz deine Riegel [3]). Tubal ist der Stammvater der Bergleute Europas [4]), denn aus Chaldäa und Babylon oder aus Groß= und Klein= Armenien hat man nicht fern an das euxinische Meer, daran Stahlschmiede und namhafte Bergleute wohnten. Allerdings wer= den ja unter Tubal die Tibarener an der Südküste des schwarzen Meeres verstanden.

Og, der König von Basan, scheint auch ein Bergmann ge= wesen zu sein, denn er hat im Gebirge gewohnt und sich ein eisern Bett machen lassen [5]).

רפאים bei Hiob 26, 5 sind Bergleute nach alter Auslegung [6]).

Sehr begierig wird die Deutung der Schlange in Hiob 26, 13 auf Erzgänge aufgegriffen; Hiob 28 ist eine besondere Fundgrube; Hiob 22, 23 paßt die falsche Auffassung Luthers, die für Bekehrung Gold und Silber verheißt, viel besser als die richtige, die im Gegenteil himmlische Schätze an Stelle der ir= dischen setzt [7]).

Die Weisen bringen in Bethlehem eine mächtige Goldstufe

---

1) Hist. Chr. 2, 139 b.
2) S. ob. I, 490 f.
3) Sar. I, 2 a.
4 Ebb. I, 12 b.
5) Ebb. III, 31.
6) Ebb. III, 31 a.
7) Ebb. III, 39 a.

bar [1]). Die Knappschaft von Philippi sendet Paulo Gulden ins Gefängnis zu Rom [2]). Der hebräische Gleichklang die Bezeichnungen für Kupfer und Schlange [3]) verführt zur Ableitung letzterer von ersterer; so wird Kupfer mit Zauberei und Wahrsagen in Verbindung gebracht [4]). Wie zu erwarten, wird die sehr zweifelhafte Deutung der versenkten Schätze im Sande auf Glasanfertigung festgehalten [5]). Wo Luther in Hiob 28, 17 Demant überträgt, hat Mathesius richtig Glas verstanden [6]); aber in Exodus 39, 11 spricht auch er irrtümlich von Diamant statt Jaspis. Ebenso mißversteht er mit Luther bei Jesaja 54, 12 die Zinnen als Fenster und wähnt, daß man schon in Zarpath Tafelglas gehabt habe [7]). Wiederum weicht er von Luthers Übersetzung „gläserne Gefäße" statt „Becher" ab [8]).

* * *

Noch gefährlicher werden die Riffe, wenn die Absichten der Sarepta sich mit denen der Lutherhistorien verschlingen.

Zunächst hat Obadja [9]) deutlich verkündet, daß die Sareptaner und Bergleute zum Reiche Christi kommen, und Bergstädte viele Heilande, große und selige Prediger geben werden [10]). An Jeremia's [11]) Aufruf der Reiche Ararat, Minni und Askenas über Babel wird die Erläuterung geknüpft: Nun zeugen die Gelehrten, daß die Askenas Deutsche seien, und Armenier und Menier vom Merkur und Quecksilber als Bergleute ihren Namen bekommen.

---

1) Sar. IV, 46 a.
2) Ebb. IV, 50 b.
3) נְחֹשׁ, נָחָשׁ.
4) Sar. VII, 70 b.
5) Ebb. XV, 189 b.
6) Ebb. XV, 187 a.
7) Ebb. XV, 189 b.
8) Ebb. XV, 190 a.
9) B. 20 f.
10) Lh. XV, 186 b; XVI, 199 a.
11) 51, 27.

2*

Also weissagt Jeremia, daß deutsche Bergleute gegen Babel,
d. h. das römisch-babylonische Gefängnis, aufstehen werden.

Bekanntlich wird die Frage nach den Wohnsitzen der Askenas
sehr verschieden beantwortet: geht die Bezeichnung auf die Ger-
manen, ja Deutschen, auf jüdische Einfälle zurück, von denen selbst
ein Knobel nicht abrückt, faßt man jetzt ein den Armeniern be-
nachbartes Volk, etwa in der Nähe des schwarzen oder kaspischen
Meeres, ins Auge.

Ferner sei Meni der Berg- und Kaufleute Abgott gewesen.
Merkur ist aber auch Quecksilber: mit Meni hängt Mennig zusammen, womit man Quecksilber und Zinnober bezeichnet. Armenien
heißt der Mennig- oder Metallberg. Mithin ist in jener Weissagung von deutschen Bergleuten die Rede, ja Mans- oder Mein-
feld soll vom Bergwerk von altersher gemeint sein[1]). So wird
Richtiges, Halbwahres und Falsches kühn durcheinander gewirbelt.

*
* *

Luther wie Melanthon — und Mathesius — würden außerhalb des Entwickelungsganges der Exegese gestanden haben, wenn
sie der geschichtlichen Aufgabe der Auslegung ausreichend nach-
gegangen wären und sich der Allegorie enthalten hätten[2]). —

Obwohl der besondere Gegensatz gegen diesen im Mittelalter
so ausschweifend getriebenen Mißbrauch nur eine Spielart von
dem allgemeinen Widerspruch gegen dasselbe zu sein scheint, hin-
derten verschiedene Kräfte die gradlinige Auswirkung des neuen
glücklich auf die Bahn gebrachten Grundsatzes. Da blendete ein
fort und fort bewunderter Stern des Mittelalters, wie der heilige
Bernhard, der überall im alten Testament messianische Typen
aufjagte: da verwirrte das Altertum, in dem ein Origenes mit
seiner phantastischen Willkür den ungeheuren Einfluß übte; da
beirrte Augustin's, eigentlich gegen seinen Grundsatz verstoßende,
unbändige allegorische Lust um so mehr, als er eine Hauptsäule
des religiösen Neubaus geworden war: da schmeichelte sich, wie

---

1) Lh. XV, 186b: XVI, 200a.
2) HRE. VI, 31. Zöckler a. a. O., S. 19f.

immer, wie bis heute, die homiletische Nutzbarkeit ein. Wenn
man von Luther sagen kann [1]), daß seine Allegorieen nur als
Schmuck und Spiel, nicht als Beweise gemeint sind, gilt das von
Mathesius nicht [2]). Unzähligemal schiebt er den einfachen Sinn
beiseite. Wenn er auch nicht bis zur äußersten Entartung des
kabbalistischen Zahlenhumbugs sich hinreißen läßt, liebäugelt er
doch mit ähnlicher Geheimniskrämerei. Zwar sagt er: Die Vergleichung der Schriftstellen ist die beste Dolmetschung; vom schlichten
Text dürfen wir nicht weichen, es sei denn, daß uns die Weise,
zu reden, oder die gebräuchliche Metapher vom Text abführe [3]).
In Allegorieen soll man Maß halten, damit der Schrift nicht
Gewalt geschehe; der Literalsinn ist der Kern in der Biblien,
das andere ist nur Spreu und Hülsen [4]). Er spottet über die
origenistische und wiedertäuferische Art, das Wort hintanzusetzen
und den eignen Geist mit heimlichen Deutungen zu rühmen [5]).
Allegorieen beweisen keinen Artikel des Glaubens, sondern dienen
dazu, den gegründeten in einem Gemälde den Einfältigen deutlicher zu illuminieren [6]). Und nun doch diese Abirrungen von
den richtigen Grundlinien, die sich bis zu einem „es gefällt mir
nicht übel" [7]) versteigen, was an Zinzendorfs, selbst das Los ver-
bessernde, Papstformel „es ist mir so" erinnert!

Die Allegorie im besonderen Sinn will der Bedeutung des
Schriftwortes entsprechen, die auf Christus und die Kirche geht;
innerhalb dieser Grenzen findet sie sich allerdings auch in be-
weisender Absicht bei Luther, der schrankenlos das alte Testament auf Jesus bezieht, das Aufspüren von Messianismen em-
pfiehlt [8]). Das hat seine tiefere Begründung in der verkehrten
Auffassung der Bibel als einer Sammlung unverbrüchlicher Gesetze

1) Köstlin II, 284.
2) Bindemann a. a. O., S. 97.
3) Symb. 262 b.
4) Post. B, 4, 15 a. Vgl. Kor. 140.
5) Kor. 2, 33 b.
6) Post. B, 4, 11 b
7) Proph. 166 b.
8) Diestel, Geschichte des alten Testaments. 1869, S. 263.

Gottes. Von zwei zulässig scheinenden Auslegungen wird dann sicher die gewählt, die eine Verheißung in sich schließt; das ist feiner und bequemer [1]). Man bedachte nicht, daß eine übertriebene Christifikation eine alles Geschichtliche willkürlich zersetzende Kritik ebenso in sich birgt, wie der dogmatische Intellektualismus des Mythizismus [2]).

Christus ist subjectum und materia in der heiligen Schrift, der heilige Geist der Kommentar [3]). Wie das neue Testament von dem gebornen Christus redet, also das alte an allen Orten von dem ewigen Sohne Gottes, durch den alle wunderherrlichen Thaten bei dem Volk Israel geschahen [4]). Unser und der Patriarchen Religion ist gar einerlei, nur, daß sie vom Herrn Christo geprebigt, der hat sollen Mensch werden, wir aber von dem, der Mensch geworden ist [5]).

Wo der Geist Christi ist, da ist Freiheit vom Gesetz und eine neue Klarheit, daß man in allen Kapiteln auch im alten Testament Jesum Christum finden kann [6]). Wir haben eine nützliche Regel Luthers: Die Propheten haben mehr von Christo, der da hat sollen Mensch werden, denn von Gott dem Vater geschrieben [7]). Es liegt doch am meisten an der Erkenntnis Christi, darum sollen wir ihn in den Windelein und Häderlein (Lappen) der Schrift, in den Opfern und Schlachtungen der Patriarchen, in allen Figuren und Gemälden suchen [8]). Alle Prebigt, Historien und levitische Figuren weisen einträchtig mit des Vaters Hand vom Himmel und des Täufers Finger auf Christum [9]). Gott thut nichts, das er nicht zuvor durch seine Propheten verkünden läßt, und, wenn die lieben Engel prebigen, reden sie aus den

---

1) Kor. 382b zu Pf. 27, 14b.
2) Diestel a. a. O., S. 62.
3) Kor. 2, 33b.
4) Hist. Chr. 8a.
5) Dil. 137a.
6) Post. B 3, 98a.
7) Dil. 143b.
8) Ebb. 211b.
9) Hist. Chr. 19a.

Propheten, wie auch Gott ſelbſt aus dem Jeſaja predigt, und Chriſtus und die Apoſtel ihre Predigten und Schriften aus dem Brunnen Israels ſchöpfen [1]).

Davon, daß Chriſtus in ſeinem Text zu finden ſei, iſt Ma=theſius von vornherein überzeugt. Die Vermittelung zwiſchen den beiden Deutungen iſt ſehr gewaltſam. Allerdings werden die typologiſchen Bohrungen meiſt nach neuteſtamentlichen Winken angeſtellt [2]).

Das Geheimnis von zweierlei Leben, angedeutet in dem Dual [3]) bei der Odemeinblaſung [4]), iſt in Pauli Auferſtehungs= kapitel erklärt [5]) vom erſten und zweiten Adam [6]). —

Adam fällt in einen tiefen Schlaf zum Vorbild des ewigen Mittlers, der auch am Kreuz entſchlafen würde, aus deſſen Blut und Fleiſch auch die Braut Chriſti ſollte erbaut werden [7]). —

Im Protevangelium will Chriſtus lehren, da die Füße bib= liſch [8]) das Predigtamt bedeuten, daß der Teufel nicht allein dem Haupt, Chriſto, ſondern auch ſeinen Gliedmaßen und Legaten wird feind ſein [9]). —

Als Adam durch Gottes Zorn getroffen iſt, gedenkt er an den Artikel von der Erlöſung, weil er glaubt, er habe auch durch denſelben Weibesſamen Erlöſung erlangt; er ſagt: Ich tröſte mich des Lebens, ſo der Lebendigmacher ſelbſt iſt, der aus einem Weibe wird geboren werden. Darum nennt er ſein Weib Eva, die Mutter des Lebens, des lebendigen Herrn, wie ihn Eva [10]) und Eliſabeth [11]) den Herrn nennen [12]): Eva bezeugt eben auch durch

---

1) Hiſt. Chr. 38 b. 79 a.
2) Vgl. Bindemann a. a. O., S. 97. 101.
3) חַיִּים.
4) Gen 2, 7.
5) 1. Kor. 15, 45.
6) Proph. 87 b.
7) Hochz. 3 b. Hiſt. Chr. 2, 54 a.
8) Jeſ. 52, 7.
9) Neujahr 49 b.
10) Gen. 4, 1.
11) Luk. 1, 43.
12) Eheſp. 55 b.

ihre Namengebung, daß sie geglaubt, der Messias werde Mensch und Gott sein[1]). Grammatik und Kontext sowie die gelehrtesten Theologen lassen diese Meinung gar wohl zu. Adam und Eva haben an Christum geglaubt und auf ihn gehofft. Die ersten Väter sind durch den Glauben und die Erkenntnis Christi erhalten und selig worden. —

Die Felle, deretwegen Gott Tiere schlachtete und die er Adam und Eva anzog, nach dem Verheißungswort als äußerliche Zeichen, sollten jene lehren, Opfer darzubringen und dabei von dem Werk der Erlösung[2]) zu predigen, durch die Kittlein sich des Osterlämmleins und seiner Gerechtigkeit zu erinnern[3]). Der verheißene Same sollte ja ein Schlachtopfer und Lamm Gottes werden, von dessen Fellen die nackten Sünder gekleidet werden; die Feigenblätter und menschliche Gerechtigkeit sind dazu gethan; die Gerechtigkeit des unbefleckten Lammes thut's allein[4]). Zu solcher Erinnerung wäre es fein, wenn die Eltern ihren Kindlein das Westerhemblein (Taufkleid) aufhöben und neben dem Patengeld auf die Hochzeit schenkten, zum Zeugnis der Taufe. So hat Rebekka des Erstgebornen Amts- und Festkleider treu verwahrt und sie dem Jakob angezogen[5]). Jene Worte[6]) sind lautere hieroglyphica egyptica, voll verborgener Kabbalageheimnisse; in solche dunkle Reden hat Gott große Dinge eingewickelt[7]). —

Abel soll Ostern, in Zuversicht des ewigen Mittlers, sein Opfer gethan haben; die größten Wunderwerke auf Erden sind um Ostern geschehen, die Schöpfung, Sodoms und Jerichos Untergang, alles zum Vorbild des Todes Christi[8]). —

Abel erkennt in der Schlachtung des Tieres den Sohn Gottes und predigt, wie hernach Seth, seinen Schwestern von den Leiden

---

1) Ehesp. 73a.
2) Ebd. 56b.
3) Frage-Post. O 4.
4) Ehesp. 56b.
5) Frage-Post. O 4.
6) Gen. 3, 20 f.
7) Ehesp. 55b.
8) Post. B, 4, 7b.

des verheißenen Samens. Gott oder Gottes Sohn gießt auf
Abel sichtbarlich durch das Feuer den heiligen Geist aus [1]). —

Noah bekennt den wahren Messias vor seinen Kindern [2]);
„gelobet sei Gott, der Herr Sems“, heißt Christus, der aus
Sems Linien kommen sollte [3]). —

Abraham läßt des Knechtes Hand über seine Hüfte legen,
wie man früher auf das Kruzifix [4]) oder ein Evangelienbuch
schwur [5]). —

Gen. 19, 24 ist ein klarer Text: Der Herr, der Sohn Gottes,
ließ Schwefel und Feuer vom Herrn vom Himmel, d. i. von
Gott dem Vater, regnen [6]). —

Isaak heißt nicht so, weil Sara lachte, sondern als Weissagung, daß aus diesem der Messias sollte geboren werden, über
dessen Geburt viele sich freuen und lachen würden, wie auch
Christus dies Lachen erklärt: Abraham sah meinen Tag und
freute sich [7]). —

Jakob befiehlt sich ohne Zweifel dem Sohne Gottes, ehe er
in Bethel einschläft [8]). Seine Hüfte wurde verrenkt, die Israe-
liten durften von der Spannader auf dem Gelenk nicht essen,
um anzudeuten, daß Christus wohl Jakobs Sohn, doch ohne
Mannes Zuthun, allein aus einem Weibsbild kommen sollte [9]). —

Josephs Kerker bedeutet Christi Grab. Beide kommen unschuldig hinein. Schenk und Bäcker bilden das menschliche Geschlecht ab, des Schenken Träume die Gerechten, die an den
grünen Weinstock glauben mit den drei Reben, den Sohn Gottes,
in dem die ganze Gottheit leibhaftig wohnt. Sie nehmen den
Becher Gottes mit Geduld an. Wer aber von Vögeln und

---

1) Ehesp. 86 b. 87 a.
2) Frage-Post. t 2 b.
3) Dil. 246 b.
4) Dil. 246 b.
5) Hist. Chr. 10 a.
6) Ebd. 7 a.
7) Ehesp. 136 b.
8) Leich. Jj 4 b.
9) Hist. Chr. 1, 10. Vgl. Hochz. 80 a.

Teufeln träumt, dient dem Mammon und Bauch, kommt an den lichten Galgen, erwacht zu ewiger Schmach, sein böses Gewissen kreischt [1]) ihn wie der Aasgeier den Prometheum [2]). —

Moses ruft seinen einigen Arzt, den Sohn Gottes, an [3]). Der ist abgebildet im Gesetz [4]), in der Bundeslade [5]), den Schaubroten [6]), dem Fels in der Wüste [7]), dem brennenden Busch [8]), wie schon im Regenbogen und in der Jakobsleiter, wie im Thau und Fall Gideons, als einem Bild der Menschheit vor und nach Christi Kommen [9]). —

In der Ordnung für die Kindelbetterinnen [10]) hat Moses ein Geheimnis vorstellen wollen: „wenn ein Weib besamet wird", deutet darauf hin, daß einmal ein Kindlein sollte geboren werden ohne männliches Zuthun, und hat daneben diese Jungfrau von seinem Gesetz befreien wollen; dennoch ist jenes Gesetz befolgt um unsertwillen, um aller Gerechtigkeit genug zu thun [11]). —

Alle Opfer sind nur Typen gewesen, bei denen vom verheißenen Samen und seinem Tod geprediget wurde [12]). —

Das Posaunenfest fällt auf denselben Tag wie der Anfang der Täuferpredigt, das Versöhnungsfest, ein Vorbild der vollkommenen Erlösung, auf den der Taufe Christi [13]). —

Moses schreibt, wenn die Wolke, die der Sohn Gottes auf die Zeit zur Offenbarung angenommen hat, sich über die Stiftshütte ließ, lagerte sich das Volk, hob sie sich auf und schwang sich über sich wie ein Nebel, brach es auf. Weil nun der Herr

---

1) tröschen, röschen, hart braten.
2) Post. B, 4, 4 bf.
3) Sir. 2, 119a.
4) Christkindlein 15a.
5) Proph. Pred. 7.
6) Post. B, 3, 89 b.
7) Hist. Chr. 15 b.
8) Ebb. 54a.
9) Christkindlein 15a.
10) Levit. 12.
11) Post. A, 63a. B, 3, 51a.
12) Sir. 2, 80a. Dil. 136a.
13) Hist. Chr. 74 b. 76 b.

ſich zu Jeruſalem mit ſeinen Heerſcharen, Apoſteln und Evange-
liſten niedergelaſſen hatte, und dies geiſtliche Heer fortreiſen ſollte
in alle Welt, erhebt er ſich und fähret über ſich, anzuzeigen, daß
er eben der ſei, der ſich in der Wüſte Sinai offenbarte, und,
daß nun ſein Zeug, die lieben Apoſtel, ſollten auf ſein und immer
fortreiſen von einem Ende der Welt an das andere, bis daß ſich
dieſe Wolke wieder auf dem Regenbogen [1]) herniederlaſſen und am
jüngſten Tag erſcheinen werde [2]). —

David betet zum ewigen Sohn Gottes, der mit dem Vater
auch der rechte Herr Jehova iſt [3]), gewiß, daß der Meſſias ſein
Sohn ſein werde [4]). —

Pſ. 22, 10 will ſagen: Jch bin nicht aus männlichem Samen
geziegelt (gezeugt), ſondern von einer reinen Jungfrau, ohne
Sünde vom heiligen Geiſt empfangen [5]); Pſ. 27, 9: Nimm dein
Wort nicht von uns und verbirg deinen Sohn, den einigen Mittler
nicht, ich berufe mich allein auf deines Sohnes Beſprengung,
Blut und Tod; Vers 13: Jm Lande der Lebendigen, unter denen,
die Wort und Sakrament genießen [6]). Ohne Umſchweif wird
orakelt: Gott [7]), d. h. der Sohn Gottes; Pſ. 51, 16 iſt ein ſehr
ſchöner Vers von der Dreifaltigkeit [8]).

Jm 110. Pſalm will uns Chriſtus die Lehre von ſeinen
beiden Naturen vorhalten; ſchon in Samuelis [9]) und der Chronik [10])

---

1) Vgl. Apot. 4, 3. Weim. A. I (1883), 694. „Der Regenbogen nach
heidniſcher Sage und im chriſtlich. Glauben", „Beweis des Glaubens"
1882, S. 78 f. 156: Auf dem wittenberger Kirchhof befand ſich über dem
Eingang in Stein (1310) die Figur des Weltenrichters; Chriſtus thront auf
einem Himmelsbogen. Dieſelbe Figur, größer an der Stadtkirche (1565)
und auf dem Siegel dieſer Kirche, ſoll früher das Stadtwappen geweſen ſein.
S. ob. I, 430.

2) Poſt. A, 2, 32 a.

3) De prof. F 4 b.

4) 2. Sam. 23, 1—8. Frage-Poſt. A 2 b.

5) Paſſion. 15 a,

6) Cheſp. 380 b. 382 a.

7) Pſ. 46, 1. Dil. 91 a; vgl. 103 b.

8) Buß. 140 b. 141 b.

9) 2, 7, 4.

10) 1, 17 (18), 3.

steht deutlich vom verbum Jehovah, verbum Elohim, das Wort
der Götter, d. i. die heilige Dreifaltigkeit. Helleres Zeugnis von
den beiden Naturen in Christo haben wir im alten Testament
nicht, denn in diesen zwei Orten, die dasselbe ausdrücken.
‫דמות‬ [1]) heißt wie ‫דמה‬ dispositio, Weise, wie Paulus es aus=
legt [2]) μορφη; so braucht Johannes [3]) das quasi oder ‫כ‬ veritatis,
als des Eingebornen vom Vater, d. i. der wahre Eingeborene
und wahre Gott. Es thut aber David noch ein ander Zeugnis
von der Einigkeit des göttlichen Wesens und Vielheit der Per=
sonen in der Einheit hinzu. Er nennt ausdrücklich Gott Einen
Gott, dieser einige ist dreifaltig. Dies versteht auch David,
weil hier der Vater von seinem Sohn durch seinen Geist redet;
Subjekt und Prädikat steht im Plural, wie im Buch Josua [4])
‫אלהים קדשים‬, die heiligen Götter, und folgt flugs das pronomen
singulare darauf, ihm ein Volk zu erlösen [5]); d. h. eins ist drei,
und drei ist eins, und zwei ist eins. Denn, obwohl die mittlere
Person allein Davids Sohn ist, ist doch Vater und heiliger Geist
in Christo. Das sind gewisse Zeugnisse von den beiden Naturen
in Christo und der heiligen Dreifaltigkeit [6]). —

Haggai [7]) setzt zu ‫חמדת‬ den Plural, mit dem Geheimnis, daß
in Christo, dem Trost, diesem Erasmus desideratus, der Vater
und Geist und die ganze Fülle der Gottheit wohnt [8]). —

Der Jesus=Name ist zusammengesetzt aus Jehovah und ‫איש‬,
Gott und Mensch, θεανθρωπος. Die menschliche Natur nimmt
der Sohn Gottes an sich und trägt sie, legt sie auch nicht ab;
darum wird das ‫ש‬ zwischen eingebracht und in das Jehovah gesetzt.
Dieweil er sich aber im Fleisch erniedrigt hat, wird der verkürzte

_____

1) 1. Chron. 17 (18), 17.
2) Phil. 2, 6.
3) 1, 14.
4) 24, 19.
5) 2. Sam. 7, 23.
6) Proph. 268 a.
7) 2, 7 (8).
8) Proph. 245 a.

Name ⁓︁ gesetzt [1]). Man wird hier an die Stelle aus Eras=
mus' „Lob der Thorheit" erinnert, die die mysteriöse Ausdeutung
des Namens Jesu geißelt [2]). —

Hiob [3]) tröstet sich: Ich will Gott sehn, aus oder von meinem
Fleisch, d. h. Christum. —

In dem, „der von Edom kommt, mit rötlichen Kleidern" [4]),
d. i. mit Blut besprengt, wird der Sohn Gottes abgemalt, wie
er am Kreuz hängt [5]). —

Die Quelle aus Ezechiels Tempel [6]) bedeutet Christum, wie
dieser seinen Leib Tempel nennt [7]). —

Bei dem außerordentlichen Gewicht, das Mathesius auf die
Messianismen legt, ist es auffallend, daß er viele Stellen, die ihm
bedeutsam hätten sein müssen [8]), unberücksichtigt läßt, obwohl er
sich allerdings dagegen verwahrt, alle aufzählen zu wollen [9]).

Auch im Sirach [10]) ist von den Christgläubigen die Rede, die
Kreuz und Verfolgung leiden; „wachset wie die Rosen", heißt:
Seid schöne Röselein, mit dem Blute Christi gefärbt: Kapitel 18
ist von der Erlösung zu verstehen [11]). — —

Die mystische Deutungslust, die ihren Hauptreiz in den typo=
logischen Anknüpfungspunkten des alten Bundes findet, geht auch
im neuen nicht leer aus.

Weil Gesetz und Propheten nur bis auf Johannes währen
sollen, verstummt Zacharias, stirbt Johannes im Kerker, ohne
Erben. Maria hat auch keinen Sohn mehr: also stirbt die

---

1) Proph. Preb. 7.
2) Basil. 1676, S. 167.
3) 19, 26. Leich. B bbb 3 b.
4) Jes. 63, 1.
5) Passion. 15 a.
6) 47, 1.
7) Hist. Chr. 2, 54 a.
8) Mehrere bei Jesaja; Jerem. 33; Ezech. 34; Dan. 12; Hosea 11;
Ps. 45.
9) Hist. Chr. 2, 76 a.
10) 39, 17.
11) Sir. 7 b, 3, 3 a. 109 a.

königliche und priesterliche leibliche Succession, weil der rechte
König und ewige Priester erschien [1]). —

Wie aus dem alten Eselskinnbacken zu Simsons Zeiten ein
seliger Brunnen sprang [2]), also mußte aus dem alten, stummen,
lastbaren Zacharias der Täufer geboren werden, der mit seinem
Zeugnis viele Leute tränken sollte. Er hat wilden Honig gegessen,
der ein schön Bild seiner Lehre, die süß ist und das Herz kräftigt,
vom Himmel aus des Vaters Schooß träufend. Er aß Heu-
schrecken, eigentlich Krebse, die den Schlangen feind, wie er das
Otterngerück [3]) bekriegte [4]). —

Die Weisen bringen Myrrhen als zu Christi Begräbnis [5]). —

Maria nimmt als arme Sechswöchnerin kein leiblich Lämm-
lein, sondern zwei junge Tauben, läßt sich genügen an dem himmlischen [6]).

Bethanien heißt ein Trauerhaus oder des Elends, Maria und
Martha hatten auch ihren Namen von der Trübnis [7]). —

Der Maulbeerbaum, auf den Zachäus kletterte, war ein
ägyptischer Baum, mit einer sauren Frucht, die nicht zeitig wird,
man habe sie denn geritzt und mit Öl bestrichen; ein feines Bild
des jüdischen Volkes, an dem die heilige Dreifaltigkeit kein Gefallen hat, es sei denn, daß sie mit dem Gesetz geritzt und dann
mit dem heiligen Geist gesalbt werde. Auf diesem Baum, unter
dem Volk des Gesetzes, steht die unreife Frucht Zachäus, schon
geritzt durch des Täufers Bußpredigt; durch Christus wird sie
reif und fällt ab [8]). —

Die Felsen zerrissen, wie dem rechten Fels die Seite mit
einem Speer geöffnet wurde [9]). —

1) Post. B. 4, 48 b.
2) Judic. 15, 19.
3) S. ob. I, 368, 2.
4) Post. B, 4, 42 a.
5) Hist. Chr. 1, 54 a.
6) Post. A, 63 a.
7) Ebb. A, 99 b.
8) Post. B, 4, 70 a.
9) Hist. Chr. 2, 50 a; vgl. 2, 15 a. 17 b.

Daß Christus der Magdalena als Gärtner erschien, hat sein Geheimnis. Im Garten fielen wir aus der Gemeinschaft Gottes durch Übertretung eines Weibes; im Garten will Christus uns durch ein Weib verkünden lassen, daß wir wiederum in die Bruder=schaft Gottes versetzt sind [1]). —

Auch die Parabeln werden von der Mystifizierung nicht ver=schont. Während ein schärferer Einblick in ihre Eigentümlichkeit sie fern halten sollte, muntert ihr dichterischer Charakter gerade wieder dazu auf, auch über die erweislich nächste Absicht hinaus allerlei in sie hineinzugeheimnissen und namentlich die im Grunde nur schmückenden Einzelheiten auszubeuten. Diese Verkehrtheit ist nicht einmal heute, sogar aus der Wissenschaft, ganz verbannt. Die Parabel vom barmherzigen Samariter ist die Historie der ganzen Welt auf einem kleinen Täflein; wie Adam erschaffen, gefallen, vom Teufel verwundet ist, so daß weder Gesetz noch Opfer das menschliche Geschlecht heilen konnten, Er aber, als der rechte Samariter uns verbindet und heilt durch die Predigt und Sakramente [2]). —

Im Gleichnis von der königlichen Hochzeit ist die Kirche die Braut, Christus der Bräutigam, aber als geschlachtetes Lamm die Speise, von der wir durch den Glauben essen [3]). —

* * *

An die allegorische Exegese, in der besonderen Bedeutung des Wortes, als Typologie auf Christus und die Kirche, schließt sich die tropologische oder moralische, mit dem Blick auf das sittliche Verhalten des Christen.

An die berühmte Auslegung im Brief des Barnabas [4]) er=innert die, daß das Deuteronomium [5]) mit Schweinefleisch grobe Biersauen, mit Raben und Nachteulen Diebe zu meiden ge=biete [6]). —

---

1) Hist. Chr. 2, 69a.
2) Ebd.. 96a. Vgl. Post. A, 2, 80b. 109a. Symb. 250b.
3) Symb. 279b.
4) Kap. 10.
5) 14, 8. 14f.
6) Kor. 149b.

In der Schule zu Gilgal [1]) geht es mit Parteken [2]) und
saurem Kraut zu; den Präceptor nennt man einen Kahlkopf,
seine frommen Schüler rasend; da muß man des Mehles des
Wortes in christlichen Schulen wohl wahrnehmen [3]). —

Wie Maria in Bethlehem soll die Christenheit mit ihren
Brüsten und Vermögen den schwachen Christum auf Erden in
seinen Gliedern säugen und ernähren [4]). —

Wie Jesus mit der Fußwaschung das Predigtamt ehrt,
sollen wir es unbefleckt erhalten [5]). Wie die Frauen den Auf-
erstandenen an die Füße greifen [6]), halte sich, wer ihn fassen will,
an seine lieblichen Füße, eben an das Predigtamt [7]). —

Wegen der Aufschrift am Kreuz, gleich Aarons Stirnblatt,
mit dem Ausdruck der Herrlichkeit Gottes in den drei schönsten
Sprachen: wegen der hebräischen und lateinischen Worte in den
Evangelien: wegen der Zungengestalt des heiligen Geistes zu
Pfingsten, müssen wir die Sprachen, mit denen das Evangelium
zu uns gekommen ist, lieb und wert halten samt allen, die sie
uns lehren [8]).

Auch der schon [9]) genannte Karthäuser Ludolf von Sachsen
hebt hervor, daß die drei Sprachen durch die Aufschrift des
Kreuzes geheiligt sind [10]).

*   *   *

Nach allen diesen Beispielen tritt ein f r e i e r e r, f a s t r a t i o -
n a l i s t i s c h e r Z u g in der Exegese um so überraschender auf.

---

1) 2. Reg. 4, 2.
2) S. ob. I, 21, 6.
3) Post. B, 3, 89 b.
4) Ebd. I, 33 a.
5) Hist. Chr. 110 b.
6) Matth. 28, 9.
7) Hist. Chr. 2, 71 b. S. ob. S. 23, 8.
8) Ebd. 38 a.
9) S. ob. I, 477.
10) Hase, Geschichte Jesu (1891), S. 144.

Die Schwerter der Paradieseswächter sind Flammen, die Engelgestalten, als wenn es wetterleuchtet [1]). —

Die Aushilfe, daß Manna eine Art des Gemüses oder Getörnes sei, so mit dem Thau niederfällt, wird nicht abgewiesen [2]). —

Die Beseitigung der Koloquintengefahr durch Elisa [3]) ist ein Wunder, aber ohne Zweifel hat es etwas Natürliches bei sich gehabt, wie Jesaja die Feigen auf Hiskia's Sterbedrüsen legt [4]), und die Kranken mit Öl [5]) oder Balsam gesund gemacht werden [6]). —

Die Engel zu Bethlehem fahren wieder gen Himmel, d. h. sie verbergen sich als unsichtbare Kreaturen [7]). —

Satan spricht in der Versuchung zum Herrn oder schießt ihm solche Gedanken ins Herz, zeigt ihm leiblich oder im Gesicht alle Reiche der Welt [8]).

Über die Höllenfahrt heißt es erst: Wir können sie nicht verstehn, nur glauben; dann: Sie bedeutet, daß Christus in die untersten Örter der Erde gefahren ist, sich eine Zeit lang aller seiner göttlichen Ehren und Majestät geäußert hat, der verachtetste Mensch, ein Schlachtlämmlein, Fluch und Sünde geworden ist und von Tod und Hölle sich hat verschlingen lassen. Darum legt Paulus [9]) sehr schön aus: Er ist aller Welt Knecht und Diener worden, d. h. niederfahren [10]).

Auffahren im hohen Handel von der Himmelfahrt müßt Ihr nicht verstehn, als wenn ein Steiger aus einem tiefen Schacht zu Tag fährt oder an einer Leiter oder Treppe auf einen Söller über sich steigt, wie die Apostel, als sie vom Ölberg heimkamen [11]):

---

1) Ehesp. 69 a.
2) Kor. 218 a.
3) 2. Reg. 4, 39.
4) Jesaj. 38, 21. 2. Reg. 20, 7.
5) Mark. 6, 13. Jak. 5, 14.
6) Ehesp. 262 b.
7) Post. B, 32 a.
8) Ebd. A, 81 b. 82 b. Vgl. Hist. Chr. 84 a.
9) Phil. 2, 7.
10) Hist. Chr. 2, 60 a. 115 b.
11) Akt. 1, 12. — Post. A, 2, 32 b. Symb. 183 b.

nicht wie die Künstler und Sternseher von Himmeln reden: daß
der Herr hinauf an einen Ort in den höchsten oder feurigen
Himmel gefahren sei und sitzt allda unter den Englein und sieht
herunter auf die Erde, wie Lucian die heidnischen Götter ver=
spottet [1]): sondern es heißt nach der Schrift, zu großen Ehren
kommen, ein mächtiger Herr werden; wie wir dies Wort auch
brauchen: Der Mann steigt, kommt höher ans Brett [2]), wird ein
hoher Offizier. Es ist einerlei Rede: Gen Himmel fahren, zur
Rechten Gottes sitzen, in die Herrlichkeit des Vaters eingehen und:
Alle Gewalt haben im Himmel und auf Erden [3]).

„Wiederkommen" heißt nicht, eine Fahrt vom Himmel machen,
sondern erscheinen, wie den 500 Brüdern [4]). —

Die Vorschriften 1. Kor. 11 [5]) lehren nicht von der Recht=
fertigung und sind nicht so streng mönchisch und buchstäblich zu
verstehen, sondern auf bürgerliche Weise. Denn in diesen Sachen
läßt die Natur auch selbst viel nach und dispensiert nach Landes=
sitten oder wegen Leibesschwachheit. So es sehr kalt ist, ist es
keine Sünde, wenn man in der Kirche auf dem Predigtstuhl das
Mützlein oder Barett auf dem Haupt behält. Man soll auch
dem Leib seine gebührliche Ehre thun [6]).

Inbezug auf die Erweckungsposaune sei die Darstellung, daß
Engel aufblasen, ein Gemälde für Kinder. Sie ist nicht zu ver=
stehen von einer messingenen Posaune, Trompete, Klarete [7])
oder Türmerhorn, auch nicht von einem Achhorn, damit man
deutet (tutet), wenn man die großen Wetter zertreiben will, da=
von die alten Deutschen ein Sprichwort gemacht: Schlafe, bis
Michel deutet [8]): sondern es heißt: Ein groß Wetter [9]): während

1) Post. A, 2, 33a.
2) Vom „grünen Tisch" in der Ratsversammlung; am Brett sein = an
der Regierung sein.
3. Post. A, 2, 32b. 34a. 33a. Hist. Chr. 2, 115b.
4) Hist. Chr. 2, 139b. Post. B, 2, 189b.
5) V. 4—6.
6) Kor. 242b. S. ob. I, 276.
7) S. u. S. 121, 7.
8) Wander IV, 204.
9) Leich. 14b. Kor. 354a nach Pf. 29. Mark. 3. Joh. 5. 1. Thess. 4.

doch wirklich der Apostel die Anschauung der Erweckungsposaune aus
dem volkstümlichen Vorstellungskreis aufgenommen haben dürfte. —

In 1. Kor. 10, 8 im Vergleich zu Num. 25, 9 hat vielleicht
der Schreiber geirrt; in 2. Kor. 1, 6 sind ohne Zweifel vom
Dolmetscher Worte hinzugethan, denn das Geschick dieser Rede
ist etwas verwirrt [1]).

*   *

Wieder ein anderes Gesicht zeigt die Exegese in bezug auf
Realismus und Volkstümlichkeit. Letztere bekundet sich
vornehmlich in starken Zeitwidrigkeiten, in der Anwendung der
Hystera=Protera auf kirchlichem, staatlichem und gesellschaftlichem
Gebiet.

Rebekka räuchert in ihrem Haus mit dem Vaterunser [2]), das
auch Pfarrer [3]) David betet [4]). Mirjam lehrt die Frauen und
Jungfrauen den Katechismus, führt einen Kirchen=Reigen an, hält
einen Jungfrauen=Chor [5]). Aaron richtet eine Kälbermeß und
Kirchentanz an [6]); Moses' Pfarrkinder murren, gedachten an ihr
altes Papsttum, die römischen Granatäpfel und Mönchsfeigen [7]).
Elisa visitiert die Schulen im Land, wie Petrus Dresdensis [8]),
so von Prag zu Hus' Zeiten vertrieben, Dresden, Freiberg und
Chemnitz versorgt haben soll. Er besucht erstlich die Universität
Jericho, in Bethel schelten ihn verlaufne Vaganten [9]). Gabriel
heißt Gottes Legat und Sekretär, Joseph ein rechter Kirchen=
und Schul-Vater, der Täufer Herodes' Hofprediger und Hofrat [10]).
Er antwortet den Abgesandten: Ob ich wohl nicht investiert bin

1) Kor. 221d. 2, 7a.
2) Hochz. 34b.
3) Kor. 112b; vgl. Buß. 5a. 10a.
4) De prof. K 2.
5) Ebd. Cb; vgl. Hochz. 34b.
6) Pf. VI, 49a.
7) Ebd. VI, 48b. 50b.
8) Der deutsche Augustiner; Th. Kolde, Die deutsche Augustinerkongre-
gation. 1879, S. 203.
9) Post. B, 3, 89a; vgl. Leich. p 4b.
10) Hist. Chr. 25a. 42b. 73a.

vom Hohenpriester, er hat mich auch nicht durch Brief, Bulle und
Siegel hierher installiert, ob ich kein Pallium von euren Herren,
den Pharisäern habe, bin ich autoritate divina ein seliger Prediger [1]).

In der Versuchung will der Teufel den Ordinanden und
jungen Doktor schrecken oder mit Hunger und Kummer abscheuchen
oder mit einer großen Pfründe födern. In der Verklärung will
Gott Christum öffentlich inthronisieren [2]). Die Schalksjuden
fragen: Ist's recht, daß wir geistliche Leut und Gottes semper-
(ur)freies eigen Volk den goldnen Kaiserzins geben? [3]). Die alten
Hohenpriester haben die Blutvesper angehoben; dies Mordgeschrei
wird nicht aufhören, bis Christus zum Complet [4]) zusammen-
schlägt und den Leuten das Kantate legt [5]). Paulus schickt den
Korinthern durch Timotheus als Visitator einen Kredenz(Be-
glaubigungs)-Brief, weil sie eitel Ladünkel [6]), Disputierer und
Zänkler unter ihren Predigern haben. Er verbeut diesem jungen
Superintendenten plumpsweise ungeschickten Leute die Hände auf-
zulegen, Schuster, Schneider, Schichtmeister und Büttel zu Pfarrern
zu machen [7]).

Die Vermischung der politischen Begriffe zeigt sich, wenn z. B.
von Jerusalem als römischem Kammergut geredet wird [8]): Christus
ist der ewige Freiherr und liber baro, der die Gewaltigen ausgezogen hat [9]).

Sehr stark endlich offenbart sich diese Übertragungslust in den
Angelegenheiten und Redewendungen des täglichen Lebens. Es ist
derselbe Grundsatz, nach dem etwa die rheinischen und nieder-
ländischen Künstler die Sitten, Gewohnheiten und Trachten ihrer
Gegenwart in die neutestamentliche Zeit hineinzeichneten.

1) Post. A, 25 b.
2) Hist. Chr. 83 a. 92 b; vgl. 67 b.
3) Post. A, 2, 165 a.
4) Completorium, das letzte Breviergebet des Tages.
5) Hist. Chr. 2, 23 b.
6) Laßdünkel, der sich dünken läßt.
7) Kor. 135 b; vgl. 33 a. Sir. 2, 143 b. S. ob. I, 292.
8) Post. A, 18 a. 51 a; vgl. Hist. Chr. 97 b.
9) Post. B, 4, 62 a.

Wie David Saul zurecht gebracht, macht er sich wiederum zu seinem Schafstall und singt mit Geduld Frontspergers Lied [1]): Mein Fleiß und Müh [2]). Salomo sagt: Du sollst nicht zweierlei Gewicht in deinem Sack haben, nach nürnberger das Silber einnehmen und nach erfurter es auswägen [3]). Die böse Haut und Bestia Jesabel ernährt 500 Baalspfaffen gar fürstlich, aber Elias und Micha mußten arme Ritter backen, Jemmerling oder Hemmerling [4]) essen und nach der Luft gießen [5]). —

Einem Strauchdieb [6]) Sancherib [7]) kann Christus gleich dem großen Leviathan einen Ring in die Nase legen [8]) und die Spannadern hexen [9]). —

Die Engel kommen nach Bethlehem und singen ihr „Sause, liebe Ninne" [10]). —

Der ungetreue Haushalter spricht: Ich muß das Gewissen an den Nagel hängen und wälsche Praktiken brauchen. So fängt er an, Kontraband zu machen, die Register zu fälschen, ein X für ein U, ledige Schichten, einen Posten oder zwei zu viel zu schreiben und eine Schuld auf die Gewerke [11]) zu treiben. Jeder hüte sich vor Judasbeuteln und des Haushalters Dintenfaß, Zahlpfennigen und Schreibfedern! Denn, wie die Pantoffel der Ehebrecherin

---

1) Goedeke II, 289, 21.

2) Buß. 10a.

3) Sar. IX, 98b.

4) (?) Ämmerling, Finkenart.

5) gapsen, jappen. Kor. 206a.

6) Post. A, 49a.

7) 2. Reg. 19.

8) Hiob 40, 19.

9) LH. VII, 66a.

10) Leich. A 2a. Hist. Chr. 40a. — Sausen = susen, schlafen: Ninne = Minne, Wiege, Kind. Im Italien. heißt ninna — nanna (naeniae), Wiegenlied. Vgl. Gaspary, Storia della letteratura italiana II, 1 (1891), 293. Sprenger, Bemerkung. zu deutsch. geistl. Liedern, „Zeitschr. für den ev. Rel.-Unterricht" IV (1893), 66—69. Bertling, Das rechte Susanne schon, ebd. S. 151. „Theol. Jahresbericht" VIII (1894), 603. S. ob. I, 586.

11) S. ob. I, 5.

knarren, so leise sie tritt [1]), so spritzt und schreit eine diebische Feder, daß es endlich die ganze Welt erfährt [2]).

Der Schaltsknecht fordert von seinem Mitdiener hundert Groschen oder Schreckenberger [3]). —

Der Teufel sagt zu Christus in der Wüste: Sprich, daß diese Steine Brot werden, d. h. meinst du, es werden dir gebratene Wachteln ins Maul fliegen? Wenn du Steine fressen könntest und wolltest dein Lebtag ein Bettler sein, magst du fortfahren und predigen. So will er Christum wetterwendisch und zum Mamelucken machen: dann bindet er den Ehrenspeck auf die Falle [4]). —

Christus sagt zu seinen Feinden in Gethsemane: Ihr laßt euch vom Teufel reiten [5]). —

Pilatus denkt: Reißt der Hofkittel einmal entzwei, ist er schwerlich wieder zu flicken [6]). —

In seinem Bescheid auf die ehelichen Fragen [7]) will Paulus sagen: Der Mann brauche Glimpf, Strafe und Faustrecht; gehe der Frau um den Kopf, wie ein Büttner um das Faß: aber ein besserer Rat ist, Geduld haben [8]). —

Im Auferstehungskapitel [9]) meint er: Ach, was soll ich klagen; hat doch Jesaja das „alacriter bibamus" [10]) auch hören müssen, wie es unsere Deutschen mit voller Stimme singen: „Bibamus, bibamus, laetitiam sumamus"! „Libera nos, Domine" [11]), und

[1] Wander I, 729.

[2] Post. A, 2, 90 a f.

[3] Ebb. A, 2, 161 a: Schreckenberg bei Annaberg i. S. An ihn knüpfte sich der annaberger Bergbau. Schreckenberg. = Engelgroschen, sehr dünne Silbermünze, 1497—1559 geschlagen; vgl. Großmann, D. Obererzgeb. 1892, S. 146. Ausöt, Handlexik üb. Münzen. 1894, S. 295. 120.

[4] Hist. Chr. 84 a. 85 a.

[5] Ebb. 2, 11 a.

[6] Ebb. 2, 24 b. 1, 42 b. — Wander II, 735.

[7] 1. Kor. 7.

[8] Kor, 180 b.

[9] 1. Kor. 15, 32.

[10] Vgl. Wolkan, Litteraturgeschichte, S. 304. 510.

[11] Matth. 6, 13.

„media in morte" [1]) heißt: Lasset uns saufen und singen und
fröhlich herumspringen! Das „erlös uns von dem Übel" treibt im
Kopf einen traurigen Thübel [2]), und das „mitten wir im Leben
sind" macht uns vor Traurigkeit gar blind. Ach, meine lieben
Korinther, helft nicht das „bibamus" singen! [3]) —

Wo der Text Veranlassung bietet, geschlechtliche Verhältnisse
zu berühren, geschieht es mit großer Einfalt und Unverblümtheit [4]).

Drittes Kapitel.
Zur Dogmatik.

Aus der Exegese erwächst die Dogmatik und erbt ihre Gebresten. Bei der überragenden Bedeutung, die im reformatorischen Kultus dem Wort, der Lehre, den Glaubenssätzen zugewiesen wurde, mußte die dogmatische Predigt vorherrschen. So
ist es nicht schwer, aus ihr die Glaubenslehre des Einzelnen zu
erheben.

Es wäre ganz überflüssig, dies bei den Nachgebornen in dem
Umfang zu thun, wie es bei den Stammvätern oder bei den
Stimmführern der sich absondernden Gruppen unerläßlich war
und meist geschehen ist [5]). Nur darauf kann bei jenen die Absicht
gerichtet werden, besonders Kennzeichnendes herauszustellen.

Mathesius' religionsgeschichtliche und religions-
philosophische Äußerungen stimmen nicht ganz zusammen.
So heißt es hier: Die Götter sind nichts, lauter Phantasei, vom

---

1) Mit Bezug auf „media vita in morte sumus", S. ob. I, 290.
2) Tübel, Döbel, Zapfen, Pflock.
3) Kor. 339b.
4) Joh. 73b. Post. B, 3, 52b. S. ob. I, 614. 616.
5) Vgl. Köstlin, Luthers Theologie II (1863), 230f. Heppe, Gaß,
Dorner, P. Frank. Harnack, Dogmengesch. III (1890), 700f.

Teufel eingeführt ¹): dort: Sie sind eitel Teufel ²). Das hindert
nicht, sie zu sehr bemerkenswerten Vergleichen zu verwenden, die
eine andere Grundanschauung erwarten lassen. Jehovah wird als
der rechte Jupiter die Giganten zerschmeißen ³), er ist überall,
omnia sunt Jovis plena ⁴). Den Sohn Gottes haben die blin=
den Heiden in der Pallas geehrt; er ist aus Jehovahs Gedanken
und Wesen von Ewigkeit gezeugt und hat der Gorgo, dem Teufel,
den Kopf zertreten ⁵): ihn haben die Poeten im Götterboten
Mercurius und in Junos Botin Iris als den Dolmetscher der
heiligen Dreifaltigkeit abmalen wollen ⁶). Merkurs geflügelte
Schuhe sind auch eine Parallele zu den Flügeln der Cherubim ⁷).

Das überraschende dieser Zusammenordnung wird gemildert,
die gefährliche Spitze gestumpft, der Überlegung, die sich einer
richtigern, modernen Würdigung der heidnischen Religionen und
ihres Verhältnisses zur christlichen nähert, wird der Weg ver=
legt durch die Schranke, die schon die Kirchenväter hemmte, in=
dem sie solche Ähnlichkeiten auf Abhängigkeit von, ja Dieb=
stahl an den biblischen Urkunden oder auf uralte Überlieferung
zurückführten: Die Poeten haben ohne Zweifel von Japhet über
den Fall Satans gehört, so daß sie vom Phaëton dichteten ⁸).
Das Gedächtnis Jovis, der Opfer, Reinigung, Unsterblichkeit,
Versöhnung sind eitel Reliquien und Brocken der japhetischen
Religion. Hesiods Pandora ⁹) ist eigentlich Eva, Prometheus ¹⁰)
Adam vor dem Fall ¹¹). Vom Verzehren des Opfers Abels
durch Feuer (nach der Tradition) ist die Verehrung des persischen

---

1) Kor. 231 b.
2) Hochz. 160 b. Kor. 163 a.
3) Proph. 16 a.
4) Leich. X a.
5) Post. B, 3, 88 a. Joh. 10 a. Ehesp. 265 a.
6) Proph. 2, 147 a.
7) Ehesp. 69.
8) Simeon T.
9) S. ob. I, 461, 1.
10) Προγονία B. 510. 546. 614. Ἔργα B. 48. 86.
11) Ehesp. 233 b; vgl. Proph. 78 b. Joh. 3 b. Frage=Post. r 2 b.

Feuers [1]) gekommen [2]). Ovid [3]) gedenkt aus einem alten Skri=
benten der Schöpfung, Kains, den er Lykaon nennt [4]), Vul=
kans, der Tubalkain [5]). Noah wird Saturn [6]), Jonas Arion [7]).
Heſiod gedenkt des Japetus [8]), Tacitus [9]) des Moſes, der Patri=
archen, des Ausgangs aus Ägypten. Weil ſie aber nicht in ihren
Kopf bringen konnten, daß es wahr ſei, flickten ſie ihre Fünblein
daran, die nur Fabelwerk, und beſchreiben unflätige Götter. Homer
hat ohne Zweifel die Bücher der Könige geſehn. Denn Saul
iſt abgebildet in Ajax, David in Ulyſſes, Goliath in Polyphem,
Samuel in Neſtor, Therſites in Nabal [10]) und Semaja [11]), in
Abigail [10]) Nauſikaa [12]).

⁂

Für die Offenbarung gilt die gewöhnliche Erkenntnis=
theorie nicht. Der gemeine Brauch im Laufe der Natur iſt der,
es ſei nichts im inwendigen Sinn oder Verſtand, das nit zuvor
durch einen äußerlichen Sinn gefaßt und gemerkt oder begriffen
ſei. Das geſchieht in „vernünftigen“ Sachen, aber in Glaubens=
artikeln hat es eine andere Meinung; da heißt es: Nihil est in
intellectu, quod non prius fuerit in verbo [13]). So iſt Mathe=
ſius entſchloſſener Supranaturaliſt: Die ihre Sachen auf vernünf=
tige Argumente gegründet, ſind zu Schwärmern geworden [14]). Im
Wort, des heiligen Geiſtes Kutſchwagen [15]), erblickt er nicht nur

1) S. ob. I, 276.
2) Ehefp. 87 a. Bek. Preb. 5. Joh. Preb. 13.
3) Metam. I, 198.
4) Ehefp. 233 b.
5) Ehefp. 233 b. Sar. II, 9 a.
6) Sar. II, 12 a.
7) Ehefp. 233 b.
8) Θεογονία V. 19. 134. 507. 565. 746. Ἔργα V. 50.
9) Histor. 5, 2 f.
10) 1. Sam. 25, 3.
11) Jerem. 29, 24 f. — Vgl. noch Kor. 167 b.
12) Ehefp. 234 b. 234 a.
13) Bek. 40 a.
14) Kor. 41 a.
15) Ebd. 61 b.

Weissagung und Erfüllung, — vetus testamentum de Christo in-carnando, novum de incarnato [1]) — sondern er versteigt sich, wie schon früher beregt, wiederholt zu der Übertreibung: Es ist einerlei Religion gewesen der Patriarchen, Propheten, Apostel und der ganzen Kirche [2]), nur daß die Figuren und Schatten abgeschafft sind [3]). Wenn der heilige Geist ein Wort im neuen Testament setzen läßt, sieht er gewöhnlich in das alte zurück. Denn die beiden Testamente sind die zwei Cherubim mit ihren Flügeln über dem Gnadenstuhl, die einander ansehen und berühren: die zeugen von Christo, wie der heilige Geist am Jordan [4]). Ja, was steht anders in Hiobs [5]) Konfession denn im symbolo Nicaeno und Ambrosii [6])?

Mathesius' Typologie ist im vorigen Kapitel beleuchtet; wie den alten pneumatischen Hermeneuten ist auch ihm im ge-wissen Sinn alles im alten Testament unmittelbar messianisch, christlich. —

Wie hoch er neben dem Kanon die Apokryphen schätzte, er-hellt aus seinen zahlreichen, aus ihnen geschöpften Predigten: Das Licht des Evangeliums erscheint zu einer Zeit heller, denn zur andern. In den Evangelien und Episteln Pauli findet man mehr lebendigen Trost: dennoch muß man solche frommen Laienschriften wie Sirach haben [7]).

Zu der schroffen, kindlich ausgedrückten Inspirationstheorie: Die heiligen Menschen Gottes haben's vom Logos gesehen und gehört, der mit den Vätern vor seiner Menschwerdung geredet [8]); Paulus hat die Einsetzungsworte im dritten Himmel empfangen, gesellt sich die Abmilderung, Markus und Lukas hätten dieselben

1) Kor. 216 a.
2) Christlindlein 56 b. Kor. 374 b. Frage=Post. O. b. Dil. 254 b.
3) Dil. 133 b.
4) Hist. Chr. 25 b. Fastenpr. 199 b.
5) 19, 25.
6) Leich. Aaau 3. S. ob. I, 265.
7) Sir. 2, 69 a.
8) Kor. 225 b.

von dem Ohrenzeugen Matthäus [1]), Paulus habe sich mit Timotheus über den zweiten Korintherbrief beratschlagt [2]). —

Auch Tiere werden gleichsam inspiriert gedacht. Die Taube hat aus göttlicher Eingebung das grüne Ölblatt abgebrochen [3]): der Storch stößt das zehnte seiner Jungen aus dem Nest für Gott; er hat in einem Haus nicht länger wohnen wollen, das ein Jude von einem Christen gekauft hatte [4]).

In ähnlichem Wahn haben sich ja manche Scharen der Kreuzfahrer einen Gänserich und eine Ziege zum Führer erkoren [5]).

Man mag es dem Bergmannsprediger zugute halten, daß er sogar den Metallen eine Art Inspiration gönnt: Der Smaragd wandelt sich bei Unzucht [6]). —

Die Dolmetscherin des Wortes Gottes ist die Kirche [7]): viele Augen sehen mehr als eins [8]). Wem die großen Symbole zu schwer sind, der behalte das Bethaniense [9])!

Von den Attributen des göttlichen Seins wird die Allgegenwart scharf betont. Es ist keine heilsame Kreatur, die nicht ein Partiklein und Fünklein der Gottheit hätte [10]).

Daß Gott ein Herr über die Natur sei und ohne alle causas secundas wirken könne, beweist Elisas schwimmendes Eisen [11]). Daneben fehlt nicht Augustins [12]) Auskunft, daß das Wunder als übernatürliche Kraft in der Natur durch natürliche Mittel wirke [13]).

1) Bek. Pred. 6.
2) 2. Kor. 1, 1. Kor. 2, 3 b.
3) Dil. 112 b.
4) De prof. Z 4 a.
5) Kugler, Geschichte der Kreuzzüge. 1880, S. 22.
6) Hauptartik. O 4 b; vgl. Loesche, Analecta Nr. 357.
7) Proph. 16 b. S. ob. 1, 265.
8) Sir. 154 a.
9) Joh. 11, 27. Post. A, 112 b.
10) Sir. 2, 117; vgl. Kor. 341 b.
11) Post. B, 3, 90 a.
12) De civ. Dei 21, 8.
13) Chesp. 262 b.

Daher auch die unbedingte Gebetszuversicht. Das Gebet ist ein allmächtig Ding [1]). Es wird sich an jenem Tage zeigen, daß kein gläubiges Seufzerlein verloren ist [2]). Viel Unglück haben wir weggebetet und wollen noch mehr wegbeten. Ich habe manchen, der Gottes Wort, Kirche und Schule zuwider gehandelt, krank gebetet, viele helfen zuschanden beten. Viele, glaube ich, haben sich an ihrem Ende noch bekehrt und sind selig worden [3]). —

Es ist Ein Gott, Elohim, heilige Götter, Vater, Sohn und heiliger Geist [4]): in der einigen Gottheit drei unterschiedene Personen oder ὑφιστάμενα, ein einiges göttliches Wesen gegen die Kreatur gerechnet, aber von inwärts dreifaltig [5]); jede der drei Personen wahrer Gott und Herr [6]). Diese darf man nicht trennen noch ineinander mengen [7]). Also reden Propheten, Apostel und Symbola von der heiligen Dreifaltigkeit [5]).

Die heilige Schrift eignet Christo alle die Eigenschaften, Werke, Gottesdienst, propria idiomata zu, die ad realem definitionem dei und dem allmächtigen, einigen, ewigen, unsterblichen Gott gehören [8]). Er ist Herr Zebaoth und Jehovah, consubstantialis patri aeque per omnia an völliger göttlicher und götterner Natur [9]). Da nach der heiligen Schrift Gott selbst niemand sehen kann, sind die alttestamentlichen Theophanieen eben Christus [10]). Er hat dem ersten Menschen seine allerliebste Braut an die Hand gegeben [11]), die Tierlein geschlachtet, die Pelze gemacht, ist im Feuer dem Abel erschienen [12]): hat die Kinder Israel in Wolken- und Feuer = Säule geleitet, ist A und O, Vorder= und Hinterteil

1) Kor. 127 b.
2) Post. A, 103 a.
3) Kor. 147 a. 2, 157 b. Dil. 246 a.
4) Symb. 189 b. Proph. 266 a.
5) Post. B, 4, 34 b.
6) Hist. Chr. 8 a.
7) Kor. 271 b f.
8) Hist. Chr. 8 b.
9) Dil. 86 b. De prof. J 3 b und Pred. 8. Hist. Chr. 7 b.
10) Hist. Chr. 5 b. 9 b.
11) S. ob. I, 593.
12) Dil. 134 b. 86 b.

des Schiffes: nicht ein müßiger, unbewerblicher Zuseher, sondern geschäftig und kräftig, Hüter und Wächter, Heber und Leger [1]).

Den Engeln ist, abgesehn von mehreren verstreuten Stellen, eine ganze Predigt am Neujahrstage gewidmet [2]). Sie sind geistliche Kreaturen, die nicht Fleisch und Bein, menschliche Gestalt und Gliedmaßen haben, ob sie wohl zur Offenbarung Jünglings-, auch Flammen-Gestalt an sich nehmen. Sie sind aus den allersubtilsten Elementen [3]), aus Luft, Feuer oder der höheren Luft, die die Griechen αἰθήρ nennen: hebräisch heißen sie Seraphim, von der feurigen Form, daher Serapis, der ägyptische Pyrander vom Glanz genannt ist, Cherubim, weil sie blühen, glühen und brennen; sie sollen uns Gott abmalen [4]). Will aber jemand jene Worte über ihr Wesen von ihrer Offenbarung oder Erscheinung verstehen, mit dem will ich auch nicht hart disputieren [5]). Die Engel sind custodes et vigiles, πνεύματα λειτουργικα εἰς διακονιαν piorum [6]), die sie behüten auch vor Pestilenz, Krankheiten und ungesunder Speise. Selbst der Wahnglaube der Heiden, der Kirchenväter, Luthers an Schutzengel der Einzelnen ist aufgenommen: Gott giebt einem jeden Lehrer und Schulmeister, frommen Zuhörer und Schüler seinen eigenen Engel als Pädagogen [7]).

Wenn aber der Satan den Menschen anhaucht, fällt ihm nicht allein der Mund aus, er kriegt auch Sterbedrüsen und Franzosen (Syphilis). Wenn er die Luft vergiften will, regnet er, wenn zuvor unstätes Wetter ist: er fängt sein Morden gemeiniglich im Herbst an, da die Luft ungesund ist, und die Feuchtigkeiten im Menschen leicht verdorben sind; dann maust er im Finstern und erschrickt die Leute bei Nebel und Nacht. Am Mittag, wenn es am allerheißesten ist, wie auch in Badstuben,

---

1) Dil. 84 b. — Vgl. Wander II, 448.
2) Proph. S. ob. I, 379.
3) Post. B, 4, 85a.
4) Proph., Schlußpred. vgl. Post. B, 4, 86 b.
5) Post. B, 4, 85a.
6) Proph. Schlußpred. — Hebr. 1, 14.
7) Hist. Chr. 2, 37 b.

da das Geblüt entzündet ist, und die Schweißlöchlein geöffnet
sind, bringt er sein Gift den Leuten viel leichter bei: wie er
auch an feuchten und sumpfigen Orten, stillstehenden und faulen
Wassern, unreinen und schlammigen Stuben, Häusern, Gassen,
leichter sein Unglück brauen kann. Daraus sollt Ihr lernen, daß
Pestilenz durch die bösen Geister aus Gottes Verhängnis ver-
ursacht wird. Unser Gott läßt solche Plage in die Welt kommen
und die Leute in Haufen fressen, damit er seinen grimmen Zorn
wider die Sünde merklich sehen lasse und zur Buße rufe, un-
schuldige Kinder vor größerem Unglück wegraffe ¹).

* * *

Im locus de statu corruptionis finden sich wieder
einige Folgewidrigkeiten. Inbezug auf den Begriff der Sünde über-
rascht die einmal auftretende Erläuterung: Sünde und Tod sind
nicht Kreaturen oder etwas Wesentliches, positivum quiddam,
sondern eine privatio, Beraubung, Mangel der Gerechtigkeit und
des Lebens, ein Accidens oder zufällig Böses, das vom Teufel,
dem Hans Schadenfroh, herstammt ²). Wie hierin ein Mißklang
ertönt im Verhältnis zu Mathesius' ganzer Dogmatik, begegnen
wir solchem unmittelbar in verschiedenen Auslassungen zu diesem
Abschnitt. So heißt es auf der einen Seite: Das Bild Gottes
ist erloschen, verwischt und verderbt ³): wir sind von Natur eitel
Sündenknechte, teufelsbennige ⁴) und erzrechte Höllenbrände ⁵), ja
fast flacianisch: Ein jedes Kind, wie es von Vater und Mutter
geboren wird, ist ein Teufelstempelchen und in Adam zu des Teufels
Reich eingezogen ⁶). Andrerseits stoßen wir auf beinah semi-
pelagianisierende, mindestens unklare Äußerungen. Sonderbar ist
schon von Mathesius' Standpunkt aus die Betrachtung: Die Ziege-

---

1) Post. A, 2, 102b. 113a.
2) Joh. 3b.
3) Ehesp. 26b.
4) teufelsbännig, vom Teufel besessen.
5) De prof. Pred. 10.
6) Kor. 90b.

lung (Zeugung) der Kinder, wie sie jetzt geschieht, ist viel lieb=
licher als im Paradies [1]). Wiederholt wird gelehrt, daß durch
den Sündenfall alle Kräfte geschwächt seien [2]); daß der Mensch
sich für verwundet und halbtot halten solle [3]). Regelrecht ist dann
wieder das Zugeständnis der Freiheit in äußerlichen Sachen [4]),
die Darstellung der leiblichen Strafen der Sünde und des sünd=
haften Zustandes [5]).

Seiner ganzen praktischen Haltung gemäß betont Mathesius
nicht gern die doch ganz reformatorische Prädestinationslehre, warnt
eher vor ihr: Gott hat die ganze Welt lieb [6]), will, daß alle
Menschen selig werden sollen [4]), beruft alle zum Leben sub con-
ditione conversionis [7]). Das sind stolze und freche Geister, die
auf Gott die Schuld unserer Verderbnis und Verdammnis schie=
ben und dem Evangelio als einem unkräftigen Wort und toten
Buchstaben, einem Schall ohne Worte, sono sine mente die Schuld
geben wollen und Gott zu einem ungerechten und tyrannischen [8])
machen, der einen aus bösen Buben erwählt und den andern ver=
wirft [9]) nach seinem Gefallen, sie thun, was sie wollen. Denn,
obwohl Gott von Ewigkeit weiß, wer da will gläubig werden
oder ungläubig bleiben, hat er uns das doch nicht offenbart und
bringt und zwingt niemand zur Verachtung des Wortes oder zur
Verblendung. Sondern das ist sein offenbarer Wille, Befehl
und Ratschluß, daß alle, die dem Wort gehorsamen und dabei
verharren, durch ihren eigenen Glauben der erworbenen Seligkeit
sollen teilhaft werden [10]). Wie ein unmittelbarer Widerspruch
gegen Luther [11]) klingt die Mahnung: Laßt uns unsere Gedanken

1) Ehesp 169a.
2) Ebd. 23a.
3) Frage-Post. a 6b.
4) Sir. 96a.
5) Post A. 2, 103. 109.
6) Fastenpr. 79b.
7) Proph. 188a.
8) Kor 2, 26b.
9) Fastenpr. 79b.
10) Kor. 2, 26b.
11) Köstlin I, 697. Kolde II, 133.

nach dem offenbarten Wort und nicht nach dem heimlichen Willen Gottes und nach der verborgenen Vorsehung oder Wahl richten [1])! Merket 1. Kor. 10, 12 gegen die, so da sagen, den Heiligen oder Gläubigen schade ihre Sünde und Fall nicht, um der Prädestination willen [2])! —

Über die Seligkeit der Heiden spricht sich Mathesius zweifelhaft aus: Was hilft Alexandern und Aristoteles, daß sie dieser Welt kluge Leute gewesen: ich habe wahrlich Sorge, sie sind jetzt im höllischen Feuer [3]). Nach anderen Aussagen erwartet man eine günstigere Entscheidung, insofern wiederholt der Heiden feine und ehrbare Zucht gerühmt wird [4]), die jedenfalls in diesem Leben eine Belohnung hat [5]). Sie haben ja auch gesagt, das ‚γνῶϑι σεαυτον‘ [6]) sei vom Himmel kommen, aber sie haben's allein vom Elend und Gebrechlichkeit der menschlichen Dinge verstanden [7]).

*

In der Christologie erinnert Mathesius, daß die Engel die Hirten zum Kripplein und Windlein weisen, darum sollen auch wir mit unsern Gedanken nicht flattern, in den Himmel hinaufklettern [8]), wie die mächtigen und prächtigen Disputierer und Gemsensteiger [9]), um den Vater in seiner Majestät zu sehen, sondern uns zum Söhnlein halten und in Christo den Vater und seinen Willen gegen uns erkennen [8]).

Der der Einzigartigkeit Jesu entsprechende spannene [10]) Name [11])

---

1) Sir. 96 a. — Doch s. ob. S. 16.
2) Kor. 207 b.
3) Ebd. 28 b.
4) Hochz. 78 b. Post. A, 2, 76 b. Kor. 166 a.
5) Proph. 205 b.
6) Büchmann, Geflüg. Worte. 16. A. (1889), S. 248.
7) Buß. 89 b.
8) Hist. Chr. 38 b.
9) Kor. 25 b.
10) = (schluß) nagelneu.
11) S. ob. S. 28.

Jesus bedeutet Gottes Mann, Herr=Mensch, Gott=Mensch [1]), götter=
ner Mensch [2]).

Die göttliche Substanz hat menschliche Natur angenommen, ist
substantia carneus geworden; nicht also, daß Christus erst mit dem
Fleisch zu sein angefangen; oder, daß die Gottheit Fleisch worden,
d. i. verwandelt sei in die Menschheit; sondern, was er von
Ewigkeit war, ist er blieben, hat Fleisch an sich genommen und
in eine einige Person vereinigt; hat und behält von seiner Em=
pfängnis an [3]), die ohne Mannes Zuthun aus dem geheiligten
Geblütströpflein der keuschen [4]), vor und nach der schmerzlosen [5])
Geburt Jungfrau gebliebenen, Gottesgebärerin [6]) geschehen ist
— unter Christi „Brüdern" sind Vettern zu verstehn [7]) — zwei
miteinander vereinbarte Naturen in unzertrennter Person oder
Hypostase, eine unio naturarum, die am Kreuz, in der Auffahrt
und zur Rechten des Vaters bleibt in alle Ewigkeit [3]).

Als wahrer und natürlicher Mensch schläft Christus: natür=
lich schläft er im Schiff, übernatürlich schläft er nicht und weiß
wohl, was der Satan vor hat [8]).

Von der wichtigen Sache der communicatio idiomatum oder
Gemeinschaft der Eigenschaften der beiden Naturen in der einigen
Person des Herrn lasset uns nicht viel Zankens treiben, sondern
vielmehr mit höchster Ehrerbietung in der Furcht des Herrn von
diesen großen Geheimnissen reden [9])!

Mathesius könnte von den Kryptikern in Anspruch genommen
werden: Die Erniedrigung ist so zu denken, daß Christus sich
eine Zeit lang seiner göttlichen Majestät (ent=)äußerte; das gött=
liche Wesen oder Wort ruht in ihm; die allmächtige Kraft und

---

1) Hist. Chr. 4 b f.
2) Post. A, 7 a.
3) Symb. 37.
4) Hist. Chr. 10 a. 12 b.
5) Passion. 19 b.
6) Post. B, 3, 18 a.
7) Hist. Chr. 35 b. 13 b.
8) Post. B, 65 a. 67 b.
9) Passion. 10 b.

göttliche Stärke hat in diesem göttlichen Gemüt verborgen ge=
legen[1]). Zuletzt wird sich auch der Sohn Gottes mit beiden
Naturen seinem Vater in allem Gehorsam, Unterthänigkeit und
Ehrerbietigkeit untergeben und ihn für seinen Vater und Mehrer
erkennen, das vierte Gebot, ja die zehn, in alle Ewigkeit halten
in kindlicher Dankbarkeit und seinen Vater ohne Mittel alles
sein lassen[2]). Naiver läßt sich der Subordinatianismus wohl
nicht ausdrücken.

*   *

In der Soterologie stimmt mit dem früher gemeldeten
Widerspruch gegen die schroffe Prädestinationslehre die Erklärung:
Will einer den Antrieben des Geistes folgen, dem will Christus
begegnen; widerstrebt er und verstopft seine Ohren, ist seine Ver=
derbnis nicht aus Gott, sondern aus ihm selbst und aus dem
Teufel[3]).

Der allein selig machende Glaube ist nicht nur eine historische
Erkenntnis und Wissenschaft oder ein öffentliches Bekenntnis und
Bejahung des christlichen Glaubens, auch nicht eine Tugend, so=
fern sie ein Werk im Herzen ist, sondern ein fester Gedanke und
gewisse Erkenntnis und ungezweifeltes Vertrauen, Zuversicht oder
Beifall, wenn das Herz im Wort ergreift, sich das Verdienst
Christi zueignet und ihm allein traut[4]).

Aufs Eindringlichste betont Mathesius immer wieder die Not=
wendigkeit der guten Werke[5]). Es ist wahr, daß der Mensch
nicht um seiner guten Werke willen selig wird; es ist alles
Gnade[6]). Meine Disziplin, ehrbare Zucht, Fleiß, Eifer vor und
in Gottes Augen ist nichts denn Hundslorbeeren und ein un=
flätig Kleid einer kranken, blutflüssigen Frau, so ihre Mondzeit

---

1) Fastenpr. 3. Proph. 2, 77 a. Hist. Chr. 8 b. HRE. VII, 641.
2) Leich. P.
3) Sir. 96 a.
4) Proph. 233 a.
5) S. u. 5. Kap.
6) Fastenpr. 82 b.

hat [1]). Aber, es iſt auch wahr und gewiß, kein Menſch wird
ohne gute Werke oder guten Vorſatz ſelig; ſelbſt der Schächer
thut in letzter Stunde viele gute Werke [2]). Wir lehren mit Luther
die Werke e necessitate consequentiae. Die thuen uns und
unſern Präzeptoren zu Wittenberg unrecht, die vorgeben, wir ver=
bieten gute Werke; wir lehren einträchtig, daß Gott rechtſchaffne
Früchte des Glaubens und brüderlicher Liebe fordere: wer nicht
gute Werke thut und bewahrt kein gut Gewiſſen, hat keinen leben=
digen Glauben [3]). Wer auf einen andern ſchilt, redet übel von
den Abweſenden, giebt Hofblicke und Zornzeichen, der iſt kein
Chriſt und wenn er gleich alle Tage zum Sakrament ginge [4]).
Es giebt viel unbeſcheidne (unvorſichtige) Lehrer und Prediger,
Ohrenkrauer und Beutelmelker, die ſagen: „Wenn du ein Chriſt
biſt und haſt den Glauben, ſchadet's dir gar nicht an deinem
Chriſtentum, ob du gleich ſtiehlſt und h. rſt“: aber die Heiligen
ſtraucheln nicht allein, ſondern können auch ewig verdammt wer=
den [5]). Wir predigen dreierlei Gerechtigkeit, die imputata, da
uns Gläubigen in dieſer Gnadenzeit allein um Chriſti willen alle
unſre Sünde und Schuld zugedeckt wird: die inchoata, die der
Geiſt Gottes in den Gliedmaßen Chriſti hier anfängt, die an ihr
ſelbſt ſehr ſchwach und gebrechlich iſt: drittens die erhoffte voll=
kommene, wenn wir aus dem Grab hervorgehen und mit ewiger
Weisheit, Gerechtigkeit, Freude und Leben überkleidet werden [6]).
Danach iſt zu begrenzen, wenn einmal die Heiligung bis zum
gänzlichen Freiwerden von der Sünde auf Erden geſteigert ſcheint:
Kriechen die von Chriſtus disziplinierten Heiligen zu Kreuze,
nimmt ſich Gott ihrer an, reinigt und ſegt an den Gerechtfertigten,
bis die Sünde in ihnen gar getilgt iſt [7]).

—

1) Buß. 69 b. Hauptartikel, Art. 5. O 6. Leich. Ttt 3.
2) Faſtenpr. 82 b.
3) Proph. 204 b. 206 a. Leich. v 3 a.
4) Kor. 374 a.
5) Ebb. 216 b. Leich. 3. Teil, Pred. 5. Bek. 173 b. Hauptartikel, Art. 5.
Sir. 142 a. Dil. 76. Vgl. Vom h. Kreuz (Bblgr. Nr. 25) R.
6) Neujahr Vorr. De prof. 19.
7) De prof. Pred. 2.

4*

Wie bei Luther Gesetz und Evangelium die beiden Angelpunkte der Predigt sind [1]), kommt auch Mathesius häufig auf sie zu sprechen.

Wer Gesetz und Evangelium auf der Kanzel und im Herzen wohl scheiden kann, hat Theologie und Christentum wohl studiert [2]). Moses ist ein harter und ungeheuriger Demea [3]) und Schelter, der nichts gut sein läßt, kann nur schelten, treiben, fluchen, verdammen, hat funkelnde Augen, schwere Hände, einen starken, unverschämten Mund, bissige Zähne und Zunge, sauer, unfreundlich hängende Lippen, eine unerträgliche Last, wenn er mit dem Gesetz blitzt. Christus aber hat liebliche, gnadenreiche, tröstliche Lippen voll Lust, Wonne und Freude, sein Joch ist sanft und seine Last leicht: er hat gar barmherzige Augen und heilsame Hände [4]). Freilich müssen wir Moses auch haben mit seinem Scepter, die Sünde aufzuwecken, den Übermut und Stolz des Fleisches zu töten, eine feine Anleitung zum Herrn Christo zu erhalten [5]). Das Gesetz hat einen dreifachen Gebrauch. Die Christen haben keine andere Richtschnur der guten Werke, denn die zehn Gebote [6]). Aber Christum brauchen wir nötiger, daß er das angenehme Jahr des Herrn verkünde [7]). Gott hat Sinai und Sion so weit unterschieden, damit man die beiden Berge, ihre Lehre und Kraft und Gesetzgeber wohl voneinander scheiden kann [8]). Daher giebt es auch für die Christen keinen gewissen Feiertag, denn alle Tage sollen ewige Gnadenzeit sein: doch bleibt das natürliche Recht, daß man etliche Tage und Stunden haben soll, darin die Leute ruhen und zum Gottesdienst zusammenkommen. Dem widerstreitet die bald darauf folgende Androhung, auf Grund von Num. 15,

---

1) Rebe II, 26.
2) Synb. 271 b.
3) Terenz, Adelphi, s. u. S. 132.
4) Proph. 249 b.
5) Ebd. 23 a. Vgl. Kor. 2, 32 b.
6) Kor. 2, 92 b.
7) Proph. 23 a. Vgl. Joh. Pret. 10. Kor. 2, 32 b. 36 a.
8) Kor. 2, 38 a.

36, daß Gott den Mutwillen nicht ungestraft lassen will, der solche löbliche Ordnung ansicht [1]).

*   *

Es entspricht wiederum der immer möglichst aufs Anwendbare gerichteten, ja oft handfesten, dogmatischen Anschauungsweise des Mathesius, von den Sakramenten jede an Verflüchtigung objektiver und oppignorativer Kräfte und Werte streifende Lehre fernzuhalten. Möglichst nahe bleibt er dabei wider Willen der alten Kirche. Im Anschluß an die Augustana zählt er drei Sakramente: Taufe, Beichte, Abendmahl [2]).

Die Taufe ist das rechte Jüngelbad, die Weltschöpfung nachbildend [3]). Ob die Kinder wohl noch unmündig sind, ist doch Christus und der heilige Geist in ihnen kräftig. An der Seligkeit getauft gestorbener Kindlein soll man gar nicht zweifeln, auch nicht an der Christo im Mutterleib durchs Gebet der gläubigen Eltern zugetragenen [4]): ist das nicht geschehn, sind sie dem Tode unterworfen und werden verdammt [5]).

Über das Abendmahl handelt ausführlich das „Bekenntnis" [6]). Bei aller Bestimmtheit. wird vor Grübelei und Spitzfindigkeit gewarnt [7]).

In gleicher Linie mit diesen beiden Sakramenten steht das der Absolution [2]).

Wie der Täufer zeigt, beruht die Kraft von Evangelium, Taufe, Absolution und Abendmahl nicht auf des Dieners Person oder Frömmigkeit [8]). Ein böser, petrenzender, eigensinniger, judenzender, ungläubiger, geiziger Mensch kann recht predigen, das Sakrament recht reichen; denn das Amt steht nicht auf der Person, sondern

---

1) Frage-Post. b u. b2. Vgl. ob. I. 267. 626.
2) S. ob. I, 270 ff.
3) Hist. Chr. 78.
4) Kat. 2, 106.
5) Buß. 79 b.
6) S. ob. I, 401 f.
7) Post. B, 3, 116 a.
8) Post. A, 28 b.

auf Gottes Ordnung [1]). Sobald ein Prediger von der Person viel und vom Amt wenig hält, wird er ein Schwärmer, samt seinen Zuhörern [2]). Daher der starke Nachdruck, der auf die Ordination gelegt wird [3]). Freilich, ein Lehrer, der recht lehrt und schändlich lebt, raubt mit der linken Hand, was er mit der rechten gab [4]).

*   *   *

In der Eschatologie sind die Aufstellungen vereinzelt keusch und zurückhaltend, zuweilen wunderlich, meist grobsinnlich, ja grotesk.

So bekennt Mathesius: Was die Anatomie, Zerteilung, Auflösung und Abschied im Tode sei, wissen wir nicht. Es ist doch von Seelen, Fischen und Engeln nicht gut predigen [5]): wir wollen die hohen Stücke von der Seele sparen, bis wir zu Abraham kommen [6]).

Hier auf Erden steht der Gnade Thür allen Sündern offen. Wie einer nun abkommt im letzten Stündlein, also muß er aufs jüngste Gericht sich einstellen und des endlichen Urteils warten [7]).

Im Widerspruch hiermit wird einigemal ein Zwischenzustand behauptet, der an die mythische Ansicht des Seelenschlafs erinnert: Ein Glas, das ein Schandmal hat, läßt sich mit keiner Lauge oder Salz auswaschen oder auskratzen: wenn mans wieder ins Feuer setzt, wird es rein. Also, wo der Rost und Unflat unsrer Sünde so tief ins Herz gefressen, das muß im Grabe, unserm rechten Schmelzofen, erst ausgefegt und uns abgebrannt werden [8]).

In den Umschwungszeiten des Urchristentums wie der Reformation wähnte man den jüngsten Tag nahe bevorstehend [9]): Wir

---

1) Fastenpr. 39b.   Hist. Chr. 110b.   Kor. 4b.   S. ob. I, 627.
2) Kor. 67a.
3) S. ob. I, 100.
4) Ehesp. 218a.   Post. B, 4, 74a.
5) Sir. 2, 135a. — Wander I, 1035.
6) Kor. 139b.
7) Post. A, 108b.
8) Sar. XV, 208b. Vgl. ob. I, 348.
9) Leich. Dq 2b. Post. A. 14a. Bet. 20b. Fastenpr. 144a. Kat. 169. Dil. 114a. Proph. 15b. 316a. Kor. 118a. 151a.

leben nicht allein in der letzten Stunde, sondern auch in der
letzten Minute, Nu und Augenblick vorm jüngsten Tage [1]). Das
schwache römische Reich neigt sich zum Ende; mit Heiraten er=
hält man's noch (tu felix Austria nube!). Mit dem Ende des
Reiches deutscher Lande wird das Ende der Welt bald vorhanden
sein [2]), — ähnlich wie Tertullian, Lactanz, Augustin der Welt
und dem römischen Reich zusammen das Ziel setzten [3]). Vielleicht
wird noch dura servitus von Türken, Spaniern und Franzosen
vorhergehen [4]). Von den verheißenen Endzeichen haben wir viel
Finsternis, Kometen, Ergießung der Wasser, grausam Reißen der
Winde, Angst und Bangigkeit gesehen; die Sonne scheint nimmer
also heiß, das Holz dauert nimmer, das liebe Bergwerk nimmt
ab, die Erze silbern nicht. Es nehmen alle Dinge ab, wie auch
Virgil schon klagte — was den Redner doch hätte verhindern müssen,
an die gleichen Geschehnisse Enderwartungen zu knüpfen. —

Des Wetters, mit dem jener Tag anbricht, versehen sich die
Gelehrten an einem Morgen, ungefähr um Ostern, weshalb ja
schon die alte Kirche die Oster = Vigilien besonders gewissenhaft
beobachtete. Da werde eine schwarze Wolke und Wetterleuchten
aufgehn, und flugs ein Donnerschlag alles in einen Haufen
schmeißen und anzünden. In dem Geprassel werden die Toten
auferweckt, die Lebendigen verwandelt werden und dem Herrn,
wie Elias im Feuer, entgegen gehn oder in die Luft gezückt werden.

Der Sohn Gottes wird sich in seiner Majestät sehen lassen,
Neu=Himmel, =Erde und =Kreaturen in einem Augenblick machen,
sein Gericht auf dem Regenbogen [5]) halten [6]). Wer Christo ge=
dient hat, wird bei dieser großen Promotion einen ewigen Dank
bekommen, während aller Fleiß, so allein um Geld, Gunst und
Ruhm geschieht, wird verloren sein [7]). Wer von Christo nichts

---

1) Kor. 218b.
2) Ebb. 356a.
3) Ebert, Gesch. der christl. lat. Litt. I (1874), 39. 80. 222. Vgl. ob. S. 18.
4) Vgl. ob. I, 249. 506, 6. 508, 5.
5) S. ob. S. 27, 1.
6) Kor. 354bf. Hist. Chr. 25a. Hochz. 109b.
7) Post. A, 49b.

gewußt und sein Wort auch am letzten Ende verachtet hat, ist dahin gefahren, da keine Errettung ist, da Einem auch kein Tröpflein kalt Wasser kann zukommen, obschon die ganze Elbe und Eger übers Grab wegliefe[1]). Gott hat eine Hölle, d. i. einen feurigen Pfuhl oder Ofen oder tiefe Höhle, Grube, Gruft und Kerker gebaut, darin die Ungläubigen ewig mit Leib und Seel gemartert werden; sie behalten ihre Sinne und sehnliche Liebe[2]). Da ist ein ewiges Sterben in einem unsterblichen Leib, in einem Land, des Licht dicke Finsternis, da keine Ordnung, und eine ewige Strafe im feurigen Pfuhl, mit Angst, Qual, Schande, bösem Gewissen, als Luzifers Gäste unter garstigen Geistern und gräßlichen Teufeln[3]). Davids Rache an den Bürgern zu Rabba[4]) ist ein Vorbild[5]). Mit orphischen[6]) Farben der Petrus = Apokalypse[7]), mit danteskem Behagen werden die Gräuel ausgemalt, auch hier, wie immer, ohne eine Spur von Gefühl dafür, daß diese Folterknechts = Phantasie feiner besaitete Naturen leicht zum Atheismus, wenigstens zur völligen Ablehnung solchen Christentums, grobe aber erst recht zum Trotz führen kann. Da werden der Christen Schinder und Binder wieder gespießt, gerädert, geädert (gemartert) und mit ihrem eigenen Fleisch gespeist, von ihrem Blut getränkt und trunken werden[8]).

Solchen Hohlspiegel = Fratzen treten andere Bilder von der Verdammnis gegenüber, die an eine geistigere Vorstellung streifen. Aber die sinnliche wird viel öfter und breiter vorgetragen. Mit den höllischen Flammen, über die der reiche Fresser klagt, wird's die Gestalt haben, daß ein ewig Heulen und Zähneklappen sein wird, ein heimlich fressender, nagender Wurm. Das gesprochene

1) Jahrbegängnis 61 b.
2) Post. A, 67a; 2, 56a.
3) Frage-Post. [7. Post. A, 2, 4. 161a.
4) 1. Chron. 20, 3.
5) Post. A, 2, 93 b.
6) Vgl. Dieterich, Nekyia 1893.
7) ed. Harnack. 1893, S. 18.
8) Post. A, 166.

Urteil und die erkannte Schuld wird den Verdammten das ge=
brannte (brennende) Herzeleid anthun. Da wird ihr Herz auf
tausend Stücken brechen, daß sie mit allen unsaubern Geistern
ewig an dem gräulichen Ort bleiben müssen und die Seligen in
ewigen Freuden sehen ¹). Die Lateiner nannten den Tod von
Nagen und Fressen, wie die heilige Schrift ein unauslöschlich
Feuer und nagenden Wurm ²). Da heißen nun auch die Tan=
talusqualen und das Rösten der armen Seele poetische Possen und
pharisäische Träume ¹).

Es giebt Grade der Verdammnis; je mehr Einer gesündigt,
desto gräulicher wird er gestraft ³). —

Die Ausmalung des Loses der Seligen erinnert einerseits an
die Schlaraffia eines Papias ⁴), anderseits wird es wieder geistiger
gefaßt: Die Gebeine der Unsern werden blühen und grünen, wie
das Gras ⁵). Dort werden alle wieder grad einhergehen, die
die Tyrannen behext und ihre Spannadern zerschnitten haben.
Da wird Johannis Haupt wieder an seinem Bottich ⁶) stehen,
viel förmlicher als St. Dionysii ⁷), wie die Legenden melden ⁸).
Da werden unsere Leiber wieder nackt gehen, wie Adam und Eva
vor dem Fall, und werden sich nimmer schämen und zudecken
dürfen, damit man den priesterlichen und heiligen Ornat, das
Blut Jesu Christi an ihnen und den Geist Gottes in ihrem
durchsichtigen Herzen mit Lust und Freude anschauen kann ⁹).
Wir werden gesünder sein als Moses, stärker als Simson, leiser
hören wie ein Hirsch, schärfer sehen denn ein Falk oder Lynkeus ¹⁰),

1) Post. A, 67 b.
2) Simeon S 3 b.
3) Kat. 2, 79.
4) HRE. XI, 205.
5) Proph. 256b.
6) Rumpf, body.
7) Der soll ja nach seiner Enthauptung (3. 10. 272) noch einige Schritte
gegangen sein, sein Haupt in der Hand haltend.
8) Post. A, 2, 105 b.
9) Leich. b 2 a.
10) Bruder des Idas, Teilnehmer an der kalydonischen Jagd und am
Argonautenzug.

der als ein Bergmann durch einen Stein sehen konnte; schneller
sein denn Sonne und Tiger; alle unsere Sinne werden neue
Stärke bekommen, weil wir des starken Helden und Sohnes
Gottes Bild tragen [1]). Da Gott alles in allem sein wird,
brauchen wir keine Kreatur mehr; aber, wie Christus nach der
Auferstehung Honigseim aß, in seinem geistlichen und verklärten
Leib, dessen nicht bedürfend, so wird es auch Jedermann frei=
stehen, einen schönen Citronat zur Lust abzubrechen [2]).

Mohammed sagt von vielen schönen Weibern, von starkem Leib,
— Mathesius thut es, wie eben beregt, auch — von lauter
Hecht und Aalruppen; ein guter Epikuräer gedenkt auf Mal=
vasier und Rheinfall [3]) und wünscht einen langen Hals dazu.
Aber seine Leute denken an allerlei Erkenntnis [4]). Freilich, Gott
wird Einem für ein krankes, gebrechliches, altes, sterbliches
Weib ein junges und schönes bescheren [5]). Dort wollen wir
allen Gottlosen auf den Hals treten, wie Josua [6]) den geschlagenen
Königen; da werden viel tausend Englein Einem Gläubigen auf=
warten [7]).

Der durch die Sünde eingetretene Unterschied der Stände
wird aufhören, wir alle werden unter Einem Hut oder Barett
einhergehen [8]). Einerlei Tafel, Gerichte, Seligkeit wird herrschen [9]).
Doch wird Gott austeilen nach der geometrischen Proportion [10]).
Einer wird über dem anderen sitzen; nachdem er seinen Glauben
mit Liebe, Lehren und Leiden reichlicher bewiesen, wird er
größere Verehrung und Herrlichkeit bekommen [11]). Darum wer=

---

1) Leich. b 4b.
2) Ebd. P 2b.
3) Wohl Rheinwalle, Velteliner.
4) Post. A, 69a.
5) Symb. 256b. Post. A, 2, 5a. B. 2, 123a.
6) 10, 24.
7) Leich. b 2b.
8) Kor. 88.
9) Post. A, 2, 132b.
10) Kor. 344a.
11) Post. A, 2, 132b.

ben Theodosius und Konstantin größere Ehre haben wie andere fromme Regenten [1]).

Die Seligen sehen die Verdammten; und ob es wohl dem David Gedanken macht, daß er sein Fleisch und Blut im gottlosen Absalom in der ewigen Verdammnis sehen muß, wird die Erkenntnis der Gerechtigkeit Gottes alle natürliche Liebe überwiegen, wie auch in der Welt die großen Affekte die kleineren [2]).

Es wird auch keine unreinen Tiere mehr geben, Raupen, Maden, Würmer, Spinnen, Fliegen, Hornissen; doch diese vielleicht in der Hölle [3]). —

In der Eschatologie kommt auch ein, freilich schon sonst vereinzelt [4]) angeschlagener, mystisch-pietistischer Ton hinein, obwohl Mathesius im allgemeinen nicht auf ihn gestimmt ist: Die Heimfahrt und das Beilager Christi und seiner Braut wird erst am jüngsten Tage sein [5]). Jetzt sind wir Christo in seiner Hand; darnach werden wir in seine Kammer, Brautbett, Umfangung oder Armdruck kommen [6]).

Viertes Kapitel.
Der Aberglaube.

—

Wie die gebildetsten Kirchenväter in einer Welt der Magie leben, wie nicht nur Luther, selbst der praeceptor Germaniae [7]), den Teufelsspuk zeitlebens nicht los geworden ist, überhaupt maß-

---

1) Kor. 344 a.
2) Post. II, 2, 123 a.
3) Dil. 82 a.
4) Proph. 299 a: „Ei, du süßer Jesus!"
5) Frage-Post. e 8.
6) Kor. 2, 143 a.
7) Hartfelder, Der Aberglaube Phil. Melanchthons. „Hist. Taschenb." 1889, S. (231—269) 252 f.

los abergläubisch war, ist auch Mathesius diesen dunkeln Mächten
verhaftet. Zumal den Hexenwahnsinn hat er mit ihnen aus den
mittelalterlichen Folterkammern herübergenommen ¹). Wenn seine
Äußerungen zum Teil sich in biblische einhaken, schweben sie ander=
seits wild in der Luft, nur noch vom täppischen Volkswahn ge=
stützt. Ganz passend werden zur unfreiwilligen Selbstkritik Belege
aus dem verruchten malleus maleficarum geholt ²). Die vor=
übergehend versuchte Bannung der gerufenen Geister ist demgemäß
ohnmächtig.

Der Teufel ist Ursacher aller Krankheit ³); er hext mit seinen
verlippten (lippigen) Pfeilen durch seine Kabarten (Zauberer) und
Unholde, Zauberinnen, Teufelsh.ren und Hexen ⁴). Auch im Berg=
werk treibt er sein Wesen. Er will ja ein Herr über alle Schätze
unter der Erde sein, hat sich allzeit gern zu vergrabenen Schätzen
und zum Bergwerk gehalten, wie er sich vor dieser Zeit sehr oft
in Schächten und Stollen wie ein Bergmännlein hat sehn und
hören lassen ⁵). Ja noch jetzt erschreckt er manchen Bergmann,
wie er im Walde die Gräserin verführt ⁶). Er verdruckt (ent=
wertet) die Erze, versetzt sie, schneidet sie ab ⁷), hat selbst auf dem
Stein gearbeitet ⁸), untersteht sich selbst ein Messer= und Mark=
scheider ⁹) zu sein, damit er Gott und seinen rechtschaffenen
Künsten ihren Ruhm nehme. Ein Tausendkünstiger fährt er durch
einen gelligen (harten) Stein: in einem B(a)rill oder Spie=

1) Längin, Religion und Hexenprozeß. 1888, S. 170 f. — Janssen
VIII (1894), 494 ff. 526. Kiesewetter, Die Geheimwissenschaften. 1895,
3. Buch, 6. Kap.

2) Post. B, 3, 39 a. — „Die Hexenprozesse sind vom Ausland nach Böhmen
importiert; sie kommen zum größten Teil in den deutschen Gegenden, zumeist
in den an Deutschlands Grenze liegenden Städten vor." J. Svátek,
Kulturhistor. Bilder aus Böhmen. 1879, S. 7 f. Janssen a. a. O., S. 549.

3) S. ob. S. 45 f.

4) Post. A, 2, 102. 1, 84 b; B, 3, 39 a. Leich. b 2 a. Sar. X, 109 a.
Kat. 128. Kor. 126 a.

5) Sar. XVI, 214 a.

6) Kat. 2, 168.

7) Symb. 72 b.

8) Sar. XII. 137 b.

9) S. ob. S. 522, 2.

gel [1]), in der Nachahmung des Bruſtſchildleins Aarons, darein ein Jungfräulein, Knab oder ſchwanger Weib ſehen muß, läßt er ſeine Teufelsleute fragen, wie viel noch zwiſchen zwei Gegenörtern auf einem Stollen ſei. Ich hab Leute gekannt, die haben in einem Spiegel geſehn, daß ein klein ſchwarz Männlein mit einem Stäb-lein gemeſſen, und darauf ſo viel Lachter [2]) gefunden, ehe ſie den Durchſchlag zuſammen gemacht. In künftigen Sachen trifft es dem Lügner ſelten zu, wiewohl er bisweilen ſehr nah zum Zweck ſchießt [3]). Der Bergmann ſoll ſich vor Zauberei hüten [4])!

Der Teufel kann ſich, wie die Erfahrung lehrt, in eines ver-ſtorbenen Menſchen Geſtalt ſehen laſſen [5]): er erſcheint auch in der einer Fliege oder Hummel [6]). Oftmals betrönet (ängſtigt) und äffet er die Kabarten und Hexen auf ihren Oſengabeln und in ihren Backtrögen, daß er die Leute auf dem Mantel führen und auf dem Bock holen kann [7]). Er inſpiriert die Tiere [8]), macht ſie aufrühreriſch [9]). Bei Teufeln und Wahrſagern Rat fragen und in die B(a)rill ſehen, darnach ein Gebäude anſtellen; auf Geſpenſt und des Bergmannes Gerümpel bauen, iſt chriſt-lichen Leuten nicht zu raten [10]). Beſſer mit Gott und gutem Ge-wiſſen ein armer Häuer [11]) und Haſpelzieher [12]), denn mit dem Teufel und böſem Gewiſſen ein gewaltiger Fundgrübner [13]). Teuf-liſch Spügnis (Sput) kann leicht von Frommen erkannt werden, denn der Teufel pflegt dabei zu erſchrecken oder zu ſchaden [14]).

1) Vgl. **Wuttke**, Der deutſche Volksaberglaube. 2. A. 1869, S. 229, Nr. 354.

2) ca. 6 Fuß.

3) Sar. XII, 144 a. — Braunſchw. A. VII, 61.

4) Sar. 224 b. De prof. G3. Sir. 2, 75 b.

5) Hiſt. Chr. 83 b. S. ob. I, 205.

6) Kor. 2, 141 a.

7) Hiſt. Chr. 83 a. Symb. 98 a.

8) Dil. 166 b. S. ob. S. 43.

9) Symb. 72 b.

10) Sar. III, 98 a.

11) Der eigentliche Bergmann, der Erz haut.

12) Haſpel, die Winde zum Heraufbringen des Erzes.

13) Sar. XVI, 214 a.

14) Kor. 2, 141 a.

Christi Kreuzdorn dient wie der rechte Rhamnus [1]) für alle Zauberei [2]), aber nicht das Evangelium Johannis, Palmzweig und Kerzen [3]). Kein Teufel darf in eine Sau fahren, geschweige einen Christen beleidigen, er muß denn Erlaubnis vom Herrn zuvor haben [4]).

Diese Dämonologie beeinträchtigt, wie zu erwarten, auch den geschichtlichen Sinn und verführt zur gläubigen Wiedergabe von Teufelsspäßen. Der Teufel hat den großen Zauberer Joh. Teutonicus [5]) in der Christnacht von Halberstadt gen Mainz und Köln geführt [6]). Dieser selbst hat seinen Mit-Chorherren seine und ihre Vettern im Gespenst zu Halberstadt vorgestellt [7]). Carlstadt ist in Basel von einem Gespenst geängstigt [8]). In Freiberg hat der Teufel im Meßornat bei einem Sterbenden den Kürzeren gezogen, das ist geschehen 1547 [9])! Die Pflege solchen Wahns bekommt der Prediger gelegentlich am eigenen Leibe zu spüren: Eine böse Haut und gottlos Weib ließ verlauten, der Teufel hätte ihr in der Gestalt des Mathesius Geld angeboten [10]).

Diese Leichtgläubigkeit rächt sich auch in anderen Daten: Adam soll die Verheißung vom Weibessamen auf einem Marmorstein oder Ziegeltafel geschrieben haben. Es ist nicht ausgeschlossen, daß die auf dem Ölberg den Pilgern gezeigten Fußtapfen von Christo herrühren [11]). Nach der Legende von St. Matthias schlägt eine Flamme aus seinem Haupt, das widerspreche ich nicht; denn diese Wahl ist ohne Zweifel mit einem Wunderzeichen zu-

---

1) Kreuzdorn, zur Bereitung von Abführmitteln gebraucht.
2) Hist. Chr. 2, 23 a.
3) Loesche, Analecta Nr. 522. — Hist. Chr. 84 a. Post. A, 2, 47 b.
4) Post. A, 2, 34 b. 102 b.
5) Gest. 1254.
6) Symb. 98 a.
7) De prof. F 2 a.
8) LH. VI. 61 a.
9) Neujahr 26 b.
10) Symb. 99 b.
11) Hist. Chr. 2, 107 b.

gegangen[1]). Frau Kunigunde ging mit bloßen Füßen ohne Ver=
letzung auf glühenden Pflugſcharen[2]). Daneben nimmt ſich die
Nachricht, daß Joſeph von Arimathia in England, Lazarus in
Marſeille das Evangelium geprediget hätten[3]), beinah wie ein
wertvoller Vermerk aus.

Fünftes Kapitel.
Die Polemik.

Die Darſtellung ſeiner dogmatiſchen Auffaſſung hat Matheſius
faſt durchgängig mit Apologetik und Polemik gegen Abweichungen
durchflochten, und dies nicht nur im allgemeinen, ſondern vorzüg=
lich mit Namensnennung, ja mit thunlichſter Verunglimpfung der
Gegner. Das iſt nur inſofern auffallend, als er ſelbſt gegen die
namentliche Brandmarkung auf der Kanzel aufgetreten iſt[4]). Im
übrigen gehört ja die Polemik zu den Grundkräften dieſes Zeit=
alters, wenn auch nicht dieſes allein. Schon in der Blüte der
altkirchlichen Predigt, nach der Erniedrigung der chriſtlichen zur
Staats=Religion, bildete die Polemik einen Hauptteil ihres In=
halts[5]). In der nach der Einteilung der Predigtgeſchichte zweiten
Hälfte des Mittelalters iſt die Streitbarkeit der Prediger keine
geringe, wenn auch anderer Art[6]). Bei den Vorboten der Refor=
mation bildet der Kampf gegen die feindliche Kirche ein Lebens=
element. Für unſeren Gegenſtand ſei beſonders an Hus erinnert,
der ſeine antihierarchiſche Polemik in alles miſcht, oft auch dort,
wo er ſie bei den Haren herbeizerren muß[7]). Sie mußte wachſen

---

1) Hiſt. Chr. 2, 121 a.
2) De prof. E 2 b; ſ. ob. I, 7. 449.
3) Hiſt. Chr. 2, 56 b.
4) Kor. 118 b.
5) HRE. XVIII, 477.
6) Cruel, S. 617.
7) Rothe=Trümpelmann, S. 333.

im Verhältnis der steigenden Ausbreitung des Widerspruchs. Ähnlich wie in der alten Kirche nahm sie nach den ersten Siegen noch zu, zumal diese sich zum Teil wieder in Niederlagen verwandelten, und scheinbar überwundene Grundsätze sich selbst in den evangelischen Kirche wieder Raum schafften. Diese Polemik wühlte auch im eigenen Fleisch: nicht nur Dank evangelischer Selbstprüfung und zerknirschter Selbstverspuuung, sondern aus verbitterter Grundstimmung. „Die nächsten Jahrhunderte seit der Reformation waren die Epoche der üblen Laune, des Mißbehagens, das sich dessen bemächtigt, der durch die Verkennung seiner eigentümlichen Aufgabe und der Tendenz, die in der Entwickelung des Reiches Gottes an der Zeit ist, mit sich selbst zerfallen ist. So wurde die Polemik die Hauptarbeit der Theologen und sie bildet in der zweiten Hälfte des 16. Jahrhunderts den vornehmlichsten Stoff der Predigten, und zwar nicht nur, wie in der Reformationszeit selbst, die Polemik gegen Rom, sondern besonders auch die der Evangelischen unter sich selbst" [1]). Man hielt das für etwas höchst Rühmliches und konnte am Grabe einen solchen Polemosophus preisen [2]). Ebenso ist die katholische Predigt des 16. Jahrhunderts von der Polemik gegen die reformatorische Lehre beherrscht [3]). Ein hervorragendes Muster davon die homiletische Arbeit des großen Kontroversisten Bellarmin, zumal in seinen berühmten löwener Ketzerbrandreden [4]).

Unter jenes allgemeine Urteil fällt im ganzen auch Mathesius. Nur darf man ihm nicht aufbürden, daß er vom Streit lebe — er war um Stoff wirklich nicht verlegen —, und daß er ein besonderes Behagen an ihm finde. Er ist ihm mehr Pflicht als Vergnügen. Auch in dieser Richtung geht, grundsätzlich zumal,

---

1) Rothe-Trümpelmann, S. 367. Schmidt, Predigten aus der Reformationszeit. 1888, S. 4.

2) Schuler, S. 122.

3) HRE. XVIII, 52 f.

4) Oper. Colon. 1619 (die neue pariser Ausgabe von Fèvre 1870—74 wimmelt von Druckfehlern) 47 A. 73 B. 99 D. 147 C. 168 C. 173 A. 227 D. 228 C. 248 B. 251 D. 421 A. 428 A. 503 B. 705. 706 D. 715 D. 736 B. 731 D. 754 B. 763 C. 871 D. 968 B.

seine Abneigung gegen das Disputieren [1]); man soll die ketzerischen Menschen, wenn sie ein- und abermal ermahnt und widerlegt sind, meiden, nur nicht alle Gegenwürfe der Widersacher movieren; denn, wenn man den Unflat rührt, so stinkt er [2]). Unser Christentum und die wahre Theologie besteht mehr im Verjahen und Bekennen und nicht im Widerlegen [3]).

Ich gedenke der Papisten nicht gern bei meinen Pfarrkindern, denn es hilft entweder nit, oder man bedarf sein nit bei frommen Leuten. Aber ich muß es leider Warnens halber, damit Ihr wißt, worin der Zwiespalt zwischen uns und allen Feinden des Kreuzes Christi steht [4]). Meister Klügel haben mich wohl hier und da gescholten: Unser Pfarrer hat heut geheuchelt, nicht ein Wort wider den Papst geredet. Aber fürwahr, mit Schelten auf ihn und seine falschen gesalbten und geölten Haufen werde ich kein Gewissen gewinnen [5]); solche Lästerer sind selten bestanden [6]); ich strafe nicht gern, die nicht da sind, sondern meine Pfarrkinder, die ich kenne, ob ich auch nicht viel Danks davon bekomme [7]). Wir greifen nicht die Person an, sondern die greuliche Abgötterei. Die gottlose Lehre an Tag geben, die reine fleißig treiben, das stürzt das Papsttum, Türkentum und tröstet die Gewissen [8]).

Aber nötig ist dies Warnen.

Bei der Lehre von der Kirche ist der Priesterstand am Schärfsten aufs Korn genommen. Der character indelebilis soll dazu dienen, Gottes Sohn aus dem Himmel abzufordern, wie etwa die heidnischen Priester die Götzen aus einer belagerten Stadt

---

1) S. ob. S. 7.
2) Vgl. Wander IV, 1427.
3) Kor. 231 b. 333 b. Frage-Post. Y 3.
4) Leich. K ſ f 3.
5) Kor. 66 a.
6) Proph. 315 b.
7) Kor. 65 b.
8) Proph. 316 a.

abforderten[1]). Der unflätige Satan hat den Ehestand der Priester zerrissen[2]). Für canonici sagte man besser caninici[3]).

Unter den Konzilien wird schon das tridentinische mit bekämpft, es erhebt sich über und wider Gott und setzt Papst und Konzilien weit über der Propheten und Apostel Schrift[4]).

Junker[5]) Papst ist der Antichrist[6]), läßt sich Statthalter Gottes und einen irdischen Gott schelten[7]); dieser servus servorum ist ein Schalksknecht[8]); wie eine Fledermaus, die das Licht scheut, will er sich von Niemandem richten lassen[9]).

Mit dem Abgott Maosim bezeichnet Daniel[10]) die Messe[11]), ein beliebter Scherz jener Tage: die stille Messe ist die greulichste Abgötterei, eine Kälbermesse und Kälbertanz[12]).

Bei den Sakramenten betriegt Mathesius mit schwerstem Geschütz die ungeheurige Transsubstantiation, obwohl er wie seine ganze Partei im Grunde sich doch schließlich nicht weit von ihr entfernt hatte, die Verwandlung der Sophisten, samt der phantastischen concomitantia der Schullehrer, der gottlosen Herumtragung, Einschließung und Anbetung der gesegneten Hostien außerhalb des Branches[13]). Die alten Beichtväter werden gescholten, die ein Stück vom Rock nahmen auch vor der That und ließens durchkriechen[14]). Die poenitentiarii, Ablaßführer, geistlichen Kaufleute, römischen Curtisanen und gemieteten Ablaß-

1) Sar. XIV, 185 b.
2) Ehesp. 221. De prof. B 4 b. Hochz. 149 b. 114 b.
3) Dil. 239. Ehesp. 232 b. 234 b.
4) Symb. 261 a. 126.
5) Proph. 104 b.
6) Post. B, 4, 76 b. Symb. 99 a.
7) Christkindlein 24 a.
8) Proph. 2, 91 b.
9) Frage-Post. 1 b.
10) 11, 38.
11) Sar. IV, 45 b.
12) Dil. 137 f. Post. A, 2, 94 b. 100 a. — Bek. 187 a.
13) Nor. 253 a. Symb. 125. S. ob. I, 276. 405 f.
14) Kat. 198.

kreutzler ¹) hat der Sohn Gottes zu unſern Zeiten ausge=
trieben ²).

Wir danken Gott, daß das ganze alte und neue Teſtament
wieder in die Kirchen und Häuſer kommen iſt: es ſchmeckt am
beſten vorm Faß ³). Die alten und zerbrochenen Ciſternen, Kolken
(Waſſerlöcher) und Froſchlachen ſind wir los, Gott hat uns wieder
zu den lebendigen Quellen des lieblichen Brünnleins in Israel
und zu den rechten zwölf Brunnen in Elim, mit den ſiebzig
Palmbäumen überſchattet, bracht, die uns die Dagoniten verſtopft
und getrübt hatten ⁴).

Manche meinen, man könne Sünden mit geweihtem Waſſer
abwaſchen, mit einer Meſſe, einem Pfennig, einem Pfund Wachs
büßen ⁵). Wenn aber ein armer Sünder ſich nicht eher Chriſti
Verdienſt annehmen ſollte, er hätte es denn zuvor ſo erkauft,
wann wollte ein Herz gewiß ſein, daß es genug gegeben? Dann
wäre es auch keine gnädige Vergebung ⁶).

Im Vergleich mit den Banden Chriſti iſt keine Zelle, Klauſe
und härteſte Kartauſe, damit Gottes Zorn zu ſtillen ⁷). Im Gegen=
ſatz zu Chriſti Armut iſt alle ſelbſterwählte Heuchelei und Abgöt=
terei ⁸). Die geätzten und geſetzten Malzeichen verbot ſchon Moſes ⁹).

Die alten Phariſäer hingen den Kopf und ſahen ſauer; die
neuen trieben ſolch Affenwerk, daß ſie auf den Knieen lagen, bis
ſie Schwielen kriegten ¹⁰). Wer noch ſeine umflätigen Kloſterkleider
anhat, gleicht dem Gaſt ohne hochzeitliches Kleid ¹¹). Ja, was iſt

---

1) Kränz(e)ler, bergmänniſch, der ringsumher reiſt, einen Handel mit etwas
treibt.
2) Poſt. A, 2, 95a.
3) Vgl. Wander I, 929.
4) Hiſt. Chr. 57b.
5) Ebb. 34b.
6) Faſtenpr. 15a.
7) Hiſt. Chr. 2, 12a.
8) Ebb. 37a. Kat. 61.
9) Hiſt. Chr. 2, 78b.
10) Poſt. B, 3, 86a.
11) Ebb. A. 2, 149a; vgl. Hiſt. Chr. 2, 49a. 127b. De prof. G 2.
Faſtenpr. 30b.

ein Mönch und Werktheiliger anders, denn ein teuflisches Nichts oder Teufelsdreck [1]), Ungeziefer und Geschmeiß [2]) mit unnatür= licher und viehischer Unzucht [3])? Auch der Jesuitenorden bekommt bereits einen Denkzettel: Der neueste Orden hat seinen Namen angenommen, die Leute damit zu betrügen [4]).

Ihr wißt, in welcher Blindheit unsere Vorfahren gesteckt, wie man noch solche Greuel verteidigt, daß man sich vor unserem ewigen Mittler gefürchtet, wie die Juden am Sinai, und hat andere erdichtete Patrone, Fürbitter, Versöhner und Advokaten aufgeworfen. Ohne Zeugnis der Schrift hat man verstorbene Menschen angerufen: den Schnapphahn [5]) St. Georg, die Äsku= lape St. Sebastian und Rochus [6]), St. Urban [7]) oder Bachus, und was der Feld = und Weinberg = Götzen mehr sind [8]). Der Satan hat eben manchen alten Abgott wieder in die Kirche ein= geschlichen; so hat man auch die Pallas wieder als St. Katharina angerufen, aller Schreiber Göttin und Universitäten Patronin, darum man auch ihr Bildnis im Universitätssiegel geführt hat [9]). Ein Abgott, wie das von Aaron, dem künstlichen Dädalus, nach dem ägyptischen Apis formierte Kalb, ist der schwarze Herrgott zu Dresden [10]). In Rebekkas Wasserkrug ist mehr Heiltum, als in Josephs Beinkleidern, St. Franziskus' Wade und Bruder Altonis [11]) stümpichten (stumpfen) Zscherper [12]); denn der Krug lehret

---

1) Kor. 2, 148 a.

2) Dil. 229 b.

3) Kat. 154. Vgl. Proph. 321 a.

4) Kor. 96 b.

5) Als Patron der Soldaten.

6) Beide gegen die Pest angerufen. Braunschw. A. VII, 74 f.

7) S. ob. I, 609.

8) Hist. Chr. 23 b. Frage=Post. C 8 b; Post. A, 2, 116 a. B, 65 b.

9) Post. B, 3, 88 a. Sir. 1, 5 a. Kor. 231 b. S. ob. I, 622, 2.

10) Kor. 219 bf.

11) Alto, Stifter des Klosters Altmünster in Bayern, schuf durch den Fleiß seiner Mönche das Waldgebiet größtenteils in Wiesen und Fruchtfelder um. Wetzer=Welte I, 661.

12) Tscherper, bergmän., Messer zum Bestechen (hineinstechen zur Prüfung, ob es faul ist) des Grubengezimmers.

alle Jungfrauen, daß einst auch großer Leute Kinder Wasser ge=
holt, und daß Gott einer, die zum Brunnen geht, so bald einen
Mann bescheren kann, als wenn eine zum Tanz geht[1]). Wenn
man auf der verstorbenen Heiligen Interzession sich gründet, ist
es eine lächerliche Nuß und leere Hülse, verschwindet wie der
Rauch vom Winde und will nicht über sich, wie Kains und der
Baaliten Brandopfer[2]). Wer nun den rechten Mittler nicht
mag, der buhle mit der roten Braut von Babylon, halte sich zu
Mohammeds Tauben[3]), der Juden Raben (Rabbinen), des rö=
mischen Bischofs Stuhl, Kron und gemaltem Dietrich, den falschen
Propheten mit zweispitzigen Infuln und roten zötichten Hütlein,
der Sorbonnisten Froschlachen und anderer Hummeln und Kuckuck
Schwarm und Geschrei[4])!

Nicht mindere Abgötterei ist die Marien=Verehrung, mag die
Gottesgebärerin auch wahrhaftig, gleich Henoch und Elias, mit
Leib und Seele in den Himmel aufgefahren sein[5]). Man hat
sich zu ihr mit einem Zugelauft gemacht, wie bei den Heiden
die Weiber mit ihren nächtlichen Gottesdiensten zur Frau Cereri[6]).

Im Kampf gegen den Kultus war Mathesius, wie berührt,
aufs Äußerste für Erhaltung, doch nur, wo es ungefährlich schien.
So schilt er das Wallen. Wir müssen nicht gen Bethlehem oder
zum heiligen Lande, sondern zum Wort und Sakrament. Man
darf Gott und Vergebung nicht jenseits des Meeres suchen: es
kommt selten Einer frömmer wieder, nach dem Sprichwort:
Knobloch trägt man aus, Zwiebel bringt man wieder[7]). Den
Gang des Sohnes Gottes nach Jerusalem, um uns den Weg zu
bereiten, sollen wir höher halten als alles Reisen und Wallen[8]).

1) Sar. XV, 191 b.
2) Hist. Chr. 113 b. 2, 117 a.
3) Symbol der Zeugung und Fruchtbarkeit; noch jetzt nisten Scharen
wilder Tauben ungestört in Mekka.
4) Post. A, 2, 150 a. Hist. Chr. 2, 84 b. 94 b f.
5) Joh. 60 b.
6) Proph. 6 b.
7) Wander II, 1433.
8) Hist. Chr. 95, b.

Obwohl den erbaulichen und erziehlichen Wert des Symbo=
lischen vollauf würdigend wendet sich Mathesius doch gegen dessen
Verzerrung, Häufung und Unverständlichkeit.

Wie der Juden und Heiden Tauchen ist das elende geweihte
Wasser und die aufgethane güldene Pforte im Jubeljahr macht=
los. So läßt sich Missethat nicht ausreiben, und wenn man
Seife und Salpeter dazu brauchte, sondern dazu gehört ein
Aquavit und göttlich Wasser. Die Taufzeremonieen, Licht tragen,
am Zipfel greifen, ist gar in Zauberei geraten [1]).

Am Jugendunterricht ist mehr gelegen, denn den Kindern ein
Firmtuch umbinden und einen Backenstreich geben [2]).

An etlichen Orten gab man den Sterbenden ein Postpart
(Paßport) mit an St. Peter, sie damit zu versichern [3]). Aber
mit solchen Briefen, und wenn sich einer gar drin nähen und
packen ließe, kann man nicht durch Tod und Höllenpforten pas=
sieren [4]).

Was der Kren und Meerrettich, den etliche an St. Peters
Stuhlfeier [5]) weihten, bedeuten soll, weiß ich nicht, es sollte denn
des Aristophanes [6]) raphanizin [7]) den Ehebrechern [8]) vorgehalten
werden. Ach Gott, wie ein teuflischer Wust ist es, wenn man
sich auf bezaubertes Wasser, stinkendes Öl, unreine Kappen oder
wächsernes agnus dei [9]) u. dergl. verläßt [10])! —

Das Papsttum unterstand sich, alle Kirchenhütten in der gan=
zen Christenheit zu bestellen; wer Geld gab oder hat eines Kar=
binals Esel gewischt, wurde zu Kirchendiensten gefördert. Da=

1) Hist. Chr. 46 a.
2) Abb. 2, 92 b.
3) Post. A. 127 b. Simeon a a 2 b.
4) Post. A, 127 b. B, 3, 64 a.
5) 18. Jan. bezw. 22. Febr.
6) Νεφέλαι B. 1066.
7) ῥαφανιδοῦν.
8) Gewöhnliche Strafe der Ehebrecher in Athen, ihnen einen Rettich in
den H...... zu stecken.
9) Wetzer=Welte I, 344
10) Post. A. 133 b. 2, 26 a. Vgl. Kor. 220 a. — Post. B, 4, 39 b. 10 b.
23 a. 36 b. Kor. 233 a. Proph. 6 b. Sar. IV, 45 b.

nach lernten es die Deutschen auch; Chorherren und Hofleute
boten die besten Pfarren aus, setzten ihre Kalfaktoren und Loka=
ten [1]) zu Vikarien dahin; ließen ihnen die Hülsen, fraßen die
Kern. Wer hierzu ein Wort hat reden wollen, flugs mit ihm
ins Feuer! [2]) —

Einige katholische Männer werden mit Namensnennung vor=
gefordert. Eck verletzt in seinem Katechismus [3]) fromme Ohren, ver=
zweifelt daher schließlich an seinem Ende [4]). Des Schlags wie Sido=
nius und Canisius [5]) ist der Sudler Emser mit seiner Vorrede
zum neuen Testament [6]). Mehr Wehmut als Zorn ergreift den
Redner, wenn er derer gedenkt, die zu Verläugnern des Luther=
tums geworden sind: Ach Gott, wie viel Studenten von Witten=
berg sind vom Teufel verführt, schwankende Rohre gleich Ecebo=
lus [7])! Egranus [8]), Witzel [9]), Staphylus [10]), Paceus, der mit
dem Herrn Philippo allhie war und aufs Konzil ziehen sollte [11]),
sein Sohn und andere mehr beten das Tier [12]) an. Auch aus
dieser Schule sind etliche einheimische und fremde Schüler in
Klöster und Stifte gelaufen; ich könnte viel Namen nennen. Wir
Evangelischen oder Lutheraner sind arm und können arme Ge=
sellen nicht fortbringen. Bei den Papisten kann ein Schneiders=
sohn Abt und fürstlicher Bischof werden, wenn er nur ihres
Glaubens sein will [13]). —

1) S. ob. I, 22, 2.
2) Sar. XIII, 152b.
3) Enchiridion locorum communium. 1525 etc., in beinah 50 Ausgaben.
Wiedemann, Dr. J. Ed. 1865, S. 528—552.
4) Kat. 154. Symb. 118. Vgl. Loesche, Analecta Nr. 398.
5) S. ob. I, S. 377. 573. Til. 125b.
6) 1527. Vgl. Köstlin II, 146. Janssen VII, 561. — Proph. 47a.
7) S. ob. I, 579, 14. — Symb. 101a. Leich. 62b. Sir. 126a.
8) S. ob. I, 74. 86.
9) Vgl. Ritschl, W.s Abkehr vom Luthertum. „Zeitschr. f. Kirchengesch."
1878, S. 386—418; 1892, S. 282—310. — Sir. 3, 17b.
10) HRE. XIV, 612.
11) Vgl. Briefw. Nr. 64. 81. — S. ob. I, 137.
12) Apok. 13, 4.
13) Sir. 147b. 2, 57b. Symb. 100b. — Sonstige Beispiele für die

Trotz aller dieser Polemik darf man nicht in Vergessenheit
geraten lassen, wie vielfach Mathesius nicht nur unbewußt die
Eierschalen der Mutterkirche an sich trägt, sondern daß er diesen
Zusammenhang betont und pflegt [1]). Bis an den Rand der Zu=
geständnisse wagt er sich mit dem Trost: Es geht nicht ohne
Frucht ab, wenn Einer nur ein Kruzifix ansieht, geschweige, wenn
man die ganzen Historien bedenkt [2]). —

Zum Schutz jenes gemeinsamen Besitzes tritt, dank der „Soli=
darität der konservativen Interessen", an die Stelle des Strei=
tes die Bundesgenossenschaft, so werden alte Ketzerfehden auf=
gerührt. Leute wie Cerinth [3]), wie Arius [4]) — zusammengeordnet
mit Lucifer, Bileam, Kaiphas, Mohammed [5]) — der, ein gelehrter,
beredter, mit vielen Gaben gezierter Mann, um etwas Großes
zu werden, eine gotteslästerliche Ketzerei aufbrachte, nehmen ein
schlechtes Ende [6]). Der Samosatener ist ein Schwärmer [7]), so
die Montanisten [8]). Durch die Novatianer hat der Teufel die
hartböse Predigt ausgesprengt, daß den gefallenen Sündern nach
der Taufe die Gnadenthür versperrt sei [9]). Die wahnsinnigen
Priszillianisten wollen ihre falsche Lehre mit ihrem tollen Blut
und selbsterwählter Marter bestätigen [10]). Durch ihren freudigen
Märtyrertod ist ihre Sache nicht besser, sie sind Teufelsmärtyrer,

---

antirömische Polemik: Neujahr D. Hochz. 68 b. Post. A, 2, 14 b. 64 a.
De prof. F. D 4 b. Pb. S 2 a. Y b. Y 4 b. Aa 2 b. 4 b. Db 3 a. Bek.
18 b. 20. 21 b. 22. 54 a. Fastenpr. 173. 177. Kat. 18. 38. 52. 77. 2,
155. Dil. 4 a. Symb. 17. 27 b. 32 a. 73 a. 223 b. Joh. 34 a. Buß. 176 a.
Kor. 7 a. 80 b. 201 b. 269 a.
1) S. ob. I, 10. 265 f. 296 f. Post. A, 2, 75 b.
2) Fastenpr. 9 b.
3) Kor. 25 b. Post. A, 2, 83 b f.
4) Frage=Post. Y 2 b.
5) Kor. 267 a. 269 b. Fastenpr. 39 b. Symb. 241 a.
6) Kor. 24 a.
7) Symb. 37 a. Joh. 98 b. 119 a.
8) Joh. 54 b. Kor. 179 b.
9) Kat. 2, 125. Kor. 217 a. Symb. 204. Fastenpr. 71 a.
10) Post. A, 130 b. (Vgl. dagegen Loesche, Analecta Nr. 161.)

wie die Baaliten, die sich selbst ritzten; damit verkleinern sie das Blut Christi [1]).

Sogar die böhmischen Brüder und Waldenser werden gerügt. Die Pikarden [2]) setzen die Kraft des Sakramentes auf unsere Frömmigkeit [3]); sie wenden gegen den Ehestand gegenwärtige Not vor und sind doch die ärgsten und unzüchtigsten Buben [4]). Sie wollen die fremden Sprachen aus Kirche und Schule ausmustern [5]). Grubenheimer, gute „Brüder", Wiedertäufer ist Eine Gesell= schaft [6]). Doch sind unter jenen auch viele fromme Leute neben den Stoppeln, und außer vielen Nebenartikelchen lehren viele recht [7]). Die Waldenser richten ein scheinlich Leben und Wesen an [8]).

*   *   *

Mit gleicher Härte, vielfacher Ungerechtigkeit und Kurzsichtig= keit wie die kurialen Gegner und die alten „Ketzer" werden die wirklichen oder vermeintlichen Schäden im eigenen Hause beurteilt, beziehentlich solche, die ursächlich oder doch zeitlich, ganz oder zum Teil, von der Reformation herzuleiten sind: Alle Pa= pisten mit ihren Schindern und Verdammern haben unserem Doktor nicht so viel Leid und Nachteil gebracht, als seine eigenen Schüler, die falschen Brüder, die mit ihm oftmals am Tisch gesessen sind: Qui ex nobis abierunt [9]). Die Schwärmer und verlogenen Mamelucken haben dem Evangelium scandala und Blöcke in den Weg geworfen, darüber viele Einfältige gestolpert sind [10]). Die= selben Schwärmer haben auch fast alle in den Schulen studiert,

---

1) Bet. 82 b. Kor. 2, 7 b. 1, 286 a; vgl. Post. B, 3, 117 a. De prof. C 2. Fastenpr. 168 b. Proph. 288 b.
2) Vgl. Loesche, Analecta Nr. 77 f.
3) Kor. 255 b.
4) Sir. 2, 102 b.
5) Kor. 313 a.
6) Ebd. 82 b. S. ob. I, 416.
7) Dil. 13 a.
8) Bet. 83 b.
9) 1. Joh. 2, 19.
10) LH. IV, 35 a.

darin ich und andere christliche Prediger die reine Lehre er=
lernten [1]).

Wenn man die würdige, echt christliche und humane Mah=
nung liest: Die Liebe hofft alles: Einen nicht verdammen und
ins höllische Feuer weisen oder vor aller Welt ausschreien wie
sauer Bier, der ist ein Ketzer, der ein Schwärmer, der ein Auf=
rührer, sondern warten und hoffen, Einer sei nicht so böse oder
werde sich bessern [2]), ist man nicht auf einen verfluchenden Ketzer=
kampf gefaßt, wie er sich entwickelt, in dem mit der peinlichen
Deutlichkeit römischer Bullen ausgesprochen ist, daß alle Gegner
Luthers vom Teufel versucht und von der Zinne des Tempels
herabgestürzt sind [3]).

Die himmlischen Propheten, diese Winkelprediger, Ver=
ächter und Lästerer des öffentlichen Predigtamtes, aller weltlichen
Gesetze, Zucht und Ordnung [4]), die viel von Geist, Geist geifern
und eifern und doch nicht wissen, was sie sagen und seifern (gei=
fern) [5]), als bewege der h. Geist die Herzen ohne das Amt des
Wortes und Gebrauch der Sakramente [6]), werden am jüngsten
Gericht einen schweren Stand haben [7]). Sie stürmten die Bilder
und rissen sie aus den Kirchen, schmiedeten aber viel ärgere
Götzen [8]). Thomas Münzer, die Sau von Zwickau, bringt mit seinen
Träumen und seiner Entgrobung keine Buße zustande [9]), so wenig
wie der Teufelskopf Storch [10]). Man findet viele, die es mit
dem Affekt dem Luther nachthun wollen und also wider das
Papsttum und die Fürsten donnern und plitzen (blitzen), aber es
ist lauter falsche Nachahmung; drum lasset uns canonicos und

1) Kor. 17a.
2) Ebb. 292b.
3) Symb. 94b.
4) LH. V, 42a.
5) Kat. 2, 47. Kor. 2, 41a.
6) Dil. 119a.
7) LH. VI, 55b.
8) Bek. 89b.
9) Sir. 3, 20a   Proph. 177a   Buß. 116a; vgl. Kor. 2, 135a.
10) Kor. 317b.

regulares bleiben, auf der richtigen k. k. Straße wandeln, mögen andere querfeldein über die Straßen setzen [1]).

* * *

Gegen die Täufer wütet Mathefius, wie berührt, bei jeder Gelegenheit [2]). Es gereicht ihm dabei weniger zur Entfchuldi= gung, daß fie von dem Haß der alten und neuen Kirche getroffen waren, und daß er fie, wie erwähnt, in bedenklichen Vertretern kennen gelernt hatte, als der Umftand, daß der Fluch der Reformatoren fogar bis in die neuere Zeit auf diefer unfeligen Partei gelegen hat. Erft jüngft hat man mit Erfolg begonnen, auch diefen Verkann= ten gerecht zu werden — während fo mancher heutige Verfuch, früher Ausgeftoßene zu retten, Mohrenwäfche bleibt — und zu begreifen, daß das Täufertum vielfach nur eine Rückwirkung der mit Gewalt niedergeworfenen evangelifchen Bewegung war: Luther hat ihren Be= trug und ihre Ränke gar bald gemerkt. Wie gegen die Jünger, die den Kindern wehren wollen, beweift fich der Herr noch heute an den Wiedertäufern, fo die Kindertaufe verneinen und vernichtigen, denn er läßt fie hin und wieder gräulich ftrafen, verbrennen, erfrieren, erfäufen [3]). Sie entziehen dem Sakrament Kraft und Wirkung wegen der (fpendenden) Perfon Untüchtigkeit und Bosheit [4]). Sie irren auch im Abendmahl [5]). Sie verläugnen das münd= liche Wort als Hall und Schall des h. Geiftes [6]); drängen und fchleichen fich ins Predigtamt [7]), diefe fchändlichen Gartenbrüder [8]) und Herumfchweifer [9]). Sie fuchen verborgene Geheimniffe und befondere Myfterien in Ezechiel, Daniel, Apokalypfe, wollen gern etwas Heimliches und Neues hervorbringen, damit ihre Autorität

---

1) Kor. 2, 135 a. S. ob. I, 95.
2) S. ob. S. 34 f. 69 f. 126.
3) Kat. 2, 110. Proph. 260 b. Joh. 61 b. Kor. 26 a.
4) Proph. Pred. 44.
5) Bek. 77 a.
6) Joh. 92 b.
7) Frage-Poft. Y b.
8) Hift. Chr. 2, 140 a.
9) Dil. 119 a. Cor. 2, 27 b.

wider ihre collegas zu erhalten: aber diese narrationes sind dem Glauben nicht ähnlich. Die wahrhaft prophetischen Geister halten Ordnung, werden nicht übertäubt, wie die kumäische Sibylle, die Wahnsinnigen und Jene [1]). Diese verneinen ferner, daß wir alle Sünder sind, läugnen wie die Pelagianer die Erbsünde [2]). Sie machen eine eigene Heiligkeit daraus, Gold und ehrliche Kleider zu verbieten, graue Röcke zu tragen, Gottes Kreaturen feind [3]). Auch ist es kein gut Zeichen, wenn man gar zu freudig und vermessen ist, wie jene, die die Sünde nicht spüren wollen [4]), dummkühn im Bekennen, ohne Bescheid (Klugheit) und Gelegenheit [5]). Anderen Orts wird ihnen gerade das Sauersehen vorgehalten; sie gehen als Sauertöpfe und sind doch Bube und Bübin im Herzen und in den Kammern [6]). Sie verteidigen ja — in diesem Vorwurf ist die bis heute so oft geübte stillschweigende Übertragung der münsterischen Gräuel auf die Täufer überhaupt besonders deutlich — Polygamie, Monogamie und Gütergemeinschaft unter dem Schein der christlichen Freiheit [7]). Ähnlich in Widerspruch und Vermengung wie eben heißt es hier: Lasset die Wiedertäufer und Petersköpfe das Schwert zücken [8]), dort: Ein Christ kann auch das Schwert führen, die Wiedertäufer geifern und waschen dagegen wie gegen die Gerichte, was sie wollen [9]).

Die meisten von ihnen wollen mit Almosengeben ihre Abgötterei befestigen [10]). Sie trachten danach, hie hoch aus Brett [11]) zu kommen [12]), sie halten dafür, die beste Arznei wider den Tod und

---

1) Kor. 285a. 320b.
2) Buß. 72a. 79a. Kor. 182b.
3) Sar. IV, 48b. Proph. 281b.
4) Buß. 131b.
5) Kat. 63
6) Proph. 280b. Hochz. 154b.
7) Kor. 168b. Post. A, 61a. Dis. 168b.
8) Kor. 2, 122b.
9) Kat. 100, 234.
10) Kor. 2, 102bf.
11) S. ob. S. 34, 2.
12) Kor. 2, 63b.

Todesfurcht sei nichts glauben, nichts wissen [1]). Dennoch rühmen sie: Wir sind das herrliche und heilige Volk Gottes [2]).

Einige werden wieder mit Namen festgenagelt:

Denk und Hetzer [3]) samt Genossen haben spekuliert von der göttlichen Vorsehung und Wahl, aber darüber den Hals gestürzt. Solchen fürwitzigen Kletterern und Himmelssteigern soll man auch nicht zuhören [4]). Sie sind ihren frommen Lehrern feinder denn Spinnen, Schlangen und Hunde [5]).

Die zu Münster sind von bösen Predigern verhetzt worden [6]). Knipperdolling gehört zu Arius, Cerinth, dem Papst und Mohammed. Solche selbstgewachsenen Propheten werden hier wie Spreu zerstäubt, und dort wird sie der Sohn Gottes als Erzbuben oder Götzenschmiede ins höllische Feuer weisen [7]).

*   *   *

Wie stellte sich Mathesius in den innerevangelischen Kämpfen, zunächst zu dem des Luthertums mit der melanthonisch-kalvinischen Richtung? Er klagt: Man findet heute viel junge Schwärmer, die den Herrn Philipp anfeinden. Hütet Euch davor, ich warne Euch treulich [8]). Aber trotzdem, ungeachtet seiner innigen Freundschaft mit Melanthon und Philippisten wie Eber und Joh. Major [9]), ist er ein Gegner des Interims, dem Melanthon doch in der leipziger Gestalt äußerlich und amtlich so nahe stand, wenn er sich auch über jeden Widerspruch dagegen freute [10]). Vornehmlich ist Mathesius ein Gegner der im kaiser-

---

1) Kor. 333 b.

2) Ebb. 2, 63 b. Vgl. sonstige Stellen mit Verurteilung der Täufer: Hochz. 113a. Bek. 82 b. Hauptartikel X. Joh. 147 f. Kor. 155 b. 286 b. 2, 141 a.

3) S. ob. I, 35.

4) Sir. 3, 4. LH. VI, 55 b.

5) Kor. 2, 124 a.

6) Symb. 95 a.

7) Post. A, 2, 87 a. Kor. 331 a.

8) Kor. 332 a.

9) S. ob. I, 193. 197.

10) Vgl. Vogt, Melanchthons und Bugenhagens Stellung zum Interim. „Jahrb. f. prot. Theol." 1887, S. 1—38. Seifert, „Beiträge z. sächs. Kirchengesch." IV (1888), 102 f. — Vgl. Briefw. Nr. 48.

lichen Buch eingetretenen Erweichung des Artikels vom Solafi=
dismus: Wir sollen uns hüten vor allen falschen Vergleichungen
in Religionssachen. Das Buch zu Regensburg[1]), daraus das regens=
burger Interim gesponnen ist, wollte Gott und den Teufel vertragen,
und man findet noch gar viel kluge Leute, die darauf denken,
wie man zusammenrücken möge[2]). Abgefeimte, verschmitzte, ver=
schlagene Weltkinder, Füchslein und Lüchslein, die ihre Rede ver=
drehen können, bereden die Leute mit guten Worten und haben
immer eine Schalksdecke und tückischen Vorhang, das kleine Schälf=
lein und Vater des (augsburger) Interims[3]) ist ein rechter πρωτόπρ-
γος[4]). Solche Buben, ob sie sich schon evangelisch schelten lassen
und oft etwas Gutes sagen, kneten und mengen sie doch immer
ihre Gedanken und Träume unter Gottes Wort, sticken und
pletzen (flicken) sich mit neuen Lappen und schenken unter den
guten Wein ihre kahnichten (schimmeligen) Neigen und Hefen.
Denn sie sind der Wahrheit feind. Rom ist ihnen hold, bis sie
ein anderer holt[5]).

Mathesius stimmt der Anklage zu, daß die Leute, so dies In=
terim schmiedeten, Geschenke bekamen[6]); die die Ölung vertei=
digen helfen, schmiert man wieder: aber der Teufel wird sie auch
schmieren, salben und ölen, mit Teufelsdreck[7]). — —

Viel freundlicher steht Mathesius, wie bereits nachgewiesen
wurde[8]), den Zeremonien in gewissen Grenzen gegenüber: A d i a -
p h o r a sind Dinge, die von Gott nicht verboten sind oder das
Gewissen nicht gefangen nehmen[9]), betreffend Speise, Kleider,
Feiertage, Zeremonien. Man hört viel Haber um sie, in allen

---

1) 1541 (Corp. Ref. IV, 92).

2) Kor. 2, 88 a.

3) Unter den drei Urhebern, Pflug, Helding, Agricola ist der erste der
hauptsächlichste, aber Mathesius muß wegen des Folgenden hier Agricola im
Auge haben.

4) 2. Kor. 4, 2.

5) Kor. 2, 47 a.

6) Vgl. G. Kawerau, J. Agricola, 1881, S. 257.

7) Sir. 2, 58 b.

8) S. ob. 1, 296 f. und öfter.

9) Kor. 169 a.

Predigten von den Adiaphoriſten ſchallen und lallen [1]). Was
ſtracks wider Gott und ſein Wort, und daß man den Leuten mit
Gewalt als nötigen Gottesdienſt aufſeile, ob es auch an ihm
ſelbſt ein Mittelding wäre, das ſoll man nit billigen, damit die
chriſtliche Freiheit nicht geſchwächt werde [2]). —

Man hat Matheſius, wie auch ſchon gemeldet [3]), den Majo-
riſten zugeſellt [4]), weil er ſo nachdrücklich auf Heiligung drang:
Man ſtürmt heute ſelbſt wohlverdiente, alte Lehrer an, weil ſie
ſagen, man müſſe von Not [5]) wegen gute Werke thun, als einen effec-
tum und Frucht des Glaubens, nicht als eine causa und Urſach,
und daß dieſe Werke ihre Verheißung und Vergeltung in dieſem
und künftigen Leben nach der Schrift haben [6]). Gewiß: Justifi-
camur sine operibus, aber bona opera seu inchoata obedientia
sunt necessaria; denn den Ruhm und Verdienſt ſchließen wir
von Werken aus [3]). Matheſius mied jedenfalls mehr Amsdorfs
Übertreibung von der Schädlichkeit der guten Werke [7]) als eine
Formulierung, wie ſie Major geboten.

Im ſynergiſtiſchen wie im Sakramentsſtreit hielt er entſchie-
dener als ſeine Freunde Philippus und Eber zu Luther.

In der That läßt ſeine Schärfe gegen die „Sakramentierer" nichts zu wünſchen übrig. Sie ſind die anfrühreriſchen
Koraiten, die Chriſti Abendmahl mit läſterlichen Worten verſpotten [8]).

Die erſten Sakramentierer nahmen kein Blatt vors Maul,
ſagten und ſchrieben dürr heraus, es wäre eitel Brot und
Wein im Abendmahl; Chriſtus ſäße droben in ſeinem Saale,
an einen beſonderen Ort im Himmel eingeſperrt und komme nicht
herunter. Die beide Geſtalt diene zu nicht mehr, denn daß man

---

1) Kor. 237 a.

2) Hauptartikel 10. T8.

3) S. ob. I, 639.

4) Döllinger, Die Reformat. II (1848), 128. Wetzer=Welte VIII,
1012. Vilmar, S. 278.

5) Vgl. Melanthon: Bona opera causa sine qua non, Frank I, 67
Major: Necessitas conjunctionis et debiti; Frank I, 124.

6) Kor. 282 b. S. ob. I, 266. 589.

7) Frank I, 124.

8) LH. VI, 54 b.

die Christen dabei erkenne, wie die Juden an ihren gelben Ring=
lein. Etliche machten es ein wenig besser, durch solche Nießung
verbänden sich die Leute zu christlicher Gemeinschaft. Als nun
der Satan vor den vier Worten [1]) mit seinen Helfershelfern ab=
satteln mußte, lag er eine Zeit lang in der Lausch, bis er ein
frisch Volk aufbrachte. Diese Rotte ließ von sich lauten: Carl=
stadt und sein Anhang hätten zu grob geredt und zu wenig
Grund für sich gehabt. Sie verneinen nit, Christus sei wahr=
haft bei seinem Abendmahl und speise und tränke die Gläubigen
mit seinem Fleisch und Blut; aber sie machens so kauderwälsch,
daß man sie viel weniger denn einen schlüpfrigen Aal fassen kann,
und dichten daneben so viel zweifelhafte Deutungen, daß man
nicht anders schließen kann, ihre, Carlstadts, Zwingels und Oeco=
lampads Lehre sei im Grunde Einerlei Meinung. Leib und
Blut verstehen sie nur von der Kraft des Leibes und Blutes,
von der Wohlthat, die uns Christus mit seinem Leib und Blut
erworben hat. Sie fallen damit vom klaren Text, wie unsere
lieben Herren und Präzeptoren zu Wittenberg geschrieben haben;
die vier Worte sind ein scharfer Spieß und fressender Wurm,
der sie Tag und Nacht frißt und plagt. Wahr ist's, daß die
scheinlichen Einreden und Glossen gelehrter Leute über diese vier
Worte müßigen, scharfsichtigen und sicheren Herzen gefallen, weil
sie sich mit der Vernunft artig reimen. Aber was will denn
draus werden, wenn das Gewissen beginnt zu disputieren und zu
zappeln in höchsten Anfechtungen? Man sagt, D. Hausschein
habe solches gefühlt. Ich will's gern glauben, daß ein Teil
es nicht böse meine, nicht das Ihrige hierin suche und einfältig
vorgebe; gebe gern zu, daß es ihnen blutsauer wird, und sie
große Arbeit gethan haben. Uns ist nicht wohl mit andrer
Leute Verderben! Hilf, unser Gott, daß mein sehnlicher Wunsch
an ihnen nicht verloren werde! Härter will ich sie nicht schelten,
wie man denn damit wenig ausrichtet oder nur die Herzen ver=
bittert [2]).

---

1) Matth. 26, 26.
2) Bel. Pred. XVI. Kat. 41. Sir. 100 a.

Der böſe und unbeſtändige Schwärmer Carlſtadt hat das Abendmahl des Herrn erſtlich zu unſeren Zeiten angetaſtet. Nun weiß ganz Deutſchland, was das für ein frecher, gottloſer Mann [1]) und wüſter Heiliger [2]), aller Schwärmer und Stürmer Vater [3]) geweſen iſt, bei dem man wenig Geiſt Gottes hat ſpüren können. Von ihm galt: Der Fuchs wechſelt den Balg, den Schalk behält er [4]), ob er ſchon alt und grau wird [5]). Er wurde wie Cain flüchtig und bat um Verzeihung: auch ausgeſöhnt laichte er wieder mit den Schwärmern, wie böſe Naturen ſich mit keiner Wohlthat überwiegen laſſen, und Ketzermeiſter ſelten ſich von Her- zen wieder zu Gott und ſeiner Wahrheit kehren [6]). Er iſt heute auch von ſeinem Anhang für untüchtig getadelt. Bei ſeinem Le- ben gab ihm Zwingel und Öcolampad Beifall mit gefährlichen und läſterlichen Schriften [5]). Sie haben viel Gebeiß angerichtet: viele ſind ihnen beigefallen [7]), aber es iſt allermeiſt der Pöbel: der rühmet: Das ſind Leute, die können fein ſanft, ſchlicht, lieb- lich, freundlich, evangeliſch predigen. Solche falſche Herrlichkeit iſt wie eine Waſſerblaſe [8]).

Einerlei Ketzerei haben alle Sakramentierer: aber ein jeder führt ſeinen eigenen Beweis aus genötigter und ungewiſſer Deu- tung mit Träumen und ſpitzfindigen Gloſſen [9]). Da werden ſie unter einander uneins wie Winter und Sommer. Carlſtadt mar- tert das hoc [10]), Zwingli das est, Öcolampad das corpus [11]). Andere verſetzen die Worte; mit allen ihren ſiebenſpältigen Gloſ- ſen kommen ſie nicht zum allmächtigen Text [12]).

1) Bek. 195 f.
2) Poſt. B, 3, 116 b.
3) LH. IV, 33 b.
4) Wander I, 1241.
5) Bek. 198 b.
6) LH. VI, 61 a.
7) Sir. 2, 150 a.
8) Ebb. 2, 58 b. 150 a. Bek. 82 a.
9) LH. VI, 53 a. Symb. 262 a.
10) HRE. VII, 529.
11) Ebb. X, 721.
12) Bek. 200. Symb. 97 a.

Dem Carlstadt lohnte endlich der, dem er gedient, wie der Henker seinem Knecht, und erschreckte ihn auf der Kanzel, daß er einen jämmerlichen Abschied nahm. Auch die beiden anderen Capitänier, der große und gelehrte, selbstgewachsene Doktor Zwingli und Öcolampad sind nach Luthers Weissagung mit Schrecken zu Boden gegangen. Wer weiß, was den elenden (unglücklichen) Mann Öcolampad bei der Nacht erdrückt hat, da er jählings soll dahingegangen sein [1]). Hier ein Märtyrertum anzuerkennen liegt Mathesius fern; auch seine Feinde hätten auf seine schweren Anfechtungen und seinen plötzlichen Tod exemplifizieren können: „Wer weiß, was ihn erdrückt hat!"

Die Verteidiger Zwingels und Öcolampads nach ihrem Tod werden mit jenem begeisterten Arianer verglichen, der das Sekret auskaufte, darauf Arius infolge von Mastdarmvorfall einen stinkenden Tod genommen, und einen schönen Bau dahin richten ließ [2]). —

Mit den anderen Sakramentierern wird auch Calvin, der bürgermeisterliche Pfarrer zu Genf samt den kalvinischen Hunden und Bären, nebst Saul, Herodes, Nero, Julian, dem Papst und dem reichen Fresser am jüngsten Tag bekennen müssen, alle ihre Klugheit und Gerechtigkeit ist lauter Greuel vor Gott gewesen, lauter Schelmerei und Teufelei, ob sie gleich die Welt gelobt und geehrt hat [3]). Wie Christus den Versucher, kann ein Christ wohl mit dem gewissen, ganzen Wort Gottes das verfälschte, zerstümmelte, calvinizierte Wort widerlegen und überwinden [4]). So steht Mathesius mit seiner calvinischen Thierbude Schulter an Schulter mit jenem haßvollen katholischen Bildhauer, der in einer toulouser Kirche Vater Calvin als predigendes Schwein abmeißelte [5]).

---

1) Bel. 82a. 196b. 198. LH. VI, 53a.
2) LH. XIV, 167a.
3) Sir. 2, 57b. 68a. 3, 34a.
4) Symb. 95b.
5) Philippson, Westeuropa im Zeitalter von Philipp II., Elisabeth und Heinrich IV. 1882, S. 127.

Man kann übrigens nicht ſagen, daß Matheſius den Zank um das Liebesmahl um jeden Preis aufrührt. Er lehnt ihn auch ab, um junger, reiner Herzen willen [1].

Der Zorn über Calvin kommt ſeinem großen Gegner, dem allerdings erſt die moderne Theologie gerecht werden konnte, nicht zu gut. Serveto, das Teufelsmaul, leugnet, daß Chriſtus wahrer Gott ſei [2] und iſt über dem Läſtern raſend geworden [3]. Er wird wieder mit Korah, Ebion, Arius, dem Samoſatener ein= geordnet [4]. Rabbinen, Alkoran und ſervetiſcher Kobalt [5] ſind ohne Nachteil nicht zu leſen [6].

Unter den Kämpfen innerhalb des Luthertums ſteht der antinomiſtiſche voran: Man findet zu unſeren Zeiten viele, die das Geſetz aus der Kirche ausſchließen und allein das Evan= gelium predigen wollen [7]. Dieſe Geſetzesſtürmer weiſen das Ge= ſetz aufs Rathaus [8] und an den Galgen [9]. Sie ſündigen durch Gelindigkeit [7], ſind rechte Ohrenkrauer und Honiglehrer, die nur Oſterpredigten thaten [10]. Der Herr Omnes-Hauſe hat ſie gern: darum iſt dem Licht des Evangeliums ein rohes, wüſtes, wildes, freches, liebloſes Weſen gefolgt [11]. Was in Moſes' Geſetz dem natürlichen ähnlich und · gemäß iſt, müſſen wir feſthalten, denn das natürliche iſt Gottes Recht [12]. Jeckel wollte die Kirche refor= mieren und konnte daheim nicht eine alte böſe Haut reformieren [13]. Als dem Grickel ſein Mus verſalzen, er darüber arreſtiert

---

1) Kor. 27 b.
2) Dil. 145 b.
3) Poſt. B, 4, 36 a.
4) Proph. 295 b. 268 b. Joh. 120 a. LH. X, 115 a.
5) S. ob. I, 508, 8.
6) Sar. VI, 67 b. Symb. 37 b. Joh. 8 b.
7) Kor. 2, 38 b.
8) Sar. XI, 129 b.
9) Kor. 282 b.
10) Sar. XI, 129 b. Kor. 3 a.
11) Kor. 282 b. S. ob. I, 268, 3.
12) Poſt. B, 3, 52 a; vgl. Kor. 226 a.
13) Sir. 2, 110 b. 1, 154 b. Vgl. Loeſche, Analecta s. v. Schent.

war und wußte weder mit Schrift noch einem Patron seine falsche Lehre zu erhalten, perrumpiert er, reißt durch seinen Arrest und Kummer (Gefängnis), vergißt sein Gelübde und sucht sich Unterschleif [1]).

Das erschütternde Ende des osiandrischen Streites hat Mathesius nicht mehr erlebt; es hätte ihn in seiner Stellungnahme nur befestigt: Osiander hat genarrt und geirrt [2]). Es ist leider gemein, daß man vortreffliche Köpfe und gar gelehrte Leute, die vor anderen mit herrlichen Gaben geschmückt sind, im Kirchenamt findet, wie Arius und Osiander, die dann abfallen und greuliches Ärgernis anrichten [3]). Osiander hat die Gerechtigkeit des Glaubens vermengt mit der völligen und wesentlichen Gerechtigkeit, auf die wir jetzt im Glauben und angefangenen neuen Gehorsam stark hoffen [4]). Er setzt das Blut Christi aus den Augen und dem Herzen [5]). Er will den h. Geist und die innewohnende Gottheit ohne das Amt des Geistes, d. i. ohne Zeugnis von dem gekreuzigten Herrn Christo haben [6]). Die angefangene Heiligung, die durch den Geist Christi in den Gerechtfertigten und Versöhnten geschieht, ist allein eine Frucht oder effectus des Glaubens und nicht eine Ursache oder Lösegeld, davon wir gerechtfertigt und selig würden [7]). Hütet Euch vor der Sophisterei und Subtilität Osiandri! Derselbe Schwarmgeist hat sich anfänglich vor dem Jeremia-Text [8]) sehr gefürchtet und bekannt, daß unsre Gerechtigkeit das Gewächs des David sei; wie er danach, als er in Schwarm geraten und darin vertieft, seiner Worte ist erinnert worden, hat er zur Antwort gegeben: Vulneror meis pennis, meine Federn hauen mich [9]).

1) LH. XI, 127 b.   Sir. 154 b.
2) Kor. 337.   Sir. 94 b.
3) Sir. 2, 3.   Kor. 284 a.
4) Leich. M 2 a.   Kor. 358 b.
5) Leich. Eee.
6) Kor. 2, 41 a.
7) Symb. 4 b.
8) 23, 5 f.
9) Symb. 23 a.   Joh. 122 b.

Wer mit dem ungekreuzigten Chriſtus umgeht, ſein Blut und Leiden außer Augen ſetzt, von ſeiner weſentlichen Gerechtigkeit in uns ſpekuliert, der ißt an dem rohen, ungebratenen Oſterlamm Chriſto das Gericht, gleichwie die, ſo unwürdig vom Nachtmahl eſſen. Mohammed, Mönche und Schwärmer eſſen das Oſterlamm nicht ganz auf, legen den Leuten nur einen Teil vor, richten's nicht recht zu, kochen's in Waſſer. Vor ſolchen Sudelköchen und böſen Verſchneidern ſollen wir uns hüten, damit wir nicht von dem Würger beſchädigt werden ¹). Auch die Zeit der letzten Poſaune hat Oſiander beſtimmen wollen ²). Er wollte es gar allein ſein ³); rühmte ſich: Dies hab ich zum Erſten aus der Schrift erſehn ⁴), blies ſich auf, bis ihm die Blaſe im Leib zerſprang ³). Zu Nürnberg haben ſich etliche Kirchendiener unterſtanden, Oſianders Schwarm zu verteidigen; von denen hat man öffentlich gerichtet und geurteilt, und den überwieſenen iſt das Cantate gelegt worden. Alſo iſt der Zwieſpalt von den Schlüſſeln oder der beſonderen Privat = Abſolution zwiſchen Oſiander und Linck durch Gericht und Urteil der wittenberger Schule vertragen und beigelegt worden, welches Urteil ein ehrbarer Rat von Nürnberg zu Wittenberg begehrt hat ⁵). Heut nehmen die oſiandriſchen Köpfe noch viel neu und ſeltſam Ding vor und ſind nicht alle tot; Gott wehre ihnen ⁶)! —

Oſianders, aber ebenſo der Hauptreformatoren, Feind und Schmäher Stankarus wird mit einigen Derbheiten über einen Quark, den ein Stänkerer oder Leutſchänder ausgeſchmiſſen hat ⁷), abgefertigt und mit der Verweiſung auf Melanthons Auslaſſung ⁸) gegen ihn ⁹). ---

1) Poſt. B, 4, 8b.
2) Kor. 355a.
3) Kat. 140.
4) Sir. 2, 53a.
5) Kor. 316b. Vgl. Möller, A. Oſiander. 1870, S. 177. 181. 536. S. ob. I, 137.
6) Kor. 356b.
7) Sir. 2, 61b. 1, 94b.
8) Corp. Ref. XXIII, 87f. 725.
9) Joh. 103a.

Auch den Ausbruch des flacianischen Erbsündenkrieges, dessen Nachwehen gerade die österreichischen Länder lange durchzuckt haben, erlebte Mathesius nicht mehr. Seine Stellung zu dem Achilles des Luthertums könnte aus dem Bisherigen erschlossen werden, wir haben aber noch einige besondere Anhaltspunkte: Ich bin wohl mehr, sagt Paulus[1]), ich habe ganz Illyricum, aber nicht Flacium, mit dem Evangelium erfüllt[2]). Das illyrische Pech ist schwarz und stolz: wer sich mit bösen, rasenden, unsinnigen Köpfen in Disputieren und Zank einläßt, wird auch böse, rasend und unsinnig[3]). —

Mit Luthers Fluch: „Der Herr strafe dich!" wird der Mysticismus in schwenkfeldscher Prägung gezüchtigt[4]). Luthers häßliches Wortspiel gefällt so wohl, daß es mehrmals wiederholt wird[5]). Der unflätige Stenkfeld verachtet die Absolution, das ganze Predigtamt samt Schrift und mündlichem Wort[6]) und zaust sie hin und wieder[7]). Er wirft sich wie die Wiedertäufer auf den Geist, Träume und Einsprachen[8]). Er verleugnet, daß die menschliche Natur des Herrn Christus zu des Vaters Rechten sei[9]). —

Es müssen freilich Rotten, Sekten und Ketzer sein, sonst würden wir Prediger gar zu faul. Wäre Stankarus still gewesen, hätten wir nicht so schöne explicationes von den beiden Naturen in Christo[10]). —

* * *

Sehr kennzeichnend sind die Ketzerlisten, die Mathesius zuweilen aufstellt. Da stehen beisammen Türken, Bischöfe, Mönche,

1 2. Kor. 11, 23.
2) Kor. 2, 137 b.
3) Sir. 79 a. Vgl. die Klagen Melanthons über Flacius im Briefw. Nr. 54. 59. 67. 121.
4) Symb. 100.
5) Ebd. 260 b. 100; vgl. LS. VIII, 90 b. Sir. 94 b.
6) Bek. 200 a. Post. B, 3, 116 b.
7) Symb. 126. 260 b.
8) Ebd. 260 b.
9) Kor 270 a.
10) Sir. 2, 65 b. S. ob. S. 85, 8.

Juden, Tyrannen, Ketzer, falſche Brüder, Flattergeiſter, die beſten
Falls lauter Rühmen, Geilen, Geizen, Schlampampen in Lehre
und Leben zeigen [1]).   Papſt, Wiedertäufer und Schwärmer pochen
gemeinſam auf den Geiſt gegen das Wort [2]); Manes wie Hetzer
verwerfen dasſelbe [3]).

Gott behüt uns vor allen Henſelinern [4]) und Kretzſchmern
(Schankwirten), die das lautere Wort und rebrechten [5]) Wein
verfälſchen [6])!   Was Chriſtus durch ſeine Diener gut macht, ver=
derben die Schleicher und Ketzer, die Unflat und Hundskot für
Balſam und Theriak [7]) den Leuten eingeben.   Der leibige Satan
will immer durch ſeine Ketzer und Schwätzer falſche Münz unter
die Gottesgroſchen ſchieben und Kupfer und Meſſing den Ein=
fältigen für Gold und Silber aufreden [8]).

Das iſt auch eine Eigenſchaft der falſchen Lehrer, daß, ob ſie
ſchon durch Schriften und ihr Gewiſſen überwunden werden,
dennoch nicht umkehren; bemänteln, malen, trachten und dichten
das Ihre liſtig durch neue Auslegung, Deklaration und Super=
deklaration zu erhalten und eine Schminke anzuſtreichen.   Vor den
Gelehrten reden ſie viel anders, denn wenn ſie auf ihrem Miſte
ſind; danach entſchuldigen ſie ſich: Ich hab es gut gemeint, bin
dazu durch beſonderen Eifer und grimmige Heftigkeit verurſacht
und rege gemacht, wie durch Gott erweckt worden.   Wenn ſie den
Karren in Kot geführt haben und ſtecken blieben ſind, ſchieben ſie
die Schuld auf Gott und die Widerſacher: ſie aber ſind heilig
ganz und gar unſchuldig.   Was ihnen Geld trägt, das lehren ſie
und glauben endlich gar nichts [9]).

---

1) LH. XV, 192 b.   Poſt. A, 37 b.   Proph. 17 a.
2) Kor. 269 a.
3) Ebb. 270 a. — Vgl. noch Symb. 175.   Kor. 317 a. 96 b.   Proph.
2, 47 b. 72 b.   Dit. 123 a.
4) Die einem etwas anhänſeln, anhängen.
5) S. ob. 1, 609, 7.
6) Hochz. 143 a.
7) S. ob. I, 327, 4.
8) Poſt. A, 2, 111 a.
9) Sir. 94 b 2, 61 a.

Falsche Lehre, Ketzerei, Unzucht und Unreinigkeit sind stets bei einander [1]); auch der Obrigkeit kann kein Schwärmer recht günstig sein [2]). Falsche Lehre und Blutvergießen sind nicht gern fern von einander: doch lasset Ihr das Schwert stecken, helft Abgötterei nicht mit Büchsen und Hellebarden ausrotten und die reine Lehre mit gewehrter Hand fortsetzen! Aber merket den falschen Propheten auf die Schanze [3]) und hütet Euch vor ihren scheinheiligen Worten [4])! Ich bin hier Mark(Grenz)=Meister und habe viel Milch umgeschüttet und die Töpflein zerbrochen, die Butter zerrissen, die nicht rein ist. Gott wird alle Eltern, Schulmeister, Obrigkeit und Kirchendiener strafen, die böse Milch feil halten lassen, die zusammen läuft und sich dehnt wie gestohlene und bezauberte [5]).

Freilich, was wir bisher von Pfaffengezänk disputiert haben, ist eben hart und Euch Laien und Weiberlein schwer zu verstehen gewesen [6]).

Sechstes Kapitel.
Zur Ethik.

Auf der Dogmatik erbaut sich die Ethik. Äußerlich war diese im Reformationszeitalter noch enger mit jener verknüpft als später; haben doch erst Calixt und Amyraut ihre gesonderte Behandlung vorgeschlagen. Auch innerlich standen sie in fester Beziehung, wenngleich die solafidistische, geschweige die Prädestinationslehre dem zu widersprechen scheint.

Aus der Ethik, der Gewissensangst, ist die ganze Bewegung

1) Post. A, 55a. Hochz. 150a. Kor. 171a.
2) Post. A, 2, 165a.
3) Achtet genau aufs (Würfel=)Spiel!
4) Post. A, 2, 84.
5) Kat. 86.
6) Kor. 35a.

geboren, das sittliche Verhalten ist fürs Diesseits ihr Ziel= und Strebepunkt gewesen.

Über Mathesius' grundsätzliche Stellung klären schon seine hier herbeizuziehenden dogmatischen Auslassungen auf, namentlich die über Gesetz und Evangelium, Glauben und Werke, dement= sprechend die in dem antinomistischen, majoristischen und syner= gistischen Streit. Uns fesselt daher hier mehr die spezielle oder angewandte Ethik, deren Wert dadurch steigt, daß es noch keine eigentlichen reformatorischen Lehrbücher der evangelischen Sittlich= keit gab. Auch in diesem Bezirk lieferte Luther mehr Stoffe und Gesichtspunkte. Man pflegt noch weniger die Geschichte der evangelischen erneuerten Ethik als die der Dogmatik mit Luther, sondern mit Melanthon zu beginnen [1]). Dieser machte den systematischen Anfang mit zwei philosophischen Skizzen unter Vor= anstellung biblischer Gedanken [2]). Ihm folgte, abgesehen von den Kommentatoren seiner loci [3]), Osianders Kollege und Freund Thom. Venatorius in Nürnberg, der schon 1529 in der theo= logischen Form der Sittenlehre sich glücklich versuchte: Hieronym. Weller mit seiner Pflichtenlehre nach den drei Ständen: Dav. Chyträus mit farblosen Lebensregeln im Anschluß an den Dekalog [4]). Nicolaus Hemming [5]) kann aus zeitlichen Gründen kaum noch inbetracht kommen. Aber eine ausgeführte spezielle Ethik gab es so wenig wie eine genügende allgemeine. Ja bis gegen die Mitte des 17. Jahrhunderts beschränkte man sich darauf, nach Melan= thons Vorgang einige ethische Hauptstoffe beiläufig in der Dog=

---

1) Lommatzsch, Luthers Lehre vom eth.=relig. Standpunkt aus. 1879, S. 15. Vgl. Th. Ziegler, Gesch. der christl. Ethik. 2. A. 1892, S. 442, und Litteratur das. Luthardt, Gesch. der christl. Ethik seit d. Reformat. 1893, S. 381.

2) Költzsch, Melanchthons philosoph. Ethik. 1889. Hartfelder, A. S. 231. Luthardt a. a. O.

3) Luthardt, S. 84 f.

4) Gaß, Geschichte der christl. Ethik. 1886, II. 53. 71. 103. 107. 109. Luthardt, S. 84 f. 88 f. 93 f. 94 f.

5) 1562. Luthardt, S. 96.

matil mit abzuhandeln. Nur in der Form der Kasuistik wurde
der ethische Stoff mit Vorliebe bearbeitet [1]).

Vorweg sei herausgestellt, welche Verwirrung auch hier bis=
weilen die falsche Auffassung der alttestamentlichen Ökonomie an=
richtet. Es hatte doch nichts gefruchtet, daß die Führer im Kampf
dadurch bei Gelegenheit der Doppelehe des Landgrafen auf die
beklagenswerten Abwege von der gewöhnlichsten Sittlichkeit ge=
raten waren: Abraham gehorcht dem heiligen Geist, die eigen=
willige und üppige Magd mit ihrem höhnischen Sohn aus der
Hütte zu schaffen. Rebekka schiebt auf des heiligen Geistes An=
treiben, aus großem Geist und ihres Pfarrers Rat, den jüngeren
Sohn vor [2]). Laban ist ein Schalksauge: Gott straft den un=
getreuen Herrn und giebt sein Gut dem frommen Diener [3]):
Jakob wird nicht getadelt. Rahel stiehlt ihrem Vater seine silbernen
Hausgötzen, um ihn von seiner Abgötterei abzuleiten; wie der
Vater Haussuchung in ihrem Gezelt hält, thut sie einen Ehren=
reim und weist ihn mit Glimpf ab [4]).

So hat Mathesius auch kein Gefühl für die gräßliche Rach=
sucht der Esther [5]). An einigen Stellen freilich verläßt ihn der
gesunde Takt nicht. Das Vorgehen der Zipora [6]) zeigt, wie die
Erbsünde auch noch den Heiligen anklebe, Sarahs Lachen, daß
Christi Großmutter zum Teil auch nicht die frommste gewesen ist.
Doch sind sie durch des Sohnes Gottes Blut gerechtfertigt [7]).

Anderseits sei rühmend auch dies vorweg betont, daß Ma=
thesius, wie in der Dogmatik, sittliche Schäden im eigenen Hause
aufs Freimütigste rügt, die im Gefolge der Reformation, durch
Mißverstand oder Böswilligkeit, zutage getreten sind [8]): Viele
nehmen das Evangelium an, nicht um der ewigen Seligkeit willen,

---

1) Rothe, Theol. Ethik IV (1870), xxxiv.
2) De prof. B b, B 2 a.
3) Kat. 247.
4) De prof. B 3 b   Hochz. 84 b. Kat. 219.
5) Hochz. Pred. XI, Ehesp. Pred. XLV. S. ob. I, 604.
6) Exod. 4.
7) Ehesp. 195 a. 136 a.
8) S. ob. I. 268, 3. II, 83, 11.

sondern, daß sie hier den Wanst mästen. Solche wollen Christum zum Brotkönig aufwerfen. Sobald ein Prediger in solche Gedanken gerät, er wolle regieren, ist's um ihn und seine Kirche geschehen. Prediger sollen hier leiden, am jüngsten Tage wird ihr Lohn folgen [1]. Als man noch dem alten Teufel und den neuen Abgöttern diente, schneite es zu allen Klöstern und Kirchen: aber zur Förderung des Evangeliums Leute erziehen und erhalten, kommt den zarten Evangelischen sauer an [2].

Nachdem uns das Evangelium von dem babylonischen Gefängnis und der H . re Tyrannei erlöst, hat der Satan das andere Laster rege gemacht: da hat Jedermann wollen Meister sein. Schuster, Schneider, Leinweber, Weiber haben geschrieben und geprebigt. In allen Kretzschmarn (Wirtshäusern) und Zechhäusern richtet und urteilt man von der Lehre. Einer mäult den anderen aus [3]. Statt Evangelische möchte man fast Eigenwillische sagen [4].

Auch in den evangelischen Orten sieht man jetzt vielfach nur auf die Vetternschaft, wendet jedes Mittel an, daß kein fremdes Hühnlein in den Hühnerkorb kommt, oder die alten beißen es wieder heraus. Der alte Teufel und seine Mutter ziegelt (zeugt) und heckt immer einen jungen Bileam, Judas, Arius aus, die sich an hohe Orte halten, den Mantel nach dem Winde kehren [5], andere, so ihnen im Licht stehen, verjagen und mit Schranken (Schrauben) ausheben. Thut Einer das Maul etwas zu weit auf, hat er Elbe, Rhein und Saale angezündet und muß wider den heiligen Geist geredet haben [6]. Die Lutheraner haben des lieben Mannes Lutheri Lehr von der christlichen Freiheit unrecht verstanden, als habe er uns frei gemacht wie Aaron mit dem gegossenen Kalb seine epikurischen Säue, daß jetzt Niemand oder sehr wenig mehr liest, betet, außer Schand- und Läster-Bücher.

1) Symb. Lätarepred. Kat. 144 b.
2) Post. A, 2, 82 b.
3) Kat. 139. Vgl. Kor 318 b.
4) Kor. 260 b.
5) Wander III, 450.
6) Sar. XIII. 152 b f.

Der wird aus einem Pfarrer ein Zöllner, Geleitsmann, Leut=
schinder und Schösser [1]; der spielt und rauft sich mit den Bauern
und tanzt den Firlefanz [2]. Wie roh und kalt sind unser eines=
teils heut unterm Evangelio, daß es Gott geklagt sei, daß wir
so selten zum Abendmahl kommen! Das macht unserer Religion
einen bösen Nachklang und ärgert fremde Leut, die oftmals in
unsere Kirche kommen [3]. --

Durch die Beleuchtung der verschiedenen Verhältnisse und
Gebresten mit der Fackel des reformatorischen Sittlichkeitsideals,
das freilich im einzelnen oft in erschreckender Weise Humanität
vermissen läßt, werden viele Abschnitte, ähnlich wie bei einem
Clemens von Alexandrien, einem Berthold von Regensburg, einem
Geiler von Kaisersberg zu sprechenden Sittengemälden. —

Inbezug auf die sittlichen Tugendmittel kommt wiederholt die
Lektüre zur Sprache: Erstens ist zu warnen vor bösen Büchern [4].
Kauft nicht alle Dreckzettel und Buttenbücher [5]! Hütet Euch vor
aller Schwärmer Bücher [6], namentlich den heimlichen, da man
keinen Titel oder erdichtete Namen darauf drucken läßt; die
schleichen im Finstern wie Nachtraben und Fledermäuse, die in
Mose verboten waren [7]! Lernet die Schrift [8]! Wem die große
Bibel zu schwer ist, der nehme des heiligen Geistes kleine Biblia,
das Psälterlein oder der Kinder Biblia, den Katechismus [9].
Aber auch, wenn alte und erfahrene Leute Bücher schreiben, die
sollen wir kaufen und lesen [10]; die gehören in die erste Bitte [11];
vor allem die ausbündig guten Bücher D. Lutheri, seine Haus=

1) Steuer=Einnehmer
2) Götzinger, S. 657.
3) Bef. Preb. XV. Sir. 2, 138a. S. ob. I, 268, 3
4) Kat. 2, 148. Kor. 2, 3a. 1, 225b. 226b. S. ob. I, 316.
5) Die in Butten haufiert werden. Kat. 2, 176.
6) Kat. 2, 39.
7) Proph. 325a. S. ob. S. 66.
8) Kor. 2, 3a. Post. A, 2, 92b. Passion. 15. Proph. 154.
9) Kor. 226b.
10) Ebr. 2, 2a.
11) Kat. 2, 93.

postill[1]), die Auslegung zu Genesis[2]), den Psalmen[3]): die Predigten über die drei Matthäus-Kapitel[4]); über Johannes 14 bis
16[5]): über I. Joh. 4, 16—21[6]): die Auslegung des Galater-
briefs[7]); das Sendschreiben vom Dolmetschen[8]), die Summarien
über den Psalter[9]). Die Vermahnung an die Geistlichen auf
dem Reichstag zu Augsburg[10]) empfehle ich jungen Leuten fleißig
zu lesen, die im Papsttum nicht gewesen, damit sie lernen, was
des Papstes Religion gewesen ist[11]). Die Schrift: Eine einfältige
Weise zu beten[12]), ist ein sehr nötiges und tröstliches Büchlein
für die Laien und eine schöne kurze Auslegung des Katechismus[13]).

Was die christlichen Zeugen zu Augsburg bekannt[14]), soll ein
jeder in der lateinischen und deutschen Konfession lesen, in den
Originalen[15]): auch die Apologia ist ein öffentliches Buch[16]).
Ebenso die loci communes und das Examen der Ordinanden[17]):
Crucigers Johannis-Kommentar[18]), Bugenhagens Jeremias[19]) und
des Herrn Camerarius Katechismus[20]), „von Geburt und Leiden

1) Kat. 2, 177. Köstlin I, 486. 613; II, 158. 597.
2) Kat. 2, 177. LH. XIV, 169b. Köstlin I; 614; II, 308. 433. 624.
3) Kat. 2, 177. Köstlin s. v.
4) Kat. 2, 177. — Köstlin II, 250.
5) Kat. 2, 177. — Köstlin II, 436.
6) LH. X, 108b. — Köstlin II. 273.
7) Kat. 2, 177. — Köstlin I. 291; II, 308.
8) LH. XIII, 154a. — Köstlin II, 246.
9) LH. X, 107b. — Köstlin II, 252.
10) Köstlin II, 201.
11) LH. VIII, 90a.
12) Köstlin II, 305.
13) LH. X. 112b.
14) Glosse: 1530 edita et non correcta, (invariata).
15) LH. VIII, 83a.
16) Kat. 2, 177.
17) S. ob. I, 105.
18) Pressel, Joh. Cruciger 1862, (Enarrationes in ev. Joh. 1546) S. 15. 82.
19) HRE. III, 390.
20) Catechcs. christian. Lips. 1555. ADB. III (1876), 724. F. Sedt, Beitr. zur Kenntnis der Schriften d. J. Camerarius. 1888, S. 12.

Christi vom Fürsten von Anhalt[1]) weisen zum seligen Leben und
Sterben[2]). Ihr Bergleute habt Eure Bergpredigten[3]); die
Mädchen sollen sich an Menii oeconomia[4]) und meine Leich=
predigten[5]) halten[6]). Ein Hausvater soll den Kindern etwas
sparen, gute Predigten sammeln, die seine Kinder nach seinem
Tode brauchen können[7]). —

Neben die heilige Schrift und Erbauungsbücher tritt das
Gebet, als Bitt=, Dank= und Strafgebet. Wer das Gebet
unterläßt, sündigt härter, als wenn er ein Dieb und Ehebrecher
wäre[8]). Ach Gott! Es werden viele Mägde gefunden, die ihr
Leben lang Gott niemals für Feuerzeug, Kien und Holz zu
danken gedacht haben[9])! Gebet und Thränen sind die Waffen
der Kirche, damit man die Sünde schlagen kann und die Ver=
bannten zu Tode beten[10]). —

In der Klasse der besonderen Selbstpflichten wird der Pflege
der Gesundheit eingehende Aufmerksamkeit zuteil, die schon
in den Predigten des Mittelalters eine große Rolle spielt[11]). Ja
es geht ein verborgener Faden von Galenus[12]) durch den Philo=
logen J. Müller ans Licht gezogenen „optimum medicum eundem
esse philosophum", über Plutarch's Gesundheitsvorschriften, zur
mittelalterlichen Perle, der wenn auch mehr episch gehaltenen
Tugendschrift des erst mit hundert Jahren zur Feder greifenden

---

1) Meurer, G. v. Anhalt. 1864, S. 147. HRE. V, 73.
2) Leich. Nr 2. Bßlgr Nr. 32. Sir. 2, 142a.
3) Kat. 2, 177. Vgl. ob. I, 490f.
4) Oecon. christiana, d. i. von christl. Haushaltung; bevorwort. v. Luther.
HRE. IX, 546. S. ob. I, 503, 3.
5) S. ob. I, 575f.
6) Leich. Nr 2.
7) Kor. 2, 149b. 1, 211.
8) Kat. 60.
9) Sir. 3, 9b.
10) Kor. 1, 317b. S. ob. S. 44.
11) Rotelmann, Gesundheitspflege im Mittelalter. Kulturgeschichtl.
Studien nach Predigten des 13. 14. 15. Jahrh. 1890. Kap. 5. 6.
12) S. u. 7. Kap.

L. Cornaro [1]). Auch Luther konnte im medizinischen [2]) und hy=
gieniſchen [3]) Rahmen behandelt werden. Es entfaltet ſich bei dem
naturwiſſenſchaftlich ſtärker beteiligten Mathesius eine Individual=,
Haus=, Schul= und Gemeinde=Hygiene [4]).

Die Arznei ſtammt von Gott; er iſt mit den Patriarchen
herbatum, nach Kräutern gegangen [5]). Der heilige Geiſt ſtraft
an dem Jannulus des Eliſa, daß er die Kräuter und ihre Natur
nicht kennt [6]). Woher nun auch die Krankheit kommt, Gift iſt
Gift, und Einer kriegts vom Andern: es ſei Ausſatz, Peſtilenz,
Franzoſen [7]), engliſcher Schweiß [8]), ſpaniſche Blattern, Krebs oder
was ſonſt heimliche Geſchwüre und Räuden ſind. Man ſoll ver=
ſtändiger Ärzte Rat treulich folgen und mit Aderlaſſen, Schröpfen
und was ſonſt vonnöten, nicht lang verziehn [9]). Es iſt auch
chriſtlich, Hausapotheken anzulegen und die Gartengewächſe dazu
zu brauchen, damit man nicht gleich in die Apotheke laufen muß,
und da die ſtarke Arzenei, die aus den fremden Materien, ſo
übers Meer zu uns geführt werden, zubereitet wird, nicht Jeder=
mann dient, auch nicht Jedermanns Kauf und Vermögen iſt [10]).

Zur Zeit der Peſt [11]) ſoll der Chriſt in ſeinem Beruf und
Wegen bleiben, ſeinen Nachbarn chriſtlich dienen und gewiß ſein,
daß Gottes Engel ihn auf ſeinen Wegen behüten [12]). Wenn er
ſeine Leute inne hält, läßt ſie nicht an vergiftete Orte und Häuſer
gehn, hält ſein Haus rein, räuchert abends und morgens mit

1) 1467—1566, in Padua.

2) „Mitteilungen f. d. ev. Kirche in Rußland." XLVI (1890), Juni.

3) Niemeyer, Luther als Vorkämpfer eines hygien. Proteſtantismus
(Ärztl. Sprechſtund., Bd. XIV) (o. J.) 1—67. Vgl. Loeſche, Analecta Nr.
312. 328.

4) Vgl. auch Hanuś, über die diätet. Litteratur im 16. Jahrhundert,
in: „Sitzungsber. d. kgl. böhm. Geſellſch. d. Wiſſenſch." 1863, S. 120.

5) Sir. 2, 119 b.

6) Poſt. B, 3, 89 b.

7) S. ob. I, 127, 9.

8) Ebd. I, 41.

9) Poſt. A, 2, 118. 119 a.

10) Sir. 120 b. 114 a.

11) S. ob. I, 279. 590.

12) Frage=Poſt. f 6.

Vitriol, Wermut, Lorbeer, Eichenlaub, setzt heiße Ziegel, Gefäße mit Wasser in die anrüchigen Zimmer, zündet große Lichter an, wie man bei den Kranken viel brennende Wachskerzen mit Myrrhen zur Arznei der Umstehenden hatte; läßt Niemanden nüchtern ausgehn, braucht Einhorn [1]), Mithridat [2]) und andere Latwergen [3]), ißt gebeizten Wachholder [4]) oder Raute [5]), Feigen, Nüsse, frische Butter, Pimpernell [6]), Alant [7]), trägt Zitwer [8]), Angelika [9]), Meisterwurz [10]) unter der Zunge, bestreicht den Puls mit Skorpionöl und betet sein starkes Vaterunser daneben, kann und soll kein vermeßner Heiliger und Rottengeist ihn strafen. Denn, wie der Satan zu seinem Vorteil auf Unlust, Gestank, Unflat, böse Wetter seine Augen hat, kann ein Christ auch der Kreaturen und vernünftigen Fleißes zur Widerthat gebrauchen [11]).

Man kann auch die Seuche fliehen; denn es soll Niemand Gott versuchen [12]). Wenn Jemand keinen Gemeindedienst oder Amt hat und die Seinen mitnimmt oder daheim zuvor sein Haus versorgt und zieht an einen reinen und gesunden Ort, flieht auf Rat der Ärzte bei Zeiten, macht sich weit aus der Trauſe und kommt langsam wieder heim, dem soll man das Gewissen unbeschwert lassen. Was aber im Dienst steht, Kirchendiener, Ärzte, Wehfrauen, Regenten, Gesinde, das muß fußhalten, sich dem lieben Gott befehlen und als Bisamknopf [13]) den Spruch tragen: Er hat seinen Engeln befohlen über dir [14]). Doch sollen die Ge-

---

1) Vgl. Loesche, Analecta Nr. 238 u. Weim. A. III (1885), 597 Anm.
2) Altes „Universalmittel", namentlich als Gegengift.
3) S. ob. I, 13, 10.
4) Harntreibend.
5) Berühmtes ansteckungswidriges Mittel.
6) Pimpinella, Arznei seit dem 16 Jahrhundert.
7) Inula, Expektorans= und harntreibendes Mittel.
8) Curcuma, uralte Arznei.
9) Archangelica officinal.
10) Imperatoria, heute nur noch in der Veterinärpraxis.
11) Post. A. 2, 116 bf.
12) Frage=Post. 16.
13) Bisam, Moschus, als Arznei.
14) Pf. 91, 11. — Post. A, 2, 116 b.

meinden einen eigenen Diakon in Bestallung haben oder alte
Priester aufnehmen, die in gefährliche Häuser gehen, damit durch
die andern Kirchendiener Niemand von den Gesunden beschädigt
werde [1]). So der Christ selbst mit der Seuche beschmeißt wird,
soll er andere Leute nicht ohne große Not zu sich fordern, daß
er nicht zum Mörder werde. Da nun Gott Einen durch eine
Pestilenz will von dem Tod dieses vergifteten Leibes erretten, soll
er sich darüber zufrieden geben und mit gläubigen Augen die
aufgehängte Schlange [2]) ansehen; so schadet ihm kein Tod und
Herzeleid, da es auch eitel Karbunkel, Anthraces [3]) und mörde-
rische Apostemen (Eitergeschwüre) schneit und regnet [4]).

Zur Vorbeugung werden auch die guten und gesunden Speisen
und Weine aufgeführt und Tischregeln gegeben [5]).

Neben die Reinheit von Krankheit tritt eben vor allem die in
sinnlichen Genüssen, in dieser Freß=, Sauf= und Bauch=Welt,
da man sich arm, krank und zu Tode frißt und säuft [6]). Ließen
wir die Güß, so ließen uns die Flüß [7])! Aber inbezug auf dies
Hauptlaster der Deutschen [8]) erscheint unser Sittenlehrer bisweilen
allzu weitherzig, was auch der zugeben wird, der nicht Pietist und
Enthaltsamkeitsapostel ist. Harmlos klingt noch: Wein ist Öl
für den Leib; ein Quartel vertreibt Unlust und manche Krankheit,
namentlich ein gut Trünklein rheinischen Weins. Der Teufel haßt
diese gute Kreatur; darum hetzt er die Türken an wider die
Weinberge, Weinstöcke, den guten Rebensaft, der doch ein besonderer
Diener des Lebens und der Freude ist [9]). Das Evangelium gedenkt auf der Hochzeit zu Kana auch trunkener Leute. Nun heißt
die Schrift trunken sein, da sich Einer satt trinkt, also, daß er

---

1) Post. A, 2, 117 b.
2) Num. 21, 8 f.
3) Milz=, Karbunkel=Krankheit.
4) Frage=Post. § 6. Post. A. 119 a. 2, 115 b.
5) Proph. 175 b. Sir. 2, 45 b.
6) Ehesp. 134 a. — Janssen VIII (1894), 165 f. Woltau, Litteraturgesch.
S. 328 f.
7) Post. B, 3, 81 b. — Wander II, 173. — S. ob. I, 206, 3.
8) Vgl. Loesche, Analecta Nr. 23. 96.
9) Sir. 2, 50 a. 3, 24 a.

Gottes nicht vergißt, spricht sein Gebet, kann richtig heimgehen und seinen Wein tragen, ist fröhlich mit Weib und Kind, legt sich im Namen Gottes schlafen, steht früh auf, versäumt nichts an seinem Gebet, Amt und Arbeit; thut seinem Leib keinen Schaden, verzehrt nichts Unnützliches, stiftet oft im Trunk was Gutes, hilft Friede und Einigkeit machen, dient oft einer ganzen Gemein [1]. Seltsamer ist das Folgende: Trunkenheit heißt nicht, wenn Einer bisweilen aus Mattigkeit, müde gehandelt und abstudiert, nach dem Bad oder aus Traurigkeit, eines schwachen Hauptes worden ist. Wenn nasse Häupter und staubige Schuhe sich bezechen und desto eher, wie es pflegt, einen Spitz bekommen, wenn Einer das thut ohne besonderen Nachteil seiner Nahrung, Güter und seines Leibes, ohne Versäumnis und Ärgernis seines eigenen Hauses, Gesindes und der Kinder, oder geschieht unter vertrauten Freunden, als wenn ein harter Arbeiter oder Bauersmann, ein armer, einfältiger Dorfpfarrer vom Wein oder Bier hinterschlichen, eingenommen und überwunden wird, ist fröhlich, kräht wie ein Hahn, springt und leckt (hüpft) wie ein Bock und vergißt Gottes nicht, das geht alles wohl hin. Denn Gott, wie er den Wein gegeben und starke Getränke geschaffen [2], will, daß man den Traurigen bei den Leichen oder Begräbnis der Ihrigen den Trostbecher reichen [3] und ihr Leid vertrinken lassen soll und will denen, die ihre Kraft im Kännlein suchen müssen, ihren Fehl wohl zugut halten. Solche zufälligen und seltenen Räuschlein werden nicht verdammt [4]. Dr. Fleck [5] hat auch sein Kännlein Malvasier auf der Kanzel gehabt [6].

Es kann sogar einem klugen und frommen Mann bisweilen auch eine Nartheil entfahren, wie wir alle gebrechlich sind, wenn zumal der Wein und die Gesellschaft gut, und das Herz sehr fröhlich ist. In solchen Fällen tröstet den Reuigen Noahs

---

1) Dil. 235 b.
2) Prov. 31, 6.
3) Jerem. 16, 7.
4) Kor. 164 a. Vgl. Sir. 2, 55 a.
5) Loesche, Analecta Nr. 614.
6) Dil. 236 a.

Exempel, der nur einmal in neunhundert Jahren trunken geweſen
iſt. Wenn nur keine *ἀσωτία* ¹), unordentliches Weſen im Trunk oder
auf den Trunk folgt. Dies Weinlob iſt aber nicht für die Vollen
und Tollen, die, ein trunken Holz und Pelz ²), Sau und Unflat,
nur poltern, ſchlagen, hauen, ſtechen, fluchen, ſchelten wollen, die
ſich in der Woche ſiebenmal oder einen Tag dreimal vollſaufen ³),
müſſen im Backtrog herumgetragen werden oder man ſchrotet (wälzt)
ſie gar auf einen Karren. Solcher Zechbruder iſt der Satan ⁴).

Bei allem Lebensgenuß iſt Gott nie zu vergeſſen. Es thut
einem Trunk Wein und einem Haſelhuhn ſanft, wenn man ſie
mit Dankſagung trinkt und ißt, denn ſie ſind auch Gottes voll,
wie es wieder den Kreaturen wunder wehe thut, wenn ſie der
Eitelkeit und dem Mißbrauch unterworfen ſein müſſen, wenn ein
Kindlein das Brot liegen läßt, läuft mit Füßen darüber, oder
ißt eine Kirſche, einen Apfel, ſagt nicht ein Deo gratias ⁵). —

Dem Kleiderunfug gilt ernſte Warnung; zunächſt den
Stutzern mit den ausgezogenen Hoſen und langen Meſſern ⁶).
Das Schlitzen oder Ausſchneiden hatten, wie alle ſeltſamen Moden
der Zeit, die Landsknechte aufgebracht. Gerade um die Mitte
des Jahrhunderts erreichte die männliche Bekleidung eine höchſt
auffällige und verſchwenderiſche Durch= und Ver=Bildung. Gegen
dieſe unmäßige Tracht der Schlitz= und Pluder=Hoſen richteten ſich
die meiſten Klagen dieſer Art; gegen ſie predigte auch Andreas
Musculus, Lucas Oſiander, Cyriac. Spangenberg u. a. ⁷). Die
Frauen wollen alles haben, was andere Nationen tragen ⁸), wälſche

---

1) Epheſ. 5, 18.
2) Vgl.: „Sich einen Pelz ſaufen".
3) Dil. 238 a.
4) Kor. 164 a. Vgl. ob. I, 609 f. Janſſen VIII (1894), 258.
5) Sir. 3, 13 a
6) Kat. 85.
7) Weiß, Koſtümkunde, II. Abth. 1872, S. 608. 634 f. v. Falke,
Koſtümgeſchichte (o. J.), S. 274 f. 280. Janſſen VI. 469 f. Vgl. HRE.
X, 382. Haſe, Reformationsgeſch. III (1892), 313. Binz, Deutſche
Kulturbilder I (1893), 135 f. Osborn, Die Teufellitteratur. 1893, S. 194.
Derſ.; A. Musculus vom Hoſenteufel. 1894. Janſſen VIII (1894), 233.
8) Hochz. 109 a.

Arbeit, türkische Nat [1]), spanische Sticken (Stickerei), französische Trollen (Troddeln) und Punden [2]), fremde Modeltücher [3]), geflinderte [4]) und geleckelte oder geklippelte [5]) Hauben; geschwänzte [6]) Schauben [7]); ausgehobene [8]) und verschnürte Gebreme (Säume); gefützte [9]) und vertröste (gekrauste) Ärmel: ausgezupfte, zerhackte, zerstochne Kleider [10]). Damit ist viel Unrat und Unglück unter die Leute kommen [11]). Deshalb sind die Kleiderordnungen sehr zu billigen [12]), die damals zahllos, am meisten in Deutschland, fast von jedem Fürsten, jedem städtischen Gemeinwesen erlassen wurden, doch mit geringem Erfolg [13]). Das Haar muß man nicht zu Felde schlagen [14]) oder ringeln, träuseln, püffeln (puffen), stutzen oder verschneiden [15]). —

Die von der neuesten theologischen Schule als Kern und Stern der christlichen Sittlichkeit bezeichnete Pflicht der Berufserfüllung findet in Mathesius einen warmen Fürsprecher: Arbeitet, daß Euch die Haut raucht [16])! Es ist keine Kirche, Fakultät noch Handwerk, die nicht den ganzen Menschen erfordere [17]). Ein Jeder bleibe in seinem Beruf [18])! Wenn der Vater einen aufs Hand-

1) Mit „Hexenstich“?
2) Bünde, Kopfputz.
3) Hochz. 28 b.
4) mit Flittern.
5) glöckeln, klöppeln. S. ob. I, 416, 2. 256.
6) Mit Schleppen.
7) S. ob. I, 236, 10.
8) Mit Hohlsaum?
9) setzen, Einschnitte machen.
10) S. ob. S. 99, 7. — Vgl. Leich. Rede. Sir. 126 b 2, 29 b, 3, 39 a.
11) Hochz. 109 a.
12) Ehesp. 218 b.
13) Weiß a. a. O., S. 633. Vgl. Bartsch, Sächs. Kleider-Ordnungen aus der Zeit 1450—1750. 1882 (Annaberg. Progr.).
14) S. ob. I, 632, 8; dort gestattet M. unter Umständen diese Haartracht wie auch Luther: Bindseil, Luth. colloq. 1863 f. II, 252.
15) Ehesp. 122 b.
16) Sir. 3, 30 a.
17) Ebd. 2, 136 a.
18) Kor. 17 b.

werf thut, und er läuft in Krieg oder nimmt einen Knapp (Proviant)=Sack auf den Hals und richtet einen Sonnenkram [1]) an, wird ſelten etwas Gutes daraus. Was ſich mit Zahlpfennigen wett [2]) gearbeitet und läuft danach um eine Pfarre, das wird Chriſto leider nicht viel Fiſche fangen [3]). Wer kurbaumt, faul= baumt gern [4]). Wechſeln ohne Not bringt ſelten Gut [5]). Jeder bleibe in ſeiner Vierung, Kreis, Stand und Zirkel, da ihn Gott hingeſtellt hat, wie ein treuer Kriegsmann Jeſu Chriſti und richte ſein Geſchütz wider den Teufel [6]). Darin findet auch der Elendeſte Troſt. Gedenkt, Ihr armen Waiſen, wenn Euch die Gedanken aufſteigen: Ich bin ein gut albern Schöpflein, kann nichts, denn etwa eine Bürde Holz herein tragen oder einen Haſpel [7]) herum= drehen, daß ich Blut ausſpeie, ſo danke ich Gott, daß ich Jeſum Chriſtum habe kennen lernen und weiß, daß er mir mein Waſſer und Brot ebenſo wohl gedeihen laſſen wird, als einem Anderen ſeine köſtliche Speiſe und Trank, und ich werde eine ewige Herr= lichkeit bekommen [8]).

Unehrliches Handwerk betreiben Würfelmacher, Kartenmaler, Gaukler, Prumeyſen(Maultrommel)=Schmied, Reimſprecher, was in die Leier ſingt, das Hündlein durch den Reif ſpringen läßt; Stocknarren [9]), die ſich ſtäupen laſſen, ehe man ſie zu Tiſche ſetzt, und gemeiniglich Kundſchafter, Verräter, Kuppler ſind, wie die Zigeuner [10]) und Hauſierer auch dafür gehalten werden;

---

1) Den man in der Sonne ausſtellt und beim Regen einpackt.

2) Sich wette bauen = den Bergbau aus Mangel an Ausbeute auf= geben müſſen.

3) Poſt. A, 2, 74a.

4) Wer hoch hinaus will, muß ſich oft demütigen. Wander II, 1727.

5) Hiſt. Chr. 2, 87b.

6) Kor. 2, 126b.

7) S. ob. S. 61, 12.

8) Kor. 48a.

9) S. ob. I, 601, 5.

10) Namentlich ſeit 1547 erließ Ferdinand Edikte von ſteigender Schärfe gegen die Zigeuner, die die früher in Böhmen gewährte Gaſtfreundſchaft übel gelohnt hatten. Svátek, Kulturhiſt. Bilder aus Böhmen. 1879, S. 283.

Schotten (Hausierer), Knappsäcke, Höf(l)er, Fragner (Kleinhändler), Umschläger (Wucherer) und was der Beseßler [1]), Kehlenstecher, Aufsaßmacher [2]) sind, die lobet Gottes Wort nicht. Ferner caupones, Kretzschmer (Wirte), Hahnreie, die neben ihrem Bier, Branntwein, Karten, Würfel und Pfefferkuchen, Weib und Kind feil halten: vor solcher Nahrung behüte Gott alle frommen Leute [3])! —

Verfolgen wir die Pflichten der Selbsterziehung weiter, singt Mathesius, wie beregt [4]), der Freundschaft ein begeistertes Lob.

Die Liebe, von der die Freundschaft nur eine Abart ist, findet ihren rechten Prüfstein in der Feindesliebe. Die Mahnung zu ihr tritt sehr verkrüppelt auf: Das Evangelium will nicht leiden, daß wir die Gottlosen und Papisten ausrotten, wie sich die von Münster und Andre unterstanden haben: wir sind auch zu schwach! Vana est sine viribus ira [5])!

Begleiter der Liebe ist der Zorn. Man darf nicht alle Affekte und natürliche Neigung verdammen oder aus der Natur ausrotten wollen, wie die Stoiker vorgeben: es sagen die Peripatetiker gar recht, der Zorn sei ein Wetzstein der Streitbarkeit und des Heldenmuts. Der heilige Geist verdammt die Affekte und natürlichen Neigungen nicht, sondern bessert daran und sondert davon, was vom Teufel darin ist gesudelt und eingeschleift worden [6]). Elias' Heldenzorn, der heilige Grimm in Propheten und Wunderleuten ist eine große und sonderliche Gabe Gottes, gemeinen Frieden und die reine Lehre wider die Ketzer und Schwärmer zu verfechten [7]). Man soll auch im Recht billig nachlassen, wenn Einer zu billigem Zorn bewegt wird, als da ein Ehemann sein ehebrecherisches Weib mit dem Buben durchsticht,

---

1) ??? Koth; Besch..ßer, Betrüger.
2) Aufsatz, Zins, Wucher.
3) Dil. 226. Post. A, 2, 123b.
4) S. ob. I, 173f.
5) Livius I, 10. So seufzt auch Hadrian VI., v. Bezold, S. 525. — Kor. 2, 88b.
6) Sir. 2, 2.
7) Post. A, 115b.

denn da hat es ja das Ansehn, als seien solche in der Not(wehr)
und in dem Fall, dazu sie plumpsweise (zufällig) kommen und
solche Schande ansehen sollten, anstatt der Obrigkeit¹). —

Unter den Sozialpflichten steht die der Nächstenliebe
obenan. Sie hat sanfte und scharfe Mittel. Ein gut Wort
findet eine gute Statt: mit güldenen Worten muß man die Leute
bereden; mit Poltern, Schnurren, Trotzen, Fluchen, höhnischen
Worten, Nötigen und Zwingen richtet man nichts aus²). Doch
heißt es anderswo: In weltlichen Sachen ist es auch die beste
Art, nicht alles verantworten, sondern stillschweigen oder mit Lachen
und Scherz verspotten und verhöhnen³). Gleichwie es nicht ver=
boten ist, die Boshaftigen zu hassen, zu meiden, sich vor ihnen
zu hüten, die Ketzer zu umgehen, sich vor ihnen vorzusehen, ist es
nicht unbillig noch verboten, der Gottlosen spotten, sie verhöhnen,
aber durch einen christlichen Eifer⁴). Der heilige Geist ist auch
ein Iron und kann spöttisch reden; so verlacht Christus die
Pharisäer⁵), Elias die Baaliten⁶), redet Paulus⁷) fein spitzig,
ironisiert Luther die Naseweisen⁸). Wie oft Mathesius selbst das
Gebot der Nächstenliebe in der Form des Spottes erfüllt, trat
in der dogmatischen Polemik genügend zu Tage⁹).

Die Nächstenliebe äußert sich dem Bedürftigen gegenüber als
Wohlthätigkeit, die in allgemeiner Armenpflege zu gestalten ist:
wie wohl stände es im Lande, wenn jede Stadt ihre Bettler er=
nährte¹⁰)! Wer aber Parteken¹¹) ißt im Spital und betet nicht
alle Tage, frißt das Almosen mit Sünden¹²). Grob und bäurisch

---

1) Dil. 184 b. Vgl. Loesche, Analecta Nr. 234.
2) Kor. 2, 102 b.
3) Ebd. 232.
4) Ebd. 2, 29 b.
5) Vgl. Matth. 21, 23 f. 22, 44 f.
6) 1. Reg. 18, 27.
7) 1. Kor. 8, 1.
8) Kor. 194 b.
9) Ebd. 199 a.
10) Sir. 77. S. ob. I, 323 f.
11) S. ob. I, 21.
12) Kor. 2, 107 b.

ist es, ein Buch borgen, ein halb Jahr behalten, besudelt wieder heimschicken, nicht Deo gratias sagen und daneben entbieten lassen: Ich habe nur einmal darein gesehen und das eben auch anderswo gefunden, ich weiß mir nichts Sonderes oder Neues daraus zu entnehmen. O du elender, grober Bürger [1])!

Zur Erhaltung der durch die Nächstenliebe geschlossenen Gemeinschaft gehört die Geduld, für den Geistlichen zumal. In dem Glauben, daß seine Pfarrkinder ein Schätzlein Jesu Christi sind, für die er Rechenschaft geben müsse, denkt er, wie er ihre Sünden straft. Obgleich sie strampeln, die Zähne aufgähnen und wunderlich sind, haben große giftige Schwären, bleibt er doch bei ihnen fest stehen, hält's ihnen zu gut; es wird wohl vergehen; wenn der neue Mond kommt, fällt alles ab. Wer ausharren kann, bis dem Kind der Zahn herausbricht, bis die Schwären sich gesetzt, so herzt und schmatzt es ihn wieder [2]).

Der pflichtmäßige Verkehr mit dem Nächsten heischt namentlich die Aufrichtigkeit, Ehrlichkeit und Ehrenhaftigkeit. Wo ein kleiner Pfennig durchfällt, schleicht sich ein Kreuzer und Groschen durch; hernach kriegt das Gewissen einen unheilbaren Riß. Darf ein Vorsteher wissentlich eine Fuhre Holz zu viel schreiben, der ist schon fertig zu Judas' gewundenem Halskragen. Fristet ein solcher ungehängter Dieb seine Sache hinaus, wie eine Krähe der anderen selten die Augen aushackt [3]), so wird der Tag kommen, da man ihn zur Rede setzt. Geld macht Schält [4]). Etliche greifen zu weit und schneiden zu tief, besonders, wenn es arme Gesellen sind, die nicht graben, arbeiten, das Pferd warten können, schämen sich zu betteln und lippern doch gern rheinisch Weinlein, wollen Sammet und Gold tragen, auf großen Pferden reiten, alle Tage bankettieren. Wenn solche Leute mit fremdem Geld und Gut umgehen, will die Rechnung nicht eintreffen [5]). Dahin

---

1) Sir. 3, 42a.
2) Kor. 131b. f.
3) Wander II, 1561.
4) Loesche, Analecta Nr. 469.
5) Post. A, 2, 89b. 90b.

gehört auch, ein kurz Hölzlein, eine ſchnelle Wage haben, ſie
krumm halten, den Daumen mit ins Kännlein meſſen, Waſſer und
Eis für Fiſche, Knochen für Fleiſch geben, wie jener Edelmann,
der die Hechte zum Verkaufen mit Fröſchen füllen ließ; die Magd,
die dem Vieh zu heiße oder kalte Süde (Brühe), Kraut und Heu
ungebraut giebt oder nicht einmal halb ausmelkt ¹).

Die Wahrhaftigkeit hat ihre Grenzen. Es heißt nicht: „Nur
die Wahrheit und die ganze Wahrheit“. Die Not-, Ehren- und
Scherz-Lügen ſind erlaubt, die Niemandem nachteilig ſind. Die
Obrigkeit ſtellt und verſtellt ſich oft, hält hinterm Berge, thut,
als wiſſe ſie die Sache gar wohl, da ſie nichts weiß, oder als
wiſſe ſie nichts, da ſie es doch wohl weiß, damit ſie noch etwas
Neues herausſchaue; braucht ihre Ränke, wie es im Krieg oft geſchieht. Das hat ſeine Entſchuldigung, dieweil man damit anderen
dienſtlich und Niemandem (!) ſchädlich iſt ²). Auch iſt es löblich,
wenn die Frau dem harten Mann alles Gute nachſagt, ſpricht:
Mein Mann hat ſich mit der Magd erzürnt, während ſie ſelbſt
geſchlagen war ³). Wenn Du in einer Stadt predigen ſollſt, da
noch Klöſter, Papiſten oder ſonſt gottloſe Leute ſind, mach nicht
allen Quark rege! Man muß in etlichen Sachen, ſo die Lehr
angehen, hinter dem Berge halten und ſich ſtellen, als verſtehe
man's nicht oder als irre es nicht. Auch ein gegebenes Ver-
ſprechen hat ſeine Löſung. Wenn Jemand im Rauſch zuſagt, in
den Krieg zu ziehen und thut es wirklich, nüchtern geworden, um
ſeine Ehre bei ſeinen Duzbrüdern zu erhalten, obwohl er Weib
und Kind verlaſſen muß, der handelt unrecht ⁴). —

Zur Nächſtenliebe gehört die Beſcheidenheit, Demut und der
Gerechtigkeitsſinn, der dem anderen auch etwas gönnt und ſich
vom Neid nicht regieren läßt. Im Amt ſoll's wohl ſein, daß
man der Perſon des Kirchendieners alle Ehre erzeigt; wenn ſie
aber im Bierhaus ſitzen, ſpielen und zanken ſich mit den Bauern

1) Sir. 3, 45a.
2) Kat. 219.
3) Eheſp. 128a.
4) Sir. 2, 8a. 130a.

und wollen doch groß geehrt sein, das reimt sich nicht; da müssen sie auch der Püffe gewärtig sein [1]). Viele haben nicht gern gelehrte Kollegen, damit sie es allein seien, lassen den Kaplan nicht auf die Kanzel, zumal am Sonntag, er muß den Katechismus predigen [2]). Wenn Gott der Viehmagd auch etwas zuwirft, wie macht sich oft die Köchin so unnütz [3])! —

Unter den besonderen Sozialpflichten stehen die Familienpflichten obenan. Die Weiber sind besser von Natur, aber schwächer und bedürfen Schutzes [4]). Das Weib schweige! Wenn die Frau redet für den Mann, und der Knecht geht vor dem Herrn, dies Regiment ich nicht begehr. Denn man soll die Henne braten, die Frau mit Knütteln beraten, den Knecht stoßen zum Haus hinaus, so bleibt anstehn gar mancher Strauß [5]). Wenn der Ofen bittert [6]), muß man ihn schmieren [7]). Wenn das Faß rinnt, muß man die Reifen treiben [8]); denn oft will es ungebläut nicht thun, wiewohl ungeschlagen am besten [9]); unerlaubt ist, braun und blau zu schlagen [10]). Andrerseits soll man in billigen und gebührlichen Sachen den Frauen gehorchen, wie Theodosius [11]) der Pulcheria, David der Bäuerin von Thekoa [12]). Die Patriarchen haben auch ihren Frauen müssen gehorsam sein und oft in einen sauren Apfel beißen, wenn sie untereinander uneins waren [13]). Gottseliger Frauen Rat, den sie zumal in Eil geben, ist einem frommen Mann in keinem Weg auszuschlagen [14]). Ein

1) Kor. 70a.

2) Ebd. 2, 4a.

3) Symb. 78a.

4) Ehesp. 29b.

5) Kor. 322a. Wander II, 517.

6) buttert, pocht, knistert.

7) Wander III, 1118.

8) Wander I, 932.

9) Sir. 172b.

10) Ehesp. 140b.

11) II.; insofern der schwache Fürst seine Schwester die Staatsgeschäfte besorgen ließ.

12) 2. Sam. 14. — Ehesp. 44a.

13) Hochz. 83a.

14) Ebd. 17b.

frommes Weib kennzeichnen ſchon die Heiden als ſolches, quae fort injurias viri et tegit contumelias; ja ſie darf ihre Ehre für die Befreiung ihres Mannes preisgeben [1]).

Der Hausvater ſoll genau haushalten, überall die Augen haben, nachwiegen und berechnen, aber immer bedenken, hätt er ſo viel Augen wie Argus, Augen im Rücken wie Janus mit zwei An= geſichten: Unſer täglich Brot gieb uns heute [2])! Sie ſollen die Ruten und den Prügel wider die Flucher nicht ſchonen [3]).   Ihr Frauen, ſtraft die Schwätzer und Verräter, die Zwiſchen= und Märchen=Träger; ſeid ihnen hart, laſſet es ihnen nicht nach, gebt Maulſchellen zum Botenbrot [4])! Verwöhnt die Kinder nicht [5])! Andrerſeits hat Paulus dem weiblichen Geſchlecht verboten, öffent= lich predigen und Bücher ſchreiben, wie es denn übel jungfert, wenn die Jungfrau mit ihrer Magd in die hohe Schule geht und unter den Studenten ſitzt. Bei Ausländern mag es hin= gehen, deutſche Zucht kann das nicht zulaſſen, wie denn auch die Päuklein von Mirjams und Jephtä Tochter Geſpielen allen Laut= ſchlägerinnen und Hofiererinnen bei alter deutſcher Zucht nicht wohl das Wort reden können [6]).

Vor H.renkindern ſoll man ſich hüten [7]).   Doch muß ich guten Herzen und weiblicher Ehre zum Beſten melden, daß des Kaiſers Recht und die gelehrten Ärzte ſchreiben, daß auch im ſiebenten Mond ein (ehrlich) Kind könne lebendig geboren wer= den [8]). Papſt und Obrigkeit haben H.renkinder legitimiert, Kirchen und Ämter ſind mit Baſtarden beſtellt wie bei den Völkern in Frankreich; davon ſind lauter Tyrannen und wüſte wilde Leute kommen, Verräter, Leichtfertige, Buben und Leutſchinder [9]). Ehr=

---

1) De prof. D 3 a. S. ob. I, 272.
2) Sir. 3, 48 b.
3) Kat. 47.
4) Sir. 120 a.
5) Poſt. A, 1, 51 f.
6) De prof. X.
7) Buß. 76 b.
8) Hiſt. Chr. 36 b.
9) Dil. 24 a.

bare Zünfte halten uneheliche Kinder für untüchtig [1]). Tapfere werden von Tapferen, Gesunde und wohl Proportionierte von Gesunden und Wohlgestalteten, tapfere Heldenweiber von ehrlichen und tapferen Matronen geboren [2])! —

Man findet gar wenig treue Herren und Frauen, die sich des Gesindes väterlich annehmen: darum straft Gott oft einen Buben mit dem andern [3]). Viele halten ihr Gesind wie einen andern Hund [4]). Man kann einer getreuen Magd nicht genug vergelten und wieder einbringen, was sie uns Gutes bewiesen [5]). Freilich, will das Gesinde nicht thun, was es schuldig, jage man's zum Haus hinaus, schlag's mit der Thür vor den H......, das ist ihr bester Lohn und Strafe [6])! Wenn ein christlicher Hausvater und Hausmutter ihre christliche Hauszucht hält und vernimmt, daß ihre Leute nicht zum Abendmahl gehen, thut wohl und christlich daran, dieselben aus ihrem Haus und von ihrer Arbeit zu jagen [7]). Die Leibeigenschaft ist, wenn man ihrer nicht richtig, billig, gebührlich und durch ehrliche, gute Weise los werden kann, mit Geduld zu tragen, denn sie schadet dem Christen nicht zur Seligkeit [8]). Wie das Evangelium ein Land, Stadt, Person findet, also läßt sie es bleiben, und so kann ein Knecht ebenso wohl selig werden als ein Freier. Zu unserer Zeit hat man das Wort christlicher Freiheit an vielen Orten mißbraucht, da etliche vorgaben, unterm Evangelium müßte alles frei sein wie vor dem Fall Adä, daher die Bauern aufstanden und wollten alle Wasser und Wälder frei haben, nimmer unterthänig sein und Zins geben. Solche Freiheit wird nicht durchs Evangelium gegeben, die kommt erst nach dem jüngsten Tag [9]). —

---

1) Hist. Chr. 2, 33 a.
2) Buß. 76 b.
3) Symb. 67 a.
4) Hist. Chr. 101 a.
5) Sir. 2, 128 a.
6) Kor. 98. Sir. 2, 72 a.
7) Vel. 167.
8) Kor. 185 b.
9) Ebb. 2, 42 a. S. ob. S. 83, 11.

Von dem Bewußtſein des hohen ſittlichen Wertes der Geſellig=
keit legen viele Stellen Zeugnis ab: So wahr der Herr ein
natürlicher und wahrer Menſch, wie wir, war, doch ohne Sünde,
mußte er auch eſſen und trinken und wollte hiermit, wie mit
ſeinem Erſcheinen bei Freunden und auf Hochzeiten, alle ehrliche
Labſchaften, da gute Freunde ehrlich zuſammenkommen, mit ſeinem
Exempel zieren; wie bereits Moſes öffentliches Wohlleben und
Freudentage vor dem Angeſicht des Sohnes Gottes zu halten
verordnete. Was die Leute flieht und ſcheut, will ſtetig allein in
ſeiner Klauſe und Zelle ſtecken, iſt auch den Heiden verdächtig
geweſen. Sehr fein und lieblich iſt es, wenn gute Leute vertrau=
lich bei einander leben und tragen ihre Töpflein zuſammen, halten
ein recht Wohlleben von ziemlicher Speiſe, thun ein freundliches
Tränklein dazu und halten ihr gut Geſpräch von Gott und ſeinem
Wort, Zucht und Ehre, redlichen und teuren Leuten, oder von
ihrem Thun und Ämtern, was ſie die Tage über Gutes geleſen
oder gehört haben [1]).

Der Herr bezahlt ſeine Zeche mit ſeiner Vermahnung: denn
ein guter Spruch oder ſchöne Hiſtorien von ehegeſtern oder ver=
ba(e)ctes Rätslein oder eine höfliche Fabel iſt beſſer am Tiſch
und giebt guten Leuten, die ihr Datum (Zuverſicht) nicht aufs
Freſſen ſtellen, mehr Luſt und Freude, denn wenn fünferlei Wild=
pret und ſechſerlei Fiſch mit ſiebenerlei Dritten aufgetragen wird,
wo man ſitzt, als hätte man einander aufs Maul geſchlagen [2]).
Wir ſind nicht Sauertöpfe, die wie Gold und Seide, ehrliche und
züchtige Tagtänze verdammen, da die alten Mütter ſelbſt auf die
Töchter ſehen, und die jungen Geſellen nüchtern ihrer jungen
Tage brauchen und ſehen ſich um, was mit der Zeit ihres Fuges
ſein möchte; allein, daß man Gott, Ehr und Zucht nicht aus den
Augen ſetze; ein jeder ſehe zu, daß er das Liedlein nicht zu hoch
anfange oder neue und leichtfertige Exempel einführe [3])! Zumal
auf Hochzeiten iſt der Tanz am Ort [4]).

---

1) Poſt. A, 2, 130 a. Sir. 116 a.
2) Poſt. A, 2, 132 a.
3) Hochz. 154 b. Poſt. A, 57 b.
4) Eheſp. 17 b.

Feine christliche Gewohnheiten, wie den Taufschmauß, soll man nicht fallen lassen [1]). Ähnliche Sitten unterliegen einem ungünstigeren Urteil: Das Christentum steht nicht in Worten, wie auf den Hochzeiten, da man sich hoch erbeut gegen Braut und Bräutigam, und sind nur lauter Worte, ist wenigen ums Herz, die es auch mit der That beweisen [2]). —

Die geselligen Pflichten leiten zu den politischen über.

Allerdings will Mathesius mit der Politik nichts zu thun haben, zumal er so üble Erfahrungen mit seiner Einmischung in sie gemacht hat. Er versteht nichts von ihr, ist ein Pfarrer [3]). Der Geistliche, der sich in weltliche Händel mengt, macht sich parteiisch und hilft zuschüren und zublasen, daß die Regenten uneins werden: er beschwert sein Gewissen, wie der fromme Savonarola auch über dies Stück an seinem Ende geklagt hat. Bischof Theodulf [4]) mußte sein gloria lang im Turm singen, da er sich zu den Aufrührerischen gesellte, die den Kaiser Ludwig (den Frommen) vertreiben wollten [5]). Es ist gefährlich, wenn die Prediger in der goldnen Bulle studieren, wie es an St. Petri Statthalter deutlich zu spüren ist. Die Prädikanten sollen von Luther lernen, weltliche Sachen von sich weisen und ihres Amtes fleißig abwarten, daß sie nicht in der einen Hand den Spieß, in der andern die Bibel führen, wohl mit Seitenblick auf Zwingli. —

Wir Prediger sollen den innerlichen Frieden durch das Wort und Erkenntnis Christi verkündigen, zum Frieden raten und zum Gehorsam vermahnen. Bei den Verträgen der Fürsten gebührt Predigern, mit ihrem Vaterunser treulich Zubuße zu geben [6]). Gern wird die Gelegenheit wahrgenommen, die Obrigkeit zu ehren, nicht etwa nur die evangelische, vorab natürlich den Kurfürsten der sächsischen Visitation [7]), die Grafen Schlick [8]), die

1) Post. A, 63b.
2) Kor. 139.
3) Ebd. 19b. 30b.
4) von Orleans, verbannt 818, gest. 821.
5) Post. B. 4, 75b.
6) LH. VIII, 93a. 94af.; XIII, 162a: XVI. 163a: V, 39b.
7) Ebd. VI, 56a; VIII, 93a.
8) S. ob. I, 171f.

Bergwerks= und Stadt=Regenten ¹). Überraschend sind die Hul=
digungen vor Karl V., auf dessen unheilvolle Regierung Mathesius
doch zurückblickte, während Luthers Anerkennung voll rührender,
weltunkundiger Anhänglichkeit ²) nicht ganz denselben Hintergrund
hat. Er wird mit den ehrendsten Beiworten geschmückt; er hat
hochlöblichen Gedächtnisses ³) seine Sache mit Gottes Hilfe in
seinen Erbkönigreichen rühmlich verrichtet ⁴): er heißt, wie bei
Luther, das edle deutsche Blut ⁵), der teure Held: mit den
Gnadengaben sonderlicher Klugheit, Weisheit, Verstand, Glück und
Muth ⁶): der fromme Kaiser, dessen Herz immer nach Frieden
stand; der gütige Herr, der sich zum Beißen und Hetzen nicht
brauchen lassen wollte, aber von streitsüchtigen Menschen schlecht
beraten ist ⁷): der seine Landsleute „liebe Söhne" nannte, mit
und bei ihnen stand; das macht seine Kriegsleute ⁸). Mancher
gemeine Mann hat übel von ihm geredet ⁹).

Obwohl ein Mann ist wie der andere, so gönnt doch Gott
mehr Ehre, Kraft, Verstand einem denn dem andern, wie
Kaiser Maximilian sagt. Denn, wenn Gott einen zum Regiment
oder großen Sachen brauchen will, dem giebt er auch größere
Gaben an Leib, Verstand, Herz und Mut, wie auch Tugend heller
leuchtet in einem schönen Leib ¹⁰).

Mit erfreuter Betonung erweist Mathesius, daß durch Luthers
Auftreten auch die Stellung der Obrigkeit eine andere geworden
ist. Ein Katholik habe einmal auf der Kanzel die Frage auf=
geworfen, ob Fürsten auch selig werden könnten und geantwortet:
Ja, wenn sie in der Wiege stürben, denn, sobald sie ans Pferd

---

1) Post. B, 2, 169a.

2) v. Bezold, S. 616.

3) LH. VIII, 76b. Proph. 2, 28a.

4) LH. VIII, 76b.

5) Ebd. VIII, 96a; XV, 188a. Buß. 76b.

6) Kor. 266b.

7) LH. VIII, 86a. 87b. 94b; XI, 130a.

8) Proph. 2, 28a.

9) Sir. 3, 67b.

10) Leich. X, 4a.

kämen, rennten sie gewöhnlich stracks in die Hölle. Die mit des
Papstes Salbe Geheiligten redeten nicht allweg viel Gutes von
der Obrigkeit und hätten ihr gern auf den Kopf getreten oder
sie in ihr Kloster geredet; aber, seitdem Luther von der weltlichen
Obrigkeit und Kriegsleuten [1]) aus Gottes Wort geschrieben und
mit seiner Feder viele von des Papstes Füßen und mörderlichen
Gewalt erledigt, den Regentenstand mit Gottes Wort herrlich
geziert und ihr Gewissen seliglich berichtet, daß sie in ihrem
Stand unserm Gott auch christlich dienen und selig werden
können, läßt sich auf jene Fragen eine gewissere und tröstlichere
Antwort geben [2]). Man kann im Schloß, Ratsstube und Zelt
so wohl christlich leben, als ein Bergmann in seiner Grube, ein
armes Weib auf ihrem Kreißbett, ein Prediger auf der Kanzel [3]).
Gott hat zwei Reiche auf Erden, eins ist des Kaisers über Leib
und Gut, zu äußerlichem Frieden und Zucht; das andere ist
Gottes Reich, nicht von dieser Welt [4]); das sollen alle bedenken,
bei denen das heilige Evangelium verdächtigt und aufrührerisch
gescholten wird [5]). Ein rechter Christ hält viel mehr von der
lieben Obrigkeit als ein bürgerlicher Mann; denn so lieb ihm
sein Gott und Christus, so lieb ist ihm auch sein Kaiser und des
Kaisers Verordnete [6]). Gewiß ein großes Wort im Munde eines
protestantischen Pfarrers unter der Regierung eines Ferdinand I!

Indessen hat diese Münze eine scharf geprägte Kehrseite:
Freilich, wir Prediger sollen nicht auf die abwesende Obrigkeit
schelten [7]); doch hilft Dir Gott in ein groß Amt, den Rat, zu
Hof, in der Theologie, wirst ein Hofprediger, heuchle nicht! Rede,
was recht und wahr ist! Thu wie Joab [8])! Ob du gleich darüber

---

1) Köstlin I, 618; II, 9.
2) LH. VIII. 76.
3) Post. A, 61 a.
4) Symb. 292 b.
5) Post. A, 2, 166 a.
6) Symb. 294 a.
7) Post. A, 2, 168 a.
8) 2. Sam. 24, 3.

wie Micha [1]) ins Angesicht geschlagen, in Turm geworfen, geurlaubt
würdest oder mußt Dir den Kopf abtanzen lassen [2]). Es ist ein
greuliches Laster, gewaltsam als Tyrann und Schinder mit den
Unterthanen gebahren [3]). In der Schrift „wider Hans Worst" [4])
verantwortet sich Luther wie ein redlicher Mann [5]). Man weiß
überhaupt in praetoriis wenig von der rechten Wahrheit, denn
man läßt Christum nicht ausreden [6]). Die Bosheit entspringt
von den Vornehmsten, die es wehren sollten, sie haben die Polizeien zerrüttet; man hat öffentliche Muhmenhäuser verordnet und
dafür seitens der Obrigkeit besondere Fürsorge gehabt [7]). Es ist
sehr verdrießlich, wenn ansehnliche Amtspersonen immer ins blinde
Feld hineinwaschen und führen den Pläuel (Schlägel) allein, lassen
sonst niemand zu Worte kommen [8]).

Das Hofleben — man sah es in weiten Kreisen sehr scheel
an — ist ein glänzendes Elend [9]). Lange zu Hofe, lange zu
Hölle [10])! Wenn Du nicht weißt, was Laster und Sünde, gehe
gen Hof, der wird's Dich wohl lehren [11])! Die Hofleute und Hof-
schranzen sind die rechten Füchse [12]). Viele Hofraben fressen von
dem Rabengut mit, so die römischen Raben geraubt [13]). Wenn man
zu Hof nicht Riemen aus dem Evangelium schneiden kann [14]), hat man
der Religion bald genug. Hofgunst, Herrengunst und Aprilwetter
verkehren sich sehr bald [15]). Hofgunst reucht so bald aus (verfliegt)

---

1) 1. Reg. 22, 24.
2) Matth. 14, 6. — Sir. 132 b.
3) Sir. 124 a. Hist. Chr. 101 a. Sir. 2, 81 f.
4) Köstlin II, 567. Kolde II. 499.
5) L.H. XIII, 158.
6) Fastenpr. 104 b.
7) Kor. 221 b. Vgl. Sir. 193. 219.
8) Kat. 213.
9) Ehesp. 173 a.
10) Dil. 228 a. — Wander II. 704.
11) Buß. 13 b f.
12) Dil. 125 a.
13) Ebd. 126 a.
14) Hist. Chr. 2, 19 b. — Wander III, 1683.
15) Hochz. 41 b. — Wander II. 583.

als Vögelwein [1]. Es geschieht nicht ohne Ursach, wenn ein Reicher
einen Armen anspricht oder zu Gast ladet und ihm etwas schenkt [2].
Die Edlen [3] sind nicht die von einem Edelmann Erzeugten, auch
nicht von getauftem Adel, da einer um zehn oder zwanzig Gulden [4]
einen Adelsbrief erkauft hat, sondern weit Berühmte [5]. Junkerisch
oder epikurisch kann wohl zusammengehen [6]. Sollt einer vom
großen adligen Stamm sich zum Kirchendienst gebrauchen lassen,
es wäre ihm viel zu gering [7]. Um so mehr gilt es, auch der
Ratsherren Söhne und der Rosent [8]-Junker nicht schonen: es
soll jedem gleiches Recht gehalten werden [9]. Bei Gott ist kein
Ansehn der Person, Ämter und Stände; im Beinhaus ist keine
Hirnschale vor der andern zu erkennen [10]. —

Wenn nun die böse Welt mit harter Obrigkeit belastet und
geängstigt wird, und solche Überlast kann von gemeinen Ständen
oder Landschaft mit gebührlichen Mitteln nicht gewendet werden,
soll ein Christ gemeine Bürde und Aufsatz mit Geduld tragen
helfen und Gott Rach und Sach befehlen. Es sei denn, daß sich
die Obrigkeit aus eigenem Durst und Frevel unterwände oder von
gottlosen Räten oder heillosen Pfaffen verhetzen ließe, dem Herrn
Christo in seinen Sprengel zu greifen und den Leuten falsche
Lehre und Gottesdienst aufzuteilen, gebe sich ein jeder für seine
Person zur Ruh, leide und dulde, es regiere Herodes oder Augustus! Laß Rock und Mantel fahren, wenn man es mit Gewalt haben will! Leib und Gut kann wohl unter einem tyrannischen Herrn sein, und das Herz kann in Geist und Wahrheit
Gott dienen, bis man öffentlich um seinen Glauben gefragt wird [11].

1) Wein im kleinen Faß. — Hochz. 39a. — Wander II, 722.
2) Buß. 11.
3) 1. Kor. 1, 26.
4) S. ob. I, 41. 64.
5) Kor. 32a.
6) Til. 185b. Hochz. 77a.
7) Kor. 32a.
8) S. ob. I, 119.
9) Rat. 238.
10) Kor. 185a. 188a. — Vgl. Wander I, 303.
11) Frage-Post. 57. Symb. 293a. S. ob. I, 636.

Wenn die Regenten ſich untereinander raufen, und die Ungehor=
ſamen Haare und Blut darleihen müſſen, will Gott die Frommen
bei ihrem Hausfrieden, Weib und Kind behalten ungeſchabernackt.
Da die Regiment um unſrer Sünden willen zerrüttet und ver=
ändert würden, und es erhübe ſich Krieg oder Aufruhr, ſollen
wir bei unſerem Beruf und Beten bleiben und uns nicht ein=
mengen [1]). Das Evangelium läßt ſich nicht mit langen Spießen
und Büchſen verteidigen, ſondern mit freiem Bekenntnis, Gebet
und Wort [2]). Auch die Ketzer totſchlagen und verbrennen iſt anti=
chriſtiſch und tyranniſch. Was ſich von Jenen wider die Obrig=
keit auflehnt und ſchändet die Jungfrau Maria und die heiligen
Sakramente, da weiß ſich eine gottſelige Obrigkeit vermöge ihres
weltlichen Rechtes gegen zu verhalten [3]). Freilich Abgötterei ſoll
durch Einſehn und Autorität der lieben Obrigkeit billig abgeſchafft
werden. Item, welche halsſtarrig böſe ſind, muß man ſtrafen, die
Aufrühreriſchen wegräumen [4]). Die damaligen teilweis gräßlichen
Strafen [5]) erſcheinen nicht als zu hart: Es ſind böſe Geſellen,
die haben ſagen dürfen, die Geſetze, ſo man dem Draco zueignet,
ſeien voller Gift [6]). Ohne Gloſſen werden die ſchrecklichſten
Todesarten erzählt, mit dem Bedeuten, daß die ewige Strafe noch
viel ſchrecklicher ſei: Man begrub hier neulich zwei unzüchtige
Mägde lebendig und zerriß einen mit Zangen, der ſeinen Bruder
auf der Straße erſchoſſen hatte [7]). Sogar die Folter ſcheint ge=
billigt zu werden: Gott läßt ſich die Gerichtsdiener als Kläger,
Peinling, Scharfrichter gefallen [8]). Gewiſſe Geſetze müßten ſogar
verſchärft werden: Die Ordnung in den zehn Geboten zeigt, daß
H. rerei und Ehebruch größere Sünde ſei denn Diebſtahl, der
doch heut einem Dieb das Leben koſtet. Mit meiner Einſtim=

1) Frage=Poſt. 13—14 b; E 3 b.
2) Kor. 376 a
3) Poſt. A, 2, 84 b.
4) Kor. 220 a.
5) Vgl. Calinich, Aus dem 16. Jahrhundert. 1876, S. 278 ff.
Janſſen VIII (1894), 465 f.
6) Kat. 231.
7) Sir. 3, 16.
8) Kat. 232.

8*

mung wollte ich nicht bewilligen, den Dieb zu hängen und den
H.rer und Ehebrecher loszugeben: die Welt pflegt den auf einen
Tag oder drei oder einen Monat mit Gefängnis zu strafen [1]). —

Es ist recht, daß der Einzelne sein Eigentum habe. Etliche
haben das Geld gar weggeworfen: die Franziskaner dürfen kein
Geld anrühren, die Wiedertäufer verschwenden ihre Güter dahin:
die Phantasie des spitzen Wiclef hat die Kirchendiener, so etwas
Eignes hätten, verdammen wollen [2]); diese alle sind wie böse und
närrische Hebammen und Kinderfrauen, die das Kind mit dem
unflätigen Bade ausschütten [3]). Den falschen Brüdern, die keine
Besoldung haben wollen, trägt der Bettelstab viel mehr denn oft
zehn frommen Hausvätern ihre Besoldung [4]). Der von Christus
im Fischmund gemünzte halbe Thaler lehrt, daß man Geld schlage,
einnehme, ausgebe, damit handle und werbe [5]). Alle selbsterwählte
und erdichtete Armut ist Heuchelei und Abgötterei, wie der Welt
Armut eine verdiente Strafe [6]). Der Sohn Gottes verdammt
auch nicht Reichtum, Sammet und Seide, Karmoisin und Spinett [7]),
den Leuten zur Herzlichkeit, Notdurst und Fröhlichkeit geschenkt [8]).

Eine der wichtigsten sozialen Pflichten ist die, daß die Stände
und Stämme sich ineinander schicken und sich gegenseitig achten.
In dieser Beziehung hat Mathesius es mehrfach versehen. Er
stimmt in das harte Urteil der Zeitgenossen über die Bauern ein,
wie es uns besonders in Hans Sachs' Stücken und bei Luther nahe=
tritt. Schon Tauler redet von den groben Bauern [9]); dem 16. Jahr=
hundert schien der Bauernstand für alle Veredelung verloren [10]).

---

1) Kor. 167b.
2) Vgl. Buddensieg, Joh. Wiclif. 1885, S. 169.
3) Sir. 84b. Kor. 2, 150a. Vgl. Sar. VI, 68. — Wander I, 218.
4) Sar. IX, 102b.
5) Ebb. XIV, 178a.
6) Hist. Chr. 37a.
7) Genannt nach dem venetian. Klavierbauer Spinetti, c. 1500.
8) Post. A, 253b. — Proph. 218a. — Ehesp. 168.
9) Rede I, 370.
10) Steinhausen, Geschichte des deutschen Briefes I (1889), 162.
Janssen VIII (1894), 93 f.

Für Mathesius ist bäurisch sinnverwandt mit grob [1]). Wenn man den Bauer bittet, so grölzt [2]) und strotzt ihm der Bauch, er starret wie ein Block und knarrt wie ein ungeschmierter Wagen [3]).

Noch schlimmer ist die Stellung zu den Juden, die als schroffer Antisemitismus zu bezeichnen ist, fast dem Luthers in seinem zweiten, rückschrittlichen Zeitraum gleichend und also unter das= selbe Urteil fallend. „Es ist in der That fast unglaublich, daß ein Zeitalter geistiger und religiöser Neubildung, in dem man die Bildung des Altertums mit frischer Begeisterung in sich aufnahm, den Kampf gegen die Hierarchie mit dem ungebändigten Ungestüm Freigelassener und mit der männlichen Kühnheit wahrhafter Helden führte, in dem man die schönste Duldung, das feinste Verständnis für eine fremde, ja dem Christentum geradezu feindliche Kultur bewies und eine Epoche freier Forschung inaugurierte, zugleich ein Zeitalter krasser Unduldsamkeit, thörichter Leichtgläubigkeit und beschränkter Engherzigkeit gegen die Juden war. Protestanten, sogar die Stimmführer, und katholische Humanisten sind dabei im Bunde" [4]).

Die unbarmherzigen [5]), blinden [6]), zauberischen [7]) Juden — ich habe neulich ein groß Zauberbuch mit den siebzig Gottesnamen der Juden, damit sie die falschen Christen bezaubern, (à la Pfeffer= korn) verbrannt [8]) — werden bald mit dem Türken [9]), bald mit den Papisten [10]), bald mit Ketzern und losen Leuten zusammen-

---

1) Sir. 3, 42 a. Ehesp. 203.

2) grölzen, gröhlen, einen tollenden Ton hören lassen.

3) Ehesp. 93 a. Sar. XI, 119 a. — Wander I, 268.

4) L. Geiger, Die Juden in der Litteratur des 16. Jahrh., in: Die Juden und die deutsche Litteratur („Zeitschr. f. Gesch. der Juden in Deutsch= land" II [1888], 297[308]—374) S. 332.

5) Hist. Chr. 2, 12 b.

6) Simeon a a 2 a.

7) Sir. 2, 116 a.

8) Dil. 146 a.

9) Joh. 58 a.

10) Kor. 159 b.

gesperrt[1]. Sie geifern und narren[2], thun nichts ohne Vorteil[3]. Wälische Praktiken und der jüdische Algorithmus (Rech-
nungsart) hat große Behendigkeit[4]. Die Wucherer und Räu-
ber, die mit dem Judenspieß[5] rennen, nennt man harpagones[6]
und Harpyien[7]. Die Juden baden sich in Kinderblut, um
Aussatz loszuwerden[8]. Die alten Juden waren mäßige Leute,
die jetzigen essen kein Schweinefleisch und sind selbst Säue[9].
Wer weiß, ob die Juden heut ihren Wein darum mit Füßen
treten müssen, wenn sie Brautleute vertrauen, daß sie keines guten
Trunkes mehr wert sind[10]! Sie verderben in ihren talmudischen
Lügen und Unflat, daß ihnen kein reiner und gesunder Bissen
mehr beschert ist[11]. Die jetzigen beschnittenen Buben und ihre
Vorfahren, so den Herrn der Ehren kreuzigten und verwarfen,
sind und bleiben die losen Buben und ärgsten Feinde der Christenheit, die wie Unkraut endlich ausgerottet und in den feurigen
Pfuhl mit den falschen Propheten und greulichen Bestien geworfen
werden sollen[12].

Daher die Aufforderung, Luthers häßliche antisemitische Schriften
zu lesen[13], die uns heute die Schamröte ins Gesicht treiben,
ohne deshalb bezahlten Liebäugelns mit Israel bezichtigt werden

1) Proph. 216 a. Post. A, 2, 84 b.
2) Proph. 2, 72 b.
3) Sir. 2, 39 b. 43 b.
4) Ebd. 3, 40 a.
5) Wander II, 1041.
6) Der seit Molière sprichwörtliche Name des Geizhalses stammt aus
Plautus, Trinummus 2, 1, 13 (239).
7) Mor. 159 b.
8) Til. 179 b. Vgl. Strack, Der Blutaberglaube in der Menschheit,
Blutmorde und Blutritus. 4. A. 1892, S. 20—24. 85. 89.
9 Sir. 2, 43.
10) Fastenpr. 128 a.
11) Post. A, 2, 58 b.
12) Bet. 184. Post. B, 3, 30 b.
13) Sir. 2, 142 a. Vgl. LH. XIV, 164. — Köstlin II, 600. Kolde
II. 533. Vgl. M. Baumgarten, M. Luther. 1883, S. 191. de le
Roi, Die evangel. Christenheit und die Juden I (1884), 20—44. Janssen
VIII (1894), 33 f.

zu dürfen. Daher die Redensarten: Verloren sein wie eines Juden Seel [1]); die Welt meint, was sie am Evangelium ersparen kann, habe sie einem Juden abgeschunden [2]).

Selten klingt ein weicherer Ton durch diese schrillen: Wie haben wir die Juden gehalten als von Gott geplagt und gedemütigt [3])! Der Juden spotten ist antichristisch [4]). Das Lob über die Grabschrift der Juden wurde schon erwähnt [5]). Die Hochzeitspredigt über Esther [6]) ist ohne Gehässigkeit, die man hier eher erwarten könnte.

Vor Gott ist ein Jude ebenso viel als Heide, Deutscher oder Böhm, Bauer oder Geistlicher, wir sind alle Sünder [7]).

Diese Einsicht hält Seitenhiebe auch auf die Tschechen nicht zurück, zwischen denen und den Juden sonst alte Feindschaft besteht [8]), und die schon damals wie jetzt wenig genug im nordwestlichen Böhmen zu bedeuten hatten.

Neben gleichgültigen Äußerungen, Erwähnung einer böhmischen Redensart oder Sitte [9]), dem Ausdruck, sich auf deutsch und böhmisch, d. h. demütig geben [10]), schlägt einmal das Verächtliche durch: Sich bei Tisch auflegen, wie ein Böhm, ist eine Tischschande [11]). Aber diese Scharte wird ganz ausgewetzt durch die neuerdings leider wieder beherzigenswerte Ausführung, die um so erfreulicher ist, als auch damals die Feindschaft der beiden Völker ins Kraut geschossen war, und ein so aufgeklärter Mann wie Seb. Franck sie zu Ungunsten der Böhmen in seinem „Weltbuch" festlegte [12]): Alle sollen in ihm gesegnet werden, Češi Němci [13]).

1) Post. A, 76a.
2) Ebd. B, I, 33b. — Vgl. Wander V, 175. S. ob. S. 43.
3) Proph. 2, 76b.
4) Post. A. 2, 84b.
5) S. ob. 1, 348.
6) Eb. I, 694.
7) Buß. 77b. Sir. 2, 89a.
8) Andree, Tschechische Gänge. 1872, S. 166.
9) Dil. 9a. 23a.
10) Proph. 93b.
11) Sir. 3, 36b.
12) Andree, a. a. O. S. 210.
13) Böhmen, Deutsche. Proph. 53a. S. ob. I. 402. 569.

Weil Deutsche und Böhmen von Brüdern stammen [1]), und nun beide, zum Evangelium berufen, in Christo eine neue Verwandt= schaft haben, soll keiner den andern verachten und schänden. Wenden, Böhmen und Deutsche haben große Leute und Gaben von Gott: auch bringen wir alle von Adam unsre Fehle mit; darum trägt wohl einer mit dem andern an Einer Stange Wasser [2]), und darf kein Esel den andern einen Sackträger heißen [3]). Uni= cuique dedit vitium natura creato [4]): ohne Fe(i)l niemand auf dieser Erd geboren wird, das ist bewährt. Es steht Christen und ehrbaren Leuten übel, andere Nationen zu verachten. Es ist ein christlicher Böhme, Wende so gut als ein Deutscher. Das ist wohl wahr, wie der Wein aus dem Erdboden seinen Schmack mit sich bringt, also wird auch den Leuten aus der Landart eine besondere Eigenschaft angeboren, und es sind besondere Krank= heiten an ihnen. Gott helfe, daß die zwei Nationen, die sich allezeit freundlich zusammengehalten, noch hinfort in Nachbarschaft und Erbeinigung freundlich bei einander bleiben, und eine helfe der andern das Haus retten [5])!

Siebentes Kapitel. ·
Zur Ethik. (Fortsetzung.)

Verhältnis zu Kunst und Kunstgewerbe, Wissenschaft und Realien.

Durchdrungen von einem starken Gefühl für die Bedeutung der Künste im Dienst der Erziehung und Gesittung verwortet Mathesius sie häufig. Seine Neigung zu ihnen biblisch zu recht= fertigen, geschichtlich zu beleuchten, ist ihm inniges Bedürfnis:

---

1) Aschenas und Riphat. Gen. 10, 3.
2) Wander IV, 776.
3) Ebd. I, 861
4) Properz 2, 22, 17.
5) Dil. 220b. 221a. 220a. Vgl. Leich. S4b. — (Wollan, Litteratur= geschichte, S. 28. 30. 87. 123.)

Weil der heilige Geist die Instrumente und die Singkunst lobt und ziert, wollen wir von diesen herrlichen Gaben Gottes in dieser Kirche, darin die musica in Schwang geht und lieb und wert gehalten wird, auch reden; denn von der musica hat dies Thal auch seinen Ruhm, wie denn vortreffliche musici hier erzogen sind. In längerer Ausführung [1]) fallen Streiflichter auf die Wertung und Geschichte der Musik in Bibel und Kirche, im Widerspruch zu den Mönchen, so den Figuralgesang und die Instrumente verachtet haben und murrten wie die Käfer. Nicht etwa, daß Gott durch unser Musizieren, wenn er es auch gern hört [2]), eine besondere Freude bereitet würde, wie dem Delphin oder dem Kind in der Wiege, aber unser Geist wird dadurch ermuntert und beherzt, die Melancholei wird vertrieben, das Gehirn wächst, namentlich, wenn es fein leise und gelinde klingt, nicht wie die Halberstädter schreien [3]). Orgeln, Zinken [4]), Regal [5]), Positiv [6]) gehören in die Kirchen; Lauten, Geigen, Harfen in ehrliche Kollation; Klaret [7]) und Turnierhorn dem Turnier; Posaune, Drommeten, Heerpauken, Trommeln und Pfeifen dem Streit; die Sackpfeife für die Schäfer, die Schalmei zum Bauerntanz, wie auch Flöte, Schwegel [8]), Krummhorn [9]), Rauschpfeife [10]).

Unter den Komponisten werden namentlich Finck, [Thomas Stolzer [11]), Senfl und Josquino gerühmt. Bei dem ersten Namen

1) Kor. 305 ff. — Vgl. ob. I, 298 ff. Wolkan, Litteraturgesch. S. 292. 352 f.

2) Sir. 2, 52 a.

3) Wander II, 276.

4) Blasinstrumente von Holz, spielten im 16. und 17. Jahrhundert eine große Rolle. Näheres bei Riemann, Musik-Lexikon, 4. A. 1894, S. 1205.

5) Kleine, tragbare Orgel, nur mit Zungenstimmen. Riemann, S. 870.

6) Ebenfalls kleine Zimmerorgel, in der Regel nur mit Labialstimmen: Riemann, S. 836. Kümmerle III, 171; II, 716.

7) Clarino, hohe Solotrompete. Vgl. Riemann, S. 192.

8) Pfeife; Götzinger, S. 499. Riemann, S. 984.

9) Holzblasinstrument, im 16. Jahrhundert sehr beliebt; Götzinger a. a. O. Riemann, S. 576.

10) Urahn der Oboe; Götzinger, S. 499 f.

11) Wolfrum, Die Entstehung . . . d. deutsch. ev. Kirchenlied. 1890, S. 110. Riemann, S. 1035.

wird man an Heinrich zu denken haben; einer der bedeutendsten deutschen Kontrapunktisten im Dienst dreier polnischer Könige soll er zuletzt in Wittenberg gelebt und dort musikalische Überlieferungen hinterlassen haben: er hatte deutsche Liederweisen bearbeitet und gesetzt, deren Ruhm sich weit verbreitete [1]). Sein Neffe Hermann ließ sich um die Mitte des Jahrhunderts als Musiklehrer in Wittenberg nieder, wo er als Organist angestellt wurde, starb aber kurz darauf. Sein musiktheoretisches Werk reiht ihn unter die ersten Schriftsteller seiner Zeit: Kompositionen hinterließ er nur in geringer Zahl [2]). Das Haupt der damals gefeiertsten Tonschule der Erde — die Niederländer beherrschten musikalisch das 15. und 16. Jahrhundert —, der Fürst der Musik, der von Luther so hoch verehrte Josquin de Près [3]) heißt der große Musikus und Sangmeister, der uns mit seinen Motetten tröstet, die Texte künstlich und lieblich ineinanderflicht, in zuvor unerhörter Weise und uns in Höllenangst auf den einigen Erlöser vertrauen heißt [4]). Ähnlich wird Ludwig Senfl gelobt [5]), Luthers persönlicher Freund, obwohl Katholik, dessen Motetten den Höhepunkt der musikalischen Entwickelung Deutschlands im Reformationszeitalter darstellen [6]). Für den Kontrapunkt wird auf Franchino verwiesen [7]), also Franchino Gafori, dessen Schriften für die Geschichte der Theorie große Bedeutung haben [8]).

Die Obrigkeit thut gar recht, daß sie die musicam lieb hat, und viele ehrbare und fromme Männer thun wohl daran, daß sie öffentlich in Gemein und im Geheim die christliche, ehrliche, löbliche Musik befördern und üben, da man von großen Leuten,

---

1) Naumann, Musikgeschichte. 1885, S. 404 f. Kümmerle I, 403. Riemann, a. a. O., S. 301.

2) Kümmerle I, 404. Riemann, S. 301.

3) Dommer, Handbuch der Musikgeschichte, 2. A. (1878), S. 91 f. Köstlin II, 511. 679. Wolfrum a. a. O., S. 23. 58. Loesche, Analecta Nr. 299. Riemann, S. 229. S. ob. I, 365.

4) Post. A, 120 a. Proph. 113 b. 115 a.

5) Hochz. 91 b. S. ob. I, 28.

6) Naumann, S. 403. Riemann, S. 991.

7) Kor. 2, 129 b.

8) Wolfrum, S. 22. Riemann, S. 380.

ehrlichen Händeln und Frauenlob singt, einen Bergreihen und einen guten alten Meistergesang. Wir verdammen aber alle leichtfertige, unzüchtige, venerische, unverschämte, buhlerische Lieder oder musicam: ehedem hat man solchen Fiedelern, Hofierern und Freudenmachern das Sakrament verboten, auch sie auf kein ehrlich Handwerk genommen, wie die alten Geburtsbriefe zeigen. Den Venuskindern, Geldnarren und Bauern hofieren ist eine unehrliche, schinderische und unhöfliche musica, die nur auf den Bissen, Pfennig, Trunk und Sprung gerichtet ist: weiß nicht, ob ein ehrlicher Mann sie sich kann gefallen lassen. Überhaupt sind die, die es allzu heftig mit der Singkunst halten, nicht gut zu rekommandieren [1]): was sehr schreit, muß man oft feuchten: mancher Unflat säuft sogar auf der Orgel [2]). —

Der Noten Seel ist der Text [3]). Wer so einfältig ist, die Bibeltexte nicht genugsam zu verstehen, gebe nur Achtung auf den Kirchengesang [4])! Zu den alten Symbolen und vielen Zeremonieen tritt als dritter Einigungspunkt mit der Mutterkirche die lateinischen Kirchengesänge [5]). Sie werden in der verschiedensten Weise eingeführt: ohne nähere Angaben [6]) oder mit dem liturgischen Kunstausdruck der Gattung [7]) oder mit Nennung des Bibelstückes, aus dem sie stammen [8]), oder mit Bezeichnung des Dichters [9]), auch des Tages, zu dem sie gehören [10]): der Kunstausdruck der Gattung wird mit dem des Termins verbunden [11]); der

---

1) Symb. 153 b. 2. Kor. 99 a.

2) Kor. 305 ff. — Vgl. ob. S. 98.

3) Sir. 3, 24 b. Buß. 10 b.

4) Symb. 153 b.

5) S. ob. I, 303.

6) Proph. 10 a. Symb. 55 b, Joh. 139 a. Dil. 140 a. Christkindlein 77 b. Proph. 2, 31.

7) Hochz. 59 a. Kor. 354 a (verdruckt 454). Dil. 90 b. Kor. 2, 69 b. Proph. 273 a. 153 b. Joh. 152 b.

8) Kor. 2, 50 a.

9) Proph. 7 a. Fastenpr. 76 a. Symb. 71 b.

10) Joh. 99 a. Proph. 2, 24 a. Hauptartikel P 8 b. R 8 b. Symb. 158 a. De prof. Eca. Symb. 48 a.

11) Proph. 77 b. Symb. 103 a.

Termin mit dem Verfasser [1]), auch mit Verfasser und Gat=
tung [2]). Hier wird ein Vers herausgegriffen, dort genügt eine
Anspielung.

Außer den in der Kirchenordnung beregten christlichen Dich=
tern [3]) wird auch Claudian als christlicher Poet neben Prudentius
erwähnt [4]). Da wird Mathesius den Zeitgenossen des Prudentius,
Claudian, „das letzte bedeutende poetische Talent des heidnischen
Rom" [5]), dessen Lebensbedingung freilich die Schmeichelei war, mit
dem Mönch Claudianus Mamertus, dem Verfasser des spekulativen
Prosawerkes „de statu animae" [6]) verwechselt haben, oder er
hielt jenen Claudian irrtümlich für einen Christen. Ferner wird
noch der namhafteste römische Dichter des 4. Jahrhunderts, Au=
sonius [7]) und der panegyrische Dichter Bischof Sidonius [8]), ge=
nannt [9]).

Von den deutschen religiösen Volksliedern wird besonders gern
das alte Kreuzzugslied angezogen: In Gottes Namen fahren wir [10]).
Alle, die sich um die Welt in Polizeien, Kirchen, Schulen, Haus=
haltungen wohl verdient haben, müßten Herrn Fronsbergers Lied=
lein [11]) singen: Mein Fleiß und Müh [12]). Die Alten sangen
Braut= und Hochzeitlieder, hymenaeos und heilige epithalamia, aber

1) Hauptartikel P 3.
2) Simeon B.
3) S. ob. I, 303.
4) Cheip. 235 b
5) Ebert a. a. O. I, 278.
6) Ebd. I, 450 f.
7) Ebert s. v.. — Bnß. 89 a.
8) Ebert I, 401.
9) Tar. I, 2 a.
10) S. ob. I, 423. „Seiner Gnade begehren wir; das helfe uns Gott,
der im Grabe lag, und wieder erstand am dritten Tag. Denn jetzt fahren
wir zum rechten heiligen Land, über Meer und Sand"; diese wohl willkür=
liche Form entspricht weder der Bearbeitung Nik. Hermans (Wackernagel,
III, Nr. 1436 f. Mützell, S. 447. Schleusner, Luther als Dichter,
S. 116) noch einer der alten Formen (Wackernagel II, Nr. 678—683.
Mützell, S. 983. Fischer I, 412. Julian, S. 564).
11) Goedeke II, 289, 21.
12) Kor. 2, 151 a. 1, 116 a.

ich habe einen einzigen solchen Brautgesang gehört, die anderen sind lauter Unfläter [1]). Ich table der alten Meister Gesänge und Bergreihen nicht, denn ich hab viel schöner alter Gedicht, darin man gute und christliche Leut spüret, gesehen, als das von der Mühle [2]) und andere.

* *

Der Heiden Bücher, so von natürlichen Dingen, Tugend, Zucht, Ehrbarkeit und guten Künsten lehren und alte Historien beschreiben, können und sollen Christen ohne Nachteil lesen: auch ein seliger Prediger hat solcher sancta spolia auf der Kanzel zu gebrauchen, ohne Abbruch der Propheten- und Apostel-Schriften [3]), wie St. Paulus die heidnischen Propheten liest und einführt [4]), ehrerbietig eines Hexameters des Poeten Epimenides von Kreta [5]) gedenkt als ein fleißiger Leser der Poeten: wie er denn auch einen Vers Menandri [6]) und Arati [7]) einbringt. Das ist eine gar große Herrlichkeit, daß nicht allein Chrysostomus den Aristophanes immer unter seinem Bankgefühl gehabt, und Alexander Homers Buch aufgehoben, sondern auch der Apostel, voll des heiligen Geistes, der alten Poeten Verse im allerheiligsten Buch vom Sohn Gottes citiert und jene auch so nennt: „Macher", Propheten [8]). In Wirklichkeit war Paulus eher ein Verächter der Antike, und die wenigen Dichterstellen kamen ihm wohl als geflügelte Worte und Gemeinplätze in die Feder.

Die alten Poeten, feine und kunstvolle Köpfe, sind ihrer Zeit Pastoren gewesen. Bei dem Ärgerlichen und Gefährlichen in ihren Büchern gilt es, das Gute zu behalten, vor dem Bösen zu warnen [9]). Freilich, wenn wir etlicher Heiden Schrift in

---

1) Ehesp. 162b.
2) Vgl. Meier, Bergreihen. 1892, S. 12.
3) Sar. VI, 67b. Leich. S 2b. Nr.
4) Sar. VI, 67b. Joh. 146a.
5) Tit. 1, 12.
6) 1. Kor. 15, 33.
7) Akt. 17, 28.
8) Ehesp. 230b.
9) Leich. S 2b.

ihrem Wert bleiben lassen und jungen Leuten gute Sprachen,
Redekunst und, was zur schönen Zucht und Ehrbarkeit im Haus,
Stadtwesen, Recht gehört, zu erforschen und lernen befehlen,
müssen wir dennoch, wenn wir eigentlich von Sünde, Tod, mensch=
lichem Elend und dessen Ursache und dem Herrn Herrn, der ihrer
mächtig ist, reden, uns an Moses', der Apostel und Propheten
Schriften halten, in denen wir alles weit, hoch, breit und viel
besser finden, denn sonst in aller Welt[1]). Daß Mathesius die
Klassiker empfahl und auf der Kanzel verwendete, hat vor allem
seinen Grund in seiner humanistischen Bildung, seiner Liebe zu
ihnen, mit denen er in seiner langjährigen Lehrerthätigkeit beständig
umging, den zum Teil aus Gymnasiasten bestehenden Zuhörern,
in der ganzen Renaissancerichtung der Zeit und in großen Vor=
bildern. Ein Augustin, der den blinden Heiden Aristoteles da=
mals von seinem Thron stieß, läßt wenigstens vereinzelte Stellen
aus den Klassikern in seinen Sermonen einfließen; ein Bernhard
von Clairvaux, der ja auch in der Reformationszeit geschätzt
wurde, benutzte, wenngleich selten, Terenz und Persius[2]). Im
Mittelalter hatte man sich vielfach dazu hinreißen lassen, Virgil,
Horaz, Juvenal als inspirierte Autoren zu betrachten[3]). Luthers[4])
und Melanthons[5]) Stellung zu jenen ist genügend erörtert.
Selbst die symbolischen Bücher citieren aus Horaz und Virgil[6]).

Unzweifelhaft ist solcher Gebrauch der Klassiker ein treffliches
Mittel, den schon bei den Schülern — zu ihnen redet Mathesius
von diesen Punkten in Dreiviertels=Wendung — aufkeimenden Dua=
lismus zwischen dem Christentum und den „Göttern Griechen=
lands" zu versöhnen, durch die Beziehungen beider Mächte auf=
einander, durch Zustimmung und Ablehnung aus christlichem
Gesichtswinkel. Wenn man die Predigten nach den in ihnen vor=

1) Sar. XV, 201 b f.
2) Rebe I, 239. 278.
3) Reuter, Gesch. der relig. Aufklär. im Mittelalter. 1875, I, 68.
4) D. G. Schmidt, Luthers Bekanntschaft mit d. alten Klassikern. 1883.
5 H. H. Sauppii oratio de Philippi Mel. studiis humanitatis. —
„Jahrb. f. deutsch. Theolog." 1860, S. 371. Hartfelder A, S. 355.
6) Müller, Die symb. Bücher d. ev.-luth. Kirch. 5. A. 1882, Register.

kommenden Klaſſikern abfragt, darf noch nicht jedes Citat zu dem
Schluß berechtigen, daß der betreffende Autor ſtudiert ſei. Manches
kann durch den ſprichwörtlichen Gebrauch bekannt geweſen ſein,
oder ſonſt, durch im Schulunterricht gangbare Florilegien. Bald
ſpricht Matheſius — Luther ähnelnd[1]) — ſein Urteil über jene
Verfaſſer aus, bald zieht er Sentenzen und Sittenregeln aus
ihnen herbei, die eigenen Ausführungen zu beleuchten; bald ver-
webt er in die eigene Rede allerlei klaſſiſche Anklänge und Erinnerungen[2]).

Die griechiſchen Dichter

Orpheus, Linos ſamt den Sibyllen ſind der Alten Propheten geweſen. Homer hat viel vom römiſchen Kaiſertum und von Julius
Cäſar verkündet, ſagt, die Königreiche ſind von Gott[3]). Er
ſtimmt mit Salomo[4]), daß ein frommes Eheweib von den
Göttern gegeben werde, und nichts heiliger ſei, denn ein teuſches
und einträchtiges Ehebett[5]). Er ſingiert[6]) mit den Papiſten,
daß die Seelen ihr Teil von den Opfern für die Verſtorbenen
empfangen[7]).

Die homeriſchen Geſtalten gehen hin und her. Auf ein teuf-
liſch Weſen folgt der Zorn Gottes, wie Solches aller Gläubigen
und Ungläubigen Hiſtorien neben dem ſchönen Schild Achill's[8])
und tägliche Erfahrung bezeugen[9]). Achill iſt weiter ein Beiſpiel
der Hartnäckigkeit[10]). Die Welt will ohne Gott kriegen und ſiegen,
darum muß ſie auch zu Boden liegen wie Ajax[11]). Ulyſſes heißt
Homers David[12]): zwiſchen ihnen werden mehrere Ähnlichkeiten

1) O. G. Schmidt a. a. O., S. 11 f.
2) Eheſp. 232a.
3) Ilias 2, 203. Vgl. Nägelsbach, Homer. Theologie. 1861, S. 275.
4) Prov. 19, 14.
5) Odyſſee 6, 182. — Eheſp. 232b. Hochz. 86b.
6) ? Odyſſee 11, 24 f.; vgl. Nägelsbach, S. 408.
7) Kor. 196b.
8) Ilias 18, 478—608.
9) Poſt. B, 3, 71b.
10) Kor. 287b.
11) Kor. 2, 148b. Vgl. Poſt. A, 2, 97b.
12) Sar. XV, 192b.

aufgewiesen [1]). Es ist wohlgethan, sich die Ohren mit Ulysses' Wachs zuzustopfen [2]). Die Christen sollen sich vor Verleumdern und Thersiten hüten [3]), die die Obrigkeiten schänden [4]). Die stolze Metze von Babylon bezaubert alle Welt als rechte Circe [5]). Homer hat ohne Zweifel die Nausikaa nach der Rebekka gemalt [6]). Wie stünde es noch so wohl in der Welt, wenn Rebekka selbst Wasser holte, und Nausikaa, eines Königs Tochter, selbst die Wäsche ausriebe, aufhängte und zusammenlegte, und Penelope Hauben strickte [7]!

Es könnte überraschend erscheinen, daß die Geißel Homers, der kritische Rhetor Zoïlus, in peinlicher Nähe bei dem Vorboten der Hofnarren, Marcolf [8]), als Verhöhner nützlicher Lehrer gebrandmarkt wird [9]), da ja doch Zoïlus gerade in Sachen der Sittlichkeit viel an Homer auszusetzen fand; allein dieser Umstand trat offenbar hinter dem Frevel zurück, überhaupt an dem princeps poëtarum, dem Vater der Dichter, dem Ozean aller Gelehrsamkeit, Weisheit und Beredsamkeit, wie selbst Luther ihn nennt [10]), etwas zu tadeln. —

Der alte heidnische Pfarrherr Hesiod lehrt in seiner Hauspredigt: Vor allem trachte auf ein eigenes Herdlein [11]), offenbar in Anspielung auf den, bei anderer Gelegenheit [12]) citierten, Vers [13]):

$$οἶκον μὲν πρώτιστα γυναῖκά τε βοῦν τ' ἀροτῆρα.$$

1) Buß. 12 a. Kor. zu 1. Kor. 13, 6 a. — Vgl. Hist. Chr. 2, 56 b. Thesp. 96 b.
2) Post. B, 4, 78 b. Dil. 243 b. Odyss. 12, 173.
3) Frage-Post. h 7 b.
4) LH. X, 108 a.
5) Ebd. 197 a. Kat. 110. 112 i.
6) Hochz. 25 a.
7) Ebd. 80 b. — Vgl. 78 b, 161 b 162 b. Post. B, 3, 64 a. Simeon aa 3 a. Kat. 41. 102. 106. 2, 161. Dil. 63 a. 158 a. 219 a. Proph. 54 a. Kor. 322 a. Thesp. 27 b. — (S. ob. S. 69.) — Die Parodie der Ilias, der Froschmäusekrieg, gilt als von Homer. LH. XII, 103.
8) Götzinger, S. 511. Goedeke I, 68. 467.
9) LH. X, 108 a. Sir. 28 a.
10) O. G. Schmidt a. a. O., S. 50.
11) Hochz. 125 b.
12) Kor. 190 a.
13) Ἔργα, V. 463.

Auch der andere von Luther angezogene [1]) hesiodeische Vers über die Aufgaben der verschiedenen Lebensalter [2]) findet sich bei Mathesius:

ἔργα νέων βουλαὶ δὲ μέσων εὐχαὶ δὲ γερόντων [3]).

Archilochus [4]) hat mit seinen stachlichen Jamben den Lycambes in Verzweiflung gestürzt [5]). Theognis — dessen Gnomen ja früh in den athenischen Schulen einen Platz neben Hesiod hatten — und Phokylides haben gute Sittensprüche zusammengebracht [6]).

Der gewaltigste Lyriker und besonders religiöse Dichter des Altertums, Pindar, sagt [7]): Leicht ist's, Aufruhr anzurichten [8]): er hat vom Lob der Götter und Menschen geschrieben [9]), aber seine Oden sind doch nichts gegen die Oden und Psalmen Davids [10]). Pindars von ihm wegen seiner Habgier silbern gescholtene Neben-buhler Simonides aus Keos, der griechische Voltaire, bekennt frei, je länger er Gott nachtrachte, desto minder er ihn finde [11]).

Der Schöpfer und Hauptvertreter der bukolischen Poesie, Theokrit, sagt [12]) mit der Bibel [13]): Das Geschlecht der Frommen wird gesegnet sein, aber der Gottlosen Kinder haben's nit gut, δυσσεβέων οὐ λοια [14]).

Die griechischen Tragiker erscheinen selten auf der Bühne: sie lehren Heilsames [15]). Das Weib schweige, fordert auch Euripides [16]).

1) D. G. Schmidt a. a. O., S. 51.
2) Fragm. 179 ed. Goettling.
3) Kor. 322 a.
4) S. u. Briefw. Nr. 16.
5) Lycambes erhängte sich mit seiner Familie.
6) Ehesp. 232 b. Sir. Ab. 2, 69 a.
7) Vgl. Pythia VIII, V. 8 f.
8) Kor. 224 b. Sir. 2, 64 a.
9) Ehesp. 233 b.
10) Ebd. 236 b.
11) Hist. Chr. 2 b.
12) Idyll. 26, 32: εὐσεβέων παίδεσσι τὰ λώια, δυσσεβέων δ' οὔ.
13) Ps. 112, 2.
14) Kor. 2, 114 b. Kat. 122. 264. Joh. 112 b. Proph. 2, 122 b. Sir. 3, 19 b.
15) Ehesp. 232 b.
16) Heraclib. V. 476: Γυναικὶ γὰρ σιγή ... κάλλιστον.

„Bei meinem Vater steht's", sagt bei ihm Hermione [1]), curam
meorum sponsaliorum pater meus habet [2]). Auch die Dramen
„Alkestis" und „Jon" werden gestreift [3]). Die Heiden haben ihr
Begräbnis hoch gehalten, wie man in ihrem Propheten Sophokles
und in Mausoli Grab sieht [4]). Gott nennt die Kirchendiener
seine lieben Freunde und Kinder, wie Ödipus [5]).

Von den Komikern wird aus dem kargen Nachlaß von Sprüchen
des Gipfelpunktes der Komödie, wie Platon den Epicharmus von
Kos auszeichnet, des gelehrten Präceptors, wie Mathesius den
Gnomenreichen betitelt [6]), die Mahnung wiederholt: Μεμνησο
ἀπιστειν, memento diffidere, fide, vide, trau schau [7]), an die Adresse
der jungen Prediger und Schüler, die auch einmal Prediger werden
sollen [8]). Epicharmus verlangt, daß man nützliche Dinge lehre [9]).

Der von Luther nur einmal, in den Tischreden [10]), erwähnte
Aristophanes kommt auch bei Mathesius selten vor [11]): von den
Vertretern der jüngeren attischen Komödie, Menander, dessen
Bedeutung für Terenz ihm nicht verborgen ist [12]). Mathesius teilt
Luthers Vorliebe für Äsop. Die ganze neunte Predigt der Luther-
Historien handelt von den Fabeln Äsops, so der Herr Doktor zu
Koburg unterm Reichstag zu Augsburg verdeutscht hat; Mathesius
selbst hat einige übersetzt, bezw. bearbeitet [13]).

1) Andromach. V. 967 f.: νεανευσατον μεν των εμων πατηρ εμος
μέμναται ἔτι κοὐκ ἐμὸν κρίνειν τόδε.

2) Kor. 191 b. — Dil. 246 a. Opsimathes, Γνωμαι (1884), S. 270.

3) Ehesp. 232 b.

4) Frage-Post C 3 a. S. ob. I, 449, 5.

5) Oedip. Tyrannos, V. 1. 58. — Kor. 142 b.

6) Kat. 14.

7) Epich. fragmenta ed. Krusemann 1834, S. 87: ναφε και μέμνασ'
ἀπιστειν ἄρθρα ταῦτα των φρενων.

8) Kor. 19 a. 290 b. Sir. 27 a. 79 a. 2, 69 a.

9) Ehesp. 138 b.

10) Loesche, Analecta Nr. 624.

11) Kor. 193 a. S. ob. S. 125.

12) Ebd. 340 a. Sir. 29 a.

13) S. ob. I, 314 und u. „Werke" C. I, am Ende. Wollan, Litteraturgesch. S. 434 f. — Kat. 2, 20. Dil. 14 b. Kor. 19 b. 71 a. 265 b.
2, 296 b. Sir. 71 b. 79 b. 81. 83. 84 f.

Die lateiniſchen Dichter.

Unter den Epikern vor Virgil wird der römiſche Homer, Ennius, vorgeführt [1]); mit ihm wird Andronicus gelobt, der zuerſt den Römern in ihrer Sprache griechiſche Tragödien dar= bot [2]).

Es iſt eine faſt allgemein verbreitete Nachricht, daß Luther nur Plautus und Virgil mit ins Kloſter genommen habe. O. G. Schmidt [3]) widerſpricht dem mit guten Gründen, u. a. dem, daß des Dichters Name verſchwindend wenig bei dem Reformator vorkomme: zu dem war Plautus dem Mittelalter ſo gut wie ganz aus dem Geſichtskreis entſchwunden. Etwas häufiger wie bei Luther erſcheint dieſer Begründer des neueren Luſtſpiels bei Ma= theſius, obwohl er viel Unflätiges einmenge [4]). Matheſius er= wähnt die berühmte, zahllos nachgeahmte, Bramarbaspoſſe „Miles gloriosus"[5]) und das Charakterſtück „Aulularia", Vorbild von Molières „l'avare"[6]), ja giebt eine Inhaltsangabe des letzteren [7]).

Wenn Plautus' voller Kranz von der neueren Kritik nicht zerpflückt iſt, ging es dem anderen Palliatendichter, Terenz, übler, der ähnlich wie Cicero heute tief unter ſeine frühere Wertung geſunken iſt. Wurde er doch das ganze Mittelalter hindurch in den Schulen exerziert, iſt er doch von den Reformatoren auf ſeinem Ehrenplatz belaſſen worden! Er iſt unſeres Humaniſten Liebling, auch in Wittenberg hatte er ſich ihm gewidmet. Er nennt ihn den weiſen [8]), einen ehrlichen Spiegel des Lebens [9]). Er ſpielt auf alle ſeine Stücke an, die z. T. wieder Molières Muſter wurden und in dieſen Geſtaltungen uns noch einigermaßen

---

1) Leich. e. Dil. 36 a. Ehesp. 233 a.
2) Ehesp. 233 b.
3) a. a. O., S. 21.
4) Ehesp. 233 b.
5) Sir. 1, 63 b.
6) Kor. 247 a. Sir. 2, 43 b.
7) Sir. 1, 73 a. Vgl. auch Ehesp. 125 b. 187 a.
8) Kor. 2, 161 b.
9) Ehesp. 233 a.

nahe stehen; auf die „Andria" [1]); das zärtliche Schwiegermutterstück
„Hecyra" [2]), das von Luther nicht berührt wird [3]); den „Heautontimorumenos" mit dem Spruch [4]): Parentum et praeceptorum
iniuriae omnes sunt eiusmodi, sed ad virtutem omnia [5]) und
Hervorhebung des klugen Knechtes [6]) darin [7]): den „Eunuchus",
wo der ruhmredige Thraso und Eisenfresser sagt [8]): Mordent
omnes, invident clanculum [9]); auch den gewöhnlichen „Phormio" [10]),
den der Franzose in „Fourberies de Scapin" aufleben läßt, wie
in „École des maris" die „Adelphi" [11]), besonders mit häufiger
Bezugnahme auf Demea und Mitio. Demea sagt [12]): Nil
melius facilitate et clementia [13]), und [14]): Hoc fructus pro
labore fero odium [15]); es sei nun gar verloren mit Äschino,
aber Mitio spricht [16]): Ei, ich sehe und merke noch etliche Wahr-
zeichen eines ehrbaren Gemüts an ihm: Erubuit, salva res est [17]).
Gegenüber dem Wort der Verführung [18]): Non est flagitium

---

1) Hochz. 74a. — Vgl. Andr., V. 188 (2. Akt., 1. Sz., V. 17). Sir.
130a. Proph. 141a. Kat. 91. Dil. 10a. 15b.

2) Kor. 211b. Ehesp. 119b.

3) D. G. Schmidt a. a. D., S. 23.

4) 1, 30 (204) . . . nam parentum iniuriae
    31 Unius modi sunt ferme; . . .
    33 . . . atque haec sunt tamen
    34 Ad virtutem omnia.

5) Kor. 128f.

6) Syrus.

7) Kat. 157.

8) Eunuch. V. 410 (3. Akt, 1. Sc. V. 20): Invidere omnes mihi
Mordere clanculum.

9) Kor. 288b. 2, 126b. — Sir. 48b. 63b. 85b. Kat. 155. —
Buß. 27b.

10) Kor. 204a. Sir. 83b.

11) Kor. 324b.

12) Adelph., V. 861 (Akt. 5, V. 7).

13) Kor. 2, 119b (verdruckt 159); vgl. Kat. 116. 121.

14) V. 870f. (Akt. 5, V. 16f.).

15) Kor. 2, 151a.

16) Adelph. 4, 5, 9 (643).

17) Kor. 292b. Kat. 165. Vgl. ebb. 186.

18) Adelph. 1, 2, 22 (102).

adolescentulum scortari, wird erinnert, daß anderwärts Terenz davor warnt [1]). In einer Hochzeitspredigt [2]) wird der Vater eingeführt, der ſeinen verlobten Sohn die Hochzeitsgötzen anſprechen heißt [3]).

Einige Dramen des „Komikers" erſchienen zu Matheſius' Zeit in Böhmen in deutſcher Überſetzung [4]).

Ähnlicher Beliebtheit wie jener erfreut ſich Virgil, deſſen frühere ungemeſſene Hochſchätzung ſeit dem 17. Jahrhundert faſt in die Geringachtung eines bloßen Rhetoriters umgeſchlagen iſt. Der das ganze Mittelalter hindurch ſo rühmlich Gefeierte, von Dante zum Führer Erkorene wird von Luther außerordentlich häufig benutzt: Heinrich Bullinger ſoll die Äneis wörtlich auswendig gekonnt haben [5]). Matheſius berückſichtigt weit mehr als die Georgica, woraus [6]): O fortunatos nimium sua si bona norint agricolas [7]). und als die Eklogen, woraus [8]): Sensibus haec imis res non est [est non], parva reponas [9]). die Äneis. Johannes beſchreibt den Täufer aus den Urſachen, wie Virgil [10]) mit ſeinem Redner Ilioneo thut [11]).

Herrlich heißt [12]) der Vers [13]): Romanos rerum dominos gentemque togatam. Aus dem erſten Geſang noch [14]): Omnis in

1) Kor. 167 b. Vgl. Joh. 67 a. 69 a. Kor. 110 a. Sir. 84 a.

2) Hochz. 139 a.

3) Adelph. 4, 5, 65 (699). — Vgl. noch Leich. Nun 3 a. Poſt. A, 55 b. B, 3, 6 b. 93 a. 4, 57 b. De prof. C 4 a. Hiſt. Chriſt. 2, 122 a. Sir. 2, 126 b. Kat. 183. 214. 222 f. Symb. 269 a. Buß. 27 b. Kor. 108 b. 122. 177 a. 181 a. 190 a. Ehefp. 1 b. 6 a. 19 a. 27 b. 29. 51 b f. 96 a. 115 b. 150 a. 164 b. 171 b.

4) Wolkau, Litteraturgeſch., S. 109).

5) O. G. Schmidt a. a. O. S. 26.

6) 2, 458.

7) Sir. 41 b.

8) 3, 54.

9) Paſſion. K 3 b.

10) Aen. 1, 521.

11) Joh. 42 a.

12) Kor. 246 b.

13) Aen. 1, 282.

14) Symb. 58 b. Sir. 42 b

Ascanio cari stat cura parentis [1]). Dem Frommen hängt der Teufel eins an, wie dem Palamedes von dem listigen Ulysses widerfuhr [2]). Der Ungläubige schwankt wie Jarbas [3]) und das Konzil zu Trient [4]). Paulus sagt [5]): Ich sechte nicht vergeblich in die Luft, wie Dares [6]). Von Dido heißt es [7]): Quam vel |si| dura silex aut stet Marpesia cautes [8]). Zu 2. Kor. 2, 16 wird angezogen [9]): Pauci, quos aequus amavit Iuppiter [10]). Wir sollen nicht abfallen und Papisten werden, Hilfe suchen bei dem Teufel, wie die Welt sagt [11]): Flectere si nequeo superos Acheronta movebo [12]).

Die Welt läuft leichtfertig in Mummerei; so nennt Numanus die Trojaner redimitos [13]), geschnürt, geputzt [14]).

Virgil beschreibt in dem schönen und vernünftigen Buch, darin er der Welt casus und allerlei Tugend abmalt, des Fürsten Turnus schreckliches Absterben: Vitaque cum gemitu indignata sub umbras; oder, wie die Gelehrten den Vers aus Erfahrung ändern: Vitaque cum fremitu fugit indignata sub Orcum [15]).

Doch was ist Virgil gegen die biblischen testes [16])?

1) Aen. 1, 646.

2) Ebd. 2, 82. — Symb. 246a.

3) Aen. 4, 36. 196.

4) Kor. 2, 88a. Buß. 51a,

5) 1. Kor. 10, 26. — Kor. 212b.

6) Aen. 5, 363.

7) Ehesp. 213b.

8) Aen. 6, 471.

9) Kor. 2, 27a

10) Aen. 6, 129f.

11) Ebd. 7, 312.

12) Kor. 262b.

13) Aen. 9, 592. 616 steht redimicula.

14) Kor. 274a.

15) Aen. 12, 952. — Post. B, 3, 58b. Simeon X 2a. — Zu Virgil vgl. noch ob. I, 314. 392, 3. 584, 1. 586, 2.

16) Joh. Pred. 16. Vgl. Hochz. 78b. 159b. Post. A, 115b. Kat. 2, 6a. 15. 161. Proph. 130a. 2, 60a. Kor. 193a. 345a. Ehesp. 100a.

Hinter ihm ſteht Ovid. Aus den „remedia amoris" [1]) er=
tönt die bekannte Mahnung: Principiis obsta, sero medicina
paratur [2]), ſowie [3]): Cedit amor rebus, res age, tutus eris [4]).

In den Metamorphoſen, deren ausgedehnter Gebrauch ſchon
in Gritſch' „Quadragesimale" aufſtößt [5]), iſt der Schöpfung,
Kains, der Sündflut, des Falles Satans verrückt, böslich und
fälſchlich gedacht [6]). Zu 1. Kor. 15, 44 [7]): Er wird unſeren
Leibern eine neue Form und Geſtalt geben, mutabit nostra corpora in novas formas, wie Ovid ſeine Metamorphoſen anhebt [8]).
Aus demſelben Werk: A Jove sunt reges, regum est divina
potestas [9]); öfters die Icari und Phaëtontes; video meliora pro-
boque [10]). Auch der Feſtkalender der Faſti [11]), die Ibis [12]) und
die Trauerlieder [13]) werden zinspflichtig gemacht.

Weniger wird der mit Vorbehalt gelobte [14]) Horaz be=
nutzt, meiſt in einzelnen geflügelten Worten aus Oden, Epoden
und Epiſteln: Pulvis et umbra sumus [15]); beatus ille, qui procul
negotiis [16]); ira furor brevis est [17]). Zum erſten Gebot paſſend
ſagt er: Immunis manus plus placet Deo quam sumptuosa

1) V. 91.
2) Symb. 130 a.
3) Kat. 159.
4) V. 144.
5) Cruel, S. 559.
6) Dil. 216 a. S. ob. S. 41.
7) Kor. 346 a.
8) 1, 1: In nova fert animus mutatus dicere formas corpora.
9) Met. 2, 1. Vgl. noch Dil. 88 a. — Kor. 247 b.
10) Met. 7, 20.
11) Dil. 158 a. Cheſp. 177 b. Vgl. Poſt. B, 3, 88 a. Sir. 32 b.
Kat. 169 b. Cheſp. 158 a.
12) Cheſp. 232 b.
13) Sir. 78 a. Proph. 130 b. Joh. 148 a. — Vgl. noch Joh. 91 a.
Cheſp. 94 b. Sir. 69.
14) Cheſp. 233 b. 237 a.
15) Od. 4, 7, 16. — Cheſp. 54 a.
16) Epod. 2, 1. — Sir. 41 b.
17) Epiſt. 1, 2, 62. — Kat. 132. — Vgl. ob. I, 375, 4. — Kor. 288 b.
Vgl. Sir. 88 b. Kat. 34. 2, 166. Kor. 2, 11 a. 158 b. — Poſt. B, 4, 77 b.
Faſtenpr. 103 b. — Kor. 2, 28 a.

hostia ¹). Er lehrt in einer guten Epistel ²), wie man die Schri-
benten des trojanischen Krieges lesen soll ³). Bei Psalm 15, 2 ⁴)
ist das Fehlen von: Integer vitae ⁵), fast auffällig.

Aus dem elegischen Triumvirat Tibull ⁶), Properz ⁷), Ovid
werden auch die beiden ersten genannt, sowie ihr Vorgänger
Catull ⁸).

Unter den Satirikern ist noch der Moralist Persius anzu-
führen: O curas hominum, o quantum est in rebus inane ⁹)!
In sancto quid facit aurum ¹⁰)? Fas animi et jus compositum
gefällt (Gott wohl ¹¹).

Von Juvenal wird öfters die siebente Satire herbeigezogen:
daraus ¹²): Scire [nosse] volunt omnes, mercedem solvere nemo ¹³);
aus der zehnten ¹⁴): Ad generum Cereris sine caede et [ac]
sanguine [vulnere] pauci, descendant [descendunt] reges et
sicca morte tyranni ¹⁵); aus der dreizehnten ¹⁶): Grande fuit nefas,
non assurrexisse seni ¹⁷); aus der folgenden ¹⁸): Jupiter nennt die
besten Weine municipes Jovis.

1) Od. 3, 23, 17f. — Sat. 34.

2) I, 2.

3) Ehesp. 237a.

4) Proph. 210.

5) Od. 1, 22.

6) Ehesp. 233a. S. ob. I, 316.

7) Mor. 2, 28a. — S. ob. S. 120.

8) Sir. 2, 125a.

9) Sat. 1, 1. — Ehesp. Pred. 30.

10) Sat. 2, 69. — Sar. IV. 45b.

11 Sat. 2, 71. 73: Quin damus id superis ... compositum ius fasque
animi. — Job. 148a. Vgl. Elr. 72b. Ehesp. 77a.

12) 7, 157.

13 Proph. 2, 7a. Sat. 120.

14 B. 112.

15) Sir. 2, 37b. Dil. 186b.

16) B. 54f. Credebant quod grande nefas et morte piandum, si iu-
venis vetulo non adsurrexerat.

17) Ehesp. 177b. Sir. 32b. Sat. 115. Vgl. Sat. 240.

18) 14, 270f.: Sin gaudes pingue antiquae de litore Cretae
     Passum et municipes Jovis advexisse lagonas.

Des Epigrammenfürsten Martial Lebensweisheit offenbart sich in Sprüchen wie: Qui velit ingenio cedere rarus erit [1]); oder in dem: Non tristis torus sed pudicus [2]), der zur beata vita [3]) gehört.

Unter den Epikern nach Augustus wird Lucanus benutzt, dessen „Pharsalia" auch Luther sich noch im Alter kaufte [4]). Gern wird aus den „Punica" des Silius Italicus der Spruch: Crede experto [5]) benutzt, auch in der ebenfalls von Luther ge-brauchten späteren Form: Experto crede Ruperto [6]); vereinzelt der im Altertum wie im Mittelalter vielgelesene Epiker Papinius Statius [7]).

Aus der spätesten Zeit ruft jener Freund und Schmeichler des Stilicho und Honorius Claudius Claudianus [8]) ins Thal: Ut lapsu graviore ruant tolluntur in altum [9]).

Neben den sogenannten disticha Catonis [10]) wird der „Bürge-meister" [11]) M. Porcius Cato vorgestellt mit seiner Zensorrede „pro mundo muliebri" [12]) und der Beschreibung eines rechten villicus in seinem Buch de re rustica [13]), nicht ohne Widerspruch gegen ihn [14]). —

Von den neueren lateinischen Dichtern ist eine ganze Reihe wenigstens genannt. Zunächst humanistische Vertreter der bürger-

1) Lib. 8, 18, 10. — Kat. 144.

2) Lib. 10, 47: Vitam quae faciant beatiorem ... haec sunt: — B. 10: non tristis torus sed pudicus. — Dil. 164a. Hochz. 131b.

3) Kor. 103a. — Sir. 165a. 2, 141a. Joh. 150a.

4) O. G. Schmidt a. a. O., S. 38. — Hochz. 65b. Ehesp. 134a. — Sir. 2, 47a.

5) 7, 395. Vgl. Büchmann, Geflüg. Worte, S. 296f.

6) Lh. XIII, 162b.

7) Joh. 146a.

8) 1, 58. S. ob. S. 124.

9) Dil. 192a. Sir. 2, 74b.

10) S. ob. I, 314. — Hochz. 56b. 58a. Kor. 174a. 248b. 2, 158b. Proph. 223a.

11) Kor. 322a.

12) Liv. 39, 43. — Kor. 248a.

13) Kor. 105b. — Vgl. Sir. Ab 2, 69a. Kat. 34. Kor 111b. 135a.

14) Ehesp. 132b.

lich-gelehrten Dichtung: Conrad Celtes, der in Wien die guten Künste wieder emporgebracht [1]): dessen Zuhörer, der ingolstädter Professor Philomusus, also Jakob Locher [2]): der tübinger Professor Heinrich Bebel [3]) und Amantius [4]). Von dem italienischen, reformatorisch angehauchten Karmelitermönch Joh. Baptista Mantuanus [5]) heißt es doch, daß er mönchenzet [6]).

Der üppige Trieb dichterischer Kraft dieser Zeit, der sich in der neulateinischen kirchlichen Volksdichtung zu erkennen giebt, hat auch für Mathesius Blüten getragen. Es erscheint eine verhältnismäßig große Zahl von Namen: Henr. Glareanus, als Dichter Freiburgs [7]): als Dichter Prags Georg. Logus [8]) und Matth. Collinus [9]); als Dichter Erfurts Eoban Heß [10]); als der Heidelbergs Jac. Micyllus [11]): als der Frankfurts Georg Sabinus [12]): als der Leipzigs Joach. Camerarius [13]): als der Jenas Joh. Stigel [14]), der herrliche christliche Poet [15]), nach Camerarius ein zweiter Eoban Heß [16]): als der Kölns Casp. Bruschius, aus dem mit Joachimsthal viel in Berührung kommenden Schlaggenwald stammend [17]); als der Rostocks Snarenius [18]): als der Greifswalds Runge [19]).

1) Kor. 2, 164a. Chesp. Pred. 70. — Goedeke I, 417.

2) Goedeke I, 426.

3) Ebd. I, 437.

4) Jöcher, Ergänzung I, 680.

5) D. G. Schmidt a. a. O., S. 40.

6) Chesp. Pred. 70.

7) Ebd. — Goedeke II, 90. Fritzsche, Glareanus. 1890.

8) Chesp. a. a. O. — Goedeke II, 91. Wottan, Litteraturgesch. S. 124.

9) Chesp. a. a. O. — Goedeke II, 98. Wottan, Litteraturgesch. s. v.

10) Chesp. a. a. O. — Goedeke II, 91. S. ob. I, 85.

11) Chesp. a. a. O. — Goedeke II, 92. Hartfelder A. u. B. s. v.

12) Chesp. a. a. O. — Goedeke II, 93. Hartfelder A., S. 517.

13) Chesp. a. a. O. — Goedeke II, 93; s. ob. I, 123. 134. 196.

14) Chesp. a. a. O. — Goedeke II, 94. 158. 193. Ellinger, Deutsche Lyrik des 16. Jahrh. 1893, S. vii. 10. Tschackert, Ungedruckte Briefe z. allgem. Reformationsgesch. 1894 s. v. S. ob. I, 178.

15) Symb. 32a. Sir. 131b. Buß. 82b.

16) ADB. XXXVI (1893), 229.

17) Chesp. a. a. O. — Goedeke II, 97. S. ob. I, 90.

18) Chesp. a. a. O.

19) Ebd. — S. ob. I, 137.

Simon Lemnius [1]) gleicht dem Archilochus [2]). Der grimmaer Rektor Adam Siber [3]) heißt ein christlicher, lustiger und ernster Poet [4]). Auch Huttenum [5]) dürfen wir nicht außen lassen.

Von den neulateinischen Dichtern des Auslandes treffen wir [5]) Jacob Sannazar [6]) und Marc. Hieron. Vida [7]).

Mit erklärlicher Genugthuung werden eingeborene Joachims- thaler eingestellt: Unser Herr Kaiser Ferdinand hat im Anfang seines Kaisertums drei Poeten, so allhie geboren und in dieser Schule erzogen sind, mit Wappen und Titeln begabt, deren Schriften in Druck ausgegangen sind: wie auch sonst elf Poeten aus dieser Einöde aufkommen sind [8]). Daher wird der Joachimsthaler Joh. Major [9]) als „unser Poet" eingeführt [10]); er und Steius [11]) sind die berühmten Poeten im Thal [12]). — Von
deutschen weltlichen Dichtungen
kommen vor die als „Freidanks Bescheidenheit" in Reime gebrachte Sammlung von Sprichwörtern, Rätseln und Fabeln [13]); alte Helden- gedichte: Was lehret oder wen tröstet der alte Hillebrant [14]) und Sigenot [15])? Reineke Vos [16]), Bruder Rausch [17]), das autobiogra- phische, ritterlich-sinnbildliche Machwerk Teuerdank [18]) und Pfaff vom Kalenberg [19]).   *   *
*

1) Chesp. a. a. O. — Goedeke II, 35. S. ob. I, 315.
2) S. ob. S. 129, 4.
3) Goedeke II, 101. Weber, Viror. claror epistolae. 1894, S. 18. 148.
4) Kat. 58.
5) Chesp. a. a. O.
6) Goedeke II, 120.
7) Ebb. — Le Fèvre-Deumier, Célébrités Italien., 1894, S. 109—144.
8) Chesp. 229 b. Vgl. Wollan, Litteraturgesch. S. 133. 170.
9) S. ob. I, 197.
10) Hauptartikel B 5 b. Kat. 102.
11) S. ob. I, 198.
12) Sar. XV, 207 a.
13) Goedeke I, 163. — Hochz. 11 b. 122 b. Sir. A b.
14) Goedeke I, 248.
15) Ebb. I, 249. — Vblgr. Nr. 15, Wollan I, Nr. 109.
16) Goedeke I, 481, 6. — PH. IX, 100 b. XII. 133 b.
17) Goedeke I, 302. — Sir. 137.
18) Goedeke I, 335. — Sir. A b.
19) Goedeke I, 343. Loesche, Analecta Nr. 171. — Sir. 118 b.
(Zu Claus Narr s. ob. I, 28.)

Nicht minder wie aus der Poesie der Vergangenheit und Gegenwart sollen wir uns aus vielen schönen Gemälden trösten [1]): ist doch Keiner zu irgendeiner Zeit ein großer Künstler gewesen ohne besondere Anhauchung und Anblasung, das die Poeten einen himmlischen Geist nennen [2]).

Allgemeine Hindeutungen wechseln mit bestimmteren Angaben: Die Maler malen nicht recht, daß Abels Rauch über sich gegangen sei und Kains nicht: denn Kains Opfer wurde nicht angezündet wie Abels [3]). Die alten Gemälde bezeugen, wie ichs in der Jugend gehört, daß Maria Jesaja Kapitel 7 gelesen habe, wie Gabriel zu ihr eintrat [4]). Man malt das Christkindlein, daß es auf dem Drachen steht und der Schlange auf den Kopf tritt [5]): den „Ecce homo" vom Scheitel bis zur Sohle mit Blut bespritzt [6]). Auf einem anderen Gemälde steht der Herr Christus vor seinem Vater und zeigt ihm seine Wunden, die lieben Englein stehen um ihn her, einer hält die Dornenkrone, der andere den Speer, der dritte die Geißel, der vierte das Kreuz und so fort alle die Instrumente, so die Kriegsknechte gebraucht, da sie Christum gekreuzigt haben [7]). Den wiederkommenden Christus malt man auf dem Regenbogen [8]), anstatt des Gerichtsstuhls, aus Noahs Historien [9]): man giebt ihm als Richter ein Schwert, aus dem Evangelium des zweiten Advent [10]) oder aus Jesaja [11]): auch Schwert und Lilie, vielleicht darum, weil, wer nicht die Lilien, die Gnade, riechen will, das Schwert haben muß [12]). Hus hat Christum und den Papst neben einander malen

1) Proph. 321 b.

2) Joh. 91 a.

3) Dil. 141 a.

4) De prof. G 4 b.

5) Christkindlein 25 a.

6) Proph. 28 b.

7) Leich. Nun 2 b.

8) Dil. Pred. 14. Vgl. ob. S. 27, 1

9) Proph. 319 b.

10) Post. A. 12 b.

11) Kap. 11, 4. — Proph. 320 a.

12 Sir. 3, 3 a.

laſſen [1]). Den heiligen Geiſt malt man als Taube [2]), die Engel
mit Flügeln, darum, daß in dem hellen Glanz die Lohe nach=
fährt, oder wie man ein Raketlein wirft [3]); auch, daß ſie auf=
blaſen und in ihre Trommeten ſtoßen [4]). Wie große Schlachten
in den mappis und Gemälden kann man in dem Wort der Schrift
den Kampf gegen den Satan ſehen [5]). Der Buhl= und H . ren=
Teufel Cupido wird blind dargeſtellt, weil die H . rerei die Leute
auf mancherlei Weiſe blind macht [6]).

Da die Engel Wohlgefallen an züchtiger Kleidung haben,
hat man auf Bildern auf die Weibskleider oft Teufel gemalt,
hat Junker Satan oft ſeine Phantaſie getrieben und wollte in
die ſpitzigen Schuh und Franſen fahren [7]). Daher werden auch
die Nymphen ſo gemalt und gedichtet, daß ſie im warmen Bade
ſitzen bis unter die Arme und die brennenden Buhlerfackeln
herausreckеn [8]). Dagegen iſt in dem Gemälde Frau Veneris, die
wie auf ein Schneckenhaus geſtellet iſt oder mit einer Perlmutter,
angezeigt, daß die Hausmutter wie die Schnecke in ihrem Häus=
lein fleißig zuſehen und daheim bleiben ſoll [9]).

Gottes Augen ſehen auf die Gerechten, die müſſen ſelbſt in
höchſten Nöten ihren Wecken haben, wie man St. Chriſtoph malt [10]).
Den Tod ſtellt man dar als Menſchengerippe mit einer Senſe [11]):
aber auch darauf verſtehen ſich die Maler, wie der Menſchenleib
ſo ſchön proportioniert iſt [12]).

---

1) Proph. 2, 71 a.

2) Dil. 115 b.

3) Proph. 2, 146.

4) Kor. 354 a (verdruckt 454).

5) Symb. 153 b.

6) Sir. 177.

7) Kor. 245 a.

8) Ebr. 160.

9) Cheſp. 190 b.

10) Vgl. Poſt. A, 2, 82 a. Z. B. im Dom zu Lübeck, allerdings aus
d. J. 1665, mit „Kringel“ und Mettwurſt. (Vgl. Sinemus, Die Legende
vom h. Chriſtophorus und die Plaſtik und Malerei. 1868, S. 72.)

11) Joh. 18 b.

12) Proph. 81 a.

Einige der hier erwähnten Darstellungen sind jetzt sehr selten, andere wieder finden sich auf so zahlreichen Bildern, daß auf eine genaue Bestimmung der gerade gemeinten verzichtet werden muß. — Die genaueren Daten beziehen sich auf Ort und Urheber: Was man von St. Burckhardt[1] lügt und trügt, daß ihm die Seelen auf den Kirchhöfen sollen in seinem Messehalten beigesprungen sein, ihn vertreten und sich seiner angenommen, deutet das Gemälde zu München bei den Franziskanern an[2]. Heute findet sich dort kein derartiges; ob es bei der Säkularisation erst fortgenommen wurde, ist ebenfalls nicht festzustellen; im bayerischen Nationalmuseum ist auch nichts davon bekannt. Zu Kaban hat man eine Historie gemalt, da der Teufel, aus Verachtung, einem alten Weib die roten Schuhe an der Stange zureckt[3].

Wer einen alten Gast erfreuen will, habe eine säuberliche und kurze musica zur Hand, ein gut frisch Weinlein: führe ihn hinaus in den Garten oder auf den Acker: zeige ihm einen schönen Handstein, ein gut neu Buch; Dürers oder Meister Lukas' (Kranach) Gemälde[4]! Dürer, ob er wohl vor dieser gnadenreichen Zeit gelebt, hat dennoch, wie mancher gute Mann auch unter dem Papsttum erkannt, daß allein das Blut Jesu Christi uns von allen Sünden reinige, wie er solchen seines Herzens Glaubens bekennt, da er 1509 sich und seine Hausfrau vor des Herrn Christi Bild abkonterfeit und leitet zwei Ströme Blutes aus Christi Wunden auf sich und sein Weib[5], die vor dem Bilde knieen[6]. Mathesius hat hier jedenfalls das Anfangsblatt

---

1) Bischof von Würzburg, 11. Oktober 777.

2) Sir. 3, 27b.

3) Kat. 226. Jetzt weiß man in Staaden nur von einem aus der Schwedenzeit stammenden, im vorigen Jahrhundert noch vorhandenen, von Sagen umrankten Gemälde am Heiligenturm — durch den der Weg zum Kloster führt —, das den Teufel auf dem Galgen sitzend darstellt, wie er mit einer langen Stange einem laufenden alten Weibe, das schon rückwärts blickt, ein Paar neue Schuhe reicht.

4 Sir. 3, 26a.

5) Hochz. 91b.

6 Leich. Num 2b.

der kleinen gestochenen Passion Dürers [1]) im Auge. Die Blut
strahlen gehen auf Maria und Johannes: diese hat Mathesius
offenbar für Dürer und seine Frau gehalten. Dieser Maler hat
sein „Asperges" [2]) recht verstanden und gebetet. An seinen Linien
und Werken kann ich erkennen, daß er ein trefflicher Künstler
muß gewesen sein, der hohe Kunstgaben vor vielen anderen gehabt;
daß er sich aber so gemalt, beweist, wie sein Herz gegen Gott
gestanden, daß er auch mit den Gunstgaben und dem Geist der
Gnaden und des Gebetes von dem ewigen Mittler ist beseligt
gewesen [3]). Dürer sagte auch, Luther finde in einer Zeile mehr
Gutes als andere in einem ganzen Blatt [4]). Aber freilich kann
kein Dürer noch Apelles — Phidias wird auch gestreift [5]) — die
erzteufelische Hoffahrt besser abmalen, denn sie im Antichrist, dem
vermessenen und hochfahrenden Abgott, abgebildet ist [6]).

※　　　※
　※

Das Kunstgewerbe nahm damals einen solchen Aufschwung,
daß ein Gebildeter gar nicht daran vorbei gehen konnte [7]).

Namentlich an Holzschnitzereien [8]), schönen Glasgefäßen [9]),
Goldschmiedearbeiten [10]), Münzen [11]), Stufen hatte Mathesius Freude
und benutzte ihre Sinnbildlichkeit. Ausführlich beschreibt er [12]) ein
dreieckiges grünes Glas, ungefähr zwölf Zoll lang: wenn man
es gegen die Sonne hielt, gab es die schönsten Farben und faßte
ein ganzes Gebirge mit allen Bäumen und Häusern in sich, als

---

1) B. 3 „1509"; vgl. Springer, A. Dürer. 1892, S. 77. 81 f. —
S. ob. I, 23. Loesche, Analecta Nr. 217. Möller-Kaweran, Lehrb.
der Kirchengesch. III (1894), 440.
2) Pf. 51, 9.
3) Hochz. 91 b. Sir. 3, 57 b.
4) Sir. 2, 150.
5) Proph. 81 b. Hochz. Pred. 10.
6) Post. A, 2, 134 a.
7) Lehfeldt a. a. O., S. 5.
8) Sar. XV, 191 b. Vgl. ob. I, 115.
9) Sar. XV, 196 b. LH. XVII, 209 a. Vgl. Briefw. Nr. 55. 68.
10) Sar. XV, 196 a. Vgl. ob. I, 115.
11) Sar. XIV, 160 b f. Briefw. Nr. 55. 68. S. ob. I, 285.
12) Sar. XV, 196 b.

wären viel hundert schöne Regenbogen darin: auf einem an=
deren Glas hat ihm ein joachimsthaler Künstler einen lebendigen
Herrgott gearbeitet; wie Christus aus der Hölle herauffährt,
sieht das Bild gar schwarz aus, sobald man es umkehrt, wird
es schneeweiß [1]). Lieblich ist es, in einem venedischen Glas
ein schön Kruzifix mit einem Demant gerissen anzuschauen, und,
wenn der Herr Jesus mit Ultramarin an ein Glas geschmelzt
oder mit Farbe darein gebrannt ist. Die schönste Stufe, die
Mathesius je erblickt — im Thal wurden viele hergerichtet, in
denen neben trefflicher Kunst viel schöne Artikel der wahren Re=
ligion zu sehen sind [2]) — war ein Glaserz, darin man die Aufer=
stehung des Sohnes Gottes mit seinem Grab und den Wächtern
künstlich geschnitten hatte: da gab es das Gewächs, daß der Leib
des Herrn in weiß Silber kam, Wächter und Grab waren schwarz
wie Blei [3]). Am Fuß des goldenen Kirchenkelchs [4]) hatte der
Künstler Kunz Wels Christus am Kreuz, Taufe, Absolution,
Abendmahl hoch und künstlich getrieben: die vier Evangelisten in
Tiergestalt [5]) schnitt er frei von der Hand; auf dem Patentlein
war der salvator punktioniert (punziert) sehr lustig zu sehen [2]). —

Inbezug auf Mathesius' Urteil über bildende Kunst kann man
gegenüber Luther einen Fortschritt bemerken. Bei jenem gilt es
nicht, wie bei diesem, daß man nirgends einen Ausspruch über
die Schönheit oder Häßlichkeit eines Bildwerks an sich findet,
nichts über Herstellung, künstlerischen Eindruck, Form, Farben und
sonstiges Wesen der Darstellung [6]), sondern Mathesius urteilt und
kritisiert, hebt die Schönheiten hervor, die Geschicklichkeit des
Künstlers; freilich kommt auch ihm dann sehr bald der Neben=
gedanke der homiletischen Brauchbarkeit, der ethischen Anwendung.

* * *

1) Balthasar Mathesius, S. 38.

2) Hochz. Preb. 10.

3) Sar. VI, 63b.

4) S. ob. I, 108. 275.

5) also (Engel), Löwe, Stier, Adler.

6) Lehfeldt a. a. O., S. 30. Doch vgl. Walther, „Theol. Litt.=Bl."
1893, Nr. 33, Sp. 388f.

Im engen Bund mit den Künſten findet ſich in unſeren Pre=
digten die Wiſſenſchaft, heidniſche und chriſtliche. Den An=
fang mögen die Geiſteswiſſenſchaften machen, denen ſich die Realien
anſchließen.

Aus dem Kreis der

griechiſchen Hiſtoriker

begegnen wir dem, wie es ſcheint [1]), Luthern fremd gebliebenen
Herodot, mit Midas' Grabſchrift [2]) und dem Bericht von dem
reichen Fundgrübner Pythius [3]). Thucydides ſchreibt [4]), daß ſich
die von Athen mit ihren Nachbarn vor Alters um das Bergwerk
in Philippi ſchlugen, da dieſe Stadt noch Datos geheißen [5]).
David befiehlt dem Salomo die Religion und Chriſtenheit und
ermahnt ihn zur Gottſeligkeit [6]), wie Cyrus ſeine Söhne im
Xenophon [7]).

Des Velos=Prieſters Beroſos babyloniſche Geſchichte wird im
diluvium mehrfach berührt [8]); dem Noah iſt indeſſen mehr zu
glauben als ihm [9]).

Von den Späteren läuft eine Notiz des Univerſalhiſtorikers
Diodorus Siculus mit unter [5]); neben ihm das Univerſalgenie
Plutarch [10]).

Den Reigen der

griechiſchen Philoſophen

eröffnen die ſieben Weiſen. Von den ihnen zugeſchriebenen

---

1) D. G. Schmidt a. a. O., S. 53f. Hartfelder A, S. 367f.
2) Herodot 1, 14f. VIII, 138f. — Sar. II, 14 b,
3) S. ob. I, 497, 10. Sar. II, 14 b. Dil. 48 b.
4) I, 100. Herodot IX, 75; vgl. Ausg. v. Stein, 2. A. V (1868), 182.
5) Sar. XVI, 211 b.
6) 1. Kor. 28, 20.
7) Cyropädie VIII, 7. Frage=Poſt. t 3 b. Poſt. B, 3, 62 b. Kat. 100.
Simeon Z 3 b.
8) Dil. 4 b. 47 a. 99 a.
9) Ebd. 111 b.
10) Sar. II, 14 b. Sir. 35 a.

Sprüchen begegnet wiederholt: Γνωϑι σεαυτον [1]), sowie das an Chilon [2]) geknüpfte: De mortuis nihil nisi bonum [3]).

Auch der zu Solons Zeit nach Athen gekommene fürstliche Skythe Anacharsis läßt sich vernehmen [4]), wohl aus Erasmus' Sammlung [5]). Die Weisen der Heiden werden im allgemeinen beschuldigt, die Weiber zu schmähen, während der heilige Geist sie rühmt [6]).

Nach Pythagoras [7]) wird Platon genannt [8]), mit Achtung; doch werden die Gelehrten bedauert, die nur ihm sich hingaben [9]). Johannes' Prolog ist weit über alle Bücher Platons und Aristoteles' [10]). So stellte sich Mathesius wie Luther auch zu Aristoteles kritisch [11]), der doch im Mittelalter als Philosoph schlechthin, ja fast als Heiliger galt, als Vorläufer Christi im Reich der Natur, wie der Täufer im Reich der Gnade, dem nur die Erleuchtung durch den heiligen Geist fehlte, um der vornehmste unter den Kirchenvätern zu werden; sein Bild fand sich in Kirchen denen der Apostel zur Seite gehängt [12]). Über Epikur hat sich Mathesius die herkömmliche noch heute vielfach gangbare Geringschätzung angeeignet. Er ist die Sau [13]): gottlose, cyklopische und epikurische Leute verneinen Gott [14]); in Unzucht leben wie ein Epikuräer [15]);

---

1) Büchmann a. a. O, S. 248.

2) Ebd. S. 248. Vgl. Erasmus, Apophthegm. (Basil. 1558) S. 620, 22.

3) Leich. Ee 2.

4) Sir. 18 a.

5) Apophthegm. a. a. O., S. 153, 16.

6) Sir. 40 b.

7) Ebd. 2, 69 b.

8) Ebd. 97 b. — Leich. (1 b. Post. B 3, 64 a. Simeon a a 3 a. Sir. 2, 102 b. Kor. 235 a.

9) S. ob. I, 52.

10) Joh. 23 a.

11) Vgl. Loesche, Analecta. Nr. 25 und s. v.

12) Schmidt, Précis de l'Histoire de l'église d'occident pendant le moyen âge. 1885, S. 161. — Post. B. 4, 74 b. Sir. 85 b. 2, 15 b. Kat. 78. 101. Proph. 175 b. Joh. 23 a. Kor. 142 a. 179 b. Ehesp. 27 b. 166 a.

13) Sir. 100 a.

14) Joh. 69 b.

15) Frage=Post. Y 2

epikuriſch, karbinaliſch von der Auferſtehung der Toten reden ¹). Auch gegen die Akademiker, Pyrrhoniker und Skeptiker richtet ſich die Polemik: ſie ſind falſch und unbeſtändig wie die Rohre ²). Dagegen lehren die Stoiker, die Tugend um ihrer ſelbſt willen zu lieben ³). Von den

griechiſchen Rednern

ſprechen Demoſthenes ⁴) und Iſokrates ⁵). Der Spötter ⁶) Lucian ſagt, die Anwälte müſſen kühn und frech ſein ⁷). Unter den

römiſchen Proſaikern

ſtudierte Matheſius Cicero, den Luther am häufigſten von den alten Schriftſtellern erwähnt und großenteils mit Auszeichnung behandelt ⁸), auf der Univerſität ⁹), nennt ihn oft und vergleicht des „großen Redners" Beweisführung in der Schrift „pro Milone" mit der des Paulus im Auferſtehungskapitel, ſowie mit Luthers in ſeinen ſcharfen Schriften wider die Schwärmer¹⁰). Auch inbezug auf das Gewiſſen wird auf pro Milone verwieſen¹¹) und daraus¹²) die noch heute gangbare Gnome genommen: Inter arma silero leges, artes et pietatem¹³). Von Ciceros philoſophiſchen Arbeiten werden berührt: „Somnium Scipionis"¹⁴), die tuskulaniſchen Unterſuchungen¹⁵), „de senectute"¹⁶), „de officiis"¹⁷).

---

1) Kor. 333b.
2) Joh. 145b. Kor. 2, 13a.
3) Kat. 170.
4) Symb. 77a. Kor. 283a.
5) Sir. 34b. 2, 69a.
6) Dik. 140a. Sir. 24a.
7) Kor. 2, 142a. — S. ob. I, 426.
8) Schmidt a. a. O., S. 13.
9) S. ob. I, 45.
10) Kor. 332b.
11) Proph. 211a. Vgl. Kor. 332b.
12) 4, 10.
13) Hochz. 135b.
14) Leich. t b.
15) Sir. 1, 35a
16) Kor. 324a. 332b.
17) Sir. 133a.

Aus seiner poetischen Selbstverherrlichung in dem Epos „über
sein Konsulat" [1]) begrüßen wir den Ausruf: O fortunatam natam
me consule Romam [2])! Freilich wie die Ketzer ohne den heiligen
Geist die christliche Kirche regieren und reformieren wollen, meint
Cicero nicht anders, denn er sei der rechtschaffene pater patriae [3]).

Auch der zweite römische Lieblingsschriftsteller Luthers, Livius,
ist bei Mathesius vertreten [4]). Bei ihm sagt Lucretia [5]): Quid
salvi in muliere [mulieri] amissa pudicitia [6])?

Von den übrigen römischen Historikern werden aus dem
klassischen Zeitraum Sallust genannt [7]), auch dessen: Concordia
parvae res crescunt, discordia maximae dilabuntur [8]); Livius'
Zeitgenosse Trogus Pompejus [9]); der im Mittelalter vielgelesene
Auszug aus dem letzteren von Justinus [10]); aus dem silbernen Zeitalter Tacitus, der in seiner „Germania" die Deutschen wegen
ihrer Gerechtigkeit und Freundlichkeit lobt [11]): aus dem späteren
Abschnitt Sueton mit seinen Cäsaren-Biographieen, — unter Hervorhebung der εὐθανασία [12]), die sich Augustus wünschte [13]), — und
Kaiser Julians Zeitgenosse Eutrop [14]).

Wie Luther Quintilian sehr hoch schätzte und ihm im
Jugendunterricht eine vorzügliche Stelle anwies [15]), sagt Mathesius darin einstimmend: Die in Schulen lehren, werden sich
aus dem allergelehrtesten Schulmeister Quintilian gut zu be-

1) Bei Quint. IX, 4, 41.
2) Symb. 78. — Vgl. Kor. 158a. Simeon a a 3a.
3) Kor. 2, 148b.
4) Sir. 1, 44b. 50b. Sar. 234a. Dil. 14b. Ehesp. 156b.
5) 1, 58.
6) Kor. 174a.
7) Frage-Post. t 3b.
8) Jugurtha cp. 10. — Sar. 234a.
9) Dil. 216a.
10) Sir. 1, 68b. Dil. 216a. Ehesp. 156b.
11) Dil. 219a. Kat. 175. Dil. 216a.
12) 2, 99.
13) Simeon Z 4a; vgl. Kor. 135a.
14) Hist. Chr. 2, 50a. Fastenpr. 100b. 194a.
15) O. G. Schmidt a. a. O., S. 19.

scheiben haben. Und die diesen Schulmeister nicht wissen oder in seinem guten Werk bekannt sind oder auch wohl gar nicht in ihrem Studio und Liberei haben, denen wollt ich wünschen, daß sie traktiert würden, wie Alcibiades mit einem Schulmeister umging, den er gar ernstlich ins Gesicht schmiß, weil er nicht den Homerum hatte [1]).

Bei Quintilians Schüler, dem jüngeren Plinius, wird der Bericht seines Oheims über den Vesuvausbruch [2]) erwähnt [3]), und Stellen aus den Briefen [4]), namentlich den mit Trajan gewechselten [5]), mit dem Zeugnis über die Vorgänge in den christlichen Versammlungen [6]).

Unter den seltener gelesenen Lateinern begegnen wir dem Gellius, der die Zunge den allerbesten Schatz nennt [7]), von Sokrates' Geduld spricht [8]), vom Statius, der sich voll fraß und seines Pferdes vergaß [9]), von Panaetius' Bild de virtute [10]), von Metellus Numidicus [11]).

Gellius ist ausgiebig ausgeschöpft von Makrob: Mathesius erwähnt des letzteren Saturnalia-Tischgespräche [12]).

Der Weise Seneca [13]) und der berühmte Jurist Papinian [14]) schließen die Kette.

* * *

1) Ehesp. 239a. Vgl. Kat. 120. 20a. Proph. 4a. Kor. 131b. Ehesp. 74b.
2) Briefe 6, 16.
3) Proph. 2, 138b.
4) Kor. 58b. 158a.
5) 10, 97f.
6) Kat. 2, 166. Kor. 135a. 142a. — Vgl. Dil. 81a. 112b. Hochz. 160b. Ehesp. 241b.
7) Noct. att. 1, 15. — Sir. 25b. Kor. 247b.
8) Noct. att. 1, 17. — Ehesp. 195.
9) Noct. att. 4, 20. — Kor. 275a.
10) Noct. att. 12, 5. — Kor. 213a.
11) Noct. att. 1, 6. — Kor. 177b. Vgl. Ehesp. 103b. Sir. 32b.
12) Sir. 82b. 2, 74b.
13) Kor. 221a. Post. B. 4, 74b. Vgl. Sir. 166b. Kat. 158.
14) Sir. 22a.

Wenn unser Prediger schon den Gelehrten der Antike solche
Bedeutung beimißt und sie auf der Kanzel zu Worte kommen
läßt, wie viel mehr wird dies der Fall sein mit den christlichen,
der Vergangenheit und seiner Gegenwart!

Freilich verschmäht er, trotz seines Antisemitismus, nicht, auch
von den Juden zu lernen. Neben Philo [1]) und Josephus, aus dessen
Werk [2]) die Gemeinde jährlich die Historie von der Zerstörung
Jerusalems zusammengezogen höre [3]), werden häufig, wenn auch
oft unter Widerspruch [4]), die Rabbinen genannt, unter ihnen besonders Akiba [5]), Targum [6]) und Talmud [7]).

Aus dem Mittelalter tritt der berühmte Kimchi hervor [8]),
sowie die Kabbala [9]), der der Humanismus seit Reuchlin zuneigte.

Im christlichen Altertum sagt Ignatius [10]), daß wir nur nuda
grana sind [11]), Polykarp nennt [12]) den Marcion eine Teufels-
frucht [13]): Irenäus [14]) läßt in Gethsemane das göttliche Wesen in
Christo ruhen [15]). Während Origenes mit den scheelen Augen
der Mutterkirche als Phantast beiseite geschoben wird [16]), Tertullian nur im allgemeinen als dogmatischer und exegetischer Zeuge
beschäftigt ist [17]), wird von Lactanz das erste in seinem Christen-

---

1) Kor. 293 b.
2) Buch VI.
3) Post. A, 2, 93 b. Sir. 80 a. Dil. 2 b. Hist. Chr. 66 b.
4) Passion. 6 a. Dil. 99 b.
5) Proph. 243 a.
6) Proph. 10 a. 31 b. 50 b. Dil. 139 a. 141 a. 158 a. 180 a. 184 a.
2, 47 a. 57 b. 122 f.
7) Proph. 25 b. Kor. 355 b.
8) Dil. 85 b. Proph. 25 b.
9) Kor. 2, 73 b.
10) Ad Rom. 4: σῖτός εἰμι.
11) Kor. 342 a. — Proph. 6 a.
12) Euseb. H. E. 4, 21.
13) Neujahr 21 b.
14) Ἐλεγχ. 3, 19. Ed. Stieren I (1853), 526.
15) Fastenpr. 25 b. Passion. 10 a. Post. B, 3, 99 b. — 116 a. Bet. 78 b.
Dil. 79 b.
16) Kor. 351 a.
17) Ebd. 331 v.

ſtand verfaßte geiſtvolle Werkchen „de opificio dei" angezogen [1]); in richtigem Gefühl der darin noch durchſchimmernden heidniſchen philoſophiſchen Vergangenheit des Verfaſſers [2]) wird es neben Cicero, wenn auch nicht zu deſſen „Republik", und neben Ovid geſtellt [3]); an dem apologetiſchen Hauptwerk wird nicht vorbeigegangen [4]). Um gleich bei den Lateinern zu bleiben: Es folgen Hilarius [5]), Ambroſius [6]), der reformatoriſche Häretiker Vigilantius [7]). Hieronymus weiß — nach Luthers Urteil — wenig vom Chriſtentum [8]). Der ſchon das geſamte philoſophiſche und theologiſche Lehrgebäude des Mittelalters wie ein Atlas auf ſeinen Schultern tragende Schutzheilige der Reformation unter den Kirchenvätern taucht hier und da auf, indeſſen mit Sätzen, die nicht auf näheres Studium ſchließen laſſen. Man weiß ja, wie leicht damals, aus dem Mittelalter her, goldene Worte gerade aus Auguſtin zu haben waren, aus Kollektaneen oder den Kanonesſammlungen eines Anſelm von Lucca, Ivo von Chartres, Gratian: Poenitentia vera nunquam sera, sera autem raro vera [9]); der Menſch wird nur gerecht aus Glauben [10]).

Von den Griechen verſammeln ſich der heilige Lehrer Athanaſius [11]), Baſilius, der manchen ſeinen Spruch hinterließ [12]), der

1) Proph. 81a. Kor. 247b.

2) Ebert a. a. O. I, 71.

3) Kor. 247b.

4) Sir. 165. Proph. 296a.

5) S. ob. I, 406, 1.

6) Hauptartikel N 3b. S. ob. I, 303.

7) Poſt. B, 4, 77b.

8) LH. XII, 144a.

9) Migne III, 86. — Faſtenpr. 178a.

10) Migne XLVI, 379. Hauptartikel N 3b. — Vgl. noch: Simeon cc 4a. Proph. 245a. Vgl. Bek. 163a. Hauptartikel P 5. Poſt. B, 3, 66b. Sir. 227. 4, 71b. Kat. 2, 78. Proph. 298a. 2, 19b. Joh. 114a. Buß. 148a. Kor. 41a.

11) Kor. 2, 29b. — Poſt. B, 3, 99b. Sir. 2, 9. Dſl. 190a. Kor. 109a. 2, 40a.

12) Kor. 134b. Poſt. B, 4, 70b. 89a. Hauptartikel T 2a. Symb. 210b. Proph. 164a.

Nazianzener, der auf Vereinigung von rechter Lehre und Leben bringt[1]); Chrysostomos — zwar im Echo Luthers ein Wäscher[2]) — als Zeuge für reformatorische Glaubensauffassung[3]); von den Kirchenhistorikern ihr Vater[4]) mit seinen Fortsetzern, Sokrates[5]), Theodoret[6]), — letzterer doch mehr als Exeget[7]), — beziehungsweise seinen Übersetzern und Nachfolgern. Rufinus[8]), Orosius[9]), vor allem dem Beherrscher des Mittelalters Cassiodor[10]); als exegetische Gewährsmänner: Der „heilige Gregor" in seinen Homilien[11]); der Klassiker der morgenländischen Dogmatik, Damascenus[12]), der Katenenschmieder Theophylact[13]). Die Werke des Boëtius schenkte Mathesius der Bibliothek mit denkwürdiger Inschrift[14]).

Von den Größen des Mittelalters, die jedoch nicht alle als solche anerkannt werden, begegnen wir dem Anselm, der fein von der Erbsünde redet[15]), dem Berengar mit seinem Bekenntnis und seiner Reue über die von ihm vertretene falsche Abendmahlslehre[16]), dem frommen St. Bernhard[17]), dem wenig späteren Mystiker Richard von St. Viktor[18]), dem magister sententiarum, dem Meister von hohen Sinnen[19]), wie Petrus Lombardus in deutschen

1) Post. B, 4, 74a. — Frage Post 6 7a. Neujahr 24b. Dil. 115b. — S. ob.I, 355.
2) Lb. XII, 144a.
3) De prof. L 3b. Hauptartikel R 2b.
4) Post. B, 3, 22a. Kor. 204b.
5) Kor. 2, 43b. 1, 217b. Sir. 2, 2b.
6) Sir. 2, 58a.
7) Post. B, 3, 77b. Joh. 114a. 119b. Kor. 274a. 288b. 2, 40b. 88b.
8) Sir. 66a. 2, 10b.
9) Kor. 367.
10) Frage-Post. i 3. Post. B, 3, 11a. 22a. 31a. 4, 87a.
11) Hauptartikel R r a. Kat. 2, 144.
12) Hauptartikel P 3b. Ehesp. 104a.
13) Joh. 120b.
14) 1544; „Et ego meas ago tibi gratias, mi Boëti, pro tua informatione". Bblth. S. 224. — Ulfilas: De prof. P iij b.
15) Sir. 81a. Kat. 251. Ehesp. 27b. Joh. 24b.
16) Bek. 196b.
17) De prof. L 3a. Kor. 338a. Hauptartikel P 5. Dil. 122a.
18) Hauptartikel S 7b. S 3. T 5b. Bek. 187b. Kor. 255a.
19) Kat. 2, 56.

Büchern jener Zeit häufig genannt wird [1]). Im Wort= und Namenspiel heißt Scotus der finstere, Albertus der alberne, Thomas Aquinas der zweifelhafte: auf ihre und der Occamisten ungewisse Träume darf man Seelen und Gewissen nicht wagen [2]). Von dem schon erwähnten [3]) frommen Mönch Ludolphus de Saxonia sind gute Sprüche zu holen [4]). Aus Gerson haben alle Pöniten= tiarier die falsche Buße gepredigt [5]). Petrus vom Span [6]) soll gewiß Petrus Ramus bedeuten. Ohne dies zu verstehen, dürfte der Heraus= geber der Korinther=Homilieen an Petrus Hispanus gedacht haben: nach jenes Dialektif ist die Logif Pauli [7]) nicht [8]). Ihr Theologie= Studierenden, grüßet die patres ein wenig in epitomistis und sum= mistis, zumal wenn Einer im meißener Land sich hören lassen sollte [9])!

Aus der kirchenrechtlichen Litteratur wird wiederholt das de= cretum herbeigezogen [10]), aus der kirchengeschichtlichen die gewaltige Zusammentragung des Vincentius [11]), sowie der kritiflose, übrigens erst 1553 herausgegebene, Nicephorus [12]); aus der exegetischen (Strabos) Glossa ordinaria [13]); Valla [14]), der treffliche, auch von Luther ergiebig ausgeschöpfte, als Dr. utilis erprobte, Kommentator; Nikol. von Lyra [15]), nicht ohne von ihm abzuweichen [16]); sein um

---

1) Weim. A. VI (1888), 530.
2) LH. I, 6a. 9a.
3) S. ob. 1, 477. II, 32.
4) Kor. 28b. Joh. 131a.
5) Kat. 174b. Proph. 193b. S. Briefw. Nr. 147.
6) LH. VII, 69a.
7) 1. Kor. 15, 20f.
8) Kor. 334.
9) Sir. 2, 142.
10) Hauptartikel B 3b. R 6b. Kor. 166a. 318a.
11) Post. B, 3, 6a.
12) Bek. 18a. Post. B, 4, 42a.
13) Kor. 2, 96bff. Sir. 2, 142. Proph. 232a.
14) Sir. 2, 142.
15) Christtindlein 31a. Kor. 239b. Dil. 49a. 84a. 111a. 238b. Proph. 243a. Kor. 218a. 295a. S. ob. I, 571, 7. Vgl. neuerdings die eingehende Würdigung Lyras von Fischer, „Jahrb. f. prot. Theol." 1889, S. 430f. 578f.
16) Kor. 2, 93b. Dil. 127a.

ein Jahrhundert jüngerer Glossator und Kritiker Paulus Bur-
gensis [1]): das viel gewälzte Lexikon des Suidas [2]).

Von den humanistischen Gelehrten begrüßen wir Pirckheimer [3]);
den teuren Mann Capnio, der mit der hebräischen Sprache der
Christenheit treulich diente [4]), mit besonderer Berücksichtigung seines
ersten Hauptwerkes „de verbo mirifico" [5]): dem Erasmus, außer
mit dem ihm abzusprechenden Dialog [6]), als dem, der die Sophisten-
Schulen und der Geistlichen ungeistliches Wesen und Leben angriff und daneben den Sprachen und guten Schulkünsten wieder
aufhalf, auch anfangs an Luthers Büchern unerhofften Gefallen
fand [7]); weiter mit seinem berühmten Volkserziehungsbuch, der Sprich-
wörtersammlung „adagiorum opus" [8]), dem Cyklop [9]) und Echo [10])
aus den „colloquia familiaria". Aber er heißt doch ein schlüpfriger,
unbändiger und gefährlicher Mann mit verdrehten Worten [11]).
Mit den Skeptikern werden die Erasmiker zusammengestellt, zu
denen der Italicismus einspringt, der Glaube, den viele aus
Wälschland heimbringen, mit der Leugnung der Auferstehung [12]).
Zu der Gruppe der Humanisten tritt der das Christentum my-
thologisierende päpstliche Geheimsekretär und Kardinal Bembo [13]),
der Freund Rasaels, der Verfasser petrartischer Sonette; Bem-
bos ihm verbundener Gesinnungsgenosse Kardinal Sadolet [14]), dem

---

1) Kor. 375 a. LH. XIV, 164 b.
2) Sar. XVI, 211 b. Kor. 2, 129 b.
3) Dil. 220 a.
4) Sar. IX, 97 a. LH. VIII. 1 b.
5) Zir. 2, 69 a. Passion. 5 a. Dil. 225 b. — Dil. 146 a. Kor. 293 b.
6) S. ob. 1, 546, 6. Froude, Life and Letters of Erasmus. 1894, S. 144 f.
7) LH. I, 8 a. Zir. 2, 142.
8) Zir. 12 b. Dil. 166 b.
9) sive Euangeliophorus; Op. omn. Lugd. 1706. I, 831 B.
10) Ebd. I, 817 C.
11) LH. VII, 69 b. X, 112 a. Vgl. Loesche, Analecta s. v.
12) Chesp. 328 a. Kolbe I, 117. Wrampelmeyer, Cordatus' Tagebuch 1885, Nr. 1494. Loesche, Analecta Nr. 185.
13) Kor. 28 a. Vgl. Weyer-Welte II, 296. (Humboldts Kosmos
II [1870], 33.) Loesche, Analecta Nr. 71. Sydow, D. Leon. Brief.
b. P. B. 1893. Capasso, „Nuov. Archiv. Venet." VI (1894), 233 f.
14) Passion. 30 b. Kor. 28 a.

Calvin ſeine glänzende Streitſchrift entgegenwarf, der gleichwohl lange inbezug auf ſeine Stellung zu den Proteſtanten viel zu günſtig beurteilt iſt [1]); der Prieſter Ant. Muretus [2]).

Von den Hiſtorikern werden Funk [3]) und Sleidanus [4]) em= pfohlen. Wiederholt wird der katholiſche Apologet Petrus Gala= tinus benutzt [5]), der in ſeinen ſieben Büchern „de arcanis ca- tholicae veritatis" die Myſterien des Chriſtentums durch Beweiſe aus Talmud und Kabbala zu beſtätigen unternahm und dabei eine Dieberei an dem Hauptwerk des Raymundus Martini be= ging [6]). Fein ſpornt zum Studium Santes Pagninus aus Lucca, der gelehrte Dominikaner [7]).

Aus dem Weinberg der Reformation wird den verſchiedenſten Männern der Litteratur ehrenvolle Erwähnung zuteil. Sorg= fältig werden die wittenberger Dozenten auch zweiten und dritten Grades gebucht [8]). Überaus häufig wird Luther gefeiert und benutzt [9]), ganz abgeſehen von den Hiſtorien; wie in dieſen wird auch ſonſt auf Briefe desſelben Bezug genommen [10]).

Wurde im früheren Zuſammenhang [11]) eine Reihe refor=

---

1) HRE. XIII, 247. Schaff, Bembo and Sadolet, in: „The Renais- sance" 1891, S. 70—72.

2) Kor. 2, 61a. Zöcher III, 762f.

3) LH. XIV, 163a. Dil. 69b.

4) LH. X, 113b. XIV, 163a.

5) Proph. 2, 76b. 78a. 81a. 158a. Sir. 25b. 42a.

6) HRE. IV, 173. XII, 516.

7) Vgl. LH. XIII, 153a. Proph. 245a. Dil. 85a. Loeſche, Ana- lecta Nr. 608.

8) S. ob. I, 39f.

9) Neujahr F 2b. Hochz. 29b. 136a. De prof. A 4b. R. V 2a. Bek. 44a. 110b. 126b. Sir. 103b. 2, 78a. 83a. 87b. 88a. 89b. 91b. 93f. 102b. 104a. 105a. 106a. 107a. 109b. 111b. 127b. 148a. 149a. 150a 3, 16a. 20a. 22b. 24b. 26a. 27a. 37a. 39b. 50a. 58. 59b. 60a. 61b. 65b. 71b. Kat. 65. 106. 118. 226. 235. 2, 115. Paſſion. 15b. 16a. 18. 31a. Dil. 34b. 70a. 82b. 111a. 143b. 158a. Symb. 96b. 100. 103. 125b. Proph. 52a. 88a. 206b. 232a. 245a. 288a. Joſ. 119b. 113b. Buß. 46b. 48a. 145b. Kor. 273b. 2, 140a. Cheſp. 130a. 176a. 241a.

10) Cheſp. 195b.

11) S. ob. S. 92f.

matorischer Schriften genannt, als zur Erbauung und sittlichen Förderung geeignet, kommen hier außerdem die den Theologie-Studierenden empfohlenen in Betracht: Luthers Schriften wider die Juden, Auslegungen der letzten Worte Davids [1]), der Predigt Christi [2]) im Abendmahl [3]), der Propheten [4]). Die anderen Werke Luthers kann man sparen, bis man aus den vorigen einen Grund gelegt hat und zu besserem Verstand und Jahren gekommen ist. Merkwürdigerweise fehlen die Hauptschriften von 1520.

Von Melanthons Schriften werden außer den an jener Stelle genannten herausgehoben: Der Kommentar zum Römerbrief [5]), zu den Propheten [6]); seine |anderen| lehrhaften und guten Schriften, Tafeln [7]) und Disputationen [8]), gute Briefe [9]), Vorreden zum wormser Gespräch [10]) und über die Sprüche der Väter [11]).

Zu den Feldherren scharen sich die Offiziere; außer den früher [12]) berührten: Brenz' Katechismus [13]) und Erklärung zu Exodus [14]), Jesaja, Lukas nebst Johannes [15]): Pomeranus' Kommentar zu den Episteln Pauli [16]); Paul Ebers Kalendarium [17]) und Vorrede zu Melanthons Briefen an die Korinther [18]); Wenzel

---

1) Köstlin II, 600.

2) Ebd. II, 250.

3) Ebd. I, 551; II, 87. 104.

4) Ebd. I, 615; II, 155f. 277. 599.

5) Sir. 2, 142. — Hartfelder A, S. 590, 199. 602, 402.

6) Sir. 2, 142. — Hartfelder A, S. 599. 345. 355. 620. 704—707.

7) Sir. 2, 142. — Z. B. Hartfelder A, S. 587, 136.

8) Sir. 2, 142. — Hartfelder A, S. 597. 317. 600, 366.

9) Sir. 2, 142.

10) Sir. 2, 149a. — Hartfelder A, 598, 337f.

11) Proph. 286b. — Hartfelder A, S. 588, 157. 205.

12) S. ob. S. 93.

13) Joh. 39a. — HRE. II, 608.

14) Buß. 46b. Dil. 146a.

15) Sir. 2, 142. — Jöcher I, 1367. Hartmann, J. Brenz. 1862, S. 129. 179. 184. (Meurer-)Wild, J. Brenz. 1864, S. 169.

16) Sir. 2, 142. — S. ob. I, 46, 2.

17) S. u. Briefw. Nr. 63.

18) Dil. 69b. 113a. Proph. 120b. — Sixt, P. Eber. 1843, S. 86. Corp. Ref. XV, 1052.

Lincks Verdeutschung des Buches vom frommen Juden Samuel [1]). Urbanus [Rhegius] wird nur im allgemeinen [2]) empfohlen, ebenso der Flacianer und Mit-Architekt an den magdeburger Centurien Basilius Fabri [3]), nebst dem Hebraisten Forster [4]). Die bedeutendste Persönlichkeit unter Luthers Kostgängern zur Zeit, als Mathesius sich bei ihm aufhielt, der evangelische Erzieher Maximilians II., der wegen seines Lutheranismus entlassen wurde, Wolfgang Severus [5]), ist mit einigen seiner Worte verewigt [6]).

Obwohl die Studenten vor der Schweizer, Calvins, Bucers und der Anderen Schriften, die judenzen und rabbinizieren, als vor unreinen gewarnt werden [7]), sind diese an anderen Stellen doch gerechter behandelt. Mathesius benutzt die lateinische Paraphrase Haußscheins zum Hiob [8]) in der Sarepta [9]), die guten Sprüche und Verse von Bullingers Lehrer Cäsarius [10]) und die Lucubrationen des Hebraisten Fagius [11]).

* * *

Neben den Künsten und den Geisteswissenschaften wird den R e a l i e n das Wort geredet. Auf sie war Mathesius von Jugend auf hingewiesen. Mit Hilfe von Freunden sowie eigener Forschung und Beobachtung hat er sich in das ihm beruflich nahe gelegte Gebiet mit großem Fleiß und Verständnis hineingearbeitet [12]).

---

1) Das Ihesus Nazarenus der ware Messias sey. Derhalben die Juden auff kaynen andern warten dürffen. Rabbi Samuelis. Verdeutscht durch Wentzeslaum Linck Ecclesiasten zu Aldenburgt. Anno Dñi 1524. Zwickau durch Jörg Gastel. — Dasselbe: Wittenberg, Rhaw, 1536.

2) LH. X, 114 a.

3) Chesp. 241 a. — HRE. IV, 473.

4) Joh. 121 a. 16 b. LH. XIII, 151 b. — Loesche, Analecta s. v.

5) Loesche, Analecta, s. v.

6) Kor. 2, 140 a. LH. XV, 188 b f. (XII, 134 a).

7) Sir. 2, 142.

8) III, 32 b.

9) Exegemata in Jobum. Basil. 1532. Commentar. in ... Jobum 1553. Jöcher, Erg. V, 944. Herzog, Das Leben d. Oolampad. 1843, II, 255 f.

10) Kor. 28 b. HRE. II, 780.

11) Joh. 121 a. HRE. IV, 484 f.

12) Vgl. Briefw. Nr. 179 f. 183 f.

Freilich wie die Kunst ist auch die Naturkunde vornehmlich wegen der theologischen Verwendbarkeit geschätzt, als Magd der Theologie: Die Köpfe werden durch die physische Doktrin wie an einem Schleif- und Wetzstein geschärft und können desto bequemer auf theologische Weise von den Dingen handeln[1]).

In seine naturwissenschaftliche Naivetät haben schon die Analysen, namentlich des diluvium und der Sarepta einen Einblick gewährt. Er bleibt der ptolemäischen Erdbetrachtung treu[2]): Gott hat die Erde auf ihren Boden, Festung und Beständigkeit gegründet, wie der 104. Psalm wider die preußischen mathematicos und astrologos sagt, da er die Wasser von der Erde absonderte[3]). Wenn ein dem Wissen angeweit aufgeschlossener Melanthon sich über Kopernikus wie etwa heute ein „Altgläubiger" über Darwin äußert, aus humanistischen und theologischen Gründen ihn ablehnt und dabei zeigt, wie gefährlich es ist, aus Fragen der Wissenschaft Fragen des Glaubens zu machen[4]); ja wenn unter den Führern wohl nur ein Zwingli sich mit der weltbewegenden These abgefunden hätte[5]) — während freilich Osiander Kopernikus' Werk herausgab, und Kasp. Cruciger wohl noch entschiedener Kopernikaner war als Osiander[6]) —; wenn ein Comenius sich nicht mit ihr befreunden mochte[7]), sogar Schelling und Hegel sie bekanntlich bekämpften, wird man diesen Konservatismus dem Mathesius zu gut halten.

In der Medizin lernten wir schon manche seiner Hausmittel kennen[8]): Ärzte und Anatomisten verwundern sich über das Gebäu,

---

1) Dil. 204 a. 205 a.
2) Ebd. 219 a.
3) Sir. 3, 9 b.
4) Vgl. Schmidt, Melanchthon, S. 683. Hartfelder A, S. 244. 310. (Hipel, Kopernik. u. Luther. 1868.) Erdmann, Geschichte der Entwickelung und Methodik der biolog. Naturwissenschaften. 1887, S. 19. Dazu Hoffmann, „Zeitschr. für mathem. u. naturwissenschaftl. Unterricht" XVIII (1887), 471.
5) A. Schweizer, Zwinglis Bedeutung neben Luther. 1884, S. 83.'
6) Zöckler a. a. O., S. 560. S. ob. I, 49.
7) Kvacsala, J. A. Comenius. 1892, S. 29.
8) S. ob. I, 230. 190.

Zusammensetzung und freundliche Beispringung der Glieder des menschlichen Körpers [1]). Es bezeugen auch die Naturkundigen, daß alle Gliedmaßen ihre Kraft und Leben vom Gehirn und Herzen empfangen; wenn dieselben gelähmt und verstopft sind, wird ein Glied kraftlos, tot und ohnmächtig [2]). Wie eine Ahnung von dem als neu geltenden Gesetz der Mimicry erscheint eine allerdings sehr unklar gefaßte Mitteilung, daß Vögel die Farbe der Umgebung annehmen [3]). Deutlicher heißt es: Der Polyp bekommt die Farbe von dem Fels, daran er sich hängt [4]). Am meisten bezeugt die eigenen Real-Kenntnisse die Sarepta: in der Vorrede zu ihr wird eine ganze Liste von Stufen aufgeführt, dergleichen ein Mineralog wie Georg Agricola [5]) noch nicht gesehn habe. Mathesius besaß auch einen Kobalt [6])-Scherben, der sah von außen aus wie eine Hirnschale, inwendig hatte er Zellen und Kämmerlein, wie ein Menschenhaupt, und weil er von Quecksilber war, starb alles, was daraus trank, daher sie es „poculum mortis" nannten [7]). Wenn es als von Bedeutung angesehen wurde [8]), daß man die Idee der Dampfmaschine und die erste Bemerkung über Graburnen in Böhmen in der Sarepta findet, wird der Wert der letzteren freilich dadurch beeinträchtigt, daß Mathesius sie nicht für Urnen, sondern in seltsamer Verirrung für natürliche, ungemachte, von Gott und der Natur gewirkte Töpfe hielt [9]). Überraschend ist auch die Erwähnung von Petroleum und Erdpech in Schweden [10]).

Wie Theodoret von Kyrrhos in den physikalischen und physiologischen Einzelheiten, die sich mitunter ins kleinlich Anatomische

---

1) Proph. 81a. 82a.
2) Post. A, 2, 101b.
3) Ebd. B, 3, 37a.
4) Symb. 284b.
5) S. ob. I, 187.
6) S. ob. I, 508, 8.
7) Sar. X, 122a.
8) S. ob. I, 524.
9) Sar. XV, 196.
10) Dil. 46b.

verlieren, erscheint darin ähnlich Mathesius als Vorläufer der rationalistischen Wohlredner des 18. Jahrhunderts [1]).

Von naturwissenschaftlichen Gewährsmännern werden im allgemeinen Aristoteles und Albertus magnus angeführt [2]); aus dem Altertum ferner Strabo [2]), dessen berühmte Länderkunde in Chrestomathieen als Schulbuch benutzt wurde; Dioscorides, der fast 1700 Jahre lang als Hauptquelle für das Studium der Botanik und Pharmakologie gedient hat [3]); Galenus, der das ganze Mittelalter hindurch bis zum 16. Jahrhundert im Orient und Occident ein unanfechtbares Ansehn besaß, nebenbei zuerst in der Litteratur den Verleumdungen der Christen entgegentrat [4]).

Aus der Naturgeschichte Plinius' des Ältern, deren erster Dolmetsch der mit Luther befreundete Humanist Rhagius Aesticampianus zu sein sich rühmte [5]), mit deren Erklärung auch Eber seinen naturwissenschaftlichen Unterricht verband [6]), berührt Mathesius u. a. eine Notiz über die Bienen [7]). Zu den Gewährsmännern für die Bergbaukunde tritt zu den uns schon bekannten Valerius Cordus [8]) und Georg Agricola [9]) noch Dr. Encelius [10]).

Wenn man auch bei der wissenschaftlichen Arbeit keine Blasen oder Schwielen kriegt, so thut solche Sorge und Arbeit dem Haupt und allen Kräften weh, wie die Erfahrung zeigt, daß die viel schwächer und kränker sind, so fleißig studieren und treulich regieren, denn die mit Handarbeit umgehn. Ein Schmidt und

---

1) HRG. XVIII, 480.

2) Sar. Vorr. 2 b.

3) Hochz. 168 a.

4) Harnack, Medizin. a. d. alten Kirchengesch. 1892, S. 6. — Sar. VI, 62 b. Kor. 2, 95 b.

5) L. G. Schmidt a. a. O., S. 17.

6) Sixt, Dr. P. Eber. 1843, S. 26.

7) Sir. 68 a. — Vgl. Plin. Nat. hist. 11, 5. Vgl. noch Post. B, 3, 70 b. Ehesp. 189 b. Sar. Vorr. 2 b. I, 2 b.

8) S. ob. I, 189.

9) Ebd. I, 187.

10) Sar. Vorr. 2 b. — Jöcher II, 343. Gräße, Lehrbuch ein. allgem. Litterärgesch. III (1852), 989. Jacobi, Agricola a. a. O., S. 53.

Bergmann, wenn er Schicht macht, schmeckt ihm sein Schaftäse und Brot von Herzen und schläft sanft. Aber was mit dem Kopf arbeitet, kann oft nicht zur Ruhe und Schlaf kommen [1]).

Wehrt Mathesius so die pöbelhafte Verachtung der geistigen Arbeit ab, spielt er, um die Pflicht ihrer Pflege einzuprägen, den höchsten Trumph aus mit der Übertreibung der Alten und auch Luthers [2]), daß einen Knaben und armen Schüler versäumen und in den Studien hindern, eine greulichere Sünde sei, als eine Jungfrau vergewaltigen [3]).

Achtes Kapitel.
Von der Form der Predigten.

Luthers Predigten sind bekanntlich großenteils analytische oder Homilieen [4]), auch rein analytische, also zum Vortrag gebrachte praktische Exegese ohne zusammenfassendes Thema, die Gedanken lediglich in der vom Text dargebotenen Reihenfolge wiedergebend [5]). Es wird zum Teil auf den Einfluß von Melanthons weit verbreiteter Rhetorik zurückgehn, wenn neben dem übermächtigen Vorbild Luthers sich doch auch eine zur Synthese hinstrebende Predigt zur Geltung brachte [6]). Wir sahen, wie Mathesius sich zu den beiden Chorführern inhaltlich stellte, beflissen, von beiden das Beste zu behalten: dasselbe gilt für die Form. Schon bei ihm begründet sich mit das Streben, Luthers analytische Richtung durch die synthetische zu ersetzen [7]), obwohl er noch stark jener

---

1) Post. A, 2, 72 a.

2) Braunschw. A. III, 12; vgl. Wrampelmeyer, D. Tageb. d. Cordat. 1885, Nr. 1749.

3) Kat. 2, 111.

4) Jonas, Die Kanzelberedtsamkeit Luthers. 1852, S. 460.

5) Bassermann, Handbuch der geistl. Beredtsamkeit. 1885, S. 473.

6) Ebb. S. 294.

7) Schmidt, Gesch. der Predigt. 1872, S. 62. 36—39.

huldigt, namentlich in den Nebengottesdiensten, wo sie noch heute hingehört [1]): gern verschmilzt er beide Gattungen, was wir jetzt als das allein richtige Verfahren erkennen, und zwar bietet er neben den analytisch=synthetischen, bei denen der Text gegeben, und der Hauptgedanke desselben mit einem frei sich ergebenden des Redners sich verbindet, auch synthetisch=analytische, bei denen der Gegenstand der Rede zuerst in der Persönlichkeit des Redners aufgetaucht ist, und er sich nachträglich nach einem Text dazu umsieht, wie das sich namentlich bei den Casualien einstellt [2]). Brenz und Mathesius gelten zunächst als Muster dafür, wie der luthersche Zuschnitt sich verfeinerte, der Text regelmäßig gegliedert und denkrichtig abgeteilt wurde [3]).

Die Eingänge sind in der Weise eines Augustin, Bern=hard, Tauler, Luther [4]) überwiegend einfach, schmucklos, ja dürftig gehalten. Doch finden sich viele Ausnahmen. Eingangs = Vor=würfe sind das Lob der kirchlichen Perikopen = Anordnung [5]), die Erläuterung derselben [6]), die Erklärung der Festtagsbezeichnung [7]). Gern wird von dem in der Kirche üblichen Gesang ausgegangen, zumal, wenn derselbe aus dem Text des Sonntags entnommen ist [8]). Bei den Reihenpredigten wird wohl das einfallende Fest oder die fällige Perikope mit dem fortlaufenden Text, beziehentlich Thema, verknüpft [9]). Diese Verbindung wird auch beliebt, um sich damit von der betreffenden Perikopenbehandlung [10]), noch mehr von einem beibehaltenen katholischen Fest loszukaufen [11]). Andrerseits

———

1) Baffermann a. a. O., S. 474.
2) Ebd. S. 472.
3) Schuler I, 81.
4) Nebe, S. 210. 271. 355; II, 31. 36.
5) Proph. 17a. Post. B, 2, 165b.
6) Post. A, 2, 92b.
7) Ebd. A, 2, 12b. 129a.
8) Ebd. B, 4, 6a. A, 2, 2b. B, 4, 21b. Hist. Chr. 109a. Fastenpr. 44a.
9) Kor. 2, 78. Dil. 138b. Christkindlein 29a. Kor. 95a. 340b. Sar. IV, 41a. LH. III, 21a. IV, 29a.
10) Symb. 230. 235b. Kor. 374a.
11) Joh. 34b.

werden ohne Tadel auch katholische Bräuche berücksichtigt[1]), als
Mißbräuche werden sie scharf gerügt[2]). Sonstige Stoffe zu Ein=
gängen bieten: Eine zeitgeschichtliche Belehrung[3]); eine biblische
Vergleichung[4]); ein Bild[5]); die Hervorhebung des merkwürdigen
Datums[6]); Herbeiziehung eines Ereignisses von allgemeiner oder
örtlicher Bedeutung[7]); ein Sinnspruch[8]); ein Geschichtchen[9]);
ein Paradoxon[10]). Auch bei den Casualien treffen wir die An=
knüpfung an den gerade fortlaufend durchgenommenen Abschnitt[11]),
die Verknüpfung mit der Perikope[12]), der Kirchenzeit[13]), einem
katholischen Fest[14]), die Ablehnung damit verbundenen aber=
gläubischen Wesens[15]). Einmal nimmt der Casualeingang seine
Sinnspitze aus dem Namen des Bräutigams[16]). Häufig mündet
das Proömium in eine Kollekte, ja wird gelegentlich ganz durch
eine solche ersetzt[17]).

Über die Wahl oder Nichtwahl eines Textes wurde schon ge=
handelt[18]).

Es heißt zwar: Das sind die rechten und besten Prediger, die
auf einen gewissen Text als auf einen sündigen Gang sein grade

1) Post. B, 3, 29a. 25b.
2) Ebd. B, 3, 80a. Proph. 152b. Post. A, 2, 22b. B, 4, 11. Hist.
Chr. Pr. 8.
3) Hist. Chr. 1, 50a.
4) Ebd. 2, 17a.
5) Ebd. 2, 22a.
6) Post. A, 95b.
7) Ebd. B, 2, 165b. Kor. 340b.
8) Chesp. 130af. LH. XIV, 163a.
9) Hist. Chr. 66a. LH. V, 36b; VIII, 76a.
10) Proph. 38b. Sar. XIII, 147a.
11) Dil. 160b.
12) Hochz. Pred. 21.
13) Chesp. 161a.
14) Ebd. 264a.
15) Hochz. 156a.
16) Ebd. 120a.
17) Kat. 1, 1. 153f. 2, 1. 60. Dil. 32a. 269a. Proph. 31b. 2, 56b.
Simeon S 2b.
18) S. ob. I, 489.

zufahren [1]): doch versammelt sich eine ziemliche Anzahl textloser Predigten. Unter den ersteren ergaben sich die verschiedenen Klassen, in die die Werke geteilt wurden. Mehrmals sind Doppeltexte anzumerken [2]).

Immer ist Mathesius bemüht, ein Thema aufzustellen, mehr aus erziehlichem als künstlerischem Trieb: er versteht es, dasselbe scharf herauszuheben; häufig erstreckt es sich über mehrere Predigten.

Gleiche Sorgfalt ist der Einteilung zugewendet, die freilich nicht immer gleichmäßig auch äußerlich gekennzeichnet wird; gelegentlich kann sie ganz scholastisch nach der causa materialis, formalis, efficiens, finalis gegliedert sein [3]); sie umspannt auch mehrere Reden, die noch dazu nicht hintereinander gestellt sind [4]), was auf Rechnung des Herausgebers kommen mag.

In der Exposition, der Erläuterung des Themas und seiner Teile, begegnen wir bei Mathesius wie bei Luther [5]) einer gewissen Weitschweifigkeit, einer immer wiederholten Zerlegung des biblischen Stoffes bis in die kleinsten Teile, immer neuer Einprägung der Heilsgrundkräfte, was in der großen Unwissenheit des Volkes seine Entschuldigung findet. Dabei ist, wie erwiesen, Exposition und Applikation immer aufs engste miteinander verbunden; das Dogmatische verflicht sich mit dem Ethischen und Polemischen. In der Argumentation tritt der Autoritätsbeweis am stärksten hervor. Die heilige Schrift insbesondere ist der oberste Gerichtshof, von dem keine Berufung gilt. Daneben kommen, freilich nicht selten in überraschender und nicht widerspruchsloser Weise, der gesunde Menschenverstand, die sinnliche Wahrnehmung, die induktive Lehrart zu ihrem Recht.

Wir sahen, wie Mathesius auf die Grundsprachen zurückgreift, um Worte klarzustellen: er befleißigt sich auch der Etymologie

---

1) Kor. 2 b.
2) Post. B. 4, 27 a. Hochz. 111 a. Ehesp. 20 b. 37 a. Kat. 2, 117. Dil. 56 b.
3) Proph. 2, 59 b. Besonders strenge Disposition: Kor. 18 f. 23 f.
4) Joh. Pr. 21 f. Post. B, 3, 101 f.
5) Jonas a. a. O., S. 474.

und beteiligt sich an dem tollen Tanz, den die Gelehrten darin damals aufführten [1]).

So wenig wie Luther [2]) hat Mathesius besonderen Wert auf den S ch l u ß gelegt. Er endet oft mit einem einfachen Satz [3]): am liebsten mit einem kürzeren oder längeren Gebet, beziehentlich einem Gebetswunsch, Gebetsseufzer, mittelbarem Gebet mit kurzer, unmittelbarer Schlußanrufung [4]), insbesondere um die baldige Parusie [5]). Ein Beweis des verhältnismäßigen Wertes dieser Schlußgebete ist die aus ihnen hergestellte, bis in die Gegen= wart geschätzte [6]) Sammlung. Gern werden sie patriotisch ge= wendet, namentlich in den Luther=Historien, zu Ehren des Kaisers, der Grafen Schlick, der sächsischen Kurfürsten [7]).

Sehr häufig schließt, wie beim „Vater der Predigt", dem Gregor von Nazianz, Chrysostomos, Bernhard, Berthold, auch Luther folgen [8]), die Doxologie [9]).

Zuweilen wird, wie bei den Eingängen der jeweilig fort= laufende Text mit der Kirchenzeit verbunden [10]), oder es wird auf die nächste Predigt übergeleitet [11]). Einmal [12]) werden wir mit einem abgeschmackten Geschichtchen entlassen.

---

1) Sar. III. Post: A, 2, 136a. B, 3, 32b. 34a. 4, 70. 86a. Hochz. 107b. Sir. 8. 163. Dil. 167. 204. Symb. 48a. Proph. 7b. 13. Joh. 87b. Kor. 172a. 191b. 2, 16b. 165a. Ehesp. 64b. 102a.

2) Jonas a. a. O. S. 513.

3) Kat. Pr. 3. 6. 7. 8. Proph. 37a. 168a. 178b. 246b. 2, 36a. 47b. Joh. 48a. 77a. 100a. Buß. Pr. 2. 3. 13. 20. 21.

4) Hochz. Nr. 1. 4. 5. 6. 8. 13. 16. Hist. Chr. 2, Pr. 1—12. Fastenpr. Pr. 10. 12—16. Kat. 55a. 178. Dil. 6a. 11b. 17a. 175a. 242a. Proph. 173a. 268b. 289a. 299a. 321b. 2, 25a. 41b. 88a. 98a. 115a. 121b. 129b. 140a. Buß. Pr. 5. 11. Joh. 11a. 36b. 41b. 64a. 106b. 127b.

5) Buß. Pr. 25.

6) S. ob. I, 357.

7) LH. Pr. II, I, VIII, XI.

8) Nebe, S. 69. 139. 273. 312; II, 31.

9) Fastenpr. Pr. 1. Dil. 30b. 212b. 270b. Proph. 18a. 23b. 48b. 90a. 99a. 115a. 316a. 2, 15b. 53a. 92a. 94a.

10) Kor. 348a.

11) Joh. 80a. Simeon X 2b.

12) Neujahr 26b.

Innerhalb der Predigten sind die Übergänge oft gewaltsam, lose und künstlich [1]).

Gebete ertönen nicht nur am Schluß, auch nicht nur an dem des Proömiums; sie sind sonst eingestreut, z. B. in den Luther-Historien, bei besonderen Wendepunkten [2]) einfallend von besonderer Wirkung. Die Anreden bieten nichts Bemerkenswertes.

Neuntes Kapitel.
Sprache und Stil.

Wie Justus Jonas, Veit Dietrich, Amsdorf, Rörer, Cruciger, Lauterbach, betrachtet auch Mathesius Luthers Deutsch als Vorbild. Nathan Chyträus in Rostock urteilt, daß Luther und Mathesius sonderlich sich ihrer deutschen Muttersprache befleißen und am herrlichsten und lieblichsten darin geschrieben und geredet hätten [3]), Albinus, daß letzterer in der reinen deutschen Sprache sonderlich fürtrefflich gewesen [4]). Mathesius' Sprache verdient im Ganzen dasselbe Lob und dieselben Ausstellungen wie die seines Meisters. Sie ist mit der Luthers vor der der anderen Genannten durch Auszüge in den Wörterbüchern von Grimm [5]) und Sanders [6]) ausgezeichnet. Zur Beurteilung jenes Einflusses ist die Vergleichung der Predigten Mathesius' mit denen seines Vorgängers im Thal, Egranus [7]), sehr lehrreich.

Die, außer am Reformator, an der Bibel und den Klassikern gebildete Beredtsamkeit ergeht sich oft in strömender Wortfülle, der

1) Vgl. Sar. III, 33 a.
2) z. B. LH. III, 26 b.
3) Hundert Fabeln aus Esopo, etliche von D. M. Luther vnd Herren Mathesio, etliche von anderen verdeutschet. Rostock 1571. A 6 a.
4) Meißnische Land- und Bergchronit 1589, S. 357.
5) Vilmar (S. 326) hat 104 Artikel aus Mathesius für Grimms Werk ausgezogen.
6) Vgl. Sanders II, 1822.
7) S. ob. I, 74.

viele Synonyme zugebote ſtehen ¹): die muſikaliſchen und mnemoni=
ſchen Verkettungen der Alliteration und des Reims werden nicht ver=
nachläſſigt; Diminutive malen rührend, behaglich, auch verächtlich aus.

Einigermaßen überraſchend an dem Baum der matheſianiſchen
Sprache, der ſonſt ſo reich im Schmuck des am eignen Stamme
gewachſenen Laubes prangt, ſind die Kraft und Leben ihm ab=
ſchmeichelnden Schlingpflanzen der Fremdwörter. Sie wer=
den im Thal die gewöhnliche Doppelwirkung gehabt haben: ein=
mal größere Aufmerkſamkeit zu wecken, um nach dem Unver=
ſtandenen um ſo mehr das Begreifliche zu erhaſchen, ſamt dem
Antrieb, womöglich jene höhere Bildungsſtufe zu erklimmen, zwei=
tens Ermattung und Verzicht, bei dem vielen Fremdartigen über=
haupt zu folgen. Schon in der mittelalterlichen Volkspredigt
hatten die Schmarotzer ſich aus dem liturgiſchen Gebrauch der
Vulgata und der Väter arg eingeniſtet. Man muß an Mathe=
ſins' humaniſtiſche Studien, an die Vorliebe der Zeit für die
alten Sprachen denken, der des 18. Jahrhunderts für das Fran=
zöſiſche ähnlich, und darf vor allem nicht vergeſſen, daß Joachims=
thal ein Gymnaſium hatte, auf das es ſtolz war. Die immer
wieder durchbrechende Putzſucht mit ausländiſchen Stoffen iſt um
ſo befremdlicher, als Mathesius ſie oft verpönt: Es kommt aller=
dings einem deutſchen Pfarrer ſehr ſchwer an²), wenn er in Sprachen
ziemlich erfahren iſt, daß er ſoll beim gemeinen Mann gut deutſch
reden. Darum ſoll er die deutſche Bibel ſein Journal und täg=
liches Handbuch ſein laſſen. Ein deutſcher Pfarrer ſoll bei deut=
ſchen Kirchen von Gott und unſerer Religion lernen gut deutſch
reden; auch böhmiſch einzubrocken wird getadelt³). Es verdroß
unſern Doktor nicht wenig zu Schmalkalden, daß etliche Prediger
mit hebräiſchen Worten anfingen und parlierten mit Adonai, Kyrie,
Domine herein; ſie geben nicht gute Laien= oder Bauernpredigten.
Den gemeinen Mann muß man nicht mit hohen, ſchweren und
verdeckten Worten lehren; er kann es nicht faſſen⁴). In der

1) z. B. Buß. 86a.
2) LH. XIII, 154a.
3) Kor. 301.
4) LH. XI, 124b; XIII, 155a. Kor. 303a.

That kann man bei Luther das Bestreben wahrnehmen, die Fremd=
wörter möglichst zu beseitigen, sich ihrer immer mehr zu ent=
wöhnen. Er bedient sich ihrer nicht nur seltener als seine Zeit=
genossen, sondern auch als die meisten Schriftsteller unserer Tage,
die bei Luther die Verdeutschung erlernen könnten [1]).

Jene gesunden Grundsätze hat Mathesius nicht durchgeführt,
wodurch die Volkstümlichkeit seiner Sprache, auch der des Luther=
buchs, schwer leidet. Er ist schon von Luther deshalb getadelt
worden [2]): Die Prediger sollen einfältig reden; zu Hof die Juristen,
Advokaten, Redner mögen geschmückte Worte haben, denen Osiander
und Mathesius folgen und nachöhmen. Mathesius selbst fühlt die
Notwendigkeit, sich zu entschuldigen. Wie schon aus den exegetisch=
grundtextlichen Anführungen hervorgeht, finden wir die Fremdworte
sehr oft ohne Verdeutschung, ja ohne Hinweis auf ihre Bedeutung;
ganze Sätze, Verse, ohne Übertragung [3]); sogar am Schluß [4]). Dazu
die Zahlenspielereien mit lateinischen Buchstaben [5])! Am wenigsten
anstößig könnten die drei lateinischen Sätze im Gedankengang des
Pilatus [6]) heißen. Als Italianismen [7]) sind guerra [6]), bona nuova [8])
und gentilitz [9]); als Gallicismus Ranzon [10]) anzustreichen.

Sogar griechische Brocken stehen da ohne Übersetzung [11]): des=

---

1) Franke, Grundzüge der Schriftsprache Luthers. 1888, S. 119.
Schuler I, 84. „Zeitschr. f. kirchl. Wissensch. u. kirchl. Leben". 1888, S. 509.

2) Tischreden, Erl. A. 22, § 78. Förstemann=Bindseil, D. M. Lu=
thers Tischreden ... 1844—48, II, 403. Bindseil, D. M. Luther.
Colloqu. 1863—1866, III, 129.

3) Leich. N 2. T. Sar. 227a. 231a. 237a. Hochz. 163b. Post. A, 128b.
2, 100a. 122b. Fastenpr. 15a. 25b. 63a. 77b. 92a. 104b. 127b. 141b.
151b. 154a. 185a. 205a. 211a. Kat. 96. Symb. 47b. Proph. 10a.
05b. Joh. 5b. 76b. Chosp. 24a. Christindlein 19b. 27b.

4) Hist. Chr. 2, 104a.

5) z. B. Ph. II, 12a. S. ob. I, 61.

6) Hist. Chr. 2, 24b.

7) Vgl. Seidemann, Luthers Erinnerungen an seinen Sprachverkehr
mit den Italiänern. „Arch. f. Litteraturgesch." IV. (1875) 1—8.

8) Post. A, 49b.

9) S. ob. I, 601, 6.

10) Joh. Pr. XLI.

11) Leich. c 3b. Post. A, 2, 78a. De prof. Pb. X 2a. Dil. 189a. 244b.

gleichen lateinische in Verbindung mit griechischen [1]): daneben lateinische mit Übersetzung, oft in drolligen Knittelreimen, oder in Umschreibungen [2]): in mehrsprachiger Aufeinanderfolge hebräisch, griechisch, deutsch [3]); griechisch, lateinisch, deutsch [4]); hebräisch, lateinisch, griechisch, deutsch [5]).

Danach fällt es nicht mehr auf, daß Mathesius die Kunstausdrücke nicht scheut; am erlaubtesten sind noch die auf das Bergwerk bezüglichen, die der Gemeinde geläufig waren und überreich über die meisten Predigten verstreut sind. Dazu kommen dogmatische [6]), grammatische [7]), logische [8]) rhetorische [9]), juristische [10]) und mathematische [11]).

Von den Redefiguren gebraucht Mathesius die besonders dramatischen, auch von Luther [12]) gepflegten, des Gesprächs und

256a. Proph. 193b. Kor. 15a. 23a. 63b. 75a. 106a. 116a. 133b. 163a. 209a. 233a. Ehesp. 11a. 101b. 138b. Christlindlein 27a. 32b. 41b.

1) De prof. P 2a. Hist. Chr. 105b. 107b. 2, 14a. 16a. Sir. 128b. Dil. 14a. 27b. Symb. 121a.

2) Leich. Tit 4a. Frage-Post. e De prof. C 4a. E. G 4b. L 4b. M. N 4b. O 3a. Ab. T 1a. Fastenpr. 40b. Bel. 82a. 163a. 200a. Sir. 27a. Kat. 15. 17. 34. 48. 61. 102. 104f. 131. 224. 228f. 2, 142. Neujahr 4. 16b. Symb. 3, 4b. 59b. 71. 78b. 110. 130f. 158b. 182. 199a. 231b. 255a. 262a. 292b. Proph. 7. 8. 10. 58b. 71a. 116a. 128f. 160a. 172b. 212. 220b. 259b. 310a. 2, 4aff. 19b. 40a. 60a. 106a. Joh. 86f. Buß. 8b. 19b.f. 59 c. Ehesp. 74b. 243aff. 255 (verdruckt 155).

3) Kor. 2, 4a. 78a.

4) Ebd. 2, 293b. Vgl. Dil. 254b

5) Kor. 2, 163b.

6) Sar. XIV, 183b. XIII, 157a. XV, 198a. Kor. 252a.

7) Post. A, 3b. Kor. 32a. 179a. Christlindlein 16b.

8) Post. A, 2, 97b. 122b. Symb. 175b. Bel. 13a. Proph. 78. Neujahr 21b. Kor. 135b. 149a. 168af. 197b. 235b.

9) Per synthesin, Ehesp. 220. Synecdoche, ebd. 222a. Buß. 139b. 165a. Metathesis, Proph. 115b. Metonymia, Ehesp. 222a. Proph. 2, 52b. Hypotyposis, Proph. 36a. Enallage, Proph. 106a. Buß. 87b. Auxesis, Buß. 174b. 101a. Apostrophe, Proph. 2, 127b. Zeugma, ebd. 2, 93a. Prosopopoiie, Kor. 361b. Insinuatio, ebd. 329c.

10) Kor. 116. 173a. 180a.

11) Symb. 176b.

12) Jonas a. a. O., S. 506f.

der Apostrophe. Der Teufel ruft die Joachimsthaler an [1]), der
Redner sich selbst: Siehe, Mathesi, daß du das Wort Gottes
rein und lauter lehrest; ein jeder helfe zur Einigkeit, du auch,
Mathesi [2])! Dazu die Figuren des Ausrufs, der Antithese, Me=
tapher, Hyperbel, der rhetorischen Frage.

So volkstümlich diese Redekünste wirken, um so erstaunlicher
die zum Gegenteil ausschlagenden langen Satzgebilde, an denen
kein Mangel ist. Berühren sie schon den Leser peinlich, wie
viel mehr den Hörer [3])! Wiederum von bester Kenntnis des Volks=
tümlichen und des homiletisch und rednerisch Anfassenden zeugen
die Allegorieen und Bilder. Der Bergmann liebt das Sinn=
bildliche; in seiner Arbeit, durch die Wunder der Natur in der
Tiefe, das Unheimliche des Aufenthaltes im Schoß der Erde, die
Macht des an Tag geförderten Metalles für den Weltverkehr,
muß seine Phantasie ungewöhnlich angeregt werden. Dem trägt
der Bergmannsprediger mit eigener Anteilnahme Rechnung. Die
beste homiletische Überlieferung stand ihm dabei zur Seite; in
der Ferne der Bilderreichtum eines Chrysostomos, im Mittelalter
der eines Bernhard, in der Nähe der Luthers [4]).

Mathesius betrachtet die Bilder keineswegs als ein Zuge=
ständnis an die eitle Phantasie, die Sinnlichkeit, die Unfähigkeit
der Zuhörer, an dem Geistigen sich genügen zu lassen, sondern
beruft sich dafür auf die Sanktion des Sohnes Gottes, seiner
Propheten und Apostel. Zahllos sind daher die aus der Bibel
entlehnten Bilder, sodann die aus dem Olymp der Heiligen.
Eins der ausgeführtesten Gemälde ist das im Anfang der sechsten
Predigt der Luther=Historien: Luther als Moses. Maria ist ein
Bild der Christenheit [5]), ebenso Veronika [6]), nach der uns jetzt
geläufigen, damals verhältnismäßig jungen, Gestalt der Legende,

1) Symb. 91a.
2) Kor. 92b. 17b.
3) Proph. 278a, eine halbe Seite.
4) Rebe, S. 153. 36; II, 62.
5) Hist. Chr. 41b.
6) Ebd. 49b. Sar. XV, 204b. Proph. 152b. Kor. 2, 52b. Christ=
kindlein 33b. Fastenpr. Pr. 11.

desgleichen Katharina[1]). Sehr beliebt ist, wie schon beregt, Christophorus[2]); dazu gesellt sich Georg, der Drachentöter[3]), Laurentius und Agnes[4]).

An die Anführung der Heiligen schließt sich die Verwendung von katholischen Gebräuchen und Gegenständen: Denket der Einsetzung der heimlichen Absolution, dieses seligen Ablaßkastens, nach! Kauft, weil der Gnadenmarkt vor der Thüre ist, und ehe die himmlische goldene Pforte gesperrt wird! So wird Euch Christus einen lebendigen Ablaßbrief in Euer bußfertiges Herz mit seinem rosenfarbenen Blut schreiben[5]). Im Wort und Sakrament ist der Sprengwedel und Sprengkessel[6]), unser Herz eine Monstranz und Sakramentshäuslein[7]).

Vom römischen Aberglauben ist die Brücke leicht zur heidnischen, klassischen und germanischen Mythologie und Dichtung geschlagen; Honorius Scholasticus führte zuerst in die deutsche Predigt die geistliche Deutung auch klassischer mythologischer Dichtung ein[8]).

Gott ist der treue Eckhart[9]): Janus ein Bild des Mittlers mit zwei Naturen[10]); Christus der rechte Neptun, Arion und Orpheus[11]), wie schon Clemens von Alexandrien[12]) die besänftigende Macht des Erlösers in diesen Gestalten darstellte[13]).

---

1) Kor. 323 a. — S. ob. J, 352, 2. 622, 2. 623, 4. II. 141.

2) Post. B, 1, 44 b. Kor. 138 b. 226 b. 2, 50 a. 52. — S. u. „Werke" C. II, 1.

3) Frage-Post. N 4 b.

4) Buß. 128 b. — S. ob. I, 582, 7. 619. 625.

5) Post. B, 3, 106 b.

6) Buß. 98 b.

7) Kor. 53 b. 90 a.

8) HRE. XVIII, 494.

9) Fastenpr. 104 b. Post. A, 57 b. Kor. 226 b.

10) Dil. 200 b.

11) De prof. Cc 3 b.

12) Coh. ad Graec. cp. 1.

13) Die archäologische Orpheus-Frage (HRE. VII, 567. Kraus, Real-Encyklopädie d. christl. Altert. 1880, II, 562. „Theol. Litter.-Bl." 1893. 18, 108. „Theol. Litter.-Ztg." 1893. 15, 617) bleibt hier natürlich noch außer Betracht.

Christus hat sich am Auffahrtstage in seiner Nebelkappe verborgen [1]). Unschuld und rein Gewissen ist der siebenfältige Schild
des Ajax [2]), Prometheus und Ixion deuten auf des Gewissens
Geier [3]). Gott verheißt das tägliche Brot und was dazu gehört
als Halcyonia [4]), friedsame und bleibende Stätte [5]). Das Abendmahl ist nicht heimlich als eleusinisches Mysterium zu halten [6]).
Polyphem verkörpert die Gottlosigkeit [7]), Proteus den Satan [8]);
die gottlose Jesabel, Vasthi, Zipora, Michal wird Frau Herodias
und Frau Berchta [9]) mit dem wütigen Heer heimholen ins ewige
Feuer [10]). Wir lesen von Argusaugen [11]), dem Ariadnefaden [12]),
dem Ring des Gyges [13]), den Kranichen des Ibykus [14]), dem
Erisapfel [15]), den Parzen [16]) und Erinyen [17]), Rolands Schwert [18])
und Tannhäuser-Gedanken [19]).

Am zahlreichsten sind nach den biblischen Bildern die aus dem
Bergwerks- und Hüttenwesen; es ist in der Sarepta am meisten
ausgebeutet, wo dafür der sonstige Redeschmuck minder reich an-
gebracht ist, in den anderen Werken sparsamer, doch in den Leichen-

---

1) Ehesp. 129a.

2) Kor. 203b.

3) Simeon S 3b. Hist. Chr. 2, 25b. Sir. 39a. Kat. 2, 81. Symb.
232a. Proph. 211b. 297a.

4) Ἀλκυονίδες (alcedonia) sind die 14 Tage, in denen der Eisvogel (s. ob.
I, 399) sein Nest baut, und in denen nach der Sage das Meer sturmlos ist.

5) Dil. 153a.

6) Bek. C 5b.

7) Kat. 41.

8) Kor. 2, 22b.

9) S. ob. I, 392f.

10) Ehesp. 129b.

11) Kor. 276b. S. ob. S. 107.

12) Proph. 178b.

13) Sir. 3, 6b.

14) Ebb. 47b. 3, 6b.

15) Kor. 249b.

16) Joh. 32b.

17) Ebb. 29a.

18) LH. IX, 101b.

19) Post. B, 3, 82a.

predigten wieder ausgiebiger. Es giebt dem Redner wie das
Evangelium ohne Unterlaß Ausbeut und Überlauf [1]). Als über=
gehungsformel dient: Etwas zum tiefen Stollen verſchreiben [2]),
ſtatt: Einen Abſchnitt machen: Eine Stufe ſchlagen [3]); dann will
der Redner ſehen, was weiter auf dieſem Gang Gutes brechen
will [4]), und hofft, ſchöne Handſteine [5]) zeigen zu können [6]). —
Wie das Chriſtentum den Blick in die freie Natur erweiterte,
wie es aus der Weltordnung und der Schönheit der Natur die
Größe und Güte des Schöpfers zu beweiſen unternahm [7]), öffnete
auch die Reformation neu den Blick für die Natur, die ſie, trotz
alles Supranaturalismus, auch wieder „entprofaniſiert" hat.
Ein Freund der Natur, wie ſein Meiſter, hat Matheſius ihr
viele Bilder entlehnt: Wenn wir einen ſchönen Lenz haben, da es
im Mai blüht und grünt, und die Luft aufs freundlichſte ge=
temperiert iſt, wie ein Sammetwindlein und Favonius, und die
Vöglein ſingen und klingen auf grünen Zweigen, das ließen wir
uns ein ewiges Paradies ſein, wenn ſolche Luft ſamt unſerem
Leib nur Beſtand hätte. Aber Lenzesluft und Paradies, wiewohl
es die Heiden als höchſte Freude den Verſtorbenen gewünſcht,
wird noch lange nicht die himmliſche Freude erreichen [8]). Der
Tautropfen iſt ein Bild des Sohnes Gottes [9]). Der fiſch = und
wunderreiche Jordan verſinkt im toten Meer, wie das liebliche
Waſſer aus der Propheten und Apoſtel Brunnen in der undank=
baren Welt [10]). Eine Lüge iſt wie ein Schneeball; je länger man

1) Frage=Poſt. b 7.
2) LH. XIV, 163 a.
3) Ebd. I, 10 a.
4) Ebd. II, 10 b.
5) S. ob. I, 72, 13.
6) X, 107 a. Sonſtige Hüttenbilder: Leich. F 4 a. Poſt. A. 15 a. 2, 83 a.
B, 4, 92 b. 3, 105 b. 145 a. Hiſt. Chr. 53 b f. 64 a. 2, 50 a. 59 b. Dil.
80 a. Symb. 17 a. Buß. 29 a. 88 b. 126 a. Kor. 26. 61 a. 65 a. 77 a.
83 b. 86 b. 116. 132 b. 227 b. 353 b. 454 b. 2, 63 b. 166 b.
7) Humboldt, Kosmos a. a. O. II. 16 f.
8) Poſt. A, 69 b. B, 4, 28 a. Vgl. Hiſt. Chr. 2, 64. Faſtenpr. 215 a.
9) Sir. 3, 65 b.
10) Hiſt. Chr. 74 b.

daran wälzt, je größer wird sie: wenn aber die Sonne der Wahr=
heit aufgeht, zerschmilzt alles, was erdichtet ist [1]).

In dem vom Menschen hergenommenen Bilderschmuck ist wie=
der Zimperlichkeit nicht zu bemerken [2]).

Ferner wird die Tierwelt herbeigezogen. Der, nach der Sage,
giftige Schlangen verschlingende Hirsch ist ein — schon ur=
christliches [3]) — Bild des nach Christus Verlangenden [4]). Der
Sohn Gottes verstellt sich in Knechtsgestalt, wie das Ichneu=
mon [5]), von dem man sagt, daß, wenn es mit dem Leviathan
oder Krokodil streiten will, sich zuvor in Kot wälzt und sich einen
Harnisch in der Sonne macht. Hätte der Teufel Christum als
Gottes Sohn erkannt, hätte er sich nicht an ihm gerieben [6]).
Christus verfuhr mit seinen Jüngern wie mit einem neuen Ei [7]),
wie eine Gluckhenne deckt er uns mit seinen Flügeln [8]); er krümmt
sich in Gethsemane wie ein armes Seidenwürmlein [9]). Er hat
uns, wie der rechte Pelikan, mit seinem Blut lebendig gemacht [10]).
Von homerischer Ausführlichkeit sind die Gleichnisse vom Pastor
als Hirtenhund [11]) und von Noahs Taube [12]). Wir begegnen
weiter in dem Vivarium der Turteltaube, Hunden und Pferden,
wegen ihrer Trauer [13]), der Ameise wegen ihres Fleißes [14]), den
Bienen wegen der Ordnung [15]), der Lerche wegen der Treue [16]),

---

1) Hist. Chr. 2, 14 a.
2) Bek. 32 a. Symb. 92 a. Joh. 76 b.
3) Krauß, a. a. O. II, 667.
4) Post. B, 3, 37 b.
5) Vgl. Seidemann, Lauterbachs Tagebuch. 1872, S. 69. 5. G. Ka=
merau, Agricola. 1881, S. 233.
6) Hist. Chr. 83 a.
7) Frage=Post. D 7.
8) Hist. Chr. 2, 116 a.
9) Fastenpr. 27 a.
10) Kor. 342 a.
11) Symb. 168.
12) Dil. 115—120.
13) Frage=Post. f 4.
14) Ebb. b 6 b.
15) Kor. 249 b.
16) Buß. 35 b.

den Raupen wegen ihrer Unordnung [1]). Wie eine Schlange ihre alte Haut in einem engen Loch abzieht, streifen wir, kraft Christi Verdienst, unsere alte Haut, Sünde, Tod, Elend, Jammer im Sarge ab [2]). Wie der Phönix aus der Asche werden unsere Leiber erneuert werden [3]). Viele Bettler brauchen des Namens Jesu wie ein Vogler seines Käuzleins [4]). Manche trotzen wie ein Pfauenschwanz [5]); der häßliche Pfauenfuß ist nicht übersehen [6]). Maulchristen sind wie Trespen und Ratten unter dem Ge= treide [7]), stecken voller Lügen wie ein Hund voll Flöh am Johannistag [8]), gleichen Katzen, die vorn lecken, hinten kratzen [9]). Der undankbare Kuckuck frißt seine Mutter [10]): die Blutsäufer fallen zu ihrer Zeit in die Hölle, wie ein Blutegel abfällt, der sich vollgesogen [11]). Eingebildete wissen selbst die Sau zu satteln [12]).

Auch die Pflanzen sind für unseren Redner beredt, ja die Steine: Gottes Gerechtigkeit treibt die Sünde von sich, wie der — äthiopische Stein — Theamedes [13]) das Eisen [14]). Gott über= zuckert unsere Wermut und Kellerhals mit der Freude des Sohnes Gottes [15]). Die Heuchler gleichen den Wasserreisern [16]).

Wie ein edles Perlein aus dem lieblichen Tau des warmen Lenzes im Dunkel in seiner Perlmutter geschaffen wird, also ist

1) Kor. 249 b.

2) Hist. Chr. 2, 57 b.

3) Kor. 353 b. S. ob. I, 581, 3.

4) Frage=Post. K 3 b. Symb. 23 a. S. ob. I, 329.

5) Frage=Post. J b.

6) Bek. 84 a. Vgl. Loesche, Analecta Nr. 103.

7) Frage=Post. X b.

8) Joh. 126 b; d. h. im Sommer; Wander II. 1025.

9) Fastenpr. 37 b. Wander II, 1169.

10) Ebd. 94 b. Vgl. „Wissenschaftl. Beil. d. Leipz. Zeit." 1894, Nr. 76, S. 303 b.

11) Hist. Chr. 60 a.

12) Kor. 136 a. — Wander IV, 17, 282. — Zur Tierwelt vgl. Kat. 82. S. ob. I, 398 f. 454.

13) Angeblich = Turmalin.

14) Leich. Doo. Buß. 29 a.

15) Buß. 131 b.

16) Bek. 160 b.

die wunderbare Geburt Christi [1]). Wie ein Perlein im Essig zerbissen werden kann, so ein fromm Weib durch einen enzianischen Mann [2]).

Wie der Firniß die Farben erhält, werden alle Tugenden lichter durch Keuschheit und Zucht [3]). —

Dem, wie beregt, der Medizin Zugeneigten fallen auch aus diesem Gebiet Vergleiche ein, von dem Korrosif= und Ätzwasser der Leiden [4]).

Außer dem Hüttenwesen werden andere Gewerbe tributpflichtig gemacht. Geistvoll verknüpft Mathesius den Zimmermannssohn mit dem Baumeister der Welt [5]). Aus der Juwelierkunst wird erinnert: Das Gewissen ist ein subtil und zärtlich Ding, wie ein geschlagen Goldblättlein [6]).

Gottes Wort hält wie die vergossene Klammer in einer Mauer [7]). Durch die Hilfe des heiligen Geistes wird die Sünde wie eines Meilers Feuer gedämpft, damit sie nicht in Flammen ausschlage [8]).

Das alltägliche Leben mit seinen Gewöhnlichkeiten, Leiden und Freuden, ist nicht zu gering, Träger höherer Mahnungen zu sein: Der gährende Most, Kegelspiel und Tanz [9]), die Hebammenkunst [10]), der Sonnenkrämer [11]).

Zuweilen werden die Bilder gehäuft: Über unsere Sünde hält der Teufel Gegenbuch und Register; diese Schrift kratzt kein Hahn aus [12]). Die Last des Zornes drückt uns: die Hitze des

---

1) Hist. Chr. 14 a.
2) Kat. 185.
3) Ebr. 165.
4) De prof. C 5 a. Vgl. ob. I, 327, 4. Post. B. 3, 62 a. Simeon Z. 2 b.
5) Hist. Chr. 2 b.
6) Fastenpr. 75 a. Bef. 98 a.
7) Proph. 324 b.
8) Post. A, 2, 160 b. — Fastenpr. 59 b. — Vgl. Kor. 103 a. 211 a.
9) Kor. 43 a.
10) Ebb. 334 b.
11) Hist. Chr. 7, 4; vgl. 2, 38 b. S. ob. S. 101, 1.
12) Buß. 36 b.

Gesetzes sticht uns; die Bürde der Sünden dehnt uns; der Tod nagt uns [1]). — Alles ist vergänglich, Rost frißt Eisen; steinerne Türme fallen ein; Schaben fressen die Kleider; Kröten fressen uns; Athen ist jetzt ein Dorf, Jerusalem ein Steinhaufen [2]). —

Die Beispiele sind aus der Bibel, den Klassikern, kirchlicher und weltlicher Geschichte, alter und neuer Zeit gemischt. Christen und Heiden [3]), Protestanten [4]) wie Katholiken [5]), Frauen [6]), Männer und Kinder [7]), Gelehrte, Staatsmänner und Fürsten [8]) werden zur Nachahmung oder zur Abschreckung aufgestellt. Auch aus der unmittelbaren Gegenwart und Erfahrung werden mancherlei Geschichten eingeflochten: Herrlich, prächtig, lieblich und lustig ist es zu sehen, wie ein neuer Kaiser mit seiner pompa und Pracht einzieht, wie jetzt in Prag geschehen [9]). Etliche haben sich neulich für Christum aufgeworfen zu Wien, Basel, Thüringen [10]). Zu

---

1) Post. A, 17 a.

2) Sir. 91 b.

3) Sar. II, 16 a. Hochz. 76 b. Kat. 119. 141 f. Symb. 76 a. 269 a. Proph. 79 a. 79 b. Buß. 89 b. Kor. 283 a. 289 a.

4) Kor. 2, 16 b. Hochz. 79 b. Sir. 3, 28 b. Kor. 372 a. Kat. 140. De prof. D 4 a. Buß. 8 a. Symb. 121 b.

5) Kor. 273 a. Frage=Post. S 5. Kor. 288 b. 3, 82 a. Symb. 269 b. Kor. 137 a. 2, 84 a. Joh. 57 b.

6) Leich. 6 2 b. H h 2. De prof. F 4 b. G. 2 a. Kat. 168. Kor. 60 a. 179 b. Ehesp. 10 a. Sar. II, 14 b. XIII, 153. Hist. Chr. 2, 72 a. Fastenpr. 101 a. Sir. 27 b. Joh. 16 a. Kor. 2, 159 a. Kat. 159. Symb. 232 b. Kor. 2, 109 a. 115 b (verdruckt 155). 153 a.

7) Leich. B b b 3. Kat. 215.

8) Kor. 337 b. Symb. 153. Sar. IV, 45 b. De prof. Tc 3 a. Kor. 287 a. 45 a. 136 b. 2, 80 a. Frage=Post. S 5. Kat. 221. 223. Kor. 2, 28 a. Buß. 63 a. LH. VII, 75 b. Dil. 245 a. Vet. 169 a. Dil. 157 b. Sar. IV, 54 a. Sir. 116 a. Hochz. 68 a. 162 a. Joh. 106 b. Frage=Post. h 2. B, 3. 76 b. De prof. D 3 a. Neujahr 4 a. Vet. 179. Kor. 287 a. Kat. 104. 207. Christkindlein 25 b. — Maximilian I.: Post. A, 2, 133 a. B, 4, 87 b. Fastenpr. Pr. 17. Joh. 110 a. Kor. 68 b. 121 a. 271 a. 2, 30 b. Fastenpr. 216 a. Kat. 106. 166. Symb. 95 b. Proph. 304 a. Buß. 71 a. 77 b. — Ferdinand I.: Sir. 3, 26 b. Joh. 15 b. — Hochz. 63 a. Kat. 132. Symb. 255 b. Proph. 65 b. Dil. 202 b. Kor. 2, 74 a.

9) S. ob. I, 631, 4. Proph. 16 a.

10) Proph. 315 b.

Wien soll neulich Einer eine Monstranz auf die Erde geworfen
haben [1]). —

Mit ganz besonderer Beflissenheit werden Sprichwörter
eingestreut, in denen sich, wie immer, ein bedeutendes Stück
Sittengeschichte abspiegelt: Gott und alle großen Leute gebrauchen
sie gern [2]). Echte Volksprediger lassen sie sich nie entgehen [3]),
diese Beweisstücke volksmäßigen Denkens und Empfindens, Wollens
und Vermögens. Luther hielt sehr viel von ihnen [4]). Die homiletische Litteratur verzeichnet sogar Sprichwörter Predigten und
-Postillen [5]). Schon das Mittelalter sammelte diese geflügelten
Worte, in umfassender Weise seit dem Anfang des 16. Jahrhunderts [6]). Für Mathesius lagen außer der weltlichen Bibel [7])
des Mittelalters, Freidanks Bescheidenheit [8]), namentlich Joh.
Agricolas und Sebastian Francks Sammlungen bequem [9]). Freilich
erwähnt er letzteren nur abfällig, als lateinische Kunsthummel [10]),
ja Arschhummel [11]), Frauenlästerer und Weiberschänder [12]), wie
schon Luther den geistreichen Individualisten einen bösen, vergifteten Buben nannte [13]) und fand, daß auch Grickel nur Possen
und Flüche zusammengelesen hätte [14]). Für die lateinischen Pro-
verbien konnte das mächtige Adagiorum opus von Erasmus [15])
Hilfe leisten. Nichts kennzeichnet wohl die Vorliebe der Zeit
für diese Sprüche mehr als der Umstand, daß sie selbst in

---

1) Kor. 92b. — Czerwenka II, 317.

2) Kor. 206a.

3) Vgl. Nebe, S. 321.

4) Ebd. II, 56. Köstlin II, 444. 673f. Loesche Analecta Nr. 31.
Kolde II, 528.

5) Schuler, S. 208. Rothe, S. 378. HRE. XVIII, 534. 538.

6) Goedeke 2, 4.

7) Ebd. I, 161.

8) Hochz. 11b. De prof. B 4b. Kat. 159. S. ob. S. 139.

9) Goedeke II, 69.

10) Ehesp. 36b.

11) Kor. 165a.

12) Ehesp. 36b. 106b. Sir. 177a.

13) Loesche, Analecta Nr. 24.

14) Ebd. Nr. 31.

15) S. ob. S. 154, 8.

die Bekenntnisſchriften Zutritt fanden [1]). Zuweilen werden meh=
rere, vier hintereinander, vereinigt [2]); klaſſiſche werden einge=
ſprengt, wie z. B. das damals beliebte [3]), παθηματα μαθη-
ματα [4]), Leiden ſind Lehren.

Wanders Sprichwörterlexikon [5]) führt auch Matheſius unter
ſeinen Quellen an. —

Wenn Matheſius ein ernſter Gegner der Schwankpredigt und
der Pößlein war [6]), gönnte er deſto unbefangener dem Witz und
Humor, der Ironie und Satire eine Stelle, — ſelbſt bei gram=
matiſchen Auslaſſungen, ja ſogar vereinzelt bei traurigen An=
läſſen [7]), wobei nun freilich, nach Satiriker Art, manches im
Hohlſpiegel vergrößert iſt: Wenn ſich der alte Zeck (Jakob) ſticket
voll ſäuft, ſchreit und ziert ſich wie ein anderes Kalb, und wenn
die alte Mutter mit im Tanze umherſchrollt und ſchüttelt die
alten Runzeln ab und muß alle Sprünge Sorge haben, ſie ver=
zettle einen Zahn, ſo iſt das ein mächtiger Übelſtand, und können
die Jungen wenig Gutes lernen [8]). Manche Mütter laſſen die
Kinder ſpazieren reiten und in der Jugend die Füße ſparen, da=
mit ſie im Alter geruhte Beine haben und deſto beſſer Botſchaft
laufen können [9]). Gegen die Putzſucht fliegt der Pfeil: Was iſt

1) Vgl. Müller, D. ſymb. Büch. 1882, S. 860. Eine Auswahl der
bei Matheſius anzutreffenden giebt Lebberhoſe, Joh. Math. a. a. O.,
S. 91—94. Vgl. Leich. S 4 a. Ta. Frage=Poſt. 67 a. Poſt. A 2, 84 a. 90 b. 123 b.
170 b. LH. V, 37 b. 45 b; IX, 100 a. 103 a. 105 a; VIII, 87 b; XII, 145 b;
XIII, 162 a. Bek. 168 b. 199 a. De prof. S 4 b. E 2 b. Symb. 226.
231 b. 247 b. Buß. 57 b. 67 b. Hochz. 11 a. 12 a. 19 a. 24 b. 30 a.
34 b f. 162 b. 165 b. Kat. 93. 115. 154. 161. Hiſt. Chr. 15 a. 24 b. 51 b f.
56 a. 63 a. 97 a. 256 b. 2, 19 a. 87 a. 103 a. Kor. 191 b. Proph. 279 b.
Epheſ. 171. 62 b. Sir. 23. 66 a. Sar. II, 9 b. 10 b.; III, 38 a; XI, 119 a:
XI, 132 b; XIV, 171 a; XV, 197 a. Dil. 128 a. 178 a.

2) Proph. 2, 124 a. Kat. 183.

3) Corp. Ref. XXIV, 897. Büchmann, Geflüg. Worte a. a. O, S. 251.

4) Buß. 117 b.

5) I, xxxix; II, xi.

6) Vgl. Sir. 101 b. 142 a. LH. VII, 63 b.

7) Vgl. Sar. II, 11 a.

8) Kat. 116.

9) Ebb. 85.

das für eine Zierde, so Eine wie eine Krambude mit Gold und
Perlen, Sammet und Seide behängt ist [1])? Freilich Gold und
Silber ist immer noch ein besserer Schmuck, denn Sammet- und
Seidenkleider, die müssen doch endlich mit Schaden hebräisch
lernen [2]). Gegen die Üppigkeit: Eliesers Aufnahme durch Laban
zeigt die alte Hofzucht: bei uns verehrt man Einen, daß er
nimmer stehen noch gehen kann: das ist dieser Land Ehre und
Höflichkeit [3]). Gott will nicht um 100 000 Gulden und ein
Fuder Zehrpfennige gebeten sein: er giebt den Seinigen nur ein
Auskommen [4]).

Nicht minder wird die Schäbigkeit gegeißelt, an jenem Geiz-
hals, der seine Hosen mit Ablaßbriefen flickt [5]); wem es Gott
mit Ehren ohne Schuld beschert hat, soll nicht magdeburgisch
Bier oder einen Wein von Kana aufsetzen [6]).

Den Aufgeblasenen gilt: Die Welt fängt ihre Sachen hoch
an, wie der Esel seinen Gesang, aber es gewinnt einen geringen
Ausgang [7]); den Verzagten: Sie sorgen für den Tag, wenn Gott
einmal stürbe, verlieren den Herrn oft gar aus dem Herzen und
meinen, er sei nach Äthiopien gereist [8]).

Die Pfaffen beider Konfessionen erhalten brennende Denkzettel:
Die Mönche wollten vorzeiten geistliche Väter heißen: sie mögen
Euch auch lieb gehabt haben, zumal Euere Weiber, mögen auch
gar Vater geheißen haben, wo bleibt aber die Seele [9])? Ein
Eheweib haben, beider Gestalt brauchen, das sind Sünden wider
den heiligen Geist und casus reservati, die Einem die Tiber und
das ganze tyrrhenische Meer nicht könnten abwaschen, man er-
säufe ihn denn gar darin [10]). Wir müssen uns behelfen, sagte

1) Hochz. 108 b.
2) Ebd. 28. Sar. IV, 49 b.
3) Hochz. 26 b Vgl. 143 a. Sir. 2, 43 b.
4) Kat. 2, 96. Vgl. Sar. XIV, 171 a.
5) Sir. 87 a.
6) Proph. 280 b.
7) Hist. Chr. 2, 87 a. — Vgl. Wander I, 858.
8) Hist. Chr. 86 a. 2, 103 b.
9) Kor. 132 a.
10) Hist. Chr. 2, 18 a.

jener Abt, da er Haselhühner zu fressen hatte [1]. Es sind so abentenerliche und seltsame Nothelfer aufgeworfen, daß sich zwei darüber raufen dürften, ob solche Leute je auf Erden in rerum natura gewesen wären [2]. Es gehört zum Predigtamt mehr denn ein Rock mit weiten Ärmeln, ein testimonium, großer Titel und viele Bücher [3].

Allerdings brauchen sich die Zuhörer nicht über Vernach= lässigung zu beklagen: Wer sich nicht in der Predigt strafen lassen will, möge sich einen Prediger auf einen Pfefferkuchen drucken lassen, der ist sein süße [4]!

Nach den Pfaffen werden die Gelehrten und die es werden wollen gezaust: Was ist ein gelehrter Mann, wenn er sonst ein Auerhahn und Holzbock ist [5]? Die Weisesten zu Athen hielten Paulum für einen Theriacks=Mann [6] oder Zahnbrecher [7]. Eine Straußenfeder ziert einen Schüler nicht, sondern eine hinterm Ohr [8]. Christus ließ seine Jünger dem folgen, der einen Wasser= krug trug; wenn man der Bierkanne oder Weinflasche nach= schleicht, so ist's mit dem Studio wo nit gar, doch halb, ver= loren [9].

Die Sündhaftigkeit quält uns bis ins Kleinste; unsere Leiber sind schwach worden; ehe Einer sanft schlafen könnte, weckt ihn ein Floh auf [10]. Ihr Hauptanstifter ist der Teufel, ein Tausend= künstler, tückisch und listig, der neun Fach zum Herzen hat, wie eine bamberger Zwiebel, und abgespitzt und abgeeckt ist wie ein burkhauser [11] Würfel. Freilich ist er im Grunde so ohn=

1) Kor. 2, 107 a.

2) Hist. Chr. 2, 117 a.

3) Kor. 2, 163 a.

4) Ebb. 1, 138 b.

5) Proph. 2, 5 a.

6) S. ob. I, 327, 4.

7) Bek. 34 b.

8) Proph. 130 b.

9) Sar. XV, 193 a.

10) Ehesp. 8 b.

11) Vgl. Wander V, 183.

mächtig, daß er ohne Gottes Paßport nicht in ein Schwein fahren darf [1]).

Der Humorist zieht sich sorglich Schranken: Ich wollte nicht gern Ungeziefer in den Pelz setzen, darum enthalte ich mich und mag ärgerliche Exempel — Späße mit Bibelsprüchen — nicht auf die Kanzel und aufs Papier bringen [2]). —

Zum Humor gesellt sich die niedere Gattung der Wort= witze und Wortspiele, die freilich ein Augustin [3]) so wenig verschmäht als ein Bernhard [4]), geschweige Luther.

Ökolampad ist eben nur ein Hausschein, der von unserer Füße einiger Leuchte abführt [5]); der Bischof von Stolpe stolpert über Gottes Wort [6]). Wie beregt, ist die Alliteration sehr beliebt, die unserer Sprache tief im Blut steckt und sich so leicht ein= schmeichelt: Affen und Pfaffen lassen sich nicht strafen [7]), Pfaffen= gut ist Raffengut [8]), Fasttag und Fraßtag [9]), Hehler und Stehler [10]), Gezöpfe und Geknöpfe [11]). Ein rechter Gerichtsstuhl soll von Helfenbein sein und den Unterdrückten gern helfen [12]).

Zu verdrießlichem Wortgeklingel ist das Anlauten ausgeartet in Sätzen wie: Wir wollen mit dem neuen Jahr die neuen Historien von dem neugebornen Kindlein aus dem neuen Testa= ment aufs Neue anfangen [13]): oder gar: Wir sollen den himm= lischen Faster und sein heiliges Fasten im Glauben fassen und fest auf seinem Versühnfest und seinem Fasten fußen, so haben wir wohl gefastet und Vergebung der Sünden gefaßt [14]).

1) Proph. 123 b.
2) Kat. 53. S. ob 1, 21 f.
3) Rebe, S. 222.
4) Ebd. S. 274.
5) Hist. Chr. 57 a; vgl. 49 a.
6) Ebd. 19 a.
7) Ebd. 69 b.
8) Ebd. 130 a.
9) Ebd. 219 b.
10) Ehesp. 43 b.
11) Ebd. 202 a.
12) Sar. IV, 48 b.
13) Hist. Chr. 24 a.
14) Ebd. 82 a.

Die Wortspiele werden auch mit den alten Sprachen beliebt: Weil die Juden der Patriarchen Kabbala fahren lassen, müssen sie sich mit Kobalt [1]) behelfen [2]). Wer nicht will haben den Katechismum, nehme für willen mit dem cataclismo [3]). Praeputium oder caputium schadet vor Gott nicht [4]). — —

Es ist beinah selbstverständlich, daß dieser mannigfaltige Schmuck nicht gleichmäßig den Predigten eignet; es giebt unter ihnen ganz einfache, bis zur größten Nüchternheit und Farblosigkeit. Sehr taktvoll war es, namentlich in Trost= und Leichenreden, zumal in den de profundis [5]), nach der bitteren Heimsuchung, sich in diesem Zierrat zu beschränken, um die feierlichste Stimmung zu hüten.

Wenn dieser Redestaat zum Teil zu unpopulären Elementen verführt, ist auch in dem Gegensatz vereinzelt gesündigt, insofern die Volkstümlichkeit zur Rohheit und Gemeinheit herabsinkt, die Grenzen des Populären und Plebejischen in beklagenswerter Weise verrückt sind, ganz abgesehen von harmlosen Geschmacksverirrungen. Da werden wir in die mittelalterlichen Leistungen der Bettelmönche [6]) zurückgeworfen: Mathesius wird ein evangelischer Vorläufer des Abraham a Santa Clara in seinen übelsten Fehlgriffen.

Dies harte Urteil ist leider selbst dann zutreffend, wenn man erwägt, daß die Prüderie meist nur ein Gewissen der Worte nicht der That hat, daß viele Prediger es darin versehen, Häßliches nicht mit häßlichen Namen zu belegen, daß die Nerven der damaligen Menschheit meist stählerner waren, und die joachimsthaler Zuhörerschaft besonders derb gebaut war. Freilich streift dies Gewöhnliche nie auf Lüsterne und ist abgrundweit sowohl von der unflätigen Einbildungskraft der Führer der Renaissance wie der „Ethiker" der Jesuiten [7]) geschieden.

1) S. ob. I, 508, 8.
2) Sar. X, 110a. Vgl. Hochz. 142a. LH. VII, 70b. Ehesp. 10b.
3) κατακλυσμός. — Dil. 53a.
4) Kor. 1, 184a. Vgl. Hochz. 101b. Ehesp. 225a. Proph. 21b. 180b. Joh. 45. Sir. 54a. De prof. K 4a ꝛc. ꝛc.
5) S. ob. I, 225. 227. 445f.
6) HRE. XVIII, 487; vgl. auch Kotelmann, s. ob. S. 94, 11.
7) Vgl. Loesche, Analecta, S. 2f.

Geschmacklos genug ist schon die Versicherung: Christus habe den Tod aufgefressen [1]); die Gebete: O Herr Jesu, der du dir dein Herz hast spalten lassen, damit du uns eine ewige Besprengung stiftest durch dein eigen Blut und lauteres Wasser, das du uns aus lauter Lieb in deinem Leib zu einem ewigen und wahren Aquavit hast selbst brennen und bestillieren wollen [2]); oder: O Herr Jesu ... du willst Böses mit Bösem vertreiben, wie man die „Franzosen" [3]) mit giftigem Quecksilber vertreibt et Mercurio sublimato et correcto großen Krankheiten hilft ... dein Geist sei mein Labsal und Konfekt [4])!

Geschmacklos die Aussagen: Der heilige Geist steht mit einem bösen Gewissen nicht in einem Stall des menschlichen Herzens [5]): in der heiligen Taufe wird dem Kindlein von der göttlichen Dreifaltigkeit ein Schmatz gegeben [6]); durchs Abendmahl wird man ein Kuchen mit Christus [7]). Geschmacklos die Exegese: Mir (Paulus) stinkt das Maul nicht nach eueren Gütern [8]); die Mahnungen: Ein jeder rieche in seinem eigenen Busen [9]); bezecht Euch (geistlich) [10])!

Mit den widerwärtigen Natürlichkeiten sollen diese Blätter nicht besudelt werden; kulturgeschichtlichen Liebhabern und „Ästhetikern des Häßlichen" mögen klassische Stellen verzeichnet sein [11])! —

Der zuletzt aufgezeigte Flecken sowie alle im Verlauf dieser Kennzeichnung betonten Mängel in wissenschaftlicher und ethischer, künstlerischer und stilistischer Richtung dürfen uns nicht hindern,

---

1) Proph. 254 b. Sir. 3, 31 b
2) Hist. Chr. 2, 54 a.
3) S. ob. I, 127, 9.
4) Symb. 299 a.
5) Ebd. 245 b.
6) Kor. 53 b.
7) Kat. 2, 145.
8) Ebd. 2, 147 a.
9) Dil. 244 b.
10) Proph. 183 a. Vgl. allerdings Augustin (Migne) IX, 298: Eucharistia calix inebriat martyres ad capessenda coelestia.
11) Hochz. 34 b. LH. XII, 138 a b. Hist. Chr. 86 b. 2, 26 a. Sir. 2, 116 b. 118 a. Kat. 16 b. 164. 183. Symb. 89 a. Kor. 16 b. 277 b. 2, 75 b f.

die eigenartige Größe unſeres jubetiſchen Pfarrers als eines der
hervorragendſten unter den Nachgebornen feſt im Auge zu be=
halten.

Ja, er iſt nicht nur von kulturgeſchichtlichem Wert, ſondern
in gewiſſem Sinne wenigſtens mittelbar auch bahnweiſend. In
der Verknüpfung von Theologie, Wiſſenſchaft und Kunſt, in der
verſtändnisvollen, ja techniſchen Rückſicht auf die Berufsarten
ſeiner Gemeinde, in der Mannigfaltigkeit der Texte, der Fülle
der ausſchmückenden und veranſchaulichenden Mittel kann, ſollte
noch die heutige, meiſt viel zu ſehr in ausgefahrenen und doch
abſeits von den Verkehrsſtraßen gelegenen Geleiſen ſich fort=
ſchleppende, Predigt mit allem Eifer lernen.

Zehntes Kapitel.
Von den Hilfsmitteln.

Es ſcheint nicht unwichtig, auf einige bedeutſame Hilfsmittel
für unſeren Redner hinzuweiſen, natürlich abgeſehen von denen,
die er ſelbſt anführt, und die deshalb ſchon in dem früheren
Rahmen zur Geltung kamen, Hilfsmittel, die er, wahrſcheinlich
wenigſtens, benutzte, wie die Herausgeber und Gloſſatoren ſeiner
Werke es an die Hand geben, die freilich ältere, gleichzeitige und
nach Mathesius' Tod erſt erſchienene Quellen, alſo Parallelen,
ja bezw. Nachahmungen ungeſchieden nebeneinander aufführen.

Zunächſt begegnen uns häufig von den Predigtmagazinen des
Mittelalters die ſo außerordentlich weit verbreiteten des Domini
kaners Joh. Herolt aus Baſel: „Sermones discipuli" und „Sermones de tempore et de sanctis" aus dem 15. Jahrhundert [1]).

Das Mittelalter war ſehr reich an Blumenleſen aus bibliſchen,
kirchlichen und weltlichen Gewährsmännern, Zuſammenſtellungen

---

1) Cruel, S. 480f. Vgl. „Neue kirchl. Zeitſchr." 1892, S. 485f.

von Figuren und Erzählungen der heiligen Schrift zu den ver=
schiedenen Lehren der Dogmatik und Ethik [1]). Von solchen Stützen
erkennen wir desselben Herolt Beispielsammlung: „Promptuarium
exemplorum" [2]); das „speculum exemplorum" eines unbekannten
Sammlers [3]); die „tropi insigniores ex utroque testamento collati"
von Barthol. Westhemerus [4]); die Exempelbücher des M. Ant. Coc=
cius Sabellicus [5]); das „promptuarium iconum insigniorum" etc.
des Konville von Alençon aus der Mitte des 16. Jahrhunderts [6]);
die so beliebte Anekdotensammlung des Val. Maximus [7]). Agri=
kolas Sprichwörter wurden schon genannt [8]): dazu gesellt sich
Paulis Volksbuch „Schimpf und Ernst" [9]), Seb. Brants „Narren=
schiff" [10]): die vier Bücher Epigramme des Michael Marullus [11]).
Das vierbändige „theatrum vitae humanae" [12]) erschien erst zwei
Jahre vor Mathesius' Tode und wurde nach demselben der
joachimsthaler Bibliothek geschenkt [13]). Demselben Jahre 1563
gehören Manlius' „locor. commun. collectanea" an [14]).

Für die Geschichte ist zu erheben: Jacob Bergomensis' „Supplementum Chronicorum" [15]) und Carions Chronik [16]); für die
Philologie Calepinus' lateinisches Diktionarium [17]), Geßners', des

1) Cruel, S. 452.
2) Ebd. S. 458. 480. — Sir. 47 b. Kat. 2, 115. 169. 175. Dil. 205.
222 b. Kor. 268 b.
3) Cruel, S. 458. Goedeke II, 125. — Dil. 205.
4 Basil. 1528. 1551. 1583. Argent. 1535. — Proph. 222 a.
5) Goedeke II, 126, 6. — Dil. 171 b.
6) Sir. 60 a. 2, 21 b. Dil. 36 a. 157 b. 223 b.
7) Sir. 12 b. 24 a. Dil. 164 b. Kor. 287 a.
8) S. ob. S. 178. Sir. 20 a. 39 a. 2, 148 a. Kor. 2, 99 a.
9) Goedeke I, 404. — Sir. 80 a. 2, 28 b. 3, 38 b. Kat. 198.
Proph. 225 a.
10) Goedeke I, 384. — Sir. 144 b.
11) Jöcher III, 250. Ergänz. IV, 895. — Sir. 53 a.
12) Kor. 43 b. 165 b. 275 a.
13) Bltth. S. 224.
14) Loesche, Analecta, S. 28. — Symb. 52 a
15) Jöcher I, 997. — Kat. 232. Kor. 351 a.
16) Hartfelder A, S. 300 f. — Sir. 40 b. 60 f. Kat. 2, 112. Dil.
157 b. Kor. 355 b.
17) Jöcher I, 1561. — Sir. 3, 23 a.

deutschen Plinius, griechisch = lateinisches [1]); für die Naturkunde
Velcurios [2] Physik; für die Medizin „hortus sanitatis" [3]) oder
„herbarius" [4]). „Brocarbus [5]) hat das gelobte Land sehr fein
beschrieben" [6]).

Endlich erscheint auch das merkwürdige Buch des rheinischen
Arztes Joh. Weyer (Wier), des Verteidigers der Hexen, „de
praestigiis", dieser erste nachhaltige Ansturm gegen die Greuel
der Hexenprozesse [7]).

1) Passion. 14b. Kor. 367b.
2) Jöcher II, 1945. Dil. 204b.
3) Dil. 179b.
4) Deutsch 1485.
5) Descript. loc. terr. sanct. Venet. 1519. Jöcher I, 1390.
6) Sar. I, 2b.
7) Erschienen 1563; vgl. Binz, Dr. J. Weyer. 1885. Ders., A. Lerch-
eimer. 1888, S. III. Dahlmann = Waitz, Quellenkunde der deutschen
Geschichte. 6. A. 1894, S. 389. Janssen VIII (1895), 551. Kiesewetter, Die Geheimwissenschaften. 1895. 3. Bch., 6. Kap. — Dil. 160a.
Kor. 268b.

C. Mathesius als Dichterling.

Kaum waren die ersten, schwersten Geisteskämpfe durchgerungen, kaum die Grundpfähle eingerammt, drängte Luthers poesie= und musik=freudiges Herz, sowie sein Scharfblick für die kultischen Bedürfnisse der erwachsenden evangelischen Gemeinde und Familie, dazu, die neuen treibenden Gedanken in Verse und Noten zu bringen. „Wer mit Ernst glaubt" — heißt es in einer seiner Gesangbuch=Vorreden [1] — „der kanns nicht lassen, er muß fröh= lich und mit Lust davon singen und sagen, daß es andere auch hören und herzu kommen"; und in einer anderen [2]: „Ich wollte alle Künste gern sehen im Dienst dessen, der sie gegeben und ge= schaffen hat." Nur zögernd und tastend, aber auch hier seine Vielseitigkeit bekundend, legte er selbst Hand an und wurde zum vielgesegneten und vielgerühmten, unzählige Nachkommen zeugenden Vater des evangelischen Kirchenliedes und Kirchengesanges [3].

Aber, wie er überhaupt — wenigstens in der besonders ver= heißungsvollen Zeit seines Aufsteigens und seiner Blüte — weit von dem kleinlichen Ehrgeiz entfernt war, „es allein sein zu wollen", wie er andere zur Mitarbeit lockte und ihre teilweise Überlegenheit willig anerkannte, forderte er die Bundesgenossen

---

1) Goedele, Dichtungen von D. M. Luther. 1883, S. 6.

2) Wackernagel, M. Luthers geistliche Lieder. 1856, S. XVI.

3) H. A. Köstlin, Luther als der Vater des evangel. Kirchengesanges. „Musikal. Vorträge", Nr. 34 (1880). — G. Schleußner, Luther als Dichter insonderheit als Vater des deutschen evangel. Kirchenliedes. 2. A. 1892.

zum Mitdichten auf. Während der sprachgewandte Spalatin schwieg, trat Justus Jonas, Speratus, Nic. Decius, Paul Eber in den Wettbewerb ein. Ihnen schloß sich ein immer mehr an= schwellender Chor geistlicher Sänger mit sehr verschiedenem Glück und Griff an. Ihnen allen, die die neue Bahn brachen, war es durchschnittlich „weit weniger um poetische Schönheit als zündende Volkstümlichkeit zu thun", und darum, das Schriftwort in ge= bundener Form zu bieten: ihre Kraft ist die religiöse Überzeugung, aber sie kranken meist an dem Mangel der jeder Kunst unent= behrlichen schönen Sinnlichkeit, des gewinnenden Wohllauts; nur zu oft nüchtern und trocken, eckig und holprig, dozierend und scheltend können sie wenigstens unter dem Liebesmantel einer ge= lungenen Melodie ihre Gebresten verbergen. An diesem Punkt wird die ästhetische Unbildung der Epoche [1]) bitter fühlbar, die den Schwall des Lehrhaften und Prosaischen am Dichter zu schätzen gewohnt war, zumal wenn nur hier und da ein schmet= ternder Trompetenstoß oder ein rührender Klang das schmachtende Gefühl in Schwingung versetzte. Luthers Genialität verleugnet sich freilich auch hier nicht: er erkennt die Notwendigkeit eines Neubruchs, verwirft die Tabulatur=Künstelei der „Meistersinger", ringt nach schönem Ebenmaß und versucht dem Wechsel der Silben nach ihrer Betonung gerecht zu werden [2]).

Dem begeisterten Lutherfreund Mathesius klang wohl auch jener Mahnruf ins Ohr. Der Töne Macht hatte er nicht nur als Partekenhengst gespürt, als er sein Brot durch Singen ver= diente [3]), sondern auch, als er sich mit seinen Mitsängern, sei es in Luthers Haus=Kantorei, sei es im eigenen Heim, an den Motetten seines Freundes, des bayerischen Hofmusikus Senfl [4]), erfreute. Der allen Künsten freudigst Aufgeschlossene [5]) hat, wie

1) Scherer, Gesch. der deutschen Litteratur. 1883, S. 306.
2) Köstlin I, 577.
3) S. ob. I, 21.
4) S. ob I, 28; II, 121.
5) S. ob. S. 120 f.

beregt [1]), der Musik für die Erbauung einen Ehrenplatz vorbe-
halten.

In der neuen böhmischen Heimat lag Vers und Lied noch
mehr als anderswo gleichsam in der Luft. Die Böhmen waren
von jeher treffliche Sänger und ausübende Musikanten, die packende
Weisen ersannen und sogar im Ausland sehr willkommen waren.
Hus selbst komponierte [2]). Auch die hier einschlagenden groß-
artigen Leistungen der „böhmischen Brüder" dürfen nicht außer
Ansatz bleiben [3]). In der eigenen Gemeinde erklangen die Bergreihen [4]). Aus Joachimsthal ging eine Reihe von Dichtern
hervor [5]).

Je entwickelter die Sangeslust und je leichtgeschürzter mancher
Vers, um so näher rückte das Bedürfnis, den weltlichen mit
evangelischen Klängen den Rang abzulaufen, auch mit solchen,
die sich eng an die tägliche Hantierung und die gewöhnlichen Er-
werbsverhältnisse anschlossen. Alles dies konnte zum Hebel eigenen
Schaffens werden.

Freilich wurde abgesehen davon, daß Michael Weiße's, des
Dichters der böhmischen Brüder, Lieder, die Gemeingut der protestantischen Kirche wurden, im Thal nicht unbekannt waren [6]),
in Mathesius' nächster Nähe viel, auch gut, ganz in seinem Sinn,
gedichtet. Sein frommer Kantor, Nik. Herman [7]), war sehr
fruchtbar im Reimen und — darin zugleich glücklicher — im
Komponieren. Ja, er war sogar sein treuer dichterischer Schatten,
insofern er Hauptgedanken seiner besten Predigten in Gesängen
„anzulegen" beflissen war.

---

1) S. ob. I, 299 f.

2) Andree, Tschechische Gänge. 1872, S. 269 ff.

3) Vgl. Daniel, Zerstreute Blätter. 1866, S. 101 ff. Wollan, Das
deutsche Kirchenlied der böhmischen Brüder. 1891. Ders., Litteraturgesch.,
S. 246 f.

4) S. ob. I, 61.; II, 122. 125. Kümmerle I, 152 f.
Wollan, Litteraturgeschichte, S. 304 f.

5) S. ob. S. 139.

6) Wollan, Litteraturgesch., S. 255. 290.

7) S. ob. I, 185.

Trotz alledem wagte es Mathesius, auch an die Reim=Arbeit
zu gehen; sei es, daß er sein Können überschätzte, sei es, daß die
Genossen doch nicht ganz und immer trafen, was ihm vorschwebte;
sei es, daß persönliche Anliegen dazu kamen, wie bei den Grab=
schriften. Der Ertrag ist sehr dürftig, noch mehr der Beschaffen=
heit als der Menge nach. Mit geringen Ausnahmen pflegt
Mathesius nur die gekennzeichneten Mängel: nicht einmal den
Fortschritt hat er sich von Luther angeeignet, statt nach dem
Herkommen die Silben zu zählen, ihre Betonung entscheiden zu
lassen.

Als Bestes kann man ihm nur äußerste Schlichtheit und kind=
liche Einfalt nachsagen, die freilich vereinzelt uns noch heute rührt.
Von dem gewaltigen, geistvollen Prediger, von der Poesie, die
z. B. in seinem Leben Jesu blüht, ist fast kein Schimmer auf die
danach lechzenden Verse gefallen. Kaum der Flaum einer Dichter=
schwinge — würde Jean Paul sagen — ist ihm gewachsen.

Dies Urteil gilt aber nicht nur nach dem Maßstab unseres
heutigen Schönheitssinnes, — obwohl dieser auch angelegt werden
muß, mögen gleich manche das Blasiertheit schelten, es für eine
Tugend halten, in besonderen Fällen unsere Klassiker unter den
Tisch zu werfen und sich an der religiösen Empfindung genügen
zu lassen —, sondern sogar im Vergleich mit Zeitgenossen, ob=
gleich viele von diesen noch von ihm übertroffen werden. Wenn
nur wenigstens das ansprechende Lied: „Aus meines Herzens
Grunde" dem Mathesius zugewiesen werden dürfte, das lange
Zeit seinen Namen durch die vergeßlichen Jahrhunderte tragen
half [1] und durch Gustaf Adolfs angeblichen allmorgendlichen
Gebrauch einen neuen Strahlenkranz erhielt [2]! Daß Bal=
thasar Mathesius [3] seinem Vorfahr auch als Dichter einiger=
maßen huldigt, will nicht viel bedeuten, noch weniger, daß Ledder=
hose [4] jenem hierin, wie meist, blindlings folgt. Stutzig wird

---

1) S. ob. I, VI.
2) H. Kurz, Geschichte der deutsch. Litterat. 6. A. 1873, II, 218.
3) S. 183 f.
4) Joh. Math., S. 131 f. Schirds Ledderhose, Geistliche Sänger,
Heft 4. 1855.

man schon bei Kochs [1]) günstigem Urteil, der freilich, trotz aller
unleugbaren Verdienste, sowohl Vollständigkeit als Kritik vermissen
läßt. Woltau [2]) dürfte sich zu stark von der verhältnismäßigen
Schätzung haben beeinflussen lassen. Am verwunderlichsten bleibt,
daß Gräße [3]) und Goedeke [4]) den Joachimsthaler einen trefflichen
Sänger nennen, H. Kurz [5]) seine lieblichen Kirchenlieder rühmt,
was wohl aus der Unkenntnis beider inbezug auf das einzelne
zu erklären ist, wie sie bei solchen, sonst sehr dankenswerten,
ohnehin äußerst mühsamen, Sammelwerken unvermeidlich ist.

Trotz aller Gebrechen haben die meisten dieser Verse, die nicht
der Verfasser selbst, sondern sein Schwiegersohn Felix Zimmer=
mann [6]) gesammelt hat, Aufnahme in Gesangbücher gefunden, an
verschiedenen Orten, jahrzehntelang und zwar in größerem Umfang
als bisher nachgewiesen ist. Wie wenig will auch das zu ihrer Em=
pfehlung ausschlagen! Vor allem ist dabei nicht zu vergessen, daß
bis zum Schluß des 17. Jahrhunderts sogen. Gesangbücher in den
lutherischen Gemeinden von Privaten herausgegebene und keines=
wegs für den gottesdienstlichen Gebrauch schon amtlich eingeführte
Sammlungen waren [7]): zweitens dürfen wir uns der Wahr=
nehmung nicht verschließen, daß wir unsere heutigen Gesangbücher
etwa auf ein viertel des Umfangs zusammenstreichen könnten,
wenn wir die geringste Ware ausjäubern wollten.

Unzweifelhaft echt mathesianisch sind von den deutschen Liedern
13, sämtlich nach Melodicen, für Haus und Kirche bestimmt: Ein
rein dogmatisches, von der Rechtfertigung (Nr. 1); eine Auslegung
des Vaterunsers (Nr. 4), ein allgemeines Gebet (Nr. 5): je ein
Paar Passions= (Nr. 3 ᵃ· ᵇ·), Grab= (Nr. 9. 10.) und Wiegen=
(Nr. 7. 8.) Lieder; eins zur Hochzeit (Nr. 6): zwei sinnbildliche
vom Bergweil (Nr. 11) und geistlichem Fuhrwerk (Nr. 12):

---

1) Geschichte des Kirchenliedes 2c. I (1852), 119.
2) Litteraturgeschichte, S. 291 f.
3) Lehrbuch einer allgem. Litterärgeschichte III (1852), 600.
4) II, 189.
5) A. a. O, vgl. S. 23.
6) S. ob I, 216.
7) Dibelius, Beitr. zur sächs. Kirchengesch. 1882, S. 178.

endlich ein örtliches Wahl= und Schutzlied für Joachimsthal (Nr. 13), woran sich gereimte Sprüche schließen.

Die zweite Abteilung füllen zwei längere, lateinische, lehrhafte Ergüsse, beides Gelegenheitsarbeiten: Christophorus oder Pastoral= Regeln; und die weitverbreitete Ökonomia, über Familie und Haushaltung; dazu einige Distichen.

In der dritten Abteilung stehen 21 Epitaphien, gereimte, meist deutsche, teils lateinische, oft sehr umfangreiche, Grabschriften.

Was zunächst die erste Gruppe betrifft, ist der gedankliche Gehalt sehr bescheiden, eine tiefe Herablassung zu den Unmündigen bekundend. Selbst in dem ersten Wiegenlied, das einige glückliche Strophen birgt, ist es ein ärgerlicher Mißgriff, dem Säugling die Dogmatik vorzusingen, auch wenn man zu der verzweifelten Auskunft des „Säuglingsglaubens" greift.

Weit übler freilich steht es mit der Form: ihre Ohnmacht enthüllt sich schon in der fast ausnahmslosen Anwendung der Vierzeile in vierfüßigen Jamben. Die Sprache ist, selbst wenn man die damals für erlaubt geltenden Zusammenziehungen ab= rechnet, arg vergewaltigt und verstümmelt. Diese grausame Pro= trustessolter, die falschen Betonungen, die zerhackte Rede, der drollige Gänsemarsch von mehreren Hauptwörtern verursachen im einfachen Aussprechen zungenbrecherische Kunststücke, die freilich beim Singen weniger schwierig und gefährlich ausfallen.

Man höre:

Wer kennt und traut Gotts grechtem Knecht,
Den nimmt Gott an und schätzt ihn grecht.

Drum, wer will Fried und Leben habn
Bewahre Glauben, halts Gwissen rein!

———

Jesu, unser Bräutgam gut,
Der du durch dein teures Blut
Ein Braut erkauft aus menschlichm Geschlecht.

—

Das schon gelobte Wiegenlied hat den häßlichen Schluß:

Geb Gott, daß du von heut zu Jahr
Ein gottselig Mensch seist.

Im Berglied lautet die 5. Strophe:

> Gott, der du schaffst Kies, Glanz und Querz,
> Verwandel solches bei uns in Erz.
> Veredel unser Gäng und Geschick,
> Durch dein Geist unser Sünd abquick!

Im geistlichen Fuhrlied geht's sehr volkstümlich und sehr —
geschmacklos zu:

> Herr . . .
> Kennst alle Furt, Schläg, Stöck, Pfütz und Krümm,
> Wenn du nicht hilfst, so werffn wir um. . . .
> Gleit du mich selbst, wenn ich ausfahr,
> Mein Felg, Speich, Stab, Ax, Schien bewahr!

Die lateinischen Mahnungen sind im Stil der mittelalterlichen
gereimten Spruchpoesie gehalten, gesund in den Gedanken, nicht
ohne klassische Anklänge, in gemischten Trochäen und Jamben, ohne
Beachtung der Prosodie, hier nun gerade der Betonung folgend.

Man liest diese Regeln für Pfarre und Haus von allen
Reimereien unseres Dichterlings am liebsten, nicht ohne Erheite-
rung, sogar nicht ohne Nutzen.

Als wohlgerüsteter und geübter Humanist erscheint unser zehnjähriger Rektor in einigen Distichen.

Schließlich grüßen uns auf papiernen Gedenktafeln die Epitaphien auf Männer und Frauen, Berühmte und Unscheinbare,
ja Benannte und Namenlose, auf sich selbst, die Gattin, einen
Sohn. Sie waren wertvoll für die Lebensgeschichte durch die
persönlichen Beziehungen. Es sind meist gereimte Jamben.

Wie an den Leichenpredigten bricht auch hier trotz der Tragik
einmal gutmütiger Humor durch: bei Fräulein vom End heißt
ein Trost:

> Da wird Mutter und Töchterlein
> „Vom End" ohn End beisammen sein.

Ein ander Mal ist die Komik unfreiwillig:

> Von sieben Loth ein harten Stein
> Trug in sein Leib das Jungfräulein.

Immerhin trug Mathesius, hinter Nik. Herman stehend, mit Anderen dazu bei, daß Joachimsthal auf dem Gebiet der Lyrik die maßgebendste Stelle unter den Städten Deutschböhmens einnimmt, wie ihm allein der Ruhm gebührt, daß es auf dem der Prosa die Führerrolle behauptete[1]).

Zu den einzelnen Stücken übergehend wurde es mit Bedacht abgewiesen, die ganzen Texte zu bieten. Diese sind für jeden, der so viel geschichtliche und hymnologische Teilnahme hat, in den angeführten Quellen bequem zugänglich; nur bei zwei Stücken wurde eine Ausnahme gemacht, weil sie schwer zu haben sind.

Verzeichnis der Sigla
außer den oben I, xiii f. und II, 3 angeführten.

Fallersleben = Hoffmann von Fallersleben, Geschichte des deutschen Kirchenliedes. 3. A. 1861.

Gesangbch. = Gesangbücher, d. h. das Lied hat in folgenden Gesangbüchern Aufnahme gefunden.

Gräße = Gräße, Lehrbuch einer allgem. Litterärgeschichte. 3. Bd. 1852.

Hommel = Hommel, Geistliche Volkslieder aus alter und neuer Zeit, mit ihren Singweisen. 1864 (Supplement zu Wackernagel).

Koch = Koch, Geschichte des Kirchenliedes und Kirchengesanges rc. 2. A. 1852 f.

Ledderhose = Schirks-Ledderhose, Geistl. Sänger der christlichen deutschen Nation. Heft 4, 1855.

Liliencron = Liliencron, Deutsches Leben im Volkslied. 1884.

Math. W. = Mathesius' Werke; d. h. das Lied ist in folgenden Werken von Mathesius zu finden.

Sammlung. = Sammlungen, d. h. das Lied ist in folgenden anderen Sammlungen enthalten.

Text = der Text findet sich an folgenden Stellen.

Wackernagel = Wackernagel, Das deutsche Kirchenlied. 5 Bde. 1864—77.

Zimmermann = Zimmermann, vgl. Vblgr. Nr. 38. — Das erste Lied bei Zimmermann ist nicht von Mathesius (s. u. „Rotha"); andererseits fehlt das Gebet (s. u. I, Nr. 5). Die lateinischen (s. u. II) Stücke sind nicht von Zimmermann aufgenommen[2]).

---

1) Woltau, Litteraturgeschichte, S. 246. 304. 419.

2) Es sei für diesen Abschnitt wieder darauf hingewiesen, daß ich für das Bibliographische Christian Müllers und Woltaus Vorarbeiten (s. ob. I, xi f.) viel Dank schulde.

I.
Deutsche Verse für Kirche und Haus.

1) Das dogmatische Lied von der Rechtfertigung: Abram glaubt dem verheißnen Christ, mit Beziehung auf Genesis 15: in acht vierzeiligen Strophen, in vierfüßigen Jamben (Goedeke II. 190 b. Woltan I, Nr. 113. 133. 266. 316).

Text: Handschriftlich in der heidelberger Univ.-Bibliothek. Cod. Pal. Germ. 733, fol. 9 v.

Drucke: Math. W., Von der Rechtfertigung. — De prof. — Dil. — Zwo Predigt. ꝛc. (Vblgr. Nr. 54).

Gesangbch.: Vgl. Mützell, S. 453; außerdem: Lüneburg. 1656, Leipzig. 1651.

Sammlung.: Zimmermann, Nr. 4. — Ledderhose, S. 140. Mützell, S. 453. Wackernagel III, 1154, Nr. 1336. — Amelung, 3. Math., 1894, S. 273.

Melodie: In: De prof. — Zimmermann.

2) Das Passionslied aus Jesaja 53: Hört, ihr Christen, und merket recht; in achtzehn vierzeiligen Strophen in vierfüßigen Jamben.

Text: Einzeldruck: Vblgr. Nr. 1. Der erste Druck eines Liedes von Mathesius (Wackernagel I, 763. Goedeke II, 190 b. Woltan I, Nr. 56).

Math. W.: Leich.

Gesangbch.: Vgl. Mützell, S. 449. Fischer 1, 311.

Sammlung.: Zimmermann, Nr. 2. — Mützell, S. 449. — Ledderhose, S. 137. — Wackernagel III, 1150, Nr. 1330.

Melodie: Vexilla regis, s. ob. I, 304; Einzeldruck; Math. W.; Zimmermann-Zahn Nr. 391. (Schoeberleins II, 496 ist verschieden von der im Einzeldruck, Math. W. und bei Zimmermann.)

3) Zwo lamentationes, die man pflegt zu singen in der Marterwochen.

a) O Christenleut, vergesset nicht; mit Hinweis auf Hof. 13, 14. Eine siebenzeilige jambische Strophe, die beiden letzten Zeilen fünf-, die übrigen vierfüßig. Es reimen sich aa, bb, ccc.

Text: Math. W.: Proph. 1, 144 a (Wolkan I, Nr. 322).

　　Gesangb.: Vgl. Mützell, S. 452.

　　Sammlung.: Zimmermann, Nr. 3. — Ledderhose, S. 155.
　　Mützell, S. 452. Wackernagel III, 1157, Nr. 1341.

Melodie: Zimmermann

　　b) **Wir danken Christ für seinen Streit.** Prosodie
wie a).

Text: Gesangbch.: Vgl. Mützell, S. 452.

　　Sammlung.: Zimmermann, Nr. 3. — Ledderhose, S. 156. —
　　Mützell, S. 452. — Wackernagel III, 1157, Nr. 1341.

Melodie: Zimmermann.

　　4) **Kurze Auslegung des heiligen Vaterunsers: Herr Gott,
der du mein Vater bist:** vier Strophen in vierfüßigen
Jamben.

Text: Handschriftlich in der heidelberger Universitäts=Bibliothek. Cod.
　　Pal. Germ. 733, fol. 9 R.

　　Drucke: Math. W.: De prof. Wackernagel III, 1157, Nr. 1340.
　　Wolkan I, Nr. 133). — Oeconomia (s. u. II. 2). — Wacker=
　　nagel a. a. O. Wolkan I, Nr. 118.

　　Gesangbch.: Vgl. Mützell, S. 454. Fischer I. 260. — Außerdem:
　　Lüneburg. 1656. Coburg. 1668. Amsterdam. 1684. Marburg.
　　1699. Lemgo. 1710. Marburg. 1866.

　　Sammlung.: Zimmermann, Nr. 5. — Balthas. Math., S. 203. —
　　Ledderhose, S. 141. — Mützell, S. 454. — Wackernagel III, 1157,
　　Nr. 1340 f.; I, 461. — Zink, Kurze Hausgebetlein des J. Math.
　　1881, S. 5. — Amelung a. a. O., S. 274.

Melodie: Zahn, Nr. 436.

　　5) Das Gebet: **O Jesu Christ, wahr Gottes Sohn:**
46 jambisch vierfüßige, gereimte Zeilen: mit dem mathesianischen
Lieblingsausdruck: **In des Teufels Sieb sitzen** (De prof. A 2,
C 4 a. H 3 a. LH. VI, 60 b. Dil. 105 b. 107 b. Kor. 2, 6 a. 94 a
u. ö.)

Text: Math. W.: Ökonomia (s. u. II. 2).

　　Gesangb.: Vgl. Mützell, S. 462; außerdem Leipzig. 1651.

　　Sammlung.: Ledderhose, S. 142. — Mützell, S. 462. — Wacker=
　　nagel III, 1157, Nr. 1339. — Zink a. a. O., S. 20.

Melodie: Vater unser im Himmelreich: Zahn, Nr. 2561; doch müssen dann
　　zwei Zeilen eingeschaltet werden, vgl. Mützell, S. 463, Anm. 1.

　　6) Das Hochzeitslied: **Wem Gott ein ehelich Weib be=**

schert, ein Frauenlob und Ehepreis, der unverblümt das züch=
tige Ehebett und den keuschen Mut besingt. Neun vierzeilige,
vierfüßig=jambische Strophen; wieder mit einem Lieblingsausdruck
des Verfassers: Laß sie dein lieb Hesziba (Jesaja 62, 4) sein!

Text: Math. W.: Hochz. (Wackernagel III, 1155, Nr. 1338. Wolkan I,
     Nr. 311.)
     Gesangbch.: Vgl. Mützell, S. 455; außerdem Leipzig. 1651.
     Sammlung.: Zimmermann, Nr. 7. — Koch I, 118. — Lebderhose,
     S. 151. — Mützell, S. 462. — Wackernagel III, 1155, Nr. 1338.
Melodie: Vom Himmel hoch; Zahn, Nr. 344a.

7) Das zum großen Teil gelungene Wiegenlied, in fünfzehn
vierzeiligen Strophen in vierfüßigen Jamben, das, gekürzt und
geändert, noch heute selbst in katholischen Ländern bekannt ist[1]):

> Nu schlaf, mein liebes Kindelein,
> Und thu dein Äuglein zu.
> Denn Gott, der will dein Vater sein,
> Drum schlaf mit guter Ruh.

B. 9.   Er send bir auch sein Engelein
> Zu Hütern Tag und Nacht,
> Daß sie bei deiner Wiegen sein
> Und halten gute Wacht.

B. 12.   Darzu das liebe Jesulein
> Das gsellt sich zu dir sein,
> Will dein Emanuelchen sein
> Und liebes Brüderlein.

B. 13.   Drum schlaf, du liebes Kindelein,
> Preis Gott, den Vater dein,
> Wie Zacharias Hänselein,
> So wirst bu selig sein.

Text: Einzeldruck: Vßlgr. Nr. 16. Es muß beträchtlich vor 1558 ent=
     standen sein. Denn Proph. 2, 29a. 1558 ward auf dasselbe als
     ein bereits eingebürgertes verwiesen (Christian Müller). (Koch I, 119.
     Mützell, S. 457. Wackernagel I, 2, S. 313, Nr. 820; III, 1152,
     Nr. 1332. Hommel, S. 299 zu Nr. 226. Vilmar, S. 285. Fischer
     II, 127. Goedeke II, 190f. Wolkan I, Nr. 90.)

---

1) Wolkan, Litteraturgeschichte, S. 293.

Gesangbch.: Vgl. Mützell, S. 457. Wackernagel III, 1152, Nr. 1332.
Hommel, S. 299. Vilmar, S. 285. Fischer II, 127; außerdem:
Kassel. 1612; hier ist es laut Initialen im Register und der demselben voraufgehenten Erklärung irrtümlich dem Joachim Magde-
burgius [vgl. über ihn Julian, S. 710] zugeschrieben; Leipzig.
1651. Lüneburg. 1656. 1663. Coburg. 1668. Marburg. 1699.
1866.

Sammlung: Zimmermann, Nr. 8. — Lebberhose, S. 153. Mützell,
S. 457. Hommel, S. 237. — Wackernagel III, 1152. Nr. 1332. —
Lieberlust der Zionspilger. 2. A. 1869, S. 42, Nr. 45. — Ame-
lung a. a. O., S. 271.

Niederdeutsch: Nu slaep myn leues Kindelyn
Vnd to dyn öglin tho.
Vgl. Fischer II, 127. Wolkan I, Nr. 90.

Melodie: Zimmermann. — Hommel, S. 239. — Zahn, Nr. 203. u. 212a.
Comenius schreibt vor, daß die Wärterinnen beim Wiegen den Kindern
Lieder vorsingen sollen, wie z. B. das liebliche mathesianische: „Nu
schlaf"; vgl. v. Criegern, J. A. Comenius als Theolog. 1881, S. 276.

8) Das zweite, durchgehends naive, doch ans Kindische streifende [1]) Wiegenlied: O Jesu, liebes Herrlein mein, „ein
Kinder-Joseph", nicht in der Kirche, sondern im Hause zu singen,
hat ein besonderes Interesse. Die Bezeichnung „Kinder-Joseph"
weist darauf hin, daß Mathesius an ein altes Wiegenlied an-
knüpft, das in den Christ-Metten und -Vespern beim Kinderwiegen
gesungen wurde (S. ob. I, 307. 586; II, 37. Bäumker, Das
kathol. deutsche Kirchenlied. 1886, I, 305. Wolfrum Entsteh.
... d. ... Kirchenl. 1890, S. 69 f.). Vier fünfzehnzeilige Strophen, sämtlich Reime 1—3, 7—9, 11—15 auf „ein".

Text: Einzeldruck als zweites mit „Nu schlaf" s. vor. Nr.
Gesangbch.: Vgl. Hommel, S. 299. Fischer II, 182; außerdem:
Dresden. 1593. Leipzig. 1651. Lüneburg. 1656. 1663. Coburg.
1668.

Sammlung.: Zimmermann, Nr. 9. — Hommel, S. 239. —
Wackernagel III, 1153, Nr. 1333.

Niederdeutsch: O Jesu leues Herlyn myn
Help my wegen myn Kindelyn.
Vgl. Fischer II, 182.

---

1) Gervinus, Geschichte der deutschen Dichtung, III, 5. A. (1872), 39
nennt es sogar possenhaft.

Melodie: Resonet in landibus; f. ob. I, 303. Schoeberlein II, 97. Lilien=
cron, S. 77. Hommel, S. 239. Kümmerle III, 50.

Als Probe folge die zweite und vierte Strophe:

2. O Jesu, Gottes Sönelein
    Und Marien Kindelein,
    Laß dir mein Kind befohlen sein
    Im Himmelreich
    Und in seim kleinen Wiegelein,
            Eia, Eia.

    Schlaf mein hertes Kindelein,
    Dein Christ bringt dir gut Äpffelein,
    Baut dir ein schönes Häuselein
    Im Himmelreich.
    O du trautes Jesulein,
    Gottes Lämmelein,
    Erbarm dich mein
    Und faß mich auf dein Rückelein
    Und trag mich sein!

4. Jesus, das zarte Kindelein
    Lag in eim harten Krippelein,
    Gewindelt in die Tüchelein
    Zu Bethlehem.
    Im finstern Stall beim Ochselein,
            Eia, Eia!

    Joseph locht ein Müselein,
    Maria streicht's ihrem Söhnlein ein;
    Das Küßlein wärmet ein Engelein
    Und singet sein,
    O du liebes Jesulein,
    Die Unschuld dein
    Laß unser sein
    Und mach uns arme Leutelein
    Heilig und rein!

9) Von den beiden Grabliedern hat das eine, obwohl ohne
inhaltliche besondere Berechtigung, den Nebentitel erhalten: Re=
quiem Mathesii: „Gott schuf Adam aus Staub und
Erd'", sechs vierzeilige Strophen in vierfüßigen Jamben. Ma=
thesius' Vorliebe für schöne Glasarbeit (f. ob. S. 143) kommt
in dem Bild zum Ausdruck:

> Wie ein Glaser aus Asch und Sand
> Ein helles Glas formiert zu Haus.

Leider „desinit in piscem mulier formosa superne"; denn es heißt weiter:

> Also aus meiner Asch und Kot
> Ein neuen Leib macht unser Gott.

Text: Math. W., Leich. Dbbb 2b (Wackernagel III, 1154, Nr. 1334. Wolkan I, Nr. 85).

> Gesangbch.: Vgl. Fischer I, 233; außerdem: Dresden. 1597.

> Sammlung.: Zimmermann, Nr. 12. — Ledderhose, S. 159. — Wackernagel III, 1154, Nr. 1334.

Melodie: Leich. — Zimmermann. — Zahn, Nr. 417b.

10) Das zweite Grablied vom jüngsten Tage: **Errett uns lieber Herre Gott:** sechs vierzeilige Strophen in vierfüßigen Jamben.

Text: Gesangbch.: Vgl. Mützell, S. 460.

> Sammlung.: Zimmermann, Nr. 13. — Mützell, S. 460. — Wackernagel III, 1158, Nr. 1343. — Amelung a. a. O., S. 274.

Melodie: St. Paulus die Korinthier; Wolkan, Die Sonntags=Evangelia von Nic. Herman, 1895, S. 81.

11) Das geistliche Berglied: „**Gott Vater, Sohn, heiliger Geist**" in neun vierzeiligen Strophen in vierfüßigen Jamben, verarbeitet mit lebhafter Zuneigung die sareptanischen Motive: Quecksilber und Schwefel; In Seifen, Gängen, Flötz und Stein; den schönen Handstein, in dem der Bergmann Gott erkennen muß: die Schmelzerin zu Zarpath: damit „neben den guten Bergreyen, auch ein geistlich Berglied erklinge" (Sir. 2, 53ª, s. ob. S. 122f. 190): eins der später stark wuchernden Berufslieder.

Text: Handschriftlich auf einem Buchdeckel der breslauer Stadtbibliothek. 8 S 331/5.

> Drucke: Einzeldruck Vbßgr. Nr. 6 (Wackernagel I, 2, S. 442; III, 1151, Nr. 1331. Wolkan I, Nr. 76).

> Math. W.: Sar. y 3b (Wackernagel I, 2, 455 und a. a. O.). Fischer I, 239, 1. Goedeke II, 290f. Wolkan I, Nr. 106.

> Sammlung.: Zimmermann, Nr. 10. — Ledderhose, S. 144. — Wackernagel III, 1151, Nr. 1331.

Englisch, — die einzige Dichtung von Mathesius, die ins Englische
übersetzt ist —

> O Father, Son and Holy Ghost,
> Thou God dost fix the miners post.

Julian, S. 719 a.

Melodie: Einzeldruck (f. ob.). — Math. W. — Zimmermann.

12) Ebenfalls ein Berufslied, geringen Wertes: „Vom geist=
lichen Fuhrwerk" (Jesus est supremus currus et auriga Israelis):
In Gottes Namen spann ich an: acht vierzeilige Strophen
in vierfüßigen Jamben: im Anfang vielleicht beeinflußt von dem
alten, auch von Nic. Herman nachgeahmten Pilgerlied: In Gottes
Namen fahren wir (f. ob. S. 124).

Text: Gesangbch.: Vgl. Mützell, S. 459; außerdem: Leipzig. 1651. Tü=
bingen. 1663. Coburg. 1668.

> Sammlung.: Zimmermann, Nr. 11. — Ledderhose, S. 156. —
> Mützell, S. 459. — Wackernagel III, 1157, Nr. 1392.

Melodie: Dies sind die heilgen zehn Gebot; Zahn, Nr. 319.

13) Endlich das Gebet für Joachimsthal: Christ, König,
Gott, unser Heiland; elf vierzeilige Strophen in vierfüßigen
Jamben; eine Bitte um Schutz für Joachimsthal und guten Kux
(f. ob. I, 193, 7), namentlich auch für den Stadtrat; wohl gedichtet
zum Wahltag des Magistrats, für den Mund der Schüler (V. 11).

Text: Math. W. Sar. z 3 b (Wackernagel III, 1154. Goedeke II, 290 f.
Wollan I, Nr. 106).

> Sammlung.: Zimmermann, Nr. 6. — Ledderhose, S. 145. —
> Wackernagel III, 1154, Nr. 1335.

Melodie: Math. W. — Zimmermann.

*

Über die deutschen Übersetzungen von Mathesius' latei=
nischen didaktischen Dichtungen siehe unten.

*   *

Weiter ist 1) das „Bekenntnis des alten Mathesius" zu er=
wähnen, dem wir nachher (II) lateinisch begegnen: „Fromm

bin ich nicht"; eine vierzeilige Strophe in vierfüßigen gereimten Jamben.

Text: Math. W.: Von der Rechtfertigung, Rückseite des Titelblatts (Wackernagel III, 1155, Nr. 1337).

  Sammlung.: Ledderhose, S. 141. Wackernagel III, 1155, Nr. 1337.

2) Eine Widmung an Casp. Franck; vier Verspaare in vierfüßigen gereimten Jamben (s. ob. I, 611).

Text: Math. W. Hochz. Schluß.

* * *

Endlich ist hier zu erwähnen, daß Mathesius sich in An-
lehnung an Luthers Bearbeitung von Äsop nicht nur in derselben Thätigkeit, sondern auch als Fabeldichter versucht hat.

In der Reihe von Fabeln, die in der neunten Predigt der Lutherhistorien „von Jothams Mährlein" vereinigt sind, nimmt Mathesius eine unzweideutig für sich in Anspruch (LH. IX, 105 f.) „von den Sperlingen": Einem Sperling sind seine vier Jungen, da böse Buben das Nest umgestoßen, davongeflogen, ehe er sie unterweisen konnte; er trifft sie wieder in einem Weizenacker, fragt nach ihren Erlebnissen und giebt ihnen Ratschläge: der eine war in eines Kaufmanns Garten, der zweite zu Hof, der dritte bei Bergleuten, der vierte las in einer Kirche den Sommer über die Fliegen und Spinnen von den Fenstern und hörte fromme Sprüche predigen. Die drei ersten werden vor den sie umgeben-
den Gefahren gewarnt; nicht der vierte: Traun, mein lieber Sohn, fliehst du in die Kirche und hilfst Spinnen und die sum-
senden Fliegen aufräumen und zirpst zu Gott, wie die jungen Näblein, und befiehlst dich dem ewigen Schöpfer, so wirst du wohl bleiben, und wenn die ganze Welt voller wilder und tückischer Vögel wäre. Denn wer dem Herrn befiehlt seine Sache, schweigt, leidet, wartet, betet, braucht Glimpf, thut gemach, bewahrt Glaub und Gewissen rein, des will Gott Schutz und Helfer sein.

Nathan Chyträus [1]), hat in seiner Sammlung von hundert Fabeln (Vblgr. Nr. 30, 1 * 2 *) mit Luthers verdeutschten Fabeln

---

1) S. ob. S. 166.

Äsops andere verbunden (A 5): „Der hochberühmte und gelehrte
Herr Joh. Mathesius hat etliche schöne Fabeln in seinen Predigten
begriffen, die jedermann zulesen lieblich und nützlich sind." Chyträus
scheint in seiner unklaren Ausbrucksweise (vgl. den Titel, ferner
A 6 b u. C 6 b) die vier von Mathesius mitgeteilten Fabeln für
äsopische oder alle für mathesianische zu halten. Doch ist eben nur
die vom Sperling dem letzteren zuzuerkennen: abgesehen von dem
für Äsop im ganzen unmöglichen Inhalt findet sich bei ihm auch
keine Fabel, als deren Bearbeitung man jene ansehen könnte [1].
Text: Math. W. LH. IX, 105f.
Ferner: Chyträus a. a. O. D 2f. Amelung a. a. O., S. 282f.

II.
Lateinische didaktische Verse.

1) Die Pastoral-Regeln: Ἀφορισμοί ποιμενικοί ad
Pastorem Theodoriensem: „Qui fers Christum per magnum
mare et vis cum fructu praedicare"; nach diesem Anfang auch
„Christophorus" genannt. Die Gestalt des Christophorus war
eine voralters sehr beliebte (Kraus, Real-Encyklop. der christl.
Altert. I [1880], 289. Wetzer-Welte III, 239. HRE. III, 217.
Loesche, Analecta Nr. 260. Wendunmuth von Kirchhof; herausgeg.
von Österley 1869, II. 99. Braunschw. A. V, 99; VII, 75f.
Kolbe I. 18. Sinemus [s. ob. S. 141]). Sogar in den berüch=
tigten Schau-Essen (Janssen VIII. [1894], 166) wurde seine

1) Vgl. Halm, Fabulae Aesopicae collectae. 1881. — Irrtümlich hält
Amelung (a. a. O., S. 284) und, wie es scheint, auch Woltan (Litteratur=
geschichte, S. 434) die Fabel vom Füchslein und Aar für eine solche von
Mathesius; sie gehört, wie Mathesius selbst angiebt (LH. IX, 100a), Äsop,
vgl. Halm, S. 2, Nr. 5. Steinhöwels Äsop, herausgeg. v. Österley,
1873, S. 95. — Auch die von der Ameise (Sar. II, 24b) ist äsopisch (Halm,
S. 193, Nr. 101).

Nachbildung verwendet. („Neue Freie Presse" 27. 3. 1888.) Mathesius gedenkt einmal einer Predigt, die Luther am St. Jakobustag hielt, worin er die Legende von Christophorus auf die Prediger und Christen anwendet, die den Christum im Herzen und durch die Welt tragen sollen; es ist möglich, daß dieser Eindruck bei der Abfassung der Pastoralregeln mitwirkend war. (Abraham, J. Mathes. 1883, S. 15.) Der Gedanke klingt auch sonst bei Mathesius an, z. B. Sir. 25ª, (Briefw. Nr. 9). Es sind vierzig jambische Reimpaare. Der Adressat ist des Verfassers Freund, Kasp. Eberhard (s. ob. I. 183 f.) auf Gottesgab, daher „Theodoriensis".

Der Inhalt wurde bereits benutzt (s. ob. II, Kap. 1).

Text: (Vgl. Vilmar, S. 249—251 und Christian Müller.)
Math. W.: Dil. (Ausg. von Oberdörffer) 207 b—209 a.
Ferner:

A. Scriptorum publice propositorum a gubernatoribus studiorum in academia Witebergensi. Witebergae. 1556. T. II, 172 a—173 b. 1554.

B. Dav. Chyträus, Onomasticum Theologicum. Witeb. 1558. 1578. 1585.

C. Joh. Hagius, Haustafel ꝛc. Eger 1574. (Woltan 1, Nr. 225. Litteraturgeschichte, S. 347 f. 440) Bl. 26 b—30 b.

D. Konr. Porta, Pastorale Lutheri. Leipz. 1586.

E. Gallus Żalansky, Buch von dem Dienst und den Dienern d. h. Evangel. ꝛc. 1615, am Schluß.

F. Chr. H. Loeber, Indiculus histor. ecclesiast. praeprimis ad Ephoriam Orlamundanam spectantis. Jenae 1689. — Derselbe: Hist. eccl., quae Ephoriam etc. Jenae 1702, S. 297—301.

Weitere Abdrücke aus A: Leipzig. Litt.-Ztg. 1807. Intelligenzbl. St. 28, Sp. 438—441. Vilmar, Pastoral-theol. Blätter, Bd. XII, 1866, S. 161 ff. Vilmar, S. 247 f.
Aus B bei Ph. D. Burk, Gnadenordnung I, 189 f.; aus D bei Balth. Mathesius, S. 175—177.

Die Regeln sind sogar (aus A) in der Sakristei des Doms zu Freiberg auf einer Tafel oben beim Eingang in das Betstübchen verewigt. (Wilischen, Kirchenhistorie von Freyberg. 1737, S. 23.)

Schnell wurden die Regeln v e r d e u t s c h t: es giebt drei verschiedene Rezensionen der Übersetzung:

a. S. Christophorus, Joh. Mathesii. Nürnberg.

Einzeldruck: Bblgr. Nr. 4. (Wolkan I, Nr. 103. Goedeke II,
189b.) Diese Übertragung in vierfüßige paarweis gereimte Jamben
ist mehr eine Umschreibung, auf 148 Zeilen ausgedehnt, wohl von
Nic. Herman, dessen Verdeutschung der Öconomia (s. u.) im Stil
sie sehr ähnelt (Vilmar, S. 258).

Math. W.: Dil. (Oberdörffers) 270a—277b, mit unwesentlichen
Varianten.

Ferner: Vilmar, Pastoral-theol. Bl. XII (1866) 161—173. — Vilmar, S. 259.

b. Joh. Hagius Haustafel, Eger 1574 (Wolkan I, Nr. 225), S. 26b
—31a neben dem lat. Text (s. ob.). Diese Übersetzung schließt sich
— obwohl in volkstümlicher Weise — eng an den Grundtext an und
trägt das Gepräge mathesianischer Reimerei, dürfte wohl von ihm
selbst herrühren; es wäre dann wahrscheinlich ein früherer Druck verloren. Hagius mußte von Amberg in der Oberpfalz, wo Oberdörffer
sein Nachfolger war, weichen und kam, etwa zwei Jahre nach Mathesius' Tod, nach Eger. Da konnte ihm wohl das Original oder eine
Kopie, wie solche viele von Mathesius' Schriften umliesen, oder auch
eben ein seitdem verlorener Druck in die Hände geraten. (Vilmar,
S. 259.) — Aus Hagius bei Chyträus, Onomast. Theologie., übers.
von Valent. Beyer, Eisleben 1605, S. 120—123. — Vilmar,
S. 259. — Amelung a. a. O., 1894, S. 280—282.

c. Porta, Pastorale Lutheri 1586, hinter dem lat. Text (s. ob.). Dar-
aus fehlerhaft bei Balthasar Mathesius, S. 177—180; daraus in
„Leipzig. Litt-Ztg." 1807; Intelligenzbl. St. 57, Sp. 917—919 und
Ledderhose, Das Leben d. J. Math. 1849, S. 103. Aus Porta bei
Vilmar. Vielleicht von Porta selbst (Vilmar, S. 258).

* * *

2) In demselben Stil wie Christophorus ist die Öconomia
gehalten, von Laube zu den besten derartigen Erzeugnissen der
Zeit gerechnet; in jambischen Reimpaaren. Sie mahnen, eine
gottesfürchtige Jungfrau zu wählen, nicht in verbotenem Grade.
Das Lob des tugendsamen Gatten und Weibes wird gesungen,
nicht ohne Humor, derb und drastisch, mit Beispielen aus Bibel
und Geschichte, mit Bildern aus Natur und Sprichwort, mit Rat-
schlägen für Ehebett und Kinderzucht, mit scharfer Wendung gegen
den Cölibat, mit Aufforderung zur zweiten Ehe, namentlich bei
kinderlosen Witwern.

Die Öconomia ist ein Hochzeitsgedicht, das verschiedene Adres=
saten und je nachdem kleine Änderungen zeigt. Sie erfuhr, la=
teinisch und deutsch, viele Ausgaben und Abdrücke[1]), und ge=
hört zu den verbreitetsten Arbeiten des Mathesius, wenn sie auch
von vielen, weit weniger bekannten, desselben hoch überragt wird[2]).

Text: Einzeldruck:

A. Bblgr. Nr. 13, 1, in 121 Reimpaaren.

B. Bblgr. Nr. 13, 2, in 107 Reimpaaren; es fehlen die vier letzten
Paare aus A. Aus dieser zweiten Ausgabe erhellt der Adressat
auch der ersten, nämlich Matthias Gunderan (s. ob. I, 194).

C. Bblgr. Nr. 13, 3. (Vgl. Gräffe, Trésor de livres rares et
précieux 1863, IV, 442. Goedeke II, 1691. Woltan I,
Nr. 126) Text wie A.

Math. W.:

D. Ehesp. (Bblgr. Nr. 13, 5) 269a—273b. Hier ist der Adressat
1) Basilius Cammerhöfer (s. ob. I, 199), daher Regius;
2) Pet. Wandereysen (s. ob. I, 194). Für Cammerhöfer sind,
von kleinen Varianten abgesehen, fünf Reimpaare als Einleitung
vorausgeschickt; außerdem findet sich hinter V. 110 (in A) ein
Einschub von zwei Zeilen, so daß sich 5 + 122 Paare ergeben.

Sammlung.: Als Anhang zu Hagius' Haustafel 1574 (s. II, 1b)
N. S., aus A, mit kleinen Varianten. — Balth. Mathesius, S. 186
—191, aus D, mit groben Druckfehlern.

Viel verbreiteter ist die Öconomia in der deutschen Ge=
stalt von Nic. Herman, in hundertsiebzig jambischen Reim=
paaren.

Text: Einzeldruck: Bblgr. Nr 13 a f. Bblgr. Nr. 13 b steht auf der
Rückseite des Titelblatts: Zum Leser: Ich Johan Mathesius beken
mich zu dieser Haushaltung, so Herr Nickel Herman aus meiner
Öconomia in deutsche reim gebracht, welche ich mit diesen Haus
gebetlein gemehrt vnd geschmückt. Damit ich zum Newen Jar alle
Christlichen Hausmütter, vnd züchtige Haußjunckfreulein, Im namen

---

1) Vgl. Christian Müller.
2) An der Spitze dieser Litteraturgruppe der „Haustafeln" steht J. Holt=
heuser, 1556. Vgl. W. Kawerau, Die Reformation und die Ehe. 1892,
S. 80. 101.

Christi wil verehret haben. Hiemit dem Son Mariae in gnad befohlen. 1564. — Auf die Œconomia folgen 25 Hausgebetlein,
23 in Prosa, 2 in Versen, nämlich: Herr Gott (f. I, 4) und:
O Jesu Christ (f. I, 5).

In Vblgr. Nr. 13 d folgen 24 Gebete statt 23, nämlich zwischen
17 u. 18 eingeschoben: Ein ander Kindergebet um glückselige Reise
für ihren lieben Vater zu bitten; darauf folgt Luthers: Erhalt uns,
Herr.

Math. W.: Hochz. am Schluß (Goedeke II, 1691. Woltan I,
Nr. 111). — Kat. 2, 179—192 (Goedeke II, 1691. Woltan I,
Nr. 304) aus D. — Ehesp. 273 b—287 a (Woltan I, Nr. 343) aus D.

Gesangbch.: S. Vblgr. Nr. 13 cc.

Sammlung.: S. Vblgr. Nr. 13 y—ii.

Ein Citat aus der Œconomia findet sich auch in: Der getrewe
Eckhardt von W. Hofmann, Jehna, Weidner 1606, G 3 b [Bib-
lioth. Gotha].

Niederdeutsch: Vblgr. Nr. 13 kk. ll.

Böhmisch: Ebd. Nr. 13 mm.

*   *   *

Einige kleine lateinische Erzeugnisse aus Mathesius' homiletisch-
humanistischer Feder finden sich im Diluvium Oberdörffers, 207ᵃ,
daraus bei Vilmar, S. 262:

In columbam, ein Taubenlob in drei Distichen. —

In Ἀλλοτριοεπισκοπους, sieben ermahnende Distichen. —

Drittens ein aphoristisches Distichon vom Segen des
rechten Wortes zur rechten Zeit. — —

„Anno 1542 (f. ob. I, 103 f.) machte ich das Verslein: Res
mea consilio statque caditque tuo" (Proph. 2, 27ᵃ); vgl. Vilmar,
Colleg. biblic. 1879—1883, III, 231.

Das bereits (S. 202) in deutscher Gestalt erwähnte Bekenntnis:
Confessio senis Mathesii lautet lateinisch:

Peccator doleo, fateor ueniamque requiro,
Credoque me justum sanguine, Christe, tuo.

Text: Von der Rechtfertigung, Rückseite des Titelblatts. — Wackernagel III,
1155, Nr. 1337. — —

Dazu kommen gelegentlich unterlaufende, mit größerer oder
geringerer Bestimmtheit Mathesius zuzuschreibende, lateinische Hexa-

meter und Distichen; s. ob. I, 620. — Vvlth., S. 212. —
Joh. 22ª. Koch I, 120. Eber, Calend. Historic. 1571, S. 326.
Melch. Adam, Vitae Germ. Theol. 1620. Freherus, The-
atrum viror. erudit. clarorum, 1688, S. 207:

> Securus recubo hic mundi pertoesus iniqui
> Et didici et docui vulnera, Christe, tua.

— (Briefw. Nr. 146) — wie auch Luther dergleichen gelegentlich
zimmerte (Köstlin II, 446). — —
Über seine lateinischen Epitaphien s. u. III., 5. u. 18.

III.
Epitaphien.

—

Epitaphe zu dichten, gehörte auch zum Beruf der Humanisten [1]).
Ob Mathesius von dieser Seite her zu seinen zweiundzwanzig
meist deutschen Grabschriften mit eine Anregung empfing, ist schwer
zu sagen; jedenfalls zeigen sie kaum eine Spur humanistischer
Eleganz, aber alle vorher gekennzeichneten Gebrechen mathesianischer
Reimerei, freilich auch seine Schlichtheit und Innigkeit: in Prosa
würden sie sich gewiß besser ausnehmen.

1) [2]). Auf die Wohlthäterin der joachimsthaler Kirche und
Schulbibliothek sowie Mathesius' persönliche Gönnerin Frau
Margareta v. Hassenstein (s. ob. I, 170. 583).
Text: Math. W.: Leich. Ggb. — Zimmermann.

2) Auf ein zehnjähriges Mädchen, Anna v. End [3]), † zu
Fuchsheim, Dienstag nach Estomihi 1559; in sechsundsechzig jambischen Reimpaaren. Außer den früher (s. ob. S. 194) ange-
merkten Sonderbarkeiten verdienen noch einige Zeilen Hervorhebung, des Inhalts, daß das Kind ihren Sterbekittel gern bei

---

1) Voigt, Die Wiederbelebung des klass. Altertums. 2. Aufl. 1880 f.
I. 449.

2) Die Nummern sind die bei Zimmermann, der chronologisch geordnet hat.

3) ? Vgl. Zedler, Univers.-Lex. VIII (1734), 1141.

sich hatte, die heilige Bibel auslas und mit Christi Leib gespeist ward; sollte diese Kinderkommunion damit zusammenhängen, daß die Calixtiner diesen Brauch konserviert hatten? (HRE. VII, 673).

Text: Zimmermann.

3) Auf die einunddreißigjährige Barbara Rauh, die Tochter des Georg Rößlinger (vgl. Nr. 13), als vom Gatten: in drei- undvierzig jambischen Reimpaaren.

Text: Zimmermann.

4) Auf Martin Luther, † am Tag Concordiae 1546: in fünf jambischen Reimpaaren.

Text: Zimmermann. — Wackernagel III. 1160, Nr. 1348. — Späth, M. Luther im Liede seiner Zeitgenossen. 1883, S. 86.

5) Auf Phil. Melanthon, „meinen lieben Präzeptor und Freund", † am 19. April 1560, in dreiundzwanzig jambischen Reimpaaren. Der Verstorbene wird als Honigblume aus schwarzer Erde gefeiert.

Text: Zimmermann. — Vgl. Vilmar, S. 312. — Corp. Ref. X, 313— 315, — Wackernagel III, 1160, Nr. 1349. — Wagner, Wittenberg in Dichtung und Sage. 1893, S. 30 f. — Amelung, a. a. O. 1894, S. 275.

Dies Gedicht ist nur eine freie Bearbeitung von Joh. Majors Epizedion, Oper. I, 1574, F f. (vgl. Frank, J. Major, f. ob. I, 197, 8. Dagegen giebt es noch ein, wie es scheint, von Mathesius selbst verfaßtes lateinisches Epitaph auf Melanthon, das allerdings auch den Gedanken von der Honigblume aufnimmt, gedichtet in der soge- nannten ersten oder kleineren pythiambischen Strophe. (Vgl. Horaz, Epod. 14 u. 15):

Epitaphium Reverendi viri Phil. Melanchthonis fidelis servi
Ecclesiae Dei unientis.
Flos sacer hic mellis nigra tellure Melanthon,
    Apes dolete sedulae!
Unde bonus spirabat odor, pia mella fluebant,
    Piae fleant ecclesiae!
Lenta febris potuit parvum comburere florem,
    Lugete parvi flosculi!
Nulla viri famam poterit delere vetustas,
    Fuci leves facessite!
Semper apes flavo distendent nectare cellas,
    Qua nunc stetit flos mellens.

Semper humus suaves illic diffundet odores,
 Qua nunc sacer flos parvulus.
Sed cum summa dies optato illuxerit ortu,
 Flos hic virebit denuo
Et reliquas inter bene olentes pulchrior herbas
 Christi nitebit vertice.

Joan. Mathesius.

Text: Handschriftlich: Auf der vorletzten Seite eines Exemplars von Melanthons: Commentarii in epistolam Pauli ad Romanos, Argentorati 1544. Kirchenbibliothek zu St. Kunigunden in Rochlitz; jetzt verschollen [1].

Gedruckt: Vgl. Vilmar, S. 312. — Nicol. Reusner, Icones sive imagines virorum liter. illustrium. Argentor. 1590, p. 233.

6) Auf Dr. med. Balthasar Klein (f. ob. I, 189), † „auf dem Hengst" (Ortsbezeichnung in Joachimsthal), am 9. Dez. 1560, begraben in der Spitalkapelle (f. ob. I, 111); in siebenundzwanzig jambischen Reimpaaren.

Text: Zimmermann.

7) Auf Hans Roth von Mainstockheim, † am 28. Okt. 1561; in 18 jambischen Reimpaaren.

Text: Math. W.: Sar. XV, 207. — Zimmermann. — Hier liegt eine ausgesprochene Nachbildung (vgl. eben Nr. 5) von Versen des Stoius (f. ob. I, 198) und Major (f. eb. Nr. 5) vor. Hans Roth war Mathesius' Gevatter, Eidam seines Freundes Antonius Reiß (Rhösus, f. ob. I, 143).

8) Auf Margareta Mühlin, † am 13. Nov. 1561; in siebenundzwanzig jambischen Reimpaaren. Die Vorliebe des Verfassers für Sprichwörter (f. ob. S. 178) kommt dabei zur Geltung:

„Und lesch das Sprichwort bei in (ihnen) aus,
 ‚Schwager ein Spieß‘ [2] . . ."

Text: Zimmermann.

9) Auf den Stadtvogt Hans Müller zu Mitweid (f. ob. I, 13. 594), † am 26. Nov. 1561; in dreiunddreißig jambischen Reimpaaren.

Text: Zimmermann.

---

1) Freundliche Mitteilung des Herrn Dr. Amelung in Dresden.
2) Wander IV, 410, 7.

10) Auf eine gottselige Jungfrau, † 1562; in vierzig jambischen Reimpaaren.

Text: Zimmermann.

11) Auf Hans Sebart von Ossig zum Gsell (Aussig a. d. Elbe?), † am 15. März 1562; in dreißig jambischen Reimpaaren.

Text: Zimmermann.

12) Auf Dominicus Stov, Schmidmeister i. S. Joachimsthal, † 16. Oct. 1562, in neun jambischen Reimpaaren.

Text: Zimmermann.

13) Auf Georg Rößlinger (s. ob. Nr. 3 und I, 156), Ratmann (Ratsherr) in Joachimsthal, † 2. Nov. 1562; in sechsundbreißig jambischen Reimpaaren.

Text: Zimmermann.

14) Auf Frau Katharina Fischer, † am 11. März 1563; in dreiundbreißig jambischen Reimpaaren.

Text: Zimmermann.

15) Auf Rupprecht Puellacher (s. ob. I, 190), † am 7. August 1563; in achtundzwanzig jambischen Reimpaaren.

Text: Zimmermann.

16) Auf Joh. von Berg, aus Gent; Bürger und Buchdrucker zu Nürnberg (s. ob. I, 196, Anm. 1), † am 7. August 1563; in vierzig jambischen Reimpaaren. Das Epitaph berichtet, daß er in Paris studierte, wegen evangelischer Neigungen von seinem Vater verstoßen seine Heimat verlassen mußte, von Veit Dietrich (s. ob. I, 53) in Nürnberg unterstützt wurde, sich daselbst 1541 mit einer Verwandten Mathesius' verheiratete, Hus' böhmische Postille und vierunddreißigmal Luthers Hauspostille druckte sowie viele Gesangbücher ausgehen ließ, aber keine Mönchs-, Ketzer- und Schwärmer-Bücher druckte noch zur Messe führte.

Text: Einzeldruck: „Epitaphia oder Grabschriften des Ersamen vnnd Namhafften Johan von Berg . . . 1563". (Vilmar, S. 292. Goedeke II, 190e. Wolkan I, Nr 112). — Zimmermann. — Wackernagel III. 1161, Nr. 1350.

17) Auf Gottfried v. Ende (Vgl. Nr. 2) auf Blanken-

heim und Rudelsburg, † Donnerstag nach Nicolai 1563; in
zweiundvierzig jambischen Reimpaaren.

Text: Zimmermann.

18) Auf **Mathesius** selbst (s. ob. I, 143, 1) lateinisch
und deutsch; vier lateinische Distichen und acht deutsche jambische
Reimpaare.

Text: Casp. Franck; s. ob. I, 143. — Zimmermann. — Wackernagel III,
1158, Nr. 1344. — Amelung a. a. O., S. 279 (deutsch). — S. ob.
I, 143.

19) Auf seine **Frau**; s. ob I, 207; neunundfünfzig jambische Reimpaare. Ihr Epitaph ist trotz der prosaischen Unbe-
holfenheit von allen bei weitem das rührendste.

Text: Math. W. Leich. 1565 (Vblgr. Nr. 12, 3), am Ende des zweiten
Teils.

Sammlung: Zimmermann. — Ledderhose, Joh. Mathesius. 1849,
S. 152—155. — Zeitschr. „Das Pfarrhaus" von H. Steinhausen
III, 1887, Nr. 4, S. 57f. (unvollständig). — Amelung, a. a. O.
S. 276f. — (S. ob. I, 209.)

20) Auf seinen vierzehnjährigen **Sohn Eutychius** (s. ob.
I, 213); in vierundfünfzig jambischen Reimpaaren.

Text: Zimmermann.

21) Auf zwei **Kinder** seines Amtsbruders **Casp. Franck**
(s. ob. I, 180f.), Grete und Lazarus; in zweiundzwanzig jambischen Reimpaaren.

Text: Zimmermann.

Angehängt ist die in gleichem Stil gehaltene Grabschrift
Casp. Francks, die er selbst verfaßte; † am 16. Juni 1578,
achtundfünfzigjährig.

Text: Zimmermann. — Wackernagel III, 1149, Nr. 1329.

Anhang.
A. Antilegomena. B. Notha.

———

Zum Schluß sind noch einige Mathefius mehrfach zugeschrie=
bene Verse zu nennen, die teils Zweifel und Widerspruch her=
ausfordern, teils unbedingt ihm abzusprechen sind.

Immerhin ist es ein Beweis seiner Volkstümlichkeit, daß man
solche vaterlose Kinder ihm zuschob, und ein Beweis seiner Hoch=
schätzung, insofern man ihm Erzeugnisse anrechnete, die seinen
echten überlegen sind.

A. Antilegomena.

1) Zunächst kommt die polemische, satirische Leistung in Be=
tracht: „Nun treiben wir den Papst heraus", in sechs
vierzeiligen Strophen in vierfüßigen Jamben. Mathefius erzählt
über den Druck: „Dies Jahr (1545) besuchte ich Dr. Luther zum
Letzten, und bracht ihm das Lied mit, darin unsre Kinder zu
Mitfasten den Antichrist austreiben, wie man etwan den Tod,
und die alten Römer ihren Bildern und Argeis (Menschenbilder,
die alljährlich im Mai zu Rom in den Tiber geworfen wurden
[Ovid, Fasten 5, 621], als Erinnerung an frühere Menschenopfer
[Goedeke, Dichtung. von Dr. M. Luther. 1883, S. 155, 1]) thäten,
die sie auch ins Wasser warfen; dies Lied gab er in Druck und
macht selbst die Überschrift: „Ex montibus et vallibus, ex sylvis
et campestribus." (S. ob I, 120.)

Danach nennt eine Randglosse in dieser Ausgabe das Lied
Herrn Mathesii; dem pflichtet Balthasar Mathesius, S. 202, und
Koch I, 118 bei. Andere legten es Luthern zu, sogar Wacker=
nagel (II, 427; III, 30, Nr. 52). Das greifswalder Gesangbuch
1592 u. 97 läßt zwischen beiden die Wahl[1]. Mathesius be=

———

1) Vgl. Köstlin II, 613. 686. Braunschw. A. VIII, 84. Wollau,
Litteraturgeschichte, S. 317.

zeichnet sich dort nur als Überbringer des Liedes. Vielleicht darf er als Überarbeiter dieses weltlich=geistlichen Volksliedes angesehen werden[1]). Wiederholt in seinen Schriften führt er das in Joachimsthal zugelassene „Kinder= und Tockenwerk", d. h. die volkstümlich=kirchlichen Bräuche auf; dabei erwähnt er ausdrück= lich: „Den Tod austreiben zu Mitterfasten." (Vgl. Leich. Yy 3ᵇ).

Text: Einzelbruck. Ein lied, darinn vnser Kinder zu Mitterfasten den Antichrist austreyben (Wittenberg 1545 oder 1546). — Ein von Schamelius (Lieder=Commentarius, 1757, S. 57) erwähnter Einblatt= bruck von 1541 kann nicht wohl existiert haben, wenn Mathesius das Lied erst 1545 nach Wittenberg brachte, und Luther es dann drucken ließ (Goedeke a. a. O., S. XXXII).

  Gesangbch.: Etliche tröstliche Gebete, Psalmen und Geistliche Lieder ꝛc. 1547, Bv 3 a. Greifswalder 1592 u. 1597. — Ambros. Hanneman, Achtzig Geistliche Lieder, deutsch u. latein. Wittenb. 1633. (Wacker= nagel III, 30.)

  Sammlung.: Wackernagel III, 30. — Goedeke, a. a. O. S. 154. — Braunschw. A. VIII, 84.

2) Ferner wird Mathesius von einigen Gesangbüchern zu= geschrieben: „Die höchste Weisheit ist fürwahr": in sechs sechszeiligen Strophen, in vierfüßigen Jamben; aa bb cc. Ein Beweis für diese Überlieferung ist nicht zu erbringen. Dem Inhalt und auch der Form nach könnte das Lied jenem wohl zuerkannt werden.

Text: Gesangbch.: (Wackernagel III, 1159, Nr. 1345). — Wackernagel III, 1159, Nr. 1345. — Späth, Luther im Liede seiner Zeitgenossen. 1883, S. 85.

3) Eine andere Bewandtnis hat es wieder mit dem Lied: „Herr Christ, mein Hort, wenn ich zu dir in meinen Nöten rufe"; ein Trostlied aus dem 28. Psalm, in fünf sieben= zeiligen Strophen, im Wechsel vier= und dreifüßiger Jamben: ab ab cc. Während Koch (I, 119) und Ledderhose (S. 147) die Gesangbuchtraditionen unbesehen gläubig hinnehmen, Koch sogar den Ursprungspunkt in Mathesius' Leben bestimmen zu können wähnt — ein ganz unerlaubtes Phantasiestück — bezweifelt Wacker=

---

1) Christian Müller.

nagel (III, 1159, Nr. 1347) die Echtheit mit Fug. Abgesehen von der mangelhaften äußeren Bezeugung ist der Strophenbau künstlicher, die Sprache glatter, weicher, als bei den echten Stücken von Mathefius, bei dem verschiedene, zum besseren vorschreitende, Stufen seiner Reimkunst anzunehmen nicht der geringste Anlaß vorliegt.

Text: Gesangbch.: (Wackernagel a. a. O.). — Wackernagel a. a. O.

4) Ebenfalls aus Gründen äußerer und innerer Kritik ist Mathefius höchst wahrscheinlich das nicht übel gelungene Morgen= bzw. Abendlied abzusprechen: „Aus meines Herzens Grunde"; in sieben achtzeiligen Strophen, in dreifüßigen Jamben; ab ab cd dc. Das Lied findet sich weder in Mathefius' Werken auch nur erwähnt, noch bei Zimmermann. In den sämtlichen alten Drucken desselben erscheint es namenlos. Erst 1610 tritt Mathefius' Autorschaft auf und wird nun von den Gesangbüchern weiter verbreitet. Auch der zugunsten seines Helden gerngläubige Balthasar Mathefius (S. 202) kann sich nur auf das allgemeine Gerücht berufen. Deshalb haben außer Koch (I, 119. 121. 132. IV, 117 f.), der auch hier wieder mit einer für sein ganzes wissen= schaftliches Arbeiten höchst verdächtigen Sicherheit den biographischen Quellpunkt romanhaft anzugeben sich erkühnt, die neueren Hym= nologen (Mützell, S. 463—481 [Ledderhose, S. 151, entscheidet sich nicht]; Wackernagel V, Nr. 218—255; Fischer I, 57; Bunsen=Fischer, Allgem. ev. Ges.= u. Gebetbuch 1881, S. 493, Nr. 548, S. 715, Anm. 2; Dibelius, „Beiträge zur sächsischen Kirchengesch." 1882, S. 234; Goedeke II, 190 m; Julian, S. 719; Wolfrum a. a. O., S. 89) die mathefische Urheberschaft stark bezweifelt oder verneint. Merkwürdigerweise hat keiner von ihnen den Maßstab innerer Kritik angelegt, der aus denselben Gründen wie bei der voraufgehenden Nummer zu einer Ablehnung führen muß.

Text: Einzeldruck: (Mützell, S. 466).

Gesangbch.: (Mützell, S. 463—481. Wackernagel V, Nr. 248—255. Fischer I, 57 f.) Außerdem: Marburg. 1866 ꝛc.

Sammlung.: Mützell, S. 463—487. Ledderhose, S. 151. Wacker=
nagel V, Nr. 248—255.

5) Seltsam steht es mit dem Begräbnislied: „Laßt uns
folgen S. Paulus Lehr, daß wir nit wie die Heiden
um unser Freund trauren zu sehr"; in siebzehn sieben=
zeiligen Strophen, in vier und dreifüßigen Jamben; ab ab cc.
Es ist nach dem namenlosen Einzeldruck aufgenommen in Mathe=
sius' „Zwo Trostpredigten" (s. ob I, 347) mit Caspar Francks
„Trostbüchlein". Wackernagel (III, 1148, Nr. 1328; 1, 2.
S. 250, Nr. 732) dehnte die Urheberschaft Francks auch auf das
den „Sprüchen" folgende Lied aus — nach Wackernagel auch
Wolkan I, Nr. 80 — während Goedeke (S. 189 a) darauf hinweist,
daß Franck gerade jene ablehnt.

Vielleicht trifft die Bemerkung in Georg Dietrichs „Christl.
Gesengen" (1572; [Goedeke, S. 195, 98]) das Richtige, nach
der Nic. Herman der Verfasser, Mathesius der Verbesserer sei,
obwohl sonst der erstere im hymnologischen Bezirk überlegen ist.
(Goedeke, S. 189 a.) Die ursprüngliche Namenlosigkeit, das nach=
trägliche Auftreten von Mathesius' Namen, die Strophenform,
der ganze Stil weisen überhaupt von Mathesius fort.
Text: Einzeldruck: (Wackernagel I, 2, 280, Nr. 732—735). — Goedeke
II, 189a. Wolkan I, Nr. 80. 231.
Math. W.: Zwo Trostpredigten (s. ob. I, 347).
Gesangbch.: (Goedeke II, 189a [195, 98]. — Wackernagel III,
1148, Nr. 1328.

6) Zusammen mit dem vorigen Stück findet sich im Einzel=
druck 1575 (Goedeke II, 189a. Wackernagel I, Nr. 231) ein
sonderbares Lied: „Frisch frölich in ehren, Lobet Gott
den Herren"; in vier zehnzeiligen Strophen.
Text: Einzeldruck: (Goedeke II, 189a. Wolkan I, Nr. 231).
Gesangbch.: (Goedeke II, 189a). — Da es schwer zugänglich ist,
teile ich es aus jenem Einzeldruck (Kgl. Bibliothek Berlin) ganz mit:

Frisch frölich in ehren, lobet Gott den HErren, vnd laßts jhn walten,
Wil Gott bescheren, ernehren, vnd erhalten, in erbarkeit, behüt vns Herr für
sünden vnd schmach, Es ist weh vnd ach, drumb thu gemach.

Viel verzeren, vnd wenig erwerben, das werd gewis nicht lange, Armut
nachmals weh thut, bringt kummer vnd not, Vnd thut gar bange, halt weil
du hast, not ist ein böser gast, vn schwere last, Halt weil du hast.

Bey dem Trunck, soltu deinen mund sein wol bewaren, Nicht zancken noch hawen, zur band heimligkeit nicht offenbaren, daraus kömpt streit vnd straus vnd großer vnruh, darumb recht thu, halts maul zu.

Brauch witz vnd rath, hüt dich vor beser that, Halt lieb vnd bewar dein Ehr, Golt, Silber vnd Gelt, in dieser welt, nie dafür zu nemen were, Redt man dir an die ehre dein, beim Bier oder Wein, Las nicht gut sein, schlag mit feisten drein.

Der einzige Anhalt für einen Ursprung dieser unschönen, un= geistlichen Reimerei von Mathesius liegt darin, daß sie eben sich mit der vorigen Nr. zusammenfindet, die in einem seiner Werke ein= gefügt, später mit jenem in noch nähere Verbindung gebracht ist.

Sowohl die Form als der rohe Schluß weisen auch hier von ihm fort. Näheres ist leider über dies sonst nicht aufzufindende Stück nicht auszumachen, ob ein Volkslied darin übel zugestutzt ist, ob Nic. Herman auch hieran beteiligt ist . . .

* * *

Es giebt noch eine Menge Knittelverse in Mathesius' Werken, teils sehr derb=volkstümliche Verdeutschungen antiker Sprüche, deren Urheberschaft unsicher, deren Wert unbedeutend [1]).

Dasselbe gilt von einer, bei ihm sich nicht findenden, ihm aber zugeschriebenen „Christlichen Lebensregel" aus dem 27. Psalm, zwei jambische Reimpaare, freilich ganz in seinem Stil. Text: Gesangbch.: (Wackernagel III, 1159, Nr. 1346). — Wackernagel III, 1159, Nr. 1346.

B. Notha.

1) Endlich werden dem Joachimsthaler Lieder zugeschrieben, die erwiesenermaßen von einem anderen herrühren. So hat Zimmer= mann — andere, wie Ledderhose (S. 135), selbst Wackernagel (III, 1172, Nr. 1370), folgten ihm (vgl. Mützell, S. 405. Fischer I, 203) — als erstes der Lieder=Sammlung seines Schwiegervaters aufgenommen: „Geborn ist uns der hei= lige Christ", das doch von Nic. Herman stammt. (Mützell, S. 405. Fischer I, 203. Goedeke II, 168. Wackernagel I, Nr.66.)

---

1) S. ob. I, 611.

2) Ebenso wird ihm irrtümlich zugewiesen:

> So wahr ich leb, spricht (Gott) der Herr,
> Des Sünders Tod ich nicht begehr.

in: Demüthige, sehnliche vnd flehliche Supplication der . . . vn-vollkommenen Reformirten Euangelischen Kirchen . . . im Land Schlesien vmb . . . vollkommene Reformation. Oppenheim, Gallern 1613, S. 68.

Auch dies Lied ist von Nic. Herman (Fischer II, 270). Goe-deke II, 168. Wolkan, Die Sonntags = Euangelia a. a. O. S. 227.

Beilagen.

I. Der Briefwechsel.

Briefregister.
(Die Zahl bedeutet die Briefnummer.)

I. Briefe von Mathesius an:

Camerarius, Joach. sen., 20. 26. 30. 56. 108. 127. 135. 137. 173.

Camerarius, Joach. jun., 145. 163. 182. 183. 184.

Camitianus, 22.

Cellarius, Mich., 10.

Eber, Paul, 23. 48. 49. 63. 64. 68. 76. 77. 93. 96. 97. 107. 115. 122.
124. 132. 146. 149. 152. 155. 159. 162. 167. 170. 174—179. 186.

Franck, Casp., 181.

Gigas, Joh., 147.

Heidrich, Casp., 91. 185.

Marbach, Joh., 55.

Melanthon, Phil., 28. 29. 85. 129. 153.

Nidbruck, Casp. v., 66. 109. 125. 130. 133.

Peucer, Casp., 104.

Spalatin, Geo., 3. 18.

II. Briefe an Mathesius von:

Camerarius, Joach. sen., 21.

Cruciger, Casp., 17 (vgl. 32).

Eberhard, Casp., 90.

Fabricius, Geo., 138.

Heidrich, Casp., 112.

Heß, Tob., 2.

Joachimsthaler Stadtrat, 4. 5. 6. 7 b. 8. 172.

Luther, 15.

Melanthon, 1. 9. 11—14. 16. 19. 24. 25. 27. 32—47. 50—54. 57—62.
65. 67. 69—75. 78—84. 86—89. 91. 92. 94. 95. 98—101. 103.
105. 106. 111. 113. 114. 116—121. 123. 134. 139—144. 148.
150. 151. 154. 156. 157. 158. 160. 161. 164. 165. 166. 168.
169. 171.
Misenus, Andr., 187.
Nidbruck, Casp. v., 102. 110. 126. 128. 131. 136.

III. Fremde Briefe, von:

Joachimsthaler Stadtrat an Melanthon, 7a. 64a.
Joachimsthaler Stadtrat an Eber, Anhang B. C.
Mathesius, Joh. jun., an Eber, Anhang A.

Zu den Sigla (j. ob. I, XIII. II, 3) sind noch hinzuzufügen:

Annal., = Annales vitae Phil. Melanthonis; Corp. Ref. XXVIII.
Buchwald = Buchwald, Wittenberger Ordiniertenbuch, 1537—1560. 1894.
Francke = Francke, Grundzüge der Schriftsprache Luthers. 1888.
Heppe = Heppe, Gesch. des deutschen Protestantismus 1555—1581. 1852 f.
Leunis = Leunis, Synopsis der Mineralogie und Geognosie. 1875.
Muther = Muther, Aus dem Universitäts- und Gelehrtenleben im Zeitalter
der Reformation. 1866.
K. Schmidt = Schmidt, Melanthon. 1861.
Pressel = Pressel, Paul Eber. 1862.
Sixt A = Sixt, Paul Eber. 1843.
Sixt B = Sixt, Paul Eber. 1857.
Sleidanus = Sleidani Commentariorum de statu religionis et reipublicae
Carolo V Caesare libr. 26 (o. J.) [1555].

Von den 187 hier vorgelegten Briefnummern waren bisher 107 gedruckt; in 66 ist Mathesius der Verfasser — davon bisher 63 ungedruckt —; in 121 ist er der Adressat — davon neu 16. Aus der Gruppe der von Mathesius ausgegangenen sind die meisten — 31 — an Paul Eber; dann an Joachim Camerarius sen. 9, an Melanthon, Joach. Camerarius jun. und Casp. v. Nidbruck je 5, an Spalatin und Heidrich je 2, an den Rest je einer.

Wiederum sind aus der Zahl der an Mathesius gerichteten die meisten, aus naheliegenden Gründen, von Melanthon erhalten — 101 —: dann von Nidbruck und dem joachimsthaler Stadtrat je 6, von den übrigen nur je einer.

Es sei besonders darauf verwiesen, daß in dieser Sammlung sechs neue Melanthoniana zu finden sind, nämlich 1 Brief von ihm (Nr. 37), und die 5 an ihn.

Unter den Fundorten waren die ergiebigsten Gotha, München und Wien, neben Joachimsthal, Landeshut in Schlesien und Anna= berg in Sachsen. Während eine Ausbeute in Hamburg und Basel eher zu vermuten war, ist der Gewinn im British Museum sehr überraschend.

Daß der Zustand der Briefe in der Diaspora gelitten, läßt sich von vornherein annehmen; einige sind sogar beschmutzt, zer= rissen, kläglich geflickt; Mathesius' Handschrift gehört an sich schon nicht zu den deutlichsten, wenn auch bei weitem nicht zu den schlechtesten. Das damals übliche Folioformat ist ebenfalls der guten Erhaltung abträglich: weiter sind durch den gewohnten Verschluß mittels des durchgezogenen und nun verlorenen Papierstreifens zuweilen Buchstaben, wenigstens der Adresse, nur zu erraten.

Die Sprache des Briefwechsels ist natürlich mit wenigen Ausnahmen die lateinische. Zwar war ja Luther der erste Klassiker des deutschen Briefes [1]); aber der Humanismus, auch hierin das vielfach Unwahre und Ungesunde, das in seinem Wesen lag, zum Ausdruck bringend, belebte den lateinischen Brief wieder ungemein: die Geistlichen schrieben ohnedies lateinisch. Der in den klassischen Sprachen mit Eleganz sich bewegende Melanthon stop= pelte nur armselige deutsche Briefe zusammen [2]): auch die deut= schen von Mathesius sind hölzern (Nr. 21. 180): das Deutsch der joachimsthaler Ratsherren zeigt noch mehr die Verschnörkelung, Umständlichkeit und Unbehilflichkeit der Zeit [3]).

---

1) Georg Steinhausen, Geschichte des deutschen Briefes I (1889), 112.

2) Ebd. S. 119. 154.

3) Ebd. S. 141. 157.

An der Häufigkeit des Schreibens hindert neben dem Drang der Geschäfte zum Teil der Mangel an Briefboten. Das Beförderungswesen war ja noch ein sehr unvollkommenes; erst zwei Jahre vor Mathesius' Tode suchte die taxissche Post das ganze Reich mit ihren Einrichtungen zu überziehen[1]), und zudem lag Joachimsthal im Winkel. Bei den oft vertraulichen Adressen ist zu berücksichtigen, daß die Briefe eben meist durch befreundete Männer oder Empfohlene übermittelt wurden.

Der Inhalt ist ein sehr mannigfaltiger, wie das ganz besonders der Umstand mit sich bringt, daß die Briefe damals im Verein mit den Flugschriften die Zeitungen vertraten, da die periodisch erscheinende gedruckte Zeitung erst im Anfang des 17. Jahrhunderts nachzuweisen ist[2]). Daher hin und her die Bitte um Neuigkeiten[3]); daher wohl auch rechnet es Mathesius zu den notwendigen Verrichtungen am Sonntage, Briefe abzufertigen[4]); freilich anderen Orts[5]) mahnt er: Ein frommer Lehrer und Prediger muß ... Gelehrten Briefe schreiben, nicht um neue Zeitung, sondern von der Erklärung und Auslegung irgendeines schweren und dunklen Spruchs.

Der Reichhaltigkeit kam zustatten, daß Melanthon, auf den der Löwenanteil der Sammlung fällt, geradezu im Mittelpunkt des Nachrichtenwesens stand, von dem auch Fürsten und hohe Würdenträger sich Kunde holen. „Er vermittelte gewissermaßen durch seine Zeitungen eine Ausgleichung des Wissens über die sich vollziehenden geschichtlichen Vorgänge zwischen denen seiner Freunde und Gönner, welche in entgegengesetzten Richtungen wohnten ... Außer nach Leipzig und anderen sächsischen Orten, wie auch braunschweigischen Städten wanderten seine Briefe und Zeitungen im Süden und Westen nach Breslau, Nürnberg, Straßburg; im Norden und Osten nach Frankfurt a. O., Berlin, Königsberg, den Hansestädten Hamburg, Lübeck, Bremen, der dänischen und

---

1) Georg Steinhausen a. a. O., S. 133.
2) Graßhoff, Die briefliche Zeitung des 16. Jahrh. 1877, S. 3. 7.
3) Ebd. S. 47. 50.
4) S. ob I, 565.
5) Kor. 2, 84 a.

schwedischen Hauptstadt, teils gelegentlich, teils mit systematischer Regelmäßigkeit durch Amanuenses vervielfältigt" [1]). Wie sonst meist, sind auch im Verkehr mit Mathesius die Zeitungsbeilagen verloren [2]). Ferner hatte letzterer durch Verwandte und Verleger unmittelbare Fühlung mit Nürnberg, einer der ersten Städte des Reiches, dem „eigentlichen Brennpunkt für beinahe alles, was sich innerhalb wie außerhalb der deutschen Grenzen zutrug, die wahre Börse für alle Nachrichten.... Nach Nürnberg schrieb, wer etwas wissen wollte; ... Fürsten hielten hier ihre Berichterstatter, — es war daher auch der Hauptsitz und Herd der gedruckten Relationen und Flugschriften" [3]). Weiter hatte Mathesius einen Freund in Wien, Hofrat v. Ribbruck, durch diesen wieder Posten aus Regensburg. Auch Wien, als Ausgangspunkt für alle Unternehmungen gegen den Osten, war ein Sammelpunkt für alle möglichen Nachrichten [4]); Ähnliches wie von Nürnberg galt von Regensburg [5]). Daher zeigt sich Mathesius in seiner „Einöde" oft so gut unterrichtet, daß er an Melanthon wertvolle Mitteilungen machen kann, und dieser sagt: Ich weiß, daß viel Euch hinterbracht wird [6]). Größtes und Kleinstes, Allgemeines und Persönliches, Ewiges und Alltägliches, Politik (daher öfters die Sorge vor Briefmardern) und Theologie, Philologie und Naturgeschichte fließt bunt durcheinander, ergänzt und firnist unser Bild von der allgemeinen wie der böhmischen Reformationsgeschichte.

Was für Mathesius' Biographie daraus zu erheben ist, wurde bereits erwähnt.

Im allgemeinen geht vorwiegend ein leidsamer Zug durch diese Ergüsse, auch infolge körperlicher Leiden, so daß die erstaunliche Arbeitsleistung, die der Schreiber verrichtet, um so mehr unsere Bewunderung erweckt.

---

1) Steinhausen a. a. O., S. 131. Graßhoff a. a. O., S. 14. 16. 17. 54.

2) Vgl. Briefw. 29. 33. 37. 50. 65. 69. 70. 75. 79. 88. 94 f. 98 f. 101. 118. 154. 156.

3) Graßhoff S. 30 f. 55.

4) Ebd. S. 24 f.

5) Ebd. S. 36 f.

6) Ebd. S. 46. 56. Corp. Ref. VI, 49. VII, 599. 634.

Eine große Rolle spielen die Empfehlungen, obwohl Mathesius damit auch üble Erfahrungen machte; er klagt einmal [1]), daß er dabei schändlich betrogen sei, wobei er noch viele böse Worte habe in sich fressen müssen.

Es wurde schon darauf hingewiesen, wie lückenhaft der Briefwechsel ist, da der ganze mit M. Oberdörffer verschollen ist [2]). Dasselbe Schicksal hatten alle von Paul Eber ausgegangenen Schreiben [3]). Ferner ist aus dem Bestand und gelegentlichen Bemerkungen zu entnehmen, daß Briefe von Mathesius verloren sind, die gerichtet waren an Casp. Cruciger [4]), Paul Eber [5]), G. Fabricius [6]), Casp. Heidrich [7]) und namentlich Melanthon [8]); ferner solche an Mathesius von Joachim Camerarius Vater [9]) und Sohn [10]), Joh. Gigas [11]), Andr. Misenus [12]), C. v. Nidbruck [13]) und Spalatin [14]).

Was die Textgestaltung betrifft, so habe ich dabei die jetzt üblichen Grundsätze befolgt, also den lateinischen Text der uns geläufigen Schreibweise angepaßt, mit Umsetzung des u und v, j und i; in den wenigen deutschen Texten wurde der Gebrauch der großen Anfangsbuchstaben und der Satzzeichen geregelt. Die Abkürzungen wurden aufgelöst, mit Ausnahme der beständig wiederkehrenden wie S[alutem]., S. D[icit]., S. P[etit]., etc.; † bezeichnet die bisher ungedruckten Stücke.

---

1) Kor. 1, 137 b 2, 99 a.
2) S. ob. I, 195.
3) Zur Erklärung dafür s. ob. I, 215. — Vgl. Nr. 64. 115. 167. 170. 186.
4) Vgl. Nr. 17. 53.
5) Vgl. Nr. 49.
6) Vgl. Nr. 138.
7) Vgl. LH. XII, 156 a.
8) Nr. 13 f. 24. 32 (?). 34. 39 f. 42. 53. 58. 60. 62. 73. 94. 129. 134. 150. 157. 171. 173.
9) Vgl. Nr. 26, 135.
10) Vgl. Nr. 182. 184.
11) Vgl. Nr. 147.
12) S. ob. I, 94.
13) Vgl. Nr. 66.
14) Vgl. Nr. 3.

1533 ¹).
Nr. 1.
Ende Dezember.

Melanthon an Mathesius.

Empfehlung des ungenannten Überbringers, der, durch Kenntnisse im Latein, namentlich in der Arithmetik, auch durch Übung in der Musik ausgezeichnet, Unterlehrer in der joachimsthaler Lateinschule ²) werden möchte und seinem Beschützer Ehre machen wird. Erbietung zu Gegendiensten, Gruß an Egranus.

Druck: Corp. Ref. IV, 927 f.

1) Die Ansetzung des Jahres 1542 im Corp. Ref. für diesen Brief, der die Korrespondenz zwischen den beiden Männern eröffnet, muß auf Irrtum beruhen. Dazu stimmt nicht: 1) der Anfang „etsi nulla mihi privatim notitia tecum intercedit", nachdem der Adressat von 1510—1542, zum drittenmal, in Wittenberg gewesen, ja Luthers Tischgenosse geworden und Melanthon persönlich nahegetreten (vgl. Nr. 7 a u. ob. 1, 92 f.) war; 2) die Bezeichnung „tua schola", denn Mathesius war 1532—1540 Rektor gewesen (s. ob. I, 78 f.); 3) der Gruß an Egranus; dieser (über ihn s. ob. I, 74 f. 86 f.) war bereits am 11. Juni 1535 gestorben. Die richtigste Jahreszahl dürfte 1533 sein. Denn in diesem Jahre wurde der 1532 Weggezogene aufs neue zum Prediger im Thal berufen, um in demselben Jahre wieder entlassen zu werden.   2) S. ob. I, 78 f. 311 f.

1536.
Nr. 2.
Erfurt.   9. Juli 1536.

Eoban Heß ¹) an Mathesius.

Übermittlung der Titel der Werke des Dichters, als auf Wunsch des Adressaten.

Drucke: 1) Vgl. Kranse a. a. O. II, 195. 2) Balthasar Mathesius, S. 112 f.

Eobanus Hessus Johanni Mathesio ludirectori vallium Joachimicarum.

Docte rudes animos studiis formare, Mathesi,
    Addita amicitiae pars modo justa meae,
Quod mea miraris ceu dignos scripta libellos,
    Quos legat et merito vulgus honore colat.
Candor is est animi simplex tuus, aut ego fallor,
    Aut hoc judicium fallit ineptus amor.
Quos tamen ediderim vis certior esse libellos:
    Accipe de multis nomina pauca brevi.
Bucolicis [2]) lusit numeris juvenilior aetas,
    Quos tamen haec auctor [3]) serior esse dedit.
Hinc facili sanctas Heroidas [4]) ore canentem
    Vidit ab arcteo Parrhasis ursa polo.
Has quoque sicut erant lacerae nec veste politae
    Indutas cultu jussimus ire novo [5]).
Quid loquar, ut medicas mea musa sit ausa per artes
    Ire, nec audaces abstinuisse manus?
Scripta quod eximiis epicedia [6]) manibus extant,
    Pondera mensurae justa libellus habet.
Ut taceam quae graeca dedi sermone latino, [7])
    Nos Latio Siculum pavimus orbe pecus.
Nonnihil immensus nobis quoque debet Homerus.
    Debebit totum, si mea fata ferant.
Bis tria nuper erant vulgata volumina, Sylvae [8]),
    Quas miro assensu Teutonis ora probat:
Si quis in hos montes miretur quod nihil horum
    Venerit, haec causa est et manifesta satis,
Divitiae hic Pluti, non carmina nostra, leguntur,
    Hic sonat argenti, musica vena tacet.
Plurima praeterea numero comprendere non est,
    Quae variis cecinit nostra Thalia modis.
En tibi, digne cani versu meliore, Mathesi,
    Indice pro longo tam breve carmen habes.
Vive memor nostri, quotiesque licebit ad Hessum
    Scribere, fac libeat scribere multa.   Vale.

In aedibus D. Antonii Rhesi⁹). D. IX. Julii anno Christi M. DXXXVI.

1) S. ob. I, 85. Vgl. Briefw. Nr. 173. 2) Bucolicon. Erph. 1509. Krauſe I, 79 88. 3) Hagan. 1528. Krauſe II, 101. 4) Heroidum christianarum epistolae. Lipczk 1514. Krauſe I, 124—131. 5) Hagan. 1532. Krauſe II, 102 f. 6) Norimb. 1531. Krauſe II, 102. 7) Vgl. Krauſe II, 89 f. 8) Hagan. 1535; Krauſe II, 103. 9) Bal= thaſar Matheſius hat ſtatt deſſen irrtümlich Erphordiae.

1540.

† Nr. 3.

Wittenberg.   19. Juni 1540.

Matheſius an Spalatin in Altenburg¹).

Dant für empfangene Wohlthaten. Wünſche für die Studien. Neuigkeiten. (S. ob. I, 92.)

Handſchriftlich (Original): Baſel, Univerſitätsbibliothek. Cod. G. I, 31.

Clarissimo viro D. Georgio Spalatino Theologo, suo domino et amico in majoribus colendo Aldenburgi.

S. Cum mihi esset copia certi hominis isthuc euntis, volui esse in officio, clarissime Spalatine. Facile enim perspexi ex schedula, quae mihi a te reddita est, te id velle et agnosco me tibi debere multa pro tuis maximis in me beneficiis. Quare posthac non temere negligam meum officium, ut possis agnoscere, ista benefacta non male collocata esse. De rebus autem meis non est quod plura scribam, cum tibi cursus meorum studiorum non ignotus sit, et ipse videris, quo me provexerit ista tua commendatio. Si mihi optio daretur, nihil esset aliud, quod mallem, quam quod subinde audire possum (!) summorum virorum disputationes de rebus gravissimis. Christus faxit, ut hoc mihi conducat ad ipsius gloriam depredicandam! Amen. De novis rebus haec sic habeas! Anglus²) mutavit iterum sententiam, multos bonos viros coniecit in vincula et D. Anthonium³), qui noluit subscribere impiis articulis a rege conditis. Reverendus pater cum haec audiret dixit: Ehr muſs doch Kunig Heintz bleiben, wie Ihn der heylig geist genent

hat [4]).   Brunsvicensis sevit in urbem Brunsvicensem et ab-
duxit ex diocesi urbis aliquot rusticos [5]).   Cives vicissim ca-
piunt principi colonos.   Metuunt plerique, ne haec sint semi-
naria calamitosi belli.   Panormitanus episcopus [6]) in aula Caesaris
obiit diem suum, ferunt eum fuisse nostri parti valde iniquum.
Non procul a Moguntia captus est lepus bicorpor sed uno
capite.   Item nescio, quis malus puellam ad se blandiciis in
horreum pellectam crudeliter in plures partes discidit.   Nostri
interpretantur portendere separationem aliquam.   Hic fuerunt
in nuptiis cives aliquot Hammelpurgenses [7]), ii dixerunt doctori
nostro, ad 500 parrochias vacare sub episcopo Herbipolensi [8]).
Quod ad conventum [9]) attinet, nihil hic novi est.   Fiunt quotidie hic publicae precationes et pro tota causa et salute Melanthonis, qui plane consternatus hinc abiit [10]).   Christus eum
nostrum patrem familias in schola salvum nobis reducat! Id
optamus ex animo.   Bene valeat humanitas tua et me sibi
commendatum habeat! Raptim Witepergae Sabatho post Viti.
Anno etc. 40.   Tuae humanitatis
                                              d.
                              Joan. Mathaesius.
     De rubedine, albis et viriditate insolita hic spargitur ru-
mor; sed d. [11]) nihil certi de ea re novit [12]).

     1) S. ob. I, 54.   2) Heinrich VIII. S. ob. a. a. O.   3) Barnes.
S. ob. a. a. O.   4) Vgl. Kh. XII, 133b.   5) S. ob. a. a. O.
6) Nach Gams, Series episcoporum. 1873, S. 952 starb Bsch. Joa. Caran-
bolet 1544.   7) Hammelburg hat 1540 die Reformation angenommen.
8) Konrad III. von Thüngen, Bischof 1519 — 16. VI. 1540. Gams
a. a. O., S. 325.   9) Zu Hagenau: Loesche, Analecta Nr. 86. 134.
10) Vgl. dazu Köstlin II, 534 f.   11) sc. Luther.   12) Auf der Rückseite von gleicher Hand mit anderer Tinte.

                              1541.
                              † Nr. 4.
Joachimsthal.   2. November 1541.
     Der Rat von Joachimsthal an Mathesius in
                         Wittenberg [1]).
     Der Bürgermeister Stephan Hacker [2]) und die ihn begleiten-
den Ratsherren haben den Auftrag, mit dem Adressaten alles

wegen seiner Berufung zu bereden und hoffen auf freundliches Entgegenkommen.

Handschriftlich (Kopie): Missivbuch in Joachimsthal 1541 42, fol. 1.

Dem Achbaren [3]) und wirdigen Herrn Magister Johanni Matthesio [4]) zu Wittenberg.

Unser freundlich Dienst zuvor! Achbar und wirdiger, besonders gunstiger lieber Her und freundt! In Sachen Euren Berueff [5]) belangende haben wir kegenwärtigen unseren Burgermeister Steffan Hacker sampt den andern unsern Rathsfreundten beneben ihme befholen, alle Notturfft und Gelegenheitt berurter Sachen mit Euch zu reden. Demnach gelangtt an E. A. W. [6]) unser freundlichs Bitten, Ir wolldet dieselben guthwilligs heren und irem Vorbringen Stadt und Glauben geben, Euch auch darauf gunstig und guthwilligs bezeigen; das wollen wir ganz freundlich und willig vordienen [7]).

Datum unter unser Berckstadt kleynerem Insigel [8]). Dinstag post omnium sanctorum Anno etc. [15]41.

1) S. ob. I, 99.   2) S. ob I, 142, 1.   3) Zur Form vgl. Franke, S. 75.   4) Beachtenswert das doppelte t, das auf späteren Drucken häufig erscheint (s. ob. 1, 347, 4), von Mathesius selbst niemals geschrieben wurde; vgl Nr. 31.   5) Zur Form vgl. Franke, S. 60. 6) Vgl. die Adresse. 7) Vgl. Franke, S. 48. 8) S. ob I, 65. 122.

† Nr. 5.

Joachimsthal.   28. Dezember 1541.

Der Rat von Joachimsthal an Mathesius in Wittenberg.

Auf die von der Deputation (Nr. 3) überbrachte Antwort hätte er sich schon früher vernehmen lassen, wenn nicht die Grafen [1]) abwesend wären; sofort nach ihrer bevorstehenden Rückkehr wird Nachricht erfolgen.

Handschriftlich (Kopie): Missivbuch in Joachimsthal 1541 42, fol. 12 b.

Dem wirdigen unnd wolgelarten Herrn, Magistro Johanni Mathesio, zu Witteberg, unserm besondern gunstigen Herrn unndt Freundt.

Unser freundlich Dienst zuvor! Wirdiger unnd wolgelartter, besonders gunstiger Her und Freundt. Unsere Rathsfreundt haben uns das, was Ir mit inen geredt unnd vorlessen [2]) ha[b]t, notturftiglich bericht, unnbt weren wol gemeint gewest, auch darauf vorlengst zu beantworten. So hatt es bis daher an den Wolgebornen Grafen, unsern gnedigen Herrn, daß Ire Gnaden diese Zeit hero nicht einheimisch gewest und noch nicht alhier seindt, gemangelt. Demnach gelanget an Euch unser freundliche Bitten, Ir wolt des Vertzuges halben kheine Beschwerung habenn, dan wir uns wolgedachter unser gnedigen Herrn Zukunft alle Stundt versehen. Alsdann wollen wir euch unvertzuglich unnd schriftlich Antwordt zuschickhen, unnbt Euch freundtlich zu dienen sinndt wir willig.

Datum unnther unser Berckstadt kleinerem Insigel. Dienstag nach Natalis Domini anno Domini im xLII [3]).

1) An der Regierung war Hieronymus Schlick, seit 1538. S. ob. I, 100. 2) Vgl. Nr. 4, 7.　3) Nach dem alten Jahresanfang zu Weihnachten; vgl. Nr. 68. 127. 129. 115. 153; doch vgl. Nr. 126.

1542.
† Nr. 6.

Joachimsthal.　　　　　　　　　　18. Februar 1542.

Der Rat von Joachimsthal an Mathesius in Wittenberg.

Abermaliges Ersuchen, neben Mag. Calixt [1]) ins Predigtamt zu treten. Beiliegend die ordentlichen Berufungsschreiben des Grafen (Nr. 5) und des Pfarrers Sebastian Steude [1]); die Unterordnung unter diesen ist erforderlich. Bekräftigung der früheren Versprechungen.

Handschriftlich (Kopie): Missivbuch in Joachimsthal 1541 42, fol. 41b.

Unser freundthwillig Dinst zuvor! Wirdiger und wolgelarter Her Magister, sonder großgunstiger lieber Her und Freund! Nach-

dem wir Euch hierehr von wegen der ganz Gemein in St. Joachims=
thal chriftlicher und rechter Meinung zu dem Predigampt[2]) alhier
beruffen, fo gelanget demfelbigen unferm vorigem Schreiben und
Brief nach unfer abermals ganz dinftlich bitten an Euch, Ir
wollbet Euch neben dem andren unferm Predigern Hern Wolf=
gango Calixto Magiftro zu dem Predigampt alhie gebrauchen
laffen, wie Ir dan durch den edlen und wolgebornen, unfren
gnedigen Herrn Graf Hieronimus Schlicken und unfrem Herrn
Pfarhern Magiftro Sebaftian Steude zu folchem Predigtampt
hieneben durch fonderlich fchreiben ordentlicher Weis auch be=
ruffen werdett. Und wollen uns alfo gentzlich verfehen, Ir werdet
diefen unfren Beruef[3]), der alweg chriftlicher und rechter Mei=
nung aus fonderm zuverfichtigem, hertzlichem Verthrauen gefchehen,
nicht ausfchlagen und neben gedachtem Hern Magifter Calixto
unferem Pfarhern Magiftro Sebaftian Steude in chriftlichen und
billichen Sachen, und foviel dem Wort Gottes gemäß in der
Kirchenordnung gehorchen und gefolgig fein. Wir wollen uns
auch in alleweg kegen Euch verhalten, anmaßen unfere gefchickter
Burgermeifter und Rathsfreunde mit Euch zu reden und zu
fchließen Befelch gehabt haben. Und Euch freuntlich zu dienen
fintt wir willig.

Datum unter unfer Berckftadt kleinerem Infigel. Freitags
poft Valentini im 42.

1) S. ob. I, 100. A. Czerny, Die Anfänge d. Reform. i. d. Stadt
Steyr. Mufeum Francisco-Carolinum. 1894, S. 39 f. 2) Vgl. Franke,
S. 75. 3) Vgl. Nr. 4, 5.

† Nr. 7 a.

Joachimsthal.   8. März 1542.

Der Rat von Joachimsthal an Melanthon.

Auf ein (nicht mehr vorhandenes) Schreiben Melanthons an
den Rat, mit der Bitte, dem Mathefius ein Jahr Urlaub zu er=
teilen, um auf Wunfch des Pfalzgrafen Philipp bei Rhein[1]) die
pfälzer Kirche[2]) zu organifieren, die Antwort, daß man Jenen
dringend bedürfe.

Handfchriftlich (Kopie): Miffivbuch in Joachimsthal 1541/42, fol. 48 b.

Dem Großachbaren ³) unnd hochgelartten Herrn Philippo Me=
lanchthoni, unserm sonderen, hochgunstigen unnd lieben Hern.
Unser ganntz willig Dienust mit sonderm Vleiß bevohr! Groß
achbar unndt hochgelertter, sonder hochgunstiger unnd lieber Herr!
Das der durchlauchttig hochgebornn Furst und Her Her Philipp
Pfaltzgrave bey Reyhnn, Hertzog inn Bayern, unnser gnediger
Herr, ann E. A. ⁴) umb ein gelertten unnd verstendigen Predi=
kantenn, denn Ihre F. G. ⁵) selbst horenn unnd zu Anrichtung
Ihrer Kirchen gebrauchenn wolbenn, geschriebenn, unndt das E. A. ⁴)
hiezu keinenn tuchtiger achtten kunndt, denn den Magistrum Ma=
thesium, haben wir auß Euer Achbarkeit ann unns gethaner
Schrift, zusampt der angehefftenn Bitte, das wir demselben Ma=
gistro Mathesio einn Jahr lang erlaubenn ⁶) wolldenn, alles
Inhalts horenn lessenn. Unnd wiewoll unnser Gemuth unndt
Mainung dahin sonderlich gericht ist, das wir hochgedachtem
Fürstenn, unserm gnedigenn Heren, unnd E. A. ⁴) als unserm
sonderenn geliebtenn unnd hochgonstigen ⁷) Herrn hierinnen unter=
theniglich und muhr sehr hertzlich gern dienen wolldenn, so ist es
doch umb unnser Gemeinn also gelegenn, daß wir noch eines ge=
lertten unndt verstendigen Prädikanttenn (des Lehr, Wesenn unnd
Wandel alhier bekannt unndt geliebt werde) zum hochstenn not=
durfftig; denn unser Gemeinn, Gottlob, groß unndt weitleufftig,
unndt von solch zusammen versamlet Volck ist, das wir nit
gern ainn ungelerttenn Prädikanttenn oder des lehr unnd Wesenn
wir nicht aigentlich Berichtt unnd Zeugnuß haben, alhier wissenn
wolldenn. Derwegenn E. A. ⁴) wir ganntz dienstlich bittenn, sie
wolldenn unnß hirinnen kegen hochgedachtter furstlicher Durch=
lauchttigkeitt underthenniglich entschuldigenn, muß auch selbst, inn
Erwegenn obenn erzeltenn Ursachenn, crestiglich entschuldiget ach=
tenn. Den wahrlich unnd aigentlich unser Hertz unnd Gemuth
anders nicht ist, dann das wir vor hochgedachtenn Fürsten, unn=
sernn gnedigen Herrn und E. A. ⁴) hirinnen underthenniglich unnd
ganntz hertzlich gern gedint hettenn, so hatts jhe ⁶) auß ober ⁹)
angemeltenn Ursachenn nicht sein konnen.
      Zum Anderrnn hatt unnß gemeltter Herr Magister Mathesius
rhumlich vermeldtt, wie das sich Euer Achbarkeit nebene dene an=

drenn Herrn zu Wittennbergk seiner Ordinationn halb gantz
gonstwillig [7]) erpottenn, unnd das sonderlich C. A. [4]) im viel
gonstiges [7]) Willens, Rabts Threu unnd Guttat zum threulichistenn
erzeigt haben. Solche Threu unnd Wolthatt thuen wir unnß
kegenn Euer Achbarkeit hiermit gantz dinnstlichenn bedankenn,
mit Erbiettung, das wir das unnd Andres hinnwidder gantz
freunntlich unnd willigt verdienenn wollen unndt thuenn unnß
hierauff C. A. [4]) dinnstlichen beshelen.

Datum unnther unnser Berkstadt kleinerem Insigel. Mittwoch
nach Reminiscere, Anno im | 15 | 42.

Burgemeister, Richter unnd Rathe der freien Berkstatt
St. Joachimsthal.

1) S. ob. I, 101 f. 2) Vielleicht veranlaßte diese Verhandlung den Ma-
thesius später zu der Bemerkung Til. 202b: Ich will an meinem Brief und
Siegel nicht zum Schelm werden, sagte der Pfalzgraf bei Rhein, da man
Dr. Luther wollte das Geleit ansagen. 3) Vgl. Nr. 4, 3. 4) Euer
Achtbarkeit. 5) Fürstl. Gnaden. 6) = beurlauben. 7) Vgl. Franke,
S. 49. 8) = ja. 9) = oben.

† Nr. 7 b.

Joachimsthal. 8. März 1542.

Der Rat von Joachimsthal an Mathesius
in Wittenberg.

Vorkehrungen zur Rückreise des Adressaten.

Handschriftlich (Kopie): Missiobuch in Joachimsthal, fol. 47 b.

Magistro Mathesio zu Wittenpergk.

Unser freunntlich Dienst zuvor! Wirdiger und wolgelarter.
Wir haben Euer Widderschrift zusampt einem Schreiben des Her
Philippus Melanthon Eurthalben an uns gethan empfangen vnnd
allenthalben nach Länge hören lesen. Und wollen Euch darauf
nicht pergen, daß wir uns in derselben sachen kegen gedachten
Herrn schriftlichen entschuldigett, wie Ihr aus anliegender Copien [1])
zu vernemen; seint tröstlicher Hoffnung, sein Achbarkeit werden
Euch und uns kreftiglich entschuldiget achtten. Vors Andre seint
wir entschlossen, Euch auf Dinstag oder Mittwoch in Osterfeier-
tagen Wagen und Pferd zu senden. Woldet Ihr aber lieber

reitten denn fahren, das muget [2]) Ir uns verstendigen, darnach wir uns zu richten. Euer Gereth, das kunt [2]) Ir unsers Achtens kegen Leipzik anschaffen, von dannen es mit gutter Bequemlichkeit wohl anher zu bringen ist; was auch darauf gehen wird, das woln wir zalen. Das alles haben wir Euch zu freuntlicher Widerantwort mit erpietung unser freunplichen Dienst nicht verhalten wollen.

Datum unter unseren Berfstadt kleinerem Insigel. Mittwoch nach Reminiscere, A. D. im xLII.

1) Nr. 7a.   2) Vgl. Frante, S. 51f.

† Nr. 8.

Joachimsthal.   4. April 1542.

Der Rat von Joachimsthal an Mathesius in Wittenberg.

Begleitschreiben für den gestellten Wagen. Das Quartier ist bereit.

Handschriftlich (Kopie): Missiobuch in Joachimsthal, fol. 73b.

M. Mathesio.

Unser freuntlich Dienst zuvor! Achbar [1]) und wirdiger, sonder lieber Her und Freundt. Eurem Zuschreiben nach schicken wir Euch alhie Wagen und Pferd [2]) und wollen Euch nicht bergen, das wir Euch beim Linhart Muller [3]) ein Stuben und Kammern ausgericht, hatt in der Eil nicht gelegner denn an dem Ortt sein konnen; wollens aber aufs Rest [4]) so viel muglich [5]) zum Besten andern. Das haben wir Euch guter Meinung darnach zu richten mit Erpittung unser freunbliche Dienst nicht verhalten wollen.

Datum unter unser Berfstadt ꝛc. [6]). Dienstag Post Palmarum Anno 42.

1) Vgl. Nr. 4, 3.   2) Hier folgen die ausgestrichnen Worte: sampt 12 gr. (= Weißgroschen; 77¹/₂ Wgr. wurden 3 Reichsgulden [f. ob. I, 41] gleich gerechnet; Aubök, Handlexikon über Münzen. 1894, S. 340.) zu Zehrung unter freuntlich anweis, das Frommende unterwegs davon verzehren.   3) In Seltenreichs Chronik (f. ob. I, X) steht 1542: Linhart

Müller, Kemmerer (also wohl Stadt-Kämmerer, Verwalter des Stadtschatzes).
4) Oder: Nächst? 5) Vgl. Franke, S. 53. 6) sc. kleinerem Insiegel;
s. ob. Nr. 4, 8.

1543.
Nr. 9.

Wittenberg. Im Januar 1543.

Melanthon an Mathesius in Joachimsthal.

Glückwunsch zur Vermählung [1]). Ausdruck der Freude dar=
über, daß der Streit in Joachimsthal über die Gerechtigkeit vor
dem Fall aufgehört habe; Mahnung, statt über Subtilitäten, von
der gegenwärtigen Not und Gnade zu handeln. Grüße an
Dr. Nävius [2]) und Mathesius' Kollegen [3]).

Druck: Corp. Ref. 5, 31; vgl. Bindseil, Melanchthonis epistolae, etc.
1874, S. 190.

1) S. ob. I, 114. 2) Ebd. I, 189. 3) Pfarrer Steude [und Calixt];
vgl. Nr. 6.

† Nr. 10.

Joachimsthal. 8. April 1543.

Mathesius an Michael Cellarius [1]) in Augsburg.

Mahnung, seine Kinder in Gottesfurcht zu erziehen, Hoff=
nung auf eigene.

Handschriftlich: Wolfenbüttel; v. Heinemann, Die Handschr. d. Herzogl.
Bibliothek zu Wolfenbüttel II, 1 (1890), 283, Nr. 2116.

Venerabili viro Domino Michaeli Cellario Magistro et eccle-
siasti Augustano domino et amico suo in Christo semper observando.

S. in Christo liberatore nostro. Multa sunt, vir clarissime, quae me hortantur ad scribendi officium, vel vetus
nostra noticia, quam Monachii contraximus, vel eadem pro-
fessio, quod sub eodem pastore gregibus invigilemus, vel quod
amanter pro tua eruditione provocas. O si tuae expectacioni
respondere possem, nihil mihi accideret gratius. Sed venio ad
aliqua capita tuarum literarum. Quod scribis de numerosa

tua schola ²) libenter audio et gratulor tibi istam felicitatem.
Particeps enim es divinae benedictionis, quam promisit pius ille
pater juvantibus se. Nec est quod dubites de benevolentia
patris optimi in te et tuos liberos. Qui dedit animam et
corpus, is nutriet, vestiet te et tuos prolixius et pulchrius
quam flosculum. At hoc tuum erit officium, ut eos, quos tibi
deus dedit liberos, educes in disciplina domini. Hoc est, ut ex te
patre discant veram pietatem; maneant in sana doctrina, quam
deus per nostros praeceptores Witepergenses dedit orbi terrarum,
ut in fide et cognitione Christi adsuescant clamare ad patrem
Jesu Christi: Abba pater. Qui audit et prospicit corvis in-
plumibus ³) desertis imo ejectis e nido parentum, is liberos
alet totos sanguine Christi in baptismate. Nec enim credas
te esse, qui possis prospicere tuis aut ne egeant, si de medio
sublatus sis; venit deus, qui est pater orphanorum et pupillo-
rum ⁴), ut et me orphanum nutrivit. Is tibi succedet cura
et sol[l]icitudine pro liberis. O me fortunatum, si suavissi-
mum nomen patris audirem in meis aedibus; nihil enim in
terris magis ex animo obtinui. Haec mea fuere suspiria aliquot vana. At nunc praeter spem nactus sum uxorem, ex meo
ingenio; cetera dabit deus. Etsi enim mundus nostram operam
reputat parvi pretii, non tamen fame peribunt veri Christo-
phori ⁵): praesto erit caseus et panis. Det sane Galenus opes
et Justinianus, at spretus donat coelestia munera Christus,
aeternam vitam, panem quoque quotidianum. Haec sit nostra
cura potissima, ut fideles reperiamur in nostri imo in Christi
ministerio et piscemur cum apostolis in vasto mari; interim
procurat Christus curriculum et assuetos pisciculos. Quodsi,
ut est fortuna piorum, hic parcius alamur; erigamus nos spe
coronae immarcescibilis, quam filius dei nunc nectit bonis et
piis pastoribus. Haec pro tua petitione et nostra amicitia ad
te libenter scripsi et peto per communem dominum, cui
in spiritu servimus, ut maneamus in sana doctrina et puri-
tate euangelii. Bene vale cum ecclesia tua et familia,
uxore et liberis et hoc inconditum genus orationis amice ac
cipias.

Datum in vallibus Joachimicis, Misericordias domini
MDXLIII. Scribe ad me aliquid rerum mundi.

T[uus] in domino

Joan. Mathesius, ecclesiastes vallensis qui olim servivi apud
Casimirum in valle Monachii.

1) S. ob. I, 28. 32 f. 37 f. 195. 2) Nach dem Zusammenhang sind
die eigenen Kinder zu verstehen. 3) Pf. 147, 9. 4) Pf. 68, 6. 5) S.
ob. S. 204.

Nr. 11.

Wittenberg. Zwischen 10. u. 13. April 1543.

Melanthon an Mathesius.

Empfehlung des Joh. Salater[1]) als Unterlehrer[2]). Reli=
gionsverfolgung in Lothringen. Grüße an Dr. Rävius[3]) und
dem Rektor[4]).

Druck: Corp. Ref. V, 92.

1) S. ob. I, 182. Briefw. Nr. 64. 64 a. 2) Die Empfehlung scheint
gewirkt zu haben, Chron. verzeichnet 1550 Salaters Beförderung vom Schul=
dienst zum Diakonat. 3) Vgl. Nr. 9, 2. 4) Nämlich Stephanus Calo-
pedius; Chron. 1542.

Nr. 12.

Wittenberg. 20. August 1543.

Melanthon an Mathesius.

Reformations = Ansätze im Kurfürstentum Köln[1]). Bedauern
über heftige Edikte in Böhmen[2]), die ein verhängnisvolles Omen
für den Türkenkrieg[3]). (Gruß an Dr. Rävius[4]).

Druck: Corp. Ref. V, 160.

1) Möller=Kawerau, Lehrb. der Kirchengeschichte. 1894, S. 135.
2) Durch die König Ferdinand versuchte, den alten Utraquismus wieder
aufzurichten und die lutherischen Neuerungen zu beseitigen. Gindely I,
267. Czerwenta II, 249. S. ob. I, 119 f. 3) Laut Chron. rückte
1543 der vierte Zug aus Joachimsthal gegen die Türken aus, in dem
die Grafen Lorenz und Joachim Schlick (f. ob. I, 77) mit dem König ins
Feld zogen. 4) Vgl. Nr. 11, 3.

Nr. 13.

Wittenberg.   27. September 1543.

Melanthon an Mathesius.

Antwort auf des Adreſſaten (verlorene) Äußerungen über öffent=
liche und häusliche Angelegenheiten. Infolge der Beobachtung
häufigen Abortierens durch kaltes, minderwertiges Bier, ſei der
Gattin ein vollerer Trank empfohlen, worüber auch Dr. Nävius [2])
zu konſultieren. Bei der Sorge vor Erſchütterungen der Kirchen
und Schulen Freude über die Eintracht in der rechten Lehre in
Joachimsthal.

Druck: Corp. Ref. V, 180.

1) „Secundaria cerevisia"; ſ. ob. I, 119.   2) Vgl. Nr. 12, 4.

Nr. 14.

Wittenberg.   3. Oktober 1543.

Melanthon an Mathesius.

(Teilweis verlorene) Antwort auf des Adreſſaten (verlorene) An=
fragen, Auskunft über Röm. 10 [V. 5].

Druck: Corp. Ref. V, 188.

Nr. 15.

Wittenberg.   14. Dezember 1543.

Luther an Mathesius [1]).

Kurzer Wutzuſpruch, auf verlorene Mitteilung eines Dritten
hin, das Edikt Ferdinands, des kläglichſten, elendſten Königs [2]) zu
verachten, das alle beweibten Prediger aus ſeinem Reiche treibt.

Druck: de Wette V, 609 f.

1) de Wette bezeichnet ihn hier (wohl nach Seckendorf) irrtümlich
als ehemaligen Famulus Luthers; ſ. ob. I, 93, 10.   2) Gindely I, 274.
Czerwenka II, 250. (Vgl. v. Bezolt, S. 447.)

1544.
Nr. 16.
Wittenberg. 21. März 1544.
Melanthon an Mathesius.

Ausdruck der Befriedigung, daß man auf dem Reichstage [1]) erst über die Türkenhilfe verhandle. Inbetreff der Gräfin [2]) ist Mäßigung zu empfehlen und ohne archilochische [3]) Beschuldigungen das Nötige vorzunehmen.

Druck: Corp. Ref. V, 335.

1) Zu Speier, Febr. 2) Gewiß die Gräfin Schlick, die wohl in der Richtung der alten Kirche Veränderung des Kultus wünschte; s. ob. I, 112. 296. 3) Berüchtigt wegen seiner scharfen Polemik. Bernhardy, Grund= riß der griech. Litteratur. 1876, I, 369. S. ob. S. 129. 139.

Nr. 17.
Wittenberg. März oder April 1544.
Caspar Cruciger an Mathesius.

Freundliche Ablehnung des Dankes [1]) seitens des Adressaten für die ihm übersandte Postille [2]). Beantwortung einiger Fragen aus Samuels und Sauls Geschichte [3]). Bitte um Auskunft, wie es mit der Ader vom goldenen Rosengang [4]) steht, wegen seiner Kuxe [5]).

Druck: Corp. Ref. V, 349.

1) Mathesius' Brief ist wieder verloren. 2) „1543/1544 erschien Luthers Sommerpostille in einer neuen Redaktion durch Cruciger". Köstlin II, 597. Luthers W., Erl. A. ² VII (1866), XXVII. XXXV. 3) S. ob. I, 144. 158. 333. 4) Laut Chron. war diese Grube im Frühling 1519 angelegt. 5) S. ob. I, 193, 7.

† Nr. 18.
Joachimsthal. 26. November 1544.
Mathesius an Spalatin in Altenburg.

Schmeichelhafte Anerkennung der öffentlichen und privaten Ver= dienste Spalatins. Aufklärung über die Seltenheit der Briefe [1]).

Handschriftlich (Kopie): München, Hof= u. Staats=Biblioth., Cod. lat. 2106; S. 116.

Georgio Spalatino S. in Christo.

Gratificatus sum homini [2]) propter tuam petitionem, clarissime domine Spalatine, quoad potui, et volens feci cum Christi tum tuo nomine. Nec etiam excidisti mibi hoc [3]) animo cum tuis beneficiis, quae in me prolixe posuisti. Et quoad in vivis ero, praedicabo Spalatinum et ob publica in ecclesiam et privata in me et multos Lazaros officia et illustrem beneficientiam. Ceterum quod rarius exstiterim in officio scribendi, habui graves aliquot rationes. Nolui tibi homini occupato magnis et variis occupationibus obstrepere meis inanibus litterulis. At haec est vulgarior, inquis, purgatio. Et ut ingenue fatear (quare enim non fatcrer apud hominem ingenuum et candidum?), audiveram, et fama fuit. nescio quam controversiolam excitatam esse a male conciliatis inter charissimos meos, D. Spalatinum et Misenum [4]); ea res me suspensum reddidit, ne temere scriberem. Verebar enim, ne verbulum aliquod excideret, quod tum temporis exulceratum animum laederet. Nam, ut animus est, ita accipimus aliorum dicta et interdum aliorum rescribuntur. Id tametsi de tuo candore non plane suspicari poteram, tamen ex meo aliorum animos judicabam. Amamus amicos amicorum et hos inter amicos suspectos habemus. Negare autem non possum, mihi certissimam esse constitutam amicitiam cum Miseno, cui bonam et meliorem partem meorum studiorum acceptum refero, nec injuria. Nam reversus ex indocta Bavaria sub Miseno prima rudimenta grammaticae de integro perdidici. At nunc, cum ex Witebergensium amicorum litteris intellexi, vos rediisse in veterem gratiam et opportune tuas [5]) acciperem, non potui intermittere. quin pro mea tenuitate ad te perscriberem et probarem significationem mei in te observandissimi animi. Nihil igitur sinistri de Mathesio tuo cogitabis, vir optime! Immo me in tuam amicitiam semel receptum conservabis perpetuo; id te etiam atque etiam et vehementer rogo. Bene vale [6]) in Christo cum tua familia et uxore honestissima et

tua ecclesia et cum Miseno tuo filio. Hoc ex animo precor.
Proxime plura.

Raptim ex vallibus d[ie] Cunradi. MDXLIIII.

Tuae humanitatis observantissimus

Jo. Mathesius.

1) S. ob. I, 56. 85. Briefw. Nr. 3.   2) Also dem Überbringer des (verlorenen) Schreibens, durch das Spalatin den Verkehr wieder anknüpfte. 3) Wohl ex zu lesen.   4) S. ob. I, 55 f. Die Reibungen mit ihm trugen zu Spalatins chronischem Mißmut in seinen letzten Lebensjahren bei. Löbe a. a. O. 1, 104.   5) sc. litteras.   6) Spalatin starb bereits im folgenden Jahre.

Nr. 19.

Wittenberg.   22. Dezember 1544.

Melanthon an Mathesius.

Belobigung des Adressaten [1]), daß er auf der Kanzel gegen das Zinsennehmen [2]) auftrete, doch gilt es dabei Billigkeit walten zu lassen und den außerordentlichen Unterschied von Kauf und Leihen zu bedenken [3]).

Druck: Corp. Ref. V, 551 f.

1) Vgl. Nr. 17, 1.   2) Es sind hier jedenfalls Wucherzinsen gemeint. Bereits z. J. 1541 meldet Chron. die gefängliche Einziehung und Abstrafung von drei Wucherern. Der ganze Bergwerksbetrieb beruhte ja auf Aktien= und Zinsenwesen, Mathesius selbst war „Gewerke“.   3) Vgl. Nr. 112.

1545.
† Nr. 20.

Joachimsthal.   31. Juli 1545.

Mathesius an Joachim Camerarius [1]) in Leipzig.

Bedenken, die politische Lage betreffend [2]), über die brieflich besser nicht zu reden ist. Freilich liegt in Joachimsthal kein Grund zur Undankbarkeit vor, insofern die Gemeinde dem Geistlichen und der Schule zugethan ist.

Handschriftlich (Origin.): München, Hof= u. Staatsbibl. Collectio camerariana [3]) VII, 211.

Clarissimo viro domino Joachimo Camerario domino et amico
suo cum observantia colendo.

S. in Christo. Accepi literas tuas ¹), sed eum, quem mihi
commendaveras ⁴), non vidi. Nec enim audet prodire in con-
spectum patris aut amicorum, quos omnes abs se abalienavit
suis dissolutis moribus et urit ⁵) suis moribus. De nostris
rebus non tutum est multa committere literis. Domino Cliniae ⁶) quaedam significavi. Utinam haec negotia cum bona
pace componerentur, sed parum spei superesse video. Christus
filius dei servet hanc ecclesiam et politiam, quae praebet hospitium euangelio et bonis studiis et accipit nos bellissime!
Nec enim habemus hic, quod conqueramur de ingratitudine
mundi. Si qua res publica acqua est ministris ecclesiae et
scholae, haec nostra est.

Proinde etiamsi desperemus de salute huius vallis, si ad
malas artes, quibus tentamur, respicimus, spes est tamen non
exigua, eos mercedem prophetarum recepturos esse, qui discipulos Christi reverenter habent.

Haec habui, quae ad te dare volui admonitus de profectione Cliniae. Si quod tibi ocium fuerit, mei memineris.
Ego vicissim tibi paratus ero ad omnia obsequia.

Bene vale. Saluta meis verbis dominum doctorem Zieg-
lerum ⁷), cui gratias ages pro positionibus et domino Cram ⁸).
Datum in vallibus pridie calendis Augusti 1545.

Tuus Mathesius.

---

1) S. ob I, 123. 134. 196. Der Briefwechsel beginnt nicht mit
Nr. 20; diese bezieht sich bereits auf ein verlorenes Empfehlungsschreiben des
Adressaten.   2) S. ob. I, 122.   3) In der viel bestohlenen Sammlung
der 78 Bände (Hulm, über die handschriftliche Sammlung der Camerarii
und ihre Schicksale, in: „Sitzungsber. der philos.-philol. u. histor. Klasse der
kgl. bayr. Akad. d. Wiss. zu München“ III [1873], 109) sind auch einige
Briefe zwischen Camerarius und Mathesius den Räubern zum Opfer ge-
fallen, darunter die Blätter Bd. VII, fol. 214. 215. 217.   4) Es scheint
ein von der leipziger Universität zurückgekehrter Joachimsthaler zu sein; vgl.
Nr. 22.   5) Zweifelhafte Lesung, = belästigt, beunruhigt?   6) Vgl.
Nr. 21. 23. 135. Offenbar Pseudonym, vielleicht mit Beziehung auf Terenz'
Heautontimorumenos.   7) S. ob. I, 134.   8) Ebb. 135.

† Nr. 21.

Leipzig.   5. Dezember 1545.

Camerarius[1]) an Mathesius.

Angelegentliche Entſchuldigung wegen langer Correſpondenz=
pauſe. Bedauern über die dortigen Vorgänge. Bitte um Nach=
richt, wenn er verjagt werden ſollte.

Handſchriftlich (Origin.): München, a. a. O. [2]) XXVI, 118.

Eximia pietate ac doctrina praedito D. Mathesio praedicatori
Christi in vallibus Joachimicis.

S. D. Profecto pudet me non quidem negligentiae in
scribendo meae [3]), sed cessationis. Hoc enim sic distinguo,
ut negligentia sit voluntatis, cessatio saepe necessitatis. Sed
sive negligentia sive occupationibus meis factum fuit, ut tam-
diu nihil ad te, profecto me morae istius pudet. Quae apud
vos acciderunt post id tempus quo istic fui [4]), cum magno
dolore cognovimus [1]), et narrabantur hic omnia tristissima,
quae tamen lenierunt aliquantum sermones amici nostri Cliniae [5]), ut tu appellas. Te autem oro, ut mihi significes, quo
in loco sint apud vos omnia, et quis status ecclesiae vestrae,
quaeque ideo in posterum spes. Etsi diem excedere curas
nostras Christus vetat [6]); sed est sol[l]icitudo haec pia; ipsum
autem οὐκ ἂν φύγοι τῶν δ' ὅς αἴτιος κακῶν. Verum de his
literas expecto tuas. His diebus affuit princeps opt[imus]
Prussiae, commoratus ille quidem Neopurgi sesquimensem [7]);
apud illum et de te honorifica mentio facta. Tu si istinc re-
pelleris, quaeso mihi ut indices tibique persuadeas, me esse
cupidissimum dignitatis et commodorum tuorum. Vale cum
tuis et me ac familiam meam commenda Deo! Amisi his
diebus fratrem unicum, virum integerrimum vel potius sanc-
tissimum, in patria mortuum [8]), qui mihi et dolorem ingentem
et curas gravissimas et maximas molestias reliquit. Sed per-
mitto deo omnia. Cui te et tuos una mecum et cum meis commendo; idem et tu facias. Iterum vale. Nonis Decembris.

                                                    Joachimus Tuus.

Ludi vestri magistrum [9]) et totam scholam vestram salvere
jubeo.   Itemque Antonium [10]) nostrum.

1) Vgl. Nr. 20.   2) Vgl. Nr. 20, 3.   3) Das läßt auf einen leb=
haften Verkehr schließen, selbst wenn Nr. 20 das letzte Stück ist.   4) Chron.
weiß nur von dem späteren Besuch 1557.   5) Vgl. Nr. 20, 6.   6) Matth.
6, 34.   7) ADB I (1875), 293 ff. (Neuenburg kam 1308 an den deut=
schen Orden, der die Stadt 1465 als letzten Punkt an der Weichsel verlor.)
8) Glosse: Pertinet haec epistula ad annum 1545, quo mortuus est Hieronymus domini Joachimi frater Camerarius.   Vide [Camerarii] Vitae
Melanchthonis historiam [Hartfelder A, S. 624, Nr. 43], p. 218.
9) S. Nr. 11, 4.   10) Wohl Reiß; f. ob. I, 143.

1546.
† Nr. 22.

Joachimsthal.   10. Januar 1546.

Mathesius an Camitianus [1]) in Leipzig.

Ablehnung des dem Adressaten zugeschobenen Schiedsrichter=
amtes in einer Geldforderung.

Handschriftlich (Origin.): Kirchenbibliothek zu Annaberg i. S., Autographa
collecta a Jenisio [2]), S. 47.

Clarissimo viro domino magistro domino Camitiano professori
                    Lipsico suo amico singulari.

S. D. in Christo. Literae tuae, vir clarissime, quas dedisti ad miseram parentem juvenis [3]), cepere me arbitrum in
tuo negocio [4]). At ego, qui nomen meum professus sum
euangelio Christi, nec arbiter nec judex esse potero. Sunt
qui dominantur suis populis et herciscunt familias et litigantes
dirimunt suis sententiis At vos non sic, inquit filius dei ad
apostolos [5]). Proinde, cum judicium ferre non possum, pre-
cator esse volo. Hoc nostri est muneris et hoc eo libentius
facio, quod pro misera vidua aere alieno oppressa et grege liberorum onerata intercedendum sit et apud eum, qui ex bonis literis
didicit lites [6]) et eorum preces non esse repudiandas, et qui
novit ex sacris literis, deum omnibus curam viduarum et pu-
pillorum commendasse. Quare, vir clarissime et charissime,

dabis hoc meis amicis et sanctis precibus pro misella, et quod reliquum est de nomine [7]) propter filium dei remittes. Si quando fortuna aliqua calamitosissimam matronam aut filium discipulum tuum beaverit, cum bona gratia et fervore vel me monitore tibi satisfacere debebunt. Bene vale nec patiare lites Homericas [6]) de te conqueri. Illiberale enim esset homini in philosophia et verbo dei enutrito severius justo agere cum vidua paupercula; cum nos, qui studia sectamur, non avare debeamus artium [8]) pretium statuere, ut ille inquit. Sed de tua humanitate et pietate nihil dubito.

Bene iterum vale. Datae in vallibus X Januarii 1546.

T[uus] Mathesius.

1) S. ob. 1, 135.   2) Geft. 1612; Gundling, Hiſtor. d. Gelahrt= heit II (1734), 2567. 2897; III (1735), 4103.   3) Zweifelhafte Leſung; es mag auch der Name des Betreffenden dort ſtehen.   4) Es handelt ſich offenbar um eine Honorarforderung.   5) Matth. 20, 26.   6) Wohl = λιτας; λιται. Die Bitten, allegoriſche Perſonen, ſind Töchter des Zeus, da dieſer Beſchützer auch der Schutzflehenden iſt; Ilias 9, 502 (Odyſſee 9, 270).   7) = Schuldpoſten.   8) Zweifelhafte Leſung.

† Nr. 23.

Joachimsthal.   15. Januar 1546.

Mathesius an Paul Eber [1]) in Wittenberg.

Ankündigung einiger Stufen. Bitte um Antwort auf bei= folgendes Schriftſtück. Eheſache.

Handſchriftlich (Origin.): Gotha [2]), A 123, S. 85 u. S. 274.

Optimo viro domino magistro Paulo Ebero philosophiae professori Vitepergae amico suo maiori [3]).

S. D. M[agistro] Cliniae [4]) dedi aliquot massulas [5]), quas secum tulit Lipsiam; eas propediem accipies. Peto autem a te, ut hunc fasciculum domino Philippo Melanthoni reddas et instes reverenter, ut per occasionem respondeat. Libellum istum ineptum inepti baronis Bohemici, quem hic vidistis [6]), ad praeceptores mitto. Hoc a me perbenigne contendit comes noster

Jeronymus [7]), de ecclesia et his vallibus et me bene meritus. Is induit sibi hanc de me persuasionem, me posse impetrare aut extorquere scriptum seu judicium domini doctoris Martini; sed consulto nolui tanto viro eas nugas impias etiam obtrudere. Proinde dominum Melanthonem onero hac sarcina. Tu igitur instabis, ut judicium aliquod vel subscriptum saltem manu domini doctoris elicias; ego vicissim tibi faciam omnia quae potero.

Postremo et te onero hoc casu matrimonii [8]), in quo nunc haeremus, nos consistoriales [9]). Dabis igitur hoc amicis meis precibus, ut quae vestra in talibus casibus sententia uno et altero verbulo me edoceas.

De rebus meis nihil novi est, nec de colloquio [10]) quicquam ad nos allatum est. Quare, si vos quid habetis, nobiscum communicate.

Bene in Christo vale. Datum in vallibus XV Januarii 1546.

T[uus] Mathesius.

Casus [8]).

Es kompt einer, der wil sich lassen aufpieten, und dieser hat vormals an einem andern orten stark gefreiet und freier ausgeschickt. Die wittib leistet [11]) es auch, wie sie gefragt wird, sampt den freiern, ehr habe freien lassen. Weil aber dieser aufstellig wirdt [12]) und freiet ein andere und wil sich aufpieten lassen, und es ist ongefer fur mich kommen, sol ich ihn auch aufpieten lassen? Und, wenn er aufgepotten wurde (wie man sagt: aufpieten kann man niemandt weren), und die wittib, an die ehr freier vormals geschickt, wolle von ihr selbst kein einrede thun, kan ich diesen auch trauen lassen, oder sol man die erste wittib darzue halten, das sie einrede thut, oder jemand, radt oder pharner, auf der freier angeben, damit sie [13]) ihre gewissen purgiren, einrede thun, und die andere freiheit [14]) hindern? Item, ob [15]) diese andere freiheit nicht fortging, sol man auch der ersten wittib zulassen, weiter zu freien?

Alter casus.

Einer freiet umb ein Junckfrau; vater, mutter und tochter geben unabschlegige antwort und heyssen den Simon freier schicken und haben collation mit einander in beysein zweier zeugen. Der Simon schickt der junckfrau ringe. Ehe nun Simon die freier schicket, zeucht ehr über landt. Mitler zeit wirdt die junckfraue andres radtes, schickt dem Simon die ring wider. Simon schliefst ein andre freiheit [14]) ahn [16]), da thut man ihm aber [17]) ein zusage. Wie er freier schickt, hat die neue junckfraue erfaren, das Simon vor [18]) auch gefreit hat, wil ihme nicht gestendig sein [19]), pis er sich von der ersten rechtlich oder vorm pfarner entspreche [20]). Simon schickt wider freier an die erste, laut ihrem ehern abschid.

Da schliest vater, mutter, tochter dem Simon alles abe [21]). Nun ist die Frage, wie Simon mit zeugen die erste überweysen [22]) könne, ob sie ihn behalten müsse wider den ältern verwandelten willen, oder ob sie sich durch den eid möge purgiren, damit Simon und seine neue junckfraue eine gewisse ehe schliefsen können.

1) S. ob. I, 50. 193. 2) Die Briefe stehen dort durcheinander. 3) Aus dem Lehrer war der Freund geworden. 4) Vgl. Nr. 20, 6. 5) Zu Mathesius' Stufensammlung s. ob. S. 159, zu Ebers naturgeschichtlichen Interessen: Sixt A, S. 27. 29. 84. Pressel, S. 17. 21. Vgl. Nr. 68. 6) Laut Chron. waren Eber und Cruciger im Jahr vor diesem Brief im Thal gewesen. 7) Vgl. Nr. 5, 1. 8) Zu dem, freilich an anderem Ort (fol. 274) stehenden, datumlosen deutschen Schreiben dürfte die hier erwähnte Beilage erhalten sein. 9) S. ob. I, 287. 10) „1546, Jan. Zweites, von Karl V. nur zur Täuschung der Protestanten berufenes Religionsgespräch zu Regensburg." Georg Major durchreiste, auf dem Weg zu demselben, Joachimsthal. Chron. 11) = ?gewährleistet, bestätigt. 12) ? = aufgiebt. 13) Nämlich Rat u. Pfarrer. 14) = das Freien. 15) = wenn; Frante, S. 107. 16) = knüpft eine andere Heirat an. 17) = abermals, Frante, S. 115. 18) = zuvor. 19) = zugestehen, bewilligen. 20) = lossprechen. 21) = ab. 22) = überführen.

Nr. 24.

Wittenberg. 12. Februar 1546.

Melanthon an Mathesius.

Zu der geplanten Änderung des Abendmahlsritus — Abschaffung der Elevation [1]) — muß sich Adressat erst der vollgültigen Zustimmung seiner Kollegen versichern, ehe auch nur in der Predigt davon geredet wird. In freundschaftlichen Unterredungen mit Jenen sind als Gründe für die Abschaffung des Ritus zu betonen, daß das Volk nicht mehr glaube, die Elevation geschähe für andere, und daß der Götzendienst des Umhertragens aufhöre.

Druck: Corp. Ref. VI. 47 f.

1) S. ob. I, 275 f. — Vgl. Nr. 17, 1.

Nr. 25.

Wittenberg. 10. Juli 1546.

Melanthon an Mathesius.

Dank für das Geschenk an die arme exilierte Tochter [1]). Rat, in der Schule keine Änderungen [2]) vorzuschlagen, ohne der Willfährigkeit des Rektors [3]) gewiß zu sein. Empfehlung des Christophorus [4]). Eigener und Anderer Wunsch, Mathesius an der leipziger Universität [5]) zu sehen, für die mehr gesorgt werden muß, obwohl die Wichtigkeit seines Bleibens im Thal unfraglich ist.

Druck: Corp. Ref. VI, 189.

1) Melanthons Liebling, Anna, vierzehnjährig mit Sabinus vermählt, früh unglücklich, war seit dem Sommer 1544 in Königsberg, wo sie 1547 starb. Mußer, S. 329—367. Vgl. Nr. 36. 2) Vgl. Nr. 17, 1. 3) S. Nr. 11, 4. 4) S. ob. I, 183. — Vgl. Nr. 28. 150. 5) S. ob. I, 131 f.

† Nr. 26.

Joachimsthal. 21. Juli 1546.

Mathesius an Camerarius[1]) in Leipzig.

Die leipziger Angelegenheit[2]). Gegenüber den Reichsstürmen liegt das Thal noch im Frieden. Türkengefahr.

Handschriftlich (Origin.): München, a. a. O.[3]) VII 212.

Clarissimo viro domino Joachimo Camerario domino et amico suo maiori Lipsiae.

S. D. Dominus Melanthon nondum ad me scripsit[4]). Igitur non potui respondere ad tuas literas[5]). Quodsi de negocio edoctus fuero, faciam, quae potero salva conscientia facere. Hanc non temere laedam. Opus est enim nobis in his accisissimis et turbulentissimis temporibus amica conscientia. De turbis imperii[6]) nihil certi scimus, valles nostrae Christi gratia sunt pacatae adhuc[7]). Deus largiatur pacem Germaniae et servet ab intestinis bellis; non premimur ab extrario hoste. Is sub indutiis etiam abegit ex provinciis nostri regis superiore mense ad 22000 hominum. Hoc est verissimum; et hac hora vidi literas amici magni datas Rabbae[8]) Hungariae, in quibus docet is, qui interfuit negociis, amicos, quendam rediisse ad suos, captum a Turcis, ab hinc decennium. Is castrensi consilio Rabbae indicat non modo plures venisse Turcas, sed duo waschas[9]) cum magnis copiis venire, cum mordeant[10]) Turcae, ut depopulentur Austriam et Marcomanniam[11]) nunc nudatam praesidio et armis. Ad Turcam missam esse imaginem urbis Viennae et munitionum; nunc deliberari, quibus machinis labefieri possit urbs et munitiones expugnari. Iam enim decretam esse expeditionem in Austriam ad annum futurum. Haec suis auribus audivit ex capto christiano magnus ille amicus noster. Idem ad me scribit Salicetus[12]) meus, physicus Grezensis[13]). Sed Kisiades[14]) insequitur Isaiden. Interim ἀλλόφυλοι[15]) sua incursione liberant innocentem[16]). Res enim sunt et erunt eaedem, personae

mutantur. Sed compages monarchiae postremae [17]) etiam dis-
solvenda est, ut regnare possit Christus cum suis in aeternum.
Huic summo dictatori, cuius est ecclesia propria, committamus
piis precibus et indesinenter salutem omnium bonorum.

Bene in Christo vale. Salutem dic domino doctori Zieg-
lero [18]) et Magistro Cram [19]). Datum in vallibus XXI Julii
Anno domini MDXLVI.

Tuus Mathesius.

1) Vgl. Nr. 21.　　2) Vgl. Nr. 25, 5.　　3) Vgl. Nr. 20, 3.　　4) Nr. 25
war also noch nicht eingetroffen.　　5) Der Brief fehlt.　　6) Schon auf
dem Reichstag zu Regensburg im April 1546 hatte Karl V. die Maske ab=
geworfen; im Juni Bündnis zwischen ihm und Moritz; am Tage vor un=
serem Brief die Achtserklärung gegen die schmalkald. Bundeshauptleute. Dazu
die Türkengefahr.　　7) Diese Ruhe dauerte nur noch einige Monate. S.
ob. I, 138 f.　　8) Raab.　　9) = Pascha.　　10) Zweifelhafte Lesung;
wenn richtig, im Sinne von: daran festhalten.　　11) Mähren (Böhmen).
12) Ob = Dr. Wiedemann (salix, Weide)?　S. ob. I, 33.　　13) = aus
Grätz, = Königgrätz; doch etwas zweifelhafte Lesung.　　14) = der Sohn
des Kis: 1. Sam. 18 f.　　15) Also die Türken.　　16) Die Protestanten;
f. ob. I, 306 f.　　17) sc. des röm. Reiches deutscher Nation; f. ob. S. 55.
18) Vgl. Nr. 20, 7.　　19) Vgl. Nr. 20, 8.

Nr. 27.

Wittenberg. 1. August 1546.

Melanthon an Mathesius.

Schmeichelhafte Anerkennung des Adressaten als zugleich ein=
sichtsvoll und tüchtig. Dasselbe Lob gebührt dem Wolfgang My=
lius [1]), der empfohlen wird. Bitte um Kriegs=Nachrichten, in=
bezug auf des Kaisers Reisen und aus Mathesius' Gegenden.

Handschriftlich auch: Hamburg, Stadt=Bibliothek; Supellex Epistol. Uffen-
bachii et Wolfiorum ad historiam Reformationis spectantia.
Bd. LXXIV, 383 b [2]).
Druck: Corp. Ref. VI, 209.

1) Vgl. Nr. 45.　　2) Nach der jüngsten der dreifachen Seitenzählung.

† Nr. 28.

Joachimsthal. 4. August 1546.

Mathesius an Melanthon in Wittenberg [1]).

Dank für die Bemühungen um Chr. Friedrich [2]). Die leipziger Frage [3]). Ernst der Lage.

Handschriftlich (Origin.): München, a. a. O. [4]) VIII, 129.

Clarissimo viro domino Philippo Melanthoni domino et praeceptori suo carissimo.

S. D. Ago vobis gratias pro vestro studio in nostrum
diaconum [2]); praebuit specimen sui studii et probatur ecclesiae
nostrae.

De vocatione [3]) in his tumultibus [5]) nihil certi respondere
possum. Haec ecclesia nunc me retinet amore et benevolentia. Nec intellego ex vestris literis [1]), qui academiae inservire possim aut debeam.

Haec tempora fortasse adferent ingentem mutacionem ecclesiis. Filius dei imponat hisce turbis catastrophen feliciorem;
hoc certe pii omnes gemitibus inenarrabilibus exoptant. Et
is qui suo pretioso sanguine sibi redemit ecclesiam, quam
hodie vestra opera collegit et colligit adhuc ex perversissimo [6])
mundo, vobis non deerit. Causa est ipsius, non vestra; verbum quod docetis, ex sinu patris per filium dei ad nos de-
latum est; non humano consilio restauratum aut in hanc usque
horam defensum.

Committite porro ei hanc caussam, quod sedulo facitis et
viriliter agite et confortetur cor vestrum et videbitis dei im-
mensa opera! Quicquid est piorum in hac tota universitate
rerum, in coelo et in terris, una cum domino et servatore
nostro Jesu Christo vobiscum suspirat et orat.

Bene valete; datum 4. Augusti 46.

Tuus Mathesius.

1) Antwort auf Nr. 25.　2) Vgl. Nr. 25, 4.　3) Vgl. Nr. 25, 5.
4) Vgl. Nr. 20, 3.　5) Vgl. Nr. 27.　6) Text perverissimo.

Nr. 29.

Wittenberg.   20. August 1546.

Melanthon an Mathesius [1]).

Anerkennung des Ernstes, in so schwerer Zeit den Posten nicht zu verlassen. Doch wird sich über die Sache [2]) noch sprechen lassen. Der Brief [3]) ist nach Leipzig weitergegangen. Kriegs- sorgen. Beilagen [4]).

Druck: Corp. Ref. VI, 219.

1) Antwort auf Nr. 28.   2) Die leipziger Angelegenheit.   3) Nr. 28.
4) Verloren.

† Nr. 30.

Joachimsthal.   21. August 1546.

Mathesius an Camerarius [1]).

Nochmalige Begründung der Zurückhaltung in der leipziger Frage [2]).

Handschriftlich (Origin.): München, a. a. O. [3]) VII, 213.

Clarissimo viro domino Joachimo Camerario domino et amico suo maiori.

Sero sane respondeo [4]) ad tuas literas [5]), vir clarissime. Sed aliquanto etiam serius accepi scriptum Melanthonis [6]). Rescripsi [7]) autem domino Philippo, me hoc tempore nihil certi de hoc negocio [8]) posse scribere. Devinctus sum huic ecclesiae variis modis, nec potui ex vestris literis [9]) intelligere, quale sit futurum officium. Et haec turbulenta tempora nec consilia nec mutaciones admittunt. Quid? quod eam facultatem dicendi et docendi in me non reperio, quam fortasse ex bene- volentia mihi tribuitis. Committo igitur hoc totum negocium bonitati divinae, quae sine dubio me in has valles conjecit. Agnosco me esse servitorem filii dei. Ubicumque ejus nomini inservire potero, pia vocatione et salva conscientia, faciam strenue et fideliter. Et sentio hanc meam voluntatem benigne hactenus adjutam esse a spiritu sancto.

Tu bene vale in Christo. Datum in vallibus XXI Augusti MDXLVI.   T[uus] Mathesius.

1) Vgl. Nr. 26. 2) Vgl. Nr. 29. 3) Vgl. Nr. 20, 3. 4) Die vorläufige Antwort gab Nr. 26. 5) Vgl. Nr. 26, 5. 6) Nr. 25. 7) Nr. 28. 8) Nr. 29, 2.

Nr. 31.

Joachimsthal.   22. Oktober 1546.

Mathesius an M. Caspar Heidrich 1) in Freiberg.

Kriegserklärung des kgl. Kommissärs in J. an die Sachsen. Noch unentschiedene Haltung des Stadtrates. Entschlossenheit des Schreibers, auf Erfordern gegen die Heeresfolge sich zu erklären. Adressat wird um Testamentsvollstreckung ersucht.

Handschriftlich (Kopie): München, Hof= und Staatsbibliothek. Cod. lat. 939, S. 182 bf.

Druck: Hummel, Epist. hist. eccl. saec. XVI, Tl. I, S. 34 f. 2)

Matthesius 3) ad M. Casparum.

S. in Christo, in quo fremente Sathana moriemur et vivemus. Ea hora, qua tuas accepi literas, perfertur ad me, indictum esse a nostro Jentorffero bellum electorianis; das Gott geklagt sey, dem treuen Gotte! Nostris mandari, ut occupent Gottzgab et reliqua oppida metallica electoris optimi principis. De nostri senatus animo hac hora adhuc nihil recti habeo, quamquam Jentorff eos appellat treules und meincibig; quae res declarat nostri 4) senatus constantem animum.

Minatus est etiam husaros 5) et reliquos milites regios debere irruptionem facere in has valles, nisi ipsi potirentur oppidis electoris. Omnes nos igitur sumus circumvallati periculis. Expecto vocationem; si ecclesia me vocat, dissuadebo oviculis, sicuti ingenue feci, et insuper etiam meam sententiam clare dixi Jentorffero, ne maculent sese innocenti sanguine aut invadant aliorum urbes; potius jugulum porrigant carnificibus, quam contaminent pactum in baptismate. Und darüber gehe mir's, wie Gott will, in cujus manu vivo, in cujus manu mortuus vivam et expectabo securus extra jactum telorum finem horum motuum. Dem Herrn Christ befehle ich meinen Geist, ja mein armes sündiges und in Christo geheiligtes

ſchlein, wie St. Stephan. O Domine Jesu Christe, fili Dei
vivi, domine coeli et terrae omnium daemonum et Jeutorferi,
qui pro me victima factus est, te cognovi, te praedicem, te
confitear, tecum deum et propitiationem unicam pro meis ini-
micis; precibus te invoco ad dei patris dextram sedentem,
suscipe spiritum meum in tuas sanctissimas manus, confirma
me tuo spiritu principali et conserva me et uxorem meam et
liberos meos et ecclesiam meam in constanti fiducia tua et
ingenua confessione verbi tui sancti euangelii. O Jesu Christe,
arce[4]) papam et Turcam et frange[4]) Ahitophelis consilia und
hilff du, das dein heiliger nahme per vitam et mortem meam
glorificetur; Jesu Christe, victor mortis et donator vitae aeter-
nae, tua mors sit mea vita! Amen.

Quae de morte scripsi, tuo patri[4]) offero; tu ei rescribe
et transmitte ad dominum Crucigerum[6]) post meam mortem,
una cum meo testamento et confessione, ut edatur; si Bohemia
aut aliquis alienigena me definito dei consilio de medio
sustulerit, manebit tamen confessio meae fidei. Scripsi item
tres contiones de Saulis interitu ex cap. 31; nam quartam de
Doëgo nondum absolvi, in quibus praesentem casum tractavi,
contra tyrannos et ministros tyrannidis, et monui Christianos,
ne injustis bellis sese implicent. Ich wolt nicht gern, das ſie
verloren werden[7]), si fieri potest. In mea bibliotheca inter
contiones[4]) poteris quaerere. Nam te instituo heredem lucu-
brationum mearum et D. Casparum Suntium. Hiemit, mein
allerliebſter freundt und bruder, geſegne euch der liebe Gotth bis
auff ein froliche zuſammenkunfft. Dein widerkommen und Chriſti
todt[4]) macht, daß ich ſterb, nicht wehe[4]). Hoc unum peto, O
Jesu Christe, du wolleſt mein Weib und Kind vor Schande be=
hütten und ihn[8]) ein ſeliges ſtündlein bald nach mir verleyhen.
Amen, Amen. Vale in Domino cum omnibus meis amicis et
fratribus! Datum in vallibus Freytag nach Ursulae 1546.

Tuus Mathesius[3]).

Hodie incepi das ſchöne ‚Confitemini‘; ſols ſein, wie es in
Gottes hand ſtehet, ſo predige ich. Non moriar, sed vivam et

narrabo opera Domini. Denn der herr züchtiget woll, aber er
gibt dem tode nicht. Igitur bono animo estote. Ego vici mundum [9]), saget aller teuffel und tyrannen fußtretter.

1) Von den verschiedenen Freunden mit Namen Caspar (s. ob I, 175)
kann hier nur Heidenreich (s. ob. I, 141. 176; vgl. Nr. 111. 183) in Betracht kommen.   2) Der Druck bei Hummel ist unvollständig; besonders
empfindlich ist die Weglassung des erregten Schlusses.   3) Vgl Nr. 4, 4.
NB. haben wir es hier mit einer Kopie zu thun.   4) Zweifelhafte Lesung.
5) Zweifelhafte Lesung. Die gegen die Türken geschaffene Truppe war damals sehr gefürchtet; sie konnten auch in den Bergstädten, namentlich in
Joachimsthal, zur Verwendung kommen.   6) Vgl. Nr. 17.   7) Nach
der Wendung der Dinge hat er sie selbst der Vergessenheit anheim gegeben.
8) = ihnen.   9) Joh. 16, 33.

Nr. 32.

Wittenberg.   6. November 1546.

Melanthon (und Cruciger) an Mathesius [1]).

Ungerechtigkeit dieses Krieges.   Abscheu vor dem Bürger= und
Glaubens=Krieg.   Rat zur Flucht.

Druck: Corp. Ref. VI, 264 [2]).

1) Der Brief scheint Bezug auf Nr. 31 zu nehmen, den vielleicht Heidrich
an Cruciger geschickt hatte; sonst ist wiederum ein verlorener Brief anzunehmen.   2) Neue Kollektion mit der münchener Kopie ergiebt Z. 3 als
Variante ipse statt ipsi; 6 Zeilen weiter lies: qui eam eaedem; die Unterschrift ohne Cruciger.

Nr. 33.

Wittenberg.   25. November 1546.

Melanthon an Mathesius.

Astrologische Ankündigung der Bewegungen in Sachsen.
Beilage [1]).

Druck: Corp. Ref. VI, 294.

1) Vgl. Nr. 29, 4.

Nr. 34.

Magdeburg.   6. Dezember 1546 [1]).

Melanthon an Mathesius.

Giebt den Rat, auf dem Posten zu bleiben, wenn er nicht von
der Regierung vertrieben wird, um nicht Betrügern Raum zu machen;
auf die Frage [2]), ob der Krieg zu billigen oder zu schüren ist,
keinesfalls das Letztere zu thun. Es werde sich bald zeigen, ob
die Regierung der Wahrheit gemäß versichere, daß der Krieg
nicht der Religion gelte.

Druck: Corp. Ref. VI, 304.

1) Zum Datum s. ob. I, 156.   2) Vgl. Nr. 17, 1.

1547.
Nr. 35.

Zerbst.   6. Januar 1547.

Melanthon an Mathesius.

Mahnung, seinem Schmerz nicht nachzugeben [1]). Antwort
auf drei Fragen in Ehesachen [2]).

Druck: Corp. Ref. VI, 346.

1) S. ob. I, 164.   2) S. ob. I, 282 f.; Nr. 23.

Nr. 36.

Wittenberg.   Ende März 1547.

Melanthon an Mathesius.

Empfehlung des wittenberger Hörers Eutichius Molitor [1])
aus Joachimsthal. Anna Sabinus [2]) ist gestorben.

Druck: Corp. Ref. VI, 461.

1) Wohl ein Sohn des Stadtrichters Hans Müller von Berned; Chron.
1519. Vgl. Nr. 57. Bei Förstemann, Album, S. 239 findet sich nur
ein Michael Molitor 1548.   2) S. Nr. 25, 1.

† Nr. 37.

Wittenberg. 5. August 1547.

Melanthon an Mathesius.

Universitäts-Nachrichten. Trost-Lettüre. Wiener Briefe über Prebigt des Evangeliums.

Handschriftlich (Kopie): Hamburg, Stadtbibliothek. Supellex Epistolica Uffenbachii et Wolfiorum etc. Bd. LXXIV, S. 377b 1).

Philippus Melanthon ad Joh. Mathesium.

S. D. Etsi de nobis varia sunt hominum judicia et fortuna, ut ait Menander [2]), varie pungit homines, tamen arbitror magnos indices, quibus respui nostra nota est falsum, academiolam nostram profuisse doctrinae studiis tum ecclesiasticae tum philosophicae. Et quamquam esse cognosco quaedam nostra vitia et deploro, tamen multarum necessariarum rerum explicatio a nobis recte facta est. Cum igitur conjunctio cum his collegis, cum quibus nunc annos fere 20 magna concordia vixi, profuerit studiis, gravem caussam habeo, cur eos nolim deserere, nisi plane vis aliqua fatalis rogat [3]). Huc [4]) igitur ad deliberationem de tabulis nostri naufragii colligendis accessi et deum oro, ut academiam instauret. Mitto tibi pagellas [5]) psalmi [6]). Tali enim lectione nos in hac moesticia et consolemur et commonefaciamur de quaerendis remediis nostrarum miseriarum ac speremus, deum servaturum esse ecclesiae reliquias. Heri literas accepi, quae significant, Viennae euangelium pure doceri et autoritate regis junioris [7]) defendi per concionatores; ipsum etiam regem juniorem venire in auditorium ad audiendam euarrationem [8]) epistolae Pauli scriptae ad Romanos.

Bene vale, 5. Augusti 1547.

1) Vgl. Nr. 27, 2. 2) Vgl. Meinete, Fragment. Comicor. Graecor. 1839/41, IV, 151. 3) Am 23. Mai 1547 war Wittenberg vom kaiserlichen Heer besetzt worden; am 2. Juli wurde in Weimar über Verlegung der wittenberger Universität nach Jena beraten; vom 19.—24. Juli war Melanthon in Leipzig und wurde vom Herzog Moritz gebeten, daselbst zu bleiben (Annal.). 4) Nach Wittenberg; vgl. Annal. zum Datum. 5) Vgl. Nr. 29, 4. 6) Wohl der 50. in Gedichtform; Annal. zum 27. August.

7) Maximilian; doch ist die Bezeichnung ein Hysteron-Proteron; denn König von Böhmen wurde M. erst 1549. Über seine Neigung zum Protestantismus s. ob. I, 634, 1.   8) Aus dem Jahr 1555 haben wir eine ausführliche Schilderung über Maximilian als Zuhörer Jos. Pfausers (vgl. Otto a. a. O., S. 3, 3) in der Augustinerkirche; vgl. Czerwenta II, 316. Wiedemann, Geschichte der Reformation im Lande unter der Enns II (1880), 111 ff.

Nr. 38.

Wittenberg.   24. August 1547.

Melanthon an Mathesius.

Empfehlung eines Hörers aus Straßburg [1]).

Druck: Corp. Ref. VI, 643 [2]).

1) (Vgl. Nr. 55.)   2) In der handschriftlichen Quelle für Corp. Ref. steht statt Theanas in Z. 7 des Textes deutlich Thermas, was einen viel besseren Sinn giebt als die im Corp. vorgeschlagene seltsame Konjektur.

Nr. 39.

Wittenberg.   26. Oktober 1547.

Melanthon an Mathesius.

Ist entschlossen, nichts in der Lehre preiszugeben oder zu ändern. Bitte um Wiederholung etwaiger Fragen in dem letzten Brief [1]), der nicht zur Hand.

Druck: Corp. Ref. VI, 713.

1) Vgl. Nr. 17, 1.

Nr. 40.

Wittenberg.   10. November 1547.

Melanthon an Mathesius.

Rat in einer Ehesache [1]).

Druck: Corp. Ref. VI, 723.

1) Vgl. Nr. 17, 1. — Nr. 35, 2.

Nr. 41.

(Wittenberg.)   (Die brumae.)   21. Dezember 1547.

Melanthon an Mathesius.

Die Verlöbnisse sind kasuistisch zu behandeln [1]).

Druck: Corp. Ref. VI, 745.

1) S. ob. I, 284.

1548.
Nr. 42.

(Wittenberg.)   17. Februar 1548.

Melanthon an Mathesius.

Entrüstung über das tridentinische Konzil [1]). Gruß an H. Balthasar [2]).

Handschriftlich auch: Hamburg, a. a. O. [3]) Bd. LXXIV, S. 361b.
Druck: Corp. Ref. VI, 813.

1) Vgl. Nr. 17, 1.   2) Dr. Balthasar Klein: s. ob. I, 189, 5; dazu jetzt: Wollan, Litteraturgeschichte, S. 386. 3) Vgl. Nr. 37.

Nr. 43.

(Wittenberg.)   1. April 1548.

Melanthon an Mathesius.

Zweifelhafter Wert der Nachrichten über Neigung des Kaisers zu Zugeständnissen an die Evangelischen. Schreckliche Edikte in Frankreich.

Druck: Corp. Ref. VI, 845.

Nr. 44.

(Wittenberg.)   15. Mai 1548.

Melanthon an Mathesius.

Klage über die stolze Ablehnung der Bischöfe, irgendwelche Änderung zu dulden, sowie über die Uneinigkeit der Evangelischen.

Druck: Corp. Ref. VI, 907.

Nr. 45.

(Wittenberg.)   21. Juni 1548.

Melanthon an Matheſius.

Begleitzeilen für den lebendigen Brief Wolfgang [1]). Aus=
druck der Freude, nicht Genoſſe der Beratungen über das In=
terim [2]) geweſen zu ſein, ein Signal großer Bewegungen. Bitte,
das Schriftſtück [3]) nicht vor dem Konvent der Myſier [4]) zu ver=
breiten.

Druck: Corp. Ref. VI, 948.

1) Mylius; vgl. Nr. 27, 1.   2) Zu dieſen Nummern ſ. ob. S. 77.
3) Annal.   4) = Meißner; vgl. Clavis alleg. nomin. Corp. Ref. X,
321. Zum Konvent: Annal. 1548, 2. u. 6. Juli.

Nr. 46.

(Wittenberg.)   29. Juni 1548.

Melanthon an Matheſius.

Meldung über Ablehnung des Interim am Rhein, an der
Donau, in Sachſen. Das Urteil der Wittenberger [1]) iſt dem
Adreſſaten wohl durch Paul [2]) zugekommen. Eigene Entſchieden=
heit der Ablehnung [3]).

Druck: Corp. Ref. VI, 956.

1) Gewiß dasſelbe wie Nr. 45, 3 erwähnte, deſſen bereits geſchehene
Übermittlung Mel. vergeſſen, zumal es laut Annal. mehreren zugeſandt
wurde.   2) Eber vgl. Nr. 23.   3) Matheſius' Stellung zum Interim
ſ. Nr. 45, 2: 48.

Nr. 47.

(Wittenberg.)   25. Juli 1548.

Melanthon an Matheſius.

Dringende Mahnung zu häufigem Schreiben in der ſchmerz=
lichen Zeit. Weitere Nachrichten über Stellungnahme zu der
augsburger Sphinx [1]). Grüße an Mylius [2]) und die anderen.

Druck: Corp. Ref. VII, 83.

1) Vgl. Nr. 46.   2) Vgl. Nr. 45, 1.

† Nr. 48.

Joachimsthal.   Im Juni oder Juli [1]) 1548.

Mathesius an Paul Eber [2]) in Wittenberg.

Entrüſtung über das Interim, Befriedigung über den Wider=
ſtand gegen dasſelbe. Empfehlung des tüchtigen Mathematikers
und Griechen Caspar [3]).

Handſchriftlich (Origin.): Gotha, A 123, fol. 83.

> Doctissimo viro domino M[agistro] Paulo Ebero
> professori Vitebergensi amico suo carissimo.

S. D.   Novi nihil apud nos est.   Vidi scriptum Osiandri,
sed non publice editum [4]), in quo judicat de τὸ Interim pie
et prudenter et improbat eorum consilia, qui subscripserunt
renovatis idolomaniis. Item vidi scriptum theologorum Nori-
corum [5]) ad senatum Norinbergensem, in quo laudo constantiam
piorum virorum et oro filium dei, ut eo spiritu heroico ornet
nos etiam, qui servimus ecclesiis dei viventis. Reformationem [6])
cum stomacho perlegi et accidit res digna risu.   Cum collega
meus [7]) mihi remitteret reformationem, contexerat eam ob-
soletis chartis, quae, ita me Christus amet, paene verba et
methodum habebant novae reformationis.   Cum reliquas chartas
scrutaremur, videmus illud manuale sacerdotum (sic enim vo-
cabatur libellus) ante trecentos annos esse actum seu con-
scriptum.   Haec enim erant verba libelli.   Igitur merito
vocatur reformatio ab episcopis accepta: der neue teufel und
also abgot [8]).

Hunc hominem dominum Casparum [3]) collegam in nostra
schola tibi optima formula commendo et precor, ut ejus
consilia juves.   Nam homo bonus est et bene docens, id quod vos
experiemini; et mathescos et Mathesii perstudiosus est.   Igitur
peramanter a me petit, ut se (!) tibi commendem.   Interro-
ganti meo nomine cum benevolentia respondeas; nam de tabulis sinuum [9]) quaedam interrogabit.   Multa debeo huic juveni.
Nam utor eo praeceptore in mathematis [10]), ut et nomine et
doctrina sim Mathesius [11]).   Et si haereo in graecis, ad ipsum

tanquam ad sacram anchoram curro. Proinde, mi carissime
domine Magister Paule, oro te pro tua amicitia [12]), ut ita
tractes eum, quo agnoscat et experiatur, nos non vulgariter
amicos esse, ego vicissim tibi, si potero, et tuis gratificabor,
quoad vixero. Vale. Datum in vallibus, in oschophoriis [13])
1548.

Tuus Mathesius.

1) S. Anm. 13.   2) Vgl. Nr. 46, 2.   3) Eberhard f. ob. I, 90.
183.   4) Osiander verließ wegen seiner Ablehnung des Interims Nürnberg; HRE. XI, 123.   5) Hier in der beschränkten Bedeutung „bay-
risch".   6) Joh. Agricola prahlte, er sei durch das Interim der Reformator Deutschlands geworden; Frank I, 113.   7) Casp. Frank ob.
Christof Friedrich ob. Barthol. Reinwelt (Reibolt); f. ob. I, 180. 183.
178. Der Mittlere dürfte gemeint sein, der Wittenberg und den dorthin
wuchtenden Fragen am nächsten stand.   8) Vgl. Frank I, 115 f   9) Ob
mit Bezug auf Peurbachs 1541 in Nürnberg erschienene Sinustafeln? Vgl.
Gunther, Gesch. des mathemat. Unterrichts. 1887, S. 246. (Humboldt, Kosmos II [1870], 214.)   10) Der Gräcolatinismus Mathema
häufig bei Melanthon.   11) S. ob. I, 48. 235, 6.   12) Text: amicititia.
13) So hieß ein Fest in Athen im Juni oder Juli.

† Nr. 49.

Joachimsthal.   28. Oktober 1548.

Mathesius an Paul Eber.

Günstige kirchenpolitische Lage. Über die Zeremonieen. Disputation über die „Präfation". Bitte um „Interims"-Nach-
richten.

Handschriftlich (Origin.): Gotha, A, 123f. 84.

Clarissimo viro domino magistro Paulo Ebero professori philosophiae in schola Vitebergensi suo amico carissimo.

S. Credo te binas a me accepisse literas [1]), quae te de
statu rerum nostrarum docuerunt; et deo gratia valemus ac
vivimus adhuc, in familia et ecclesia et urgemus opera vocationis [2]) nostrae, nemine cursum euangelii impediente. Commissarii regii [3]) per hos dies hic fuerunt; illi jubent nos bono
animo esse et erigunt nos in spem bonam. Nam alter a

nobis petiit praedicatorem, quem suae plebeculae praeficeret. Dominus Vitus [4]) noricus mihi significavit Chymerum [5]) debuisse ad nos perferri, sed illum ipsum impeditum a consiliariis aliquot. Et si qua fides esse potest fronti [6]), credo et in nostra aula esse aliquot Obadias [7]). Nam et exstructio capellae [8]) per eos impedita est in hunc usque diem. Quid? quod benignitas ipsorum [9]) in me me reddit aliquibus e nostris suspectum; sed recta pergo in asserenda sana doctrina, non tamen sine quadam moderatione. Et oro filium dei, ut nos omnes servet in ingenua confessione, etiam siqua ingruat tempestas spurcitior. De ceremoniis [10]) minus est apud nos querelarum, sed plerique ex adversariis, maxime laicis, offenduntur laxitate disciplinae et nimia libertate tum potius paucitate ceremoniarum. De praefatione [11]), quam vocant papistae, nuper hospes quidam, praesentibus regiis [12]), mecum disputavit. Sed in festis eam retinemus cum pia libertate. Haec de rebus nostris. Cum uxore et liberis [13]) etiam valeo. Apud nos nihil novi est. Fama spargitur de liberato pio hospite et nutricio euangelii. Honoratos vivos dominum magistrum Froschelium [14]) et magistrum Erasmum [15]) meis verbis amanter salutato et dicito, me ex animo dolere ipsorum casum. Christus suo spiritu soletur eos et omnes contritos spiritu. Bene in domino vale et qui valeat dominus doctor Cruciger [16]) rescribe; domino praeceptori non libenter obtrudo meas literas, alias occupatissimo multis et magnis negotiis.

Quid actum sit de sacrificio missae [17]), si fieri potest, fac ut ex te intelligam. Oramus omnes indesinenter, ut filius dei servet istam ecclesiam et scholam cum doctoribus. Bene in domino vale. Datum in vallibus, Simonis et Judae 1548.

Tuus Mathesius.

1) Vgl. Nr. 17, 1.   2) S. ob. I, 100; II, 54.   3) S. ob. I, 168, 4. Sie kamen wohl gelegentlich der in diesem Jahre publizierten „Königl. Bergordnung", Chron.   4) Dietrich, seit 1536 in Nürnberg; f. ob. I, 53. HRE. III, 597f. ist zu ergänzen durch Engelhardt, „Zeitschr. für kirchl. Wiss. und kirchl. Leben" (1880), S. 473f., Loesche, Analecta, S. 4. Hartfelder B, S. 165.   5) Sollte damit der päpstliche Nuntius in

Prag. Prosper a Santa Croce, Bischof von Chiemsee (Czerwenta II, 285) gemeint sein? 6) = dem äußeren Anschein. 7) 1. Reg. 18, 3 f. Ein solcher Mann war der kaiserl. Rat C. v. Ribbruck S. ob. I, 198. Am Hofe Karls V. war eine ähnliche Erscheinung der aus Granada stammende Diego de Mendoza, Gesandter in Venedig, Gouverneur von Siena, Vertreter des Kaisers in Trient, der dem Kaiser lebhaft vom Kriege gegen die Protestanten abriet; in verwandtem Geist, in lebendigem Humanitätsgefühl verfaßte er in seinem Alter seine ausgezeichnete Geschichte des Aufstandes der Moristen (vgl. Graf Schack, ein halbes Jahrhundert, 2. A. 1889, II, 312 f.) 8) S. ob. I, 168. 9) Vgl. dazu die Spende ob. I, 167. 10) S. ob. I, 296 f. und Briefw. Nr. 16. 24. 11) S. ob. I, 302. 12) Vgl. Anm. 3. 13) Johannes, Sibylle, Paul, s. ob. I, 120. 143. 211. 213. 14) Über Diakon Mag. Sebastian Fröschel: Köstlin s. v. Kamerau, Briefw. d. Justus Jonas s. v. Vogt, Bugenhagens Briefwechsel. 1888, S. 376. Hartfelder A, S. 102. 15) Professor der Mathematik Reinhold; vgl. Corp. Ref. III, 982; V, 549. LH. VII, 67 b. Jöcher III, 1996. Fortsetzung VI, 1722. Hartfelder A, S. 537. B, S. 242. 16) Beider Frauen waren im Wochenbett gestorben, Corp. Ref. VIII, 165. 17) Vgl. Nr. 17 u. 50. 18) In den Zugeständnissen im „Interim"; vgl Nr. 48.

Nr. 50.

(Wittenberg.) 1. Dezember 1548.

Melanthon an Mathesius.

Menschliche Hilfe kann nicht mehr retten [1]). Noch sind keine kirchlichen Veränderungen vorgenommen, doch Manche versuchen viel. Der Nachbar [2]) spricht schon von Wiederherstellung der Privatmessen. Beilagen [3]). Crucigers Tod [4]).

Druck: Corp. Ref. VII, 226.

1) Folgen des Interim. 2) Der Kurfürst von Brandenburg. Zu dessen vermittelnder Richtung vgl. Loesche, Analecta Nr. 475, 4. 3) Vgl. Nr. 29, 4. 4) 28. Nov.

1549.

Nr. 51.

(Wittenberg.) 11. Januar 1549.

Melanthon an Mathesius.

Klagen über Wirkungen des Interims in Schwaben. Lob der standhaften sächsischen Stände und zugleich des leipziger Landtags [1]).

Druck: Corp. Ref. VII, 299.

1) Vom 21. Dez., deſſen Reſultat doch das „Leipziger Interim". HRE. VI, 777; vgl. Nr. 45, 2.

Nr. 52.

(Wittenberg.) 22. Januar 1549.

Melanthon an Mathesius.

Neue Klagen über fortgehende Verfolgungen des „Interims". Empfehlung eines Ulmers mit Bezug auf eine mündliche Äuße= rung [1]) des Adreſſaten.

Druck: Corp. Ref. VII, 312.

1) Ob während des 4. Aufenthaltes im Frühling 1545? S. ob. I, 52, 2.

Nr. 53.

(Wittenberg.) 25. Februar 1549.

Melanthon an Mathesius.

Antwort auf Bedenken [1]), bezüglich der Äußerungen eines Kollegen [2]) über das Abendmahl. Rat, ſich an die einfachen Worte in der neuen deutſchen Ausgabe der loci [3]) zu halten. Einladung zu weiterer Ausſprache auf der leipziger Mai=Meſſe.

Druck: Corp. Ref. VII, 343.

1) Vgl. Nr. 17, 1. Auch ein verlorener Brief an Cruciger (vgl. Nr. 49, 16) wird erwähnt. 2) S. ob. I, 178. Vgl. Nr. 62, 1. 3) Juſtus Jonas hatte 1536 eine deutſche Überſetzung der neuen Ausgabe der loci von 1535 veranſtaltet. Schmidt, Melanchthon. 1861, S. 303. Hartfelder A, S. 593.

Nr. 54.

(Wittenberg.) Im Auguſt 1549.

Melanthon an Mathesius.

Noch genießt die Kirche und das Studium Frieden [1]). Bitte, durch die Beſchimpfungen des Mel. ſeitens des Illyrikers [2]) ſich nicht entfremden zu laſſen [3]).

Druck: Corp. Ref. VII, 450.

1) Vgl. Nr. 50 ff. 57.   2) Vgl. Annal. 1549, 9. Juni. Vgl. Nr. 59.
3) Zur Stellung des Adressaten zu Flacius f. ob. S. 86.

Nr. 55.

Joachimsthal.   1. September 1549.

Mathesius an Joh. Marbach [1]) **in Straßburg.**

Empfehlung für einen Joachimsthaler.   Friede und Freude
in Kirche und Haus.

Druck: Historiae Ecclesiasticae Seculi XVI supplementum . . . editum
a Joh. Fechtio. Durlach. 1684, S. 13.

S. D. Clarissime domine doctor.   Quod mihi data est occasio ad te scribendi, id ipsum ex animo gaudeo.   Nam nolim
intermori nostram amicitiam, quam Vitebergae [2]) constituimus
et sanctissimis colloquiis [3]) ad biennium aluimus.   Proinde
non utor apud te longiore circuitu.   Ex me metior tuum
animum et non dubito, te antiquam in me retinuisse benevolentiam.   Quod autem a te peto, breviter expediam.   Hic
adolescens Vallensis [4]) dedit operam bonis literis in hac nostra
schola; excitus autem fama istius celeberrimae urbis et
mores exteros spectare et isthinc animum porro cupit excolere
bonis literis.   In ea re si quid opis potes ferre egeno, da quaeso
hoc meis amicis precibus et ita tractato hominem, ut intelligat ipse cum suis amicis, meam commendationem aliquod apud
te pondus habuisse.   Si qua in re vicissim potero tuis declarare meam gratitudinem, faciam, ut perspicias. me boni func-
tum esse viri officio.   De statu rerum nostrarum haec addo.
Ecclesia et schola nostra Christi gratia adhuc salva est.   La-
boramus in euangelio de filio dei, nemine obstante [5])   Nec
quicquam nobis in hunc usque diem propositum est de mu-
tandis ceremoniis, quas equidem ante aliquot annos institui-
mus ad formam ecclesiae Vitebergensis [6]).   Et politia fruitur
sua pace sub rege nostro.   Faxit deus, ut metalla reflorescant,
quae in his tumultibus [7]) facta sunt aridiora!   Cum uxore
gravida et tribus liberis [8]) sic satis valeo.   Cum amicis de-
lector in studio hebraicarum literarum.   Haec de statu nostro.

Porro, quid in Saxonia agatur, ex Domino Raphaele [4]) procul dubio intellexisti. Bene vale clarissime et carissime domine, doctor et amice; et harum ecclesiarum in vestris precibus non obliviscimini. Et si tibi se offert occasio, fac, ut e te resciscam, quid isthic agatur, et quo in statu res tuae sint. Iterum vale. Datum in vallibus Joachimicis. Aegidi 1549.

Tuus Mathesius, docens euangelium in vallibus.

1) Seit 1545 Pfarrer an der Nikolaikirche in Straßburg, ſeit 1546 zu= gleich Kapitelherr zu St. Thomas, ſeit 1549 Gehilfe Hedios, des Präſidenten der ſtraßburger Kirche, ſowie ordentl. Profeſſor. S. ob. I, 196. 2) Bei Matheſius' drittem Aufenthalt, ſ. ob. I, 92 f.; Marbach, 1521 geb., ſtudierte 1539—41 in Wittenberg und wohnte in Luthers Hauſe. 3) Wohl auch mit Beziehung auf die an Luthers Tiſch. 4) Der Überbringer iſt wegen der fehlenden Matrikel (ſ. ob. I, 320, 1) nicht zu ermitteln. Ob der nachher genannte Raphael? Über Franc. Raphael ſ. Sixt. B., S. 28. 5) S. ob. I, 169. 6) S. ob. I, 263. 7) S. ob. I, 168. — Nr. 56, 5. 8) Vgl. Nr. 49, 13.

† Nr. 56.

Joachimsthal. 8. September 1549.

Matheſius an Camerarius [1]).

Überſendung eines Geſchenkes. Lokale, ungariſche und Konzils= Nachrichten.

Handſchriftlich (Origin.): München, a. a. O. [2]) VII, 216.

Clarissimo viro domino Joachimo Camerario amico suo majori.

S. D. Spondae praesto noxa est. Igitur vitrum [3]), quod tunc tibi pollicitus sum, transmitto. Munus per se est exiguum, sed in animum meum spectabis, qui tui semper est et erit observantissimus. Utinam tibi tantum superesset otii a tuis magnis occupationibus, ut mihi vicissim gratificari possis! Nam nosti mihi spem esse factam de vocabulis graecis novi testamenti, quorum significationem propriam ex graecis au- toribus libenter intelligerem. Sed haec committo tuae in me benevolentiae.

Nova nulla. Rex noster satis benigne egit per suos cum metallicis [4]). Igitur in novas spes erigimur metalla reflores-

cere propediem [5]).   Arx munitissima Maran [6]) in Ungaria,
quae nunquam agnovit regem nostrum, nunc expugnata est a
regiis militibus.   Waso Mathias illaudatus tyrannus, qui te-
nuit eam arcem et perpetua exercuit latrocinia, captus est cum
duobus fratribus.   Item pontifex [7]) minis et precibus allicit
Bononiam [8]) eos qui adhuc Tridenti jussu Caesaris expectant
concilium, ut sua decreta confirmet; sed Caesar vetat a se
illuc ordinatos Tridento discedere.   Pontifex nunc suo fruitur
ocio in hortis procul negotiis et pascitur rumoribus fusis de
cladibus illatis Caesari.   Nam nihil est omnium, quod ejus
aures ita demulcere aut animum confirmare possit, quam audire de infortunio Caesaris.   Bene vale.   Datum in vallibus,
8. Septembris MDXLVIIII.

Tuus Mathesius.

1) Vgl. Nr. 30.   2) Vgl. Nr. 20, 3.   3) Über Matheſius' Sammlung wertvoller Glasarbeiten ſ. ob. S. 143.   4) S. ob. I, 168.   5) Vgl.
Nr. 55, 7.   6) Dieſe Burg Muranh hat eine ſehr merkwürdige Geſchichte
(vgl. Tomáſik, Denkwürdigkeiten des Murányer Schloſſes mit Bezug auf
die vaterländiſche Geſchichte. Budapeſt 1882, S. 1. 11. 13 ff. 25 f. 77. 112).
Die Huſiten ſcheinen zuerſt (1440) den Felsrücken zu einer gewaltigen Feſte
umgewandelt zu haben; ſie arbeiteten auch der Reformation in dieſem Gebiet vor.   Seit 1500 war das Schloß im Beſitz der Familie Tornallyay, für
deren unmündige Erben Mathias Baſſo von Cſoltó Verwalter wurde. Dieſer
that ſich als Räuberhauptmann auf, der Schrecken der Umgegend.   Auf dem
von Ferdinand berufenen Landtag 1548 wurde gegen den zum Verräter und
Vaterlandsfeind Erklärten ein Kriegszug beſchloſſen, der nach großen Müh-
ſalen im Auguſt 1549 ſiegreich endete.   Mathias wurde mit ſeinen Brüdern,
Martin und Demeter, hingerichtet.   Graf Salm, der Commandeur des Exe-
kutionsheeres, war evangeliſch; ſein Schloßkaplan wurde der erſte Superintendent der evangeliſchen Gemeinden der umliegenden Diſtrikte.   Salms
Nachfolger hat die Glaubensartikel der muranyer evangeliſchen Super-
intendenz mit eigener Unterſchrift beſtätigt und den Kirchengemeinden zur
treuen Befolgung anempfohlen.   Nachdem unter Kaiſer Leopold in den un-
gariſch-türkiſchen Wirren das Schloß Sitz einer Verſchwörung geworden,
wurde die proteſtantiſche Geiſtlichkeit von den Jeſuiten in die Beſtrafung der-
ſelben hineingezerrt, obwohl die Häupter des Anſchlages römiſch waren, und
kein evangeliſcher Geiſtlicher auf der Liſte der Geheimbündler ſtand.   Seit 1760
ſind von dem mächtigen Schloß nur noch Ruinen vorhanden.   Die Herrſchaft
Muranh gehört jetzt durch Erbſchaft dem Herzog von Sachſen-Koburg-Gotha,
daher auch der Incognitotitel des Fürſten von Bulgarien „Graf von Mu-

rauy." 7) Paul III. 8) Am 11. März 1547 war das Konzil dorthin verlegt; fünf Tage nach unſerem Brief, am 13. Sept. 1549, wurde von Paul III. die förmliche Ausſetzung des Konzils ausgeſprochen. Vgl. Nr. 64.

Nr. 57.

(Wittenberg.) 5. Oktober 1549.

Melanthon an Mathesius [1]).

Empfehlung des Wolfgang Brell [2]), auch an den Richter der Stadt, Joh. Molitor [3]). Litterariſche Beilagen, Rede auf Cruciger [4]) und Schrift über Phyſik [5]).

Druck: Corp. Ref. VII, 482.

1) Die Zeilen 1—10 und 14—20 ergeben bis auf einen Unterſchied den Brief Nr. 54 mit dem unſicheren Datum; es waltet ohne Zweifel ein Irrtum ob, der in Corp. Ref. nicht bemerkt iſt. Entweder ſind die gleichlautenden Zeilen aus Nr. 57 auszumerzen oder Nr. 54 würde zu tilgen ſein. 2) Am 12. Mai 1548 in Wittenberg inſkribiert; Förſtemann, Album, S. 239. 3) = Hans Müller; vgl. Nr. 36, 1. (Ein Joh. Molitor iſt 1512 in Erfurt immatrikuliert; vgl. Krauſe, Mutians Briefwechſel. 1885, S. 642.) Mathesius traute ſeine Tochter; vgl. Eheſp. Pr. 71. 4) Hartfelder A, S. 605, Nr. 439. 5) Ebb. S. 604, Nr. 432.

Nr. 58.

(Wittenberg.) 23. Oktober 1549.

Melanthon an Mathesius.

Beantwortung von Fragen [1]) über Ehefälle [2]), in beſonderer Beilage.

Druck: Corp. Ref. VII, 487.

1) Vgl. Nr. 17, 1. 2) Vgl. Nr. 40.

1550.
Nr. 59.

(Wittenberg.) 8. Januar 1550.

Melanthon an Mathesius.

Empfehlung des ungenannten wittenberger Hörers (Martin Weigel [1])) für Schule oder Kirche. Vernachläſſigung der prager

Artikel [2]). Übersendung einer Predigt [3]). Klage über die illyrische Natter [4]).

Handschriftlich auch: Zwickau, Ratsbibliothek, Mstr. LXX, 18 b.
Druck: Corp. Ref. VII, 531 f.

1) Diesen Namen bringt die zwickauer Handschrift.   2) S. ob. I, 168 f.   3) Vgl. Annal. 1549, 20. Dez.   4) Vgl. Nr. 54, 2.

Nr. 60.

(Wittenberg.)   25. April 1550.

Melanthon an Mathesius.

Lieber enthalte man sich des Abendmahls als genieße es heimlich [1]); dies trifft nicht die Hausgemeinde, wenn der Geistliche fungiert, obwohl auch das nicht unbedenklich [2]).

Druck: Corp. Ref. VII, 575.

1) Vgl. Nr. 17, 1.   2) S. ob. I, 278.

Nr. 61.

(Wittenberg.)   21. Mai 1550.

Melanthon an Mathesius.

Mahnung, die Prediger der benachbarten Kirchen [1]) bisweilen einzuladen und die letzteren zu inspizieren. Dank für das Hochzeitsgeschenk [2]).

Druck: Corp. Ref. VII, 599.

1) S. ob. I, 124 ff.   2) Magdalene Mel. seit 13. Febr. mit Caspar Peucer verlobt. Annal. Vgl. Nr. 62.

Nr. 62.

(Wittenberg.)   27. Mai 1550.

Melanthon an Mathesius.

Schwierigkeit, mit einem widerspenstigen Kollegen zu arbeiten [1]). Lob der Einrichtung in Joachimsthal, daß die Geistlichen vor der Predigt über deren Inhalt konferieren [2]); Türkenfurcht. Dank für den Hochzeitskranz [3]).

Druck: Corp. Ref. VII, 603.

1) Vgl. Nr. 17, 1. — Vgl. Nr. 53, 2.   2) S. ob. I, 179. 3) Vgl.
Nr. 61, 2. Hochzeit am 2. Juni. Annal.

† Nr. 63.

Joachimsthal.   15. Juni 1550.

Mathesius an Eber 1).

Dank für dessen Kalender. Andre verwirren die Kirche.
Litterarische Anfrage. Empfehlung.

Handschriftlich (Origin.): Gotha, A 123, fol. 242.

Doctissimo viro domino Magistro Paulo Ebero philosophiae
professori in schola Vitebergensi domino et amico suo carissimo.

S. D. Doctissime et carissime domine. Pro calendario 2),
eruditissimo libello, tibi magnam habeo gratiam. Non temere
scripserim, quam me adficiat lectio ejus libelli. Annoto nunc
multa de mea et meorum historia; sed hoc tempore destituor
ephemeridibus, quibus indigeo, nam pleraque a me hactenus
signata sunt a nomine festorum. Et ut advertas, te habere
sedulum lectorem, offendo errata in numeris in die natali
Maximiliani et domini Pomerani 3). Haec minutula tibi signi-
fico, ut probem tibi meam diligentiam; reliqua admiror et
exosculor. Nam insigniter gratificatus es studiosis, quorum
nomine nunc tibi etiam ago gratias. Exhortor te currentem
tua sponte, ut ingenium et eruditionem tuam porro convertas
ad inserviendum ecclesiae Dei viventis et studiosis antiqui-
tatum. Cum ego me confero cum ista varia cognitione rerum
optimarum, doleo me contrivisse adolescentiam meam in studiis
inutilibus. Sed amo et amabo honesta ingenia, quae serviunt
utilibus lucubrationibus multis bonis viris et praedicabo meis
talem salutarem operam. O quam multi nunc pascunt blattas
suis libris et perturbant ecclesiam dei et multorum animos 4)!
Sed illis aliquando tempus erit, cum poenitebit eos omnis
operae infrugiferae. Sed desino, mi carissime amice, admirari
et probare tua, ne quid auribus me dedisse putes. Tu bene

18*

vale cum tuis omnibus et me in numero tuorum retineto!
Nova quaedam scripsi ad dominum praeceptorem. Datum in
vallibus XV. Junii 1550.

Tuus Mathesius.

Significa mihi, quid spei est (!) de altera parte symboli
Nicaeni [5]).   Hunc adolescentem tibi commendo, si tibi adfert
scripta.   Interdum proprietatem vocum Graecarum in cho-
moediis [6]) mecum communica.

1) Bgl. Nr. 23.   2) Dieser historische Kalender erlebte die meisten
Auflagen von allen Schriften Ebers; erschien zuerst Mai 1550 (Sixt A.,
S. 80f. Pressel, S. 20. v. Wegele, Geschichte der Historiographie.
1885, S. 216. Weystein, Die deutsche Geschichtschreibung zur Zeit der
Reformation. 1888, S. 9. Corp. Ref. XXVIII, 111 f.; XX, 607 ff.).
Das Exemplar des Mathesius ist leider nicht mehr vorhanden; Eber hatte seine
Arbeit zugleich zur Aufnahme der Familienchronik bestimmt.   Der Verleger
scheint gleich Exemplare mit leeren Seiten haben herrichten lassen. Vgl.
Latendorf, Melanchthoniana, „Centralbl. für Bibliothekswesen" X (1893),
S. 483. 3) Auch Camerarius fand die Ansätze oft willtürlich (Sixt A,
S. 82). Eber hat für Maximilian I. statt 1459, 1495 gesetzt; für Maximilian II.
statt 31. Juli, 2. August; für Bugenhagen statt 1485, 1487.   4) Das
dürfte in Anbetracht des Datums namentlich auf Flacius (Nr. 54. 67) und
Osiander (vgl. Möller, Osiander. 1870, S. 379) gemünzt sein. 5) Vgl.
Annal. zum 25. April 1550: Denuo editur enarratio symboli Nicaeni; ebb.
zum 3. Mai; dazu Corp. Ref. XXIII, 197. 355. Hartfelder A, S. 606,
Nr. 459. 6) Zweifelhafte Lesung; vgl. Nr. 56 am Anfang.

† Nr. 64a.

Joachimsthal.   6. Juli 1550.

Mathesius an Eber [1]).

Bezugnahme auf den noch unbeantworteten vorigen Brief [1])
und einen des Adressaten [2]). Kirchenpolitische Hoffnungen. Mathesius als Teilnehmer am Konzil. Gefahr im eignen Haus.
Empfehlung Salaters [3]).

Handschriftlich: Gotha, A 123f. 248b.

Doctissimo viro domino Magistro Paulo Ebero professori purioris philosophiae in schola Vitepergensi amico suo carissimo.

S. D. Credo te accepisse meas litteras [1]), ex quibus in-
tellixisti, qui mihi placeat tua lucubratio [4]), quam nunc quotidie
gesto in manibus. Quod scribis de voluntate Caesaris, libenter
audio [5]). Aulici nostri [6]) jubent nos etiam bene sperare; solus
Lappacensis [7]) addit oleum flammae, invisus diis et hominibus,
quem etiam noricus concionator aulicus [7]) incusavit aliquoties.
Quod me mones, ut instructus veniam ad concilium [8]), nosti,
Bohemos non solere redire ex conciliis; igitur vestigia nos
terrebunt [9]). Sed extra jocum, si mea adsertione possem ju-
vare ecclesiam dei, paratus sum offerre et prodere omnia pro
gloria dei.

Faxit pater optimus, ut plures sint, qui cupiant consultum
veritati euangelicae! Nam confitendo ingenue nostram doctrinam plura obtinebimus quam pugnando.

Adventus novorum hospitum, de quibus scribis, videtur
mihi esse intempestivus. Sed mittamus futura, curemus praesentia et perstemus animose in statione nostra. Deus vivit,
cujus haec tota caussa est propria, et regnat filius dei, cujus
nos sumus peculium, thesaurus et horreolum. Ego non tam
metuo adversarios, quam nobis ipsis. ne nostro capiti aliquid
mali suamus; magnus enim est contemptus sanae doctrinae,
vulgus non vult castigari, studet rebus novis, satur est euangelii, habet aures prurientes et ora frenum mordentia. Quid?
quod nunc conficitur pecunia; ea extorsit multis majorem
suspitionem; sed abditae et inconstantes sunt voluntates hominum. Igitur, quod scripsi, quisque videat, ut pro se recta
sentiat et ea fateatur intrepide, interrogatus Reliqua viderit
is, cui nos curae sumus, qui nos acquisivit sibi in aeternos
convictores, qui nos spiritu suo sibi devinxit et copulavit. qui
in nobis vivit et regnat et vincet et triumphabit etiam, fre-
mentibus portis inferorum.

Pro uxorcula tua ita ut aequum est orabo sedulo; et dominus, qui est exauditor precum. dabit nobis supra et non

infra quam petimus. Bene vale et Salaterum ³) meum. hominem integrum, vocatum ad diaconi munus in nostra ecclesia,
adjuta et meo nomine commendatum habeto! Ex eo poteris
multa cognoscere de statu rerum nostrarum, nam mihi semper
fuit intimus. Iterum vale. Datum in vallibus, 6. Julii, quo
die Joannes Hus natus dicitur; vides me ad manum habere
calendarium tuum, 1550.

Tuus Mathesius.

1) Vgl Nr. 63.   2) Der ſich wohl mit Nr. 63 kreuzte und verloren
iſt.   3) S. ob. I, 182.   4) Vgl. Nr. 63, 2.   5) Gewiß mit Bezug
darauf, daß der Kaiſer, ſehr beſorgt wegen des Ausgangs des tribentiniſchen
Konzils, alle Stände, zumal die proteſtantiſchen, zum 1. Mai berufen und
ihnen Geleitsbriefe ausgeſtellt hatte, dann, nach Vertagung des Konzils, neue
Verſicherungen ausgehen ließ, alles Zugeſagte treulich zu halten. Gründler,
Anhang zum Compendium Seckendorfian. 1755, S. 144.   6) Die kgl.
Beamten der Stadt. S. ob. I, 168 f.   7) ?   8) Vgl. Nr. 56, 8. —
Es wurde am 1. Mai 1551 wieder eröffnet.   9) Büchmanns „Ge-
flügelte Worte"; 7. A. 1889, S. 252.

† Nr. 64 b.

(Joachimsthal.)   10. Juli 1550.

Der Rat von Joachimsthal an Melanthon.

Bitte, dem Joh. Salater ¹) zur Ordination behilflich zu ſein.

Handſchriftlich (Kopie): Miſſivbuch in Joachimsthal, 1549 52, fol. 128.

An Herrn Philippus Melanchthon.

Achtpar und hochgelarter, großgunſtiger Her und Förderer!
Euren geſundt und gluckliche wolfart erfuren wir mit ſonbernn
freuden und wolgefallen. Nachdem ſichs alſo zutreget, das wir
zu unſrer Kirchen eines Diacon notbürftig, und aber Briefſzeiger
Johann Salater zum teil bey uns ertzogen und nuhmals in unſern ſchulen der Jugent viel Jar treulich gedienet, alſo das wir
daran Gefallen getragen; weil er dan ein guth Gezeugnuß hat
und bei uns bekannt iſt, haben wir Ihnen von unſer Kirchen und
gantzer Gemein wegen, mit Bewilligung Mag. Johan Matheſi
unſers Pfarrers zu einem Diacon und Kirchendiener beruft und

angenohmen. Uf das er aber seiner Ordination ein gutes Ge=
zeugnus zu furberer Zeit haben unnd fürlegen kondte, bitten euer
Hochachtparkeit, die wolden zu Fürderung der ehre Gottes,
Christi unnd seiner Kirchen unbeschwert sein, unsertwegen Briefs=
zeigern behulflich zu sein, uf das er ein testimonium erlangt,
zum Predigampt, Raichung der heiligen Sakrament und Abso=
lution bestetiget wurde. Das seint wir hinwider mit allen, das
uns muglich zu verdienen schuldig und willig.

    Datum den 10. Juli Anno 50.

Der Rath ꝛc.

1) Vgl. Nr. 64, 3.

Nr. 65.

(Wittenberg.)   22. Juli 1550.

Melanthon an Mathesius.

    Zu den süßen Trauben im Weinberg gehören Salater [1]) und
Donatus [2]). Beilage [3]). Lob eines aus dem Thal wegen tüch=
tigen theologischen und philosophischen Ausweises [4]). Klage über
Lycaon [5]).

Druck: Corp. Ref. VII, 633 f.

    1) Vgl. Nr. 64a und ob. I, xvii zu S. 182.   2) Guentzel, von
Rochlitz, ordiniert am 16. Juli 1550, „berufen gen Schlackenwerth (f. ob.
I, 63) z. Priesteramt". Buchwald, S. 69, Nr. 1090.   3) Vgl.
Nr. 29, 4.   4) Wenn das N. der Anfangsbuchstabe eines Namens wäre,
könnte er Michael Neander bedeuten, den letzten mit N. beginnenden
bis zum Jahr des Briefes in Wittenberg Inskribierten (Förstemann,
Album, S. 239 zu 1548).   5) Heinz von Wolfenbüttel (Clavis allegoric.
nomin., Corp. Ref. X, 321).

† Nr. 66.

Joachimsthal.   22. Juli 1550.

Mathesius an Ribbruck [1]) in Wien.

Empfehlung städtischer Abgesandten. Litterarische Spende.

Handschriftlich (Origin.): Wien, Hof-Biblioth. Mstr. 9737. i 9.

Nobili et amplissimo viro domino Casparo a Nidbruck L. L. [2])
doctori et Regiae Majestatis consiliario domino suo clementi.

S. D. Multi magni et honesti viri mirifice nobis praedicant et pietatem et eximium amorem tuum in omnes eruditos.
Et dominus doctor Schröterus, cum honorifica tui apud nos
facta esset mentio, cum suavitate nos docuit de tua benevolentia, cujus etiam specimen non obscurum perspexi in tuis
literis [3]), quibus adeo satis sero respondeo [4]).

Sed nunc gaudeo mihi contigisse certos homines, per quos
vicissim aliquomodo tibi declarare possim meam in te obser-
vantiam et amorem singularem. Nihil autem vehementius
a te peto, quam ut in proposito tuo constanter perseveres et
urgeas cursum tuum, moderate patrocineris veritati in loco et
nobiscum in spiritu et veritate invoces patrem domini Jesu
Christi. Sic cum Naëmanno [5]) membrum eris populi dei,
quem ipse sibi acquisivit suo pretioso sanguine. Plura non
addo hoc tempore. Deus servet te suo spiritu. Legatos hujus
urbis, quae praebet hospitium euangelio et bonis literis, viros
honestos et studiosos nostri ordinis cum publicis negotiis [6])
tuae fidei commendo. Fac, amate, ut intelligant, non vulgarem inter bonos esse amicitiam; sed tu pro tua prudentia
plura quam scribo intelligis et majora quam peto. Si fieri
potest, nostris praestiteris, id quod te etiam atque etiam vehementer oro. Et polliceor tibi nostrae urbis studium et perpetuam gratitudinem. Libellos addidi Vitepergae natos, par-
vos si numeres folia, magnos si videris thesauros inclusos.

Bene in domino vale. Datum in valle Sancti Joachimi,
die Magdalenae peccatricis, quae fide consecuta est remissionem
peccatorum gratia et ornavit fidem charitate ex mundo corde
et conscientia bona, 1550.   Mathesius.

1) S. ob. 1, 198 f.   2) = legum.   3) Die Korreſpondenz ſcheint
alſo durch den Abreſſaten eröffnet, das Stück fehlt.   4) Wie aus dem
Folgenden erhellt, zum Teil wegen mangelnder Boten.   5) 2. Reg. 5, 17.
6) Vielleicht in Verbindung mit der 1548 publizierten Kgl. Bergordnung
und der 1549 „dem Bergwerk gewählten neuen Begnadung"; Chron. Vgl.
Nr. 49, 3.

Nr. 67.

(Wittenberg.) 7. September 1550.

Melanthon an Mathesius.

Vertheidigung gegen des Illyrikers [1]) sykophantische Schriften.
Litterarische Zusage [2]).

Druck: Corp. Ref. VII, 658.

1) Vgl. Nr. 54, 2. 2) In einem Manustript von Mathesius (s. Vblgr.
Nr. 40) in der Kunigunden=Bibliothek in Rochlitz, das leider jetzt verschollen
ist, befand sich ein Schreiben: Ad Nicolaum electum Misnensem vom
17. Sept. 1550.

1551.
† Nr. 68.

Joachimsthal. 25. Dezember 1550.

Mathesius an Eber [1]).

Klage wegen der bedrängten Kirchen. Verkehr mit Dr. G.
Agricola. Versprechen, Metalle zu senden.

Handschriftlich (Origin.): Gotha A 123, fol. 247.

Doctissimo viro domino Magistro Paulo Ebero philosophiae
professori in schola Vitepergensi suo amico carissimo.

S. D. Doctissime domine magister et amice carissime.
Canamus cum angelis et optemus toto pectore, ut gloria
dei celebretur in ecclesia dei, et homines in terris pacem
habeant et laetentur in spe vitae futurae et immensis beneficiis dei, quae nobis attulit filius dei Immanuel noster.
Quid enim agamur aliud in hac senecta mundi, in qua ecclesia dei gestat imaginem filii dei, non tantum cubantis in
forno, sed etiam pendentis in cruce? Impii vero mittunt
sortem super vestimenta ejus et condunt sua lustra. Erigimur
autem in certas spes; etiamsi trucidentur infantes in sinibus
matrum, et Joseph cum Maria exulat, Zacharias succumbat,
tamen Christum puerulum victurum esse et ore infantili et
lumine euangelii territurum esse hostes ut tempore Gideonis.
Solemur igitur nos coelesti rore, qui destillavit in terram et

refrigerat arentes animos in hoc aestu mundi. Haec scribo, ut tibi deliniam meas curas [2]); pasturio pro fratribus, et intrant in thalamos publica damna meos [3]). Angor propter pericula, quae videntur impendere bene constitutis ecclesiis, et liberi [4]) me sollicitant, qui omnes decumbunt ut oviculae propter variolos.

Ex his omnibus malis expiet nos fortis ille angelus dei, penes quem est consilium et factum et pax perpetua, qui missus est in terras, ut adsit oppressis et redimat eos ex omnibus tribulationibus.

Praeterea nunc nihil est, quod scribam. Per integrum mensem hic fuit dominus Agricola, cum discuteretur crus inflammatum comiti Hieronymo Schlicconi, nostro veteri domino [5]). Is petit a me, ut te amanter suo nomine salutarem. Quotidie me invisit aut ego ipsum, suaviter philosophati sumus de mineris. Feci ei copiam videndi aliqua metalla, quae nuper ex Alpibus et monte Carpatho conferta. Monuit me, ut chrysocolam [6]) ad te transmitterem. Jam edet libros de operatione metallorum [7]), quos vidi, si pictor imagines instrumentorum et venarum absolverit [8]). Conciunculam meam de metallis [9]) rescripsit et nescio quae alia, quae sparget in suis commentariis.

Oratus a ludi magistro nostro [10]) obtuli ei vocabula rerum, in quibus ejus sententia discrepat [11]) a vestra, sed pollicitus est, se velle per ocium respondere.

Tu bene cum uxore et liberis vale et crede pios habitu vos esse suos nidulos, etiamsi fractus illabatur orbis [12]). Bene vale. Datum in valle Sancti Joachimi, in puncto novi anni, qui ut pacificus et salutaris sit ecclesiae dei viventis oremus conjunctis precibus. 1551.

Tuus Mathesius.

Proxime tibi mittam aliena metalla, ut ornem thesaurum tuum [13]).

---

1) Vgl. Nr. 64.   2) Des Kaisers Macht stand ja im Zenith; das Interim war in Kraft, Magdeburg in der Acht, Ferdinand mit Grausamkeit bemüht, die Unität zu zertreten. (Czerwenta II, 297.)   3) Aus Solon;

Corp. Ref. X, 555. XVII, 876.   4) Wohl im geiſtlichen Sinn.   5) S. ob. I, 188 (u. Sir. 2, 102a).   6) Berggrün, Kupfergrün, dem Malachit ähnlicher Kupferkieſel. Leunis, S. 540, notiert ausdrücklich ſein Vorkommen in Joachimsthal.   7) De re metallica, in 12 Büchern, eine ausführliche Darſtellung des Berg- und Hüttenweſens; 1550 vollendet, erſchienen erſt 1556 nach dem 1555 erfolgten Tode des Verfaſſers. (Laube, S. 26.) S. Bblth. S. 146.   8) Der Joachimsthaler Baſilius Weſringer, der dem Verfaſſer „viel Bericht gegeben, ließ auch die Figuren dazu abreißen"; Chron. 1556.   9) Vblgr. Nr. 2. S. ob. I, 188.   10) Casp. Eberhard. Vgl. Nr. 48, 3.   11) Vgl. Nr. 63 Schluß.   12) Horaz, Od. 3, 3, 7. 13) Vgl. Nr. 23, 5.

Nr. 69.

(Wittenberg.)   20. März 1551.

Melanthon an Matheſius.

Empfehlung des neu ordinierten Gregorius [1]).   Beilage [2]).

Druck: Corp. Ref. VII, 754.

1) Buchwald, S. 72, Nr. 1141.   2) Vgl. Nr. 29, 4.

Nr. 70.

(Wittenberg.)   20. Mai 1551.

Melanthon an Matheſius.

Freudige Erwartung des Beſuches vom Adreſſaten [1]).   Vom trienter Konzil [2]) und naumburger Konvent [3]).   Beilage [4]).

Druck: Corp. Ref. VII, 790.

1) Er erfolgte erſt 1559. S. ob. I, 191f. Die Erwartung zieht ſich auch durch die folgenden Briefe, Nr. 71f. 74f. Vgl. Nr. 76. 93. 96. 2) Vgl. Nr. 64.   3) Vgl. Annal. zum Datum.   4) Vgl. Nr. 29, 4.

Nr. 71.

(Wittenberg.)   3. Juni 1551.

Melanthon an Matheſius.

Empfehlung eines Verwandten zu einer Sekretärſtelle.

Druck: Corp. Ref. VII, 795.

Nr. 72.

(Wittenberg.) 9. Juli 1551.

Melanthon an Mathesius.

Dank für die Bergwerksprebigt [1]). Parallele zwischen Joachimsthal und Philippi [2]). Zusammenkunft wegen der confessio [3]). Lob der Stelle in jener Predigt von Midas' langen Ohren [4]).

Drud: Corp. Ref. VII, 805.

1) Bßlgr. Nr. 2. 2) Mathesius benutzte diesen Wint in seiner Prebigt: Bßlgr. Nr. 3. 3) „Saxonica"; Annal. zum Datum. 4) Sar. 224 b.

Nr. 73.

(Wittenberg.) 11. Juli 1551.

Melanthon an Mathesius.

Erneuter Dank für die Prebigt [1]). Aufforderung zu ausführlicherer Behandlung des Themas. Rath, den böhmischen Baron [2]) nicht vor Oktober kommen zu lassen, weil die Konstellation der Gestirne Pest anbroht.

Drud: Corp. Ref. VII, 807.

1) Vgl. Nr. 72, 1. 2) Es scheint sich mithin ein verlorener Brief von Mathesius mit Nr. 72 getrenzt zu haben.

Nr. 74.

(Wittenberg.) 27. August 1551.

Melanthon an Mathesius.

Politisch=religiöse Umwälzungen in der Walachei. Feuersbrunst in Wittenberg. Briefe aus Preußen [1]).

Drud: Corp. Ref. VII, 824.

1) Inbezug auf Osiander; vgl. Annal. 26. Aug.

Nr. 75.

(Wittenberg.) 21. September 1551.

Melanthon an Matheſius.

Empfehlung des exilierten augsburger Prebigers Joh. Flinber [1]). Sareptaniſche Beiträge. Exegetiſche Frage. Beilage [2]).

Druck: Corp. Ref. VII, 835.

1) S. Rein, D. geſamte Augſpurg. evangel. Miniſterium I (1748), 29. 2) Vgl. Nr. 29, 4.

† Nr. 76.

Joachimsthal. 18. Oktober 1551.

Matheſius an Eber [1]).

Empfehlung. Nachrichten aus Augsburg und Ungarn. Vom Konzil. Teure Zeit.

Handſchriftlich (Origin.): Gotha A 123, fol. 243.

Doctissimo viro virtute et eruditione praestanti domino magistro Paulo Ebero suo amico carissimo.

Adolescenti recta isthuc cunti has addidi literas, ut probarem vel hoc officiolo tibi meum studium. Quamvis suppudere incipio ad vos dare literas, qui toties in me recepi, me velle vos invisere [2]). Sed haec est sors aulica [3]); ibi enim homines non sui juris sunt. Nihil igitur in posterum pollicebor sin spero fortasse maturius procedere iter meum.

Res nostrae sunt in veteri statu [4]); salus hujus ecclesiae conjuncta est cum salute aliarum; si vos valetis et nos valemus, secundum antiquam formulam. Sunt qui scribunt alios concionatores Augustae successisse exulibus [5]) et nominatur Caspar Huberinus [6]); sed quibus conditionibus ignoratur apud nos. Quotidie expecto litteras ex accolis Lyci [7]) ut, quid certum sit, cognoscam.

In Ungaria ardet bellum [8]). Austriaci sunt in metu. Sententiae concilii cuduntur non ex plumbo, literis et membraneis, sed ex autoritate praesentis spiritus sancti in episcopis, ex successione ordinaria.

Quid scribam aliud praeterea? Annona apud nos etiam est cara, metalla rara, cervisia amara [9]).

Sed expectamus in patientia aliquid boni et solamur nos exemplo filii dei. Is etiam felle et absinthio et aceto potatus est. Cur igitur impacientia ferremus ipsi nostras aerumnas? Cum simus certi nos quidem pitissaturos esse ex calice amaritudinis, at peccatores exhausturos esse feces omnes [10]). Hae sunt nostrae consolationes in his aerumnis praesentibus, et quod scimus praesentes adflictiones non esse dignas aut conferendas gloriae in nobis revelandae [11]).

Utinam jam isthic essem; sed dominus diriget viam nostram, cui me et totam ecclesiam piorum commendo.

Bene vale in domino! Datum 18. Octobris 1551 [12]).

Tuus Mathesius.

Salutem dic domino praeceptori [13]) et omnibus amicis. An prodierit libellus, qui . . . [14]) excuditur, fac ut sciam.

1) Vgl. Nr. 68.　　　2) Vgl. Nr. 70, 1.　　　3) Vgl. Nr. 49, 3. 4) Vgl. Nr. 56.　　5) Vgl. Nr. 75.　　6) Er hatte 1544 Augsburg verlaſſen, Ende 1551 kam er noch einmal dorthin auf kurze Zeit zurück, bis 1552; er hatte das Interim angenommen, was er ſpäter bereute. HRE. VI, 343. Luther, Erl. A. LV, 150; LXIII, 282. „Zeitſchrift für prakt. Theologie" 1892, S. 109.　　7) Lech.　　8) Vgl. Huber IV, 159 ff. 168 f. 9) Vgl. Kor. 187 b. Briefw. Nr. 178.　　10) Pſ 75, 9.　　11) Röm. 8, 18.　　12) Sixt. B, S. 20 ließ ſtatt 1551, 1557; abgeſehen von der deutlichen Zahl in der Handſchrift iſt 1557 durch den 1553 erfolgten Tod Huberins ausgeſchloſſen.　　13) Melanthon.　　14) Unleſerliches Wort.

† Nr. 77.

Joachimsthal.　　　　　　　　　　　　　21. Oktober 1551.

Mathesius an Eber [1]).

Bitte um Aufklärung über pauliniſche Fragen.

Handſchriftlich (Origin.): Gotha, A 123, fol. 262.

Doctissimo viro domino magistro Paulo Ebero purioris philosophiae professori in pia schola Vitepergensi amico suo inter primos dilecto.

S. D.   Versor nunc in meis quaestiunculis et absoluto loco de magia vera [2]) venio ad historiam Pauli, sed obviam fiunt mihi aliquot scrupuli.   Igitur amanter et candide tecum confero et oro, ut proxime respondeas.   Facile tibi et reliquis subscribo, conversionem Pauli factam esse 34. [3]) anno a nativitate Christi, qui incidit in 18. annum Claudii [4]).   Nec displicet eorum sententia, qui adserunt dominum Paulum ultimo anno Neronis Romae occisum [5]).   Nam 5 anni Tiberii et 3 Cai [6]) et 14 Claudii, cum tribus mensibus Caligulae et 14 [7]) Neronis constituunt 36 annos, quo tempore absolvit suum cursum Paulus.   Et probo etiam, Paulum quinquies a conversione venisse Jerosolymam.   Sed hic restat unus scrupulus [8]).   Si Paulus 17. anno [9]) secundo redit Hierosolymam, ut dicit Galathis [10]), et primo anno Neronis [11]) venit Romam captivus, saltem intersunt inter 17. annum cursus Pauli et profectionem versus Romam 5 anni.   At acta [12]) testantur, quod a secunda profectione versus Jerosolymam venerit ad concilium et postea iterum salutaverit ecclesiam cum fine Jerosolymis, Act. 18 [13]) et sederit Corinthi 1½ annum [14]) et Ephesi biennium [15]) et fuerit in vinculis Cesarea [16]) ad biennium ut taceam reliquas profectiones.   Ac inter 17. annum a conversione et primum annum Neronis, qui incidit in 22. annum Pauli, saltem sunt quinque anni.   Ergo disputatio est, an locus in Galathis [10]) sit intelligendus de altera aut tertia vel quarta profectione versus Hierosolymam.   Eusebii [17]) rationes non oppugno, qui dicit Paulum 3. anno occisum post Senecam, cum constet ex Tacito [18]), octavo anno Neronis Senecam accusatum esse.   Si igitur post tres annos Paulus occisus est, mors Pauli incidet in XI Neronis [19]).

Te igitur, carissime domine magister Paule, oro, ut respondeas aliquid.   Quid? si profectio illa altera, cujus fit

mentio iu Galathis sit ea, qua venit ad concilium apostolorum?
sed non habeo, quod adfirmem.   De tempore principalis quaestio
est inter 17. annum Pauli, in quo putamus secundo ipsum
profectum esse Hierosolymas et inter primum Neronis.   Nam
primo anno Festi praesidis missus est vinctus Romam.   De
tuo candore et humanitate non dubito; igitur liberius et con-
fidentius tecum confero.   Bene vale cum tuis. Datum in valle
21. Octobris 1551.

Tuus Mathesius.

1) Vgl. Nr. 76.   2) Wohl mit Bezug auf die Predigt am Dreikönigs=
tag; ſ. ob. I, 351.   3) Alſo ſtatt 36.   4) = Claudius Druſus Nero
Tiberius, deſſen Anfangsjahr alſo von Mathesius ſtatt 14, 16 angeſetzt
wird, daher auch die übrigen Regentenjahre um 2 rücken.   5) Alſo 70;
das ſtimmt nicht mit der Rechnung am Schluß des Brieſes.   6) = C.
Cäſar Caligula.   7) s. annis.   8) Dieſer kommt vor allem von dem
unbegreiflichen Fehler, daß Mathesius jenen zweiten Aufenthalt des Apoſtels
in Jeruſalem in das Jahr ſeines „Lauſes" ſetzt, ſtatt ins dritte, bezw. nach
ſeiner Rechnung ins Jahr 37 n. Chr.   9) sc. ſ. apoſtol. Lauſes = a. 51.
10) 1, 18.   11) Alſo 56.   12) 15, 4.   13) B. 21.   14) Ebb. B. 11.
15) Ebb. 19, 10.   16) Ebb. 23, 23. 27.   17) Euſebius ſagt das weder
Hist. eccl. (II, 22. 25) noch Chron. can. ed. Schöne II (1866), 157.
(Doch vgl. Eber, Calendar. hist. 1577, S. 158.)   18) Histor. 14, 53.
a. 62.   19) Aber Seneca endete ja nicht im Jahre der Anklage, 62,
ſondern erſt 65.   Tacit. Hist. 15, 60 f.

Nr. 78.

(Wittenberg.)   6. November 1551.

Melanthon an Mathesius.

Wegen der Fülle wichtiger Verhandlungsgegenſtände und, da
Adreſſat nicht zu kommen ſcheint, denkt Melanthon an einen
Beſuch ¹). Nachrichten über Trient und Magdeburg. Beiliegend
Gedicht über Bucer ²).

Druck: Corp. Ref. VII. 855.

1) Vgl. Nr. 70, 1.   2) Vgl. Nr. 29, 4.

Nr. 79.

(Wittenberg.) 8. Dezember 1551.

Melanthon an Mathesius.

Antwort in Ehesachen [1]). Notwendigkeit bürgerlicher Be=
strafung von Ehebrechern und sonstigen Unzüchtigen. Vom Osian=
drischen Streit [2]). Beilage [3]).

Druck: Corp. Ref. VII, 866.

1) Vgl. Nr. 35. 2) Annal. 4 Okt., 6. Nov. 1551. 3) Vgl. Nr. 29, 4.

1552.
Nr. 80.

(Wittenberg.) 13. Januar [1]) 1552.

Melanthon an Mathesius.

Ehesachen [2]). Tod des Marcellus [3]). Neue Bewegungen im
Reich [4]). Der böhmische Baron möge dem vergebens darauf
harrenden Sohn die sechs schuldigen Joachimsthaler [5]) für seine
Wohnung schicken. Vom osiandrischen Streit [6]).

Druck: Corp. Ref. VII, 907.

1) Denn laut der neu aufgefundenen Nr. 81 ist Nr. 80 in Wittenberg
geschrieben, wo sich Mel. laut Annal. zum Datum nur an jenem Tage im
ganzen Monat aufgehalten zu haben scheint. Danach ist Corp. Ref. zu ver=
bessern. 2) Vgl. Nr. 79, 1. 3) S. ob. I, 49 f. 4) Am 20. März
erfolgte schon Moritz' Losbruch. 5) S. ob. I, 64, 9. 6) Vgl. Nr. 79, 2
und Annal. 1. Jan.

† Nr. 81.

Joachimsthal. 5. Februar 1552.

Mathesius an Melanthon.

Antwort auf Nr. 80. Gebetswünsche zur Reise zum Konzil.
Geburtsanzeige des dritten Sohnes.

Handschriftlich (Origin.): London, British Museum. Additional Mscr.
Bd. XXIX, S. 960, fol. 9.

Venerando et clarissimo viro domino Philippo Melanthoni
legato fideli ecclesiae dei viventis domino et praeceptori suo
carissimo.

S. D. Venerande domine praeceptor et amice carissime et
semper observande. Accepi literas vestras datas Vitepergae [1]).
Id [2]) negotium confectum est de desertore [3]), nam uxor volens
ipsum secuta est. Magistri Finckii [4]) negotium expediam
statim, quum baro domum redierit. Vos et legationem vestram [5]) ardentibus precibus et publice deo commendamus et
oramus aeternum filium dei, cujus legatione fungimini, ut is
vos servet et cum exercitibus suis circumvallet ad euangelii
propagationem et gloriam filii dei sempiternam.

Nec dubitabitis, Christus vobis et vestris consiliis aderit.
In bonam spem eriguntur pii et cordati homines, quod princeps [6]) ipse accedit ad Caesarem. Faxit filius dei, ut in conspectu regis dicatis honestas sententias de testimoniis dei et
ut pacem vobiscum reportetis ad has ecclesias. Saluto comites
tuos dominum Sarcerium [7]) et Patzeum [8]). XVII Januarii
paucis minutis ante nonam mane sub mea contione natus est
mihi filius et baptizatus Eutichius [9]), ut referat nomen avi
paterni. Deus servet sibi sanctum semen ex nostris liberis!

Datum in valle V. Februarii 1552.

Tuus Mathesius [10]).

1) Vgl. Nr. 80.   2) Zweifelhafte Leſung.   3) Mit Bezug auf den
Ehefall Nr. 80.   4) Chriſtoph Finck, deſignierter Paſtor für Jüterbod,
war der Gläubiger des jungen Baron; vgl. Nr. 80.   5) Zum tridentin.
Konzil; Annal. 14. Jan. 1552.   6) Kurfürſt Moritz ſtellte ja, um den
Kaiſer zu täuſchen, gefliſſentlich ſein Kommen in Ausſicht. Vgl. Sleibanus,
S. 742 f.   7) Außer der Litteratur in HRE. XIII, 400 f. vgl.
Röſelmüller, 1888. Annaberger Programm Nr. 518; Vogt, Bugen-
hagens Briefwechſel 1888, S. 529; „The Lutheran Church Review“
1888, S. 260—271. Mejer, Zum Kirchenrechte des Reformations-
Jahrh. 1891, S. 182—194.   8) Valentin Pacens (Hartung) ſeit 1542
Paſtor und Superintendent in Querfurt, Paſtor in Lützen; Diakon, Profeſſor, Archidiakon in Leipzig; 1557 Profeſſor in Dillingen; daſelbſt Rüdtritt
zur römiſchen Kirche; auf einer Reiſe von Dillingen nach Paulngen von
einem Soldaten, der ihn für einen Juden hielt, erſtochen, 1558. Vgl.

Corp. Ref. VII, 115. Jöcher III, 1165; Jöcher, Fortſetzung V, 1350. Seidemann, Lauterbachs ... Tagebuch ... 1872, S. vii. Loeſche, Analecta Nr. 475, A. 3.   9) S. ob. I, 215.   10) Am Schluß findet ſich unter der Notiz 1552, 17. Jan. hora 8, min. 40 ein Horoſkop; vermutlich hat Mel. die Nativität geſtellt.

Nr. 82.

Nürnberg [1]).   14. Februar 1552.
Melanthon an Mathefius.

Glückwunſch zur Geburt des Eutichius [2]). Eheſache [3]). Vorausſicht des ſächſiſchen Krieges [4]). Nachrichten aus England.

Druck: Corp. Ref. VII, 944.

1) Hier ſollten die drei Deputierten (Nr. 81) weitere Verhaltungsmaßregeln abwarten; K. Schmidt, S. 541.   2) Vgl. Nr. 81.   3) Vgl. Nr. 81, 3.   4) Am 23. Febr. hält es Mel. deshalb für geraten, heimzukehren; Annal. z. Datum.

Nr. 83a.

Annaberg.   16. März 1552.
Melanthon an Mathefius.

Rückſendung des Reiters [1]), Dank auch dem Rat und der Bürgerſchaft für die außerordentliche Aufnahme. Klage über flacianiſche Verleumdungen [2]). Nachricht vom Kurfürſten. „Zu Pferde ſitzend fügte ich unſerem Gedicht [3]) einiges über Philippi und Sarepta hinzu." Zuſage einer Landkarte [4]).

Druck: Corp. Ref. VII, 962.

1) Mel. war von Nürnberg (vgl. Nr. 82) aus, über Eger am 13. und 14. März in Joachimsthal geweſen (Annal. z. Datum). Wie die Nürnberger hatten auch die Joachimsthaler ihm berittene Reiſebegleitung mitgegeben (Annal. z. 12. u. 16. März), die er nun in Annaberg entläßt. Dazu ob. I, 191. 319.   2) „φλακικαὶ διαβολαί", vgl. Corp. Ref. X, 317.   3) Es iſt das Gedicht: de venis metallicis, Corp. Ref. X, 611 f. Es erſchien zuerſt geſondert: De venis metallicis gratiarum actio et precatio Philip. Melanth. Witebergae anno 1552, 4° (Univ.-Bibl. Königsberg; vgl. Neubaur, Altpreuß. Monatsſchr., Bd. XXVIII [1891], S. 275). Vgl. Sar. III, 31a und ob. I, 192.   4) Vgl. Nr. 84.

19*

Nr. 83 b.

(Wittenberg.) c. 21. März 1552.

Melanthon an Mathesius.

Das Gedicht: De veteri nomismate gentis Judaeae [1]).

Druck: Corp. Ref. VII, 965. „Theol. Stud. u. Krit." 1892, S. 179 f.
(Vgl. dazu ebd. 1893, S. 660.)

[1] Das Gedicht ist im Corp. Ref. einem Brief an Georg von Anhalt angefügt, vom 21. März, dem es auch ursprünglich gewidmet ist. Kürzlich („Theol. Stud. u. Kr." 1892, a. a. O.) hat es sich handschriftlich in einem von Mathesius verschenkten Buch gefunden mit der Unterschrift: Reverendo domino Mathesio Philippus. Dasselbe Gedicht in sehr veränderter Gestalt: Corp. Ref. X, 607 f. — Zu Mathesius' Vorliebe für die Numismatik s. ob. S. 143, zu der Melanthons vgl. K. Schmidt, S. 710. Vgl. Nr. 85. 87.

Nr. 84.

(Wittenberg.) 27. März 1552.

Melanthon an Mathesius.

Empfehlung für Wolfgang Mylius [1]), der die versproche-
nen [2]) Karten von Palästina [3]) bringt. Nachricht über die am
4. April angesetzte Zusammenkunft König Ferdinands, Maximilians
und des sächsischen Kurfürsten zu Linz [4]). Grüße von Angelus [5])
und Caspar [6]).

Druck: Corp. Ref. VII, 970.

[1] Vgl. Nr. 27, 1. [2] Vgl. Nr. 83. [3] Vgl. Röhricht, Karten und Pläne zur Palästinakunde aus dem 7—16. Jahrhundert, in „Zeitschr. des deutschen Palästina-Vereins" XIV (1891), 88. [4] Vgl. Nr. 85; Annal. zum 19. April. Sleidanus, S. 762. Barge, Die Verhand-lungen zu Linz und Passau . . . im J. 1552. 1892. [5] Simon Engel von Zwickau, seit 1544 Stadtschreiber; Chron. [6] Eberhard, s. ob. I, 183.

Nr. 85.

Joachimsthal. 1. Mai 1552.

Mathesius an Melanthon.

Bericht über zahlreiche Erdstöße in den Ostertagen [1]) in
Joachimsthal und dem benachbarten Bleistadt. Möge der Sohn

Gottes seinen Berg Zion erhalten. Türkenkunde. Verhandlungen in Linz [2]). In der Prägung der beifolgenden Münzen wird Sorgfalt vermißt; ein anderer Künstler wird versuchen, was er leisten kann. Dank für (die Karten von) Palästina [3]). Schmeichelhafte Anerkennung des Adressaten in Joachimsthal.

Druck: Corp. Ref. VII, 990 [4]).

1) Chron. berichtet von zehn; vgl. ob. I. 220.   2) Vgl. Nr. 84, 4. 3) Vgl. Nr. 84.   4) Daselbst ist Sp. 991, Z. 9 statt montibus zu lesen motibus, nach dem Original: Gotha A, 123, fol. 251. Von diesem Brief, als an Eber (vgl. Corp. Ref. „in absentia M. Paulo Ebero"), findet sich ein Excerpt auf der Stadtbibliothek zu Breslau in einem von W. E. Tentzel, † 1707 (Jöcher IV, 1057), geschriebenen Briefband.

Nr. 86.
(Wittenberg.)   10. Mai 1552.
Melanthon an Mathesius.
Empfehlung des eine Palästinakarte [1]) überbringenden Künstlers.

Druck: Corp. Ref. VII, 1001.

1) Vgl. Nr. 84 f.

Nr. 87.
(Wittenberg.)   18. Mai 1552.
Melanthon an Mathesius.
Bezugnahme auf die Weissagungen des Joh. Hilten [1]) in seiner Daniel-Erklärung, die nahende Türkenherrschaft betreffend, die wohl durch jene Erdbeben [2]) angekündigt wurde. Friedensnachrichten in Deutschland. Herausgabe der mecklenburgischen Kirchenordnung [3]). Der deshalb anwesende Dr. Joh. Aurifaber [4]) erhielt eine der vom Adressaten gesandten Münzen [5]). Lob der Prägung bis auf die hebräischen Buchstaben. Bitte gegen Zahlung mehr mit richtigeren Formen herstellen zu lassen.

Druck: Corp. Ref. VII, 1006.

1) Mathesius erwähnt wiederholt den wegen seinen strafenden und die Zerstörung der Kirche voraussagenden Reden am Ende des 15. Jahrhunderts in

seinem eisenacher Kloster lebenslänglich eingekerkerten fuldaer Franziskaner; LH.
XV. 187b. HRE. X, 399.   2) Vgl. Nr. 85.   3) Vgl. Hartfelder A,
S. 607, Nr. 491. — Rietschel, Luther und die Ordination. 2. A., 1888,
S. 73.   4) Der Philippist in Rostock, gleichnamig mit dem Gnesioluthe-
raner und Tischreden-Herausgeber; HRE. II, 5f.   5) Vgl. Nr. 85.

Nr. 88.

(Wittenberg.)   4. Juli 1552.

Melanthon an Mathesius.

Lob der gesandten Münze [1]). Bitte um weitere gegen Zah=
lung. Beilagen [2]). Empfehlung des Überbringers.

Druck: Corp. Ref. VII, 1020.

1) Im Corp. Ref. wird hierzu auf den 1. Mai (vgl. Nr. 85) verwiesen;
mit Unrecht; jene waren ja mangelhaft (vgl. Nr. 85. 87); es muß eine seit
dem 18. Mai (vgl. Nr. 87) gesendete gemeint sein.   2) Vgl. Nr. 29, 4.

Nr. 89.

(Wittenberg.)   3. August 1552.

Melanthon an Mathesius.

Bitte dem Dr. Jacob Milichius [1]) die Wunder des dortigen
Bergbaus zu zeigen.

Druck: Corp. Ref. VII, 1046.

1) S. ob. I, 47.

† Nr. 90.

(Joachimsthal.)   14. September 1552.

Caspar Eberhard [1]) an Mathesius.

Elegie über eine im Kindbett gestorbene Verwandte [2]).

Handschriftlich: In einem Folianten in gepreßtem Pergament mit dem Auf-
    druck: Historiae ecclesiasticae MDXXXV; Titel: Autores histor.
    eccl. Froben. Basil. MDXXXV [3]). Auf dem Titelblatt: Genero meo
    domino Heinrichio [4]) dono J. Mathesius dedit manu propria; im
    Besitz des Herrn Pastor Schulz in Bergen, Insel Rügen [5]).

Αἰδεσίμῳ ἀνδρὶ καὶ θεολόγῳ Ἰωάν. Ματεσίῳ φίλῳ εὐ-
σπλάγχνῳ μέλος δάκρυσι φιλαδέλφοις ἔπεμψε.

Κάτθανε δυστοκεοῦσα καὶ οὐρανίης ἀπολαύει
    ζωῆς, ἐν χθον᾽ ἀεὶ γενναῖα μάρθα γενή.
Ἥδε θεὸν πίστει καὶ σεμνοῖς ἤθεσ᾽ ἐτίμα,
    Τούνεκα ἐν Χριστῷ εὐσεβὲς εἶχε τέλος.
Ἡνίκα ἠδ᾽ ἔλιπεν καρπόν, τότε ὡς ἀμάραντος
    Πίπτε ἐν ἀϊδίου εἴαρος αὖτε θαλεῖ.
Γεύσεται οὐ θανάτου πεφυλαγμένος, ἀλλὰ κατεύδει
    Ὃς θε᾽ ἐτίμησεν ῥήματα δεξάμενος.

M. Κασπαρ Ἐξενραδιος
(MDLII, XIIII Septembris.
In die sanctae crucis. Mathesius) [6]).

1) S. Nr. 48, 3.   2) Albrecht („Theol. Stub. u. Krit." 1892, S. 178)
bezieht dies Gedicht auf eine Schwägerin von Mathesius (f. ob. I, 205, vgl.
Ehesp. Pr. 27: 19. Jan. 1552, Paul Richters Tochter Martha mit Paul
Langer; Leich. 1565, ω 2a) man könnte es auch auf Eberhards Frau deuten
(f. ob. I, 185, 6; 615) oder als einen Dank betrachten für eine (verlorene)
Beileidsbezeugung des Mathesius gelegentlich des Todes einer Schwester Eberhards.   3) Vgl. Panzer, Annal. typogr. VI (1798), 304, Nr. 1000.
4) Wohl Caspar Heidrich, f. Nr. 31.   5) Vgl. „Theol. Stub. u. Krit."
a. a. O.   6) Die Worte in der Klammer von Mathesius' Hand.

Nr. 91.

Torgau.   11. Oktober 1552.

Melanthon an Mathesius.

Zur stancariſtiſchen Kontroverſe [1]).   Bitte, bei der Lektüre die
Zeugniſſe dafür zu beachten, daß Chriſtus Mittler ſei nach beiden
Naturen.   Dank für Überſendung von fünf Münzen [2]), wofür
Zahlung an den Buchhändler Chilianus erfolgte.   Bitte um wei=
tere Stücke.   Empfehlung.

Druck: Corp. Ref. VII, 1103.

1) Vgl. K. Schmidt, S. 566 f.   2) Vgl. Nr. 88.

Nr. 92.

Wittenberg. 27. Dezember 1552.

Melanthon an Mathesius.

Schmerzliche Verwunderung über Mathesius' Schweigen. Über Osianders Tod und Stancarus [1]).

Druck: Corp. Ref. VII, 1161 (mit falschem Datum).

1) Vgl. Nr. 91, 1.

1553.

† Nr. 93.

Joachimsthal. 6. Februar 1553.

Mathesius an Eber [1]).

Neuevolle Bezugnahme auf Melanthons Vorwurf [2]). Ärger über die kürzlich verbreiteten Schmähschriften. Hoffnung auf Wiederherstellung der Universität auch zum Besten des Brief-wechsels. Verluste im Ort. Bitte um Auskünfte zu den Leben-Jesu-Predigten. Wunsch persönlicher Rücksprache.

Handschriftlich (Origin.): Gotha, A 123, fol. 245.

Clarissimo viro domino magistro Paulo Ebero domino et amico suo carissimo.

S. D. Clarissime domine et amice carissime. Gaudeo mihi offerri occasionem ad te scribendi. Nam dominus prae-ceptor mecum amanter expostulavit de mea negligentia [2]). Nunc resarciam omnia. Faxit deus optimus, ut dispersi pulli ad suas gallinas pias congregentur et arceat ab isto aviario vultures, upupas, vespertiliones et pugnaces gallos et quicquid est illarum volucrum, quarum esus prohibitus est in deutero-nomio Mosis [3]). Nam nuper sparsi libelli referti plaustris [4]) convitiorum in bonos viros [5]) mihi valde moverunt bilem. Ego certe metuo, ne istae musculae praedae fiant aquilis et vulpeculis. Sed redeo in viam, nam vox galli turbavit mihi meas rationes. Si vestra schola refloruerit [6]), id quod vobis-cum ex animo precor, et vos solita patientia id ipsum efficere poteritis, si reseretis vestrum cursum, tum major nobis erit copia eorum, qui ferunt literas. Apud nos sunt in pristino statu; amisimus per hosce dies duos honestos cives, socerum Magistri Casparis_7) et alium mercatorem sedulum auditorem euangelii.

Jam explico publice historiam de filio dei ex quattuor euangelistis 8). Igitur de uno et altero loco ad me scribes per ocium. Sunt qui sentiant Christum ingressum iter a Jordane versus Judaeam XIII aut XIV Martii et Lazarum 15. aut 17. excitatum a mortuis. Alii putant multos dies ante eam excitationem factam esse. Nam Christum venisse Bethaniam Lucae X 9) a Bethabara Joh. X 10) et postea propter pharisaeos iterum revertisse Ephraim 11) urbem deserti et ibi in vicinis locis, etiam in Samaria Gallilaea (!) Lucae 17 12) conversatum esse cum discipulis et ea docuisse et fecisse, quae scribuntur a XI capite Lucae usque ad XX; tandem per urbem Hierichunta venisse Bethaniam VI die ante pascha. Ego vero nihil statuo de hac re, sed cupio audire abs te tuam sententiam. Si mars et pestis mihi non obstiterit, invisam vos 13) Deo volente et de aliis magis necessariis rebus amanter et fraterne vobiscum conferam. Nam in his distractionibus ecclesiarum opus est nobis amicis colloquiis. Bene vale et rescribe. Datum in valle S. Joachimi. Dorotheae 1553.

1) Vgl. Nr. 77. 2) Vgl. Nr. 92. 3) 14, 13. 16. 18. 4) Zum Ausbruck vgl. Annal. zum 9. Juni 1549. 5) Vgl. Nr. 91, 1. — Frant I, 157. 6) Wegen der Pest war die Universität am 13. Juli 1552 nach Torgau verlegt; Annal. zum Datum. 7) sc. Eberhardi, f. ob. 1, 185, 6. 8) S. ob. I, 476 f. 9) B. 38. 10) B. 40. 11) Joh. 11, 54. 12) B. 11. — Etiam bis 17 steht am Rand. 13) Vgl. Nr. 70, 1.

Nr. 94.

(Wittenberg.) April 1553.

Melanthon an Mathesius.

Dank für weitere acht Münzen 1); Zahlung wie früher 1). Häusliche Sorgen. Exegetische Auskünfte in Aussicht gestellt 2). Beilage 3), auch für Caspar 4).

Drud: Corp. Ref. VIII, 74.

1) Vgl. Nr. 91.   2) Vgl. Nr. 17, 1.   3) Vgl. Nr. 29, 4.   4) Vgl.
Nr. 84, 6.

Nr. 95.

(Wittenberg.)   11. Mai 1553.

Melanthon an Matheſius.

Beilage [1]) mit dem Inhalt der nächſten Disputation [2]). Schwere
Krankheit der Gattin. Zahlung für die Münzen an den Buch=
händler [3]). Exegetiſche Auskünfte.

Drud: Corp. Ref. VIII, 91.

1) Vgl. Nr. 29, 4.   2) Des Tilemann Heßhuſius. HRC. VI, 75 f.
3) Vgl. Nr. 94, 1.

† Nr. 96.

Joachimsthal.   21. Mai 1553.

Matheſius an Eber [1]).

Quittung über 10 Thaler. Dank für litterariſche Spende.
Entſchluß nach Wittenberg zu eilen. Gefahr von Verrätern und
Undankbaren und ihr Lohn.

Handſchriftlich: Gotha, A 123, fol. 261.

S. D. Clarissimo viro domino M. Paulo Ebero philosophiae
purioris professori Vitebergae domino et amico suo carissimo.

Clarissime vir et amice carissime. Recte accepi X taleros [2]),
quos dedi Magistro Casparo nostro [3]); et ago tibi gratias pro
doctissimo libello Joachimi [4]). Coram, deo volente, plura
agemus. Nam mihi decretum est post paucos dies vos velle
invisere [5]), ut vel mea praesentia leniam dolores Melanthonis [6]),
viri de me et tota ecclesia et bonis literis benemeritissimi(!),
et ut vobiscum colloquar de multis rebus, ut sic muniam
animum contra fanaticas opiniones, quas serit Satan, qui nunc
solam istam ecclesiolam videtur oppugnare, qua subversa facile
subvertet alias. Non credis, quam furat diabolus in multis,

qui etiam in ista schola magnis beneficiis ornati sunt; doch mufs es also gehen, et domestici ejus inimici ejus [7]); sed funis, sudor et latrina Arii [8]) absolvet tandem ingratos et proditores. Bene in domino cum tuis vale et ora mecum, ut dominus deus dirigat viam meam ad salutem ecclesiae, amice! Datum in valle S. Joachimi, Pentecoste 1553.

Mathesius.

1) Vgl. Nr. 93.   2) S. ob. I, 64.   3) Nr. 94, 4.   4) Wohl Camerarius (vgl. Nr. 20), vielleicht ſeine Narratio de Eobano Hesso (vgl. Nr. 2) Nor. 1553.   5) Vgl. Nr. 93, 13.   6) Vgl. Nr. 95.   7) Hiob. 19, 15.   8) Mit Bezug auf ſeinen ſchon von den Zeitgenoſſen (Smith= Wace, I, 162b) hämiſch ausgebeuteten Tod auf dem Abort. (S. ob. S. 82.)

† Nr. 97.

Joachimsthal.   25. Mai 1553.

Mathesius an Eber [1]).

Empfehlung Verbannter.

Handſchriftlich (Origin.): Gotha, A 123, fol. 252.

Clarissimo viro domino Paulo Ebero pio philosopho et suo amico cum observantia colendo.

S. D. Clarissime vir et amice carissime. Tandem venit Basilius [2]) Vidomanni [3]) nostri, quem hoc semestre expectavimus. Venit autem cum comitibus aliquot exulibus, bonis viris, qui e sua patria et a suis uxoribus furoribus episcoporum ejecti sunt. Eos omnes tibi de meliore nota commendo. Aeternus filius dei, qui suo exilio consecravit nostra exilia, conservet hos et omnes extorres et suo adventu reducat omnes in aeternam patriam, in ista sperata die restitutionis et refrigerationis, quam nunc expectamus quotidie. Nam nos vere devenimus in fines saeculorum, in quibus Satan universas suas vires exerit [4]) in ecclesiam dei; sed qui pro nobis pugnat et in nobis habitat, major est quam qui in mundo [5]). Igitur jubet nos esse bono animo; nam ipse vicit mundum et dono

dedit nobis suam victoriam. Igitur et nos nunc vicimus etiamsi
nondum adparent trophaea nostra. Dominus tecum et cum
tua familia! Amen. Die Urbani 1553.

Tuus Mathesius.

1) Vgl. Nr. 96. 2) Ob Cammerhöfer? S. ob. I, 194; II, 207; ſ. Nr. 150.
3) S. ob I, 33; ſ. Nr. 26, 12. 4) ſtatt exserit. 5) 1. Joh. 4, 4.

Nr. 98.

(Wittenberg.) 31. Mai 1553.

Melanthon an Mathesius.

Verlangen nach ſeiner Gegenwart [1]). Todeskampf der Gattin [2]).
Beilage [3]) auch für Caspar [4]), mit der Bitte um Beurteilung.

Druck: Corp. Ref. VIII, 100.

1) S. Nr. 96, 5. 2) Vgl. Nr. 96, 6. 3) Vgl. Nr. 29, 4. 4) Vgl.
Nr. 94, 4.

Nr. 99.

(Wittenberg.) 25. November 1553.

Melanthon an Mathesius.

Trauer über den Tod des Fürſten Georg von Anhalt [1]) und
des Senators Jakob Sturm in Straßburg [2]). Brief an Herrn
v. Haſſenſtein [3]). Aufbruch nach Dresden in Univerſitätsange=
legenheiten. Berufung des Adreſſaten nach Leipzig [4]). Empfehlung
eines ruſſiſchen wegen des Evangeliums exilierten Prieſters [5]).
Überſendung von Gedichten zur Kritik [6]).

Druck: Corp. Ref. VIII, 179.

1) Georg III., der Gottſelige, ſtarb am 17. Okt. 2) Am 30. Okt.;
der um das Reformationswerk hochverdiente Ratsherr war ein ähnlicher Mit=
telpunkt der damaligen Korreſpondenz wie Melanthon; vgl. Steinhauſen,
Geſch. des deutſchen Briefes. 1889, S. 131. Windelmann, Politiſche
Korreſpondenz der Stadt Straßburg im Zeitalter der Reformation. 1887.
2. Abtl., 2. Bd., Einleitung S. xvi. ADB. XXXVII (1894), 5—20.
3) Vgl. ob. I, 170. 4) Vgl. Nr. 25, 5. 5) Der wegen der Sprache in
Böhmen nützlich ſein könnte; vgl. Nr. 49 6) Vgl. Nr. 29, 4.

1554.
Nr. 100.
(Wittenberg.) 31. Januar 1554.

Melanthon an Mathesius.

Trost wegen der Mißgestaltung des Söhnchens [1]). Zusage der Herausgabe von Mathesius' Predigt [2]) mit Einfügung über den Unterschied philosophischer und evangelischer Tröstungen. Beilage [3]). Gruß an Caspar [4]).

Druck: Corp. Ref. VIII, 219.

1) Vgl. Nr. 17, 1. — S. ob. I, 204. 216.   2. Vblgr. Nr. 7; eine von Melanthon besorgte Ausgabe ist nicht bekannt geworden. Der Anteil Melanthons an den Schriften Anderer ist neuerdings in noch viel größerem Umfang als früher (vgl. Strobel, Neue Beiträge zur Litteratur besonders b. 16. Jahrh. 1790, I, 1, S. 137 ff.) klargestellt; vgl. Hartfelder, Ph. Mel. Declamationes. 1891, S. xii. 1894. S. ixf,   3) Vgl. Nr. 29, 4. 4) Vgl. Nr. 98, 4.

Nr. 101.
(Wittenberg.) 13. Februar 1554.

Melanthon an Mathesius.

Nachricht vom Tod der Fürsten Moritz und Joh. Friedrich [1]). Von Karl V. Beiliegend [2]) die Rede über Georg von Anhalt [3]), „welcher Dich sehr geliebt hat" [4]). Empfehlung für Hieronymus Scholander [5]).

Druck: Corp. Ref. VIII, 223.

1) Der Kurfürst starb am 11. Juli 1553; der „geborene Kurfürst" erst am 3. März 1554, „moribundus erat", Corp. Ref. a. a. O., Anm. 1.   2) Vgl. Nr. 29, 4.   3) Vgl. Nr. 99, 1. — Hartfelder A, S. 610, Nr. 533. 4) S. ob. I, 200 f.   5) Im „Album" a. 1553: Förstemann, Album, S. 281.

† Nr. 102.
Wien. 25. Februar 1554.

Nidbruck [1]) an Mathesius.

Dank für litterarische Dedikation, die eine Gelegenheit zum Freundschaftsbündnis bietet. Versicherung der Sympathie und Hilfsbereitschaft. Zuspruch zur Fortführung des Amtes.

Handschriftlich (Kopie): Wien, Hofbibliothek 9737 i 98.

Domino Mathesio.

S. P.   Accepi libellum tuum cum inscriptione [2]) et agnosco tuam erga me promptitudinem atque benevolentiam, vir in domino charissime. Et ego ita interpretor, quod hic sit occasio conciliare amicitiam inter nos, quos alioquin utriusque consensus in rebus longe preciosioribus atque summi momenti conjungere merito debet.

Tibi omnibusque piis ex animo faveo, et quod debeo praestabo, semper parato animo. Quaeso si quid sit, in quo tibi in posterum commodare queam, reddas me certiorem atque perspicies, quod hic dicam animo syncero. Perge ut coepisti in ministerio strenue et ora deum, ut in nobis confirmet dona sua et gubernet animos nostros ad majorem sui gloriam et ecclesiae emolumentum. Quas [3]) ad me voles domino Purlachero [4]) tradas.

Vale in domino.   Datum Viennae 25. Februarii 54.

1) Vgl. Nr. 66.   2) Das Exemplar befindet sich in der wiener Hofbibliothek, Signat. 77 Ee 326; es ist die Predigt: Vblgr. Nr. 3; f. Briefw. Nr. 72, 2, mit der Widmung: Nobili et amplissimo viro domino Casparo a Nidbruch. Regiae M^tis consiliario domino suo clementi notam amicitiae. 3) sc. literas.   4) S. ob. I, 190.

Nr. 103.

(Wittenberg.)   17. März 1554.

Melanthon an Mathesius.

Erkundigung über den Empfang der Rede auf Georg von Anhalt [1]). Übersendung des examen Megalburgense [2]), mit der Bitte um strenge Kritik auch seitens Caspars [3]). Neue Ausgabe der definitiones [4]). Seitenhieb auf die „Momi" [5]).

Druck: Corp. Ref. VIII, 241.

1) Vgl. Nr. 101.   2) Vgl. Hartfelder A, S. 610, Nr. 537. 3) Vgl. Nr. 100, 4.   4) Vgl. Note i. Corp. Ref.: Definitiones multarum appellationum quarum in ecclesia usus est. Vitebergae. Vgl. Nr. 105. 5) S. ob. I, 435, 3.

† Nr. 104.

Joachimsthal. 14. Ottober 1554.

Mathesius an Caspar Peucer [1]).

Begleitschreibung zur Übersendung menschlicher Gebeine [2]).

Handschriftlich (Origin.): Wallenbergsche Kirchenbibliothek zu Landeshut in Schlesien [3]). Originalbriefe der Reformatoren, Bb. I. 1325. D. II 9 S. 292.

S. D. Experiare verum esse veteris poëtae [4]), parturire montes, nasci ridiculum murem. Nam cum ego σκελεδον embrionis, quod in monasterio Franciscanorum [5]) inclusum ollae repertum fuerat, ad te mittere vellem, obstitit mihi pharmacopola ejus loci. Sed forte in meis aedibus sub vasculo, in nidulo stramineo haec ossa ut opinor maris reperta sunt; ea tibi homini physico destinavi.

Tu studium meum probabis et me tuum esse certe persuadebis. Si quid porro vel ex metallis confecero, dignum consyderatione, faciam, ut agnoscas, me tuum esse. Bene vale et socerum tuum meo nomine admoneto de argumento metallico, de quo tu mihi sponsor factus est.

Datum in valle S. Joachimi. 14. Octobris 1554.

Mathesius.

1) Also erstreckte sich die Freundschaft mit Melanthon auch auf dessen Schwiegersohn, der seit 1550 mit Magdalena vermählt (s. Nr. 61), seit dem Jahre des Briefes Professor der Mathematik in Wittenberg war. Seine und der Frau spätere enge Beziehungen zu Mathesius' Heimat s. ob. I, 17. Zur Litteratur außer HRE. II, 548—551: Wernich-Hirsch IV, (1886), 550. ADB. XXV (1887), 552—556. Hartfelder A, s. v. Hartfelder B, s. v. 2) Zu Mathesius' eigenen medizin. Interessen s. ob. I, 187: II, 158 f. 3) Über dieselbe vgl. Dan. Schulz, Beiträge zur Reformat.-Geschichte des 16. Jahrhunderts; „Zeitschr. für die histor. Theol." 1882, 2. Bd, 2. Stück, S. 221—242. 4) Horaz, Ars poetica, B. 139. 5) Wohl das benachbarte zu Kaaden; s. ob. S. 142.

1555.
Nr. 105.
(Wittenberg.)   27. Januar 1555.
Melanthon an Mathesius.

Vom Verlangen der Fürsten nach einer Synode für die Evangelischen: Bitte um des Adressaten Urteil darüber. Übersendung
der neuen Ausgabe der Definitionen [1]), deren neuer Schluß namentlich der Beachtung auch Caspars [2]) empfohlen wird.

Druck: Corp. Ref. VIII, 419.

1) Vgl. Nr. 103, 4.   2) Vgl. Nr. 103, 3.

Nr. 106.
(Wittenberg.)   19. Februar 1555.
Melanthon an Mathesius.

Friedlicher Zustand der Evangelischen in Pannonien [1]), unter
türkischer Herrschaft, während sie in der Nachbarschaft durch die
Wut der Heuchelei oder häusliche Zwistigkeiten zerstreut werden.
Möge König Ferdinand sich nicht zum Diener fremder Grausam-
keit machen [2])! Lauterwalds Fehdeansagung [3]). Buchsendung.
Symbolisches Luftphänomen in Ungarn.

Druck: Corp. Ref. VIII, 435.

1) Die römische Donau = Provinz umfaßte bekanntlich den östlichen Teil
von Österreich, Steiermark, einen Teil von Krain, Ungarn zwischen Donau
und Save, Slavonien und den Nordrand von Bosnien.   2) Das Jahr
1554 war besonders fruchtbar an Mandaten gewesen, deren Abzweckung, das
Luthertum in Böhmen zu entwurzeln; viele lutherisch gesinnten Prediger
wurden vertrieben: Raupach, Evang. Österreich, 1732. Historische Nachrichten XLI, S. 121. Gindely I, 371. Czerwenka II, 306f.
Briefw. Nr. 107f. 111. Am 13. Februar 1555 hatte Melanthon seine
Trostschrift ausgehen lassen im Namen der Theologen in Meißen, an die
in Böhmen und in der Lausitz (— 1526 war die Lausitz mit Böhmen
an Ferdinand gekommen [Bachmann, Die Wiedervereinigung der Lausitz
mit Böhmen. 1882] —) der reinen Lehre wegen Verfolgten; vgl. Annal.
zum Datum. Corp. Ref. VIII, 428. Script. publ. Ac. Wit. T. II.
Hartfelder A, S. 611, Nr. 548f. Sleidanus, S. 838. Müller,
Oberlausitzer Reformat.=Geschichte. 1801, S. 116. Der Zusatz „Lausitz“
scheint rhetorische Floskel zu sein; in den angeführten Quellenstellen

(vgl. Carpzov, Ehrentempel der Oberlauſitz. 1719. Dietmann, Die
Prieſterſchaft in … Oberlauſitz. 1777) iſt nur von Vertreibungen aus Böh-
men die Rede. Die Liſten der oberlauſitziſchen Geiſtlichen (in der Niederlauſitz
gab es überhaupt keine Verfolgungen) ergeben nicht eine Verfolgung oder
Vertreibung in jener Zeit. 3) Der ſtreitſüchtige Matthias L., zugleich
Gegner Oſianders, ſeit 1550 aus Nürnberg verabſchiedet, ſeit 1551 Prediger
in Schulpforta, ſpäter in Eperies in Ungarn; vgl. Möller, Oſiander,
S. 314 f. 335 f. Frank I, 151. ADB. XVIII (1883), 79 f.

† Nr. 107.

Joachimsthal. Oſtern (14. April) 1555.

Mathesius an Eber [1].

Ringsum Vertreibung der Geiſtlichen, außer in den Berg-
ſtädten. Empfehlung ſeines Schwagers, ihm Inſkription und
Depoſition ohne große Koſten zu verſchaffen. Über Caspar und
Margarete Mathesius und ſeine Gattin.

Handſchriftlich (Origin.): Gotha, A 123, fol. 263.

Clarissimo viro virtute et eruditione praestanti domino Paulo
Ebero professori Vitebergensi domino et amico suo carissimo.

S. D. Clarissime vir et amice carissime. Saepe ad te
meas inanes literas mitto, sed fallam tertium necesse est in
hoc statu rerum mearum. Sentio autem aliquod levamen mei
doloris, si aut audio deum loquentem aut cum ipso et cum
amicis loquor; proinde dabis aliquid meae necessitati. Quod
hoc tempore scribam, non habeo, quam quod omnes vicini
pastores nostri exulant, demtis his, qui metallicas urbes in-
colunt [2]. Fortasse Plutus, quem nostri tam anxie quaerunt,
nobis patronus est [3]. Si comitiae [4] non impedient rosorum [5]
furores, nos brevi sequemur exactos bonos viros; sed patria
erit, ubicumque praesentem habebimus filium dei. Postremo
a te amanter peto, ut carissimae uxoris meae [6] hunc fratrem [7]
meo et ipsius nomine tibi commendatum habeas. Ob inopiam
parentum [8] aperiet scholam in oppidulo Bohemico sub Carolo-
wizio [9] et nunc venit, ut isthic inscribatur [10] et beanum ut

loquuntur deponat¹¹), et post paucos dies ad nos redeat. Da
operam, mi carissime amice, ut sine sumptu graviore id impetrare possit. Ego si commode potero me gratum exhibebo.
Sunt et alii duo adolescentes, quibus propter Mathesium aliquid boni facies. Filiolus meus Caspar¹²) a sanata rimula
nunquam bene habuit. Conflictatur perpetuis morbis et gibbus
exerit sese in media spina dorsi¹³). Deus servet me et meos
et parvam meam Margaritham¹⁴), quae nunc nutritur lacte
sororis Sybillae meae⁶), et soletur me moestum patrem orba-
tum optima conjuge. Bene in domino vale et rescribe! In
feriis paschatos 1555.

Mathesius viduus¹⁵).

Ubi dolor ibi verba¹⁶).

1) Vgl. Nr. 97. 2) Vgl. Nr. 106. 3) Vgl. ob. I, 166. 4) Der
augsburger Reichstag war im Februar eröffnet. 5) Etwas zweifelhafte
Leſung, ſeltener Ausdruck. 6) S. ob. I, 207. 7) Richter = Prätorius; vgl. Nr. 115: ſ. ob. I, 114. 118. 191. 8) S. ob. I, 114.
9) S. ob. I, 118. ?NNO. bei Biſchofsteiniɮ. 10) Thomas Prätorius;
ſ. ob. I, 118; inſtribiert am 29. April; Förſtemann, Album, S. 299.
11) S. ob. I, 319. 12) S. Nr. 100, 1. 13) Eber war infolge eines
Falles in der Jugend ähnlich verunſtaltet; Sixt A, S. 3. 14) S.
ob. I, 217. 15) Dies Epitheton erſcheint hier zum erſtenmal. 16) Vgl.
Buß. 57b. Kor. 118b. Kor. 2, 125a. Kor. 247a: ubi dolor ibi verba
aut manus. (Leich. Bv 4b.)

† Nr. 108.

Joachimsthal. 10. Juni 1555.

Mathesius an Joachim Camerarius¹).

Empfehlung eines Joachimsthalers. Gefährliche Verhältniſſe.

Handſchriftlich (Origin.): Berlin, königl. Bibliothek; acc. ms. 1894. 371.

Clarissimo viro sapientia et virtute praestanti domino Joachimo
Camerario domino et amico suo carissimo.

S. D. Clarissime vir et amice carissime. Hunc Joachimum
civis Joachimici filium, tibi Joachimo commendo, qua possum
diligentia. Pater ipsius de me privatim et de hac schola et
ecclesia bene meritus est. Ea virtus meretur laudem et amorem.

Non autem plura peto, quam ut adolescentis mores inspicias. Gratitudinem suam probabunt tibi pater et filius. Nos adhuc hic horremus expositi multorum calumniis ²), sed duramus tamen et speramus dies magis secundos. Dominus servet ecclesiam suam et bonos viros servientes euangelio et hospitiis ipsius. Bene in domino vale. Datae in valle Joachimica, die Margarethae 1555.

Tuus Mathesius.

1) Vgl. Nr. 56.   2) S. Nr. 107.

† Nr. 109.

Joachimsthal.   8. Juli 1555.

Mathesius an Nidbruck ¹).

Empfehlung für ſtädtiſche Abgeordnete.   Häusliches Leid.

Handſchriftlich (Origin.): Wiener Hofbibliothek 9737 i 308.

Clarissimo viro nobilitate generis prudentia et virtute praestanti domino Casparo a Nidbruck doctori et Regiae Majestatis consiliario domino suo longe carissimo.

S. D. Nobilis et amplissime domine. Recte dicitur, amicitias debere esse immortales. Igitur ut probarem tibi meum in te amorem esse integrum, literulas bonis his viris de me et hac urbe praeclare meritis ²) ad te dare volui. Nec dubito, quin amicitia nostra duratura sit in omnem aeternitatem. Vivimus in delira senecta mundi. Et ego nunc orbatus optima conjuge et fida socia hujus aerumnosae vitae meae ³) nec aliud in votis habeo, quam ut posteritati relinquam sanam doctrinam et liberis meis bonos amicos et honestam famam. Aeternus filius dei servet pios Naëmannos ⁴), qui viduae ecclesiae pie inserviant in quantum possint. Et ut tu idem facias, te per filium dei oro. Hos honestos viros et negotia publica hujus urbis, quae fidele praebet hospitium regi gloriae tibi unice commendo. Hoc tempore nihil erat ad manum libellorum tua lectione dignum ⁵). Bene vale in Christo Jesu, patrono et

20*

amice carissime! Datum in valle lachrymarum, VIII Julii
1555.

                          Tuus Johan. Mathesius.

Recepi 24 Julii 1555 ⁶).

; 1) Vgl. Nr. 102.   2) „Anthoni Reiß („zum fünftenmal Bürgermeiſter",
ſ. Nr. 21, 10), Vollommner Hartleben (Richter), Hans Mühl (? = H. Müller
von Berned, vgl. Nr. 36. 57) in gemeinen Sachen gen Wien abgeſertiget";
Chron. 1554; doch wird die Geſandtſchaft dieſelbe ſein; es lann wieder (ſ. ob.
I, 522) ein Irrtum in der Chronit ſein, oder die Abreiſe hat ſich verzögert,
oder der Brief iſt erſt nachträglich nachgeſchickt.   3) Vgl. Nr. 107, 6.
4) Vgl. Nr. 66, 5.   5) Vgl. Nr. 102.   6) Notiz des Empfängers.

† Nr. 110.

Augsburg.   15. Juli 1555.

Ribbruck an Mathesius.

Antwort auf Nr. 109.   Bitte um Schriftenſendung.

Handſchriftlich (Kopie) ¹): Wien, Hofbibliothek 9737 i 98 a.

Reverendo doctissimo domino domino Johanni Mathesio fideli
    Christi ministro in valle Joachimica amico charissimo.

Sc(ripsi) dato XV Julii anno 1555.

    S. P.   Reddiderunt legati vestrae urbis, charissime domine
Mathesius, quas 8 ᵛᵒ hujus scripsisti; erat unus ex tribus mihi
prius notus Viennae, nam et ante aliquid literarum superiori
anno adferebat.   Juvissem honestos viros, quantum mearum
esset virium; sed cum iis est ipsis negotium, in quorum con-
sessum ego non accedo, nempe eorum consiliariorum, qui de
pecunia vel recipienda vel expendenda consultant; utcumque
tamen illos ipsos consiliarios regios, amicos meos, hortatus
sum, ut commendatos habeant rei publicae vestrae deputatos.
Tibi tuisque, si qua in re commodare queam, faciam id semper paratissimo animo.   Conjugis tuae obitum feras in domino
pacienter, nam omnia cooperantur piis in bonum ²).   Vale in
domino et ne dubites in posterum amicos tuos mihi commen-
dare; ostendam tum ipsis, quanti te faciam.   Cras rursum ad
electores ablegor, ut legatis vestrae urbis diutius adesse ne-

queam. Mitte, cum commoditas datur, aliquid libellorum, quantum literis commode conjungere poteris. Datum Augustae [3]). Salutabis ex me amanter dominum Buclacher [4]).

1) Sie stammt (mit Ausnahme der Worte Reverendo bis 1555) nicht von Ribbruck, sondern wohl von einem Sekretär. 2) Röm. 8, 28. 3) Der augsburger Reichstag war im Februar eröffnet. S. ob I, 200. 4) S. ob. Nr. 102.

Nr. 111.

(Wittenberg.) 5. November 1555.

Melanthon an Mathesius.

Adressat in Aussicht genommen als Teilnehmer an der nürnberger Konferenz zur Beilegung des osiandrischen Streites daselbst [1]). Allein Melanthons Begleiter [2]) fürchteten den Zeitverlust durch den Umweg über Joachimsthal und das Pestgerücht [3]). Namentlich Runge wünschte Mathesius' Teilnahme. Zusicherung der Sendung des in Nürnberg aufgesetzten Schriftstücks [4]). Wiederholte Empfehlung des Exulanten Hieronymus [5]). Übermittelung eines Beichtformulars [6]). Grüße an Caspar [7]) und den Konsul [8]), auch vom Schwiegersohn [9]).

Druck: Corp. Ref. VIII, 600.

1) S. ob. I, 137. Laut Annal. hatte Melanthon am 2. September vom Kurfürsten den Auftrag erhalten, nach Nürnberg zu gehen; er reiste am 16. oder 17. ab. 2) Joachim Camerarius (S. Nr. 108), Al. Alesius (Prof. d. Theol. in Leipzig; Loesche, Analecta Nr. 499); Moriz Heling ([Heiling, Helling], seit 1549 Rektor in Eisleben, seit 1555 Superintendent und Pastor an St. Sebald in Nürnberg, † daselbst 1595; Corp. Ref. XXVIII, 284. ADB. XI (1880), 690) und Jakob Runge (Prof. d. Grammatik u. Musik in Greifswald, seit 1557 General-Superintendent in Wolgast, Corp. Ref. XXVIII, 324. Jöcher III, 2311. ADB XXIX [1889], 689/91. Hartfelder A, S. 530, laut Annal. seit dem 28. August in Wittenberg.) Die Konferenz fand vom 26.—30. Sept. statt; am 7. Okt. reiste Melanthon nachhaus. 3) Vgl. Sir. 2, 73a. 4) Corp. Ref. VIII, 579; Hartfelder A, S. 611, Nr. 557. 5) Steiger, vertrieben als Pastor bei Schlackenwerth (s. ob. I, 63. 128). Vgl. Corp. Ref. VIII, 601. 636 (vgl. Nr. 106). 6) Vgl. Hartfelder A, S. 612, Nr. 573. 7) Vgl. Nr. 105, 2. 8) Reiß. Chron.; vgl. Nr. 109, 2. 9) Vgl. Nr. 104, 1.

† Nr. 112.

Freiberg.   13. November 1555.

Caspar Heidrich [1]) an Mathesius.

Übersendung der Instruktion der beendeten Visitation. Vom
Osiandrismus. Häusliches. Vom Hof. Über Salomo Winter.
Morbeisens Wunsch, den Adressaten nach Leipzig oder Wittenberg
zu ziehen.

Bitte um Mathesius' Urteil über Wucher und Zinsennehmen.

Handschriftlich (Origin): Hamburg, Stadtbibliothek. Supell. Epistol.
Uffenbachii et Wolfiorum etc. Bd. XLVIII, fol. 197.

Venerando viro eruditione et virtute praestanti domino magistro
Johanni Mathesio ecclesiae vallium Joachimicarum pastori fideli
amico et in Christo fratri charissimo.

Graciam et pacem in Christo Jesu; nam in mundo pres-
sura et angustia, ex qua nos liberabit filius dei glorioso suo
adventu, quem appropinquare et jam pro foribus esse multa
signa testantur.

Finivimus tandem visitationes in omnibus circulis, quarum
instructionem [2]) tibi mitto, ut judices actionum nostrarum
summam. Jam generalia, ut vocant, Dresdae colliguntur, quae
fortasse publice edentur. Dominus Philippus Norinberga rediit [3]); acta causae Osiandrinae sub prelo sunt [4]).

Secundo Octobris in Christo placidissime obdormivit parens
meus charissimus. Jam Fribergae [5]) matrem et sorores con-
solor et relictam hereditatem, quae est exigua — mater enim,
quae superstes est, meliorem partem accepit —. dividimus.

Mortua est quarto Novembris illustrissima principissa,
augusta conjunx [6]) ducis Johannis Friderici secundi [7]), Vima-
riis, matrona piissima, quam non minus lugeo quam parentem
meum dilectissimum. O quanta vicissitudo rerum, quam nihil
perpetuum in hac mortali vita. Baptisatus est Dresdae filius
Augusti electoris [8]) magnus [9]); inter alios susceptor fuit Hen-
ricus dux Braunsvicensis senior [10]), papista maximus [11]). Ad-
miramur omnes, cur hostis euangelii ad tam sanctum officium

vocetur et admittatur, cum in instructione, ut videbis, seve-
rissime prohibetur. Daniel[12]) in concione sua habita in bap-
tismo duriter objurgavit eos, qui susceptores non ejusdem
religionis petunt et meo judicio recte et pie fecit. Salomon
Winterus[13]) diaconus meus vocatus est in aulam Dresdensem;
splendidam conditionem et opulentam nactus est, principissa.
quae eum amat, sic gubernante. Aber ich beſorge, er ſei etwas
zu ſchwach zu dem Amt in isto loco.

Filii tui[14]) causam egi in aula. Cum enim ante obitum
patris Dresdam irem, conveni non solum doctorem Nevium[15])
sed etiam doctorem Mordeisen[16]), penes quem nunc in hoc
negocio est summa potestas; qui suam operam et promotionem
mihi polliciti sunt prolixe, et per occasionem Nevius apud Mordeisen et etiam ipsum principem instabit. Tu ne desines interdum admonere Nevium! Accidit praeterea, ut post paucos
dies ad nos Torgam veniret praepositus vel praefectus scholae
Misnensis, „der Verwalter". Is quoque suum officium mihi ob-
tulit multis verbis; wenn er mir einen bevhel vom hofe betome,
ſol es an der execution nicht ſelen. Bonus vir est et amans
tui. Audivit enim conciones tuas; nomen illi est Johannes
Faust[17]). D. Mordeisen consiliarius mecum tunc temporis,
cum Dresdae essem, conferebat de variis, inter cetera de penuria
doctorum hominum praesertim theologorum in his regionibus;
et quod nemo sit, qui domini Philippi vicem aliquando subire
posset; imo inter theologos paucos esse, quorum opera et in-
dustria utilis esset in convincendis adversariis etc. Tandem
tui fecit mentionem et jussit, ut explorarem, an velis aliquando
ecclesiis in Misnia inservire et si opus sit, principem nostrum
a regia majestate[18]) hoc precibus et literis impetraturum, ut
vel Lipsiae vel Vitebergae doceres in templo et schola. Potes
enim utrumque dei gratia praestare; quod tibi eo animo et
consilio significare volui, ut habita deliberatione aliquando,
quid facturus sis declares et exponas. Ego certe patriae nostrae
melius nihil et utilius optare possum, quam te et alios doctos
ecclesiis nostris praefici. Den verwar, es wird[19]) dieſen landen
nichts ſo bald[19]) mangeln alß gelerte leute und gotfürchtige, treu-

herßige Theologen. O quam paucissimi sunt, quibus res cordi est! Man findet ja etiam inter praecipuos, die des Jars kaum ein ſeufzerlein thun in tanta rerum confusioue et ecclesiarum periculis; ſehen mehr nicht denn ir ehre und nußen. Oremus itaque dominum messis, ut ipse pios et bonos viros doctores in his regionibus conservet et alios etiam operarios extrudat, qui dignos ferunt fructus officii. Mitto tibi epicedion, in quo immortalis sum factus. Bene in Christo vale. Proxime plura; impediunt enim me matris et cognatorum negocia.

　　　Datae Fribergae, Mittwoch nach Martini. Anno 1555.

Tuus Casparus.

Magnae apud nos et multae disputationes incidunt de usuris [20]), et in confessionibus quaestiones mihi et diaconis proponuntur saepissime; de quibus, si quid collegisti aut docuisti, quaeso ut mihi communices. Legi scriptum reverendi in Christo patris Lutheri de hoc negocio [21]) et probo, nec discedo ab hac sententia. Moveor tamen aliquando sermonibus illorum, qui dicunt, cur in psalmista „Quis habitabit" [22]) etc. et dicto Christi „mutuum dantes" [23]) etc. ita urgeamus literam, cum in aliis dictis saepe admittenda sit limitatio, ut „si te oculus tuus offenderit" etc. [24]); et dictum Davidis et Christi posse ferre hanc interpretationem, „mutuum dantes" nihil esse contra magistratus ordinationem et consensum totius imperii, inde sperantes. Den wer mehr als V fl. uheme, das ware [19]) Wucher; item constitutiones politicas esse ordinationem divinam. Ergo etiam, cum fiat promissum ingratiis [19]). Item do einer gelt hat und gerne wolt ein gut davor kaufen, kan er nicht darzu kommen, den ſie zu hoch geſtiegen oder ſonſten zu teuer angeſchlagen werden, ſol er dan die Hauptſummen angreifen und davon zeren, mocht [19]) im noch) [19]) bei ſeinem leben zurynnen [25]) oder je [26]) ſeine finder nach ſeinem endlichen Abgang gar nichts finden. Igitur non peccare eum, der V fl. vom hundert uheme, nach Kaiſerrecht oder zulaſſung ꝛc. Mit widerkauflichen [27]) Zinſen weiß ich wol, das es zuzulaſſen ſei, vom hundert V fl., ubi emptor non habet ius repetendi sortem. Aber in casu, ubi emptor vult repetere substantiam, sage ich juxta veterum, sey es in gotlichem und kaiserlichem Rechte nicht zuzulassen und heisse sie ir gelt austhun auf wiederkaufliche Zinse. Tunc respondent, wen ich versterbe, so können meyne Erben nicht zur Hauptsumme kommen und ir bestes mit schaffen, wollen auch die Zinse nicht reichen zu irer unterhaltung rc. et multa alia, quae enumerare longum esset et tibi nota sunt. Peto [19]), si aliquando tibi ocium est, ut mihi amico et fratri tuo scribas tuum judicium, quo et aliis respondere et me ipsum expedire possim. Gerne wolte ich vom hundert V fl. zulassen, etiam illis, qui sibi jus repetendi sumunt, si non peccarem. Sed judicium sit penes te et alios pios et probatos doctores.

---

1) Vgl. Nr. 31.   2) Annal. zum 28. Jan. und 5. Febr.   3) Vgl. Nr. 111, 1.   4) Ebb. 4.   5) Nämlich von Torgau dorthin gekommen. 6) Agnes, Tochter des Landgrafen Philipp von Hessen, Witwe des Kurfürsten Moritz.   7) Der Mittlere; vermählte sich zum zweitenmal mit Elisabeth von der Pfalz; gest. 1595. ADB. XIV (1881), 330 f.   8) Seit 1553. 9) Kurprinz Alexander, † 15. Nov. 1565.   10) Das kann nur auf das höhere Alter gehen; H. war 1489 geboren († 1568). Sonst heißt er gerade „der Jüngere". Durch den Beistand des Kurfürsten Moritz hatte ihn Markgraf Albrecht Alcibiades befreit.   11) In seinen späteren Jahren war er freilich Luthers Lehre nicht abgeneigt; Koldewey, Heinz von Wolfenbüttel. 1883, S. 68.   12) Gr[a]eser, Pastor an der Kreuzkirche zu Dresden; Corp. Ref. VI, 629; VII, 1117. Geb. 1504 zu Weilburg; 1532 Pfarrer in Gießen; † 1591. Kreyssig, S. 102.   13) Geb. in Grimma 1526; 1548 Magist. in Wittenberg; 1550 Pred. in Schneeberg; 1554 Hofpred. in Dresden; † 1557. Kreyssig, S. 463. 100.   14) Gewiß der älteste, Joh.; s. ob. I, 212.   15) S. Nr. 11.   16) Ulrich, 1515 Rektor in Wittenberg, Kanzler des Herzogs Moritz, seit 1554 Kammerrat des Kurfürsten August; Corp. Ref. XXVIII, 195. ADB. XXII, 216. Loesche, Analecta Nr. 559.   17) Des Georg Fabricius Schwiegervater; vgl. Nr. 138. 18) Ferdinand.   19) Zweifelhafte Lesung; dieser Brief gehört zu den am schlechtesten erhaltenen — teilweise zerrissen — und am schwierigsten lesbaren. 20) Vgl. Nr. 19.   21) „An die Pfarrherren wider den Wucher", 1540. Köstlin II, 442.   22) am Rand: Q. h. c; Ps. 15.   23) Luk. 6, 34. 24) Matth. 5, 29.   25) zerrinnen; Franke, S. 55.   26) = ja. 27) Mit Vorbehalt des Wiederkaufs.

1556.
Nr. 113.
(Wittenberg.)　　　　　　　　　　　2. Februar 1556.

Melanthon an Mathesius.

Geburtsanzeige der dritten Enkelin Peucer. Berufung nach Dresden zur Beratung, ob nach der Forderung vieler Fürsten eine Synode zu halten sei [1]).

Druck: Corp. Ref. VIII, 671.

1) Um nämlich vor dem Reichstag zu Regensburg (15. Juli 1556 bis 16. März 1557) eine Beratung der Theologen zu bewirken, behufs Herstellung der Eintracht. Annal. Vgl. Nr. 105.

Nr. 114.
(Leipzig.)　　　　　　　　　　　1. Mai 1556.

Melanthon an Mathesius.

Enttäuschung, den Adressaten nicht in Leipzig zu treffen. Streitschriften des „Stenkfeld" [1]) und Gallus [2]). Litterarische Zusagen [3]). Freude am Zusammentreffen mit Caspar Eberhard [4]).

Druck: Corp. Ref. VIII, 747.

1) Annal. zum Datum: „Schwenkfeldius scripsit contra acta Norinbergensia". — Vgl. Nr. 111, 4. 2) Nikolaus Gallus (Hahn), seit 1553 Superintendent in Regensburg, ein Gegner des Interims, der Adiaphoristen, Osianders, Schwenkfelds, schrieb gegen Mel. „de libero arbitrio"; Annal. zum 25. März; vgl. Nr. 118. HRE. IV, 743. Loesche, Analecta Nr. 199, 3. 3) Vgl. Nr. 117. 4) Vgl. Nr. 111, 7.

† Nr. 115.
Joachimsthal.　　　　　　　Pfingsten (24. Mai) 1556.

Mathesius an Eber [1]).

Dank für die Zuführung tüchtiger Männer. Badereise. Empfehlung von Wiedemanns Sohn. Zusendung eines Magneten. Absicht, nach Wittenberg zu kommen.

Handschriftlich (Origin.): Gotha, A 123, 264.

Clarissimo viro virtute et doctrina praestanti domino Paulo
Ebero professori fideli in schola Vitebergensi domino et amico
suo carissimo.

Clarissime vir et amice carissime; valde gratum est mihi,
quod tales viros ad me in hanc solitudinem transmittis [2]).
Feci quod potui, ut aliquo modo sentires tuas literas apud
me esse magni ponderis. Valetudinis ergo cras eo ad thermas [3]). Dominus sit mihi comes et medicus et, si ei placet,
restituat mihi manum sua potenti manu [4]); si absque eo ri-
gore esset, sic mediocriter valerem in hoc meo coelibatu [5])
et moderata diaeta.

Domini doctoris Vidomanni [6]), amici mei, filium tutores
et mater ad me transmittent brevi, quem mihi pater moriens
commendavit. Eum ad vos transmittam; si fieri posset, nihil
mihi esset carius, quam ut te haberet praeceptorem; sin id
fieri non potest, consule in medium, cui commode hac aetate
— nam 13 annos natus est — committi possit. Amato da
operam, ut amico fratri meum probem studium. Nam is in
Bavaria me ad filium dei adduxit et nunc in ejus sinu suaviter conquiescit, et scio me ab ipso conveniri de negocio sui
filii, in ista aeterna consuetudine. Puer habet unde vivat me-
diocres sumptus, pro opibus ego sponsor ero. Non ita multo
post et ipse indigebo amicorum, qui mihi et meis curabunt.
In hoc honestissimo negocio me per Christum adjuta et per
adfinem meum Thomam Praetorium [7]), cujus negocium tibi
etiam iterum commendo, me fac certiorem, quid mihi efficeris.

Magneten [8]) non ita valentem ad te mitto; curabo, ut ha-
beas talem, in quo est $\alpha\nu\tau\iota\pi\alpha\vartheta\epsilon\iota\alpha$ [9]) et diversae vires.

Novi aulicas procrastinationes et remoras [10]); sed fero,
quae mutari non possunt, et sic, deo gratias, sic consenesces;
utinam non in aulicis tricis, sed in schola et ecclesia! Bene
vale et saepe rescribe. Si thermae mihi proderunt [4]), videbo, ut
aliquando ad vos expatiari possim; nam cupio in oculos amicorum intueri et dextram dextris vicissim jungere. Nam in
hac viduitate mea et excurso spatio vitae meae conquiesco in

amore verbi dei, liberorum et amicorum candidorum, quorum nunc magna penuria est. Sed unus et alter pro multis est. Datum in feriis pentecostes 1556.

　　　　　　　　　　　　　　　　　　　Mathesius.

1) Bgl. Nr. 107.　　2) Der betreffende Empfehlungsbrief Ebers ist ver= loren.　　3) S. ob. I, 220.　　4) Bgl. Nr. 122.　　5) Bgl. Nr. 107, 6. 6) Bgl. Nr. 97, 3.　　7) Bgl. Nr. 107.　　8) Bgl. Nr. 23, 5.　　9) Zweifel= hafte Lesung; ? = Gegenwirkung.　　10) Ob mit Bezug auf die Ver= schiebung des regensburger Reichstages vom 1. März auf den 11. Juni (und weiter den 15. Juli)? Heppe, S. 132.

Nr. 116.

Joachimsthal.　　　　　　　　　　　　　　　9. Juni 1556.

Melanthon an Mathesius in Karlsbad.

Von den Fürsten zur Beratung über den regensburger Reichs= tag [1] berufen, überkam ihn das Verlangen, den nahen Freund zu besuchen [2]. Wenn dieser nicht am folgenden Tage zurück= gekehrt sein wird [3], wird er ihm nachreisen; sendet vorläufig seinen Schwiegersohn, den Arzt [4], und den Pastor Ambrosius [5] von der marianischen [6] Kirche. Gruß an Caspar Eberhard [7].

Druck: Corp. Ref. VIII, 779.

1) Bgl. Nr. 115, 10.　　2) Dies muß der Besuch sein, den Chron. ins Jahr 1558, Mittwoch nach Trinitatis, verlegt, von dem Annal. nichts wissen. S. ob. I, 191. (S. Nr. 109, 2.)　　3) Die Entfernung beträgt ja nur ca. 2 Meilen.　　4) Bgl. Nr. 104, 1.　　5) Wohl A. Claviger, ordin. 24. Aug. 1547. Buchwald, S. 56, Nr. 886. S. Briefw. Nr. 123. 6) Marienberg; vgl. Corp. Ref. VIII, 537.　　7) S. Nr. 114, 4. Er ist danach in Karlsbad zu vermuten. S. ob. I, 185.

Nr. 117.

(Wittenberg.)　　　　　　　　　　　　　　　25. Juni 1556.

Melanthon an Mathesius.

Mahnung, sich zu schonen [1]. Bitte um Kritik seines pauli= nischen Kommentars [2]. Gruß an die Ratsherren, Kollegen und ganze Gemeinde [3].

Druck: Corp. Ref. VIII, 787.

1) Vgl. Nr. 115, 3.   2) Neue Auflage des Kommentars zum Römer-
brief; Annal. 13. April. Hartfelder A, S. 613, Nr. 592.   3) Nach
dem Beſuch, vgl. Nr. 116.

Nr. 118.
(Wittenberg.)   30. Juni 1556.
Melanthon an Mathesius.

Dringende Empfehlung des Mag. Friedr. Weidebrand für die
erledigte Rektorſtelle [1]).   Beilage [2]), die erfreulicher als des
Gallus Schrift [3]).

Druck: Corp. Ref. VIII, 789.

1) Er erhielt die Stelle nicht; Chron. 1557.   2) Vgl. Nr. 29, 4.
3) Vgl. Nr. 114, 2.

† Nr. 119.
Joachimsthal.   4. Auguſt 1556.
Mathesius an Melanthon.

Urteil über den Römer‑Kommentar. Sehnſucht nach des
Verfaſſers Beſuch.

Handſchriftlich (Origin.): Wallenbergſche Bibliothek [1]), fol. 293.

Reverendo in Christo viro pietate et doctrina praestanti domino
Philippo Melanthoni servo ecclesiae dei, domino et praeceptori
suo cum reverentia colendo.

S. D. Reverende vir et praeceptor observande.

De nostris rebus omnibus et mea valetudine docebunt tuam
humanitatem amici mei fideles, quos vobis trado optima formula.

Versus tuos [2]) scripsi in commentarium ad Romanos [3]) mea
manu; laudo et probo vestrum animum, in quo lucet vera
ταπεινοφροσυνή. Utinam plures essent hujus ingenii, minus
esset contentionum et haereticorum in ecclesia. Sed cum
pauci volunt cedere ingeniis et certant de majoritate ut Ro-
manenses papae, non temere sarcietur concordia, etiamsi plures

consuant formas conciliationum. Vos expectamus magno cum
desiderio, et rem gratam mihi facitis, si ad me divertetis.
Tales hospites, si non laute, tamen amice et frugaliter accipiam; vina suppeditabit monetarius [4]) et Anthonius noster [5]),
quae erunt pro vestro stomacho. Buschius [6]) praedicat vestram
humanitatem et multiplicat beneficia et pollicetur obedientiam
debitam. Salutat tuam humanitatem Rhaesus [5]) cum genero
suo et consul noster [7]). Bene in domino valete cum schola
et ecclesia vestra. Datum in valle S. Joachimi IIII Augusti
1556.
                                                    Mathesius.

1) Vgl. Nr. 104, 3.   2) Vgl. Nr. 118, 2.   3) Vgl. Nr. 117, 2.
4) Puellacher, vgl. Nr. 110, 3.   5) Joh. B., Pfarrer in Bensen (s. ob. I, 11, 1)
seit 1553: Buchwald, S. 90, Nr. 1449.   6) Vgl. Nr. 111, 8.   7) Georg
Heydler, Chron.

Nr. 120.

(Wittenberg.)   7. August 1556.

Melanthon an Mathesius.

Kometen [1])= und Kriegsposten. Griechen, mit Zeugnissen des
Patriarchen von Konstantinopel, kommen vielleicht nach Joachims=
thal.

Druck: Corp. Ref. VIII, 818.

1) Vgl. Leich. B 6 b b.

Nr. 121.

(Wittenberg.)   28. August 1556.

Melanthon an Mathesius.

Freude über Mathesius' häufiges Schreiben. Überhäufung
mit Arbeit. Polnische Gesandte verlangen Schriften [1]). Dem
Illyrier [2]) ist zu antworten, der, wie sein Emissär [3]), kein Ende
mit Verleumden findet.

Druck: Corp. Ref. VIII, 828.

1) Vgl. Annal. 17. Aug.   2) Vgl. Nr. 59, 4. — Annal. 12. 21. Juli,
4. Sept.   3) Vgl. Nr. 114, 2.

† Nr. 122.

Joachimsthal.   21. September 1556.

Mathesius an Eber [1]).

Über seine Krankheit. Todesſehnſucht. Gehäſſiger Angriff.
Über die Angelegenheiten der Caspare und des Menius. Empfehlung böhmiſcher Jünglinge.

Handſchriftlich (Origin.): Gotha, A 123, fol. 255.

Clarissimo viro pietate et virtute praestanti domino Paulo
Ebero philosophiae purioris professori domino et amico suo
carissimo.

S. D. Doctissime vir et amice carissime. Consilio senioris
Norici, qui fuit in vicinis finibus Bohemiae in vacatione,
nunc [1]) utor medicina propter stuporem manus. Orabis igitur,
ut filius dei, medicus animarum et corporum nostrorum, benedicat instituto meo. Nihil ita in votis haberem ac ut in
pace conquiescerem. Taedet enim animam meam vitae meae
in hoc corruptissimo et egregie maligno saeculo. Sed domini
sum, sive vivo, sive morior [2]). Quod superest vitae de hoc meo
cursu destinabitur piis usibus, dicam utilia pueris, in simplicitate et cum moderatione et defendam suam doctrinam et
pios doctores, etsi mihi capiundos scirem inimicos omnes ingratos homines. Nuper me, sed absens, momordit martialis
lupus, in schola ingratorum educatus [3]). Sed sic produnt sese
isti morosi et vindices purioris doctrinae, quorum insipientia
propediem nota fiet toti terrarum orbi. Sed et nosti morosi-
tatem senum et impacientiam theologicam. Est tamen, ut ea
quae me angunt, deponam in sinum fidi amici, in quorum
numero te semper habui et habebo, quoad vixero. Caspari
nostri [4]), nimio sole exhausti, mutarunt suum consilium nec
venerunt Vitepergam.

Si tibi nota est caussa, fac me paucis certiorem de negotio
Menii [5]), quem ferunt aliqui subscripsisse formulae Vinariensi,
et quae sit ea confessionis formula.

Bene in domino vale et saepe rescribe! Nam legendis

amicorum literis et prophetarum et apostolorum libris in hac
mea sollicitudine et viduitate reficior.

Hos adolescentes Marcomannicos [6]) et imprimis Hoch-
holzerum [7]), qui in mea schola instituti sunt, tibi uno verbo
commendo. Tu meo nomine ipsos consilio adjuvabis, si id a
te petierint. Nunc enim plerumque omnes sibi sapere videntur et egregie contemnunt auctoritatem senum, quae si labe-
factabitur, actum erit de politiis et ecclesiis. Oratores ado-
lescentuli, stulti calidi populares subverterunt regna et per-
turbarunt ecclesias dei. Sed desinam esse senex, si senectutem
exuero. Tu pio tuo in me amore et satis perfecto candore,
fer me et meos mores, qui fiunt morosiores in hac indiguitate
rerum et distractione ecclesiarum. Das es Got erbarm, das
wir dieses sollen erlebt haben! Sed Loth [8]) et Policarpus [9])
etiam vidit et audivit indigna. Dominus sit nobiscum!

Datum in valle miseriarum, die Matthaei apostoli 1556.

Tuus totus Mathesius.

1) Vgl. Nr. 115.   2) Röm. 14, 8.   3) Schwerlich mit Bezug auf
das am 7. Sept. Melanthon zugegangene Buch des Flacius „Von der
Einigkeit ꝛc.“ „quae Flacii impudentia a doctoribus et scholasticis Vite-
bergensibus aegerrime fertur“; Annal. zum Dat.   4) Eberhard (ſ. Nr.
116, 7) und Franck (ſ. ob. I, 181).   5) Der melanthoniſche „Reformator
Thüringens“, ſeit 1546 Paſtor und Superintendent in Gotha, wurde 1554
der Zuneigung zum Majorismus beſchuldigt; 1556 ſeines Predigtamtes ent-
hoben, mußte er am 5. Auguſt d. J. nach einem Kolloquium in Eiſenach
mit Amsdorf und Strigel ſieben Propoſitionen im Sinne Amsdorfs unter-
zeichnen, den Widerruf verweigernd. Nachdem er in Gotha reſigniert, wurde
er mit Hilfe Melanthons 1557 Pfarrer in Leipzig, woſelbſt er ſchon im
nächſten Jahre ſtarb. HRE. IX, 545—550. Hartfelder A, s. v.
6) S. Nr. 26, 11.   7) Am 30. April 1557 wird ein Jacob Hochholtzer
Moravus in Wittenberg inſkribiert; Förſtemann, Album, S. 326.   8) Gen.
13, 12 f.   9) Vgl. LH. XIV, 169 b; VII, 129 b. (Balthaſar Matheſius, S. 71.)

Nr. 123.

(Wittenberg.)   6. November 1556.

Melanthon an Matheſius.

Bei der Notwendigkeit Quittungen auszuſtellen, bitte einen
Brief zu befördern mit den Namen der pannoniſchen [1]) Studenten,

welche Unterstützung empfingen. Die Quittungen selbst hat Pfarrer Ambrosius [2]). Dank an Puellacher [3]). Litterarische Zusage.

Druck: Corp. Ref. VIII, 895.

1) Vgl. Nr. 106, 1.   2) Vgl. 116, 5.   3) S. Nr. 110, 4.

† Nr. 124.

Joachimsthal.   18. November 1556.

Mathesius an Eber [1]).

Empfehlung Wiedemanns jun.   Todessehnsucht.

Handschriftlich (Origin.): Gotha, A 123, fol. 254.

Clarissimo viro pietate et virtute praestanti domino Paulo
Ebero domino et amico suo carissimo.

S. D.   Clarissime vir et amice carissime.   Constans meus
amicus, doctor Vidomannus [2]), qui me in Bavaria primus ad
filium dei et domini Lutheri doctrinam adduxit, moriens commendavit mihi suum filium.   Eum cum praeceptore domino
Basilio [3]) et comitibus optima formula tibi trado.   Fac quaeso,
ut agnoscant, firmam inter nos esse constitutam amicitiam, et
adjuva me, ut de mortuo possim probare meam fidem et in-
tegritatem.   Nam procul dubio in alia vita conveniemus in
conspectu filii dei, ubi memoria beneficiorum in amicos colla-
torum etiam non intermorietur, et mutuae gratulationes fient
de datis et acceptis officiis.   Brevis est cursus hujus vitae,
sed commemoratio beneficiorum erit longa et perpetua.   Faxit
filius dei, ut nunc vivis et mortuis beneficiamus in domino,
et adveniat laeta et desideranda dies, in qua sanctas dextras
jungamus, qui nunc morte distracti aut intervallis locorum disjuncti 'sumus!   Tum tibi etiam acturus sum gratias multis modis de me benemeritissimo (!)   Quid aliud scribam?   Taedet me praesentis vitae et imolor quotidie [4]).   Igitur expecto aliam cum omnibus, qui filium dei in pia concordia et salutari pacientia ex fide invocant et praedicant.
Bene vale et mihi crede, beneficia in alios collata esse firmas

opes librorum tuorum. Ex valle S. Joachimi XVIII Nov.
1556.
                                              Tuus Mathesius.

1) Vgl. Nr. 122.   2) Vgl. Nr. 115, 6.   3) Vgl. Nr. 97, 2.
4) 1. Kor. 15, 31.

                          † Nr. 125.
Joachimsthal.   13. Dezember 1556.
              Mathefius an Nidbruck¹).

  Erfüllung des Wunſches nach Schriften ¹). Erſuchen um
Vertretung der evangeliſchen Sache bei Hofe.

  Handſchriftlich (Origin.): Wien, Hofbiblioth. 9737, k 167.

Nobili et amplissimo viro domino Casparo a Nidbruck doctori
  et regio consiliario domino suo cum observantia colendo.

  S. D. Clarissime vir et amice observande. Serius sum
in officio ¹), impeditus variis colloquiis et consuetudine hospitum,
quorum conversatio interdum mihi non injucunda est. Audio,
quae homini viventi vitam abditam et grata sunt et scitu
necessaria, ne de rebus ignotis temere ex vulgi rumoribus
pronunciemus. Sed nunc ea ad te mitto, quae ex bibliis meis
tibi rescribi volueras; reliqua subsequentur, cum amanuenses
commodiores habuero. Quod superest, commendo tibi caussam
filii dei; is nunc etiam opus habet patronis in aulis. Non
tenuis erit gloria nec merces exigua his, qui hujus caussae
patrocinium susceperunt, cum redierit Christus iste distribu-
turus praemia et legatis et patronis suis, id quod te ex animo
credere scio. Bene vale et rescribe, si quae tuto scribi possunt. Et Ischariotis mali istius pretii non (!) obliviscitor! Ex
valle S. Joachimi. Luciae 1556.
                                              Tuus Mathesius.

  Recepi 24 Decemb. ²).

  1 Vgl. Nr. 110.   2) Vgl. Nr. 109, 6.

† Nr. 126.

Regensburg.   17. Dezember 1556.

Ribbruck[1]) an Matheſius.

Litterariſche Sendung. Vom Reichstag. Dank den Joachims=
thalern. Bitte um Schriften. Gruß und Auftrag an Puellacher.

Handſchriftlich (eigenhänd. Kopie): Wien, Hofbiblioth. i 98b.

S. P. En mitto hic Iscarioticum, ut nonnulli vocant.
Praeterea et tractatum de morte Thomae Mori[2]). Si quid
praeterea sit mearum rerum id tibi quoque amicitiae ratione
vindicare poteris. Quid scribam de hujus conventus[3]) trac-
tationibus? nam ita multa habeo neque dubito, quin ad vos
perferantur ista omnia statuum. Legati videntur ea esse
opinione, quasi per colloquium theologorum utriusque partis
dissidium religionis componi queat. Faxit deus, ut in Christo
omnes idem aliquando sentiamus et remotis privatis affectibus
gloriam ipsius quaeramus. Saluta consules et cives vestros,
qui adeo humaniter me receperunt[4]) et συνεργους tuos in
gestis et alias. Gratum erit, si rescripseris et miseris compositum tuum, quod aliqua austriacis scripsisti et si quid
praeterea habeas ejusce generis. Curabo, ut sumptus in scribas
facti refundantur grato animo. Tuas[5]) huc ad dominum von
Konritz[6]) mittas. Vale in domino plurimum et fac crebrius
abs te accipiam[5])! Datum Ratisponae, 17. Decemb. anno 1556.

Den Herrn Ruprecht Buelacher[7]), Muntzmeiſter grüßt mir
freundtlich mitt Vermeldung, ich laſſe ihn bitten, er wolle mir
zuſchreiben, was er des guctes[8]) halber mit Herrn Chriſtoffo
Carlowitz[9]) gehandelt habe.

---

1) Vgl. Nr. 125. — Nr. 126 hat ſich mit Nr. 125 gekreuzt.   2) 6. Mai
1535. — Vgl. Expositio fidelis de morte Thomae Mori et aliorum. Paris.
1535; Panzer, Annales typographici etc. 1793f. XI, 493. (Vgl. Böhm.
S. 224.)   3) 15. Juli 1556 bis 16. März 1557. Sleidan, S. 871 ff.
4) Chron. verzeichnet dieſen Beſuch nicht.   5) sc. literas.   6) S. ob. I,
109. 114. 139. 172.   7) S. Nr. 123,3.   8) Kur, f. Nr. 17,5.   9) Seit
1557 Oberhauptmann im Thal; Chron. ADB. III (1876), 788f.

† Nr. 127.

Joachimsthal.　　　　　　　　　　25. Dezember 1556.

Mathesius an Joachim Camerarius [1]).

Empfehlung für Clinia [2]).

Handschriftlich: Original, im Besitz des Herrn Verlagsbuchhändlers C. Geibel (Firma „Duncker & Humblot") in Leipzig [3]).

Clarissimo viro pietate et doctrina praestanti domino Joachimo Camerario domino et amico suo cum observantia colendo.

S. D. Clarissime vir et amice singularis. Nosti causam nostri Cliniae, quae etiam multis non malis probatur; sed ipsum Cliniam tibi commendo. Bonus est vir et nostri ordinis studiosus et amans religionis et in hoc negotio abstulit a commissariis [4]) laudem modestiae. Caussa vero componi hoc tempore non poterat, quod adversarius obtineret antiquum morem seu ingenium suum. Cum autem plurimum situm sit in autoritate Carlwitzii [5]), de cujus voluntate etiam in bonam spem erigimur, peramanter a te peto, ut Cliniae negotium ipsi accuratius commendes, ut de sarcienda concordia pro sua prudentia porro cogitare velit; Clinia parebit sanis consiliis et aequiori pacificationi. modo famam salvam retineat. Sed apud te non arbitror opus esse accuratiore commendatione, cum vere etiam et veritati et Cliniae ex animo benevolle. Faxit filius dei, qui mediator inter deum et homines factus est. ut haec caussa quoque cum bona gratia componatur, id nobiscum expetunt angeli, qui pacem terris et hominibus εὐδοκίαν piis suspiriis exoptant. Bene vale in domino. Datae in valle S. Joachimi in feriis nataliciis sub initium anni 1557 [6]), quem tibi et tuis faustum et felicem ex animo precor.

Tuus Mathesius.

1) Vgl. Nr. 108.　2) Vgl. Nr. 20, 6.　3) Auch an dieser Stelle will ich dem Herrn Eigentümer für die freundliche Erlaubnis, eine Abschrift zu nehmen, meinen Dank aussprechen. Ein dem Blatt aufgeklebter Vermerk besagt: Ex collectione senatoris doctoris Gwinner, Francoforti ad Moen. 4) S. ob. I, 171.　5) S. ob. Nr. 120, 9　6) Vgl. Nr. 5, 3.

† Nr. 128.

Regensburg. 26. Dezember 1556.

Ribbruck [1]) an Mathesius.

Dank für Brief und Exzerpte. Wiederholung der Bitte an Puellacher.

Handschriftlich (Kopie [2])): Wien, Hofbiblioth. i 98 b.

S. P. Accepi, quas festo Luciae [3]) ad me dedisti, clarissime vir, amice charissime. Ago gratias de iis, quae ex bibliis descripta ad me misisti [4]) et rogo, ut reliqua, quam primum per otium licebit, ad me mittas descripta. Iscarioticum [1]) misi, ut confido te meas [5]) jam accepisse.

Iterum [1]) dominum Buelacherum magistrum monetarium saluta amanter et fac efficias ad me scribat, quid effecerit in negotio argenti fodinarum meo nomine. Una cum domino Christophoro a Carlowitz [1]) expecto, mihi mittas, quae Austriacorum nomine scripsisti. De me tibi polliceris [6]), quod de amicissimo. Saluta amicos et orate deum, ut me gubernet et custodiat. Datum Ratisponae, 26. Decembris 56.

1) Vgl. Nr. 126.   2) Vgl. Nr. 110, 1.   3) Vgl. Nr. 125.
4) Verloren.   5) Vgl. Nr. 126, 5.   6) Die vier Worte sind wiederholt.

† Nr. 129.

Joachimsthal. 27. Dezember 1556.

Mathesius an Melanthon.

Über seine Krankheit; sie umfängt auch den Geist. Todessehnsucht.

Handschriftlich (Origin.): Wallenbergsche Bibliothek a. a. O. [1]), fol. 294.

Reverendo viro domino Philippo Melanthoni patri suo in Christo semper observando.

S. D. In vigilia natalis Immanuelis nostri scripsi ad te [2]) de casu meo in summa perturbatione. At cum meae uxoris carissimae frater [3]) isthuc iret, has addidi. Nec adhuc habeo

lactiora, quae scribam. Stupor et rigor, qui primum occu-
parunt manum dexteram [4]), nunc reliquam partem brachii
molestant. Motus adhuc inest membris, sed rigent omnia, ac
si velint impedire motum. So rurett [5]) es alles durcheinander,
etiam in axilla et in latere. Animus, ut fieri solet, est etiam
perturbatus.

Quid aliud scribam, non habeo. Orate pro me misero!
Et si huic adolescenti propter me aliquid boni facere poteris,
facies; ad tempus semestre isthic erit, postea opus habebit con-
diciuncula.

O fili dei, miserere mei et rege et solare me tuo sancto
spiritu! Nam tristis sum usque ad mortem [6]). quam unice
expecto. O Christe, qui factus es caro et frater noster, sustenta
hanc fragilem testam et dissolve eam et conserva thesauris
tuis in me fidem languidam, sed veram tamen et conscientiam!
Oro vos etiam, saepe scribite ad me. Desino; nam et spas-
mos contrahit nervos digitorum. Bene valete. Ex valle miseriarum, die Johannis euangelistae 1557 [7]).

Mathesius.

1) Vgl. Nr. 119. 2) Vgl. Nr. 17, 1. 3) Vgl. Nr. 115, 7. Hier
iſt es Joh. Prätorius, inſtribiert am 16. Mai 1557, als „Mathesii affinis".
Förſtemann, Album, S. 329. 4) Vgl. Nr. 115. 5) Zweifelhafte
Leſung. 6) Matth. 26, 38. 7) S. Nr. 127, 5.

1557.

† Nr. 130.

Joachimsthal.   21. Januar 1557.

Mathesius an Nibbruck [1]).

Arbeit an der Sarepta [2]).

Handſchriftlich (Origin.): Wien, Hofbiblioth. k 187.

Nobili et amplissimo viro domino Casparo a Nidbruck doctori
et consiliario regio domino suo cum observantia colendo.

S. D. Nobilis et amplissime vir. Recte accepi abs te
binas literas [3]) cum ischariote et libello de morte Mori, pro

quo tuo beneficio tibi magnam habeo gratiam. Nam hoc tempore de te bene mereri nequeo. Quae voluisti scire monetarium [4]), ea significavi ipsi cum plurima de te salute. Is
brevi te docebit de toto statu cuculorum [5]) tuorum; sic enim
nominamus 128. partem fodinae

Amanuensem meliorem [6]) hoc tempore habere non potui,
sed volui tamen tibi probare meum studium. Judicium tuum
expecto de hoc scripto; perspicies me studere moderationi.
Jam totus sum in extruenda mea Sarepta, quam spero bonis
non displicituram esse. Nam explicabit multos locos scripturae sanctae, qui metallorum meminerunt. Quod praeterea
scribam et mittam non habeo. Commendo te in meis precibus
filio dei; vide, ut orphanae et almach [7]) ecclesiae et harum
vallium, quae praebent fidele hospitium euangelio, patrocinium
etiam suscipias. Bene vale. Datum in valle miseriarum,
XXI Januarii 1557.

Tuus Mathesius.

Recepi 2 Febr. 57 [8]).

1) Vgl. Nr. 128.   2) S. ob. I, 490 f.   3) Nr. 126. 128   4) Nr.
126, 7.   5) Vgl. Nr. 126, 8.   6) Vgl. Nr. 125.   7) = רַיְצֵי: Text
almanach.   8) S. Nr. 125, 2.

† Nr. 131.

Regensburg.   3. Februar 1557.

Ribbruck [1]) an Mathesius.

Litterariſcher Dank und Bitte. Sendung und Zuſage. Grüße
an die Joachimsthaler. Erwartung der Antwort von Puellacher.

Handſchriftlich (Kopie): Wien, Hofbibliothek. i 98 b.

Accepi abs te, reverende domine, amice charissime, 21. Januarii scriptum [1]) una cum scripto, quod mihi valde probatur.
Rogo, ut quandoque ejusce modi scriptis me dones; nam gratius facere non posses. Sarepta quoque, posteaquam absolutum
fuerit, cupio videre [2]). Mitto hic descriptionem terrae sanctae
novam, quam tibi dono. Mittam etiam, si ita videatur catenam Lippomani in genesim et exodum [3]), ut iis annum in-

tegrum, si voles, utaris. Amicis enim et iis quidam sinceris nihil mearum rerum urgo et ad eorum utilitatem bonorum ac studiosorum intelligo me omnia debere conferre. Reipublicae atque ecclesiae vestrae, si qua in re commodare queam, id quaeso non (!) me celes! Faciam, quae ulla ratione praestare poterunt; saluta et honestos cives et optimum meum deferas. Ora etiam deum, ut me custodiat et gubernet! Reliquos ministros, vos denique omnes in domino plurimum valere exopto. Datum Ratisponae 3. Febr. 57. Dominum Rubertum Buelacherum [4]) salutabis amanter; expecto suas (!) literas, quas tuis conjunges. Respondebo ipsi, ubi scripserit.

1) Vgl. Nr. 130.   2) Er erlebte deren Erscheinen (1562) nicht mehr. 2) Luigi, L., 1500—1559, Theol. u. Historiker. Titularbischof von Mobon (Methone — Peloponnes), Nuntius in Portugal, Deutschland, Polen, vorübergehend Präsident des trienter Konzils, Bischof von Bergamo. Die Katenen zur Genesis (Paris 1546), zum Exodus (ebb. 1550): beide zusammen Lyon 1557 sind neben denen zu den Psalmen (Rom 1585) besonders zu nennen. Jöcher II, 2463. Wetzer-Welte VII, 2084 f.   4) Vgl. Nr. 130, 4.

† Nr. 132.

Joachimsthal.   17. Februar 1557.

Mathesius an Eber [1]).

Bedauern über die dogmatischen Streitigkeiten. Die eigene Stellung.

Handschriftlich (Origin.): Gotha, A 123, fol. 244.

Reverendo viro pietate et prudentia praestanti domino Paulo Ebero servo ecclesiae filii dei, domino et amico suo observando.

S. D. Venerande vir et amice carissime. Varie adfectus sum ex tuis literis, cum videam Satanam et plane furere et insidiis ex altera parte oppugnare ecclesiam dei et simplicem veritatem [2]). Sed excidio sese tandem prodet suo indicio [3]), tanquam sorex [4]), etiamsi astute hactenus et cum magna spetie et adplausu beluae multorum capitum pluribus non malis etiam imposuerit. Attamen negotium magis exercebit nostros, qui nunc soli delinquunt et errant et sunt tanquam scopus, ad quem sua spicula torquent papistae et falsi fratres, mirifice inter se dissidentes. Ego contentus sum explicatione nostrorum, quae est in Saxonica confessione [5]) et examine ordinandorum [6]). Ad aliorum interpretationes et mirificas et inusitatas loquendi formas me non alligari patiar; nec satis mirari possum, quid cogitent homines contentiosi, cum adversarii simplici adsertione et confessione de potentia Jesu Christi in confessione Augustana fuerint contenti. Deus servet has ecclesias et a coactis et calvis et duris sententiis quorundam in hoc negotio et retineat nos in puerili simplicitate et confessione, quam hactenus puram et salutarem in nostris ecclesiis tradidimus. Aeternus filius dei conservet in te et vobis omnibus, quod hactenus per vos operatus est et conterat caput et caudam serpentis! Bene vale. Ex valle Joachimi. 17. Febr. 1557.

Mathesius.

1) Vgl. Nr. 124.   2) Mit Bezug auf die galliſchen und flacianiſchen Irrungen; vgl. Nr. 114. Annal. zum 25. Dez. 1556; 18. Jan. 1557. 3) Vgl. Nr. 159.   4) Terenz, Eunuch. V, 6 Schluß: Egomet meo indicio miser quasi sorex hodie perii.   5) Vgl. Nr. 72, 3.   6) Vgl. Nr. 103, 2.

† Nr. 133.

Joachimsthal.   24. Februar 1557.

Mathesius an Nidbruck [1]).

Litterariſcher Dank und gleiche Zuſage. Über die Friedensſtiftung zwiſchen den Lehrern und undankbaren Schülern.

Handſchriftlich (Origin.): Wien, Hofbiblioth. k 210.

Nobili et amplissimo viro domino Casparo a Nidbruck L. L. [2]) doctori et consiliario regio domino suo colendo.

S. D. Nobilis et clarissime vir et patrone colende. Palaestina tua [1]) mihi est gratissima. Catenam [1]) per Bulacherum nostrum [3]) a te exspecto in annum. Ea cum foenore ad te redibit, si vivo. Nam totus nunc sum [4]), quantum vires hujus

adfecti corporis ferunt, ut extruatur mea sarepta, quam spero
bonos probaturos esse. Scala Jacobi [5]), qua meos in calendis
Januariis hujus anni ornavi, propediem ni fallor veniet e Vite-
perga [6]); eam habebit et si quid praeterea fuerit, dignum lectione doctorum.

De pacificatione instituta inter nostros praeceptores et ingratos et iniquos discipulos credo te vidisse scripta et articulos
utriusque partis [7]). Sed deus tandem animos sub vulpe latentes
deprehendet in sua versutia, et malum non discedet ab iu-
gratis et perturbatoribus ecclesiarum. Hoc mecum pii plures
ex animo precantur. Bene vale, et filius dei, aeternus logos,
servet te et faciat te Josephum, Naëmannum [8]), Obadjam [9]),
Ebedmelechum [10]) et Mardocheum [11]) in ista aula! Amen.

Ex valle S. Joachimi die Mathiae 1557.

Tuus Mathesius.

Recepi 3. Martii an. 57 [12]).

1) Vgl. Nr. 131.   2) S. Nr. 66, 2.   3) Vgl. Nr. 131, 4.   4) Hier
hat Mathesius etwa occupatus ausgelaſſen.   5) S. ob. I, 585.   6) Aus
der Preſſe; vblgr. Nr. 8.   7) Es iſt der Coswiger Verſöhnungsverſuch;
Schmidt, Melanthon, S. 592 ff.   8) Vgl. Nr. 109, 4.   9) 1. Reg.
18, 3.   10) Jerem. 38, 7.   11) Eſther 2, 5. 8, 1.   12) Vgl. Nr.
125, 2.

Nr. 134.

(Wittenberg.)   3. März 1557.

Melanthon an Mathesius.

Auskunft in einer Eheſache [1]). Überſendung der Rede auf
den Herzog Ernſt von Lüneburg [2]) und einiger Abhandlungen [3]).

Druck: Corp. Ref. IX, 110.

1) Vgl. Nr. 17, 1. 79, 1.   2) † 1546.   3) Corp. Ref. a. a. O. Anm.

† Nr. 135.

Joachimsthal.   3. März 1557.

Mathesius an Camerarius [1]).

Empfehlungs- und Rektorats-Angelegenheiten.

Handſchriftlich (Origin.): München a. a. O. [2]) VII, 219.

Clarissimo viro virtute et doctrina praestanti domino Joachimo
Camerario domino et amico suo colendo, Leipzig.

S. D.   Clarissime vir et amice colende.

Cliniae ³) negotium mihi curae erit, statim quam huc venerit. Interpres, quem nosti, interim orabo, ut partes, aliquam
partem aequi bonique dicant et ut conciliatores moderate faciant omnia.

Paucis diebus antequam tuas accepi literas ⁴), scholae nostrae
per senatum prospectum est, quae tradita est honesto viro ⁵),
jam versanti in schola salinarum Saxonicarum ⁶), qui ad decennium pueros instituit. Si absque re esset, probassem tibi
meum studium, quod tibi ex tuo merito debeo. Resalutat te noster
Anthonius ⁷) et rei publicae nostrae et bonorum amans. Deus
nobis servet ejusmodi viros salutares patronos ecclesiarum et
scholarum. Bene vale. Ex vallibus S. Joachimi et Iberorum ⁸).
die cinerum MDLVII.

T. Mathesius.

1) Vgl. Nr. 127.   2) Vgl. Nr. 20, 3.   3) Vgl. Nr. 127.   4) S.
Nr. 29, 4.   5) Michael Gering; ſ. ob. I, 91.   6) Halle a. S. S. ob.
I, 184.   7) Vgl. Nr. 111, 8.   8) Ibericus == Hispanus == Ferdinand.
Corp. Ref. X, 320.

† Nr. 136.

Regensburg.   5. März 1557.

Ribbruck ¹) an Mathesius.

Überſendung der Catena ²). Bitte um das Verſprochene ²).
Über die Parteiungen unter den Evangeliſchen.

Handſchriftlich (Kopie): Wien, Hofbiblioth. i 99 a.

S. P.   Reverende vir, amice charissime.

Accepi, quas die Mathiae ad me scripsisti ¹) et mitto catenam ²) super genesi et exodo; uteris per anni spatium si
velis. Quod scribis de scala Jacobi ³) et aliis, quae ad te per-
venient ³), vellem ad me mitteres hujusce modi xenia, quotiescumque commoditas offertur; sumptus faciam in eam rem prompto

animo. Quae de pacificatione [3]) instituta sint, non vidi, audivi quidem et non sine moerore, vellem, ut unanimi con-
sensu quaererent, quae dei sint et quamvis utrinque mihi magna
ex parte noti sunt, nunquam tamen me huic dissidio immi-
scere volui; amplectar ea, quae ex sacris literis divinae volun-
tati consentanea proponunt nec vocatio mea id postulat, ut me
alicujus factionis participem faciam.   Video peccati non parum
et intelligo, quantum detrimenti adferat haec dissensio.   Experior enim quotidie in infirmis potissimum, quantum haec
controversia propagationi veritatis obstet.   Deus immittat spiritum pacis et concordiae.   Vale in domino et per occasionem
fac ut crebrius abs te recipiam.   Datum Ratisponae, 5. Martii
anno 57.

1) Vgl. Nr. 133.   2) Vgl. Nr. 131.   3) Vgl. 133, 5—7.

† Nr. 137.

Joachimsthal.   30. März 1557.

Mathefius an Camerarius [1]).

Bitte, ein Geſchenk des Münzmeiſter Puellacher [2]) an Me=
lanthon letzterem zukommen zu laſſen.

Handſchriftlich (Origin.): München a. a. O. [3]) VII, fol. 218.

Clarissimo viro doctrina et virtute praestanti domino Joachimo
        Camerario amico suo carissimo.
S. D.   Clarissime vir, domine amice carissime. Dominus
Puelacherus monetarius noster mittit hoc vasculum [4]) reverendo
domino Philippo Melanthoni nomine abbatis austriaci. Igitur
oro utriusque caussa, ut hoc cum primum possis Vitepergam
transmittas.   Huic aurigae nihil numerabis, sed cum syngrapha
tua cum ad nos remittes, te vasculum integrum accepisse. Bene
vale.   Christus servet in his accisis temporibus ecclesiam
suam et bonas artes.   Ex valle Sancti Joachimi die Mercurii
post Laetare, quo die primum veni in valles ante 25 annos [5])
1557.
                                          Tuus Mathesius.

1) Vgl. Nr. 135.   2) Vgl. Nr. 133, 3.   3) Vgl.. Nr. 20, 3.
4) Wohl wieder ein Glas; s. Nr. 56.   5) Am Freitag darauf trat er
sein Amt an; s. ob. I, 58.

Nr. 138.

Meißen.   14. Mai 1557.

Georg Fabricius [1]) an Mathesius.

Vermählungs=Anzeige.

Druck: Balthasar Mathesius, S. 113.

G. Fabricius ad Joh. Mathesium.

Nec te latere volo desponsatam mihi oeconomi nostri Johannis Fausti [2]) filiam Magdalenam V die Maii, quo ante
annos undecim in hoc oppidum veni, in quo non totidem
menses me putabam victurum. Ita omnia accidebant adversa
et inopinata. Sed deo gratias ago $\tau\tilde{\omega}$ $\sigma\omega\tau\tilde{\eta}\varrho\iota$, qui me hic
mirabiliter et ornavit et conservavit, et ut tu mecum agas,
quia vir bonus es, pro mea erga te observantia etiam atque
etiam oro. Misenae e ludo illustri XIV Maj. MDLVII.

1) S. ob. I, 198. Der vielgereiste Chemnitzer wurde 1546 zweiter Rektor
von St. Afra in Meißen. Zur Litteratur über ihn vgl. außer der bei Hartfelder
B, S. 238 zu Z. 120, S. 256, 1: Kreyssig, Afraner Album. 1876, S. 617.
Goedeke II (1886), 98. H. Peter, Georg. Fabricii ad Andream fratrem
epistolae; Progr. Meissen 1891. Nach Balthasar Mathesius a. a. O.
wäre dieser Brief keineswegs der einzige zwischen den beiden Männern, doch
sind andere nicht mehr vorhanden. 2) Vgl. Nr. 112, 17.

Nr. 139.

(Wittenberg.)   24. Mai 1557.

Melanthon an Mathesius [1]).

Kriegsposten aus Italien. Ob Caspar Eberhard nach Halle
gegangen? [2]) „Vögelsynode" [3]). Hoffnung, den Adressaten zu
besuchen, wenn die Reise an den Rhein unterbleibt [4]).

Druck: Corp. Ref. IX. 158.

1) Vgl. Nr. 134.   2) S. ob. I, 185, 6.   3) Das Spottgedicht
Joh. Majors gegen die Flacianer; Corp. Ref. XX, 767; s. Briefw. Nr. 141.

4) Zur wormser Konsultation, welche von Reichs wegen das Unionswerk wieder annehmen sollte, weil das tridentin. Konzil nicht wieder zusammenzutreten schien; außer HRE. XVII, 319—326: G. Wolf, Zur Geschichte der deutschen Protestanten 1555—59. 1888.

Nr. 140.

(Wittenberg.)   28. Mai 1557.

Melanthon an Mathesius.

Übersendung seiner neuen Ausgabe der Germania des Tacitus [1]), die der Jugend nützlicher als die sykophantischen Schriften des Basilius Monner [2]), auch für Mathesius jun. [3]).

Druck: Corp. Ref. IX, 162.

1) Für Österreich ist dabei von Interesse, daß sie dem Baron David Ungnad von Sonneck (vgl. „Jahrbuch" 1880, S. 17; 1884, S. 4. 9. 13; 1885, S. 181 ff.; 1889, S. 94), damals Rektor in Wittenberg, gewidmet ist, mit derselben Vorrede, mit der die erste Auflage 1538 dem Grafen Joachim Schlick (f. ob. 1, 172) zugeeignet war; Corp. Ref. a. a. O.   2) Der flacianische Profeff. jur.; vgl. Muther, S. 208. Mejer, Zum Kirchenrechte d. Ref.-Jahrh. 1891, S 164 f. 195.   3) S. ob. I, 211.

Nr. 141.

(Wittenberg.)   12. Juli 1557.

Melanthon an Mathesius.

Über die Zusammenkunft der Fürsten und Theologen in Frankfurt [1]), eine zweite Vögelsynode [2]).

Druck: Corp. Ref. IX, 178.

1) Am 16. Juni (Annal.) wegen der wormser Konsultation; vgl. Nr. 139. 2) Vgl. Nr. 139, 3.

Nr. 142.

(Wittenberg.)   30. Juli 1557.

Melanthon an Mathesius.

Über seine Berufung an die baltische Küste zum Konvent über das Abendmahl [1]). Westphals [2]) Anklage; Wunsch der Gegenwart des Adressaten, wenn es darüber zu einer Auseinandersetzung käme. Paul Luthers medizinische Doktor=Promotion [3]). Zusage der betreffenden Rede.

Druck: Corp. Ref. IX, 189.

1) Die Reise erfolgte nicht, Annal. 2) Der hamburger Zelot, HRE, XVII, 1—6. 3) Vgl. Köstlin s. v.

Nr. 143.

(Worms [1]).) 29. September 1557.
Melanthon an Mathesius [2]).
Spott und Schmerz über die wormser Konsultation [3]).

Druck: Corp. Ref. IX, 301.

1) Vgl. Annal. 2) Über den Briefboten vgl. Corp. Ref. IX, 322. 3) Vgl. Nr. 139, 4.

Nr. 144.

(Worms [1]).) 3. Oktober 1557.
Mathesius an Melanthon.
Über den Abzug der Methonier [2]) von der Konsultation [3]) und den wahrscheinlichen Abbruch der Verhandlungen. Sehnsucht nach den Seinigen [4]).

Druck: Corp. Ref. IX, 322.

1) Vgl. Annal. — Dieser Brief erwähnt bei G. Wolf, Zur Geschichte der deut. Protestanten 1555—59, 1888, S. 102. 2) = die weimaraner — flacianischen — Abgesandten. Corp. Ref. X, 321; Annal. zum 20. Aug., 20. Sept., 2. Okt.; Heppe I, 204. 3) Vgl. Nr. 143, 3. 4) Melanthons Frau erkrankte am 27. Sept., starb am 11. Okt., Annal.

† Nr. 145.

Joachimsthal. 27. Dezember 1557.
Mathesius an Camerarius jun. [1]).
Begleitschreiben zu Metallstufen.

Handschriftlich (Origin.): München a. a. O. [2]) VIII, 131.

Doctrina et virtute praestanti domino Joachimo Camerario filio Joachimi [3]) optimi viri amico suo caro. Lipsiae, bern Jochmi Camerarii sone.

S. D. Carissime amice. Mitto tibi massulas aliquot ex nostris metallis; differentiae Cadmiarum [4]) ex officinis tibi placebunt. Si quid porro nactus fuero dignum inspectione et consideratione philosophi [5]), faciam, ut perspicias, mihi cum parente tuo, viro doctrina et prudentia ornato, fuisse constitutam amicitiam non vulgarem. Et quod in me fuerit curabo, ut liberi mei tanquam haereditate acceptam amicitiam sancte conservent et tueantur. Bene vale. Ex sudetis die Johannis Euangelistae MDLVIII [6]).

Tuus Mathesius.

Salutem ex me reverenter dices patri tuo carissimo. Inclusas literas Vitepergam perferri cures.

1) S. ob. J, 197.   2) Vgl. Nr. 20, 3.   3) S. Nr. 137.   4) Alſo verſchiedene Spezies von Cadmia, wohl der in Erzöſen ſich bildende Ofenbruch. 5) Er war freilich damals erſt 23jährig (geb. 5. Nov. 1534, geſt. 11. Oct. 1598); Melanthon hatte ihm ſchon vor zehn Jahren ein Buch gewidmet: vgl. Hartſelder A, S. 216. Hartſelber B, S. 209.   6) S. Nr. 129, 7.

1558.
† Nr. 116.

Joachimsthal.   5. Januar 1558.

Mathesius an Eber [1]).

Begrüßung Ebers nach ſeiner Rückkehr aus der „Geſandtſchaft des Sohnes Gottes" [2]). Bitte um Briefe. Empfehlung ſeines Schwagers

Handſchriftlich (Origin.): Gotha, A 123, fol. 253.

Reverendo viro pietate et doctrina praestanti domino Paulo Ebero servo filii dei amico suo carissimo.

S. D. Reverende vir et amice carissime. In toto semestri non vidi tuas literas, quas cum desyderio expecto. Nunc te reversum ex legatione filii dei [2]) his literis saluto et ex more tibi et tuis precor omnia fausta et salutaria. Non committes autem temere in posterum, ut exoptatissimis tuis literis diutius caream, quae me saepe recrearunt et de rebus utilibus admonuerunt. Nos in hac solitudine destituimur argumento digno vestra lectione. Sed vos in ista luce magnorum virorum semper habetis in promptu, quae cum amicis communicari possunt. Adfinem meum, hunc Praetorium [3]), iterum tibi commendo; duobus ipsius fratribus tua opera et commendatione egregie commendasti. Da quaeso hoc meis amicis precibus et horum studia inspice et circa festum paschatos ipsi, si fieri potest, prospice, aut cum testimonio de meliore nota ipsum dimitte. Haec pro tua in me benevolentia liberius expecto; vicissim tibi et tuis sum paratus pro mea tenuitate ad omnia obsequia. Bene vale cum tuis, quibus gratulor de tuo reditu. Ex valle S. Joachimi pridie Epiphaniorum 1558.

Tuus Mathesius.

1) Bgl. Nr. 132.   2) In der „Wormser Konsultation"; vgl. HRE. IV, 9 — Nr. 139, 4; der Konvent war am 6. Dezember geschlossen, Annal. 3) Johannes, geb. 1537; 26. Mai 1557 in Wittenberg inskribiert, Förstemann, Album, S. 329. Bgl. Nr. 180.

† Nr. 147.

Joachimsthal.   23. Januar 1558.

Mathesius an Joh. Gigas [1]).

Dank für Gigas' Brief [2]), der so selten schreibe. Häusliches Idyll. Todessehnsucht.

Handschriftlich (Origin.): Wallenbergsche Kirchenbiblioth. a. a. O. [3]) S. 295.

Reverendo viro pietate et doctrina praestanti domino Johanni Giganti pastori ecclesiae dei apud Fristadiones amico suo veteri et carissimo.

S. D. Omne rarum carum [4]), proinde credas tuas literas mihi gratissimas esse. Juvat enim non modo intueri in oculos fidi amici, sed et jucundum est, videre manum ejus, quocum connectissime vixeris.

Is est status hujus exilii; distrahimur nos exules filii Evae et colimus vitam inopem in spe divite et expectatione beata servatoris nostri, qui nos dispersos hic sua voce ut fida gallina colligit et collectos in ecclesiam aut nostra cubilia reducit in aeternam patriam, ubi sedes fata quietas concedent [5]). Interim agamus filio dei gratias, qui servat nobis nostros nidulos et puritatem doctrinae. Vivimus in verbo velut embrio clausus in alvo; sed cum hora venerit, ex hoc parvo et maligno nido renascemur ad nova gaudia.

Haec tecum non sine voluptate colloquor per literas. Nam orbatus uxore et amicis, maxime Casparo [6]), qui in Salinis Saxonicis [7]) pastor est, domi meae cum dulcissimis meis liberis me solor ex scripturis sanctis. Et spero meum cursum nunc propediem absolutum iri Nam audio, credo, loquor, spero firmorque ferendo, pertaesus vitae suaviter opto mori.

Haec sunt Mathesii senis vidui mathemata pathemata, quae cum numeris cupit instillare suis liberis serie, suae voluptati, qui hac hora accinunt mihi, ad fores mei musceoli, ut tanquam ecclesiola Gersonis [8]) de coelo accipiant missilia; sed desino.

> Serva, serve dei, vidui tua pignora servi
> Et serves verbi dogmata pura tui [9]).

Bene in Christo vale cum tua domestica et publica ecclesia.   Ex valle lachrymarum, domenica centurionis [10]) 1558.

Tuus Mathesius.

1) S. ob. I, 177.   2) S. Nr. 29, 4.   3) Vgl. Nr. 104.   4) S. ob. I, 600.   5) Vgl. Aen. I, 205.   6) Vgl. Nr. 139, 2.   7) Vgl. Nr. 135, 6.   8) Mit Bezug auf die Nachricht, daß der berühmte Reformfreund und Hussfeind im St.-Paulskloster in Lyon, wo er seine letzten Jahre verlebte, öfters kleine Kinder zum Unterricht um sich versammelte. HRE. V, 140   9) Balthasar Mathesius, S. 180, hat einen anderen Brief von Mathesius an Gigas gekannt, dessen Fundort er leider nicht angiebt; er citiert daraus die ob. I, 36 benutzte Stelle.   10) Also Matth. 8, 1—13, Perikope am 3. Sonntag n. Epiphan.

Nr. 148.

(Wittenberg.) 17. März 1558.

Melanthon an Mathefius.

Über die giftige Schrift des Staphylus [1]). Sendung der Rede über den Nazianzener [2]), als Bild des gegenwärtigen Elends. Tod des Paceus [3]).

Druck: Corp. Ref. IX, 488, 8.

1) „Theologiae Martini Lutheri trimembris epitome" des bereits ſeit ſechs Jahren zur röm. Kirche Zurückgetretenen; HRK. XIV, 613. 2) Annal. zum 13. März. 3) Vgl. Nr. 81, 8.

† Nr. 149.

(Joachimsthal.) 25. März 1558.

Mathefius an Eber [1]).

Anerkennung von Ebers exegetiſchen Arbeiten. Die Wut der falſchen Brüder und ihr Gericht. Empfehlung.

Handſchriftlich (Origin.): Gotha, A 123, fol. 257.

Reverendo viro pietate et doctrina praestanti domino Paulo Ebero docenti sacras literas in ecclesia et schola Vitebergensi domino et amico suo carissimo.

Reverende vir et amice carissime. Serius respondeo tuis eruditis et moderatis literis, quas ex animo probo. Utinam plerique in hoc studerent, ut sacrae literae explicarentur, id quod tu sedulo facis. quod ex piis tuis lucubrationibus in Esajam perspexi [2])! minus esset turbarum in ecclesiis. Sed tamen et regius propheta canit, se fuisse pacificum, impugnatum tamen fuisse gratis ab ingratis. Ingens est perversitas et vecordia Satanae et membrorum ejus, id quod, ut audio cum dolore, tu ipse etiam expertus es, cum praefationem honestissimam quaestionibus praefixisti [3]), quae miris modis exagitata est a falsis fratribus. Insaniant tandem et fruantur suo sensu et dilacerent ecclesiam et flagellent bonos et bene

22*

meritos de bonis studiis et euangelio de filio dei. Aderit aliquando tempus, ubi eos paenituerit insaniae.

Nostras [4]) abiit, nescio quo sit abductus; fortasse rediit in
Erebipolin; sic enim iste Johannes [5]) adpellat suum nidulum.
In utroque casu multae sunt latebrae cordis humani; qui eas
omnes scrutari potest, nisi is, qui est scrutator cordium? Sed
ipse sese exclusit ex nostro sodalitio et a nobis exivit nec temere redibit. ut corvus Noah pascens sese cadaveribus. Bene
vale et Vidomannum [6]) meum consilio et monitis adjuva; id
de te ut potero promerebor.

Ex valle S. Joachimi, die annunciationis Christi, quo die
ante XXVI annos mihi haec schola vallium commissa est [7])
1558.

Mathesius.

1) Vgl. Nr. 146.   2) Im Sommer 1557 hatte Eber über Jesaias
gelesen; Sixt, A, S. 36. 3) Das bezieht sich wohl auf die Verlautbarung,
mit welcher Eber sein Amt an der Schloßkirche und als Professor der hebräischen Sprache antrat; Sixt A, S. 35 f.   4) Zweifelhafte Lesung.
5) Der Text hat etwa Jh.   6) Vgl. Nr. 124, 2.   7) S. ob. I, 58.

Nr. 150.

(Leipzig.)   31. März 1558.

Melanthon an Mathesius [1]).

Antwort [2]) in einer Ehe = und Kirchenzuchtssache [3]). Vom
frankfurter Konvent [4]). Grüße an Camerarius [5]) und Peucer [6]);
Empfehlung seines Bruderjohnes [7]).

Druck: Corp. Ref. IX, 510.

1) Vgl. Nr. 148.   2) Vgl. Nr. 17, 1.   3) Vgl. Nr. 134.   4) Am
18. März; im frankfurter Reichß bekannten sich die protestantischen Fürsten
wiederum zur Variata und zur Saxonica (vgl. Nr. 132, 5) und äußerten
sich über die seitdem aufgetauchten Kontroversen im Sinne Melanthons;
Heppe I, 272.   5) Vgl. Nr. 137.   6) Vgl. Nr. 116, 4.   7) Phi-
lipps einziger Bruder war Schultheiß in Bretten; vgl. K. Schmidt, S. 5.
Loesche, Analecta S. 257, Nr. 400, 7.

Nr. 151.

(Wittenberg.) 6. April 1558.

Melanthon an Matheſius.

Empfehlung eines Schweriners. Über Streitigkeiten zwiſchen Lasco und Vergerius [1]). Zuſendung des Epicedion auf Micyllus [2]).

Druck: Corp. Ref. IX, 517.

1) Der ſeit 1548 zum Proteſtantismus übergetretene Biſchof von Capo b'Iſtria wendete ſeit 1556 ſeine Augen nach Polen; ebendort war das Jahr vorher J. v. Lasko als Superintendent der reformierten Gemeinde in Kleinpolen inſtalliert. Dalton, Joh. v. Lasko. 1881, S. 52. Sixt, Pet. Paul Vergerius, 2. Aufl. 1871, S. 399 f. 404 f. (Vgl. Hubert, Vergerios publiziſtiſche Thätigkeit. 1893, S. 115, A. 302). 2) Der viel umhergeworfene Humaniſt, eig. Molzer, Molsheim, war am 28. Jan. als Profeſſor in Heidelberg geſtorben; ADB. XXI (1885), 704 f. Hartfelder A, s. v. Hartfelder B, s. v.

† Nr. 152.

Joachimsthal. 20. Oktober 1558.

Matheſius an Eber [1]).

Empfehlung für Baſilius [2]).

Handſchriftlich (Origin.): Gotha, A 123, fol. 246.

Reverendo viro pietate et doctrina praestanti domino Paulo Ebero pastori ecclesiae dei Vitepergae collectae domino et amico suo carissimo.

Reverende vir et amice carissime. Basilii nostri [2]) caussam tibi de meliore nota commendo; fac ut intelligat, mihi curae esse ipsius negotia, propter Vidomannum [3]), et me a te amari. Quod si isthic et in vicino ipsi profici nequit, curabis tamen, ut a domino praeceptore [4]) litteras commendaticias accipiat, vel ad Rhenum vel in ducatum Virtebergensem. Illo enim cogitat, si cogitur isthinc exulare. Sed de tua fide non dubito. Igitur desino. Bene vale et rescribe. Raptim ex valle XX Octobris 1558.

Tuus Mathesius.

1) Vgl. Nr. 149. 2) Vgl. Nr. 124, 3. 3) Vgl. Nr. 149, 6. 4) sc. Melanthon.

† Nr. 153.

Joachimsthal.   28. Dezember 1558.

Mathesius an Melanthon[1].

Neujahrswunsch. Anmeldung von Geschenken, deren Vermittler zum Teil Joh. Major.

Handschriftlich (Origin.): München o. a. O.[2] VIII, 130.

Reverendo viro domino Philippo Melanthoni domino et praeceptori suo observando.

Ins Herrn Jochimi Camerarii[3] haus zu antworten.

S. Reverende praeceptor. Filius dei, penes quem est consilium et factum, benedicat hoc anno tibi et ecclesiae et scholae
vestrae et donet imperio pacem! Hoc ardentibus precibus
opto. Is, quem principi commendaveras, mittit tibi papyrum
Noricam, nulla alia ad manum erat; qui mihi comes erat, vir
bonus et nostri ordinis studiosus, addidit aegranicam[4] et aliquot candelas cereas candidatas; ex mensa Caesaris uterque
bene precatur tibi et tuis omnia. Dominus Major adferet
poëmata Pragensia[5]. Is nomine scholae nostrae gratulatorium
carmen scripsit imperatori, ingresso Pragam. Spero vobis
placiturum esse argumentum. Per eum plura scribam. Nam
sub nundinis Lipsicis sponsam suam[6] secum adducit ad vos.
Bene vale cum domino Peucero[7]. Ex sudetis die Inno-
centium[8] 1559[9].   Vester Mathesius.

1) Vgl. Nr. 151.   2) Vgl. Nr. 20, 3.   3) S. Nr. (145) 137.
4) sc. papyrum; es wird daher im Gegensatz zum nürnberger egerer Papier
gemeint sein; seit 1540,41 besteht in Stein, eine halbe Stunde westlich von
Eger, die Papiermühle; Wasserzeichen das Stadtwappen mit aufgesetztem E.
(Auskunft des städtischen Archivars in Eger, Heinr. Grabl.)   5) S. ob. I,
90. 631.   6) S. ob. I, 197, 619.   7) Vgl. Nr. 150, 6.   8) Mathesius verschrieb sich: Innocentum.   9) Vgl. Nr. 145, 6.

1559.
Nr. 154.

(Wittenberg.)   6. Januar 1559.

Melanthon an Mathesius[1].

Dank für das in Leipzig[2] empfangene Geschenk von Papier
und Kerzen. Neujahrswunsch mit Beilage[3]. Über die Ant-

wort auf die bayerischen Artikel⁴). Bitte um Urteil über die Übersendung von zwei Exemplaren einer Rede Joachims⁵).

Druck: Corp. Ref. XI, 721.

1) Vgl. Nr. 153.   2) Melanthon war am 4. Jan. in Leipzig, Annal. 3) Vgl. Nr. 29, 4.   4) Die Jesuiten in Bayern hatten im Jahre vorher 31 Inquisitions=Artikel aufgestellt, um die in Bayern zahlreichen Prote= stanten zu verhören. Melanthon widerlegte dieselben in seinen Vorlesungen und gab die Artikel deutsch heraus (Corp. Ref. IX, 638 f.); im August 1559 ließ er eine ausführliche Widerlegung erscheinen; Corp. Ref. IX, 904. K. Schmidt, S. 656. Hartfelder A, S. 615, Nr. 633. S. 616, Nr. 649. 5) sc. Camerarius. Vgl. Nr. 153, 3.

† Nr. 155.

Joachimsthal.   10. Februar 1559.

Mathesius an Eber¹).

Empfehlung für Caspar²). Häusliches Ungemach. Todes= sehnsucht.

Handschriftlich (Origin.): Gotha, A 123, fol. 265.

Reverendo viro pietate et doctrina praestanti domino Paulo Ebero pastori fideli ecclesiae Witenbergensi domino et amico suo carissimo.

S. D.   Venerande vir et amice carissime.

Caspar noster²) apud me fuit; nihil immutavit de suo proposito; sequetur vocantem Jesum. Sed me orat amanter, ut suam caussam tibi commendem. Ab electore³) Wolken- steinum missus est. Sine literis aulicis non temere poterit deserere suam stationem. Haec intelligis. Et de aedibus sollicitus est et de viatico. Nam hactenus fecit jacturam suarum rerum. Tu igitur commode et prudenter submonebis collegas tuos, ut serio de his rebus cogitent. Habebis, crede mihi, fidelem collegam, cum quo colloqui poteris, etiam de rebus occultioribus, ut cum amico candido, honesto et tui studiosissimo.

Puerum a te huc missum omni genere officiorum ornavi-

mus; vestivimus eum. emimus libros; sed insalutatis omnibus
hinc se subduxit; sic adsuefactus erat ad vagas excursiones.

Sum in luctu ob amissum socerum ⁴) et ipsius filiam puer-
peram ⁵). Erigor in opes bonas me prope diem sequi velle
meos.

Commendo tibi mea et orabis pro me.

Ex Sudetis X. Febr. 1559.

Boni consule festinationem et maculas ⁶) et Casparis caussam agito.
                                              Tuus Mathesius.

Basilii ⁷) negotia tibi commendo. Si collega meus ⁸) profectus esset in Salinas ⁹), ut vocatus erat, Basilium mihi co-
optassem.

1) Vgl. Nr. 152.   2) Vgl. Nr. 147, 6.   3) Auguſt, S. Nr. 112, 8.
4) S. ob. I, 118.   5) Vgl. Nr. 90, 2 und Leich. 3a.   6) Dintenflecke.
7) Vgl. Nr. 152, 2.   8) Barthol. Schönbach, ſ. ob. I, 183.   9) Vgl.
Nr. 147, 7.

Nr. 156.

(Wittenberg.)   4. März 1559.
Melanthon an Mathesius.

Überſendung von Blättern ¹), die wohl erfreulicher als die
weimaraner Gorgo ²). Bitte um Beurteilung. Politiſche und
aſtrologiſche Mitteilungen.

Druck: Corp. Ref. IX. 750.

1) Vgl. Nr. 29, 4.   2) Alſo das Konſultationsbuch, vom weimaraner
Hof gegen den frankfurter Rezeß (S. Nr. 150, 4) am 6. Februar ausgegangen, am 15. dem Melanthon zur Begutachtung vorgelegt, das infolge
des ſynergiſtiſchen Streites als Symbol der Orthodoxie in den herzoglich
ſächſiſchen Landen die Verdammung aller Irrlehren enthalten ſollte; Annal.;
Heppe I, 298. HRE. XV, 106.

Nr. 157.

(Wittenberg.)   21. März 1559.
Melanthon an Mathesius.

Lob der behördlichen Strenge (in Eheſachen) ¹). Überſendung
des Sycaminus ²). Gruß an Rhöſus ³).

Druck: Corp. Ref. IX, 786.

1) Vgl. Nr. 150, 3. — Nr. 17,1.   2) = Carmen de Sycamino;
vgl. Annal. zum Dat.; ſ. Nr. 29, 4.   3) Vgl. Nr. 119, 5.

Nr. 158.

(Wittenberg.)   23. März 1559.

Melanthon an Mathesius.

Calviniſche und lutheriſche Neigungen in Polen. Melanthons
Antwort auf das Anſuchen der Vertreter der letzteren [1]).

Druck: Corp. Ref. IX, 788.

1) Vgl. Corp. Ref. IX, 781. Vgl. Nr. 151.

† Nr. 159.

Joachimsthal.   15. April 1559.

Mathesius an Eber [1]).

Überſendung von Gedichten des Kantors [2]).   Politiſche Nach=
richten.   Exegetiſche Anfrage.

Handſchriftlich (Origin.): Gotha, A 123, fol. 260.

Reverendo viro pietate et doctrina eximio domino magistro
Paulo Ebero fideli pastori ecclesiae dei apud Vitebergam, domino et amico suo observando.

S. D.   Cantor noster [2]) emeritus in suo senili ocio laudes
deorum et hominum meditatur.   Igitur me intercessore tibi
haec carmina transmittit.   De vestris negotiis nihil audio.
Ita facias tuum officium, ne amicorum obliviscaris.   Poteris
tantum ocii suffurari sanctis tuis occupationibus, ut vel verbulo respondeas amico.   Sorices nunc audio sese suo indicio
prodere [3]).   Qui pater est mendacii, idem pater est homicidii;
sed perseverate in patientia et moderatione; tandem bona caussa
triumphat.

Nova de primatu anglicanae reginae [4]) et pacificatione inter
hispanum et gallum [5]) credo vos nosse.   Aulici [6]) de ea re
scribunt; sed me magis adficit interpretacio perspicua et con-

cinna loci alicujus in Mose: Erunt in carnem unam [7]); au haec interpretacio in analogia fidei: in prima carne habebunt conjugium, hoc est, in vita animali seu vitali, ut Ennius loquitur [6]); aut in altera carne, quae erit spiritualis et caelestis, reserent carnem clarificatam filii dei, non nubent ut angeli [9]). Sed nihil adsero sine vestra adprobatione. Bene vale. Ex valle, pridie Jubilate 1559.

Tuus Mathesius.

1) Vgl. Nr. 155.   2) S. ob. I, 185. Von Trinitatis dieses J. datiert Hermans, vom 10. März 1560. Ebers, Vorrede zu den „Sonntags-Evangelien"; Wollan I, Nr. 98. Ders., N. H., Sonntags-Evangelien. 1895, S. 8. 12. 3) Vgl. Nr. 132, 3. 4.   4) Elisabeth war am 25. Jan. gekrönt. Von den dem Protestantismus besonders günstigen Vorgängen im April konnte Melanthon noch keine Kunde haben.   5) Anfang April war der Friede von Château-Cambresis geschlossen.   6) Vgl. Nr. 5. 115. 177.   7) Gen. 2, 24, jedoch „in carne una".   8) Cicero de amicitia 6, 22.   9) Matth. 22, 30.

Nr. 160.

(Wittenberg.)   17. April 1559.

Melanthon an Mathesius.

Übersendung eines Teils der Antworten auf die bayrische Inquisition [1]) zur Beurteilung, die wichtiger als die der ganzen Partei der βλακικοι [2]). Wütende Schrift des Gallus [3]).

Druck: Corp. Ref. IX, 804.

1) Vgl. Nr. 154. — Sie erschien am 1. Mai, Annal.; Melanthon übersandte sie auch an Kaiser Maximilian, dessen Antwort uns erhalten ist; Brieger, „Theol. Stud. u. Krit." 1873, S. 721.   2) Vgl. Nr. 83, 2. 3) Vgl. Nr. 114, 2.

Nr. 161.

(Wittenberg.)   20. Mai 1559.

Melanthon an Mathesius.

Herausgabe der Rede des Leibarztes auf den Tod des Königs von Dänemark [1]). Empfehlung des Briefboten. Über die jenaischen Gefangenen [2]). Politische Posten aus Pannonien [3]).

Drud: Corp. Ref. IX, 823.

1) Christian II. war am 24. oder 25. Jan. gestorben.   2) Hügel und Striegel waren wegen ihrer Hinneigung zum Synergismus am 26. März; auf die Leuchtenburg und dann nach Grimmenstein abgeführt; Annal.; HRE. XV, 107.   3) Vgl. Nr. 106, 1.

† Nr. 162.

Joachimsthal.   22. Mai 1559.

Mathesius an Eber [1]).

Glückliche Heimkehr.   Empfehlung seines Sohnes.

Handschriftlich (Origin.): Gotha, A 123, fol. 418.

Reverendo viro pietate doctrina et moderatione praestanti domino doctori Paulo Ebero pastori Vitepergensi domino et amico suo observando.

S. D. Reverende domine pastor, amice carissime. Salvus redii domum [2]) ad salvam meam familiam, de quo beneficio gratias ago filio dei. Nunc redeo ad intermissas operas et experior hanc profectionem e re mea fuisse. Confirmatus sum ex ista collatione. Filius dei porro nos servet in sana concordia et simplici doctrina. Filium meum [3]) cum familia et ecclesia tua filio dei commendo, et si tibi ab occupationibus tuis sanctis tantum ocii supererit, per dominum Christophorum Fredericum [4]) concionatorem Annabergensem mihi uno verbo rescribes. Nosti, quae cogitent parentes propitii de absentibus liberis [5]). Sed tu pater eris illi consiliis, ego precibus vobis adero et quod potero debita et grata benevolentia te tuosque prosequar, quoad vixero. Saluto vos omnes et praeceptorem filii mei [6]) cum tuo filio et filia, cui nunc serici parantur flosculi, quos proxime recipiet. Bene valete omnes. Ex Sudetis XXII Maii 1559 [7]).

Tuus ex animo Mathesius pastor pater [8]).

1) Vgl. Nr. 159.   2) Mathesius war bei Melanthon zum Besuch gewesen; Chron.; s. ob. I, 192.   3) S. Nr. 112, 14.   4) Vgl. Nr. 28, 2. 5) Eber mußte seine beiden Söhne früh aus dem Haus geben, weil er für ihre Erziehung keine Zeit fand, während ihm von allen Seiten Jünglinge

zur Überwachung übergeben wurden; Sixt B, S. 55 f. Preſſel, S. 93:.
(Hoffmann, Pförtner Stammbuch. 1893, S. 24.)   6) S. ob. I, 48.
7) Sonderbarerweiſe hat ſich Matheſius hier verſchrieben, indem er 1569 ſetzte.
8) Mit Bezug auf die väterlichen Sorgen des Briefes.

† **Nr. 163.**

Joachimsthal.   31. Mai 1559.

Matheſius an Camerarius jun. [1]

Empfehlung eines unbemittelten Joachimsthalers.

Handſchriftlich (Origin.): München a. a. O [2]. VIII, 132.

Et virtute et honestis artibus praestanti domino Joachimi filio
amico suo carissimo.

     Carissime domino Joachime.   Hic adolescens in valle
Joachimi natus et $2\frac{1}{2}$ annos [3] in literis educatus petit [4] a
me testimonium cum commendatione.   Apud vos optat excolere
animum honestis artibus.   Sed sumtus ei desunt.   Oro igitur
te peramanter, ut ipsum commendes honestissimo parenti tuo
aut civi vestrati, ut paedagogiam aut herum aliquem habere
possit.   Promittit sancte mihi sese suum studium, fidem et
diligentiam una cum gratitudine, quae decet liberalem animum, vobis perpetue probare velle.   Et si vicissim tibi grata
facere potero, faciam, ut agnoscas me tuum esse.   Saluta ex
me parentes tuos [5].

     Ex valle Joachimi pridie calendas Junii MDLIX.

Tuus Mathesius.

1) Vgl. Nr. 145, 1.   2) Vgl. Nr. 20, 3.   3) $2\frac{1}{2}$ a. zweifelhafte
Lesung.   4) tit iſt abgeriſſen.   5) os iſt abgeriſſen.

Nr. 164.

(Wittenberg.)   18. Juli 1559.

Melanthon an Matheſius [1]

Familiennachrichten. Vollendung der Schrift über die Ge-

walt, die ſich die Päpſte gegen die Kaiſer anmaßen [2]. Einlabung zu einer medizinischen Doktor-Promotion, Wein und angenehmen Gesprächen.

Druck: Corp. Ref. IX, 841.

1) Vgl. Nr. 162. 2) „Antwort des Herrn Ph. M. auf die Fragstücke von Kaiserlicher und Päpstlicher Gewalt 2c." Hartfelder A, S. 616, Nr. 647.

Nr. 165.

(Wittenberg.)   18. August 1559.

Melanthon an Mathesius.

Politische Nachrichten über Frankreich und die Türken. Die Streitigkeiten in Berlin über die Notwendigkeit der guten Werke, Eislebens Raserei: „gute Werke sind notwendig" stamme vom Teufel [1]). Übersendung von zwei Exemplaren der Rede bei jener Promotion [2]), deren Thema der Jugend nützlicher als die Sphinx-Rätsel der *βλαζικοι* [3]), mit der Bitte um Kritik.

Druck: Corp. Ref. IX, 902.

1) Agricola war seit 1540 Hofprediger Joachims II., hatte am 7. Mai 1559 in Berlin öffentlich gegen Melanthon gepredigt; Annal. zum Datum; Kawerau, Agricola. 1881, S. 316 f. 2) Vgl. Hartfelder A, S. 616, Nr. 655. 3) Vgl. Nr. 160, 2.

Nr. 166.

(Wittenberg.)   20. August 1559.

Melanthon an Mathesius.

Kurzer Gruß mit Bezug auf das Evangelium vom barmherzigen Samariter [1]).

Druck: Corp. Ref. IX, 903.

1) Am 13 S. n. Trin. Luk. 10, 23. 37.

† Nr. 167.

Joachimsthal.   18. September 1559.

Mathesius an Eber [1]).

Auf Wunsch Übersendung seiner Klagelieder. Todessehnsucht.

Handschriftlich (Origin.): Gotha, A 123, fol. 258.

Reverendo viro pietate et doctrina praestanti domino Paulo Ebero pastori fideli ecclesiae dei apud Vitepergam domino amico carissimo.

S. D. Reverende domine pastor et amice observande. Nondum mihi excidit tua expostulatio [2]), quod de meis phantasiis nihil ad vos transmitterem.

Etiamsi autem sciebam, nihil esse, quod vobis mea obtruderem, tamen, cum ita volebas, uxori tuae honestissimae threnos meos [3]) transmitto. Si tibi a tuis salutaribus occupationibus tantum ocii superfuerit, poteris, tanquam aliud agens, in eos introspicere, quos tuae censurae et amico judicio subjicio, sciens et volens, ut inter bonos rite agier oportet. Coepit nunc me satietas scribendi et valetudo mihi obstat; quare in posterum cogitabo, ut cum pace ex hoc maligno mundo dimittar, et conquiescam in domino meo Jesu Christo, quem in ista schola et ecclesia didici, quem amavi, in quo credidi, cui meam animulam et meos liberos [4]) et ecclesiam adflictam commendo. Salutem dic uxori tuae et munus meum laetis de me ornato verbis et ei in osculo pacis reddito. Bene vale. Ex valle S. Joachimi, 18. Septembris 1559.

Tuus Mathesius.

1) Vgl. Nr. 162.   2) Verloren.   3) Die in diesem Jahr erschienenen Leichenpredigten; besonders jedenfalls mit Bezug auf den dritten Teil; f. ob. 1, 575 f.   4) Math. hat irrtümlich libros geschrieben.

Nr. 168.

(Wittenberg.)   25. September 1559.

Melanthon an Mathesius.

Veranlassung, an den byzantinischen Patriarchen zu schreiben [1]). Nachrichten aus Wien über Gegnerschaft wider die stoischen Paradoxieen des Gallus [2]).

Druck: Corp. Ref. IX, 925.

1) Melanthon überſendet dieſem unter demſelben Datum die griechiſche Überſetzung der augsburg. Konfeſſion; Annal.   2) Vgl. Nr. 160, 3. Raupach a. a. O. (I, 125. S. S. XXXVII sq.) I, 130 ff.

Nr. 169.

(Wittenberg.)   14. November 1559.

Melanthon an Mathesius.

Über die Todesurſache des Dr. Jakob Milich [1]). Hoffnung auf die eigene Erlöſung.

Druck: Corp. Ref. IX, 972.

1) Vgl. Nr. 89, 1; geſt. am 10. Nov.; Annal.

† Nr. 170.

Joachimsthal.   27. November 1559.

Mathesius an Eber [1]).

Kondolenz. Unmöglichkeit, jetzt zu kommen. Bedeutung des Adreſſaten für die Zukunft.

Handſchriftlich (Origin.): Gotha, A 123, fol. 249.

Reverendo viro pietate et doctrina praestanti domino Paulo Ebero fideli et moderato pastori ecclesiae Vitebergensi suo fratri carissimo.

Venerande domine pastor et amice carissime.

Vocatus ad vicinum baronem, retro domum ex difficili itinere plane defessus, ibi reperio tuas literas [2]), quae mihi dolorem augent, quod virum honestum et utilem vestrae scholae amisistis [3]). Sed ut nunc sunt mores et saecula, praeclare agitur cum piis, qui ad suam quietem colliguntur ante calamitates, quae manent hunc ingratum et pessimum mundum.

Hoc vero tempore multis de causis ad vos excurrere nequeo. Instant festa natalicia et filus meus collega dominus Francus [4]) graviter ex dolore capitis laborat.

Sed quod porro petis, faciam sedulo, tua et totius ecclesiae negotia commendabo diligenter patri omnis misericordiae et ipsius filio, qui ipse extrudit operarios in messem suam et ornat et auget ipsos publicis testimoniis et honoribus archiis [5]) collegiorum, ut ecclesia confirmari possit de suis doctoribus et propagatione purioris doctrinae.

Recte igitur facis, qui obtemperas senioribus [6]). Multi nunc naufragium in fide faciunt, qui negligunt ordinariam manuum impositionem a S. Paulo [7]) traditam et qui flocci-faciunt et traducunt talia bonorum praeceptorum testimonia. Dominus Lutherus soepe ursit suum doctoratum [8]); sic tibi etiam aliquando standum erit in acie sublatis ducibus, qui nunc prudentia et patientia frangunt seu debilitant adversa-riorum superba et immania consilia.

Quapropter oro toto pectore filium dei, summum pastorem nostrum, ut te faciat salutare organon ecclesiae suae et armet te suo certo spiritu et impleat os tuum sancta eloquentia et tribuat tibi vires animi et corporis et omnibus, qui ad eum statum honesta vocatione perveniunt. Ego quod potero tan-quam synerchos [9]) tuus vel potius miles gregarius [9]) in hac ora sudetica vobis adero piis precibus et optima voluntate; id spero Christum me adjuturum esse. Bene vale. Raptim ex valle postridie Katharinae, quo die absolvi meam postillam pro-pheticam [10]) 1559 [11]).

Tuus Mathesius.

1) Vgl. Nr. 167.   2) Vgl. Nr. 167, 2.   3) Dr. Milich; vgl. Nr. 169.   4) S. ob. I, 180.   5) Mathefius ſcheint ἀρχιεις geſchrieben zu haben; er denkt offenbar an τὸ ἀρχεῖον, das Kollegium der obrigkeitlichen Behörden; alſo „die obrigkeitlichen Ehren der Kollegien". Eber war ſeit 25. Aug. 1558 Generalſuperintendent; Sixt A, S. 37.   6) Dies ſcheint ſich auf Ebers Doktorpromotion zu beziehen. Nach langem Sträuben fügte er ſich dem Verlangen Melanthons und ſeiner übrigen Kollegen, disputierte am 28. November und promovierte am 7. Dezember 1559; Sixt A, S. 43 f. 7) 1. Tim. 4, 14. 2. Tim. 1, 6.   8) Lḥ. I, 7. Köſtlin I, 315. 341. 407 ꝛc. s. v.   9) Vgl. Phil. 2, 25 συνεργὸς καὶ συνστρατιώτης.   10) S. ob. I, 357.   11) Die Leſung iſt unſicher; doch die Jahreszahl der Abfaſſung der Post. proph. giebt die auch ſonſt von dem Inhalt des Briefes erbeiſchte Zahl 1559.

1560.
Nr. 171.
Wittenberg. 11. März 1560.

Melanthon an Mathesius.

Über Opfer der Inquisition in Spanien. Mahnung, sich in den bisherigen Grenzen zu halten, auf seinem Posten auszuharren und den Frommen der Nachbardiözesen zu raten [1]). Hoffnung auf seinen Besuch. Würtembergische, pfälzische und hessische Gesandte wünschen eine Synode.

Druck: Corp. Ref. IX, 1067.

1) Vgl. Nr. 17, 1.

† Nr. 172.
Joachimsthal. 14. April 1560.

Der Rat von Joachimsthal an Mathesius [1]).

Ehefall [2]).

Handschriftlich (Kopie): Ratsprotokoll in Joachimsthal 1560, S. 114.

Ehrwirdiglicher her pfarner. Nachdem die zwo persohnen, der Schulmeister zu Schlackenwerdt [3]) und Georg Langholzers Tochter im vierten grad und, wie man wol sagen will, und noch ettwas weiter dan iem vierten grad einand verwant und die Ehe so weit beredt sein solle, das sie ohne großen argernisse nit hinter-treiben werden konne und inn dergleichen und noch viel mehreren wellen unsere Nachparrn für die Ehe und also p. matrimonio sprechen, so wollen wir inn nahmen gottes neben euch diese Ehe verandtworten. Derhalben wollen benennte persohnen euch derhalb bitten nach geprauch der Kirchen ausgepieten lassen.

14. April 1560.

1) Vgl. Nr. 8.   2) Vgl. Nr. 82.   3) Vgl. Nr. 65, 2.

† Nr. 173.
Joachimsthal. 15. Juli 1560.

Mathesius an Camerarius [1]).

Über Melanthon [2]) und Eoban Heß [3]), die Schule.

Handschriftlich (Origin.): München a. a. O. [1]) VII, 220.

Clarissimo viro doctrina et virtute praestanti, domino Joachimo Camerario domino et amico suo colendo.

Clarissime vir et amice colende. Patiamur sane requiescere magnum illum virum post tantos labores, ut pie scribis; sed haec turbulenta tempora nobis refricant dolorem.

Filius dei sanet nostra et ecclesiae vulnera!

De scriptis Eobani [3]) nondum editis nihil praeterea habeo [4]); Rhoesum nostrum [5]) conveni, qui habebat sub tua imagine aliquot versus Eobani; sed eos cum imagine Hessus secum abstulerat, cum hic esset [6]), ut plures adderet. Cura constituendae nostrae scholae pertinet ad alios. Ego ex ejusmodi turbis jam dudum me expedivi [7]).

Clinia noster [8]) delitescit in suo caballo non secus ac graeci [9]) in suo equo; sed nemini machinatur exitium. Cum vicino ipsius, quem nosti, omnis res cum bona gratia est composita. Fruitur suis lapillis nigris et exercet medicum apud vicinos baronos. Raro convenimus. Bene vale; tuis jucundissimis literis me saepe consolare. Ex valle Iberorum [10]). XV Julii. Anno Christi MDLX.

Tuus Mathesius.

1) Vgl. Nr. 137. 2) Er war am 19. April geſtorben; Mathesius' Epicedion auf ihn ſ. ob. S. 210, 5. 3) Vgl. Nr. 2. S. ob. I, 85. 4) Vgl. Nr. 17, 1. Wahrſcheinlich hatte ihm Mathesius das an ihn gerichtete (vgl. Nr. 2) geſchickt. 5) Vgl. Nr. 157, 3. 6) Eben a. 1536; ſ. ob. I, 85. 7) S. ob. I, 90. 8) Vgl. Nr. 127. 9) Wohl mit Anſpielung auf das trojaniſche Pferd. 10) S. Nr. 135, 8.

† Nr. 174.

Joachimsthal. 8. September 1560.

Mathesius an Eber [1]).

Seine Arbeit an der Sarepta [2]). Bitte um Nachricht über ſeinen Sohn [3]) und um Beurteilung ſeiner Epitaphien.

Handſchriftlich (Origin.): Gotha, A 123, fol. 275.

Reverendo viro pietate, moderatione et pietate (sic!) praestanti domino D. Paulo Ebero pastori Vitebergensi domino et amico suo observando.

S. D. Reverende vir et amice carissime. Hic adolescens attulit mihi isthinc tuas literas. Igitur iniquum duxi, eum sine meis ad te redire.

Valemus, deo gratia, in his sudetis, spuria tempestate, et ego Sareptae [2]) meae incumbo, ut hac hyeme futura eam possim absolvere. O quam saepe exopto vestra colloquia! Expecto a te etiam occupato responsum de meo filio [3]), et, ut per ocium id facias, te etiam atque etiam oro. Qui tibi placeant epitaphia mea [4]), fac ut sciam. Bene in Christo vale cum tua ecclesia et familia. Ex Sudetis, dominica, qua de Samaritano et nostro vero proximo docemur [5]). Anno a nativitate ipsius 1560.

Tuus Mathesius.

1) Vgl. Nr. 170. 2) Vgl. Nr. 130. 3) Vgl. Nr. 162. 4) Vgl. Nr. 173, 2. 180. 5) Am 13. S. n. Trin., Lut. 10, 23—37.

1561.

† Nr. 175.

Joachimsthal. 31. Mai 1561.

Mathesius an Eber [1]).

Empfehlungsschreiben. Bitte, sich seines Sohnes anzunehmen. Mahnung zur Muße.

Handschriftlich (Origin.): Gotha, A 123, fol. 271.

Reverendo viro pietate virtute et doctrina praestanti domino doctori Paulo Ebero fidelissimo ecclesiae dei apud Vitebergam pastori domino et fratri suo carissimo.

S. D. Reverende domine pastor et amice carissime. Novi occupationes tuas, quae salutares sunt ecclesiis et vestrae scholae. Sed aliquod dandum est amicis et vicinis. Proinde meam importunitatem pro tua summa facilitate ita ut soles

23*

amanter feras et homini amico et veteri Mathesio hanc dabis
operam et tuis inservies.

Hic Hannibal Wendeliuus a barone Joachimo Schliccone [2])
vocatus est ad ministerium ecclesiae, id quod ex ipsius literis
agnosces. Est autem mihi cum hoc homine non vulgaris
amicitia, cujus etiam opera saepissime usus sum in describendis
meis phantasiis. Proinde hominem tibi commendo, qui scholae
Schlaccawerdensi [3]) cum fructu hactenus inservivit et coelebs
aluit et adhuc alit matrem et sororem ex tenui stipendio.
Dedit etiam specimen sui mediocris profectus. Nam apud nos
aliquoties in contionem prodiit Ingenium ejus perspicies in
statua Danielis [4]), quam tibi offeret. Eam ipse pinxit, a magistro Casparo nostro [5]) sic collectam. Curabis igitur, ut cum
mediocri testimonio revertatur ad comitem suum et oviculas;
id ego pro mea tenuitate si potero bene mereri studebo. De
filio meo Johanne [6]) nunc sum sollicitus; sed „jure tecum
non agam, etiamsi manum tuam servo". Confido autem te
pro summa tua in me benevolentia filio meo inserviturum
esse, imo tuo detrimento. Inspectorem ipsius novum et hospi-
tem commodum ipsi exopto, et praeceptorem de tuo consilio
dabit deus; sed de hoc negocio alias plura. Nam ante bru-
mam [7]) non temere filium ablegabo. Deus et pater domini nostri
Jesu Christi, qui concessit nobis audire dulces suo nomine
preces, faxit. ut nostri liberi sint vasa misericordiae [8]) et
celebrent ipsum hic et in omni aeternitate. Bene vale et
tertii praecepti non obliviscaris. Non enim modo negotiis, sed
etiam ocio et quiete deus colitur, ut dixit [9]) in aedibus domini
Spalatini reverendus pater Lutherus ad dominum Melanthonem
piae memoriae [10]); et posteritas opus habet opera tua. Nec
minoris est sacrificii expedire negotia quam in loco ea a te
removere. Iterum vale. Ex valle S. Joachimi pridie trinitatis, qua vespera primum audivi sanctum virum Lutherum
ante annos 31 [11]) 1561.

Tuus bonus amicus

Mathesius

senex [12]).

1) Vgl. Nr. 174.　　2) S. ob. I, 172.　　3) Vgl. Nr. 172, 3.
4) (Vgl. Corp. Ref. IV, 898. X, 579; vgl. Manlius, Locor. commun. coll.
Basil. 1563, lib. medic., S. 198, epigramma de statua Danielis a Joa.
Stigelio compositum).　　5) S. Nr. 147, 6.　　6) Vgl. Nr. 174.
7) Vgl. Nr. 41.　　8) Röm. 9, 23.　　9) S. ob. I, 56.　　10) Vgl.
Nr. 173, 2.　　11) Hier hat ſich M. verſchrieben (vgl. Nr. 162, 7) oder
verrechnet, denn das Jahr 1529 meint er; ſ. ob. I, 39.　　12) Dieſe
Unterſchrift erſcheint in den Briefen hier zum erſtenmal. S. Nr. 147; ob. I,
216. 446.

† Nr. 176.

Joachimsthal.　　　　　　　　　　　　　　　　19. Juli 1561.

Matheſius an Eber [1].

Bitte um Nachricht über den Sohn, ſowie über Funck. Eigenes
Befinden.

Handſchriftlich (Origin.): Gotha, A 123, fol. 347.

Reverendo viro pietate, doctrina et prudentia praestanti domino
doctori Paulo Ebero pastori ecclesiae dei apud Vitebergenses
domino et amico suo observando.

S. D. Reverende domine pastor et amice carissime. Expecto tuas literas, ut videre possim, quid isthic agat filius
meus [2], an faciat etiam suum officium. Proinde tantum ocii
subduces tuis piis occupationibus et uno verbo me docebis
etiam de domini Functii [3] negotio. Ego, Christo meo gratia!
meliuscule habeo. Nunc nervis linguae addo medicamenta,
ut confortentur [4]. Redeo tamen ad opera mea in hisce calo-
ribus et experior deum etiam in nostra infirmitate potentem
esse. Bene in domino vale, cum tua schola et ecclesia et
tota familia! Salutem adscribo honestissimae tuae conjugi,
liberis et magistro Paulo [5] et magistro Martino [5] et Sylvestro.
Ex valle S. Joachimi, 19. Julii 1561.

Tuus Mathesius.

1) Vgl. Nr. 175.　　2) Vgl. Nr. 175, 6.　　3) Funck verſchaffte ſich
in dieſem Jahre auf einer Reiſe nach Deutſchland, nachdem er die oſiandri-
ſtiſche Lehrart ganz hatte zurücktreten laſſen, durch ein vorgelegtes Bekenntnis
von den Theologen in Wittenberg und Leipzig ein Zeugnis der Rechtgläubig-
keit. HRE. IV, 718　　4) Vgl. Nr. 129.　　5) Ebers Söhne, Sixt B.
S. 55.

† Nr. 177.

Joachimsthal.   10. Auguſt 1561.

Matheſius an Eber [1]).

Empfehlungsſchreiben.   Sorge um den Sohn.

Handſchriftlich (Origin.): Gotha, A 123, fol. 346.

Reverendo viro pietate doctrina moderatione praestanti domino
doctori Paulo Ebero fideli pastori ecclesiae Vitepergensis domino et amico suo carissimo.

S. D. Reverende domine doctor et amice semper observande. Generosus comes Joachimus Schlicco [2]) ex meo consilio vocat adolescentem Bartholomaeum Segerum ad docendi
ministerium in suam aulam. Velificatione illic opus est, qui
rectum cursum tenere nequeant propter ventos adversos. Proinde coelibem sibi petit et qui possit in aula pacienter vivere.
Proposuimus autem hunc adolescentem, quia novimus eum et
ingenium ipsius modestum et quod parere poterit bonis monitis.
Ipsum ob petitionem comitis testimonio ornabitis, si tamen
specimen sui studii vobis praebuerit. Meum filium [3]) tibi
amico fero et patri ipsius commendo. Nec mihi quicquam
gratius posset accidere, quam si se cum praeberet, qualem ego
opto. Hortor ipsum sedulo, ut vobis obtemperet, pie, modeste
et temperanter vivat et tempus non male collocet. De ea re
percupio aliquando videre tuum testimonium. Novi tuas occupationes. Igitur aequior tibi sum, etiamsi rarius scribas. Bene
vale cum uxore, liberis, ecclesia et schola vestra! Ex sudetis
die Laurentii 1561.

Tuus Mathesius.

1) Vgl. Nr. 176.   2) Vgl. Nr. 175. 2.   3) Vgl. Nr. 176, 2.

† N. r178.

Joachimsthal.   7. November 1561.

Matheſius an Eber [1]).

Empfehlungsſchreiben.   Schwere Zeit.   Sorge um den Sohn.

Handſchriftlich (Origin.): Gotha, A 123, fol 345.

Reverendo viro pietate et doctrina praestanti domino doctori Paulo Ebero pastori ecclesiae dei apud Vitebergenses domino et fratri suo carissimo.

S. D. Eadem opera gratificamur amicis et amicis molesti sumus. Cognati hujus adolescentis, qui in suis aedibus initiatus est bonis literis, vehementer a me petunt, ut hunc cum testimonio ad vos transmittam. Sic sibi persuadent, illud ipsum usui futurum adolescenti, qui hic in studiis cum bona diligentia vixit ad biennium et cum bona gratia hinc abiit, consilio matris et cognatorum. Functus sum officio meo; si occasio feret vel propter me dilatabis ei animi tui benevolentiam. De reliquis negotiis meis ordine te docebit Caspar noster [2]). Metalla hic frigent, annona est cara [3]), bonos amicos amittimus; senectus ingravescit, sed salus ipsa poterit nos servare et certo servabit in hac valle lachrymarum, etiamsi multa alia incommoda sese exerant. Sed desino et commendo vos omnes cum vestra schola et ecclesia et, qui vobiscum in sana doctrina et pia concordia perseverant, salvatori Christo. Nam is solus potest salvare et nos eripere ex omnibus tribulationibus nostris. Filium meum [4]) deo et tibi et praeceptori commendo. Salutem tuis omnibus precor. Bene vale. Ex sudetis 7. Novemb. 1561. Tuus ex animo

Mathesius pater [5]).

1) Vgl. Nr. 177.   2) Vgl. Nr. 175, 5.   3) Vgl. Nr. 76, 9.   4) Vgl. Nr. 177, 3.   5) Vgl. Nr. 162, 8.

† Nr. 179.

Joachimsthal.   20. November 1561.

Mathesius an Eber [1]).

Inbetreff seines Sohnes. Glückwunsch (!) zum Tod eines Kindes von Eber. Sarepta und Leben Jesu.

Handschriftlich (Origin.): Gotha, A 123, fol. 348.

Reverendo viro pietate doctrina sapientia praestanti suo doctori Paulo Ebero pastori ecclesiae Vitepergensis fidelissimo suo et amico suo observando.

S. D. Reverende domine, pastor, frater carissime.

M. Casparo [2]) dedi in mandatis, quae meo nomine isthic prudenter expediet, in negotio filii mei. Ipsi fidem habebit. Si in vestro acre fuero, ad nundinas Lipsicas curabo, ut tibi praesenti numeretur pecunia aut rescribatur a bonis. Tu modo fac, ut docear vel de praesentia tua, vel qui sint illic tui procuratores. Si tantum tibi est ocii, ad veterem amicum de filii moribus, valetudine, obedientia, uno verbo me certiorem reddito. Sum pater, paterni nihil a me est alienum Si opus fuerit monitione aut correctione, non ero pater indulgens. Tibi gratulor, te misisse filium in aeternam scholam [3]), in qua cum angelis beatis videt et audit filium dei extra jactum telorum Turcicorum et Mosilorum [4]), magna in gloria. Habere filium in coelis valent aulica vanitas et mundana lubricitas.

Adolescens me in ipso articulo opprimit, quare veniam dabis festinationi; proxime plura!

Salutem adscribo honestissimae tuae familiae, commensalibus et toti scholae et ecclesiae universae. Ego dei gratia redeo ad intermissas operas et versor in officinis vitrariis, ut me ex Sarepta [5]) mea possim expedire. Cupio laudare dominum meum Jesum Christum, cujus historiam, si vivo, decrevi describere ex prophetis et apostolis [6]).

Rationibus filii subscribes, ne quid te ignorante prodigat. Bene in domino vale; ex vallibus raptim, die XX Novembris 1561.

                     Tuus Mathesius,
                     amicus constans.

---

1) Vgl. Nr. 178.   2) Vgl. Nr. 178, 2.   3) Am 19. August war dem Adressaten ein zehnjähriger, „gar gelirniger und gehorsamer Sohn" gestorben. In demselben Geist wie Mathesius schrieb Eber über den Verlust an eine befreundete Frau. Pressel, S. 92.   4) Scheint eine Form für Musulmani sein zu sollen?   5) Vgl. Nr. 174, 2.   6) S. ob. I, 476 f.

1562.
† Nr. 180.

Joachimsthal. 5. Februar 1562.

Mathesius an Joh. Prätorius [1].

Druck der Sarepta. Familienangelegenheiten.

Handschriftlich (Origin.): Hamburg a. a. O. [2] XLVIII, fol. 200.

Pietate et doctrina praestanti domino Johanni Praetorio Joachi-
mico adfini suo carissimo Norinbergae.

S. D. Tandem, deo gratia, praefationem mitto in Sareptam [3]. Nunc, quod superest, vitae Christi [4] dicabitur.

De correctione in magnetes tractatum [5] bene sum contentus;
ago tibi gratias pro opera tua in Sareptam.

Epitaphium sororis tres mendas habet, sed nunc corrigi
nequit. Fac quaeso, ut certius a te reddar, an in quarto vel
in folio excudatur Sarepta [6], item, quot exemplaria impri-
mantur et cura, ut quam primum vel saltem aliqua exemplaria
habeam. Tabellarius diem unum et alterum hic praesto latus
est, dum praefatio compleretur; huic ut Montanus [7] aliquid
numeret, curabis diligenter.

Salutabis ex me fratrem Paulum et ut ad me aliquando
scribat, hortaberis. Si ociosus ero, de epitaphiis vestri parentis
etiam cogitabo.

Horologium proxime mittam. Jam curo parari capsellam,
in qua epitaphium sororis includatur ad figendum parieti ho-
spitalis [8].

Meum filium Johannem [9], qui ex febri laboravit Vitepergae,
vobis commendo. Nam cupio ipsum in ista celebri urbe ad
tempus inter vos vivere et videre mores hominum. Si epitaphia mea [10] nemini sunt tradita, huic filio [11] commendate
aliquot.

Bene valete. Ex sudetis V Februarii MDLXII.

Jo. Mathesius.

---

1) Vgl. Nr. 146, 3. — Joh. Prätor. hatte sich, nachdem er in Wittenberg
Philosophie studirt, als Verfertiger mathematischer Instrumente in Nürnberg
niedergelassen; mehrere seiner Globen sind noch vorhanden. 1559 reiste er

nach Prag und Wien und unterwies Maximilian II.; 1571 Professor der Mathematik in Wittenberg, 1576 in Altdorf; er wird von Tycho de Brahe sorgfältig berücksichtigt; leistete er doch Bedeutendes; unter anderem Erfinder des Meßtisches, der „Mensula Praetoriana"; gest. 27. Ott. 1616. ADB. XXVI (1888), 519. Wollan, Litteraturgesch., S. 169f. 2) Bgl. Nr. 112. 3) Bgl. Nr. 179, 5. 4) Ebd. 179, 6. 5) Oder ließ das gleichbedeutende: tractam. Wohl mit Bezug auf Sar. XII. 6) Sie erschien in Folio. 7) Der Verleger Berg; f. ob. S. 212, 16. 8) S. ob. I, 325. 9) Bgl. Nr. 179. S. ob. I, 41. 52. 10) Bgl. Nr. 174, 4. 11) Zweifelhafte Lesung.

1564.

Nr. 181.

Joachimsthal. 17. April 1564.

Mathesius an Caspar Franck [1]).

Ansuchen um öffentliche Fürbitte in seiner Anfechtung.

Druck: Drei Predigten 2c. Vblgr. Nr. 31. Pr. 3.

Suo fratri Casparo Franco, ministro domini nostri Jesu Christi fideli in ecclesia Joachimica.

S. D. Charissime frater et fidelis serve filii Dei, ora pro me etiam publice et nominatim! Agnosco me maximum peccatorem et languida sed vera fide credo in Jesum Christum filium Dei et Mariae, qui venit in mundum propter maximos peccatores, quorum ego primus sum. Sed tamen conspectus sum in remissionem peccatorum suo precioso sanguine et a filio Dei absolutus ab omni crimine tuo ore et sanctissimo ministerio et pastus heri et potatus Jesu Christi corpore et sanguine in testimonium meae filiationis et fraternitatis Jesu Christi et habeo ipsius euangelium, in quo adhuc apprehendo salvatorem meum. O Jesu, serva me, ne projicias me a facie tua! O hilf, Helfer, hilf! Audi meas et fratrum preces tuo sanguine conspersas. Postridie Misericordias Domini 1564. Mathesius sedens in cribro Sathanae. Tu fili Dei ora pro me.

1) S. ob. I, 222.

1565.

† Nr. 182.

Joachimsthal. 5. April 1565.

Mathefius an Camerarius jun. [1]).

Familiennachricht. Dank für Geschenk. Mineralogisches.

Handschriftlich (Origin.): München a. a. O. [1]) VIII, 134.

Clarissimo viro virtute et doctrina medica praestanti domino
   Joachimo Camerario domino et amico suo carissimo.

S. D. Clarissime domine doctor, amice carissime.

Serius respondeo, distentus nuptiis filiae [2]) et adversa valetudine [3]). Sed, quod in me fuerit, non temere committam,
ut aliquid damni amicitia nostra contraxisse videatur. Magna
fuit [4]) necessitudo cum patre tuo, viro de amicis et bonis studiis
bene meritissimo (!) Eam conservatam percupio non modo apud
meos liberos, sed etiam in omnem [5]) aeternitatem.

Munus tuum eruditum [6]) cum voluptate perlegi. Nec
quidquam gratius mihi accideret, ac ut vicissim tibi grati-
ficando mea studia [7]) benigne probare possem. Hoc tempore
nihil ad manum est minerarum dignum consyderatione excellen-
tissimi virorum.

Nec quod sciam apud nos visus est haematites [8]) niger,
rufus seu spadiceo colore tibi propediem conficiendus erit una
cum vitri calvaria [9]), ut vocant.

Hoc arsenicon non modo levidense sed et venenatum munus
tibi medico et philosopho interim mittendum censui. Facticium
est ex sulphure et pyrite [10]) concoctum. Tu non munus sed
animum amici inspicito et me et meos in numero tuorum
retineto!

Bene in domino vale, qui est summus medicus et medi-
corum et medicinae creator.

Ex valle S. Joachimi V Aprilis MDLXV.

Tuus Mathesius senior.

Postscripta.

S. Amici fuere in officio rogati a me vehementer; sed proxime, si haec minuta tibi probabuntur, ut spero, potiora habebis. Signatae sunt singulae massulae.

Nuper accepi omnes differentias ex Goslaria, ex monte Mellibocco, quem Rammelspergum nominant; sed vulgaria sunt. Si tamen a tibi transmitti cupis, tecum communicabo eas. Vale. Ut supra [11]).

Mathesius.

Accepi 11. April; respondi eodem [12]).

1) Vgl. Nr. 163.   2) S. ob. I, 216.   3) Vgl. Nr. 176, 4.   4) Das Perfeltum iſt auffallend, da Camerarius noch lebt.   5) In der Handſchrift folgt ein ausgeſtrichenes sempiternam.   6) Das betreffende Begleit= ſchreiben fehlt wieder.   7) Hier folgt in der Handſchrift ausgeſtrichen: tibi pro.   8) Glas= oder Glanzkopf, eine Abart des Blutſteines, Leunis, S. 414 f.   9) Wohl abſchleifen.   10) Schwefelties.   11) So wird das S zu vervollſtändigen ſein.   12) Bemerkung des Empfängers; dieſe Ant= wort iſt verloren.

† Nr. 183.

Joachimsthal.   1. Mai 1565.

Mathesius an Camerarius jun. [1]).

Mineralogiſches und Mediziniſches.

Handſchriftlich (Origin.): München a. a. O. [1]) VIII. 133.

Clarissimo viro virtute et doctrina rei medicae praestanti d. doctori Joachimo Camerario filio, amico majori.

Rescripsi 11. Maii [2]).

S. Antimonium fusum libenter vidi; fac me doceas, quanti aestimet artifex craterulam ex ea materia. Schiston [3]) alium non novi. Nos opinamur eundem esse schiston, a divisione, haematiten [4]) a sistendo sanguine dictum Eum, qui non modo sistit cruorem et delet reatus sanguinis, e petra viva excisum [5]), magni facis. In hac senecta fini vitae proximus; sed haec sunt senilia. Collegi tibi ex meis massulis differentias mine- rarum ex monte Melibocco [6]). Alias species chalcitidis [7]) et calchanti [8]) non habeo. Nec moror Calchantes Virgilianos [9]).

Sed jocor tecum ut cum homine literato et clarissimi viri filio; cumque liberis paratus sum ad officia omnia. Bene vale et rescribe de vitro stibico [10]), mi clarissime et carissime domine doctor Camerarie! Ex vallibus Joachimicis primo Maii MDLXV.

Tuus Mathesius.

1) Vgl. Nr. 182.　　2) Camerarius' Hand.　　3) Roteisenstein. 4) Haimatites hieß das Roteisenerz teils wegen der roten Farbe seines Pulvers, teils weil man wähnte, daß es durch geronnenes Blut entstanden sei und darum auch die Kraft besitze, Blut zu stillen; Leunis, S. 411. 5) 1. Kor. 10, 4.　　6) Vgl. Nr. 182, Postskript.　　7) Kupferstein.　　8) Wohl mit Bezug auf Camerarius' philosophische (Seher=)Studien.　　9) Aeneis III, 114 ff.　　10) Stibium, Spießglas = antimonium.

† Nr. 184.

Joachimsthal.　　　　　　　　　　　　14/15. August 1565.

Mathesius an Camerarius jun. [1]).

Mineralogisches.

Handschriftlich (Origin.): München a. a. O. [1]) VIII, 135.

Clarissimo viro doctrina et virtute praestanti d. doctori Joachimo Camerario Medico Norico suo carissimo.

Accepi 24. Julii [2]).

S. D. In his ardoribus sirii non sumus in gratia cum studiis. Proinde breves sumus.

Virum, quem mihi commendaveras [3]), accepi, pie et, ut potui, non ut debui. Tibi gratias ago pro antimonio diluto.

An ea craterula viva apud te adhuc habeat, fac ut sciam.

Nunc tibi colligo ex metallis, siquid dignum visu et admiratione mihi obvenit.

Hanc massulam, quam putavi ex genere schistorum esse et nostri caput vitri [4]) nominant, addidi, ne literae essent inanes plane.

Te cum tuis deo nostro commendo. Ex valle S. Joachimi, sub canicula. MDLXV.

Tuus Mathesius.

1) Vgl. Nr. 183.   2) Von Camerarius' Hand.   3) Vgl. Nr. 29, 4.
4) Vgl. Nr. 182, 8.

† Nr. 185.

Joachimsthal.   29. September 1565.

Mathefius an Caspar Heidrich [1]).

Empfehlung ſeines Sohnes. Befreiung des jungen Came=
rarius. Litterariſche Arbeiten.

Handſchriftlich (Origin.): Hamburg a. a. O. [1]) Bd. CIV, fol. 98 [2]).

Reverendo viro pietate et sapientia semper mihi praestanti
domino magistro Casparo Heidricho Argeliensi [3]) fratri suo
carissimo. Torgavie.

S. D. Reverende domine pastor et frater in Christo charissime. Filius meus [4]) vos meo jussu inviset ad festa natalitia
Christi. Interim apud deum et amicos ipsius memineris.

Filius Camerarii [5]) liberatus est ex carcere intercessione
nostri Caesaris. Ludi magistrum nostrum [6]) tibi commendo;
me intercessore ipsum adjuves, ut in sua non ita firma valetudine sororem et amicos visitet. In ea re facias mihi rem
gratam. „Claram" tuam resaluto; ejus et memini in praefatione [7]), cum de claris margeritbis scripsi(!). Exemplar ipsi
mitto; cum reliqua sua tecum habeat communia et copiam
inspiciendi tibi praebebit. Et ipse disco mori. Qui tibi placeant
seniles [8]) labores mei, uno verbo me docebis. Sequentur, domino
volente, etiam contiones de coena domini [9]). Es feilet den
Krämern noch an ſcharnützelnpapier [10]). Oportet me aliquibus
inservire. Ich werde auch alt und ſchwach; doch ſol ich . . . [11]),
si vivo, historiam filii dei [12]) ab aeterno in aeternum ſchreiben.
Helffe mhr gedten, pestem ne metuam. Christus est dominus
mortis et pestis et pestilentiae [13]) et augebit suis . . . [11]) de
ea et omnibus piis.

Bene vale cum tua Clara et liberis et aliquid boni . . . [11])
dabis filio meo ex vestra nobili argeliopolei [3]). Saluta dominum doctorem Crusmannum et opta ex carissima . . . [11]). Vale

ex vallibus. Michaelis. Filius dei idias eidous, similis est
deo. 1565.

Tuus Mathesius senex [6]).

1) Vgl. Nr. 112. 2) Dieſer Brief iſt von allen am übelſten geſchrieben
und in ſchadhaftem Zuſtand; ganze Worte ſind weggeriſſen, ganze Zeilen mit,
freilich durchſichtigem, Papier überklebt. 3) Argelia = Torgavia, Corp. Ref.
X, 318. 4) S. Nr. 180, 9. 5) Philipp (1537—1624) war am 6. Juni
mit einem Freunde in Ferrara verhaftet und in den Inquiſitionskerker abgeführt; nach vielen Quälereien wurde er Anfang Auguſt befreit; ADB. III
(1876), 776. Hoffmann, Pförtner Stammbuch 1893, S. 9, Nr. 242.
6) Paul Rapp, ſ. ob. I, 91. 7) Zu De prof. ſ. ob. I, 445 f. 8) Vgl.
Nr. 175, 12. 9) Vgl. ob. I, 401. 10) Ebd. I, 331. 11) Unlesbar.
12) Vgl. Nr. 179, 6. 13) Pf. 91, 3.

† Nr. 186.

(Joachimsthal.) Ohne Datum.

Mathesius an Eber? [1]).

Herſtellungskoſten gewünſchter ſilberner Löffel.

Handſchriftlich (Origin.): Gotha, A 123, fol. 273.

Unſern Goldſchmidt [2]) hab ich euer löffel halben angeſprochen
und helt ſich damit alſo.

.   .[3])

Derhalber, was nun ferner euer meynung hierauf ſein wird,
konnet ihr euch wohl berechnen. Gerne wil ich euch dienen, als
viel an mir iſt. Drumb wirt es nun in eueren bedenken ſtehen,
ob ihr ſie ſo ſchwer und wie ihr die buchſtaben haben wolt, ge-
ſtochen, geſchnitten, das iſt erhaben, oder geſchmelzt [4]). Solches
mus auch nur in fein ſilber geſchehen, welchs alles mehr koſten
wurde. Wen ihr bei gemeiner arbeit wolt wenden laſſen, wer es
meines achtens one not ſie zu beſtellen. Wolt ihr aber etwas
ſunderlichs und köſtlichs haben und etwas drauf wenden, ſo wil
ichs alles treulich verrichten. Ich hab ihm wohl vom geſchmelzten
oder geſchnitten oder getriebner arbeit 1 fl [5]) behmiſch vom lot
geben, auch [6]) 2 fl., wue [7]) ers vergult hat.

Haec fusius significare tibi volui, ut scires totam rationem materiae et manupretii.

Tuus Mathesius.

Geſchlagen, das iſt gepreßte oder gegoſne arbeit wie alzu gemein wirde, wil ehr nicht machen.

1) Der ungenannte Adreſſat dürfte Paul Eber ſein, da dieſer Brief mit den anderen an dieſen gerichteten zuſammen ſteht; vgl. Nr. 179; er iſt we=ſentlich deutſch geſchrieben, vielleicht wegen der Fachausdrücke und um Miß=verſtändniſſe zu vermeiden. 2) S. ob. I, 115. 3) Die nächſten 153 Worte enthalten eine Auseinanderſetzung über die Koſten und den Wert des zur Verwendung kommenden Silbers; da, trotz ſachmänniſcher Hilfe, der Sinn und die Ziffern ſich nicht klarſtellen ließen, ſchien eine Wiedergabe des ohnehin unwichtigen Stückes nutzlos. 4) S. Sanders II, 976a. 5) S. ob. I, 41, 6. 6) = noch außerdem. 7) Vgl. Francke, S. 57.

Nr. 187.

Altenburg. Ohne Datum.

Andreas Miſenus [1]) an Mathefius.

Ehefall [2]).

Handſchriftlich, Kopie, Bruchſtück: Wernigerode, gräfl. Bibliothek; Mengband in Folio Zd 82, Kopialbuch mit Reformatorenbriefen; Bl. 105 b [3]).

Druck: Corp. Ref. I, 1114 [4]).

1) S. ob. I, 56. 2) Vgl. Nr. 172. 3) Mit der Überſchrift: Casus descriptus ab And. Miseno Ludi magistro Altenburgensi ad Mathesium. 4) Casus hic est — nollet; eine mit Justus Jonas gezeichnete Nachſchrift zu dem Briefe Melanchthons vom 7. Dez. 1529 an Spalatin; die Worte: „sicut et Miseno tuo" fehlen in der Handſchrift. Vgl. Schleusner, in: „Zeitſchr. für Kirchengeſch." VI (1883), 422. G. Kawerau, Der Briefwechſel des Juſtus Jonas I (1884), 135.

Anhang.

† A.

Joachimsthal. 24. October 1565.

Mathesius jun.[1] an Eber[2].

Nachricht vom Ableben des Vaters. Empfehlung des Bruders.

Handschriftlich (Origin.): München a. a. O.[3] VII, 221.

Reverendo et clarissimo viro, pietate, eruditione et virtutibus praestantissimo domino doctori Paulo Ebero superintendenti in ecclesia Witebergensi fidelissimo, domino patrono et patri suo omni obedientia et reverentia colendissimo.

Reverende et clarissime domine doctor, patrone et pater colendissime. Quanto in luctu et moeroribus propter carissimi parentis nostri obitum versemur Magistro Paulo[4] reverentia vestra cognoscet Propter hanc causam nec eos[5] erga filium exhibere potuimus, ut quidem dignus erat propter plurima Reverentiae vestrae merita in hanc ecclesiam et in nostram potissimum familiam Quare petimus reverenter, ne nobis ingratitudini magis quam adverso fato quo conflictamus, Reverentia vestra asscribat. Die enim 7. Octobris parens noster carissimus, piae memoriae, tamquam miles ex acie[6] ita ex sua vocatione et cursu suo evocatur, post habitam dulcissimam concionem, vere κεκτεῖον ἄσμα[7]), cujus summa brevi typis divulgabitur, una cum concione funebri et omnibus circumstantiis. Quare nos in reverentia vestra patris constituemus pietatem et oro, ea qua debeo observantia, ut fratris mei[8] studia Reverentia vestra commendata habeat, ego vicissim animi gratitudinem perpetuam polliceor. Magistro Paulo filio Reverentiae vestrae de consilio Domini Caspari Franci[9] dedi sedecim florenos[10], quos Paulo fratri reddet.

Bene et feliciter valeat reverentia vestra et nos commendatos habeat. Die 24. Octobris 1565.

Vestrae reverendae dignitati

addictissimus

Johannes Mathesius

Joachimicus.

Salutant reverentiam vestram ministri ecclesiae nostrae [11])
et affinis noster Felix [12]).

1) Vgl. Nr. 180, 9.   2) Vgl. Nr. 186.   3) Vgl. Nr. 20, 3.
4) Ebers Sohn, vgl. Nr. 176, 5.   5) Hier wird honores ausgelassen sein.
6) Worte auch Casp. Francks Leichenrede (s. ob. I, 226). Eb. D 4 a.
7) S. ob. I, 229.   8) Paul, s. ob. I, 213.   9) S. ob. I, 181.
10) Ebr. S. 41, 6.   11) Ebd. S. 250.   12) Ebd. S. 216. — Von
anderer Hand ist umgekehrt auf dem Manuskript geschrieben: M. Johannes
Mathesius junior 2. Novbr. exhibetur a Paulo filio; und: Novemb. 1565.

---

† B.

In einem Schreiben des Rates von Joachimsthal an Eber,
14. Januar 1566, im Kopialbuch von Joachimsthal 1562/68
(unpaginiert), wird derselbe gebeten, „da unser lieber Herr Pfarrherr seliglich abgefordert und an seiner statt Herr Caspar Franck [1])
als Pfarrherr verordnet ist", ein testimonium für den Briefzeiger
auszustellen: nämlich für Felix Zimmermann [2]), der in der hei-
mischen Schule erzogen und etliche Jahre in ihren Diensten, die
Jugend treulich unterwiesen, auch ein eingezogen Leben geführt hat.

Damit dieser mit Bewilligung des Pfarrherrn zum Diakon
vom Rat angenommen, eine „Kundschaft" seines ordentlichen Be-
rufes und seiner Ordination habe, wird obige Bitte gestellt:
Daß er ein testimonium erlange und zum heiligen Predigtamt
und Reichung der Sakramente und Absolution bestätigt werde.

1) S. Anhang A, Anm. 9.   2) Ebd. Anm. 12.

† C.

In einem Schreiben des Rates von Joachimsthal an Eber vom 26. Juni 1568, a. a. O. [1]), bittet er um Belehrung in einem Ehehandel [2]), wie bei Leben des Herrn Mathesii seligen in solchen Fällen geschehen [3]).

1) Vgl. Anh. B.   2) Vgl. Nr. 187. — S. ob. I, 288.

3) Herr Pfarrer D. Enders hatte die Güte, von diesem Briefwechsel eine Korrektur zu lesen, wofür ihm auch an dieser Stelle verbindlichster Dank ausgedrückt sei.

II. Mathesius' Rechtfertigungsschrift an König Ferdinand

vom 17. Dezember 1546[1]).

Original, auf Papier, im k. k. Statthalterei-Archiv in Prag[2]).

Serenissime et invictissime Rex, clementissime domine. Ad serenissimae vestrae regiae Majestatis mandatum humillime et obedientissime hic compareo. Responsurus quam brevissime ad articulos, de quibus me admonuerunt generosi vestrae R. M. consiliarii.

Ago autem primum humillime vestrae R. M. maximas gratias, quod R. V. M. hanc clementissimam audientiam mihi concesserit, et oro quam obedientissime, ut Regia V. M. clementissime hoc meum responsum perlegere velit, et, quae a me simplicissime scribuntur, clementissime accipere.

Quod ad primum articulum attinet, accusor apud R. V. M., me in meis concionibus laesisse R. V. M. et in explicatione scripturae allusisse ad Regiam V. M.

Ad hunc articulum breviter respondeo, me sacras scripturas diligenter in ecclesia Vallensi explicasse et respexisse eo cum summa cura et fide, ut sententiae proprietatem pure

---

1) S. ob I, 157 ff. — Über die Grundsätze der Wiedergabe s. ob S. 228.

2) Ich verdanke diese Urkunde wie die anderen a. a. O. aus dem prager Archiv benützten dem Entgegenkommen des Herrn Archivars Dr. Köpl.

retinerem et textum ad captum et utilitatem audientium ad-
plicarem.

At statim, cum ego praeficerer legitima vocatione meae ecclesiae Vallensi, sumpsi prae manibus inter alios ecclesiasticos
etiam Regum libros, quos Samuel conscripsit, pie explicandos.
Hoc factum est ante quinquennium sub dominis Schliconibus.
In ejus libri explicatione, quem superiore mense finivi, crebra
quidem sed honestissima semper a me facta est mentio magi-
stratuum et politiarum. At cum et Saulis primi et mali regis
Judaeorum crebrior fieret mentio in praedicto libro, quaedam
attigi de vitiis et exitu tyrannorum.

At Vestrae Regiae M. aut ullam aut inhonestam a me factam
esse mentionem in explicatione textus, de ea re nemo mor-
talium ex mea ecclesia, qui me audierunt, me convincere poterit. In concionibus autem nostris publicis semper et indesinenter pro Regia V. M. et publica tranquillitate Ro:
Imperii oravimus et oramus adhuc ita, ut decet Christianos
subditos. De hac re mihi testimonium ferent, qui me ab
initio meae functionis in Vallibus audierunt.

Quod ad alterum articulum attinet, me seditiosa dogmata
sparsisse in Vallibus, hic primum Deum patrem Domini
nostri Jesu Christi et meam conscientiam allegare possum et
ferre etiam omnium, qui me norunt, judicium et testimonium.

Hunc enim morem sancte retinui in nostra schola et ecclesia, ut honorificentissime sentirem et loquerer de magistratibus et politiis. Et nihil habui antiquius in meo officio,
quam ut ornarem et confirmarem magistratus per euangelium
mihi in Vallibus commissum et ut hortarer omnes meae curae
commendatos ad obedientiam. Summa haec fuit omnium mearum concionum, homines de hac re agere poenitentiam et
confiteri sua delicta. Deinde fidendum esse soli misericordiae
Dei patris, quam nobis proposuit in filio, quem fecit victimam
pro peccatis totius mundi. Postremo monui sedulo, ut qui se
Christianos perhiberi vellent, facerent fructus dignos paeni-
tentia, hoc est, colerent et invocarent Deum patrem, in nomine
Jesu Christi, obedirent magistratibus, caverent a perturbatione

rerum publicarum, abstinerent ab impotentibus vocibus erga magistratus. Item saepissime monui ecclesiam mihi commissam, ne crederet rumoribus, multo minus tales spargeret de regibus et principibus; prohibitum esse in sacris literis, ne maledicamus principibus populi Dei.

Et cum in primo delectu armorum, qui habitus est in Vallibus, aliquot inquieti homines impotentiores voces ejecissent [1]) in regios commissarios, ibi gravissime post paucos dies invectus sum in autores ejus tumultus. Protestatus sum etiam publice, me abhorrere ab omnibus seditiosis consiliis et vocibus.

Nam scio non modo majestates hominum, sed et divinam Majestatem graviter laedi seditionibus, euangelium et sanam religionem offendi, labefieri publicam pacem et tranquillitatem. Proinde non modo in ea concione, in qua interfuerunt domini regii commissarii, severiter redargui tumultuantes, sed etiam, quotiescumque mihi oblata est commoditas textus, hortator fui diligentissimus ad tranquillitatem et obedientiam. Habui graves causas hujus mei consilii. Nam noveram multiplicia ingenia confluere ad urbes metallicas (de civibus Vestrae R. M. juratis nihil hic dico). Igitur metui, ut quam maxime, ne colluvies aliqua deformaret nobis nostram religionem aut eam Vestrae Regiae M. suspectam redderet.

In hoc articulo subire possum omnium judicia, nisi sint, qui simpliciter dicta velint accipere aut interpretari aliquanto incivilius.

Quod vero domini commissarii meminerunt tumultus in templo Vallensi excitati, fateor, mulierculas aliquot excitasse clamorem confusum, sed causas ejus confusionis ignoro. Ego in ea hora explicavi psalmum piissimum et, ut motus tumultus placide sedaretur, quod potui, una cum aliis, precibus et hortacionibus pios adjuvi. Haec omnia testabitur mihi tota Vallensium ecclesia, quae eo die concioni interfuit.

Venio, Rex Serenissime, ad postremum articulum, cujus etiam meminit R. V. Majestatis mandatum.

1) Text ejecissent.

Cum multis in locis plerique mortales ad arma vocarentur, multorum conscientiae, ita ut fit in talibus negotiis, fluctuare coeperunt. In ea dubitacione conscientiarum consuluerunt me aliqui ex mea ecclesia, quid ipsis salva conscientia faciendum esset. Respondi publice et privatim, id quod et antea, cum textus occasionem praebuerat, in Samuele meo feceram: Euangelium neque politias dissipare neque tollere politicas ordinationes; quemque etiam sese suamque uxorem et liberos, etiam suum dominum et regem posse et debere defendere, si ad arma legitime vocaretur [1]).

At cum teneriores aliquot conscientiae instarent acrius, quid ipsis consulerem, si in finitimas regiones ipsis excurrendum esset, respondi privatim iis, qui me interrogaverunt, publicam esse famam in tota Bohemia, conscribi milites ad defensionem finium; eam famam confirmasse etiam V. R. M. dominos commissarios [2]) in publico delectu civium et in privatis colloquiis. Igitur me hoc tempore de futuris, de quibus esset incertum juditium, respondere non posse.

Cum autem bona pars civium Vallensium educerentur ex Vallibus, et pars vicini oppiduli extra terminos diriperetur, ibi iterum consulebar et ipse oppugnabar a mea conscientia, quae me coegit, ut privatim et publice consulerem tanquam theologus et pastor animarum, Christianum hominem non posse arma capere in tali expeditione, quae suscepta sit in vicinos Christianos. Hoc fuit meum consilium, quod meae ecclesiae proposui, ut ipsorum conscientiis consulerem, sicut enim conscientiae in talibus negotiis certificandae, ne animae piorum in discrimen aliquod adducantur aut dubitanter aliquid incipiant, de quo gravis sit Deo reddenda ratio.

Est enim mihi in Vallibus publico testimonio senatus commissa cura animarum, quam vocationem sustinui etiam permissu R. V. Majestatis, de qua re aliquoties me docuerunt

domini commissarii. Requiret autem Deus noster sanguinem
mearum ovium a meis manibus, ut scribitur in Ezechiele, si
meo officio negligantur et infideliter functus fuero.

Onus igitur meae vocationis et. quod extimui iram et judicium Dei post hanc vitam, monuit me, ut hoc consilium
darem conscientiis fluctuantibus. Credebam in meo animo,
R. V. M., quae religionem et fidem nostram clementissime
salvam esse cuperet, eam etiam bonam et certam conscientiam
in hoc negotio nobis permissuram esse, sine qua nulla religio
et fides potest consistere. Est enim summa mandati Divini,
ut inquit S. Paulus, caritas ex corde puro et bona conscientia et fide non ficta. Haec fateor ingenue coram R. V. Majestate, me Christiano animo haec fecisse omnia et nulla male-
volentia. Quapropter fretus meo officio et mea conscientia,
me ad R. V. Majestatem humillime et obedientissime sistere
volui. Quod si talia pia et ecclesiastica consilia, quae ad soli-
dam religionem vere pertinent, Regia V. M. suspecta habuerit,
difficile mihi erit, salva mea conscientia perseverare in euangelii praedicatione.

Oro autem quam obedientissime regiam vestram Majestatem, ut ea clementissime cogitet de magnitudine officii boni
pastoris, quod filius Dei unigenitus instituit in terris propter
contritas et perturbatas conscientias, de quo mihi etiam severa
est reddenda ratio coram omnibus sanctis Dei in die extremi
judicii. Et obsecro per Jesum Christum, Dominum nostrum,
ut Regia V. M. conscientias in sua pace et certitudine con-
quiescere clementer permittat. Cujus conscientia laesa est
aut cauterio notata, is non poterit sibi constare in agone mortis
et in extremo judicio.

Haec quam brevissime potui ad accusationis capita humillime respondere volui; oro ut R. V. M. haec clementissime
accipiat et praedicationem euangelii in nostra ecclesia quam
diutissime tueatur et conservet. Ego porro cum nostra ecclesia
non desinam orare pro incolumitate Regiae Vestrae Majestatis,
et in Vallibus, quamdiu illic bona conscientia esse potero, hor-
tabor omnes meae curae commissos ad debitam obedientiam

et oppouam me seditiosis consiliis et vocibus. quoad in vivis extitero.

Postremo etiam oro quam humillime, ut R. V. M. hanc meam purgationem ex tempore conscriptam clementissime accipiat.

Regiae Vestrae Majestati me quam humillime commendo. Datum Pragae decimo septimo die Decembris, Anno domini Millesimo Quingentesimo Quadragesimo sexto.

Serenissime, Vestrae Romanae
Regiae Majestatis

subditissimus
et humillimus

Joannes Mathesius
pastor animarum
in Vallibus S.
Joachimi.

Auf der Rückseite:

Serenissimae Regiae
Majestati offerendum.

III. a. Bibliographie[1]) der Schriften von Mathesius[2]).

Verzeichnis
der meist nur nach den Orten vermerkten Bibliotheken.

—

Altenburg, Herzogl. Landesbibliothek.
Augsburg, Stadtbibliothek.

Berlin, Königl. Bibliothek.
Breslau, Stadtbibliothek.

Cassel, Landesbibliothek.

Darmstadt, Hofbibliothek.
Dresden, Königl. Bibliothek.

Erfurt, Königl. Bibliothek.
Erlangen, Univ.-Bibliothek.
Erxleben, Bibliothek d. Grafen von Alvensleben.

Frankfurt a. M., Stadtbibliothek.
Fürstenau, Bibliothek d. selbständigen ev.-luth. Kirche in Hessen, Fürstenau bei Michelstadt.

Gießen, Univ.-Bibliothek.
Göttingen, Univ.-Bibliothek.

Gotha, Herzogl. Bibliothek.
Greifswald, Univ.-Bibliothek.

Hamburg, Stadtbibliothek.
Halle, Ponikausche Bibliothek.
Halle, Univ.-Bibliothek.
Heidelberg, Univ.-Bibliothek.

Jena, Univ.-Bibliothek.
Joachimsthal, Rathausbibliothek.

Karlsruhe, Großherzogl. Hof- und Landesbibliothek.
Kiel, Univ.-Bibliothek.
Königsberg, Univ.-Bibliothek.
Königsberg, Stadtbibliothek.

Landeshut i. Schl., Kirchenbibliothek.
Leipzig, Univ.-Bibliothek.
London, British Museum.

Marburg, Univ.-Bibliothek.
München, Hof- u. Staats-Bibliothek.

---

1) Nochmals betone ich hier die Wichtigkeit der bibliographischen Vorarbeiten Christian Müllers (s. ob. I, XI. II, 195) und Wolfans (s. ob. I, XI).

2) Die fett gedruckte Jahreszahl bei Werken mit mehreren Ausgaben weist auf die Ausgabe hin, die im Text citiert wurde.

Nürnberg, Fenitzersche Kirchenbibl.
Nürnberg, German. Museum.
Nürnberg, Stadtbibliothek.
Petersburg, Öffentl. Biblioth.
Prag, Museum d. Königr. Böhmen.
Prag, Univ.-Bibliothek.
Rostock, Univ.-Bibliothek.
Strengnäs, Bischöfliche Biblioth.
Tübingen, Univ.-Bibliothek.

Weimar, Großherzogl. Bibliothek.
Wernigerode, Gräflich Stollbergsche
    Bibliothek.
Wien, K. u. K. Hofbibliothek.
Wittenberg, Bibl. d. Pred.-Seminars.
Wolfenbüttel, Herzogl. Bibliothek.

Zittau, Stadtbibliothek.
Zwickau, Ratsschulbibliothek.

Hört ihr Christen.   I. [1])   1550.

1.

Ein Christlich lied, vom ampt vn̄ leiden Jesu Christi. Aus dem LIII. Capitel Jsaie, Im Thon, Vexilla regis etc. I. M. Anno M. D. L.

Am Ende: Druckts auff S. Anneberg, Nicolaus Günther, im 1550. 4 Bl. 8°. Bibliothek des Frhr. Wendel. von Maltzahn in Berlin. S. ob. S. 196.

2.

Ein Christliches Lied vom Ampt vnd Leyden Jesu Christi. Auss dem LIII Capitel Esaie. Im Thon Vexilla regis. etc. J. M.

Am Ende: Gedruckt zu Nürnberg, durch Valentin Neuber. (O. J.)

4 Bl. 8°. Biblioth.: Berlin.

3.

Ein christliches Liedt, vom ampt vnd leyden Jesu Christi. Auß dem LIII Capitel Esaie. Im Thon, Vexilla regis, etc. J. M.

Am Ende: Gedruckt zu Nürnberg durch Valentin Neuber. (O. J.) 4 Bl. 8°. Biblioth.: Berlin.

4. 5.

I, 1 ist aufgenommen in XII u. XXXVIII.

---

1) Über das vor I fallende Lied: „Nun treiben wir den Papst heraus" f. ob. S. 214.

Bergwerkspredigt.   **II.** [1])   1551

1.

Ein Predigt von dem Bergkwerck vnd Bergkleuten. MDLI.
Johan. Matheſij.

Am Ende: Gedruckt zu Nürenberg durch Jeronimus Formſchneyder.

2 Bg. 8°; ſign. ohne Blz. Titel rot u. ſchwarz. Biblioth.: Fürſtenau. Halle,
    Ponikau. München. Zwickau.

2. 3.

II, 1 iſt aufgenommen in III, und in XVII hinter der
16. Predigt. S. ob. I, 521. Wolkan I. Nr. 58.

Bergwerkspredigt.   **III.**   1553.

1.

Von den alten freien vnd Chriſtlichen Bergleuten zu Philippen.
Acto. XVI. Zur lere vnd troſt der Kirchen Gottes in S. Jochims=
thal. Gepredigt durch Johan Matheſium. Wittenberg 1553.

9 Bg. ſign. ohne Blz. Angefügt iſt von Grub an die Predigt II, 1.
    Biblioth.: Berlin. Breslau. Greiſswald. München. Wien.

2.

III, 1 iſt aufgenomnten in XVII als 16. Predigt. S. ob. I, 521.

Paſtoralregeln.   **IV.**   1554.

1.

'Ἀφορισμοὶ ποιμενικοὶ ad Pastorem Theodoriensem.
Im Einzeldruck nicht vorhanden; ſ. ob. S. 204.

a.

In deutſcher Überſetzung:

S. Chriſtophorus, Johannis Matheſij. Verdeutſcht. Nürn=
    berg MDLXI.

Am Ende: Gedruckt zu Nürnberg, durch Johann vom Berg vnd
    Vlrich Newber.

---

1) Über die aus demſelben Jahre wie II ſtammende, aber nicht geſondert
vorhandene „Kirchenordnung", ſ. ob. I. 261 f. und unten XXVI.

4 Bl. 4°. sign. ohne Blz. Biblioth.: Berlin. München. Nürnberg, Jenitzer. Wernigerode. Wien. Zwickau. S. ob. S. 206 a.

b.

Bei Hagius. S. ob. S. 206 b.

c.

Bei Porta. S. ob. S. 206 c.

Urbanus. **V.** 1555.

1.

Urbanus [Vom Wein vnd seinem rechten Brauch] 1555. (S. ob. I, 612.)

2.

V, 1 ist aufgenommen in XX seit 1572, als 16. Predigt.

3.

Altes und Neues von dem Gebrauch und Mißbrauch des Weins oder des seligen Joh. Matthesius, ehemaligen Pfarrers in St. Joachimsthal Predigt von dem zulässigen Gebrauch des Weins auf das neue herausgegeben und mit historischen und moralischen Anmerkungen vermehrt von Jul. Bernhard von Rohr Hochfürstl. S. Merseburgischen Land-Cammer-Rath und Domherrn der dasigen Bischöflichen Stiftskirche. Coburg 1738. 144 S. 8°.
Biblioth.: Berlin. Breslau. Greifswald. Weimar.

Berglied. **VI.** 1556.

1.

Ein Geistlich Bercklied. Gestellet in S. Joachimsthal, durch M. Johan. Mathesium, Prediger. MDLVI. (O. C.)
4 Bl. 8°. Biblioth.: Wien. S. ob. S. 201.

2. 3.

VI, 1 ist aufgenommen in XVII u. XXXVIII; s. ob. S. 201.

a.

Ins Englische übersetzt: s. ob. S. 202.

Trostpredigten.   **VII.**   1556.

1.

Zwo Trostpredigten, Eine, das die seligen einander im ewigen leben wider sehen, vnnd kennen werden. Die ander, vom schlaff der Christen. Johan. Mathes. Neben etlichen Collecten vnnd Trostsprüchlein. Mathe. 9. Das Meidlein ist nicht todt, sondern es schlefft, :c. Gedruckt zu Leipzig durch Georg Hantsch. 1556.

10¹⁄₂ Bg. 8⁰. sign. ohne Blz. Biblioth.: Wien. Wolfenbüttel. S. ob. I, 347. Woltan I, Nr. 79.

2. 3.

VII, 1 ist aufgenommen in IX und XXVI. S. ob. I, 349.

4.

Die zweite Predigt aus VII, 1 allein:

Ein Trostpredig, auß den worten des Herrn, Math. IX. Das Megblein ist nicht todt, sondern es schlefft, etc. Für alte vnd sterbende leut, Gepredigt in S. Jochimsthal, durch Johan. Mathesinum. Nürnberg. MDLXI.

Am Ende: Gedruckt zu Nürnberg, durch Johan vom Berg, vnd Ulrich Newber.

12 Bl. 4⁰. sign. ohne Blz. Biblioth.: Berlin. Breslau. Dresden. München. Wittenberg.

Jacobsfahrt.   **VIII.**   1557.

1.

Eine Predigt Von der Fart Jacob, vnd der rechten Himelpforten. Zum seligen Newen Jar, den christlichen Bergkleuten in S. Joachimsthal. Durch Johan Mathesinum. Gedruckt zu Witteberg, durch Peter Seitzen Erben. 1557.

23 Bl. 8⁰. sign. ohne Blz. Biblioth.: Wien. Zittau. S. Woltan I, Nr. 81.

2.

Gedruckt zu Witteberg, durch Lorentz Schwenck. 1557.

Am Ende: Gedruckt zu Witteberg, durch Lorentz Swenck.

3 Bg. 8⁰. sign. ohne Blz. Biblioth.: München.

3.

VIII, 1 ist aufgenommen in XII.   S. ob. I, 585.

Trostpredigten.   **IX.**   1558.

1.

Trostpredigten Auß der schönen Historien vom Lazaro: Der
Witwen son: Vnd des Jarij Töchterlein.   Joannis Mathesij
Rochlicensis.   MDLVIII.   Psalm LXXXIX.   Wol dem Volck
das jauchzen kan.

Am Ende: Gedruckt zu Nürmberg durch Johan vom Berg, vnd
Vlrich Newber.   Anno 1558.

22 Bg. 8°. sign. ohne Blz.   Titel rot und schwarz.   Biblioth.: München.
Wittenberg. Wolfenbüttel.   S. ob. I, 347.   Wolkan I, Nr. 83.

2.

Trostpredigten Auß Heyliger Göttlicher Schrifft.   Auß der
schönen Historien vom Lazaro: Der Wittwen Son: Vnd des Jarij
Töchterlein.   Sampt vilen andern schönen tröstlichen lehren für
allerley anliegen durch M. Johan Mathesium.   Gedruckt zu Nürm=
berg, durch Dieterich Gerlatz.   MDLXXIII..

180 Bl. 8°. sign.   Biblioth.: Dresden.   S. Wolkan I, Nr. 207.

3.

Trostpredigten Auß Heiliger Göttlicher Schrifft.   Auß der
schönen Historien vom Lazaro: Der Witwen Son: Vnd des Jairj
Töchterlein.   Sampt vilen andern schönen tröstlichen lehren für
allerley anligen.   Durch M. Johan Mathesium.   Nürnberg.
MDLXXIX.

23³/₄ Bg. 8°. sign. ohne Blz.   Titel rot und schwarz.   Biblioth.: Gotha.
Rostock.   S. Wolkan I, Nr. 258.

4.

Die sechs Predigten aus IX, 1 sind aufgenommen in XXVI.

1*.

Die Begräbnis=Kollekten im Anhang von IX, 1. 2. 3. sind
wieder abgedruckt in: Haußbuch Oder Kurtze Summarien vnd
Gebetlein, über der Sonntäg vnd Fest Epistel vnd Evangelien etc.

Durch M. Andream Pangratium[1]) . . . Nurenberg MDXCI.
Ll4 — Mm.

Fragepostille.   X.   1558.
                           A.

Handschriftlich findet sich ein großes Stück des zweiten Teils
der Fragepostille in dem Codex des Germanischen Museums zu
Nürnberg, 20995[2]) fol. 372a.—471b: Vom heiligen Catechismo
vnd kinderlehr. Ein kurtzer Bericht Aus altem vnd Neuem Testament. Exodi 20. Gen. 1. Es. 53. Matth. 11.

                           1.

Kurtze Außlegung der Sontags Euangelion, vnd Catechismi.
Geprediget in S. Jochimßthal durch Johannem Mathesium.
Nürnberg MDLVIII.
Am Ende: Gedruckt zu Nürnberg, durch Johan vom Berg, vnd
        Vlrich Newber.
43 Bg. 8°. sign. ohne Blz. Titel rot vnd schwarz. Biblioth.: Breslau.
    München. S. ob. I, 335 f. 554.

                           2.

X, 1, ebd 1563: statt Euangelion im Titel Euangelien.
Biblioth.: München.

                           3.

Postilla das ist Außlegung der Sontags vnnd fürnemesten
Feste Euangelien: In Fragstück verfasset: Vnd auff die Lere
des Catechismi gerichtet. Durch M. Johann Mathesium, Pfarr-
nern im Jochimsthal. Mit Röm. Key. May. Freyheit. Nürn-
bern MDLXXXIII.
Am Ende: Gedruckt zu Nürnberg durch Katharinam Gerlachin
        vnd Johannes vom Berg Erben.
40 Bg. 8°. sign. ohne Blz. Biblioth.: Dresden. München. Wernigerode.
    S. Wolfan I, Nr. 288.

                           4.

Johannis Matthesii Sonntags-Postilla.

1) S. ob. I, 341. 575.
2) Vgl. Loesche, Analecta, S 10.

Dann auf besonderem Blatt unter dem Symbolum:
Portio Mea, in Terra Viventium
Bild des Mathesius. Darunter:

Johannes Matthesius (Schreibt von ihm der Verfasser Christ=
licher Abschied aus diesen Leben Ferstlich — Gelehrt — und
Anderer Berühmten Personen:) ein fürtrefflicher Philosophus und
Theologus; Starb, Ao. 1565. Seines Alters 61. am 7. Oc=
tobris, den Sonntag, da Er vor drei Stunden die Kyrch u. Ge=
mein von Hoffnung des Zukünfftigen Lebens Belehrt und Gesichert
hatte daß man in Jenem Leben Einander Kennen werde. Welche
Predigt Mit in seiner Größeren Postill steht, Ausleg. über Evangel.
vom Jüngling zu Nain).

Auf Bl. 3:

All=Einzige Oder; Ein vor All stehende; In Unermeßne Eng
Getriebene; Machtvolle Sonn=Tags Postilla: Ausführliche, (Wie
leicht zu Erachten:) Bey Aufgeklärtesten, als erhellet, Sinnen,
Dermahlen Ao 1550 GEPREDIGET in St. Joachims=Thal:
Drauß, die Substanz, Summarie, und Marf, davon Aus=
zogen, in Frag und Erinnerung, Zweiffelsohne, zum Nachdrück=
lichern, Eindringendern, Seeligern, Unterricht, Aus Besondern
Rath und Absehen, Aufs Kernigste, mit Fleiß, Also Gestellt,
Durch Weyland Den Wohl=Ehrwürd. hochgelahrt. in Gott An=
bächtigen, Herrn M. Joann. Matthesium den Aeltern, Rochliceum.
Nach dem Obhandenen, vom Autore selbst vidimirten, MSt. Dieß
das Erstemal zum Druck befördert. 1718.

Am Ende: Nürnberg. Auf Kosten und Verlegung Boas Ans=
helm Symlers Druckt's Christian Sigmund Froberg.
47½ Bg. 4°. Biblioth.: Leipzig.

5.

M. Johannis Matthesii, Frommer Christen Heilige Sonntags=
Arbeit, Oder Evangelische Kern=Postilla, In welcher der Kern,
aus denen ordentlichen Sonntags=Evangelien in Frag und Ant=
wort auf das deutlichste gezeiget wird. Sammt der Lebens=
Beschreibung Herrn Matthesii, ans Licht gestellet durch Friedrich

Scholtzen [1]), Pastorem und Seniorem in Wolau, wie auch des Wolauischen Fürstentums in Schlesien Superintendenten und Consistorial = Rath etc. Nürnberg und Altdorff, Bey Johann Daniel Taulers seel. Erben. 1720.

6 Bl. + 180 S. + 2 Bl. + 198 S. 4°. Biblioth.: Breslau. Erlangen [2]).

1 *.

Aus X erschien besonders:

Eine lehre vnnd trost, inn Sterbensleufften, auß dem 1. Chronicor. 22. Psalmorum 91. Esaie 39. Durch den alten Herrn M. Johan Mathesium. Nürnberg. M.D.LXVIII.

1 Bg. 8°. sign. ohne Blz. Biblioth.: Erlangen. S. ob. I, 341, 2. Woltan I, Nr. 164.

2 *.

Aus X erschien besonders:

Etliche Fragstücke von der Beicht, Absolution vnnd vom hochwirdigen Sakrament deß Altars. Item, wie sich auch ein Christlich Beichtkind seiner H. Tauff trösten sol. Nürnberg bei Dietrich Gerlatz. 1568.

Biblioth.: Breslau. Erlangen. München. S. ob. I, 563. Woltan I, Nr. 158.

Huldigungspredigt.   **XI.**   1558.

1.

Eine Predigt vber den Spruch des Herrn Christi, Matthei am zwey vnd zwentzigsten: Gebet dem Keyser was des Keisers ist, vnd Gott was Gottes ist. Geprediget im S. Jochims thal, am XXIII. Sontag nach Trinitatis. Durch Johan. Mathesium. M.D.LVIII.

Am Ende: Gedruckt zu Nürnberg, durch Johan vom Berg, vnd Vlrich Newber.

---

1) S. ob. I, 203.

2) Bei Georgi, Allgem. Bücherlexikon, ist noch notiert: Eine Ausgabe von 1727, 4°., mit Kupfern aus demselben Verlag. Ferner die ebenfalls nicht auffindbaren, vielleicht einen Auszug enthaltenden, Stücke: Fragstücklein über die Sonn- und Festtags Euangelia. 8°. Nürnberg 1587. 1605.

3 Bg. 4°. sign. ohne Blz. Biblioth.: Dresden. Fürstenau. Königsberg.
München. Prag. Wittenberg. S. ob. I, 347. 631. Wolkan I,
Nr. 82.

2.

XI, 1 ist aufgenommen in XXVI ¹).

Leichenreden.   **XII.**   1559.

1.

Leychpredigten Auß dem fünfftzehenden Capitel der 1. Epistel
S. Pauli zun Korinthiern. Von der aufferstehung der Todten
vnd ewigem leben. Johannis Matthesij. Der erste Theyl.
ESAIÆ LXVI. Ewer gebeine sollen grünen wie das graß.
Nürnberg. **M.D.LIX.**

Leychpredigten Johannis Matthesij. Ander theyl. Psalm CXII.
Des Gerechten wirdt nimmer mehr vergessen. M.D.LIX.

Leychpredigten Johannis Mathesii, Daheym seinen Kindern
gethan. Der dritte Theyl. Psalm CXII. Das geschlecht der
frommen wirt gesegnet sein. Nürnberg. MDLIX.
Am Ende: Gedruckt zu Nürnberg, durch Johann vom Berg, vnd
Vlrich Newber.

47 + 14³/₄ + 35 Bg. 4°. sign. ohne Blz. Titel zu dem I. Teil rot u. schwarz.
Biblioth.: Cassel. Tübingen. Wien. S. ob. I, 575. Wolkan I,
Nr. 85.

2.

Nürnberg. MDLXI.
Biblioth: Berlin. Königsberg.

3.

XII, 2, erweitert durch das Epitaph auf Sibylle (s. ob.
S. 213, 19). Nürnberg, MDLXV.
Am Ende: Gedruckt zu Nürnberg, durch Vlrich Newber vnnd
Johann vom Bergs Erben.
Biblioth.: Berlin. Dresden. Karlsruhe. Königsberg, Univ.- u. Stadt-Bibl.
Wernigerode. S. Wolkan I, Nr. 131.

¹) Eine neue Ausgabe dieser Predigt bereite ich vor in der Sammlung:
Bibliothek deutscher Schriftsteller aus Böhmen. Prag. Wien. Leipzig.

4.

XII, 2. Doch heißt es im Titel des ersten Teils statt Jo=
hannis Matthesii: Durch den alten Herrn M. Johann Mathesium;
und statt MDLXV steht MDLXIX. In den Titeln des zweiten
und dritten Teils steht statt MDLXV: MDLXVIII.
Biblioth.: Nürnberg, Fenitzer.

5.

XII, 4. Nürnberg durch Kathar. Gerlachin u. Joh. v. Bergs
Erben, 1572. 4⁰.
Biblioth.: Weimar. Zittau. Zwickau. S. Woltan I. Nr. 197.

6.

XII, 4. Nürnberg 1581. 4⁰.
Biblioth.: Berlin. Breslau. Erlangen. München. S. Woltan I, Nr. 276.

7 ¹).

XII, 4. Nürnberg. 1587. 4⁰.
Biblioth.: Berlin. Erlangen. Gotha. S. Woltan I, Nr. 311.

- - -

1*.

Aus dem zweiten Teile von XII erschien die zweite Predigt
gesondert:

Eine Trostpredigt für betrübte hertzen, die jre lieben freunde
verloren haben, auß dem XI. Cap. S. Johannis. Am tag Marthe
durch den alten Herrn M. Johann Mathesium. Nürnberg.
MDLXVI.
Am Ende: Gedruckt zu Nürnberg, durch Ulrich Newber vnd Die=
terich Gerlatzen.
8". sign. ohne Blz. Biblioth.: Berlin. Breslau. Erlangen. S. ob. I, 584.
S. unt. XXIX.

2*.

Aus dem dritten Teile von XII erschien die erste gesondert:

---

1) Eine neue Ausgabe der Leichenpredigten, in Auswahl, bereite ich vor in
der Sammlung: Bibliothek deutscher Schriftsteller aus Böhmen. Prag. Wien.
Leipzig.

α.

Bei dem Tode einer heiligen Pfarrfrau. Leichenrede 1559 seinen Kindern bei dem Hingang ihrer Mutter Sibylle gehalten von Johannes Mathesius.

Zum Trost und Segen aller Leidtragenden, durch Ritter, Pfarrer. Stuttgart 1862. 16 S. S. ob. I, 587 f.

β.

Woltan II, 194—205.

Œconomia. **XIII.** 1560.

A.

Eine Handschrift der Œconomia (lat.) ist der Evangelien= Postille 1566 (s. u. XXVI, 2), in der Jenitzerschen Kirchen= bibliothek in Nürnberg befindlich, vorgebunden.

1.

ΑΦΟΡΙΣΜΟΙ ΓΑΜΙΚΟΙ SEV Oeconomia Mathesii. In gratiam noui mariti D. et amici sui. MDLX. Mense Februario. (D. C.)

7 Bl. 8°. sign. ohne Blz. Biblioth.: Breslau. Fürstenau. Leipzig. S. ob. S. 207 A. Woltan I. Nr. 89.

2.

Paraenesis continens praecepta et regulas Vitae coniugalis, a JOANNE MATHESIO Pastore in Villa Joachimica ad Reuerendum et clarum uirum, M. MATHIAM GVNDERANVM, uocatum ad Ecclesiam Creilsheimensem, cum in Academia Vitebergensi Decanus Philosophici Collegij fuisset. Anno 1560.
Am Ende: Rotenburgi ad Tubarim Albertus Magnus excudebat.
4 Bl. 4°. sign. ohne Blz. Biblioth.· München. S. ob. S. 207 B.

3.

Joh. Matthesii prosarhytmica de oeconomia. Witebergae. 1565. 8. S. ob. S. 207 C.

4.

XIII, 1 ist aufgenommen von Hagins, 1574. S. ob. S. 207.

5.

XIII. 1 ist aufgenommen in LI. 1591. S. ob. S. 207 D.

6.

XIII, 5 ist aufgenommen von Balthasar Mathesius. 1705.
S. ob. S. 207.

a.

Übersetzung ins Deutsche:

OECONOMIA Oder bericht, wie sich ein Hausvatter halten
sol. Johannis Mathesij, Prediger in S. Jochimßthal. Nürnberg
M.D.L.XI.

Am Ende: Gedruckt zu Nürnberg, durch Johann vom Berg, vnd
Vlrich Newber.

2 Bg. 4°. Biblioth.: Berlin. Breslau. München. Nürnberg, Jenitzer. Wernigerode. Wien. Zwickau. S. ob. S. 207. Vilmar, S. 288.
Goedeke II, 189 c. 1691. Wolfan I, Nr. 102.

b.

OECONOMIA Oder Bericht Vom Christlichen Hauswesen.
Sampt kurtzen Hausgebetlin Johannis Mathesij. Wittemberg 1564.

Am Ende: Gedruckt zu Wittemberg durch Hans Krafft. Im Jar,
M.D.LXIIII.

3 Bg. 8°. sign. ohne Blz. Biblioth.: Berlin. Breslau. München. S. Goedeke
II, 1691. Wolfan I, Nr. 118.

c.

Wittenberg. 1565. S. Wolfan I, Nr. 127.

d.

Gedruckt zu Nürnberg, durch Dieterich Gerlatz, in Johann
von Berg selig Druckerey. M.D.LXVII.

33 Bl. 8°. Biblioth.: Erlangen. Karlsruhe. Wien. S. Wolfan I, Nr. 142.

e.

Breslau durch Crispinus Scharffenberg. 1567.

8°. Biblioth.: Berlin. Wolfan I, Nr. 143.

f.

M. Johan Mathesij Bettbüchlein sampt einem Bericht vom
Christlichen Hauswesen. Item von der Hauszier eines Christ-

lichen frommen Weibes. Nürnberg 1567. 8⁰. S. Vilmar, S. 298. Wolfan I, Nr. 147.

g.

1568. 8⁰. [1)] S. Wolfan I, Nr. 163.

h.

Œconomia. Wittenberg 1570. Biblioth.: Zwickau.

i.

Betbüchlein vnd OECONOMIA. Oder Bericht vom Christ=lichen Hauswesen. Sampt 24 (25) kurtzen Hausgebetlein Wie die am folgenden Blat verzeichnet sind Johannis Matthesij. Item Von der Hauszier vnd zucht eines Christlichen frommen Weibes aus dem 31. Kap. der Sprüche Salomonis durch An=tonium Coruinum.   76 u. 15 S. 12⁰.
Am Ende: Gedruckt zu Leipzig durch Jacob Berwalds Erben. 1571. Biblioth.: Erxleben.

k.

XIII d. Eger 1574. S. Vilmar, S. 288. Goedeke II. 169 l. Wolfan I, Nr. 216.

l.

Œconomia, 1576. Biblioth.: Wittenberg.

m.

XIII, k. Erfurt 1577. S. Wolfan I, Nr. 244. Biblioth.: Dresden.

n.

XIII, g. Leipzig 1593. S. Wolfan I, Nr. 348.

o.

Joh. Mathesius, Œconomia ... Leipzig, Barth. Voigt. 1594 [2)]. 8⁰. S. Vilmar, S. 288. Wolfan I, Nr. 356.

---

1) Der wenig zuverlässige Symler (s. ob. X, 4) führt noch eine Ausgabe in Hamburg aus demselben Jahre an.

2) Ebd. scheint noch eine Ausgabe in 4⁰ erschienen zu sein; vgl. Draub, Bibl. libr. germ. class. Francof. 1625, S. 207.

p.

Œconomia, 1596. Biblioth.: Wittenberg.

q.

XIII, o. Frankfurt 1598. Biblioth.: Wittenberg. S. Vilmar, S. 288. Wolfan I, Nr. 391.

r.

XIII, b. Wittenberg, bei Lorenz Seuberlich, 1599 [1]). 4°. Biblioth.: Berlin. S. Goedeke II, 1691. Wolfan I, Nr. 393.

s.

Nürnberg 1605. Gedruckt durch Abraham Wagenmann und Verlegung Joh. Lamm.

t.

Oeconomia oder bericht von Christlichen Haushalten Sampt schönen andächtigen kurtzen Gruß = Gebetlein für allerley Stände Hausväter Haußmütter Handwerksleute, Arbeiter Dienstboten Kinder vnd Gesinde etc. Gestellet durch Johan. Mathesium. Lüneburg 1637 [2]). 12°. Biblioth.: Berlin.

u.

Oecconomia. Bericht vom Haushalten. Erffurdt, Joh. Schäffer. 1663. Biblioth.: Nürnberg, German. Muf.

v.

Oeconomia sammt kurzen Hausgebetlein. Lüneburg 1663. Biblioth.: München.

w.

Johannes Mathesii Oeconomia oder Bericht vom christlichen Hauswesen, in deutsche Reime gebracht durch Nickel Hermann. Als ein Gelegenheitsschrift wieder aufgelegt im Jahr 1796. Leipzig. Gedruckt bey Büschels Wittwe [3]). 8°. Biblioth.: Berlin. S. Goedeke II, 1691 [4]).

---

1) Mit einigen Korrekturen; angehängt ist das apostol., nicän. und athanas. Symbol.

2) Gebete wie XIII d; hinter: Herr Gott, der du, folgen zwei nichtmathesianische Stücke und apost. nebst nicän. Symbol.

3) Ohne die Gebete; mit Vorrede von Chr. Fr. Eberhard, Leipzig, 26. Juni 1796.

4) Es werden noch unkontrollierbare Drucke zu Erfurt 1663, Straßburg, Helmstädt, Speyer erwähnt.

x. y. z.

XIIIa ist aufgenommen in: XX. XL. LI. S. ob. S. 208.

XIIIa ist abgedruckt in:

aa.

Joh. Hagius, Haustafel (s. ob. S. 206b). S. Goedeke II, 169l. Wolkan I, Nr. 216.

bb.

Casp. Melissanders (s. ob. I, 624, 5) Ehebüchlein. 1588. 1592. 1594. 1599. 1612. 1616.

cc.

Peter Streuberus, Ehespiegel. 1589. Bl. K3—L3.

dd.

Geistliches Kleinod. Leipzig, Genning Groß. 1589. 1592. 1602.

ee.

Habermann [1]), Betkammer. Lüneburg 1637.

ff.

Neu Lüneburg. Gesangbch. 1663, im Anhang (aus r).

gg.

Avenarius [1]), Christl. Gebeth. Lüneburg 1663. Biblioth.: München.

hh.

Neu Betkammer oder erneuerter Habermann . . . nebst Mathesii Haushaltung. Nürnberg 1667. S. 827—853. Biblioth.: Berlin.

---

1) Der egerer Habermann (Avenarius) schrieb als Pfarrer in Falkenau (1564—72; Pelleter, Denkwürdigkeiten der Stadt Falkenau I [1876], 95) sein außerordentlich oft aufgelegtes Gebetbuch, das neben Joh. Arndts „Wahrem Christentum" eins der beliebtesten Andachtsbücher wurde; es schlüpfte sogar der Bücher-Zensur der Erzdiözese Wien durch. Frind, S 378. Calinich, Aus dem 16. Jahrh. 1876, S. 238. „Jahrbuch" 1887, S. 98. Beck, D. relig. Volkslitteratr. 1891, S. 49. Wolkan I, Nr. 151. Bölth. S. 233. Wolkan, Litteraturgesch. S. 437. 442f.

ii.

Joh. Habermann, Andächt. Morgen= und Abendsegen. Heil=
bronn 1677 (aus b).

kk.

Balthasar Mathesius, S. 191—202.

ll.

Heinr. Zinke, Leipzig. Sammlung von Wirtschaftlichen,
Polizei=, Kammer= und Finanzsachen. Leipzig 1746. St. 88,
S. 294—306.

mm.

Vollkommener Bericht e. christl. Haushaltung. (Hinten: Evan=
gelium Nicodemi.) Reutlingen 1861.

nn.

Niederdeutsch: Oeconomia Edder Bericht vom Christliken Husz=
wesende sampt korten Huszgebedeken des olden Herrn Mathesij.
(D. D. u. J.) S. Goedeke II, 1691. Wolkan I, Nr. 119.

oo.

Niederdeutsch: Huszholdinge Edder Heilsame vnd nödige Lehre
vom Christliken Huszregimente. Durch den Herrn Johannem
Mathesium ehrtydes geschreven, Nu averst allen Saßischen Ehe=
lüden tho gudthertiger erinneringe in Saßische Rymen avergesettet,
durch Davidem Wolderum ¹), Prediger tho Hamborch. Hamborch,
Gedrücket dörch Jacobum Lucium. Anno 1596.
12 Bl. sign. ohne Blz. S. Goedeke II, 189c. Wolkan I, Nr. 120 (aus b).

pp.

Böhmisch: Jana Mathesia Oeconomia de Matrimonio. O
stawu manželském přel. z lat. od Tom. Rešátka 1574. S. Wolkan,
I, Nr. 102.

1*.

Die Hausgebetlein XIII, d — nicht zu verwechseln mit
XIX — sind in anderer Anordnung besonders erschienen:

---

1) S. ob. I, 204. 591.

(Theod. Zinck), Kurze Hausgebetlein des Johann Mathesius. Breclum bei Bredstedt. 1881. 23 S.

2*.

Die Hausgebetlein XIII, d sind, außer 1 u. 18, in anderer Ordnung aufgenommen in: Dr. Habermanns größeres christliches Gebetbuch. Reutlingen (1892).

Schulpredigt. **XIV.** 1560.

A.

Handschriftlich im germanischen Museum zu Nürnberg, 20994—20995, Bl. 461—471.

1.

Von der schule Elise, des großen Propheten Gottes, II. Regum IIII. Geprediget auff dem Schulfest, an S. Gregorius tag. Durch Johannem Matthesium, Pfarhern in S. Joachims thal. Erst jetzt in Druck verfertiget, vnd zu ehren geschrieben, an die gestrengen vnd Ehrennesten, der beiden Edlen vnd alten Geschlechter, Witzleben vnd Ebleben. Durch M. Johannem Pollicarium, Prediger zu Weissenfels, Gedruckt zu Weissenfels durch Georgium Hantzsch. Anno 1560.

6 Bg. 4°. sign. ohne Blz. Biblioth.: Berlin. Jena. Weimar. S. ob. I, 629. Wolkan I, Nr. 91.

2.

XIV, 1 ist aufgenommen in XXVI. S. ob. I, 628, 4.

3.

Zwo Predigten Von christlichen Schulen. Die Erste des Herren Johannis Mathesij. Die Ander des Herren Johannis Gigantis. Gedruckt zu Thorun in Preussen bey Melchior Nering. 1584.

4 Bl. u. 9 Bg. 4". sign. ohne Blz. [1]).

---

1) Lipenius II, 728 führt noch eine Ausgabe an: Nürnberg 1587. 4°.

XV.

Vorrede zu Hermans Liedern.   1560.

1.

Ein Vorrede An den chriſtlichen Leſer, Vff dieſe Hiſtorien vnd Geſangbüchlin M. Johannis Matthesij, Pfarherrns im Jochimsthal.

In: Die Hiſtorien von der Sindflut, Joſeph, Moſe, Helia, Eliſa, vnd der Suſanna, ſampt etlichen Hiſtorien aus den Euan-geliſten, Auch etliche Pſalmen vnd geiſtliche Lieder, zu lehren vnd zu ſingen in Reyme gefaſſet, Fur Chriſtliche Hausveter vnd jre Kinder, Durch Nicolaum Herman im Jochimsthal. Mit einer Vorrede M. Johannis Matthesij, Pfarherrns in Jochimsthal. Epheſ. 5. Seid volles Geiſtes, vnd redet vnter-einander von Pſalmen vnd Lobſengen, vnd geiſtlichen Liedern, Singet vnd ſpielet dem HErrn in ewren Hertzen etc. Wittemberg. 1562.

Am Ende: Gedruckt zu Wittenberg: durch Georgen Rhawen Erben. 1562.

Mathesius' Vorrede umfaßt 6 Bl. Biblioth.: Berlin. Hamburg. Wernigerode. S. ob. I, 437. Woltan I, Nr. 109.

2.

Nürmberg, durch Nicolaum Knorrn. 1563.

Biblioth.: Dresden. Göttingen. S. Woltan I, Nr. 114.

3.

Leipzig, durch Jacobum Berwaldt. MDLXIII.

Biblioth.: Berlin. S. Woltan I, Nr. 115.

4.

Wittenberg 1566.

Biblioth.: Berlin. S. Woltan I, Nr. 141.

5.

Leipzig. Anno MDLXXXIIII. . . . Jacob Berwaldts Erben.

Biblioth.: Gotha. S. Woltan I, Nr. 293.

6.

Leipzig, Anno MDXCIII. . . . Durch Zacharium Berwaldt.

Biblioth.: Wernigerode. S. Woltan I, Nr. 349.

7.

Wittenberg, bey der Mathes Welackin, hinderlassene Wibtfraw. Anno 1596.

Biblioth.: London.　S. Wollan I, Nr. 376.

8.

Die Vorrede ist abgedruckt bei Wackernagel, Bibliographie zur Geschichte des deutschen Kirchenliedes im XVI. Jahrh. 1855, S. 612—614.

Wiegenlieder.　　　**XVI.**　　　1560.

1.

Ein Wiegenlied für gotselige Kindermeiblein, vnd andere Christliche personen, so der lieben Kindlein warten, damit sie zu schweigen oder ein zu wiegen, M. Johan. Mathe. Ein kinder Joseph, nicht in der Kirchen, sondern im Hause zu singen, Die Christen Kinder mit zu schweigen oder ein zu wiegen. Im Thon, Resonet in laudibus etc. M. Johan. Mathe.

Am Ende: Gedruckt zu Nürnberg, durch Friderich Gutknecht. 4 Bl. u. 8°. Biblioth.: Berlin. S. ob. S. 198.

2 ff.

Über die Aufnahme der Lieder in Gesangbücher und Sammelwerke s. ob. a. a. O.

a.

Das erste der beiden Lieder auch niederdeutsch, s. ob. S. 199 [1]).

Sarepta.　　　**XVII.**　　　1562 [2]).

1.

SAREPTA Oder Bergpostill Sampt der Jochimßthalischen kurtzen Chroniken. Johann Mathesij. Psalm CXLVIII. Berg vnd Thal lobet den HERRN. Nürnberg **MDLXII.**

---

1) Zum Jahre 1561 gehören IV, a. VII, 4. XIII, a.

2) Über die in dies Jahr fallende, nur handschriftlich vorhandene, Maximilianrede s. u. LV.

Am Ende: Gedruckt zu Nürnberg, durch Johañ vom Berg, Vnd
Vlrich Newber. MDLXII.

396 Bl. fol. sign. u. num. Titel rot und schwarz. Biblioth.: Berlin.
Breslau. Erlangen. Fürstenau. Gießen. Halle, Univ. Jena. Karlsruhe.
Kiel. München. Prag, Museum. Weimar. Wien. S. ob. I, 490.
Wolkan I, Nr. 106.

2.

Die folgenden Ausgaben haben erweiterten Titel:

Sarepta Oder Bergpostill, darin von allerley Bergwerk vnd
Metallen was jhr Eigenschaft vnd Natur guter Bericht gegeben
wird, mit tröstlicher Erklärung aller Sprüch so in heiliger Schrift
von Metall reden. Sampt der Joachimsthalischen kurzen Chronik.
Auff ein newes mit fleiß vbersehen. Nürnberg, Ulrich Newber
vnd Joh. von Bergs Erben. 1564. fol

Biblioth.: Berlin. Breslau. München. Tübingen. Wernigerode. Wien.
S. Wolkan I. Nr. 121.

3.

Sarepta, Darinn von allerley Bergwerck vnnd Metallen, Was
jr eygenschafft vnd natur, vnd wie sie zu nutz vnd gut gemacht,
guter bericht gegeben. Mit tröstlicher vnd lehrhaffter erklerung
aller sprüch, so in Heiliger Schrifft von Metall reden, Vnnd wie
der Heilig Geist inn Metallen vnnd Bergarbeit die Artikel vn=
sers Christlichen glaubens fürgebildet. Auff ein newes mit fleiß
durchsehen, corrigirt, vnd gebessert mit einem Register, Was für
sprüch auß altem vnd newem Testament hierinn erkleret, vnd an
welchem blat ein jeder zu finden ist. Sampt der Jochimsthali=
schen kurtzen Chroniken. Durch M. Johann Mathesium Pfarrer
in S. Jochimsthal, selber für seinem seligen ende verfertigt.
Psalm CXLVIII. Berg vnnd Thal lobet den HERREN.
Mit Römischer Keyserlicher Maiestat Freyheit, nicht nachzudrucken
auff sechs jar. Gedruckt zu Nürnberg bey Dietrich Gerlatz.
MDLXXI. fol.

Biblioth.: Breslau. Dresden. Göttingen. Halle, Ponitau. Jena. Königsberg,
Univ. u. Stadt=B. Marburg. München. Prag. Wernigerode. Zittau.
S Goedeke II, 190 f. Wolkan I, Nr. 186.

4.

Nürnberg 1574. fol. S. Wolkan I, Nr. 217.

5.

Nürnberg 1578. fol.

Biblioth.: Berlin. Breslau. Cassel. Dresden. Erxleben. Jena. München. Prag, Univ. Wittenberg. S. Goedeke II, 190f. Wolkan I, Nr. 249.

6.

Nürnberg 1585. fol. S. Wolkan I, Nr. 295.

7.

Nürnberg 1587. fol.

Biblioth.: Berlin. Breslau. Dresden. Erlangen. Gotha. Heidelberg. Jena. Joachimsthal. Leipzig. London. Prag, Univ Tübingen. Wernigerode. Wittenberg. Zittau. S. Goedeke, II, 190f. Wolkan I, Nr. 312.

8.

Nürnberg 1588.
Biblioth.: Leipzig.

9.

Leipzig 1618. 4°.
Biblioth.: Gotha. S. Goedeke II, 190f.

10.

Leipzig 1619. 4°.
Biblioth.: Jena. S. Vilmar II, 290.

11.

Freyberg 1619. Becker. 4°.

12.

Leipzig 1620. J. Börner. 4°.
Biblioth.: Darmstadt. Frankfurt. Königsberg. Wernigerode.

13.

Hanau 1627. 4°. S. Vilmar II, 290.

14 [1]).

Freiberg 1679. Zacharias Becker. 4°.
Biblioth.: Göttingen. Königsberg. Wien. S. Goedeke II, 190f.

[1] Nürnberg 1664?

Aus XVII erschien gesondert: S. ob. II. III. — Ferner aus der Chronik die der Vorrede folgende Predigt:

1*.

Außlegung des CXXXIII. Psalms, des Königlichen Propheten Dauids. Sihe wie fein vnd lieblich ist's, das brüder eintrechtig bey einander wonen, ꝛc. Geprediget zum seligen Newen Jar allen Friedliebenden Christen. Durch den alten Herrn M. Mathesium. Getruckt zu Nürnberg, durch Dietrich Gerlatz, in Johan vom Bergs seligen Truckerey. MDLXVIII.
4'₂ Bg. 8°. sign. ohne Blz. Biblioth.: Breslau. Erlangen. Wittenberg. S. ob. I, 445. Wolkan I, Nr. 161.

2*.

Dieselbe Predigt ist in dem Sonderabbruck der Chronik enthalten:

Chronica der Freyen Bergkstadt in S. Jochimsthal, vom XVI jar an, bis zu ende des LXIII jars. Sampt einer außlegung des CXXXIII. Psalms. 1564 (o. O.). [Nürnberg] S. ob. I. 521.

3*.

Ebenso in: Chronika der freien Bergstadt in St. Joachimsthal, samt einer kurzen Auslegung des 133. Psalms. Nürnberg 1584. Biblioth.: Prag, Univ.

4*.

Ebenso in: Chronica der Freyen Bergstadt Jn S. Joachimsthal, vom 1516. Jahr an, bis zu ende des 1617. Jahrs. Sampt einer Außlegung des CXXXIII. Psalms. JOHANN MATHESIJ. (o. O. u. J.) 4°. Biblioth.: Leipzig.

1**.

Die erste Predigt aus XVII ist abgedruckt in:
Wackernagel, Deutsches Lesebuch (3. A. 1876, I, 418 f.).

XVIII.

Von der Rechtfertigung. 1563.

1.

Vom Artickel der Rechtfertigung vnd warer Anrüffung. Joh.
Mathesij. Prediger in Sanct Joachimsthal. Habakuk 2. Der
gerecht lebet seines glaubens. Nürmberg. MDLXIII.

Am Ende: Gedruckt zu Nürnberg, durch Johann vom Berg, vnd
Vlrich Newber.

8 Bg. 8°. sign. ohne Blz. Biblioth.: Breslau. Erlangen. Frankfurt. Fürstenau.
S. ob. I, 456. 637. Wolkan I, Nr. 113.

2.

XVIII, 1 ist aufgenommen in XXVII. S. ob. a. a. O.

3.

XVIII, 1: Nürnberg 1580.

Biblioth.: Erlangen. S. Wolkan I, Nr. 265.

Gebete. **XIX.** 1563.

1.

Schöne vnd Christliche gemeine Gebetlein, der Kirchen Zu
S. Jochims Thall. Durch Johan. Mathesium.

Am Ende: Gedruckt zu Leipzig. Durch Jacobum Berwaldt, Won-
hafftig in der Nickelsstraßen. MDLXIII.

15½ Bg. 8°. sign. ohne Blz. Biblioth.: Breslau. Nürnberg. Fenitzer. S.
ob. I, 357.

2.

Andechtige vnd Christliche gemeine Gebetlein, für allerley noth
der Christenheit, der Kirchen Gottes in S. Jochimsthal. Durch
den alten HErren M. Johan. Mathesium. Ps. 50. Ruft mich an
inn der noth, so wil ich Dich erretten, so soltu mich preysen.
Nürnberg. MDLXVIII.

17½ Bg. 8°. sign. ohne Blz. Biblioth.: Breslau. Erlangen. Tübingen.
S. Wolkan I, Nr. 162.

3.

Bettbüchlein für allerley Not der gantzen Christenheit zu
gebrauchen. Ein Bericht, wie man das Vatter vnserrecht beten
sol. Nürnberg, 1574. S. Wolkan I, Nr. 219.

4.

Bettbüchlein für allerley not der gantzen Christenheit zu ge=
brauchen. Nürnberg. 1576. 16°. 156 Bl.

5.

XIX, 3: Nürnberg 1584. 12°. S. Wolfan I, Nr. 291.

6.

Andächtige und christliche gemeine Gebetlein für alle Noth der
Christenheit. Der Kirchen Gottes in S. Joachimsthal. Durch
den alten Herrn M. Johann Mathesius. Nürnberg 1836. VIII
und 96 S. 4°.

Hochzeitspredigten.   **XX.**   1563.

1.

VOm Ehestandt Vnd Haußwesen, fünfftzehen Hochzeytpredigten.
M. Johanns Matthesij, Pfarrners in S. Joachimsthal. Hebr. XIII.
Die Ehe soll ehrlich gehalten werden, vnd das Ehebette vnbefleckt.
Am Ende: Gedruckt zu Nürmberg, durch Johann vom Berg, vnd
        Vlrich Newber. 1563.
56¹/₂ Bg. 4°. sign. ohne Blz. Titel rot und schwarz. Biblioth.: Berlin.
    Jena. Tübingen. Wolfenbüttel. S. ob. I, 591. Goedeke II, 189d.
    Wolfan I, Nr. 111.

2.

    Ebd. 1564.
Biblioth.: Breslau. S. Wolfan. I, Nr. 122.

3.

    Ebd. 1567.
Biblioth.: Altenburg. Berlin. Zwickau.

4.

Vom Ehestand Und Haußwesen, XVI ¹) Hochzeit Predigten,
Wie man den heili=gen Ehestand Christlich anfahen, seliglich vol=
füren, vnd in allerley Haußcreutz mit Gottes Wort sich trösten
vnd auffrichten. Auch wie man sich auff ehrlichen Hochzeiten, in
allerley fellen züchtig vnd vnscheblich halten sol. Allen Christlichen

---

1) Es sind nur 15: es fehlt die im Register verzeichnete 16. — Vblgr. V.

Freiern, Eheleuten, Heiratsstifftern, vnd Hochzeitgesten, zum vnter=
richt sehr nützlich vnd notwendig. Durch den allen Herrn M.
Johann Mathesium seligen Pfarrer in S. Joachimsthal. Jetzund
auffs new corrigiert vnd gemehrt. Hebreo. 13. Die Ehe sol
ehrlich gehalten werden, vnd das Ehebette vnbefleckt. Mit Rö=
mischer Kay. Maiestat Freyheit in sechs Jaren nicht nachzudrucken.
Gedruckt zu Nürnberg, durch Dietrich Gerlatz. MDLXIX.

Am Ende: Gedruckt zu Nürnberg, durch Ulrich Newber vnd Die=
terich Gerlatzen. MDLXVII.

56 Bg. 8⁰. Biblioth.: Berlin. Dresden. Königsberg. Rostock. S. Wolkan
I, Nr. 173.

5.

XX, 4, aber mit 16 Predigten¹). Ebd. **1572.**

45 Bg. 4⁰. sign. u. 176 Bl. num. Biblioth.: Berlin. Breslau. Nürnberg,
Fenitzer. Rostock. S. Wolkan I. Nr. 195.

6.

XX, 5. Am Ende: Gedruckt zu Nürnberg durch Katharinam
Gerlachin vnd Johannes vom Berg Erben. (O. J.)

41 Bg. 4⁰. sign. u. 160 Bl. num. Biblioth.: Königsberg.

7.

XX, 5. Nürnberg durch Dieterich Gerlach. 1575.

176 Bl. 8⁰. Biblioth.: Tübingen. S. Wolkan 1, Nr. 232.

8.

XX, 5. Nürnberg 1579.

Biblioth.: Göttingen.

9 ²).

XX, 5. Nürnberg 1584. 4⁰.

Biblioth.: Dresden, Erlangen, Jena. S. Wolkan I, Nr. 290.

---

1) S. Nr. XX, 4, Anm.

2) Eine neue Ausgabe der Hochzeitspredigten bereite ich vor in der
Sammlung: Bibliothek deutscher Schriftsteller aus Böhmen. Prag. Wien.
Leipzig.

Epitaph. **XXI.** 1563.

1.

J. Mathesius, Epitaphia oder Grabschriften des Ersamen vnnd
Namhafften Johann vom Berg Bürger vnd Buchdruckerherrn zu
Nürnberg. 1563. 4⁰.
S. ob. S. 212, 16.

2.

XXI, 1 ist aufgenommen in XXXVIII.

Flugschrift. **XXII.** 1563.

1.

Locus 1. Joannis 2 breuiter in Tabulam explicatus per Joan.
Mathesium.
Am Ende: Erphordiae, Georgius Bawman. Excudebat. Anno
MDLXIII.
1 Bl.: 16 × 25 Cm., zugeklappt. Biblioth.: Breslau. S. ob. I, 639.

2.

XXII, 1 Vratislaviae, Ex officina Typographica Georgii
Baumann. Anno **1603.**

XXIII.

Leichenpredigt auf Ferdinand I. 1563.

1.

Leichpredigt, Vnserm Herren Keyser Ferdinando seligen ge=
halten, in Sanct Jochimß Thal, Durch Johann Mathesium. Nürn=
berg M.D.LXIIII.
Am Ende: Gedruckt zu Nürnberg, durch Vlrich Newber, vnd Jo=
hann vom Bergs Erben.
16 Bl. 4". sign. ohne Blz. Biblioth.: Berlin. Breslau. Dresden. Halle,
Jonikau u. Univ. Marburg. München. Nürnberg, Stadtbibl. Prag,
Univ. Weimar. Zittau. S. ob. I, 639. Wolkan I, Nr. 120.

2.

Leichpredigt ober dem Abschied auß diesem Jammerthal Keysers
Ferdinandi. Nürnberg 1565. S. Wolkan I, Nr. 130.

3.

XXIII, 1 ist aufgenommen in XXVI. S. ob. I, 632, 3 ¹).

1) Eine neue Ausgabe dieser Predigt bereite ich vor in der Sammlung:
Bibliothek deutscher Schriftsteller aus Böhmen. Prag. Wien. Leipzig.

XXIV.

Von der gläubigen Weisheit.　1564.

1.

Von der gläubigen weißheit, gerechtigkeit, heyligung, vnd erlösung, Auß Sanct Pauli spruch 1. Corinth. 1.　Christus ist uns
von Gott gemacht, zur weißheit, gerechtigkeit, heyligung, vnd erlösung. Geprediget inn S. Jochimßthal, durch Johann Mathesium.
Nürnberg M.D.LXIIII.

Am Ende: Gedruckt zu Nürnberg, durch Vlrich Newber, vnd
Johann vom Bergs erben.

3½ Bg. 8°. sign. ohne Blz. Biblioth.: Berlin. Fürstenau.　S. ob. I, 346.

2.

XXIV, 1 mit dem besonders betitelten Anhang:

Kurtze summa vnnd tegliche vbung des kleinen Catechismi für
die jungen bergkleut vnd gesinde. Johann Mathesij. Nürnberg
MDLXIIII.

1 Bg. sign. 8°. ohne Blz. Biblioth.: Prof. Dr. Hommel, Univ. München. S. ob.
I, 572.

3 ff.

XXIV, 1 ist aufgenommen in XXVI.　S. ob. I. 346.

Vom heiligen Kreuz.　**XXV.**　1564.

Drey Predigten, Vom heyligen Creutz, Von Zachariä Bene-
dictus, vnd von der Waage Gottes: Samt einem Bericht von
seiner Schwachheit. Nürnberg **1564**.

4¾ Bg. 8°. sign. ohne Blz. Biblioth.: Berlin. Breslau. S. ob. I, 222.
385. 445. 456. Wolfan I, Nr. 129.

Evangelien-Postille.　**XXVI.**　1565.

1.

Postilla, Oder außlegung der Sontags Euangelien vber das
gantze jar. Gepredigt in S. Joachims Thal, durch Johannem
Mathesium.　Nürnberg **MDLXV.**

Am Ende: Gedruckt zu Nürnberg durch Ulrich Newber vnd Johann vom Bergs Erben.

135 u. 177 Bl. fol. num. (2. Teil mit besonderem Titel.) 1. Titel
   rot und schwarz. Biblioth.: Dresden. München. Wien. S. ob. I,
   342. Wolkan I. Nr. 132.

2.

Wittenberg 1566. Am Ende: Gedruckt zu Witteberg durch
Johann Schwertel. Psalm 25. Schlecht und recht behüte mich.
Anno 1566.
39 Bg. 8". 1—299 Bl. num. Titel rot und schwarz. Biblioth.: Nürnberg,
   Fenitzer.

3.

XXVI 1, erweitert:

Postilla das ist, Außlegung der Sontags und fürnemsten Fest
Euangelien, ober das gantze jar. Jetzt von newem Corrigiert,
vnnd gemehrt mit etlichen zugethanen Predigten, vnnd notwendigen
Concordantzen. Durch den alten Herrn M. Mathesium, Pfarrner
der Kirchen Gottes im Joachims Thal, gepredigt, vnnd alles vor
seinem seligen ende verfertigt. Psalm CXLVIII. Berg vnd
Thal lobet den HERRN: Mit Römischer Keyserlicher Maiestat
Freyheyt, inn zehen Jaren nicht nachzudrucken, bey Peen zehen
Marck Lötigs Golds. Nürnberg. Anno MDLXVII.
Am Ende: Gedruckt zu Nürnberg durch die Erben Johann vom
   Bergs.
4 Teile, mit besonderen Titeln vor 2. 3. und 4. 144 + 213 + 162 +
   112 Bl. fol. num. Am Schlusse: Kirchenordnung (f. ob. S. 380, 1).
   Biblioth.: Nürnberg, German. Mus. Tübingen. S. ob. I, 342.
   Wolkan I, Nr. 148.

4.

XXVI, 3. Nürnberg 1568. fol.
Biblioth.: Breslau. Dresden. Königsberg. S. Wolkan I, Nr. 155.

5.

XXVI, 3. Nürnberg **1570**. Durch Johann vom Bergs
Erben vnd Dietrichen Gerlatzen.
133 + 196 + 146 + 48 Bl. fol. num. u. sign. Biblioth.: Kiel. Nürnberg,
   Stadtbibl. Wien. S. ob. I, 346. Vgl. XXXV, 5.

6.

XXVI, 3. Nürnberg 1571. Durch Johann vom Bergs
Erben, vnd Dieterichen Gerlatzen.

252 + 278 + 378 + 187 Bl. 8°. num., ohne Kirchenordnung. Biblioth.: Berlin. Breslau. Wittenberg. S. Wolfan I, Nr. 187.

7.

XXVI, 3. Nürnberg 1572. Durch Johann vom Bergs Erben, vnd Dieterichen Gerlatzen.
Biblioth.: Breslau.

8.

XXVI, 3. Nürnberg 1574.
Biblioth.: Dresden. S. Wolfan I, Nr. 218.

9.

XXVI, 3. Nürnberg 1584. 8°.
Biblioth.: Erlangen. Prof. Dr. Hommel, Univ. München. Titel fehlt.

10.

XXVI, 3. Nürnberg 1588.
124 + 184 + 137 + 94 Bl. fol. sign. Biblioth.: Strengnäs [1]).

11.

XXVI, 3. Nürnberg 1600. Gedruckt durch Paulum Kauffmann.
124 + 184 + 136 + 94 Bl. fol. sign.

12 [2]).

XXVI, 3. 1614 Gedruckt zu Jehna durch Tobiam Steinmann, In Verlegung David Kauffmanns zu Nürnberg. fol.
Biblioth.: Altenburg. Karlsruhe.

a.

Niederdeutsch:

Postilla, Dat is, vthlegginge der Sondages vnde vörnemesten Feste Euangelien, auer dat gantze Jar. Dorch den olden M. Johan Mathesium, Parnern der Christliken Kercken im Jochimsdale geprediget, vnde althomal vor synem Ende vornerbiget. Itzundes auerst, den Erbaren, vel Dögetsamen vnde Christliken Frouwen, F. Annen van Boeckwolden, vnde F. Beaten Rantzouw, tho finderliken ehren, lere, Christliker vnderrichtinge vnde troste, vth der Myssnischen Sprake in de Sassische transfereret vnde mit vlite auersettet. Psalm CXLVIII. Berge vnde Dale lauet den HERREN. Gedrücket tho Wittemberg, dorch Hans Lufft. Anno 1571.

---

1) Dorthin von den Schweden aus Böhmen entführt (Mitteil. Dr. Wolfans).
2) Lipenius II, 517 erwähnt noch eine: Nürnberg 1613. 4°.

Am Ende: Psalm 89. Wol dem Volcke, dat Juchen kan. GAde dem Allmechtigen tho laue vnde ehren, vnde allen framen Christen thor lere vnde bestendigem vnde warhafftigem troste, in allerley annechtingen vnde nöden, is desse Postille mit gnade vnde hülpe des Allmechtigen Gades also vulendet, dorch verlach vnde beköstinge, des Ersamen vnde vörnemen Manns, Samuel Selfischen, Radt= mann der Stadt Wittemberch. Vnde gedruckt tho Wittemberch dorch Hans Lufft, Im Jahre na Jhesu Christi vnses HERREN vnde Salichmackers Gebort, MDLXXI.

492 Bl. num. Titel rot vnd schwarz. Biblioth.: Berlin. Fürstenau. Wer= nigerode. S. Woltan I, Nr. 188.

———   ———

Aus XXVI erschien gesondert: IX. XI. XIV. XXIII. XXIV. XXVIII. LIV.

1*.

Aus XXVI erschien für sich die 14. p. trin.:

Von der Pestilentz, was sie sey, wann her sie komme, wie man sich dawieder trösten, vñ leyb mit geistlicher vnd natürlicher ertz= ney preserviren sol, vnd von Bürgerlichen ordnungen, so in sterbens= lensften billich solten gehalten werden. Eine vberauß Schöne Predigt, Johannis Mathesii, vber die Historia Luce 17. Von den zehen außsetzigen. Sampt etzlichen Gebeten in sterbensleufften zu sprechen. Hamburg. Theodosius Wolderer, Anno 1597.

6 Bg. 8°. sign. ohne Blz. Titel rot vnd schwarz. Biblioth.: Nürnberg, Fenitzer. S. ob. I, 591.

1**.

Aus XXVI ist die Predigt am 2. Advent aufgenommen in: E. E. Koch, Evangel. Hauskanzel. Ein Jahrg. Predigten der berühmtest. ev. Kanzelredner. 1866, S. 16—27

De profundis.   **XXVII.**   1565.

1.

Das tröstliche De profundis, welches ist der CXXX. Psalm Dauids. Sampt Predigten von der Rechtfertigung, warer an= rüffung, der Wag Gottes, vnd seliger sterbkunst des alten Sime=

onis Luce 2. Geprebigt im Jochimsthal, durch den alten Ma=
thesium. Mit einer Borrede von Gottseligkeyt, zucht, ehr, vnd
lob, Christlicher vnd andechtiger Matronen. Wen du der mal
eins bekert wirst (spricht der Son Gottes zu S. Petro) stercke
deine Brüder. Luce am 22. Capitel. Nürnberg **MDLXV.**
Am Ende: Gedruckt zu Nürnberg, durch Vlrich Newber, vnnd
    Dietrich Gerlitzen.
68 Bg. 4⁰. sign. ohne Blz. Titel rot und schwarz. Biblioth.: Berlin.
    Breslau. Dresden. Erlangen. Göttingen. Marburg. Nürnberg, Germ.
    Museum. Tübingen. S. ob. I, 445. Goedeke II, 190 h. Wolkan
    I, Nr. 133.

2.

Nürnberg 1567. 4⁰.
Biblioth.: Breslau. Wernigerode. Zittau. S. Wolkan I, Nr. 149.

3.

Nürnberg 1571. 4⁰.
Biblioth.: Berlin. Breslau. Prag, Museum. Tübingen. Zwickau. S. Wolkan
    I, Nr. 189.

4.

Nürnberg 1580. 4⁰.
Biblioth.: Breslau. Gotha. Zittau. S. Wolkan I, Nr. 263.

5.

Nürnberg 1581.
50 Bl. 4⁰. sign. ohne Blz. Biblioth.: Berlin. S. Wolkan I. Nr. 277.

In XXVII ist enthalten XVIII.

1*.

Aus XXVII erschienen einzeln die zwei Predigten:
Des alten Herrn Simeonis Trostpsalm Luce II vom ewigen
vnd zeytlichen Todt vnd seligen Sterbkunst. Geprebigt im
S. Joachimsthal, durch Johann Mathesium. MDLXV. Nürn=
berg. Vlrich Newber vnd Dieterich Gerlitzer.
2 Bg. 8⁰. sign. ohne Blz. Biblioth.: Berlin. S. ob. I. 457, 1.

2*.

XXVII, 1*; ebd. 1581. S. Beste 1, 337.

Diese Simeonpredigten (XXVII, 1*) fanden Aufnahme in: XXVI, 3 f. S. ob. I, 457, 2.

Trostpredigt.   **XXVIII.**   1565.

1.

Eine Trostpredigt, Das die im HErren entschlaffen, mit freuden wider zusammen kommen, vnnd eines das ander nach der aufferstehung kennen wird, vnnd die seligen in ewiger freud, vnd Englischer keuschheyt, vnd himlischer freundschafft bey einander bleiben werden. Auß dem Euangelio von der Witwen Sone zu Naim. Durch den alten Herrn Mathesium selbst geschrieben, vnnd drey stunden für seinem seligen abschied geprediget. Sampt der Leichpredigt. Luce am VII. Christus gab den erweckten Jüngling seiner mutter wider. Gedruckt zu Nürnberg durch Vlrich Newber, vnd Dieterich Gerlatzen. MDLXV.
8 Bg. 4°. Biblioth.: Berlin. Breslau. Nürnberg, German. Museum. S. ob. I, 227 u. 347. Woltan I, Nr. 128.

2.

Ebd. 1566.

3.

Die Trostpredigt allein. Nürnberg 1566.
12 Bl. 4°. Biblioth.: Berlin. Breslau. Dresden. München. S. ob. I, 191. Woltan I, 138.

4.

Die Trostpredigt allein: Gedruckt zu Nürnberg durch Vlrich Newber 1567. 4°.
Biblioth.: Dresden. Heidelberg. S. Woltan I, Nr. 208. Beste I, 338.

5.

Die Trostpredigt allein: Gedruckt zu Nürnberg, durch Alexander Philip Dieterich, In verlegung J. Laurers.
7½ Bg. 8°. sign. ohne Blz. Biblioth.: Nürnberg, Feulzer.

6.

Die Trostpredigt ist aufgenommen in XXVI, 3 f. als zweite am 16. Sonntag p. trin.

1**.

Die Trostpredigt ist aufgenommen von Beste I, 338—346.

Trostbrief. **XXIX.** 1566.

In: Eine Trostpredigt für betrübte hertzen, s. Nr. XII, beginnt Ciii:

Eine trostschrift des alten Herren Mathesij. An einen guten Freund dem seine liebe Haußfraw im Herren entschlaffen ist. S. ob. I, 635.

Lutherhistorien. **XXX.** 1566.

1.

Historien Von des Ehrwirdigen in Gott Seligen thewren Manns Gottes, Doctoris Martini Luthers, anfang, lehr, leben vnd sterben, Alles ordenblich der Zarzal nach, wie sich alle sachen zu jeder zeyt haben zugetragen, durch den Alten Herrn M. Mathesium gestelt, vnd alles für seinem seligen Ende verfertigt: Psalm CXII. Des Gerechten wird nimmermehr vergessen. Mit Römischer Keyserlicher Maiestat Freyheyt, inn zehen Jaren nicht nachzudrucken. Nürnberg MDLXVI.

Am Ende Bergs Hausmarke.
2 Bg. + 225 Bl. 4°. sign. und num. Titel roth und schwarz. Biblioth.: Berlin. Breslau. Cassel. Göttingen. München. Nürnberg, German. Museum. Tübingen. Wittenberg. Zwickau. S. ob. I, 548 f. Goedeke II, 190 g. Wolfan I, Nr. 139.

2.

Nürnberg 1567. Joh. v. Bergs Erben. 4°.
Biblioth.: Altenburg. Berlin. Greifswald. Halle, Ponikau u. Univ.

3.

Nürnberg 1568. J. v. Bergs Erben. 4°.
Biblioth.: Erlangen. Königsberg. München. Tübingen. Weimar. Wittenberg. S. Wolfan I, Nr. 156.

4.

Nürnberg **1570.** Dieter. Gerlah. 4°.
Biblioth.: Berlin. Breslau. Wernigerode. Wittenberg. Wien. S. Goedeke II, S. 490 g. Wolfan I, Nr. 178.

5.

Nürnberg 1573 . . . mit einem nützlichen Register gemehrt. 4°.
Biblioth.: Breslau. Erlangen. London. Wittenberg. S. Wolfan I, Nr. 206.

6.

Nürnberg 1576. 4⁰.

Biblioth.: Dresden. Greifswald. Jena. Wernigerode.   S. Goedeke II, 190 g.
Wolkan I, Nr. 236.

7.

Nürnberg 1580.   Kath. Gerlach und Joh. v. Bergs Erben.
Etwas erweiterter Titel. 4⁰.

Biblioth.: Berlin. Göttingen.   S. Wolkan I, Nr. 264.

8.

Nürnberg 1583. 4⁰.

Biblioth.: Berlin. Dresden. Erlangen. Erxleben. Göttingen. München. Wien.
Wittenberg.   S. Goedeke II, 190 g. Wolkan I, Nr. 289.

9.

Nürnberg 1588. 4⁰.

Biblioth.: Berlin. Breslau. München.   S. Wolkan I, Nr. 320.

10.

Nürnberg 1592.   Kath. Gerlach Erben. 4⁰.

Biblioth.: Berlin. Erlangen. Göttingen. Jena. Wittenberg.   S. Goedeke
II, 190 g. Wolkan I, Nr. 342.

11.

Nürnberg 1600. 4⁰.

Biblioth.: Berlin. Kiel. Tübingen.   S. Goedeke II, 190 g.

12.

Nürnberg 1608.   Paul Kauffmann. 4⁰.

Biblioth.: Breslau. Weimar. Wittenberg.

13.

Leipzig 1621.   Abraham Lamberg in Verlag von Barthol. Voigt.

Biblioth.: Altenburg. Breslau. Halle, Ponikau. München. Weimar. Zwickau.

14.

Stettin 1633. 4⁰.

S. Vilmar II, 296.

15.

Stettin 1663. 4⁰.

Biblioth.: Weimar.   S. Goedeke II, 190 g.

16.

Historien von des Ehrwirdigen in Gott seligen theuren Mannes Gottes, D. Martin Luthers, Anfang, Lere, Leben, standhaffte bekenntnuß seines Glaubens, vnnd Sterben, Ordentlich der Jarzal nach, wie sich solches alles habe zugetragen, Beschriben durch Herrn M. Johann Mathesium den eltern, vnd für seinem christlichen ende von jm selbs in Truck verfertiget, welchen jetzo beygefüget des Hn. Philippi Melanchthons Historie oder kurtze Bericht von dem Leben vnd Reformation des seel. Lutheri. Um des gemeinen Nutzens halber, auff vieler Verlangen, wieder herausgegeben und mit einer nöthigen Vorrede versehen von Georg Friederich Stieber. Hochfürstlich Mecklenburgischen Hoff=Prediger. Güstrow, bey Johann Heinrich Rußwurm. 1715. 8⁰.

Biblioth.: Berlin. Leipzig. Weimar. Wittenberg. S. ob. I, 518. Goedeke II, 190 g.

17 ¹).

Das Leben des theuren Mannes Gottes Doct. Martin Luthers ꝛc. Jetzo auf vielfältiges Begehren von Neuem gedruckt. Frankfurt und Leipzig 1724. Mit Luthers Portrait. 8⁰.

Biblioth.: Berlin. Breslau. Greifswald. Jena. Kiel.

18.

Nürnberg 1773.

S. Vilmar II, 296.

19.

Leipzig 1806. Herausg. von Oehler. Leipzig, Brockhaus: auch unter dem Titel: Geist und Kraft altdeutscher Kanzelberedt= samkeit. 1. Teil, 554 S. 8⁰.

Biblioth.: Leipzig. S. ob. I, 550; Goedeke II, 190g.

20.

Das Leben Dr. Martin Luthers nach Joh. Mathesius. Auszug. Nürnberg, Lechner, 1816. 122 S. 8⁰.

21.

Auszug von Achim v. Arnim. Berlin 1817. Maurer. 4⁰.

Biblioth.: Berlin. München. S. ob. I, 550. Goedeke II. 190g.

---

1) Vgl. Historia B. Lutheri . . . Aus Mathesii Historie . . . des Herrn v. Seckendorffs Lutheranismo und andern authoribus kürtzlich zu sammengetragen. 1748. Augspurg. 88 S. 8⁰.

22.

XXX, 20. Auszug von Roth. Nürnberg 1817. Lechner.
Biblioth.: Berlin.

23.

Auszug, Nördlingen, Beck 1817. S. ob. I, 550.

24.

Auszug. Stuttgart 1825.

25.

XXX, 23. Stuttgart, Beck 1825.

26.

Auszug. Nürnberg 1833.
Biblioth.: München.

27. 28. 29.

Ausgabe von v. Schubert. Stuttgart, Liesching. 3. Aufl. bis
1841. S. ob. I, 551.

30.

Ausgabe von Ruß. Berlin, Cranz. 1841, XVIII, 465 S.
Biblioth.: Halle, Univ. S. ob. I, 551.

31.

XXX, 27 f. 4. Aufl. 1842.

32. 33.

XXX, 31. 5. und 6. Aufl. 1843.

34.

XXX, 32 f. 7. Aufl. 1846. Gotha, Schloeßmann.

35.

Bearbeitung. Nördlingen, Beck. O. J. (1854). 240. S.
S. ob. I, 551, 2

36.

Berlin, Wohlgemuth. 1855. XIV, 362 S.

37. 38.

XXX, 35. Nördlingen, Beck. 1857. 1862.

39.

XXX 36. Berlin, Wiegandt & Grieben. XIV, 362 S.

40.

XXX, 38. Nördlingen, Beck. 1866, 238 S.

41.

XXX, 34. 1871.

42—44.

XXX, 39, mit Vorwort von Büchsel. Berlin 1883. 3 Aufl.
S. ob. I, 552.

45.

St. Louis, Mo. 1883. XIV, 367 S. S. ob. I, 552.

46. [1])

Ausgabe von Buchwald. Leipzig, Reklam. O. J. (1883).
434 S. S. ob. I, 552.

a.

Schwedisch: Dr. M. Luthers Lefverne. Öfvers af A. G.
Ziegert. Orebro 1846. 12. (Vogel, Bibl. biograph. Lutherana.
1851, S. 4 f., Nr. 16.) S. ob. I, 551.

1*.

Aus XXX., Pred. VII, sind Stücke abgedruckt in:

Hundert Fabeln aus Esopo, etliche von D. M. Luther und
Herrn Mathesio, etliche von andern verdeutschet. Sampt einer
schönen Vorrede D. M. Luth. 2c. Rostock 1571.
Biblioth.: Berlin. London. S. ob. S. 203.

Weitere Ausgaben: Rostock 1572. Straßburg 1572. Frankfurt 1572. 1578. 1584. 1591. 1611.

2*.

Aus XXX ist die IX. Predigt von Jothams Mährlein besonders erschienen:

Fabul-Hanß, Oder Eine schöne anmuthige Predigt, Welche der
Geistreiche und hochgelahrt Theologus, Hr. M. Johann Mathesius
Sel. Doctoris Lutheri gewesner fleissiger Zuhörer und Hauß-
genosse im Jochimßthal gehalten hat, von der Fabul, welche Jo-

---

1) Eine neue Ausgabe bereite ich vor in der Sammlung: Bibliothek
deutscher Schriftsteller aus Böhmen. Prag. Wien. Leipzig.

tham den Bürgern zu Sichem erzehlet hat. Jud. 9, durch Anton.
Mennonem Schuppium.   1660. 1719.

2¹⁄₂ Bg. 12⁰. num. Biblioth.: Berlin. Wernigerode.   S. ob I, 552.

Dasselbe in Joh. B. Schuppii sämmtliche Lehrreiche Schriften.
Frankfurt a. M. 1719. I, 812—834. S. Vilmar, S. 311, Nr. 41.

1**.

Aus XXX ist Pred. I und Anfang von II im Auszug mit-
geteilt von Neubauer, M. Luther: „Denkmäler der älteren deutschen Litteratur", III, 2. 1890, S. 25—35 ¹).

XXXI.

Bekenntnis vom Abendmahl.   1567.

1.

Bekantnuß Vom Heyligen Abendmal vnsers lieben Herren
JESV Christi, jetzt in dieser gefehrlichen zeit, allen frommen
Christen zur lehr vnnd trost, in sechtzehen Predigt getheylet. Durch
Den alten Herrn M. Johan Mathesium seligen, Pfarherrn der
Kirchen Gottes in S. Joachimstal geprediget, vnnd mit fleiß vor
seinem Christlichen ende von jm selbs verfertiget. Luce 1. Gene. 18.
Bey Gott ist kein Ding vnmöglich, Nürnberg, MDLXVII.
Am Ende: Gedruckt zu Nürnberg durch Dieterich Gerlatz, in
          Johann von Berg selig Druckerey.

24 + 124 + 5 Bl. 8⁰. sign. ohne Blz. Biblioth.: Breslau. Dresden.
      Fürstenau.   S. ob. I, 401. Woltan I, Nr. 145.

2.

Nürnberg 1568. Gedruckt zu Nürnberg bey Vlrich Neuber,
wonhafft in der Judengassen. 8⁰.
Biblioth.: Breslau. Fürstenau.   S. Woltan I, Nr. 153.

3.

Nürnberg 1572. 8⁰.
Biblioth.: Dresden. Erlangen.

4.

Heydelberg 1579. 8⁰.
Biblioth.: Gotha. München.   S. Woltan I, Nr. 256.

5.

Nürnberg 1585. 8⁰.

Biblioth.: Gotha. Jena. Wernigerode. Zwickau. S. Wollan I, Nr. 296.

XXXII.

Ein christlicher Unterricht.   1567.

A.

Eine Handschrift, 30 Bl. 4⁰. mm., mit 19 zum Teil wichtigen Varianten in der Bibliothek Fürstenau.

1.

Ein christlicher Vnterricht, Wes sich Gottselige Vnterthanen
verhalten können, zu der zeit der verfolgung, vnd da jnen das
reine Wort Gottes, vnnd die heylige Sacrament nach Christi einsetzung von jrer Obrigkeit nit zugelassen werden. An guthertzige
Herrn vnd Freunde. Durch den alten Herrn M. Johann Mathesium, Pfarrner der Kirchen Gottes in S. Jochimstal, vnd für
seinem seligen Ende verfertigt. Gedruckt zu Nürnberg, durch
Vlrich Newber vnd Dieterich Gerlatz. **M.D.LXVII.**
5³/₄ Bg 4⁰. sign. ohne Blz. Biblioth.: Berlin. Dresden. Göttingen. Jena.
München. Tübingen. Wittenberg. Zwickau. S. ob. I, 636. Wollan
I, Nr. 146.

2 ¹).

Nürnberg 1577. 4⁰.

Biblioth.: München.

XXXIII.

Etliche Hauptartikel.   1567.

1.

Etliche fürnehme Haubtartikel vnsers allgemeinen Christlichen
Glaubens, kurtz verfast, vnd mit gutem grund der heiligen Göttlichen schrifft bewert. Durch den alten Herrn M. Johann Mathesium, Pfarrherrn inn S. Jochimsthal vor seinem seligen ende
verfertiget. Nürnberg MDLXVII.
7¹/₂ Bg. 8⁰. sign. ohne Blz. Biblioth: Breslau. Dresden. Erlangen.
Fürstenau. Göttingen. Wittenberg. S. ob. I, 571. Wollan I, Nr. 144.

---

1) Lipenius nennt noch eine Ausgabe 1628. 12⁰.

2.

Kurtzer vnd gründlicher Bericht auß Göttlicher Schrifft, von etlichen fürnemen Artiteln vnsers allgemeinen Christlichen Glaubens. Nürnberg **MDLXVIII**.

Am Ende: Gedruckt zu Nürnberg, durch Dieterich Gerlatz, in Johann von Berg selig Druckerey.

10 Bg. 8°. sign. ohne Blz.   Biblioth.: Prof. Dr. Hommel, Univ. München.
S. ob. I, 571.   Woltan I, Nr. 157.

3.

XXXIII ist aufgenommen in XXXVII.   S. ob. I, 572.

Leben Jesu.   **XXXIV.**   1568 [1]).

A.

Handschrift:

Der Artifel vnd die histori von Vnserem Her Jhesu Christo, Geprediget auß dem kinderglauben in S. Jochimsthal durch M. Johan Mathesium im 1552 Jar.   Auxilium meum a domino factore coeli et terrae.   Anno 1558.

Das ander Teil der Historien vnd von dem Artikell von vnserem Herrn Jhesu Christo.   Anno 1558.

371 Bl. fol. Nürnberg, German. Museum, 20,994.   Vgl. Loesche,
Analecta, S. 10.   Verschiedene Hände von Amannenses.   S. ob.
I, 483.

B.

Handschrift:

Passionis et mortis Domini nostri Jesu Christi historia secundum quatuor euangelistas concionibus explicata a M. Johanne Mathesio, pastore olim zum Joachimsthal.   Anno 1551.

15 × 10 Cm.; 296 Bl. 16. Jhrh.   S. v. Heinemann, Die Handschr. d.
Herzogl. Biblioth. zu Wolfenbüttel I, 3 (1888), S. 103, Nr. 1300.
(Nur der Titel der Handschr. ist lateinisch, der Text deutsch.)

----

1) Über die in dies Jahr fallenden Sonderdrucke aus Sammelwerken
vgl. X, 1*. 2* und XVII, 1*.

1[1]).

Historia Unsers lieben Herren vnd Heylands JESU Christi, Gottes vnd Marie Son, Wie derselbig empfangen, Geboren, Was er biß in das vierunddreißigst Jar seines alters ge=than, Gelert, vnd Gelitten, Wie er am Creutz für vns arme Sünder gestorben, Am Ostertag vom Todt wider erstanden, Am viertzigsten tag hernach gen Himel gefaren, sich zur rechten des Vatters gesetzt, Vnd endlich als ein Richter, zum Gericht der leben=digen vnndt todten, am Jüngsten Tag kommen wirdt, alles nach ordnung des andern Artickels vnsers Christlichen Glaubens, von der Erlösung, vnd auß den Heyligen Euangelisten genommen. Durch den alten Herrn M. Johann Mathesium seligen in S. Joachimsthal auff die Sontag vnd Fest im jar geprebigt, vnd vor seinem Christlichen ende verfertigt. Der Erste thayl. Mit Rö=mischer Kayserlicher Maiestat freyheyt nicht nachzutrücken. Ge=druckt zu Nürnberg, durch Dieterich Gerlatz, in Johans vom Berg seligen Trückerey. Anno **MDLXVIII.**

Der zweite Teil mit besonderem Titel. Am Ende: Gebruckt zu Nürn=berg, durch Dieterich Gerlatz, in Johann vom Bergs seligen Druckerey.

120 + 147 Bl. fol. sign. und num. Titel rot und schwarz. Biblioth.: Berlin. Breslau. Göttingen. Königsberg. München. Wien. Zwickau. S. ob. I, 476. Woltan I, Nr. 160.

2.

Nürnberg 1572. Dieterich Gerlatz.

118 + 144 Bl. fol. sign. u. num. Biblioth.: Berlin. Dresden. Tübingen. Wernigerode. S. Woltan I, Nr. 196.

3.

Nürnberg 1579. Kath. Gerlach und Joh. v. Bergs Erben.

Biblioth.: Breslau. Dresden. Erzleben (2mal). Göttingen. Halle, Univ. Leipzig. Nürnberg, Fenitzer. München. Zittau. S. Woltan I, Nr. 257.

---

1) Die Richtigkeit der Angabe Vilmars betr. eine anders betitelte Ausgabe desselben Jahres bezweifelt Woltan I, Nr. 159 mit gutem Grunde.

4 ¹).

Nürnberg 1585. Kath. Gerlach.
101 + 131 Bl. Biblioth.: Erlangen. Greifswald. Heidelberg. S. Woltan
     I, Nr. 297.

5.

Historia Jesu Christi Das ist Warhaffte Vnd eigentliche Ab-
bildung der historia vnsers :c. wie XXXIV, 1. Leipzig, Bey
Abraham Lamberg, in verlegung Bartholomaei Voigts. Anno
MDCXXII.
Am Ende: Leipzig. Typis Lambergianis. Druckts Andreas Mon-
          nitzsch. Im Jahr 1622.
2 Teile fol. Biblioth.: Altenburg.

a.

In böhmischer Übersetzung: Jana staršiho Mathezia Hystorie
pána Spasytele našeho Jezu Kryste, Přeložená od Benjam.
Petřka z Polkowic. 2 djly. W. Praze u Dan. Sedlčanského.
MDXCVI.
543 S. fol. Biblioth.: Frankfurt.

1**.

Die erste Predigt hat Beste I, 346—353 aufgenommen;
s. ob. I, 480.

XXXV.

Von den lieben Engeln.   1570.

1.

Eine trostreiche Predigt, Von den lieben Engeln, das Engel
sein, Was jr ampt vnnd befelch, Wem sie jren dienst leisten. Wie
sich ein Christ gegen Gott vnd den Engeln danckbarlich erzeigen
sol. Am tag Michaelis gepredigt, durch den alten Herrn M.
Johann Mathesium, auß dem Euangelio Matth. 18. Zu der
großen Postillen Herren Mathesij jetzt newlich zugedruckt, welche
solche Postill vorhin haben, zu dienst in dieser Form verfertigt.

---

1) Bei Lipenius und Georgi werden noch die Ausgaben erwähnt:
Nürnberg 1583. 1586. 4°. Leipzig 1590. fol.

Mit Römischer Key. May. freiheyt nicht nachzudrucken in sechs
Jaren. Gedruckt zu Nürnberg, durch Dieterich Gerlatz MDLXX.
23 Bl. 8⁰. sign. Biblioth.: Dreßden. Erfurt. Erlangen. Fürstenau. S. ob.
    I, 356. Wolfan I, Nr. 179.

2.

XXXV, 1 ist aufgenommen in XXVI, 5 ff.

Fastenprebigten.   **XXXVI.**   1570.

1.

    Fastenprebigten Von Christlicher vnd seliger betrachtung des
leibens vnd sterbens vnsers Herrn Jesu Christi, zur lehr vnd
trost den einfeltigen, geprebigt vnd zusammen bracht; durch den
alten Herrn M. Johann Mathesium, weyland Pfarrherr in
S. Joachimsthal, vnd alles vor seim Christlichen end verfertiget.
Mit Römischer Key. May. Freyheit in sechs Jaren nicht nach-
zutrucken. Getruckt zu Nürnberg, durch Dieterich Gerlatz. MDLXX.
Am Ende: Gedruckt zu Nürnberg, durch Dieterich Gerlatz.
26¹⁄₂ Bg. 8⁰. sign. u. num. Titel rot und schwarz. Biblioth.: Göttingen.
    S. ob. I, 386. Wolfan I, Nr. 180.

2.

    Fastenprebigten, Darinn die gantze Historien des leiben vnnd
sterbens vnsers Herrn Jesu Christi, Wie sie auß den vier Euangelisten zusammen getragen, Christlich vnd einfeltig außgeleget vnd
in etliche prebigten verfasset vnd gezieret mit notwendigen Kon-
cordanzen. Geprebiget im Jochimsthal durch den alten Herrn
M. Johann Mathesium. Gedruckt zu Nürnberg. Dieterich Gerlatz.
MDLXXI.
Biblioth.: Berlin. Breslau.

3.

    Nürnberg 1572.
Biblioth.: Breslau. Rostock. Wernigerode. Zwickau. S. Wolfan I, Nr. 199.

4.

    Nürnberg 1577. Kath. Gerlach u. Joh. v. Berg Erben.
28¹⁄₂ Bg. 8⁰. sign. u. num. Biblioth.: Altenburg. Königsberg. Nürnberg,
    Fenitzer. München.

5.

Nürnberg 1584. Ebd.
25 Bg. 8°. sign. u. num. Biblioth.: Gotha. Weimar.

Katechismus.   **XXXVII.**   1574.

1.

Einfeltige Vnnd kurtze Erklärung des kleinen Catechismi,
D. Martin Luthers, für die Jugend in Lateinischer vnd Teutscher
Schulen in S. Joachimsthal, Gestellt durch jre Lehrer vnnd
Kirchendiener. Sampt einem Bericht der fürnembsten Haupt-
artickeln Christlicher Lehr, M. Johann Matthesij. Mit Römischer
Keyserlicher Mayestat Freyheit. Gedruckt zu Nürnberg durch
Dieterich Gerlach. **MDLXXIIII.**
Am Ende: Gedruckt zu Nürnberg durch Dieterich Gerlatz in Jo-
hann von Berg selig Druckerey. 8°.
Biblioth.: Breslau. Dresden. S. ob. I, 572. Woltan I, Nr. 220.

2 ¹).

1576. S. ob. I, 572.

3.

Enchiridion. Der kleine Catechismus Doctor Martin Luthers
mit einer kurtzen erklerung für die Jugend in Lateinischer und
Teutscher Schulen in S. Joachimsthal, gestellt durch jre Lehrer
und Kirchendiener. Sampt den Sprüchlein auß den Psalmen und
über die Sontags Euangelia, neben den Katechismus-Gesengen,
und den vier Hauptsymbolen. Nürnberg 1589. 8°. S. ob. I, 572.

4.

Enchiridion. Der kleine Catechismus D. Martin Luthers.
Für die Churfürstliche Pfaltz Stadt Amberg in Bayern Evangelische Stadt Kirchen vnd Schulen, im Druck verordnet. Sampt
schönen außerlesenen Sprüchlein aus einem jeden Psalmen vnd
auff die Sontags Euangelia. Item nützliche Fragstücke aus dem
Catechismo, für die Jugend vnd Leyen. Durch Jacobum Schop-

1) Lipenius wie Symler haben noch eine Ausgabe 1587. 4°.

perum. Der H. Schrifft Doctorn vnd Prediger alba. Leipzig
Anno MDXCV.

Am Ende: Gedruckt zu Leipzig durch Zachariam Bertvald. Im
Jahr MDXCV. S. ob. I, 572.

In XXXVII ist enthalten XXXIII. S. XXXIII, 3.

Lieber. **XXXVIII.** [1]) 1580.

Schöne geistliche Lieber, Sampt Etlichen Sprüchen vnnd Ge-
betlein, mit kurtzer außlegung. Item: Epitaphia oder Grab-
schrifften, des alten Herrn M. JOHAN. MATHESII seligen.
Alles mit fleiß zusammen gebracht, vnd einfeltigen Christen zu
nutz inn Druck verfertiget durch GEORGEN ZIMMERMAN-
NUM JOACHIMICUM. Mit Röm. Key. Mai. Freiheyt, ꝛc.
Johan. 6 Samlet die vbrigen brocken, daß nichts vmbkomme.
MDLXXX. S. ob. I, 572.

Am Ende: Gedruckt zu Nürmberg bey Katharina Gerlachin, vnnd
Johann von Bergs Erben.

10 Bg. 8°. Titel rot und schwarz. Biblioth.: Augsburg. Dresben. München.
S. ob. S. 195. Goedeke II, 190 n. Wolfan 1, Nr. 266. Zahn
VI (1893), 66, Nr. 232.

Sirach. **XXXIX.** 1586.

A.

Handschrift:
Johannis Mathesii Predigten übern Syrach ab anno 1558
bis 1560; manus propria Matthesii.

515 S. 4°. Biblioth.: Petersburg [2]). Q I 287. Lateinisch und deutsch.
(S. ob. I, 483, 2.)

---

1) Symler führt zwischen XXXVII u. XXXVIII auf die unfinbbare und
unkontrollierbare Schrift: Himmlische Beywohnung aller Gläubigen. Hamburg 1579. 8°.

2) Ob die Handschrift durch Chr. Gottfr. von Mathesien in Riga (s. ob.
I, 215) borthin verschlagen ist?

1.

Syrach Mathesij Das ist, Christliche, Lehrhaffte, Trostreiche
vnd lustige Erklerung vnd Außlegung des schönen Haußbuchs, so
der weise Mann Syrach zusammen gebracht vnd geschrieben. In
gewisse Predigten vnd drey vnterschiedene Theil angeordnet, vnd
mit fleis abgetheilet, Durch den alten Herrn M. Johannem Mathesium, weyland Pfarrern in S. Joachimsthal. Zu diesen letzten,
gefehrlichen vnd betrübten zeiten, mit sehr schönen Lehren vnd
Exempeln, als ein Spiegel der Obrigkeit vnnd Vnterthanen, Sonderlich aber gutherkigen Eheleuten, so in dem vhreltesten vnnd
von GOtt erst eingesetztem Stande leben, Auch der lieben Jugend
vnd Gesinde, darbey ein jedes sich ihres Ampts zuerinnern, vnd
in der Haußhaltung zurichten, vorgestellet, vnnd menniglich zu nutz
vnnd trost publicirt, vnnd in Druck gegeben. Clemens in der
Apostel Canon an der Zahl 84. Ihr sollet auch wol lernen die
Weißheit Syrach, Ja wir wollen auch, das ihr dasselbige Buch
des trefflichen Manns Syrach ewren Schülern vnd Jüngern gar
gemein vnd bekand machet. Auff Churf. Sechs. befehl vnd sonderlich Begnadung vnd Freyheit Gedruckt zu Leypzig bey Johan:
Beyer. Im Jahr vnser Erlösung MDLXXXVI.

Am Ende: Gedruckt zu Leipzig, bey Johan: Beyer. Im Jahr,
MDLXXXVI.

3 Tl.; 2. u. 3. mit besondern Titeln. 177 + 152 + 119 Bl. fol. sign. u. num.
Biblioth.: Berlin. Breslau. Dresden. Erlangen. S. ob. I, 467.
Woltan I, Nr. 303.

2.

Leipzig. Joh. Beyer. **1589.** fol.
Biblioth.: Cassel. Königsberg. Leipzig. Wien. Zittau. S. Woltan I,
Nr. 328.

3.

Leipzig. Voigt. 1598. fol.
Biblioth.: Berlin. Wernigerode.

4 ¹).

Leipzig. Voigt. 1605.
VIII, 421 S. 4°. Biblioth.: Halle, Univ.

---

1) Georgi erwähnt noch eine Ausgabe Straßburg 1566.

1 *.

Aus XXXIX erschien einzeln:

Eine Christliche vnd tröstliche Predigt. Von den Kindelbetterinnen vnd Hebammen, oder die Historiam vnd Geschicht auß
dem andern Buch Mosis am 1. Kapitel v. 15. Anfangs beschrieben vnd gehalten, durch den alten Herrn M. Johannem
Mathesium, weylandt Pfarherrn in S. Joachims Thal. Itzund
aber auff das New zu fernern vnd weiteren nachdenken den Christlichen Obrigkeiten vnd Beampten, Wie auch trewen Predigern
vnd Seelsorgern, Item den Gottseligen Eheleuten, haußvetern vnd
Haußmüttern auß sonderlichem bedeutten vnd wichtigen vrsachen,
also in den Druck verfertiget, durch Nicolum Schenken, F. B.
OSnabrüggischen vnd Verdischen bestalten Hoffpredigern. Gedruckt zu Lemgo, durch Conrad Grothen Erben. Anno 1605.
2 Bog. 4°. sign. ohne Blz. Biblioth.: Altenburg. Fürstenau. Halle, Univ.
München. Weimar. S. ob. I, 475.

Catechismus. **XL.** 1586.

A.

Handschriftlich früher in der Kunigunden-Bibliothek zu Rochlitz;
jetzt verschollen.

1.

Catechismus, das ist, TRostreiche vnd Nützliche Auslegung
ober die Fünff Haubtstück der christlichen Lehre. Wie derselbe
der Christlichen Gemeine inn S. Joachimsthal, Fürnemlich aber
der lieben Jugend zum letzten mahl erkleret vnnd geprediget worden, Durch den alten Herrn M. Johannem Mathesium, weyland
Pfarrern daselbst. Sampt seinen zu end angedruckten Christlicher
vnnd schönen Hausgebetlein, derer sich jeder stands Personen teg-
lichen zu gebrauchen, auffs fleißigst zum Druck verfertigt. Mit
Churfürstlicher Sächsischer sonderlichen Begnadung vnd Freyheit.
Gedruckt zu Leipzig bey Johan: Beyer, Im Jar vnser Erlösung
MDLXXXVI.

Am Ende: Gedruckt zu Leipzig, bei Johan: Beyer. Im Jahr
MDLXXXVI.

63 Pg. 4°. sign. u. num. Titel rot u. schwarz. Biblioth.: Altenburg.

Breslau. Exleben. München. Wernigerode. Wien. S. ob. I, 564.
Goedeke II, 1691. Woltan I, Nr. 304.

2.

Leipzig 1587. 4°.
Biblioth.: Breslau. Gotha.

3 [1]).

Leipzig 1589. 4°.
Biblioth.: Berlin. Göttingen. Königsberg. Prag, Univ.

In XL ist enthalten. XIII, a.

Neujahr.   **XLI.**   1587.

1.

New Jahr Mathesij. Das ist, Außlegung vnd Erklerung des
vhralten vnd aller Ersten Euangelij von des Weibes Samen, aus
dem schönen Trostsprüchlein Gen. 3. Ich wil Feindschaft setzen, rc.
Item Christliche vnd Euangelische Erklerung des Spruchs
Apoc. 14. Selig sind die in dem HERRN sterben, rc. Welchen
man zum Jahrbegengnis der Stiffter vnd Begaber der Kirchen
hat pflegen zu handeln. Auffs fleißigste geprediget von dem
alten Herrn M. Johanne Mathesio, weyland Pfarrer in S. Joachimsthal. Mit Churf. Sächs. Begnadung, Gedruckt zu Leipzig,
Bei Johann Beyer, Im Jahr, MDLXXXVII.
Am Ende: Gedruckt zu Leipzig, Bei Johan: Beyer. Im Jar
MDLXXXVII.
9 Bg. 8°. sign. u. num. Titel rot und schwarz. Biblioth.: Dresden. Göttingen. Nürnberg, Fenitzer. S. ob. I, 398. 628. Woltan I, Nr. 317.

2. 3.

XLI, 1 ist aufgenommen in LIII und zum Teil in XLVII.
S. ob I, 376.

Nicodemus.   **XLII.**   1587.
Nicodemus Mathesij, das ist, Erklerung vnd Außlegung des
Heiligen Euangelii von Nicodemo, wie wir arme Sünder das

---

1) Bei Georgi noch Ausgaben 1689, 4°.

ewige Leben erwerben vnd bekomen können, welches man am Son=
tag Trinitatis ans Johan. 3. in der Chriſtlichen Kirchen pfleget
zu handeln. Gar fleißig vnd reichlich beſchrieben von dem alten
Herrn M. Johanne Matheſio, weyland Pfarrer im S. Joa=
chimsthal. Allen gutherzigen vnnd fromen Chriſten zu Nutz, Lehr
vnd Troſt erſtmals in Druck verordnet. Cum Gratia & Priuilegio.
Gedruckt zu Leipzig, bey Johan: Beyer, Im Jar, MDLXXXVII.
Am Ende: Gedruckt zu Leipzig, Bei Johan Beyer MDLXXXVII.
6 Bg. 8°. ſign. u. num. Titel rot u. ſchwarz. Biblioth.: Gotha. Königs=
berg. Nürnberg, Fenitzer. S. ob. I, 385. Wolkan I, Nr. 318.

Paſſionale. **XLIII.** 1587.
1.
PASSIONALE Mathesij, Das iſt, Chriſtliche vnnd andechtige
Erklerung vnd Außlegung des Zwey vnd Zwantzigſten Pſalms,
vnd Drey vnd Funfftzigſten Capitels des Propheten Eſaiae, welche
ſind klare, helle vnd eigentliche Weiſſagungen von der Paſſion,
Leiden, Creutz, Todt, Aufferſtehung vnd Reich des HErrn Chriſti,
derer eine faſt Eilffhundert, vnnd die andere an die Achthundert
Jar vor Chriſti Leiden geſchehen. Auffs fleiſigſte erkleret vnd
geprediget Durch den alten Herrn M. Johannem Matheſium, wey=
land Pfarrer in S. Joachimsthal. Mit Churf. Sächſ. ſonder=
lichen Begnadung vnd Freyheit Gedruckt zu Leipzig, bey Johan:
Beyer. **MDLXXXVII.**
24 Bg. 4°. ſign. u. num. Titel rot u. ſchwarz. Biblioth.: Berlin. Breslau.
Erlangen. Göttingen. Königsberg. Leipzig. Wien. Zittau. S. ob. I.
138. Wolkan I, Nr. 314 [1]).

2.
Leipzig 1601.
Biblioth.: Altenburg.

Diluvium. **XLIIII.** 1587.
1.
Diluvium Mathesij, Das iſt, Auslegung vnd Erklerung der
ſchrecklichen vnd hinwider gantz tröſtlichen Hiſtorien von der

1) Bei Lipenius wie Symler noch die Ausgabe: Nürnberg (o. J.).

Sündfluth, die sich zur Zeit Noc des Predigers der Gerechtigkeit zugetragen vnnd von Mose durch Vier gantze Kapitel seines Ersten Buchs beschrieben werden. Jn Vier vnd Funfftzig Predigten mit sonderlichem Fleiß abgetheilet, vnd in S. Joachimsthal im Sieben vnnd Acht vnd funfftzigsten Jahr gehalten, durch den alten Herrn M. Johannem Mathesium, weyland Pfarherrn daselbst. Jn diesen letzten Zeiten aber allen Bußfertigen hertzen zu Nutz, Lehr vnd Trost, Erstmahls aus dem richtigen hinderlassenen Original zum Druck verfertiget. Mit Churf. Sächs. sonderlicher Begnadung Gedruckt zu Leipzig bei Johan: Beyer Jm Jahr **MDLXXXVII.**

Am Ende: Gedruckt zu Leipzig, bey Johan: Beyer. ANNO: DILVVIVM aqVae praeterIIt IgnIs atqVe VenIet [1]).

Oder: DILVVIVM IgnIs EsaIae & PetrI qVoqVe VenIet [1]).

71 Bg. 4°. sign. u. num. Titel rot u. schwarz. Biblioth.: Berlin. Erlangen. Erxleben. Göttingen. Halle, Univ. Königsberg. Wien. S. ob. I, 413. Goedeke II, 190 i. Woltan I, Nr. 315.

2.

XLIIII, 1 erweitert:

DILVVIVM, das ist, Historia von der Sündflut, dadurch Gott der Herr zum schrecklichen Exempel seines zorns wider die sünde, zu Noah zeiten, die erste vnbußfertige Welt ersenfft, vnd nicht allein die Menschen, sondern alles was odem gehabt, ver= tilget hat. Gepredigt in S. Joachims Thal, anno 57 vnd 58. Durch den Ehrwirdigen Herrn, M. Johann Mathesium den eltern, Pfarrer daselbsten. Vnd jetzund auß Ehrngedachten Herrn Ma= thesii Concepten zum ersten in Druck gefertiget, allen Christen zur lehr vnd trost, sonderlich aber den ruchlosen verächtern Gotts Worts vnd Predigampts, für der zunahenden feurigen Sündflut, dadurch diese Welt, vnd die werck so drinnen sind, verbrennen werden, zur warnung. Durch M. Martinum Oberndorffer, Stadtprediger zu Amberg. GENE. 6. Die Menschen wöllen sich meinen Geist nicht mehr strafen lassen, denn sie sind fleisch. Jch will jhnen noch frist geben hundert vnd zweintzig Jar. Mit Röm. Keiserlicher Maie. Freyheit ꝛc. Nürmberg. MDLXXXVII.

---

1) Die großen Buchstaben ergeben 1587. (S. ob. I, 61. 207.)

Am Ende: Gedruckt zu Nürnberg, durch Katharinam Gerlachin. MDLXXXVII.

119½ Bg. 4°. sign. u. num. Biblioth.: Berlin. Erlangen. Göttingen. Marburg. München. S. ob. I, 434. Wolfan I, Nr. 316.

3.

XLIIII, 1: Eißleben 1589.
Biblioth.: Wernigerode. Wittenberg. S. Wolfan I, Nr. 327.

4.

XLIIII, 1: Leipzig. In Verlegung Bartholomäi Voigts, Im Jahr 1597.
Am Ende: Gedruckt zu Leipzig. Franz Schnelboltz, Typis haeredum Beyeri.

258 Bl. 4°. Biblioth.: Weimar. S. Wolfan I, Nr. 385.

5.

XLIIII, 2: Leipzig 1605.
Biblioth.: Altenburg. Berlin. Zwickau.

In XLIIII, 2 ist enthalten IV.

Jesaja 9. **XLV.** 1587.

1.

Zwei Predigten über den Spruch Jesaia 9. Ein Kind ist uns geboren ꝛc. Tübingen 1587. 4°. S. ob. I, 376.

2.

XLV ist aufgenommen in XLVII. S. ob. I, 376.

Postilla symbolica. **XLVI.** 1588.

Postilla symbolica, Oder, Spruchpostill. Das ist: Auslegung vnd Erklerung der fürnembsten Sprüche des Newen Testaments, aus der Euangelisten vnd Apostel Historien vnd Schrifften genommen, vnnd auff die Sontags vnnd Fest Euangelien durchs gantze Jahr gezogen vnd accomodiret. Gehalten in S. Joachimsthal des 1563. Jahrs Durch den alten Herrn M. Johannem

Mathesium seligen, weyland Pfarherrn daselbst. Jetzt erstmals der gantzen Christenheit, fürnemlich der lieben Jugend zu sonder=lichem Nutz, Lehr vnd Trost, aus dem richtigsten Original zum Druck verfertigt. Mit Churf. Sächs. sonderlicher Begnadung. Gedruckt zu Leipzig bey Johan: Beyer, Im Jahr **MDLXXXVIII**. Am Ende: Gedruckt zu Leipzig, bey Johan: Beyer. Im Jar, MDLXXXVIII.

2 Teile; 2. mit besonderem Titel. 75 Bg. 4⁰. sign. u. num. 1. Titel rot und schwarz. Biblioth.: Altenburg. Berlin. Breslau. Erlangen. Frankfurt. Greifswald. Königsberg. München. S. ob. 1, 380 ¹). Wolkan I. Nr. 321.

Postilla prophetica.   **LVII.**   1588.

A.

Handschrift:
Postilla Prophetica 1559.
231 Bl. Dresden. A 175. S. Schnorr v. Carolsfeld, Katalog der Hdschr. d. Kgl. Biblioth. Dresden. 1882, S. 76.

1.

Postilla Prophetica, Oder, Spruchpostill des Alten Testa=ments. Das ist: Auslegung vnd Erklerung der fürnembsten Sprüche Mosis, der Propheten vnd Psalmen, welche den Grund der Son=tags vnd Fest Euangelien durchs gantze Jahr, eigenblich legen vnd aufs richtigste erkleren. Gehalten in S. Joachimsthal des Neun vnd funfftzigsten Jahres, durch den alten Herrn M. Jo=hannem Mathesium, weyland Pfarherrn daselbst. Beyde Gelehr=ten vnd Gottesfürchtigen frommen Christen zu sonderlichem Nutz, Trost, Lehr vnd vnterricht erstmahls in Druck verfertiget. Und Mit Churf. Sächs. sonderlichen Begnabung Gedruckt zu Leipzig bey Johan: Beyer. Im Jahr: **MDLXXXVIII**.

Am Ende: Gedruckt zu Leipzig, bey Johan: Beyer, Im Jahr MDLXXXVIII.

---

1) Bei Georgi und Lipenius werden noch Ausgaben erwähnt: 1601. 1667. 1671.

2 Teile, 2. mit besonderem Titel. 82 + 438 Bg. 4°. sign. u. num. Titel
rot u. schwarz. Biblioth.: Berlin. Breslau. Frankfurt. Fürstenau.
Gotha. Greifswald. Halle, Univ. S. ob. I, 357. Wollan I, Nr. 322.

2.

Nürnberg 1589.
Biblioth.: Altenburg. Erlangen. Zittau. S. Wollan I, Nr. 326.

In XLVII sind enthalten XLI, 3 u. XLV, 2.

XLVIII.

Evangelium Johannis.   1589.

Christliche vnd Aus Gottes Wort wolgegründete Erklerung
vnd Außlegung in das Erste Kapitel des Euangelisten S. Johannis.
Von der Einfleischung vnd Menschwerdung Jesu Christi. In Ein=
vnd viertzig Predigten mit fleiß abgetheilet, vnd gehalten in S.
Joachimsthal, des 1564 vnd 65. Jahrs. Von dem alten Herrn
M. Johanne Mathesio, seligen, weyland Pfarrer daselbst 1589.
Zuvor niemahls im Druck ausgangen. Mit Churfurstl. Sächs.
Begnadung. Gedruckt zu Leipzig bei Johan: Beyer.
Am Ende: Gedruckt zu Leipzig bei Johan: Beyer, Jm 1589. Jahr.
39 Bg. 8°. sign. u. num. Titel rot u. schwarz. Biblioth.: Erlangen. Frank-
furt. Fürstenau. Gotha. Zittau. S. ob. I, 457. Wollan I, Nr. 330.

Bußpredigten.   **XLIX.**   1590.

Fünff vnd Zwantzig Bußpredigten in den Ein vnd Funfftzig=
sten Psalmen des Königlichen Propheten Dauids: Gott sei mir
gnedig zc. Wie dieselben der Christlichen Gemein in S. Joa=
chimsthal Anno 58. trewlich erkleret vnnd gehalten worden:
Von dem Alten Herrn M. Johanne Mathesio, weyland Pfar=
rern daselbst. Cum Privilegio etc. Zu Leipzig, bey Johann Beyer.
MDLXXXIX.

Am Ende: Gedruckt zu Leipzig, bey Johan: Beyer. Im Jahr:
MDLXC.

24 Bg. 8°. sign. u. num. Titel rot u. schwarz. Biblioth.: Gotha. S. ob.
I, 442. Wolfan I, Nr. 334.

Korinther=Homilien.   **L.**   1590.

1.

Homiliae Mathesii, Das ist: Außlegung vnd gründliche Er=
klerung der Ersten vnd Andern Episteln des heiligen Apostels Pauli
an die Corinthier.   In Zwey hundert, Drey vnd sechtzig Predigten
mit fleiß abgeteilet, vnd in S. Joachimsthal wöchentlich zur
Freytags predigt gehalten: Angefangen den 10. Aprilis Anno 51.
Vnd im Siebenten Jahre den 20. Augusti Christlich vollendet,
wie bey jeder Predigt Tag vnd Jahr eigentlich verzeichnet. Durch
den alten Herrn M. Johannem Mathesium, weyland Pfarrner
daselbst. **MDXC.** Sampt einem nützlichen Register auff beyde
Episteln gerichtet. Cum Gratia & Priuilegio. etc. Gedruckt zu
Leipzig bey Johan: Beyer.

Am Ende: Gedruckt zu Leipzig, bey Johan: Beyer. Im Jahr MDLXC.
383 + 169 Bl. fol. sign. u. num. Titel rot u. schwarz.

Sondertitel zum 2. Teil . . . angefangen den 11. Augusti
Anno 55. Vnd vollendet den 20. Augusti des 1557. Jahres.

Biblioth.: Altenburg. Berlin. Breslau. Erlangen. Jena. Königsberg. S. ob.
I, 484. Wolfan I, 333.

2.

Leipzig 1591. fol. S. Wolfan I, Nr. 339.

Ehespiegel.   **LI.**   1591.

1.

Ehespiegel Mathesij. Das ist: Christliche vnd Tröstliche Er=
klerung etlicher vornehmer Sprüche altes vnd Newes Testaments
vom heiligen Ehestande, Wie man denselben recht anfahen, da=

rinnen leben, vnd in allerley Haußcreutz mit Gottes Wort sich
trösten: Auch wie junge Eheleute, Vater vnd Mutter, Freuer vnd
Hochzeitgäste allenthalben sich Gottselig vnd wol verhalten sollen.
In Sechs vnd Siebentzig Hochzeitpredigten auffs kürtze verfasset,
vnd zum theil mit der Personen Namen, Jahr vnd Tag, denen
vnd wenn sie gehalten worden, örhentlich verzeichnet. Durch den
alten Herrn M. Johannem Mathesium, weyland Pfarner in
S. Joachimsthal. Cum gratia & Priuilegio etc. **1591.** Sampt
einem zu end angehengten Register. Gedruckt zu Leipzig, bey
Johan: Beyer.

Am Ende: Gedruckt zu Leipzig, bey Johan: Beyer. Im Jahr,
MDXCj.

76 Bg. 4°. sign. u. num. Titel rot u. schwarz. Biblioth.: Berlin. Leipzig.
Nürnberg, Fenitzer. Wernigerode. S. ob. I, 612. Goedeke II, 189 d.
Wollan I, Nr. 338.

2 [1]).

Leipzig 1592.

Biblioth.: Dresden. Jena. Zwickau. S. Wollan I, Nr. 343.

In LI ist enthalten IV, 1. XIII, 5 u. w.

Gebet Christi. **LII.** 1591.

Das Hertzliche vnd Tröstliche Gebet JEsu Christi Welches
Er zu Gott seinem Himmlischen Vater vor seinem Leiden gethan
sampt der Erklerung des Siebenzehenden Kapitel Johannis Darinn
solch Gebet beschrieben wird. In Acht Predigten abgetheilet rund
gehalten in S. Joachimsthal im Jahr 1555. Von dem alten
Herrn M. Johann Mathesio weiland Pfarrer daselbst. 1591.
Gedruckt zu Leipzig bey Johan: Beyer.

40 Bl. 8°. sign. u. num. Biblioth.: Erlangen. S. ob. I, 466.

---

1) Noch wird eine Ausgabe Nürnberg 1584 angeführt. S. Wollan I,
Nr. 292.

Christkindlein.   **LIII.**   1592 [1]).

Christkindlein Mathesij Das ist: Lehr vnd Trostreiche Er=
klerung deß Zwey vnd siebentzigsten Psalms, Auch etlicher schönen
Sprüche deß Alten Testaments, von der Person, Ampt vnd Wohl=
thaten vnsers Heylandes vnd Erlösers Jesu Christi. Inn Vier=
zehen Predigten abgetheilet, vnd auffs Christfest zu vnterschiedenen
Jahren in S. Joachimsthal gehalten, durch M. Johannem Ma=
thesium weyland Pfarner daselbst. 1592. Cum Gratia & Priuilegio. etc. Zu Leipzig, bey Johan: Beyer.

Am Ende: Gedruckt zu Leipzig, bey Johan: Beier. Im Jahr
    MDXCij.

15 Bg. 8°. sign. u. num. Titel rot u. schwarz. Biblioth.: Dresden. Jena.
    Nürnberg, Jenitzer. S. ob. I, 386. 399. 442. Wolfau I, Nr. 344.

In LIII ist enthalten XLI.

LIV.

Von Christlicher Einigkeit.   D. J.

Zwo Predigten Von Christlicher einigkeit. Die Erste des
Herren Johannes Mathesij. Die Ander des Herrn Johannis
Gigantis. (D. J. u. D.)

5³/₄ Bg. 4°. sign. ohne Blz. Biblioth.: Gotha. S. ob. I, 350.

Aus LIV ist die erste Predigt schon enthalten in XXVI, 3.

Maximilianrede.   **LV.**

Nur eine Handschrift ist davon auf uns gekommen:

Joas des Königs In Juda Historien ꝛc. Gepredigt vnter
der Krönung Herrn Maximiliani Königs zu Behaim Erzherzogen

---

1) Vgl. den ins Jahr 1597 fallenden Sonderabdruck XXVI, 1*.

zu Österreich. Im S. Joachimstall durch Johann Mathesium 1562.

29¹/₄ Bl. 4°. Biblioth.: Wien, Nr. 11580. S. ob. I, 634.

Tischreden. ¹)   **LVI.**   1892.

Vgl. Loesche, Analecta Lutherana. S. ob. I, 94.

---

1) Ich bereite ihren Druck vor in der Sammlung: Bibliothek deutscher Schriftsteller aus Böhmen. Prag. Wien. Leipzig.

III. b. Bibliographie der Arbeiten über Mathesius [1]).

1. Artikel in Sammelwerken.

N. Reusner, Icones etc. (f. ob. I, 234, 2) 1590, S. 293.

Christlicher Abschied der Patriarchen III (1593), 60 (f. ob. I, 241, 4).

J. J. Boissard, Icones etc. (f. ob. I, 238, 10) III (1598), 273 f.

Melch. Adam, Vitae Germanor. Theologor. 1620.

Wolf. Crüger, Historische Beschreibung hoher und vornehmer Personen. 1627, S. 162.

Paul Freherus, Theatrum Virorum eruditione clarorum. 1688, S. 206.

Auszug aus Balthasar Mathesius: Nov. Liter. Hamb. 1705, S. 94 f.

W. E. Tenzel [2]), Curieuse Bibliothec. 2. Repositor., 4. Fach. 1705, S. 346—368. (Auszug aus Balthasar Mathesius.)

Teissier, Les éloges des hommes savants. II (1715), 191 f.

Fr. Scholtz in Bblgr. Nr. 10, 5. 1720.

Wetzel, Hymnopoegraphia. II (1721), 151 f.

Christ. Gerber, Historie derer Wiedergebohrenen in Sachsen. II, (1726) (IX. Historie), 366—389 (Auszug aus Balthasar Mathesius).

Zedler, Groß. Universal-Lexikon. XIX (1739), 2116 f.

Iselin, Neu vermehrtes histor. und geograph. allgem. Lexikon. IV³ (1743), 1108 f.

Jöcher, III (1751), 289 f.

A. D. Richter, Das alte und berühmte Geschlecht ꝛc. (f. ob. I, 6, 4). 1755, S. 1.

---

1) S. ob. I, VIII f.
2) S. ob. S. 293.

F. M. Pelzel, Abbildungen ꝛc. (f. ob. I, 225, 1. 1773).

Jöcher, Ergänzung IX (1813), 989.

Trautmann, Bilderfaal ꝛc. 1845 (f. ob. I, 241, 4).

Schröbl, in: Wetzer-Welte, 1. Aufl. VI (1851), 928 f.

Grässe, III, 1 (1852), 600. 802. 819.

Koch (f. o. S. 195) I (1852), 116—121.

Lebberhose (f. ob. S. 195) (1855), S. IX—XII.

Lebberhose, Christliche Biographieen IV. Bd. 1856.

Beste, I (1856), 328—337.

HRE., 1. Aufl. VIII (1858), 160 f.

Nöggerath, in: „Westermanns Monatshefte" VIII (1860), 166 f.

Lebberhose, in: „Volksbibliothek" herausgeg. von Klaiber. 1863.

Kurz, Geschichte der deutschen Dichtung. 6. A. 1873. II. 218.

Vilmar, II (1873), 263—281.

Laube, 1873, S. 27—37.

Daheimkalender 1876.

Plitt, in: HRE. IX (1881), 398 f.

Lebberhose, in: ADB. XX (1884), 586—589.

Brockhaus' Konversations-Lexikon XI (1885), 526.

Goedeke II (1886), 189 f.

Loesche, in: „Jahrbuch" 1888, S. 1—38; 1889, S. 157—177; 1890, S. 1—78; 1891, S. 1—54; 1894, S. 1 f. „Theol. Stud. u. Kritik." 1890, S. 688—749; 1893, S. 541—567. „Zeitschr. f. prakt. Theol." 1890, S. 24—51. 121—146. „Mitteil. d. Gesellsch. für deutsche Erziehungs- u. Schulgeschichte" 1892, S. 207—246.

Disselhoff, Kaiserswerther Kalender 1892.

Schröbl, in: Wetzer-Welte, VIII (1893), 1012.

Calwer Kirchen-Lexikon II (1893), 145.

(Amelung), in: (Meusels) Kirchl. Handlexikon IV (1894), 498.

Wolkan, Geschichte der deutschen Litteratur in Böhmen. 1894, S. 423—437.

Bindemann, in: „Ehrendenkmal treuer Zeugen Christi". II. Bd., 2. A. 1895.

2. Selbständige Schriften.

Balthasar Mathesius, Hrn. M. Joh. Mathesii weyl. berühmten und frommen Pfarrers im Joachimsthal Lebens-Beschreibung, So da Seine Geburth, Aufferziehung, Studia, Beförderung, Tugenden, Ehestand, Priesterlich-Exemplarisches Ende, und was sonst zu seinem Lebens-Wandel gehöret, Nebst einem Kern aus seinen Schriften in sich fasset, und zusammen gesuchet worden von Einem Mathesischen Nachkommen M. Johann Balthasar Mathesius, Pfarrer in Brockwitz. DRESDEN bey Johann Christoph Zimmermann. 1705. 10 Bl. u. 228 S. 8°.

Lebberhose, Das Leben des M. Joh. Mathesius, des alten Bergpredigers im St. Joachimsthal. 1849.

Louis Schweitzer, Jean Mathésius prédicateur au Joachimsthal sa vie et ses oeuvres. 1871.

Abraham, Joh. Mathesius, der treue Jünger Luthers. 1883.

Amelung, M. Joh. Mathesius, ein lutherischer Pfarrherr des 16. Jahrhunderts. 1894.

Nachträge und Berichtigungen.

Zum 1. Band.

Nachdem bereits der 1. Band der Öffentlichkeit übergeben war, kamen zufällig in Privatbesitz noch zwei, freilich nicht eben wichtige, Briefe von Mathesius zum Vorschein (Briefw. Nr. 108 u. 127, ersterer inzwischen in den Besitz der Kgl. Bibliothek in Berlin übergegangen). Wenn diese nun auch noch dem Briefwechsel vollständig eingegliedert werden konnten, sind doch dadurch eine Reihe von Verschiebungen in den Quellenbelegen des 1. Bandes entstanden, wodurch die „Berichtigungen" sehr gemehrt sind.

Seite IX, Zeile 1 lies: nur drei.

„ IX, „ 14 tilge: Melanthon.

„ IX, Anm. 1 tilge: 26.

„ IX, „ 2 lies: Nr. 116f. 139. 154. 156. 160f.

„ IX, „ 5 „ „ 98.

„ IX, „ 9 „ „ 18.

„ IX, „ 10 „ „ 21.

„ XVII, zu „S. 194, Z. 4": Das Facsimile befindet sich doch in einem Exemplar der Sarepta, in Fürstenau, s. Bblgr. Nr. 17, 1.

„ 17. Auch Joh. Major büßte im Kerker zu Rochlitz, s. Wolkan*), Litteraturgeschichte, S. 140.

„ 23, Anm. 8 lies: Nr. 180.

„ 33, „ 8 „ „ 115.

„ 33, „ 9 „ „ 124.

„ 36, „ 6 „ „ 147.

„ 40, „ 2 „ „ 175.

„ 42, „ 6 „ Enders IV.

„ 44, Zeile 6 tilge: später bis Württemberg**).

„ 46, Anm. 1 ergänze: Drews*), Disputationen D. M. Luthers. 1895. S. VII. X. XIII.

„ 55. Über den wahrscheinlichen Vorgänger von Mathesius in Altenburg, Mag. Theober. Reyßmann, s. „Blätt. f. württemb. Kirchengesch." VIII (1893), 2, 14f.; IX (1894), 3, 24f. **).

„ 56, Anm. 5 lies: Nr. 175.

---

*) Während des Druckes erschienen.

**) Vgl. G. Bossert, Theol. Litt.-Ztg. XX (1895), 261.

440　　　　　　　Nachträge und Berichtigungen.

Seite 56, Anm. 12 lies: Nr. 187.

„　58,　„　1　„　Weiblich, vgl. S. 142, Z. 6 v. u.**).

„　59,　„　1 ergänze: Wolfan*), Litteraturgeschichte, S. 40—47.

„　60,　„　1　„　ATB. XXXVIII (1894), 116.

„　64,　„　9　„　Martl*), Thalerprägungen Ferdinands I., in: „Numismat. Zeitschr." XXV (1894), 373—378

„　78, Anm. 1 ergänze: Burdach, Vom Mittelalter z. Reformation. 1893, S. 21—127. Wolfan*), Litteraturgeschichte, S. 95 ff.

„　79, Anm. 1 lies: Nr. 149.

„　79,　„　3 ergänze: Wolfan*), Litteraturgeschichte, S. 68 ff.

„　85,　„　6 lies: Nr. 173.

„　90,　„　2　„　173.

„　90,　„　3　„　„　153.

„　91,　„　2　„　„　135.

„　91,　„　5　„　„　185.

„　97,　„　1: Bruder Matthes, sprichwörtlich für „armer Schlucker", s. Klaiber*), „Zeitschr. für deutsche Philologie" 1894, S. 42.

„　113, Anm. 1 lies: Nr. 177.

„　118,　„　3　„　„　155.

„　118,　„　8　„　„　107. 115.

„　118,　„　9　„　„　146.

„　118,　„　11　„　„　180.

„　136,　„　8　„　„　112.

„　137,　„　4　„　„　111.

„　143, Z. 11　„　„　109.

„　143,　„　13　„　„　111. 135.

„　148, Anm. 1. Entgegen der ortsüblichen Ableitung hat „Türkner" wahrscheinlich nichts mit Türken zu thun, sondern ist schwäbischer Herkunft **)

„　172, Anm. 8　„　„　177.

„　176,　„　11　„　„　112.

„　176,　„　13　„　„　185.

„　177,　„　11　„　„　147.

„　178,　„　3　„　„　138.

„　181,　„　3　„　„　122.

„　181,　„　4　„　„　170

„　181,　„　6 ergänze: Wolfan*), Litteraturgeschichte, S. 296 f.

„　183,　„　4 lies: Nr 162.

„　184,　„　7　„　„　116.

„　185,　„　6, Z. 8 lies: Nr. 114 ... Nr. 116.

„　185,　„　6,　„　9　„　„　122.

„　185,　„　6,　„　10　„　„　147 ... Nr. 139 ... Nr. 155.

---

* Während des Druckes erschienen.
**) Vgl. Bossert a. a. O.

Seite 185, Anm. 6 ergänze: Kümmerle *) III, 139. Woltan *), Litteraturgeschichte, S. 260.

„ 186, Anm. 9 lies: Nr. 159.

„ 187, „ 1 ergänze: Woltan *), Litteraturgeschichte, S. 136.

„ 189, „ 5 „ Geo. Sturtz; ADB. XXXVII (1894), 54.
Mag. 2c.

„ 190, Anm. 8 ergänze: Nr. 102. 110. 123. 126. 128.

„ 190, „ 9 „ „ 137.·

„ 192, „ 7 „ „ 116.

„ 194, „ 10 „ Buchwald *). Witteub. Urb.-Buch, S. 114,
Nr. 1874.

„ 195, Anm. 1 ergänze: Woltan *), Litteraturgeschichte, S. 440.

„ 196, „ 1 lies: Nr. 180.

„ 197, „ 4 „ „ 20 f. 26. 30. 56. 108. 135. 137. 173.

„ 197, „ 5 „ „ 145. 164. 182 – 184.

„ 197, „ 8 „ „ 153.

„ 197, „ 8 ergänze: Woltan *), Litteraturgeschichte, S. 136.

„ 198, „ 1 „ „ *) „ „ 138 f.

„ 198, „ 6 lies: Nr. 138.

„ 200, „ 3 „ „ 136.

„ 200, „ 5 „ „ 66. 102. 109 f. 125 f. 128. 130 f. 133. 136.

„ 200, „ 6 „ „ 126.

„ 201, „ 9 „ „ 175.

„ 208, „ 6 „ „ 124.

„ 208, „ 7 „ „ 129.

„ 208, „ 8 „ „ 155. 167.

„ 208, „ 9 „ „ 109. 122. 129. 147.

„ 208, „ 10 „ „ 114. 122. 147.

„ 209, „ 2 „ „ 167.

„ 212, „ 2 „ „ 162. 174 f. 176 f.

„ 212, „ 3 „ „ 162.

„ 212, „ 4 „ „ 180.

„ 212, „ 5 „ „ 185.

„ 212, „ 6 „ „ 112.

„ 213, „ 5 ergänze: Album Acad. Viteb. *) II (1894), 20.

„ 217, „ 6 lies: Nr. 175. . . . Nr. 147.

„ 217, „ 7 „ „ 178.

„ 218, „ 3 „ „ 167.

„ 218, „ 11 „ „ 55. 76. 178.

„ 219, „ 10 „ „ 184. . . . 176.

„ 220, „ 7. u. 9 lies: Nr. 115.

„ 222, „ 1 lies: Nr. 122.

*) Während des Druckes erschienen.

Seite 222, Anm. 2 lies: Nr. 129.

„ 222, „ 8 „ „ 181.

„ 225, „ 6 „ „ 182.

„ 246, „ 6 „ Löbell statt Hagen **).

„ 269, „ 10 ergänze: Janſſen *) VIII (1894), 149. 256.

„ 282, „ 3 lies: Nr. 23. 35. 40. 58. 79. 134. 150. 157. 172.

„ 304, „ 6 ergänze: Woltan *), Litteraturgeſchichte S. 257 ff.

„ 316, „ 1 „ „ *) „ S. 380 f.

„ 316, „ 11 „ Loſerth *), „Jahrbuch" 1895, S. 53 f.

„ 320, „ 4 „ Album Acad. Viteb. *) II (1894), 163. Woltan *), Litteraturgeſchichte, S. 297 f. 439.

„ 320, Anm. 5 ergänze: Woltan *), Litteraturgeſchichte, S. 74 f.

„ 320, „ 9 „ Rauſchenbach *), D. Jungfrauenſchule zu Freiberg im 16. Jahrh. Ein Beitr. z. Geſch. b. deutſchen Mädchen-
ſchulen. „Mitteil. v. Freib. Altert.=Ver." 30. J. 1894.

„ 321, Anm. 7 lies: Nr. 180.

„ 331, „ 3 „ „ 185.

„ 342, „ 1 ergänze: Woltan, Litteraturgeſchichte *), S. 347. 440.

„ 358, „ 1 lies: Nr. 170.

„ 361, „ 4 lies nur: Geneſ. 49, 9 **).

„ 401, „ 1 „ „ 185.

„ 413, Zeile 4 „ noch vier weitere.

„ 421, Anm. 2 ergänze: Schutzpatron des Viehs.

„ 446, „ 1 lies: Nr. 175. 147. S. ob. S. 217.

„ 456, Zeile 16 v. u. lies: noch vier weitere.

„ 475, Anm. 1 lies: Nr. 114.

„ 476, „ 4 „ „ 93. 179. 185.

„ 490, „ 4 „ „ 130. 174. 179 f.

„ 521, „ 2 „ „ 68. 72. 102.

„ 534, Zeile 15 v. u. lies: vollſtänbig ans.

„ 538, Anm. 1 ergänze: Genauer 351 Bll., Fider, D. Conſutation.
1891, S. xlix **).

„ 575, Zeile 5 „ Nr. 167.

„ 586, „ 5 „ „ 133.

„ 634, „ 1 ergänze: Cżerwenta II, 314. Ritter, Deutſche Geſch.
b. Z. b. Gegenreformation. 1889, I, 89. 253 f. 263 f. 393 f. 404.
406. Dahlmann=Waitz *), Quellentunde zur deutſchen Geſch.
1894 c, S. 399, Nr. 4216. Hopfen *), Kaiſer Maximilian II.
und der Kompromiß=Katholicismus. 1895.

Zum 2. Band.

Seite 213, Zeile 11 lies: proſobiſchen.

*) Während des Druckes erſchienen.
**) Vgl Boſſert a. a. O.

Register.

Personen-Register.

Orts-Register.

Abertham I, 61. 124 f. 185. 253 f. 256. 422. 618. 625.

Aflenz I, 194.

Aha I, 551.

Altenburg I, 15. 53 f. 56. 82. 85. 94. 542; II, 231. 243. 368. 378 f.

Amberg I, 44. 195. 341. 572; II, 206.

Annaberg I, 60. 63. 65. 76 f. 88. 151. 154. 189. 242. 256. 358. 531; II, 225. 291. 347.

Aschersleben I, 81.

Athen I, 624; II, 70. 145 f. 177. 181.

Augsburg I, 20. 38—22. 37. 50. 53. 60. 70. 87. 102. 111. 115. 169. 195. 200. 240. 537. 546. 550. 573. 604; II, 78. 130. 239. 264. 285 f. 306. 308 f. 378 f.

Aussee II, 212.

Babylon I, 624.

Bamberg I, 6 f.; II, 181.

Bari I, 455.

Basel I, ix. 18. 73; II, 62. 177. 185. 225.

Bautzen I, 203.

Bensen I, 11; II, 318.

Bergamo I, 328.

Bergen II, 274.

Berlin I, 237. 243. 548; II, 226 379.

Bermansgrün I, 60.

Besançon I, 238.

Bischofteinitz II, 300.

Blankenheim II, 212.

Bleistadt I, 252; II, 292.

Bologna I, 6. 62; II, 272.

Bozen I, 609.

Brabant I, 80.

Braunschweig II, 232.

Bremen I, 213; II, 226.

Breslau II, 226. 293. 378 f.

Bretten II, 340. 378 f.

Brixen I, 29.

Brünn I, 70.

Brüssel I, 200. 546.

Bruck I, 28. 38 f

Buchau I, 201. 583.

Buchholz I, 64. 256. 526.

Burthau'en II, 181.

Capo d'Istria II, 341.

Carlowitz II, 305.

Cassel II, 378 f.

Château-Cambresis II, 346.

Chemnitz I, 188 f. II, 333.

Coswig II, 331.

Schneeberg I, 108. 120. 125. 139. 160. 183. 185. 358. 526. 538; II, 313.
Schönburg I, 187.
Schweidnitz, I, 178. 203.
Seitendorf I, 203.
Siena II, 268.
Speier I, 32. 105. 262; II, 243.
Stettin I, 548.
Steyer I, 194; II, 235.
Stolpe II, 182.
Straßburg I, 21. 196. 237. 320; II, 226. 262. 270 300.
Strengnäs II, 379.
Sulzemoos I, 29.

Tachau I, 250.
Theusing I, 583.
Thorn I, 213.
Torgau I, 106. 136. 185. 195. 212; II, 295. 297. 311. 313. 366.
Tramin I, 609.
Trient I, ix. 121. 131. 298. 532; II, 66. 134. 263. 268. 272. 278. 283. 288. 290. 328. 334.
Trier I, 582.
Troja II, 354.
Tübingen I, 319; II, 138. 379.
Tuttendorf I, 381.

Ulm I, 42. 387; II, 269.

Bacha I, 46.
Venedig I, 18. 52. 431; II, 268.
Verona I, 30.

Waldheim I, 215.
Waldshut I, 24.
Weilburg II, 313.
Weimar I, 46. 108; II, 261. 310. 335. 341. 379.
Weinsberg I, 450.
Weißenfels I, 214. 358. 629.

Weißkirchen I, 109.
Wernigerode II, 379.
Wien I, 24. 52. 199. 237. 632; II, 138. 177. 222. 225. 253. 261. 279. 302. 308. 362. 379. 393.
Wiesenthal I, 192. 256.
Wintersgrün I, 125.
Wittenberg I, 4. 14. 20f. 31. 33. 37—41. 46. 49—53. 80. 82f. 89. 92f. 112. 118. 120. 129. 137f. 142. 171. 177. 180f. 185. 191ff. 195. 199. 211ff. 216. 236ff. 243. 245. 263f. 281. 288. 292. 294. 297. 315. 319f. 485. 492. 535f. 541. 545. 547. 550. 554. 577; II, 80. 85. 122. 131. 155. 229. 232ff. 237f. 240—245. 249. 252. 254. 256. 259. 261—266. 268 —271. 273ff. 277. 279ff. 283ff. 287—305. 309f. 313—318. 320. 330. 333f. 336. 379ff.
Wörlitz I, 545.
Wolau I, 203; II, 386.
Wolfenbüttel I, 56; II, 379.
Wolgast II, 309.,
Wolkenstein I, 184f.; II, 343.
Woltsch I, 201.
Worms I, 11. 13. 20. 27. 31. 52. 95. 163. 530f. 544; II, 334f. 337.
Würzburg I, 93. 544; II, 142. 340.
Wunsiedel I, 341.
Wurzen I, 105.

Zahna I, 46. 76.
Zerbst I, 42.
Zittau II, 379.
Znaim I, 70.
Zschopau I, 256. 622.
Zürich I, 32. 34.
Zweibrücken I, 235.
Zwickau I, 74. 77. 80. 125. 187. 215. 629; II, 74. 379.